Marseille: In einem Naherholungsgebiet wird die Leiche einer blinden jungen Frau gefunden. Man weiß nicht viel über sie – nur dass sie in einem Zirkus ganz in der Nähe gearbeitet hat. Zur selben Zeit in Stockholm: In seinem Haus in Rotebro erhängt sich der Zollbeamte Bengt Sahlmann. Schnell findet die Polizei heraus, dass es sich nicht um einen Selbstmord gehandelt hat – obwohl alles darauf hindeutete. Zwei Fälle, die auf den ersten Blick nichts miteinander zu tun haben. Zwei Morde, an deren Aufklärung Polizeianwärterin Olivia Rönning und der ehemalige Kriminalkommissar Tom Stilton ein jeweils ganz privates Interesse haben …

CILLA UND ROLF BÖRJLIND gelten als Schwedens wichtigste und bekannteste Drehbuchschreiber für Kino und Fernsehen. Sie sind unter anderem verantwortlich für zahlreiche Martin-Beck-Folgen sowie für die viel gepriesene Arne-Dahl-Serie. Ihr Markenzeichen sind starke Charaktere und eine stringente Handlung. »Die dritte Stimme« ist der zweite Teil der Serie um die angehende Polizistin Olivia Rönning und den ehemaligen Kriminalkommissar Tom Stilton, die im Frühjahr 2017 prominent im ZDF ausgestrahlt wird.

CILLA & ROLF BÖRJLIND BEI BTB
Die Springflut. Kriminalroman (Fall 1)
Die dritte Stimme. Kriminalroman (Fall 2)
Die Strömung. Kriminalroman (Fall 3)
Schlaflied. Kriminalroman (Fall 4), erscheint im Frühjahr 2017

CILLA & ROLF BÖRJLIND

DIE DRITTE STIMME

Kriminalroman

Aus dem Schwedischen
von Christel Hildebrandt

btb

Im Innern der geschlossenen Augen
noch einmal die Augen schließen ...
Dann leben sogar die Steine.

Peter Handke

Ich stehe immer noch am Rand des Daches, barfuß, neun Stockwerke schaue ich hinunter auf die graue Straße. Sie ist leer. Die Stadt schläft. Es ist windstill. Ich gehe ein paar Schritte am Rand entlang und breite die Arme aus, so ist es einfacher, die Balance zu halten. Ein Vogel gleitet herab und lässt sich ein Stück von mir entfernt nieder, ich glaube, es ist eine Krähe, sie schaut über die schweigenden Häuserdächer. Auch sie hat Flügel. Meine sind weiß, ihre sind schwarz.

Bald wird es hell.

Ich gehe ein paar Schritte auf die Krähe zu, vorsichtig, um sie nicht zu erschrecken, sie soll verstehen, warum ich hier bin. Um diese Uhrzeit.

Ich möchte es erklären.

Ich habe meinen Körper letzte Nacht verlassen, flüstere ich der Krähe zu, noch bevor ich tot war. Ich bin ein Stück nach oben geschwebt, als er anfing, mich zu misshandeln, ich habe alles von oben gesehen. Ich habe gesehen, wie die Riemen mir den Hals zuschnürten, er hatte sie viel zu straff gezogen, ich begriff, dass ich gleich erwürgt werden würde. Deshalb schrie ich so schrecklich, es tat so weh, ich habe noch nie auf diese Art geschrien. Das war wohl auch der Grund, warum er anfing, mich zu schlagen, immer und immer wieder, der schwere Aschenbecher zertrümmerte meine Schläfe. Es sah so fürchterlich aus.

Jetzt kann ich den Wind spüren.

Es ist die erste sanfte Brise, die vom Meer heranzieht, die Krähe schaut mich aus einem Auge an, in weiter Ferne sehe ich die riesige Madonna aus Gold. Sie steht auf der Kirchturmspitze, ganz oben, ihr Gesicht ist mir zugewandt. Hat sie auch gesehen, was letzte Nacht passiert ist? War sie mit im Raum? Hätte sie mir dann nicht helfen können?

Ich schaue wieder die Krähe an.

Bevor ich starb, war ich blind, flüstere ich, deshalb war es letzte Nacht so schrecklich. Wir waren nicht allein im Raum, er und ich, andere Stimmen waren zu hören. Ich bekam Angst vor dem, was ich nicht sah, vor den Stimmen der Männer, die ich hörte, sie sprachen in einer fremden Sprache, ich wollte es nicht mehr. Alles stank. Dann starb ich. Da waren nur er und ich in dem Zimmer, er musste all das Blut alleine wegwischen. Das dauerte so lange Zeit.

Die Krähe sitzt immer noch auf derselben Stelle, reglos. Ist es ein Vogelengel? Wurde er in einem Netz gefangen und brach sich das Genick? Oder von einem Fernlaster zerquetscht? Jetzt höre ich Geräusche von der Straße tief dort unten, jemand ist aufgewacht, der Geruch von verbranntem Abfall dringt bis hier nach oben. Bald wird es zwischen den Häusern von Menschen wimmeln.

Ich muss mich beeilen.

Er trug mich in der Dunkelheit hinaus, flüstere ich der Krähe zu, niemand hat uns gesehen. Ich schwebte ein Stück darüber. Er legte mich in einen Kofferraum und schob meine dünnen Beine hinterher, er hatte es eilig. Wir fuhren zu einer Steilküste, ans Wasser. Er legte meinen nackten Körper neben dem Wagen auf den Boden, auf die Kiesel, ich wollte mich hinunterbeugen und mit einer Hand über meine Wange streichen. Ich sah so geschändet aus. Er zog mich an den Armen hinter sich her, weit hinein zwischen Bäume und Felsen. Dort zerstückelte er mich. Zuerst schnitt er den Kopf ab. Ich fragte mich, wie er sich wohl dabei fühlte, er machte es so schnell, mit einem großen Messer. Er vergrub mich an sechs verschiedenen Stellen, jeweils weit voneinander entfernt, er wollte auf keinen Fall, dass ich gefunden werde. Als er von dort wegfuhr, flog ich hierher. Auf das Dach.

Jetzt bin ich bereit.

In weiter Ferne über den nördlichen Bergen sind die ersten Sonnenstrahlen über den Spitzen zu sehen, der Tau funkelt auf den Häuserdächern, ein einsames Fischerboot ist auf dem Weg hinein in den Hafen.

Es wird ein schöner Tag.

Die Krähe neben mir lässt sich mit gestreckten Flügeln in den Wind fallen, ich kippe nach vorn und folge ihr.

Jemand wird mich finden.

Das weiß ich.

Aus dem Bauch meiner ermordeten Mutter geschnitten.«
Olivia quälte sich selbst, Tag und Nacht, schwarze, eklige Gedanken beherrschten ihre Nächte, tagsüber blieb sie für sich.

Das ging eine ganze Weile so.

Das ging so, bis sie mehr oder weniger apathisch wurde.

Bis es nicht mehr ging.

Eines Morgens schlug der Überlebensinstinkt zu und zerrte sie zurück in die Welt.

Da fasste sie einen Entschluss.

Sie wollte das letzte Semester auf der Polizeihochschule beenden, ihren Anwärterdienst ableisten und die Ausbildung zur Polizistin beenden. Anschließend würde sie ins Ausland reisen. Sie würde sich nicht um eine feste Stelle bewerben. Sie würde verschwinden, weit weg, und versuchen, in Kontakt mit der Person zu kommen, die sie gewesen war, bevor sie zur Tochter zweier ermordeter Elternteile geworden war.

Wenn das möglich war.

Sie führte ihre Pläne aus, lieh sich Geld von einem Verwandten und fuhr im Juli los.

Allein.

Zuerst nach Mexiko, ins Heimatland ihrer ermordeten Mutter, an unbekannte Plätze mit unbekannten Menschen und einer fremden Sprache. Sie reiste mit leichtem Gepäck, einem braunen Rucksack und einer Karte, sie hatte keinen Plan und kein Ziel. Alle Orte waren neu, und sie war ein Niemand. So konnte sie sich selbst in ihrem eigenen Takt begegnen. Niemand sah, wenn sie weinte, niemand wusste, warum sie plötzlich an einem Flusslauf niedersank und das lange schwarze Haar eine Weile in der Strömung mitschwimmen ließ.

Sie lebte in ihrem eigenen Universum.

Vor der Reise hatte sie vage daran gedacht, ob sie nicht versuchen sollte, die Herkunft ihrer Mutter herauszufinden, vielleicht irgendwelche Verwandten aufspüren, doch bald sah sie ein, dass sie viel zu wenig wusste, um überhaupt irgendwo anzufangen.

Also stieg sie in einem kleinen Ort in den Bus und stieg in einem noch kleineren Ort wieder aus.

Nach gut drei Monaten landete sie in Cuatro Cienegas.

Sie nahm ein Zimmer im Xipe Totec, dem Hotel des gehäuteten Gottes, am Rande der kleinen Stadt. In der Dämmerung ging sie barfuß auf den schönen Markt im Zentrum, es war ihr fünfundzwanzigster Geburtstag, und sie wollte unter Leute. Bunte Lampions hingen in den Platanen, um jeden Baum scharten sich kleine Gruppen von Jugendlichen, junge Mädchen in bunten Kleidern und junge Männer, den Schritt mit Taschentüchern ausgepolstert. Sie lachten. Die Musik aus den Bars vermischte sich mit den Geräuschen des Marktes, die Esel standen ruhig am Springbrunnen, viele sonderbare Düfte zogen durch die Luft.

Sie saß wie eine Fremde auf der Bank und fühlte sich vollkommen sicher.

Nach einer Stunde ging sie zurück ins Hotel.

Der Abend war immer noch warm, als sie sich auf eine Holzveranda setzte, mit Blick auf die weitgestreckte Chihuahuawüste, der schrille Gesang der Zikaden vermengte sich mit klappernden Pferdehufen in der Ferne. Sie hatte sich gerade mit einem kalten Bier selbst zugeprostet und überlegte, ob sie noch eines trinken sollte. Da passierte es. Zum ersten Mal. Sie spürte etwas festen Boden unter den Füßen.

Ich sollte meinen Nachnamen ändern, dachte sie.

Schließlich bin ich Halbmexikanerin. Ich sollte den Namen meiner Mutter annehmen. Sie hieß Adelita Rivera. Ich werde meinen Nachnamen von Rönning in Rivera ändern.

Olivia Rivera.

Sie schaute auf die Wüste hinaus. Natürlich, dachte sie, damit muss ich anfangen. Ganz einfach. Dann drehte sie sich um, hielt ihre leere Bierflasche hoch und warf einen Blick in die Bar. Gleich würde sie eine neue bekommen.

Die sie dann als Olivia Rivera trinken würde.

Wieder schaute sie über die Wüste, sah, wie der leichte Wind ein paar trockene Büsche über den heiß flimmernden Boden rollte, sie sah eine grünschwarze Eidechse auf einen dreiarmigen gezackten Saguarokaktus klettern, sie sah, wie ein paar lautlose Raubvögel dem glühenden Horizont entgegenflogen, und plötzlich fing sie an zu lachen, einfach so, ohne jeden Grund. Zum ersten Mal seit dem Spätsommer des letzten Jahres fühlte sie sich fast glücklich.

So einfach war das!

In der Nacht schlief sie mit Ramón, dem jungen Barkeeper, der ein wenig lispelte, als er sie höflich fragte, ob sie Liebe machen wolle.

Sie war fertig mit Mexiko. Die Reise hatte sie an den Punkt geführt, an den sie hatte kommen müssen. Das nächste Ziel war Costa Rica und dort die Stadt Mal Pais, der Ort, an dem ihr biologischer Vater ein Haus gehabt hatte. Er hatte sich dort Dan Nilsson genannt, obwohl er eigentlich Nils Wendt hieß.

Er hatte ein Doppelleben geführt.

Während der Reise fasste sie ein ganzes Bündel an Beschlüssen, alle dem Namen Olivia Rivera entsprungen. Aus der spürbaren Kraft, die ihr der neue Nachname gab.

Ein Entschluss: die Polizeikarriere wollte sie auf Eis legen und stattdessen Kunstgeschichte studieren. Adelita war Künstlerin gewesen und hatte wunderschöne Teppiche gewebt, vielleicht konnten sie so auf irgendeine Art und Weise in Kontakt kommen.

Ein anderer und noch weitreichenderer Entschluss betraf ihr Verhalten: von dem Augenblick an, in dem sie wieder schwedischen Boden betreten würde, wollte sie ihren eigenen Weg gehen. Sie war von den Menschen, denen sie vertraut hatte, enttäuscht worden. Sie war naiv und offen gewesen und hatte eine Handgranate ins Herz geworfen bekommen. So einer Situation wollte sie sich nicht wieder aussetzen. Ab jetzt wollte sie nur einem einzigen Menschen vertrauen.

Olivia Rivera.

Es war bereits Nachmittag, als sie am Strand der Nicoya-Halbinsel in Costa Rica aus dem Meer kam. Ihr langes schwarzes Haar fiel ihr über die tiefbraunen Schultern, sie war inzwischen seit vier Monaten in der tropischen Sonne gewesen. Sie lief den leeren Strand hinauf und warf sich ein Handtuch über die Schultern, eine grüne Kokosnuss rollte in der Uferbrandung hin und her, sie wandte sich dem Meer zu und wusste, sie musste das Ganze noch einmal durchgehen.

Hier und jetzt.

»Aus dem Bauch meiner ermordeten Mutter geschnitten.«

Das Bild tauchte erneut vor ihrem inneren Auge auf. Der Strand, die Frau, der Mond. Der Mord. Ihre Mutter war von einer Springflut ertränkt worden, eingegraben an einem Strand auf Nordkoster. Bevor ich geboren war, dachte Olivia, sie starb, bevor ich geboren wurde.

Sie hat mich nie sehen können.

Jetzt stand sie selbst an einem ganz anderen Strand und versuchte den Gedanken, nie im Blick der eigenen Mutter gewesen zu sein, zu akzeptieren, und das war schwerer, als es nur zu verstehen.

Ungesehen geboren zu werden.

Sie schaute auf das Meer vor sich, der Ozean erstreckte sich bis zum flammend gelbroten Horizont. Bald würde die Dämmerung einsetzen. Eine leichte Brandung rollte ans Land, weiche, warme Wellen überspülten ihre Füße, weit draußen konnte sie eine Gruppe dunkler Köpfe erkennen, die auf der Wasseroberfläche schaukelten.

Sie zog sich ihr dünnes weißes Kleid über und machte sich auf den Weg.

Kleine grauweiße Krebse verschwanden in ihren Sandlöchern, als sie vorbeiging, das Wasser wischte die Fußspuren hinter ihr aus. Sie war fast eine Stunde den Strand entlanggegangen, langsam, von Santa Teresa bis hierher, zu den Klippen von Mal Pais. Sie wusste, was kommen würde, dass die Bilder und Gedanken wieder aufgerissen werden würden.

Hier und jetzt.

Das war ja Sinn des Spaziergangs gewesen.

Sie wollte sich wieder in den Schmerz fallen lassen, ein letztes Mal, sie wollte bereit sein. In wenigen Minuten würde sie einen Mann treffen, der sie noch näher an ihre geheimnisvolle Vergangenheit heranführen würde.

Der Mann saß auf dem langen Baumstamm am Ufer. Er war 74 Jahre alt und hatte sein ganzes Leben lang hier in der Gegend gelebt. Früher hatte ihm eine Bar in Santa Teresa gehört, jetzt saß er meist auf der Veranda seines sonderbaren Hauses und trank Rum. Er hatte mit fast allem abgeschlossen. Als sein geliebter Freund vor einigen Jahren gestorben war, verschwand damit das Letzte, was die Lebensflamme noch am Leben gehalten hatte, jetzt war nicht mehr viel davon übrig. Einatmen und ausatmen, früher oder später war es zu Ende. Doch er beklagte sich nicht. Er hatte ja seinen Schnaps. Und seine Vergangenheit. Viele Menschen waren im Laufe seines Lebens gekommen und gegangen, einige davon waren in seiner Erinnerung haften geblieben. Zwei davon waren Adelita Rivera und Dan Nilsson.

Und jetzt sollte er ihre Tochter kennenlernen.

Eine Tochter, die ihren Eltern niemals begegnet war.

Er bereute, nicht einen ordentlichen Schluck Rum getrunken zu haben, bevor er zum Strand gegangen war.

Olivia sah ihn bereits von weitem. Sie wusste ungefähr, wie er aussah, das hatte Abbas el Fassi ihr erzählt. Doch ganz sicher konnte sie nicht sein. Sie blieb ein Stück entfernt stehen und wartete darauf, dass der Mann aufschaute.

Doch das tat er nicht.

»Rodriguez Bosques?«

»Bosques Rodriguez. Bosques ist der Vorname. Du bist Olivia?«

»Ja.«

Jetzt schaute Bosques auf. Als seine alten schmalen Augen Olivias Gesicht erreichten, zuckte es in ihnen. Nicht sehr, doch es genügte, dass Olivia einen deutlichen Flashback hatte: Genauso hatte Nils Wendt reagiert, als er sie in einer Hüttentür auf Nordkoster im vergangenen Jahr gesehen hatte, ohne zu ahnen, wer sie war. Und schon gar nicht, dass sie seine Tochter und die von Adelita Rivera war. Auch Olivia hatte keine Ahnung gehabt, wer der Mann in der Tür war, und so waren sie wieder auseinandergegangen, und das war das erste und letzte Mal gewesen, dass sie ihren Vater lebend gesehen hatte.

»Du bist eine Kopie von Adelita«, sagte Bosques mit seiner rauen Stimme.

»Ich bin ihre Tochter.«

»Setz dich.«

Olivia ließ sich auf dem Baumstamm nieder, ein gutes Stück von Bosques entfernt, was er registrierte.

»Du bist sehr schön«, sagte er. »Wie sie.«

»Du hast meine Mutter gekannt.«

»Ja. Und deinen Vater. Den großen Schweden.«

»Wurde er so genannt?«

»Ja, von mir. Und jetzt sind sie beide tot.«

»Ja. Du hast geschrieben, du hättest ein Foto von meiner Mutter?«

»Ein Foto und ein paar andere Dinge.«

Olivia hatte Bosques' Mailadresse von Abbas el Fassi bekommen. Irgendwo in Mexiko war sie in ein Internetcafé gegangen, hatte an Bosques gemailt, ihm erklärt, wer sie war und dass sie plane, nach Costa Rica zu fahren und ihn dort zu treffen. Bosques hatte sehr schnell geantwortet – eine persönliche Mail bekam er nur alle Jubeljahre – und berichtet, dass er einige persönliche Dinge ihrer Eltern besaß.

Jetzt nahm er eine kleine längliche Metalldose hoch, rot und gelb, ursprünglich gedacht für recht exklusive kubanische Zigarren, öffnete sie und holte ein Foto heraus. Seine Hand zitterte ein wenig.

»Das ist deine Mutter. Adelita Rivera.«

Olivia beugte sich zu Bosques und nahm das Foto. Sie konnte einen leichten Zigarrengeruch wahrnehmen. Es war ein Farbfoto. Sie hatte schon ein Foto ihrer Mutter gesehen, Abbas hatte es im letzten Jahr aus Santa Teresa mitgebracht, doch dieses hier war viel schärfer und schöner. Sie betrachtete es und sah, dass ihre Mutter leicht auf einem Auge schielte.

Genau wie Olivia.

»Adelita ist nach einer mexikanischen Freiheitsheldin benannt worden«, erzählte Bosques. »Adelita Velarde. Sie war Soldatin während der mexikanischen Revolution. Ihr Name ist zu einem Symbol für Frauen voller Stärke und Mut geworden. Es gibt auch ein Lied über sie. *La Adelita.*«

Plötzlich fing Bosques an zu singen, leise, eine weiche spanische Melodie, das Lied über eine starke, mutige Frau, in die alle Rebellen verliebt waren. Olivia schaute ihn an, dann wieder das Foto ihrer Mutter, der vibrierende Gesang des alten Mannes drang bis in ihr Innerstes. Sie hob den Blick und schaute über den Ozean, die ganze Situation war absurd, magisch, so weit entfernt von der Anwärterschaft bei der Stockholmer Polizei, wie es nur ging.

Bosques verstummte und senkte seinen Blick. Olivia sah ihn an und erkannte, dass auch Bosques trauerte. Ihre Eltern waren enge Freunde von ihm gewesen. Olivia rutschte näher, dichter an ihn heran. Vorsichtig nahm er ihre Hand. Sie ließ ihn gewähren. Bosques räusperte sich ein wenig.

»Deine Mutter war eine sehr begabte Künstlerin.«

»Abbas hat es mir erzählt. Ich soll von ihm grüßen.«

»Er ist sehr geschickt mit den Messern.«

»Ja.«

»Sollen wir zum Haus deines Vaters gehen?«

»Gleich.«

Olivia wandte sich wieder dem Wasser zu und sah, wie eine riesige Welle aus dem Meer heranrollte, alle dunklen Köpfe, die sie vorher gesehen hatte, schwangen sich nun auf weiße Surfbretter, fingen mit ihren gebeugten Körpern die Welle ein und wurden mit rasender Geschwindigkeit vom brennenden Horizont weggezogen.

Sie stand auf.

Sandra Sahlmann freute sich. Sie brauste auf ihrer neuen weißen Vespa durch die Novemberdämmerung und einen Wolkenbruch und freute sich trotzdem. Wunderbare Gedanken tanzten durch ihren Kopf, es gab so viele tolle Sachen, die gerade im Augenblick passierten. Der Volleyballtrainer hatte gesagt, sie sollte in der nächsten Saison in der A-Mannschaft spielen, und für ihre Religionsarbeit hatte sie eine Eins bekommen, etwas unerwartet, sie hatte gedacht, sie wäre so lala. Schnell fuhr sie am Golfplatz entlang, zu der Siedlung hinauf und gab noch ein wenig mehr Gas.

Plötzlich erstarb der Motor.

Sie drehte und drehte, musste aber nach ein paar Sekunden einsehen, dass sie keinen Sprit mehr hatte. Sie hielt am Straßenrand an und stieg ab. Es war nicht mehr so weit, ein paar hundert Meter, aber die Vespa bei diesem Wetter zu schieben, das war nicht gerade der Hit, also holte sie ihr Handy heraus und rief zu Hause an. Papa sollte ihr entgegenkommen und möglichst einen Regenschirm mitbringen.

Doch er ging nicht ran.

Wenn er Fernsehen sah, schaltete er sein Handy meistens auf lautlos, wegen der Konzentration, wie er behauptete. Vielleicht war er ja auch unterwegs, einkaufen, und hörte das Klingeln nicht. Er hatte versprochen, Tacos zu besorgen, ihr Lieblingsessen, als Belohnung für ihre Eins. Also musste sie allein zurechtkommen. Ich stelle die Vespa hier ab, dann können wir sie später holen, dachte sie. Sie schob die Vespa unter einen Baum und schloss sie ab. Den Helm behielt sie auf. Sie versuchte noch einmal anzurufen, vielleicht hatte er den Ton wieder eingeschaltet? Oder war nach Hause gekommen?

Nein.

Also machte sie sich auf den Weg.

Glücklicherweise war das Licht im Fußgängertunnel nicht kaputt, das konnte sie schon von weitem sehen. Nicht immer funktionierte es. Nicht, dass sie Angst im Dunkeln hatte, aber wenn man dort jemandem begegnete, konnte man im Finstern nicht erkennen, wer es war, und das mochte sie nicht.

Jetzt war sie fast am Tunnel angekommen und sah, dass aus der anderen Richtung ein Mann auf sie zukam. Niemand, den sie kannte. Und sie kannte die meisten Nachbarn in der Gegend, dieser Mann wohnte hier nicht. Sie ging etwas schneller, als sie sich begegneten, rannte schließlich fast aus dem Tunnel hinaus und drehte sich um.

Der Mann war weg.

War er wie sie aus dem Tunnel gelaufen?

Aber es war ja auch gleich.

Jetzt musste sie nur noch den schmalen Weg hinaufgehen und durch den Waldhain die Abkürzung nehmen, dann war sie fast zu Hause.

Der raue Wind riss feuchte Blätter von den Bäumen, der nasse Nebel hüllte das kleine Waldstück in ein diffuses, trübes Licht. Aber sie fühlte sich zwischen den Bäumen sicher, auch wenn es bereits ziemlich dunkel war. Fast hatte sie den Hain erreicht, als ihr die Tasche einfiel. Mit dem Haustürschlüssel. Die Tasche lag im Hinterfach der Vespa. Wenn ihr Vater noch einkaufen war, würde sie nicht hineinkommen. Sie kehrte um und eilte zurück zur Vespa. Ihre Laune war deutlich abgekühlt. Außerdem war das Licht im Tunnel jetzt ausgegangen. Aber sie war so wütend auf sich selbst, dass sie ohne weiter darüber nachzudenken hindurchlief, zur Vespa, das Schloss aufriss, die Tasche herausholte und wieder durch den Regen zurückstapfte.

Als sie den dunklen Tunnel erneut vor sich sah, fiel ihr der Mann ein, der so plötzlich verschwunden war.

Wohin war er gegangen?

Sie blieb kurz vor dem Tunnel stehen und versuchte bis zur anderen Seite zu sehen. Es war nicht so weit, und alles sah leer aus. Sie holte tief Luft und lief durch den Tunnel. Lächerlich, dachte sie, als sie es geschafft hatte.

Wovor habe ich eigentlich Angst?

Schon von weitem konnte sie Licht in einem Nachbarhaus sehen. Aus irgendwelchen Gründen fühlte sie sich dadurch sicher. Es gab zumindest Leute in der Nähe. Sie überquerte ein nasses Rasenstück und näherte sich erneut dem kleinen Waldstück, versuchte wieder bessere Laune zu bekommen. Es fehlte nur noch ein kleines Stück, und nachher würden sie zusammen die Vespa holen und Tacos essen.

Jetzt war sie unter den Bäumen angekommen.

Das nasse Laub klebte an den Schuhen.

Es gab einen kleinen Trampelpfad durch den Hain, schon hundert Mal war sie ihn gegangen, er mündete kurz vor der Hecke zu ihrem Grundstück. Ihn ging sie gerade entlang, als sie ein Geräusch hörte. Als wäre etwas zerbrochen. Direkt hinter ihr. Sie drehte sich um, durch den Hain hatte sie nicht das volle Blickfeld.

Was war das für ein Geräusch?

Sie spähte zwischen den Bäumen hindurch, überall nur dunkle Stämme und regenschwere Äste.

Ein Reh?

Hier, so nah an den Häusern?

Sie drehte sich wieder um und ging schneller. Den Weg kannte sie genau, trotzdem lief sie direkt gegen einen Baumstamm. Sie kam ins Schwanken und riss sich den Helm herunter. Da hörte sie ein anderes Geräusch. Ganz nahe.

Jemand ist hier im Wald!

Sie warf den Helm von sich und rannte los, es fehlte nicht mehr viel, dann würde sie herauskommen und die Hecke ums Haus erreichen, und da würde sie sicher sein. Aber eigentlich erst, wenn sie an der Pforte angekommen war. Die Hecke bestand aus ansehnlichen alten Hainbuchen, und sie musste ganz herumlaufen, um die Pforte zu erreichen. Sie lief so schnell sie konnte, fiel aber plötzlich zu Boden. Ein Erdhügel vom Kompost des letzten Jahres hatte sie stolpern lassen. Direkt neben der Hecke. Ein paar Sekunden blieb sie ganz still auf dem Boden liegen, das Gesicht in feuchten Lehm gedrückt. Sie wagte es nicht, hinter sich zu sehen, und spürte, wie ihr die Tränen in die Augen schossen.

»Papa! PAPA!«

Sie schrie hemmungslos. Wenn ihr Vater zu Hause war, musste er sie doch hören! Sie lag ja nur auf der anderen Seite der Hecke! Sie zog die Arme an den Körper und drückte sich von der Erde hoch, lief erneut los. Auf die Pforte zu. Die stand offen. Sie lief hindurch, ins schützende Innere der Hecke, zur Tür hoch, riss sich die Tasche herunter und wollte sie öffnen. Der Reißverschluss hakte. Zum Schluss bekam sie ihre Tasche auf, fand den Schlüssel und schob ihn ins Schloss, drehte ihn um, drückte die Tür auf, rannte hinein und warf die Tür hinter sich zu, drehte den Schlüssel zweimal um, holte tief Luft und drehte sich zum Flur um – wo ihr Vater fünf Meter vor ihr an einem blauen Abschleppseil von der Decke des Wohnzimmers baumelte, die Zunge hatte sich zwischen den Lippen hervorgeschoben, seine weit geöffneten Augen starrten Sandra direkt an.

*

Das Essen war fantastisch gewesen, von der mit Madeira gewürzten Pfifferlingssuppe übers Kalbsfilet bis zur leckeren Panna cotta.

»Hast du die Panna cotta auch selbst gemacht?«

»Das ist gar nicht so schwer.«

Olivia musste lächeln. Wenn es das Essen betraf, gab es nicht viel, was schwierig war für Maria Rönning, ihre Adoptivmutter, die aus Spanien stammende Juristin mit den langen schwarzen Haaren. Sie saßen an Marias Küchentisch im Reihenhaus in Rotebro. Maria hatte Olivia vom Flughafen abgeholt und darauf bestanden, sie zum Essen einzuladen. Olivia war nicht schwer zu überreden gewesen. Diverse Flugstunden über dem Atlantik mit schlechtem Essen und trockenen Keksen zu lauwarmem Kaffee hatten Marias Einladung nur umso verlockender gemacht. Eigentlich hatte sie zuerst in ihre Zweizimmerwohnung in Söder fahren wollen, um auszuschlafen und neue Energie zu tanken, bevor sie Maria einige heftige Neuigkeiten verkünden wollte.

Zum richtigen Zeitpunkt.

Und ein Essen mit ihr in ihrer Küche, mit allem, was dazugehörte an gutem Wein und Restmüdigkeit, würde Platz für eine Intimität schaffen, die Olivia möglichst vermeiden wollte.

Aber nun war es anders gekommen.

Deshalb beschloss sie, das Schlimmste bereits im Auto auf dem Weg von Arlanda preiszugeben.

»Den Namen ändern?«, fragte Maria hinterm Lenkrad.

»Ja. In Rivera.«

»Wann hast du dich dazu entschlossen?«

»In Mexiko.«

»Olivia Rivera?«

»Ja.«

»Das ist ein schöner Name.«

Maria hielt ihren Blick auf die Straße gerichtet. Olivia musterte sie von der Seite. Meinte sie das, was sie sagte? War sie wirklich der Meinung, dass es ein schöner Name war, oder steckte mehr dahinter?

»Der passt zu dir«, sagte Maria.

Olivia war verblüfft. Sie hatte eine ganz andere Reaktion erwartet und bereits eine ziemlich schlüssige Argumentationskette vorbereitet, warum sie den Namen ihrer toten Mutter annehmen wollte. »Der passt zu dir.« Was sollte sie darauf sagen?

»Danke. Außerdem habe ich beschlossen, nicht weiter bei der Polizei zu arbeiten. Zumindest erst einmal nicht.«

»Gut.«

»Gut?«

»Warum solltest du Polizistin werden? Das ist nichts für dich, das habe ich doch die ganze Zeit gesagt.«

Was stimmte. Maria war nie von Olivias Entscheidung, zur Polizei zu gehen, begeistert gewesen. Sie hatte die Wahl unterstützt, aber ohne größere Begeisterung. Trotzdem fühlte Olivia sich fast provoziert. Warum sollte sie keine Polizistin werden? Aber das wollte sie doch gar nicht mehr, oder? Sie hatte plötzlich das Gefühl, als würde ihr der Boden unter den Füßen weggezogen. Zwei ihrer wichtigsten Entscheidungen hatte Maria pariert, als handelte es sich um Bagatellen. Oder als wären sie zumindest nicht so umwälzend, wie sie für Olivia doch waren. Die restliche Autofahrt verging damit, dass Olivia verschiedene Orte beschrieb, die sie besucht hatte, und eine gegenseitige Bestätigung, wie erleichtert doch beide über Obamas Sieg bei der Präsidentenwahl waren.

»Und was willst du stattdessen tun?«

Maria schenkte Wein nach, während sie Olivia betrachtete.

»Statt was?«

»Statt Polizistin zu werden.«

»Ich will Kunstgeschichte studieren.«

Sag jetzt bitte nicht »gut«, dachte Olivia.

»Das ist schlau. Das hat ja auch eine gewisse Beziehung zu Adelita.«

»Ja.«

Maria lächelte kurz und betrachtete Olivia.

»Was ist?«

»Du bist so braun.«

»Ich bin halbe Mexikanerin.«

»Aber nun reg dich nicht auf, meine Liebe, das war ein Kompliment.«

»Danke.«

Olivia brauchte frische Luft. Sie hatte sich vor der ersten Begegnung mit Maria gewappnet und spürte eine Art störrischen Wunsch, sie mit ihrem Namenswechsel und anderen Entscheidungen zu provozieren, und jetzt schien all ihre Wut und Kraft ins Leere zu laufen.

»Wollen wir einen kleinen Spaziergang machen?«

Es war Maria, die mit diesem Vorschlag kam.

Es hatte aufgehört zu regnen. Dennoch war es ein leichter Schock für Olivia, als sie ins Freie trat. Sie hatte geraume Zeit in tropischen Temperaturen verbracht, hier in Schweden herrschten um die null Grad und ein rauer Novemberwind. Maria hatte ihr eine alte Daunenjacke und eine schrecklich hässliche Mütze in die Hand gedrückt.

Wofür sie bald dankbar war.

Seite an Seite gingen sie die kleine Straße zwischen den Reihenhäusern entlang. Hier hatte Olivia den größten Teil ihrer Kindheit verbracht. Maria zeigte auf die einzelnen Häuser und berichtete, wer noch dort wohnte, wer gestorben war, wer von den Nachbarn frisch verheiratet war und so weiter, und Olivia nickte ab und zu, damit es so aussah, als wäre sie daran interessiert. Doch ihre Gedanken waren ganz woanders. Bei Arne, ihrem Adoptivvater, Marias Ehemann, der an Krebs gestorben war, als Olivia neunzehn Jahre alt gewesen war. Olivia hatte Arne sehr geliebt. Er war ihr sicherer Halt in den schwierigen Teenagerjahren gewesen, er war immer zur Stelle gewesen, wenn sie Hilfe gebraucht hatte, nicht mehr weiterwusste, sterben wollte, weglaufen oder einfach nur sich bei jemandem anschmiegen, der sie tröstete, ohne moralische Standpauken zu halten.

Maria musste immer ihren Kommentar abgeben.

Was Olivia hasste.

Dann starb Arne und hinterließ ihr einen großen Schmerz und einen weißen Ford Mustang. Den Mustang hatte sie noch immer, der Schmerz hatte seine Form geändert.

Radikal.

In dem Moment, als sie erfuhr, dass Arne gar nicht ihr leiblicher Vater war. Was er und Maria ihr verschwiegen hatten. Und noch dazu hatte er auch Maria Olivias schrecklichen Hintergrund verschwiegen, und das so radikal, dass Olivia es nicht verstand und wohl auch nie verstehen würde. Oder eine Erklärung dafür bekäme. Denn er war ja tot. Es war eine Enttäuschung, die den so geliebten Adoptivvater in eine Schlangengrube chaotischer Gefühle zog, und das für lange Zeit. Erst langsam hatte sie akzeptiert, wie alles gekommen war. Warum seine Wut an einem Menschen verschwenden, der begraben war? Und schließlich hatte sie sich mit dem versöhnt, was geschehen war.

Sie hatte Arne geliebt, und er hatte sie geliebt. Tief und von ganzem Herzen, solange er lebte. Es gab keinen Grund, diese Gefühle in den Dreck zu ziehen.

»Woran denkst du?«, fragte Maria.

Sie waren gerade auf den Holmbodavägen eingebogen.

»Ich frage mich, wie Papa wohl auf meinen neuen Namen reagiert hätte.«

»Na, genau wie ich.«

»Woher weißt du das?«

»Weil er … was ist das denn?«

Maria blieb stehen. Am Ende der Straße standen ein Streifen- und ein Krankenwagen vor einem Haus. Ein paar Polizeibeamte in Uniform kamen gerade durch die Pforte heraus. Maria fasste Olivias Arm.

»Das ist doch bei den Sahlmanns?«

»Ja und?«

Olivia wusste, wer die Sahlmanns waren. Als sie noch bei ihren Eltern wohnte, hatte sie häufiger bei der Tochter Sandra den Babysitter gespielt. Und als Sandras Mutter Therese vor acht Jahren beim Tsunami umgekommen war, war Maria eine der Personen in der Nachbarschaft gewesen, die ihren Vater Bengt unterstützt und ihm bei einigen juristischen Formalitäten geholfen hatte.

»Was ist denn da passiert?«, fragte Maria.

Sie gingen zum Krankenwagen. Olivia registrierte, dass einige Nachbarn halb verborgen hinter den Gardinen standen und hinüberschauten. Als sie fast am Wagen angekommen waren, blieb sie stehen. Einer der Polizisten an der Pforte war ihr gut bekannt. Es war Ulf Molin, einer ihrer Klassenkameraden auf der Polizeihochschule. Der aufdringlichste Junge, den sie in den letzten Jahren kennengelernt hatte. Olivia nahm schnell die hässliche Wollmütze ab.

»Hallo, Ulf.«

Ulf Molin drehte sich um.

»Olivia? Ja, hallo! Was machst du denn hier?«

»Ich besuche meine Mutter, sie wohnt hier in der Nähe.«

»Wie geht es dir? Meine Güte, bist du braun! Ich habe gehört, dass du …«

»Ich habe mir eine Auszeit genommen. Was ist denn hier passiert? Ach, übrigens, das ist Maria, meine Mutter.«

Ulf begrüßte Maria. Ein wenig zu kriecherisch, wie Olivia fand. Hatte er es immer noch nicht aufgegeben?

»Wir kennen Bengt Sahlmann und seine Tochter Sandra«, sagte Maria und wiederholte Olivias Frage: »Was ist denn hier passiert?«

Ulf trat einen Schritt zur Seite, und Olivia und Maria folgten ihm. Bewusst oder unbewusst senkte er seine Stimme ein wenig.

»Sahlmann hat sich das Leben genommen. Hat sich erhängt. Seine Tochter ist vor kurzem nach Hause gekommen und hat ihn gefunden.«

Maria und Olivia schauten einander an. Sich erhängt?

»Das arme Mädchen!«, rief Maria aus.

»Wo ist sie jetzt?«, fragte Olivia.

»Im Krankenwagen. Sie haben ihr ein Beruhigungsmittel gegeben. Wir haben sie gefragt, wo ihre Mutter ist, aber sie hat uns keine Antwort darauf gegeben.«

»Ihre Mutter ist tot«, informierte Maria ihn.

»Oh je! Ich verstehe.«

»Habt ihr schon irgendwelche Verwandte erreichen können?«

»Wir haben versucht, eine Tante von ihr zu benachrichtigen, aber anscheinend ist sie in Kopenhagen auf einer Konferenz, bis jetzt haben wir sie nicht erreicht.«

»Und sonst niemand?«

»Sie hat keine anderen Namen genannt.«

»Darf ich mit ihr sprechen?«, fragte Olivia.

Ulf nickte, ging zum Krankenwagen und öffnete die Hecktür. Olivia trat neben ihn und schaute hinein. An einer Wand saß eine Sanitäterin. Auf einer schmalen Pritsche ihr gegenüber hockte ein schmales Teenagermädchen, zusammengesunken, mit schmutziger Kleidung, eine rote Decke über den Schultern. Ihr blondes Haar hing ihr über die Augen, sie hatte die Faust auf den Mund gepresst. Es dauerte einige Sekunden, bevor Olivia sie wiedererkannte, aber es brauchte keine Sekunde, bis sie selbst einen Kloß im Hals spürte.

Sie schluckte schwer.

»Hallo, Sandra, erinnerst du dich noch an mich?«, fragte Olivia.

Sandra wandte ihr verweintes Gesicht Olivia zu.

»Als du noch klein warst, war ich häufiger deine Babysitterin. Erinnerst du dich?«

Ein paar Sekunden lang betrachtete Sandra Olivia, nickte dann fast unmerklich. Olivia beugte sich ein wenig vor.

»Ich habe gerade gehört, was passiert ist, und …«

»Ich will nicht wieder in das Haus.«

Sandras Stimme war brüchig und kaum zu verstehen. Sie zog sich die Decke über die Augen und senkte den Kopf auf die Brust.

»Das brauchst du auch nicht«, sagte Olivia.

»Ich will hier nicht mehr bleiben.«

»Das verstehe ich … wenn du willst, kannst du gern mit uns kommen.«

»Ich will zu Charlotte.«

Die Stimme kam unter der Decke hervor.

»Wer ist das?«

»Meine Tante.«

»Die ist anscheinend in Kopenhagen. Sie kommt bestimmt sofort nach Hause, sobald die Polizei sie benachrichtigt hat, aber das kann bis morgen dauern. Willst du nicht lieber solange zu uns kommen?«

Sandra wiegte sich vor und zurück. Olivia drehte sich halb um. Ulf und Maria standen ein Stück hinter ihr. Olivia sah Ulf an und flüsterte, so leise sie konnte:

»Wohin bringt ihr sie, wenn sie nicht will …«

Plötzlich stand Sandra von der Trage auf. Olivia streckte ihr sofort eine Hand hin und half ihr hinunter auf die Straße. Maria trat näher.

»Hallo, Sandra.«

Sie legte einen Arm um Sandras Schultern und ging mit ihr ein paar Schritte vom Krankenwagen weg. Olivia wandte sich Ulf zu.

»Ist es in Ordnung, wenn wir sie mitnehmen?«

»Auf jeden Fall, kein Problem, wenn sie es so will. Übrigens, hast du noch deine alte Handynummer?«

Worauf will er denn jetzt hinaus?, fragte Olivia sich. Hier?

»Warum?«

»Wenn wir ihre Tante erreicht haben, wäre es doch gut, wenn ihr das so schnell wie möglich erfahrt, nicht wahr?«

»Ja, sicher. Natürlich. Ja, ich habe noch dieselbe Nummer.«

»Gut. Wir lassen von uns hören. Hübsche Mütze.«

Ulf nickte zu der Wollmütze in Olivias Hand.

Eine halbe Stunde später rief Ulf an. Er hatte Sandras Tante in Kopenhagen erreicht, ihr mitgeteilt, was passiert war und dass Sandra bei Maria Rönning untergebracht war. Charlotte hatte Olivias Handynummer bekommen und angerufen. Das Gespräch mit Sandra war nur kurz und ziemlich einsilbig gewesen. Beide weinten. Zum Schluss reichte Sandra Olivia das Handy, und Charlotte erklärte, dass sie die erste Maschine am nächsten Morgen nehmen würde.

»Kann Sandra bei euch bleiben, bis ich komme?«

»Selbstverständlich«, sagte Olivia.

Dann legte sie auf.

Alle drei saßen in Marias Küche. Maria hatte ein paar Kerzen auf dem Tisch angezündet und Tee aus ihrer Spezialmischung gekocht, eine Art Universalkur, die gegen so ziemlich alles half. In erster Linie war es beruhigend. Was besonders gut für Maria und Olivia war, denn Sandra stand bereits sichtbar unter der Wirkung der Medikamente, die sie von den Sanitätern bekommen hatte, und war kaum ansprechbar. Unter Schock stehend, müde und mit Drogen vollgepumpt. Sie sagte nichts. Maria und Olivia tranken ihren Tee und waren sich nicht sicher, wie sie die Situation meistern sollten, als die dünne Stimme sich meldete.

»Ich hatte kein Benzin mehr …«

Sandra schaute in ihre Tasse, als sie es sagte, so leise, dass Olivia und Maria sich zu ihr beugen mussten.

»…ich habe zu Hause angerufen, aber Papa ist nicht drangegangen, ich dachte, er ist vielleicht einkaufen, er wollte Tacos kaufen, das ist mein Leibgericht, wir wollten feiern…«

Sandra verstummte. Dicke Tränen liefen ihr über die Wangen und tropften in die Tasse.

»Was wolltet ihr feiern?«

»Ich will nicht wieder nach Hause.«

»Das verstehe ich gut«, sagte Olivia. »Kannst du erst einmal bei Charlotte wohnen?«

»Wann kommt sie?«

»Morgen früh. Sie kommt direkt hierher.«

»Muss ich hier schlafen?«

»Willst du das nicht?«

Sandra antwortete nicht. Maria legte ihr eine Hand auf den Arm.

»Du kannst in Olivias altem Kinderzimmer schlafen.«

Sandra nickte verhalten. Sie schob die Teetasse von sich und schaute Olivia an. Ihr Blick war abwesend, die Augen glänzten.

»Ich will meinen Laptop haben.«

»Wo ist der denn?«

»In Papas Arbeitszimmer. Wir teilen uns den, er liegt in einem karierten Futteral, so einer Korktasche.«

»Dann hole ich ihn dir.«

Olivia stand auf. Maria schaute sie an, Olivia zuckte leicht mit den Schultern. Wollte Sandra ihren Laptop haben, dann sollte sie ihn bekommen. Das war trotz allem ein erster kleiner Schritt in die Zukunft.

»Hast du einen Haustürschlüssel bei dir?«

Sandra schob die Hand in die Tasche und zog einen Schlüssel heraus. Olivia nahm ihn entgegen.

»Ich bin gleich zurück.«

Olivia eilte durch Marias Vorgarten. Vermutlich war Ulf nicht mehr bei den Sahlmanns. Vielleicht sollte ich das mit ihm abstimmen, dachte sie, zog ihr Handy heraus und drückte auf die zweitletzte gewählte Nummer.

»Molin.«

»Hallo, hier ist Olivia.«

»Oh, hallo! Wie läuft es bei euch? Wie geht es ihr?«

»Beschissen. Du, sie hat mich gebeten, ihren Laptop aus dem Haus zu holen, ist das in Ordnung? Ich habe den Haustürschlüssel von ihr bekommen.«

»Kein Problem, wir sind dort fertig. Aber du kannst ja etwas vorsichtig zu Werke gehen.«

»Ich weiß. Wir haben dieselbe Ausbildung hinter uns.«

»Ach, tatsächlich?«

»Hör schon auf.«

Olivia drückte ihn weg. »Etwas vorsichtig zu Werke gehen.« Wo schnappten sie diese idiotischen Ausdrücke auf? In der Sauna? Doch sie verstand, was er meinte, und stellte fest, dass sie Handschuhe hätte mitnehmen sollen. Sie suchte in den Taschen der dicken Daunenjacke und zog ein Paar abgenutzte Fausthandschuhe hervor. Fausthandschuhe? Sie schob die Handschuhe wieder in die Tasche und bog in die Straße ein, in der die Sahlmanns wohnten. Es hatte wieder angefangen zu regnen, der Wind peitschte zwischen den Häusern hindurch. Sie blinzelte mit den Augen und wurde langsamer. An Sahlmanns Pforte stand eine dunkle Gestalt. Oder war das nur der Schatten eines Baums? Sie ging weiter auf das Haus zu. Krankenwagen und Polizeiauto waren fort, aber die Nachbarn hingen noch hinter den Gardinen. Sie konnte förmlich spüren, wie aufmerksame Augen ihr auf der dunklen Straße folgten.

Sie erreichte die Pforte.

Es war niemand dort. Wahrscheinlich ein Schatten, dachte sie und ging zur Haustür, die sie mit Sandras Schlüssel öffnete und dann eintrat. Plötzlich wurde die Tür mit einem lauten Knall zugeweht.

Es war stockfinster im Eingangsbereich.

Im ganzen Haus.

Und totenstill.

Ein toter Mann hatte hier vor einer Weile gehangen. Direkt vor ihr. An einem Seil von der Decke herab. Olivia verdrängte diese Gedanken und begann nach einem Lichtschalter zu suchen. Da schlug der Berufsreflex durch. Der saß trotz allem. Schnell holte sie die Fausthandschuhe heraus und zog sie an. Wenige Sekunden später musste sie einsehen, welch sensibles Instrument doch die menschliche Hand war. Im Stockfinsteren nach einem Lichtschalter zu suchen, von dem man nicht weiß, wo er sich befindet, und das mit einem Paar dicker Fausthandschuhe, das war kein Kinderspiel. Doch zum Schluss fand sie den Schalter. Das Flurlicht führte sie in das Wohnzimmer, und dort fand sie den nächsten Lichtschalter. Das Zimmer erhellte sich. Olivia schaute sich um. Ein ganz normales Wohnzimmer, mit Sitzecke, Fernseher, Bücherregalen, einer Stehlampe, einem Lesesessel, kleinen Bildern an den Wänden. Eine Sammlung Fotos auf einem Regal fiel ihr ins Auge. Auf einem ziemlich großen Foto sah sie eine jüngere Sandra und einen jüngeren Bengt Sahlmann, zusammen mit einer dunkelblonden Frau in Bengts Alter. Therese, Sandras Mutter. Olivia konnte sich nur schwach an sie erinnern.

Eine Familie.

Und jetzt gab es nur noch Sandra. Olivia spürte, wie sich ihr Magen zusammenzog. Sie ging weiter in den angrenzenden Raum und schaltete die Deckenbeleuchtung ein. An einer Wand stand ein großer Schreibtisch mit verschiedenen technischen Geräten, einem Modem, einem Drucker, einem Router und jeder Menge Kabeln.

Doch kein Laptop.

Und keine karierte Laptoptasche aus Kork.

Sie schaute sich gründlich um. Auf Regalen, Stühlen, auf dem Schreibtisch – nichts. Sie war nicht hier. Vielleicht in einem der anderen Zimmer? Obwohl Sandra doch sehr sicher geklungen hatte: »In Papas Arbeitszimmer.« Aber sie konnte sich ja trotz allem irren. Ihr Vater konnte ihn woanders hingelegt haben.

Olivia löschte das Licht und ging zurück ins Wohnzimmer. Ein leichter Schauer lief ihr über den Rücken. Sie schaute zur Decke hoch, zu dem Lampenhaken, an dem sich Sahlmann vermutlich erhängt hatte, da Sandra ihn ja direkt gesehen hatte, als sie das Haus betrat. Olivia merkte, dass sie ganz flach atmete. Warum tat sie das? Schließlich war hier drinnen kein Mord begangen worden, oder? Ein unglücklicher Mensch, der seinem Leben mit einem Seil ein Ende gesetzt hatte. Das einzig Unangenehme hier drinnen könnte seine tote Seele sein, und da Olivia die Letzte war, die sich mit so einem Hokuspokus beschäftigte, ging sie in die Küche.

Die Deckenlampe dort warf ein bleiches Licht über den Raum. Olivia schaute sich um. Kein Laptop. Nur eine ganz gewöhnliche Küche. Weiße Vitrinenschränke, Magneten an der Geschirrspülmaschine, eine Obstschale, eine Anrichte mit einigen Flaschen, ein Tisch in der Mitte mit einer grünen Plastikdecke, ein zur Hälfte mit Wasser gefülltes Glas neben dem Herd. Vor nur wenigen Stunden ein vollkommen undramatisches Alltagsbild.

Jetzt war es etwas ganz anderes.

Olivia spürte wieder dieses brennende Gefühl im Bauch, dass ein ganzes Leben plötzlich zerstört werden konnte, von sicherer Normalität in Schock und Trauer umkippte. Sie schaute auf die Anrichte. An die Wand lehnte eine Tacopackung, daneben standen eine Dose mit Tacosauce, eine mit Mais und eine Tüte mit Tortillachips. Sandras Lieblingsgericht, für das ihr Vater eingekauft hatte, um irgendetwas mit ihr zu feiern. Olivia öffnete den Kühlschrank. Ein noch verschlossenes Paket Hackfleisch lag auf dem obersten Regal.

Alle Zutaten für das Lieblingsgericht.

Und dann nimmt er sich das Leben.

Olivia löschte das Licht in der Küche und ging zurück ins Wohnzimmer. Sie war verwirrt. Warum, das konnte sie nicht genau sagen, aber irgendetwas stimmte hier nicht. Sie setzte sich aufs Sofa und schaute auf ihre Fausthandschuhe. Die Stille im Raum hüllte sie ein. Was ist hier passiert?, überlegte sie. Langsam drehte sie den Kopf und schaute zum Flur hin, durch den Sandra hereingekommen war, an die Decke, an der Sandras Vater gehangen hatte, auf den Boden, wo die Reste eines großen Flecks zeigten, was die Polizei weggewischt hatte, und dann schaute sie zu dem dunklen Flur, der zum Schlafzimmer führte.

Soll ich dort auch nachsehen?

Sie rieb die Fausthandschuhe aneinander und fasste einen Entschluss. Vom Sofa bis zu dem dunklen Flur waren es nur wenige Schritte. Sie legte sie zurück und blieb wieder stehen. Sie hatte ein Geräusch gehört. Ein Kratzen.

Waren das Zweige am Schlafzimmerfenster?

Sie machte einen weiteren Schritt und blieb vor der halb geöffneten Tür stehen. Das Kratzen war nicht mehr zu hören. Es war totenstill. Sie griff zur Türklinke. Gerade als sie die Tür aufschieben wollte, schrillte ein grelles Geräusch durch das Haus. Ein Telefon. Ein plötzliches Signal, das sie dazu brachte, zurück in den Flur zu springen. Mit schnellen Schritten war sie wieder im Wohnzimmer. Das Telefon stand auf dem Regal neben dem Sofa. Es klingelte erneut. Sie trat ans Regal. Nach dem dritten Signal hob sie den Hörer ab und hätte ihn fast auf den Boden fallen lassen – wegen der Fausthandschuhe.

Sie meldete sich.

»Ja?«

»Hallo, hier ist Alex Popovic, ich wollte Bengt sprechen. Bist du es, Sandra?«

»Nein.«

»Ist Bengt da?«

»Nein. Sind Sie ein Bekannter der Familie?«

»… mit wem rede ich?«

»Olivia Rivera. Bengt Sahlmann hat sich das Leben genommen. Wenn Sie weitere Informationen haben möchten, wenden Sie sich bitte an die Polizei.«

Olivia legte auf und ging zur Haustür.

Sie hatte getan, worum Sandra sie gebeten hatte.

Fast.

Einen Laptop hatte sie nicht gefunden.

*

Die Asche seines Zigarillos war nur noch einen Zentimeter von seinen gelben Fingerspitzen entfernt, gleich würde sie vor seine nackten Füße fallen. Wobei er kaum geraucht hatte, er hatte den Zigarillo angezündet, einen tiefen Lungenzug genommen und war dann verschwunden. In der Musik. In *Scheherazade*. Dort war er immer noch. Er hatte die Lautsprecher so platziert, dass die Musik sich genau an dem Punkt traf, an dem er jetzt stand, nackt, mit geschlossenen Augen, mitten in dem großen Raum. Das Licht einiger Alabasterlampen ergoss sich über die schönen Bodenplanken, der Schatten seines mageren Körpers kletterte an der Wand zu der schweigenden Figur hoch. Die große kahle Nordwand, die er liebte. Die Wand gegenüber war vom Boden bis zur Decke mit Büchern mit dunklen Rücken bedeckt, dicken, stummen Büchern, die er nie gelesen hatte und die er auch nie würde lesen wollen. Sie waren bereits hier gewesen, als er eingezogen war. Er drehte seinen nackten Körper ein wenig, als gäbe es einen Strang der Musik, den er nicht auffangen konnte. Doch dem war nicht so. Alle Töne und Klänge hatten sich hier drinnen gesammelt, im Kopf, am selben Punkt wie die Frau. Die Frau, die blutete, schrie und starb, immer und immer wieder, vor seinen hilflosen Augen, bis sie endlich aus seinem geschlossenen Blick herausfiel und nur noch die Musik zurückblieb. Diese laute, schöne Musik, die wieder ihre Funktion erfüllt hatte. Ihn gereinigt hatte. Ihn ausgelöscht hatte. Das Schreckliche aus seinem Gehirn ausradiert hatte.

Für dieses Mal.

Es senkte seinen Kopf ein wenig und öffnete die Augen. Ein neues Geräusch hatte sich dazwischengedrängt. Ein Geräusch aus der Welt, der er nicht angehören wollte. Er trat einen Schritt zur Seite und stellte die Musik ab. Das Handy lag auf dem Verstärker. Er konnte sehen, wer anrief, und nahm das Gespräch an, die bekannte Stimme erreichte sein Bewusstsein.

»Bengt Sahlmann hat sich erhängt.«

Die Asche fiel zu Boden.

*

Sandras Augen fielen augenblicklich zu. Maria deckte sie zu. Das Mädchen schlief schon, bevor sie richtig zugedeckt war. Maria betrachtete das junge Mädchen einen Moment, dann schaltete sie die Nachttischlampe aus. Unbewusst vermied sie, an Olivias Schicksal zu denken. Es gab Parallelen, doch die wollte sie an diesem Abend nicht ziehen müssen.

»Es war kein Laptop dort.«

Olivia warf die Daunenjacke über einen Küchenstuhl und setzte sich an den Tisch. Maria schenkte ihr Tee ein.

»Sandra ist eingeschlafen.«

»Gut. Ich habe fast im ganzen Haus gesucht, aber er war nicht da.«

»Mehr kannst du nicht machen.«

»Ich werde sehen, ob er vielleicht auf Bengts Arbeitsstelle ist.«

»Ja. Aber das kann ihre Tante doch auch tun.«

»Sie hat mich gefragt.«

Maria nickte. Sie erkannte die Parallelen, die sie hatte verdrängen wollen, sah, dass sie in Olivia bereits Fuß gefasst hatten. Ihre Adoptivtochter hatte Sandra mit offenen Armen aufgenommen.

»Wo hat Bengt denn gearbeitet?«, wollte Olivia wissen.

»Er war beim Zollwesen angestellt. Schläfst du hier?«

»Ja.«

Was hat sie denn gedacht?, empörte sich Olivia insgeheim. Dass ich mitten in der Nacht nach Söder fahre und Sandra alleinlasse? Nicht, dass sie Marias Fürsorge misstraute oder ihrer Fähigkeit, Sandra ein ausgezeichnetes, nahrhaftes Frühstück zu bereiten. Aber schließlich war es Olivia, die den Kontakt zu Sandra hergestellt hatte.

Der Meinung war sie jedenfalls.

»Du kannst im Gästezimmer schlafen, das Bett dort ist frisch bezogen. Ich glaube, ich werde mich jetzt auch schlafen legen«, sagte Maria.

»Ja, mach das, ich werde abdecken.«

Maria stand auf, zögerte einen Moment, ob sie sich hinunterbeugen und Olivia einen Kuss auf die Wange geben sollte. Olivia Rivera. Doch sie hielt sich zurück, strich ihr stattdessen mit der Hand über die Wange.

»Te amo.«

»Schlaf gut.«

Maria ging aus der Küche, drehte sich auf halbem Weg um und schaute Olivia an.

»Du kannst dich gut in ihre Situation hineinversetzen, nicht wahr?«

Olivia gab keine Antwort.

»Gute Nacht.«

Maria verschwand. Olivia schaute ihr nach. Sie hatte ja recht. Olivia hatte sich in Sandras Situation hineinversetzt, seit dem Moment, als sie das unter Schock stehende Mädchen im Krankenwagen gesehen hatte, kurz nachdem sie ihren Vater verloren hatte. Und vor ein paar Jahren hatte sie schon ihre Mutter beim Tsunami verloren. Beide Elternteile waren unter dramatischen Umständen gestorben. Wie ihre eigenen. Sie hatte kein Problem damit, sich in Sandras Situation hineinzuversetzen.

Ganz im Gegenteil.

Auch wenn ihre Schockmomente Schlag auf Schlag gekommen waren, auf ganz andere Art und Weise. Doch das Mädchen, das oben in Olivias altem Kinderzimmer schlief, würde in ein elternloses Dasein erwachen und gezwungen sein, ihr Leben allein zu gestalten.

Jetzt bist du aber gegenüber Arne und Maria ungerecht, dachte Olivia. Schließlich bist du selbst mit zwei Elternteilen aufgewachsen, von denen einer immer noch am Leben ist. Und als die Nachricht wie ein Schock in dir einschlug, da standst du nicht mit leeren Händen da. Deine biologischen Eltern wurden nicht aus deinem Leben gerissen. Du wusstest ja nicht einmal, dass es sie gab.

Olivia spürte, wie sie in sich zusammensank, sowohl physisch als auch mental. Der lange Flug holte sie ein, die Müdigkeit, die Anspannung und dazu noch die Tragödie, in die sie geraten war. Gerade als sie dachte, tausend Stunden schlafen zu können und dann frisch und erholt wieder in die Welt zu treten.

Stark. Bereit.

So einfach sollte es offenbar nicht laufen.

Sie zog ihren Rucksack zu sich heran und öffnete ihn. Bosques schöne Zigarrenschachtel hatte sie in ein paar schmutzige Hemden gewickelt. Vorsichtig holte sie sie heraus und stellte sie auf den Küchentisch. Schaute verstohlen zur Küchentür und lauschte.

Stille.

Sie wollte Maria die Schachtel nicht zeigen. Und schon gar nicht deren Inhalt. Es war ein ganz privates Erbe, das sie mit niemandem zu teilen gedachte. Sie öffnete den Deckel, sofort kam ihr dieser ganz besondere Duft nach alten Zigarren entgegen. Vorsichtig holte sie Adelitas Foto heraus. Unter dem Foto lag eine schwarze Haarlocke, mit einer dünnen, durchsichtigen Schnur zusammengebunden. Wer hatte sie aufgehoben? Nils Wendt? Wann hatte er sie bekommen? Als Adelita nach Schweden gereist und dort ermordet worden war? Sie legte die Locke zum Foto. Unten in der Schachtel befanden sich ein paar handgeschriebene Briefe. Olivia hatte sie bereits im Flugzeug angesehen und feststellen müssen, dass ihr Spanisch nicht ausreichte, um zu verstehen, was dort stand. Eines Tages würde sie sich diese Briefe von jemandem übersetzen lassen. Nicht von Maria, aber vielleicht von Abbas? Er sprach gut Spanisch. Einige Male während der langen Reise war ihr der Gedanke an Abbas gekommen. Sie mochte ihn, sehr sogar, ohne ihn eigentlich zu kennen.

Bosques hatte Abbas auch gemocht.

»Er ist ein Mann«, hatte Bosques gesagt.

Und Olivia fand diese Äußerung überhaupt nicht albern. Sie verstand genau, was Bosques damit meinte. Morgen werde ich Abbas anrufen, dachte Olivia und schaute versonnen in die Schachtel. Dort lag nur noch ein Gegenstand. Eine Brosche. Vergoldet. Olivia nahm sie heraus und sah, dass man sie öffnen konnte. Das war ihr im Flugzeug gar nicht aufgefallen. Vorsichtig öffnete sie den Deckel, in der Brosche kam ein kleines Foto zum Vorschein. Das Foto eines dunkelhäutigen Mannes. Wer war das? Sein Aussehen erinnerte weder an Adelitas noch an ihr eigenes. Ein wenig Ähnlichkeit konnte es mit Bosques haben, doch darüber dachte sie nicht weiter nach.

Sie klappte die Brosche wieder zu und legte sie zurück.

Dachte stattdessen an Sandra.

Das elternlose Teenagermädchen, das in ihrem Kinderzimmer schlief.

Der hellgraue Pullover saß elegant auf Abbas el Fassis dünnem, geschmeidigem Körper. Er war frisch geduscht und trug dazu braune Chinos. Langsam ging er die Treppe hinunter. Versteinerte Zeit, dachte er. Ein paar der sanft gerundeten Steinstufen waren mit schönen Fossilien von Millionen Jahre alten Oktopussen verziert. Orthoceren. Das faszinierte ihn immer wieder. Er ging weiter hinunter, jetzt etwas schneller. Er wollte seinen Briefkasten im Eingang leeren. Eine erwartungsvolle Anspannung lag in den Schritten, wenn er Glück hatte, würde ein dünnes Büchlein mit Sufi-Gedichten im Kasten liegen. Der Antiquar Ronny Redlös hatte es gestern losgeschickt, also sollte es eigentlich heute ankommen.

Sollte.

Doch da die Zuverlässigkeit der Post jener von Zugfahrplänen entsprach, konnte es sich gut um einen Tag verzögern. Was schade wäre. Er sehnte sich so sehr nach ein wenig geistiger Reinigung vor seiner abendlichen Arbeit im Kasino und sprang drei Treppenstufen auf einmal hinunter.

»Abbas!«

Der Angesprochene blieb stehen. Er wusste, wem die Stimme gehörte. Als er sich umdrehte, stand Agnes Ekholm in ihrer halb geöffneten Wohnungstür. Ihre silbergraue Perücke saß ein wenig schief, der abgetragene Morgenmantel war falsch zugeknöpft.

»Willst du nach der Post sehen?«

»Ja. Soll ich deine mitbringen?«

»Das wäre nett.«

Abbas ging wieder ein paar Stufen hinauf und nahm den kleinen Schlüssel in Empfang, den ihm Agnes entgegenstreckte.

»Ich warte hier«, sagte sie.

Abbas nickte und ging wieder hinunter. Er dachte über die Tatsache nach, dass ältere Menschen mit gebrechlichen Knochen und unzuverlässigem Gleichgewichtssinn nunmehr gezwungen waren, die harten Steintreppen hinunter- und wieder hochzugehen, um ihre Post zu bekommen. Und da niemand wusste, wann die Post genau kam, das sogar mehrere Male am Tag. Und das nur, damit der Briefträger nicht die Treppen steigen musste. Das war einer der Gründe, warum er es nicht gut fand, dass sich die Briefkästen unten am Eingang befanden. Ein anderer war, dass Individuen, die darauf aus waren, in aller Ruhe in den Kästen im Eingangsbereich fischen und sich so verschiedenste Informationen über die Bewohner beschaffen konnten.

Der Briefträger hatte seine Runde gedreht.

Abbas öffnete Agnes' Kasten zuerst: ein dünner Briefumschlag von der Schwedischen Kirche und eine Ansichtskarte, die für ihren Nachbarn bestimmt war. Seine eigene Box war besser gefüllt. Ein paar Briefe, der hässliche Prospekt einer Versicherungsgesellschaft und eine dicke Zeitung. Die er abonniert hatte.

Aber kein Buch.

Ein Glück, dass wenigstens die Zeitung gekommen ist, dachte er und ging schnell hinauf zu Agnes. Erwartungsvoll schaute sie ihm entgegen.

»Das war leider heute nicht so viel«, sagte er.

Agnes nahm den dünnen Umschlag der Schwedischen Kirche entgegen und versuchte ihre Enttäuschung zu verbergen.

»Vielleicht kommt ja morgen mehr?«, meinte sie.

»Ja.«

»Hier, bitte!«

Agnes überreichte ihm ein kleines Stück Rüblitorte, in eine weiße Papierserviette gewickelt.

»Aber sie ist nicht mehr so frisch.«

Abbas nahm das Kuchenstück entgegen. Das war ein Ritual. Jedes Mal, wenn er die Post für Agnes holte, bekam er ein Stück ihrer Rüblitorte. Als er das zweite Mal davon kostete, musste er feststellen, dass es sich vermutlich um denselben Kuchen handelte wie eine Woche zuvor. Beim dritten Mal legte er das Stück in einen Fressnapf eine Treppe höher im Treppenhaus.

»Danke«, sagte er.

»Lass es dir schmecken!«

Abbas nickte erneut und ging weiter nach oben. Der Kuchen landete in demselben Hundenapf wie die vorherigen. Er erreichte seine Tür und öffnete sie, während er einen Blick auf die Briefe warf. Zwei Rechnungen und eine Lohnabrechnung vom Casino Cosmopol. Er zog die Tür hinter sich zu, legte die Umschläge auf den kleinen Flurtisch und öffnete das Journal.

Eine Sondernummer seines Abonnements.

Bevor er die Titelseite ganz entfaltet hatte, war er bereits ein paar Schritte ins Wohnzimmer getreten. Dann blieb er stehen. Sekundenschnell las er die Überschrift, während sich das große Schwarzweißfoto auf seine Netzhaut brannte. In den folgenden Minuten las er den Artikel. In der Viertelstunde danach hielt er die Zeitung in derselben Position vor sich, stand unverwandt auf demselben Fleck, der einzige Unterschied: seine Hände zitterten, und die Augen hatten aufgehört zu lesen. Er hielt einfach nur ein Papier in der Hand.

Jenseits aller Eindrücke.

Plötzlich löste er sich aus der Starre. Vorsichtig faltete er die Zeitung zusammen und legte sie auf den schmalen Glastisch vor dem Sofa. Er achtete darauf, dass sie mit dem Glasrand des Tisches abschloss. Dann trat er zwei Schritte auf das Fenster zu und ergriff die dünne schwarze Stange, die seine Holzjalousie regelte. Sein Blick fiel durch die Scheibe hinaus auf die Matteuskirche auf der anderen Straßenseite. Lange schaute er sie an, wenn er sie denn überhaupt sah, dann verschloss er die Jalousien und schaute weiter in dieselbe Richtung.

Der Staubsauger?

Wo habe ich den?

Er verließ das Fenster und holte den Staubsauger heraus. Der stand dort, wo er immer stand. Er steckte den Stecker in die Steckdose und begann zu saugen. Zuerst methodisch, den ganzen Wohnzimmerboden entlang, unter dem Sofa und dem Glastisch, dann wieder den freien Raum. Mit der Zeit blieb er an einer Stelle haften. Er schob das Staubsaugerrohr immer wieder über denselben Fleck, hin und zurück, bis der Krampf einsetzte.

Zuerst in der Brust, dann im Bauch.

Er ließ den Staubsauger los und ging in die Küche. Vielleicht sollte ich neu streichen?, konnte er noch denken, bevor er sich ins Waschbecken erbrach, immer und immer wieder, bis nur noch grüne Galle hochkam. Dann nur noch Krämpfe. Er ließ sich niedersinken, den Kopf gegen die Spüle gelehnt, die Hände, die die Arbeitsplatte umklammert hatten, öffneten sich, langsam rutschte er auf den Boden und fiel auf den Küchenteppich. Der Körper wurde in Fötusstellung zusammengezogen. Die Augenlider fielen zu.

Als Letztes sah er verwundert eine merkwürdige Maschine, die mitten im Wohnzimmer stand und brummte.

Stilton hatte zugenommen. Hauptsächlich lag es an den Muskeln. Sein Körper war während seiner Jahre als Obdachloser ziemlich verkümmert, das Schlüsselbein hatte nur noch als knochiger Bügel für einen Hautsack gedient. Jetzt hatte sich das geändert. Sukzessive und zielbewusst hatte er seinen malträtierten Körper wiederhergestellt, trainiert, sich gepflegt, alles Eingesunkene war wieder ausgefüllt worden. Jetzt war er fast wieder auf dem gleichen Niveau wie früher.

Physisch.

Er fuhr sich mit der Hand über den Kopf. Sein langes, fettiges Haar war abgeschnitten und von einem dunkelblonden Kurzhaarschnitt mit grauen Einsprengseln ersetzt worden. Die weiße Narbe am Mundwinkel leuchtete zwischen dünnen Bartstoppeln hervor und erinnerte an den, der er einst gewesen war, kurz vor seinem zwanzigsten Geburtstag. Ein junger, wortkarger Schwede auf einer norwegischen Ölplattform, die plötzlich explodierte, worauf alle in Panik ausbrachen, alle, bis auf ihn. Den Schweden. Der mit stummer Todesverachtung einige seiner Kollegen aus dem zertrümmerten Stahlinferno herausgezogen und ihr Leben gerettet hatte. Ein Jahr später hatte er sich bei der Polizeihochschule in Stockholm beworben.

Er trug eine blaue Adidastasche in der Hand und bog von der Hornsgatan Richtung Långholmen ab. Er ging schnell, um warm zu bleiben, es war die Zeit des Jahres, in der die Farbskala der Haut aufgrund der Gänsehaut von mottengrau bis aschgrau reichte. Er knöpfte die braune Lederjacke bis zum Hals zu, sie war zwar immer noch etwas zu groß, aber bei dem eisigen Wind leistete sie gute Dienste. Er hatte sie von seinem Großvater geerbt, einem alten, wetterfesten Robbenjäger von Rödlöga, der deutlich breitere Schultern gehabt hatte.

Ganz würde er die nie ausfüllen.

Aber der Großvater war tot, und die Jacke gehörte ihm, und er trug sie, so gut er konnte.

Er schob eine Hand in die Innentasche, holte sein Handy heraus und tippte eine Nummer ein. Die Antwort kam sofort.

»Luna.«

»Ich bin es noch mal, Tom Stilton.«

»Ja?«

»Ich wollte nur wissen, ob ich vorbeikommen könnte.«

»Jetzt?«

»Ja.«

»Okay.«

»Dann bin ich in zehn Minuten da.«

Stilton drückte das Gespräch weg und holte den Zettel heraus. Der hatte an einer alten Eiche am Rand des Långholmparks gehangen, mit einer Heftpistole direkt an den Stamm geheftet. Er las den Text noch einmal durch.

»Sara la Kali«.

Warum nicht, dachte er.

Luna fuhr mit einer Drahtbürste über einen der Eisenspanten am vorderen Deck. Der Rost kam und ging. Kam, wenn sie es gar nicht bemerkte, und ging, wenn sie sich über ihn hermachte. Sisyphos, dachte sie. Der Schleppkahn war 1932 gebaut worden und in gutem Zustand, doch er erforderte ständige Pflege. Sie streckte den Rücken und spähte zur Pålsundsbrücke hinüber. Ein einsamer Mann war auf dem Weg über die Brücke, mit einer blauen Tasche in der Hand, der Wind zwang ihn, sich vorzubeugen. Das ist er wahrscheinlich, dachte sie. Er hatte zweimal kurz hintereinander angerufen, und jetzt war er auf dem Weg hierher. Ein schnell entschlossener Mann. Das gefiel Luna. Sie legte die Bürste hin und fuhr sich mit einer nicht ganz sauberen Hand durch ihr dichtes blondes Haar, gerade als der Mann zum Schiff herüberschaute. Luna winkte ihm zu. Sie wusste noch nicht genau, wie sie vorgehen sollte, wahrscheinlich einfach ganz direkt. Es war das erste Mal, dass sie so etwas tat, und sie fühlte sich nicht ganz wohl dabei.

Der Mann war bald am Landesteg, einer ziemlich primitiven Konstruktion aus Holz und Teer, er brauchte vier Schritte, dann stand er auf dem Deck.

Luna ging auf ihn zu.

»Hallo. Luna Johansson.«

»Tom Stilton.«

Er ist groß, dachte sie. Sie selbst maß ein Meter achtzig, aber der Mann ihr gegenüber war deutlich größer. Dunkle Stimme, etwas erschöpftes Gesicht, die braune Lederjacke hing locker. Sie selbst trug eine schmutzige grüne Latzhose. Sieht er etwas gefährlich aus? Aber vielleicht ist das gar nicht schlecht? Vor einer Woche hatte es einen Einbruchsversuch gegeben, und das konnte ja wieder vorkommen.

»Ist das dein Leichter?«, fragte Stilton.

»Ja.«

»Wohnst du selbst drauf?«

Luna war eigentlich davon ausgegangen, dass sie diejenige wäre, die hier die Fragen stellte, aber nun gut.

»Ja.«

»Kann ich mir die Kajüte angucken?«

»Gleich. Hast du irgendwelche Referenzen?«

»Ich war fünf Jahre lang obdachlos, habe davon gelebt, die *Situation Stockholm* zu verkaufen, das letzte Jahr habe ich auf Rödlöga gelebt.«

»Sind das deine Referenzen?«

»Machst du dir Sorgen wegen der Miete?«

»Nein. Die muss im Voraus bezahlt werden. Hast du eine Arbeit?«

»Noch nicht.«

»Und was hast du gemacht, bevor du obdachlos wurdest?«

»Ich war Polizist. Beim Landeskriminalamt.«

Entweder der Mann ist ein Mythomane, oder er ist sehr speziell. Luna hatte sich noch für keine Variante entschlossen, als Stilton sagte:

»Ich stamme aus einem Geschlecht von Robbenjägern.«

Er *war* sehr speziell.

»Die Kajüte ist da hinten«, sagte Luna.

Sie deutete hinter sich und dachte, der Mann würde vorausgehen. Doch das tat er nicht, also entstanden einige Sekunden verlegenen Schweigens, bevor Luna sich umdrehte und zum Heck ging.

Stilton folgte ihr.

Er betrachtete die Frau vor sich. Sie war groß, ziemlich breitschultrig, ihr Overall verriet nicht viel über ihren Körperbau, aber er hatte den Eindruck, dass sie durchtrainiert war. Als sie den Kopf zurückwarf, fiel das blonde Haar auf eine Schulter und entblößte einen Teil ihres Halses. Nicht viel, doch es genügte, dass Stilton eine tätowierte Schlaufe erkennen konnte, die zum Ohr hochführte.

»So sieht sie aus.«

Luna trat zur Seite, so dass Stilton einen Schritt näher treten konnte. Er schaute hinein. Die Kajüte war eingerichtet mit einer an der Wand befestigten Koje, einem viereckigen Tisch unter einem kleinen Bullauge, einem Holzverschlag, sonst nichts.

»Es ist die größte Kajüte an Bord«, sagte sie. »Sieben Quadratmeter.«

Die Zellen von Kumla haben zehn, dachte Stilton.

»Sieht gut aus«, sagte er. »Kann man sie abschließen?«

Stilton nickte zur Kajütentür hin.

»Nein. Aber ich kann einen Riegel anbringen, wenn du willst.«

»Ja, gern. Wo schläfst du?«

»Am anderen Ende. Meine Kajüte hat ein Schloss.«

Stilton wusste nicht so recht, wie er diese Information deuten sollte, doch Luna fuhr unverdrossen fort:

»Du hast Zugang zur Dusche, zum Salon und zur Küche. Es gibt nur einen Kühlschrank. Aber du kannst die untersten beiden Fächer haben. Die Toilette benutzen wir auch beide.«

»Okay. Dreitausend im Monat?«

»Ja. Im Prinzip.«

Stilton schaute Luna fragend an.

»Ich kann mir vorstellen, die Miete zu reduzieren gegen gewisse Renovierungsarbeiten am Schiff.«

Stilton nickte. Er war kein Fan von Renovierungsarbeiten, er hatte genug damit zu tun, sich selbst zu renovieren. Aber das Angebot war in Ordnung.

»Sollen wir einen Vertrag aufsetzen?«, fragte er.

»Ist das nötig?«

»Du willst eine Monatsmiete im Voraus. Woher weiß ich, dass der Leichter in einer Woche immer noch hier liegt?«

»Das kannst du nicht wissen.«

»Nein. Also?«

»Und was nützt dir dann ein Vertrag?«

»Nicht die Bohne.«

»Genau, deshalb musst du mir wohl vertrauen, dass ich dich nicht reinlege.«

»Offensichtlich.«

Stilton erkannte, dass er in die Defensive geraten war. Was ihm gar nicht gefiel. Eine seiner großen Qualitäten als Vernehmungsleiter hatte darin bestanden, das Gespräch genau dorthin zu lenken, wo der Vernommene in eine verbale Ecke gedrängt wurde und nicht mehr herauskam.

Luna war wohl kaum in diese Ecke geschoben worden.

»Wann willst du einziehen?«, fragte sie.

»Jetzt. Wenn das in Ordnung ist?«

Luna schielte zu seiner blauen Tasche hinunter.

»Ich habe noch eine Tasche bei einem Freund.«

»Und die Miete?«

Stilton zog eine schwarze Brieftasche aus der Innentasche heraus, öffnete sie und holte drei Tausender heraus. Es befanden sich noch einige Tausender dort. Vor vier Monaten hatte er an einen eifrigen Immobilienhändler aus Göteborg ein Stück Land draußen auf Rödlöga verkauft. Vermutlich hatten sich seine Großeltern in ihren Gräbern umgedreht, als der Verkauf zustande kam, aber Stilton brauchte das Geld, und das Erbe gehörte ihm. Jetzt hatte er eine ansehnliche Summe auf einem Festzinskonto bei der Swedbank. Er litt nicht gerade finanzielle Not.

»Danke.«

Luna nahm die Scheine entgegen.

Stilton ging in seine Kajüte und zog die Tür hinter sich zu.

*

Es war vieles anders an diesem Tag. Beispielsweise die Sonne, sie schien. Das hatte sie seit einer Woche nicht mehr getan. Jetzt stieg sie über das Hausdach, nur um zu zeigen, dass es sie gab, bald würde sie wieder untergehen.

Aber immerhin.

Die Strahlen reichten bis in Marias Küche und tauchten den Raum in einen warmen gelben Schein. Dort war auch alles anders. Die Hausbesitzerin war zu einer Berufungsverhandlung gerufen worden, um einer anderen Juristin, einer Kollegin, beizustehen, und keine der Personen, die am Küchentisch saßen, wohnte in diesem Haus. Die eine war die Tochter, inzwischen ausgezogen, die ihren Nachnamen ändern wollte, und die andere war Sandra, das Mädchen, das vor nicht einmal achtzehn Stunden ihren Vater an einem Abschleppseil hängend in ihrem Heim vorgefunden hatte. Jetzt rührte sie mit einem Löffel in einem Teller mit Milch und Cerealien. Sie hatte lange geschlafen. Ihr Gesicht zeigte noch deutliche Spuren von dem, was sie durchgemacht hatte, Schock, Albträume, aber vor allem: mit der Einsicht aufgewacht zu sein, dass sie keine Eltern mehr hatte.

Diese Erkenntnis sah Olivia sofort in ihren Augen, als sie die Küche betrat. Sie drückte Sandra ganz, ganz lange an sich. Wortlos. Nach ein paar Minuten spürte sie, wie ihr dünner Pullover von Sandras Tränen feucht wurde. Nach einer Weile machte sich Sandra aus Olivias Umarmung frei und wollte auf die Toilette. Olivia zeigte ihr den Weg. Dann deckte sie den Tisch mit allem, was sie in Marias Kühlschrank fand, und jetzt saßen sie beide mit einem Teller voller Müsli vor sich. Viele Worte wurden nicht gewechselt. Olivia wartete ab. Sandra rührte mit dem Löffel in ihrem Teller.

»Hat Charlotte von sich hören lassen?«, fragte sie.

»Ja. Sie ist auf dem Weg. Sie wird in einer halben Stunde landen und fährt dann direkt hierher.«

»Hast du den Laptop gefunden?«

»Der war nicht da.«

Sandra schaute von ihrem Teller auf.

»Im Arbeitszimmer?«

»Ich habe überall nachgesehen. Kann es sein, dass dein Vater ihn mit zur Arbeit genommen hat?«

»Das kann ich nicht sagen. Normalerweise benutzt er ihn nur zu Hause.«

»Okay, ich kann dort mal nachsehen. Was für einer ist es denn?«

»Ein MacBook Pro. Ziemlich neu. Ich habe einen kleinen Aufkleber aufgeklebt, ein rosa Herz. Warum hat er das nur gemacht?«

»Wer?«

»Papa!«

»Sich das Leben genommen?

»Ja?!«

Plötzlich schaute Sandra Olivia direkt in die Augen. Als glaubte sie, Olivia hätte die Antwort darauf.

»Ich habe keine Ahnung.«

»Aber warum nimmt man sich das Leben?«

Olivia sah, wie viel Kraft es Sandra kostete, zu reden, das Schreckliche zu formulieren, zu versuchen, das Unbegreifliche zu begreifen. Ein Vater, der sich das Leben nimmt. Ohne jede Vorwarnung, und sein einziges Kind elternlos zurücklässt.

»Ich weiß nicht, Sandra, ich habe deinen Vater nicht gekannt. War er wegen irgendetwas sehr traurig?«

Olivia hörte selbst, wie einfältig das klang: wegen irgendetwas sehr traurig – versuchte sie mit einem Kind zu reden? Sandra war kein Kind. Sie war ein Teenager und würde in einer Form erwachsen werden müssen, die niemandem zu wünschen war.

Sie forderte mehr Respekt.

Olivia zog ihren Stuhl zu Sandra heran.

»Sandra … es gibt tausend verschiedene Gründe, warum Menschen sich das Leben nehmen, aber es gibt einen Grund, den kannst du ausschließen. Er hat sich nicht deinetwegen das Leben genommen. Warum er es getan hat, das weiß ich nicht, vielleicht findet es die Polizei heraus, es kann finanzielle Gründe geben, es kann sich um deine Mutter handeln, schließlich ist sie ja gestorben beim …«

»Mit dem Tod meiner Mutter ist er zurechtgekommen. Das sind wir beide. Nachdem sie gestorben war, so ein halbes Jahr danach, da ist er in mein Zimmer gekommen und hat über die Trauer über Mama gesprochen, wie er zeitweise so unglaublich traurig war, dass er nicht hätte weiterleben wollen, wenn es mich nicht gegeben hätte. Wir haben uns fest in den Arm genommen und haben das zusammen geschafft.«

Olivia sah ein, was sie intuitiv bereits gefühlt hatte: Sandra war kein Kind mehr.

»Aber er war sehr traurig darüber, was mit meinem Großvater passiert ist«, sagte Sandra.

»Was ist denn mit ihm passiert?«

»Er ist vor einer Weile gestorben, er hat in einem Altersheim gelebt und ist dort gestorben, mein Vater hat gesagt, dass sie ihn dort nicht ordentlich gepflegt haben, und war deshalb schrecklich traurig. Aber er hat es nicht offen gezeigt, trotzdem habe ich es in seinen Augen gesehen.«

»War dein Großvater alt?«

»Er war dreiundachtzig und ziemlich krank. Wir wussten, dass er bald sterben würde, das war es nicht …«

Sandra aß einen Löffel Müsli. Olivia sah, wie ihre Hand zitterte. Ich hoffe nur, dass Charlotte eine gute Tante ist, dachte sie, die versteht, wie sie mit Sandra umgehen muss. Aber das sollte sie wohl, schließlich ist ihre Schwester beim Tsunami ums Leben gekommen, also hat sie selbst auch schon einiges durchgemacht.

Aber man konnte nie wissen.

»Wo ist dein Vater?«

Sandra schob ihren Teller von sich. Olivia war auf diese Frage überhaupt nicht vorbereitet.

»Er ist vor ein paar Jahren gestorben. An Krebs.«

»Aber du hast wenigstens noch deine Mutter.«

»Ja.«

Hier hätte Olivia das Thema beenden können. Wenn sie mit der Halbwahrheit hätte leben wollen. Doch das wollte sie nicht. Sie wusste nicht, wie eng ihr Kontakt zu Sandra in Zukunft sein würde, und sie wollte nicht in eine Situation geraten, in der Sandra unabsichtlich die ganze Wahrheit erfuhr. Sie wollte sich nicht so verhalten, wie es andere ihr gegenüber getan hatten.

Also begann sie zu berichten.

Es dauerte eine ganze Weile. Und es war nicht unkompliziert. Doch als sie schließlich alle Tragödien auf den Tisch gelegt hatte, die ihr und ihren verschiedenen Eltern zugestoßen waren, und diverse verwunderte Fragen von Sandra beantwortet hatte, da war Sandra diejenige, die sagte:

»Du Arme.«

Als bräuchte Olivia Trost.

Die beiden jungen Frauen gingen durch die Gartenpforte des Reihenhauses in Rotebro, wollten die Vespa der einen holen. Die blasse Novembersonne schaffte es gerade so, die kleineren Pfützen auf der Straße zu trocknen, es war ziemlich kühl, doch der Wind war nicht mehr so beißend wie am Abend zuvor. Sie gingen ziemlich langsam, aus einiger Entfernung hätte man sie für beste Freundinnen oder Schwestern halten können, die eine etwas älter als die andere. Sie waren weder das eine noch das andere, aber die Stunden in Marias Küche hatten ein Zusammengehörigkeitsgefühl erzeugt, als teilten sie das gleiche Schicksal.

Was sie in gewisser Weise ja auch taten.

Sandras Kopf war immer noch voll mit Olivias Bericht über die brutalen Morde und den schmerzhaften Verlust, was ihr half, das eigene Trauma zu verdrängen.

Für eine Weile.

Olivia gingen ganz andere Dinge durch den Kopf. Als sie schließlich an dem Fußgängertunnel ein Stück vom Waldhain entfernt ankamen, fiel ihr ein, was sie vergessen hatte zu erwähnen.

»Kennst du einen Alex Popovic?«

»Nicht besonders gut, ich weiß, wer er ist, einer von Papas Freunden, ein Journalist. Warum fragst du das?«

»Er hat angerufen, als ich bei euch zu Hause war und nach dem PC gesucht habe.«

»Was wollte er?«

»Das weiß ich nicht, ich habe ziemlich schnell aufgelegt.«

»Hast du ihm von Papa erzählt?«

»Ja.«

Sie durchquerten den Tunnel. Olivia schaute das Mädchen neben sich verstohlen an, am Abend zuvor war sie genau hier auf dem Weg nach Hause gewesen, ihr Vater hatte ihr Lieblingsgericht kochen und mit ihr ihre gute Note feiern wollen. Heute war ihr gesamtes Leben ein Trümmerhaufen.

Sie kamen aus dem Tunnel heraus.

»Wo hast du die Vespa abgestellt?«

»Da hinten, am Baum.«

Sandra ging auf ein paar Bäume zu, dorthin, wo sie die Vespa abgestellt hatte. Doch dort stand keine Vespa mehr.

»Sie ist weg!«

Olivia holte sie ein.

»Bist du sicher, dass du sie hier hingestellt hast?«

»Ja.«

Olivia schaute sich um und sah eine durchschnittene Kette auf der Erde, halb verdeckt von feuchtem Laub.

»Sieht so aus, als ob sie geklaut wurde«, sagte sie.

»Ja.«

Olivia fürchtete, Sandra könnte zusammenbrechen. Doch das tat sie nicht. Es schien, als wäre die verschwundene Vespa nur ein relativ unwichtiger Teil einer größeren Tragödie, als hinge alles zusammen.

»Scheiße, das war bestimmt dieser widerliche Kerl«, sagte Sandra.

»Welcher widerliche Kerl?«

»Der mir entgegengekommen ist.«

»Wo bist du ihm begegnet?«

»Im Tunnel, als ich auf dem Heimweg war, da kam er aus der anderen Richtung, und dann war er verschwunden. Ich bin noch einmal zurück zur Vespa gelaufen, um meine Tasche mit dem Schlüssel zu holen, und da war er verschwunden. Bestimmt hat er sich versteckt und gesehen, wie ich zur Vespa gegangen bin und dann wieder weg. Und so konnte er ja sehen, dass die dort abgestellt war. Und hat sie dann geklaut.«

»Ja, das kann sein. Und das war niemand, den du gekannt hast? Aus der Gegend?«

»Nein.«

»Und als du ihm begegnet bist, da kam er aus der Richtung, in der euer Haus liegt, oder?«

»Ja. Wieso?«

»Nur so.«

Olivia holte ihr Handy heraus.

»Ich rufe die Polizei an und melde die Vespa als gestohlen.«

*

Mette Olsäter holte eine kleine Papierserviette heraus und wischte sich damit unter der Nase entlang, sie wusste, dass sie Schweißperlen auf der Oberlippe hatte. Auf ihren Wunsch hin war in dem engen Konferenzraum ein Fenster geöffnet worden, denn der Thermostat in dem Raum funktionierte nicht. Dass sie schwitzte, lag sowohl an ihrem Körperumfang als auch an der unvermeidlichen Anspannung, das wusste sie, und Schweiß unterhöhlt die Autorität. Was sie sich nicht erlauben konnte. Denn was sie zu sagen hatte, erforderte Schlagkraft. Sie schaute auf ihre Armbanduhr, eine schmale schwarze Rado-Uhr, ein Geschenk ihres Mannes zu ihrem Fünfzigsten, und stellte fest, dass nicht einmal mehr eine Minute Zeit war. Also warf sie einen letzten Blick auf ihr spartanisch eingerichtetes Arbeitszimmer, eines der älteren beim Landeskriminalamt. Früher hatte sie private Fotos auf dem Schreibtisch stehen und einige ihrer selbst gemachten Keramiken auf den Fensterbänken. Jetzt nicht mehr. Sie war in eine Phase getreten, in der sie Arbeit und Privatleben strikt trennen wollte. Sie näherte sich dem Pensionsalter.

Mette nahm ihre blaue Arbeitsmappe mit dem Terminplaner und ging durch die offene Tür. Sie wusste, es würden Fragen an sie gestellt werden, intelligente und weniger intelligente. Die meisten konnte sie sich bereits denken, auf die hatte sie sich vorbereitet. Die weniger intelligenten. Aber die anderen, die intelligenten, die kommen würden, wenn sie am wenigsten damit rechnete, aus einer Richtung, die sie nicht würde voraussehen können, die beunruhigten sie. Sie würden sie in die Ecke drängen oder zumindest zu Antworten zwingen, deren Folgen sie eventuell nicht so schnell abschätzen konnte. Und das konnte sie sich nicht leisten. Sie wusste, die Personen in dem Raum würden sich anschließend zu einer Evaluierung zusammensetzen, und deren Ergebnis würde über die Fortsetzung der Ermittlungsarbeiten entscheiden. Vielleicht auch über ihre eigene Rolle dabei. Schweden hatte den Auftrag erhalten, eine Strategie für einen koordinierten gemeinsamen internationalen Einsatz gegen das explosionsartige Wachstum an Drogenhandel im Internet zu entwickeln. Mette Olsäter hatte diese Arbeit geleitet. Jetzt sollte sie die Strategie präsentieren, nach der die schwedische Polizei arbeiten wollte, vor sechzehn ausländischen Polizeirepräsentanten.

Sie zog die Tür hinter sich zu und ging zum Konferenzraum. Gerade als sie eintreten wollte, spürte sie ihr Handy in der Tasche vibrieren. Sie holte es hervor. Olivia hatte eine SMS geschickt: »Um wie viel Uhr?« Mette antwortete: »19 Uhr.«

Sie hatte Olivia zum Essen eingeladen.

*

Stilton packte seine Sachen in der Kajüte aus. Das war schnell erledigt. Einige Wäschestücke in den winzigen Schrank und ein abgegriffenes Porträt der einäugigen Vera auf das schmale Regal neben der Nachttischlampe. So weit konnte er sich einrichten, mehr war nicht möglich. Aber das interessierte ihn auch nicht. Vor gut einem Jahr hatte er in einem geliehenen Wohnwagen gewohnt, der abbrannte, durch Brandstiftung. Jetzt wohnte er in einer Kajüte auf einem alten Leichter. Etwas eng, aber nicht von schmutzigen Erinnerungen besudelt.

Das passte ihm ausgezeichnet.

Er verließ das Schiff, ohne Luna zu begegnen. Er wollte bei Abbas vorbeischauen. Er wusste, Abbas begann selten vor acht Uhr mit seiner Arbeit im Kasino. Er wollte sich erkundigen, ob Abbas etwas Zeit für ihn hatte. Stilton wollte einige private Nachforschungen anstellen, was den Dreck betraf, dem er vor seinem Absturz ausgesetzt gewesen war, und vielleicht konnte Abbas ihm dabei helfen.

Die beiden hatten ein ganz spezielles Verhältnis zueinander, basierend auf gegenseitigem Respekt. Stilton hatte sich früher einmal um Abbas gekümmert, als der junge Franzose wegen Hehlerei geschnappt worden war und sich, in die Enge getrieben, fast mit einem Messer über einen Mithäftling hergemacht hätte. Stilton bekam Zugang zu ihm, konnte ihn in seiner abgeschlossenen Welt erreichen und sah etwas in ihm, was sonst keiner sah.

Einen guten Menschen.

Von allen abgeschnitten und in sich selbst verschlossen, mit einem Gepäck, von dem Stilton nur den Ansatz erahnen konnte, aber trotzdem. Er ordnete ein Sonderprogramm für Abbas an, das zwei Kontrolleure beinhaltete, denen Stilton vertraute. Mette und Mårten Olsäter.

Mit der Zeit stellte sich heraus, dass Stiltons Einschätzung von Abbas stimmte. Er war ein guter Mensch. So gut, dass er mit der Zeit wie ein Familienmitglied von den Olsäters angesehen wurde, sich zum Croupier ausbildete und anfing den Sufismus zu studieren. Dabei vergaß er niemals, was Stilton für ihn getan hatte.

In Stiltons Jahren der Obdachlosigkeit bekam Abbas die Möglichkeit, sich zu revanchieren.

Und jetzt klingelte Stilton an seiner Tür in der Dalagatan.

Niemand öffnete.

Er hockt wahrscheinlich bei Ronny Redlös, dachte Stilton, das Handy ausgeschaltet. Oder er liegt in der Badewanne, die Kopfhörer auf den Ohren, und hört Musik. Abbas badete oft. Im Gegensatz zu Stilton. Er klingelte noch einmal. Als das Signal verklang, lehnte er sich leicht gegen die Wohnungstür. Was war das für ein Geräusch? Ein dumpfes Brummen drang aus der

Wohnung. Ein Staubsauger? Stilton klopfte, fest, ein paar Mal. Das Brummen hielt an. Stilton zog daraus den Schluss, dass der ziemlich pedantische Abbas el Fassi ganz einfach staubsaugte, sicher mit den Kopfhörern auf den Ohren. Und das konnte eine ganze Weile dauern.

Stilton trat wieder hinaus auf die Dalagatan und schlug den Weg zur Odengatan ein. Zu dieser Jahreszeit schaute niemand den anderen an. Es war die kalte, ungemütliche Zeit, in der es fast den ganzen Tag über dunkel war, bevor der Schnee kam und die Welt ein wenig aufhellte. Alle, denen er begegnete, schauten zu Boden und schleppten ihren Körper so schnell es ging zu einem möglichen Wärmepunkt.

Stilton kümmerte sich nicht um das Wetter, es störte ihn nicht.

Wenn man auf irgendwelchen tiefliegenden Inseln im äußeren Schärengürtel vor Stockholm aufgewachsen war, dann hatte man eine andere Beziehung zum Wetter als Leute aus der Innenstadt. Da draußen geht es ums Überleben. Wenn der Sturm mit dreißig Metern pro Sekunde vom offenen Meer hereinpeitscht, kann man nicht ins nächste Restaurant huschen und sich darüber beklagen, wie verdammt kalt es doch ist!

Deshalb ging Stilton zum Odenplan, ohne zu registrieren, was um ihn herum geschah. Er hatte vor den T-Bahn-Stationen bei deutlich schlechterem Wetter gestanden und *Situation Stockholm* verkauft. Doch es gab einen wesentlichen Unterschied zu früher: Damals war er innerlich vollkommen leer gewesen, abwesend, ohne die geringste Regung eines Gefühls im Körper.

Jetzt war es genau das Gegenteil.

Er war extrem empfindsam. Fokussiert. Er hatte eine Aufgabe. Er wollte mit Rune Forss abrechnen, dem Kriminalkommissar, der ihn aus dem Polizeidienst gedrängt hatte.

Ein äußerst unangenehmer Zeitgenosse.

Stilton spürte, wie der innere Druck ihn dazu brachte, die

Zähne zusammenzubeißen, dass die Wangen sich anspannten. Er blieb vor dem Spielzeugladen Hellman in der Odengatan stehen und betrachtete sein Spiegelbild im Schaufenster. Als Obdachloser hatte er das nie getan. Niemals. Als er sich das erste Mal wieder in einem Spiegel sah, nach fünf Jahren auf der Straße, zu Hause bei den Olsäters, war das ein Schock für ihn gewesen. Es war inzwischen Geschichte. Er konnte selbst sehen, dass er wieder eine gewisse Form aufgebaut hatte.

Auf Rödlöga.

Das ganze vergangene Jahr über hatte er dort draußen in dem Haus gewohnt, das er von seiner Mutter geerbt hatte: in der alten Fischerhütte seiner Großeltern. Seit seinem Zusammenbruch 2005 war er dort nicht mehr gewesen. Jetzt hatte er ein ganzes Jahr lang dort gelebt. Allein. Abbas hatte ihn einige Male da draußen besucht, und hin und wieder war er in die Stadt gefahren, um Mette und Mårten zu treffen. Mette gehörte zu seinen ältesten Kollegen im Landeskriminalamt, die einzige Person im Polizeicorps, für die er hundert Prozent Respekt hegte, was mit der Zeit dazu geführt hatte, dass sie auch privat engeren Kontakt hatten. Das galt auch für ihren Mann Mårten, einen leicht exzentrischen Kinderpsychologen.

Aber das waren nur kurze Stippvisiten in der Stadt gewesen, schnell hatte er sich wieder zurück auf die Insel gewünscht. In die Isolation. Die erste Zeit hatte er damit verbracht, das Haus wieder instand zu setzen. Es war ein einfaches Haus, Holzwände und Steinfundament, Dachziegel, die dem schlimmsten Wetter getrotzt hatten. Es stand bereits seit mehr als hundert Jahren, und Stilton wollte dafür sorgen, dass es auch noch so lange stand, wie er selbst leben würde.

Als das Haus wieder hergerichtet war, begann er zu roden.

Es war viele Jahre her, seit sich jemand um die Äcker gekümmert hatte, und diverse Bäume waren durch Stürme umgestürzt. Was ihm ausgezeichnet passte. Er machte sich mit der alten Bogensäge seines Großvaters ans Werk, kappte und stapelte, und dann fing er an Holz zu hacken. Jeden Morgen ging er hinaus zum Hackklotz, legte ein neues Holzscheit darauf, hob die Axt und schlug zu. Stunde um Stunde, bis die Arme sich wie gekochte Spaghetti anfühlten. Dann ging er ins Haus, legte sich in das Wandbett in der Küche und suchte die Arme und Beine nach Zecken ab.

Anschließend las er.

Die Manhattanreihe. Krimihefte aus den Fünfzigern. Die einzigen Bücher, die sich jemals im Haus der Großeltern befunden hatten, sein Großvater hatte sie geliebt. Peter Cheney, James Hadley Chase, Mickey Spillane. Als er noch jung war, hatte er sie immer wieder gelesen, damals, als er allein bei den Alten hier draußen gelebt hatte, hatte die abgegriffenen Taschenbücher mit aufs Plumpsklo geschmuggelt und war in den hartgesottenen Geschichten versunken. Noch heute kannte er die Namen diverser Helden. Lemmy Caution. Slim Callaghan. Mike Hammer. Ab und zu hatte er überlegt, inwieweit seine jugendliche Begeisterung für diese hartgesottenen Detektive und Polizisten seine Berufswahl beeinflusst hatte.

Jetzt las er die gleichen Bücher wieder, bis er einschlief.

Wenn er aufwachte, aß er, was er so fand. Zum Teil das, was er in dem kleinen Laden auf der Insel kaufen konnte, zum Teil das, was mit dem Vaxholmsboot geliefert wurde.

Immer einfach zuzubereitende Gerichte.

Dann saß er da und schaute durch die mundgeblasenen Scheiben. Auf das Meer, die Sterne, die Positionsleuchten weit draußen kreuzender Schiffe. Er träumte nicht vom Meer oder von einem Leben auf See, er brauchte festes Land unter den Füßen. Aber hier am Fenster zu sitzen, das gefiel ihm.

So verging die Zeit.

Im gleichen Maß, wie seine physische Kraft zurückkehrte,

durch Holzhacken, Netzfischen und lange Spaziergänge über die Insel, begann auch der Kopf wieder zu funktionieren.

Im Guten wie im Schlechten.

Er begann mit einer Inspektion seiner eigenen Person. Was ziemlich schmerzhaft war. Er zwang sich, Namen zu formulieren. Die Namen all derer, die er während seiner Jahre auf der Straße enttäuscht hatte. Menschen, die er im Stich gelassen, von sich gestoßen, wie Dreck behandelt hatte. Menschen, die ihn geliebt hatten, die versucht hatten, ihn zu stützen, zur Stelle gewesen waren. Menschen, die zum Schluss aufgegeben hatten.

Das hatte seinen Preis.

Aber es brachte ihn auch weiter.

Zuerst schämte er sich. Diese Phase dauerte ein paar Monate. Als er schließlich einsah, dass der erste Schritt, nach vorne zu blicken, darin bestand, sich selbst zu respektieren als der, der er nun einmal war, wurde der Druck etwas leichter. Er war der, der er war, und das versuchte er so gut er konnte zu akzeptieren. Daraus sollte eine neue Selbstachtung entstehen.

Die ihn in rasende Wut versetzte.

Nicht sofort. Er war immer noch nicht abgerichtet, aber er begann gewisse Dinge zu formulieren. »Verlorene Jahre«. Er hatte eine ganze Anzahl an Jahren seines Lebens verloren. Warum? Er wusste, was es ausgelöst hatte, er wusste, dass es dafür medizinische Erklärungen gab, aber war das die ganze Wahrheit?

Und da näherte er sich der rasenden Wut.

Näherte sich Rune Forss.

Stilton schaute sich erneut verstohlen in dem Schaufenster des Spielwarengeschäfts an. Ein älterer Mann in einem langen, schweren Mantel blieb neben ihm stehen.

»Sie haben nicht zufällig einen Kotbeutel bei sich?«

»Einen Kotbeutel?«

»Der kleine Wiffin hat auf den Bürgersteig geschissen, und ich habe die Kotbeutel zu Hause vergessen.«

Stilton schaute nach unten und sah einen merkwürdigen Fellball, der um die Beine des älteren Mannes wuselte.

»Tut mir leid, ich habe keinen Kotbeutel.«

»Dann entschuldigen Sie.«

Der Mann zog seinen Wiffin ein Stück weiter. Stilton drehte sich wieder zum Schaufenster um, hatte kein Problem damit, die unterbrochene Gedankenkette sofort wieder aufzunehmen. Sie existierte schon so lange in ihm und hatte sich in letzter Zeit immer mehr in den Vordergrund geschoben. Eine Art wutschnaubender Wunsch, zurückzukehren. Wieder einen Platz in der Welt einzunehmen.

Die verlorene Zeit aufzuholen.

Wie, das konnte er selbst nicht genau sagen. Er hatte sich darüber schon mehrfach den Kopf zerbrochen. Wohin sollte der Weg gehen? Was sollte er aus seinem Leben machen? Er hatte es einmal aufgegeben, jetzt hatte er es zurückerhalten.

Oder zurückerobert.

Aber was sollte er damit anfangen?

Den größten Teil seines Erwachsenenlebens hatte er bei der Polizei gearbeitet, sehr erfolgreich. Er besaß immer noch den Kompass für richtig und falsch, gut und böse, war in dieser Beziehung vielleicht sogar noch sensibler geworden aufgrund seines Lebens als Obdachloser. Aber zurück zur Polizei zu gehen, das war für ihn undenkbar.

Er würde eine andere Richtung einschlagen.

Doch zunächst musste er mit Rune Forss abrechnen.

Das war der erste Schritt zur Wiederherstellung der eigenen Person.

Er schaute an seinem Spiegelbild vorbei durchs Schaufenster. Er sah eine elektrische Eisenbahn und Puzzlespiele, große Legokartons und merkte, dass er Kinder vermisste.

Kinder, die spielten.

Mit ihm.

Eigene Kinder.

Die würde er nie bekommen, davon war er überzeugt. Die Zeiten waren vorbei. Als es noch im Bereich des Möglichen gewesen war, in seiner Ehe mit Marianne Boglund, war er nur mit seinen Mordermittlungen beschäftigt gewesen und hatte deutlich zu verstehen gegeben, dass er nicht bereit für Kinder war. Was wohl einer der Gründe für die Scheidung gewesen war.

Aber es gab noch andere.

Er wandte sich ab von dem Spielzeugladen und ging zum Odenplan. Warf ein Auge hinüber zum Restaurant Tennstopet auf der anderen Straßenseite. Drinnen drängten sich die Menschen, suchten Schutz vor der Kälte und der Einsamkeit. Eine Art Gemeinschaft, die ihn nie gelockt hatte. Er holte sein Handy heraus und rief Mette Olsäter an. Nach wenigen Signalen meldete sie sich.

»Hallo, hier ist Tom.«

»Oh, hallo! Bist du in der Stadt?«

»Ja, ich will mit Rune Forss abrechnen.«

»Oh! Tatsächlich?«

»Überrascht dich das?«

»Nein. Aber ich habe jetzt keine Zeit, weiter mit dir zu reden. Ich bin gerade gebeten worden, Teil einer Führungsgruppe einer internationalen Operation gegen Drogenhandel zu werden, und muss tausend Mails verschicken. Können wir uns morgen sehen?«

»Ich könnte heute Abend zu dir nach Hause kommen.«

»Das passt nicht so gut.«

»Wieso nicht?«

»Ich habe Olivia zum Essen eingeladen.«

»Ja, und?«

Es blieb still am anderen Ende, und Stilton wusste genau, worum es ging. Olivia machte Stilton für vieles verantwortlich, was im Zusammenhang mit dem Fall auf Nordkoster geschehen war. Der Mord an ihrer Mutter. Mit gewissem Recht, das musste er zugeben. Er hatte den Kopf in den Sand gesteckt und sich nicht getraut, ihr die Wahrheit über gewisse Dinge zu sagen. Als er es dann schließlich doch getan hatte, war sie wütend geworden, und offenbar war sie das immer noch.

Und auch das mit einem gewissen Recht.

Deshalb verstand er, was Mette meinte.

»Wann können wir uns morgen sehen?«, fragte er.

»Um elf.«

»Wo?«

»Hier.«

»Im Landeskriminalamt?«

»Ja. Ich habe keine Zeit, durch die Straßen zu laufen. Sag mal, hast du was von Abbas gehört?«

»Nein, warum?«

»Ich habe mehrfach versucht, ihn anzurufen, aber er geht nicht ran.«

»Er saugt Staub.«

»Er saugt Staub?«

»Oder aber er ist in einer anderen Welt, in der um die Ecke.«

Abbas hatte einmal versucht, Stilton zu erklären, worum es im Sufismus ging. Stilton hatte ihm zugehört. Als Abbas dann anfing, von einer Welt um die Ecke herum zu reden, hatte Stilton vorgeschlagen, sie sollten lieber eine Partie Backgammon spielen.

Das dazu.

»Aber ich kann es mal versuchen«, sagte er.

»Danke. Und tschüs.«

Stilton drückte auf die rote Taste.

Er schlug den Kragen seiner Lederjacke hoch und ging zum

Odenplan. Er hatte Lust auf ein Würstchen und meinte sich zu erinnern, dass es dort eine Würstchenbude gab.

Doch es gab keine.

*

Olivia saß in der gemütlichen Küche und genoss Mårtens jüngstes Kochexperiment. Sie hatte sich wirklich danach gesehnt, nach der halbchaotischen grünweißen Bruchbude draußen in Kummelnäs auf Värmdö, wo es von Kindern und Enkelkindern nur so wimmelte. Es war lange her, seit sie das letzte Mal hier gewesen war. Damals waren die Wunden noch nicht verheilt gewesen, sie hatte die lange Reise noch vor sich gehabt. Sobald sie durch die Pforte ging, kamen die Erinnerungen wieder: Hier, in diesem Haus, war alles aufgedeckt worden, vor gut einem Jahr. Mette und Mårten waren dabei gewesen, aber nicht sie hatten Olivia den Schock ihres Lebens versetzt. Das war Tom Stilton gewesen. Jetzt sollte er nicht kommen, wäre er hier gewesen, sie wäre wieder gegangen.

Olivia führte einen heißen, duftenden Löffel an den Mund.

»Tom scheint wieder auf die Beine zu kommen«, erzählte Mette plötzlich und schenkte Olivia Rotwein nach.

»Ach ja. Wirklich lecker, Mårten! Was sind das für Kräuter? Auf jeden Fall eine Menge Knoblauch, oder?«

»Ja«, bestätigte Mårten, »und ein bisschen Cayenne und Garam masala.«

»Er wohnt jetzt seit fast einem Jahr draußen auf Rödlöga«, fuhr Mette fort.

»Müssen wir jetzt über Tom Stilton reden?«

Olivia klang schärfer, als sie geplant hatte, was ihr leid tat. Sie wusste, dass Mette es nur gut meinte, aber sie wollte nicht. Und das verstand Mårten sofort.

»Erzähl lieber von deiner Reise«, sagte er.

Und das wollte sie. Gern. Ein paar Rotweingläser später waren Mette und Mårten über das Meiste informiert, was auf ihrer Reise passiert war.

Ausgenommen Ramón.

Als sie fertig war, schaute Mårten sie an.

»Und du willst deinen Nachnamen ändern?«

»Ja. Aber die Formalitäten fehlen noch.«

»Und wann willst du dich um eine Stelle bewerben?«

Es war Mette, die diese Frage stellte, vor der Olivia sich schon gefürchtet hatte. Sie wusste, dass sie kommen würde, natürlich, aber sie wusste auch, dass Mette nicht Maria war, die nur geantwortet hatte: »Gut.« Mette war Kriminalkommissarin beim Landeskriminalamt.

»Gar nicht«, antwortete Olivia.

»Wie meinst du das?«

»Ich weiß nicht, ob ich bei der Polizei arbeiten will. Im Augenblick jedenfalls nicht.«

»Aber du hast gerade erst deine Ausbildung beendet!«

»Ja.«

»Und du willst nicht …? Du willst nicht zur Polizei gehen?«

»Nein.«

»Warum denn nicht?«

Mårten registrierte, wie aufgebracht Mette war, und Olivia spürte, wie sich die Stimmung am Tisch veränderte. Aber sie hatte sich so entschieden, und dafür wollte sie auch geradestehen.

»Ich will andere Dinge machen.«

»Und was?«

»Kunstgeschichte studieren.«

»Und deine ganze Ausbildung einfach hinschmeißen?«

»Mette.«

Mårten legte Mette eine Hand auf den Arm.

»Sie muss das entscheiden«, sagte er.

»Ja, natürlich.«

Mette richtete ihre Worte direkt an Mårten, ohne Olivia anzusehen.

»Aber ich habe gedacht, dass sie Feuer und Flamme für den Beruf ist. Dass sie sich engagieren will. Einen Unterschied machen. Etwas erreichen. Aber offenbar habe ich mich geirrt.«

»Das war ziemlich gemein gesagt«, sagte Olivia.

Mette wollte reagieren, doch Olivia fuhr fort:

»Du hast nicht den geringsten Grund, hier zu sitzen und mich zu verurteilen. Du hast doch keine Ahnung, was ich will und was ich erreichen kann. Es gibt Menschen, die einen Unterschied machen, ohne Polizeibeamte zu sein. Ich habe gedacht, du hättest ein bisschen mehr Weitblick.«

Mårten sah Mette an. Es war lange her, dass ihr jemand so etwas direkt ins Gesicht gesagt hatte. Und schon gar kein junger Mensch. Seine Achtung vor Olivia wuchs dadurch, aber er hütete sich natürlich, das seiner Frau gegenüber zu zeigen. Mette musterte Olivia ein paar Sekunden lang, ihre Hand rieb am Weinglas, während sie Olivias Worte sacken ließ.

»Ich bitte um Entschuldigung«, sagte sie. »Du hast ja vollkommen recht. Es liegt nur daran, dass ich so enttäuscht bin. Ich weiß, welche Kompetenz du hast, was für eine Sorte Mensch du bist. Und genau solche Menschen brauchen wir. Es scheint mir so eine Verschwendung zu sein. Du würdest mit der Zeit eine hervorragende Mordermittlerin abgeben.«

»Ich habe ja nicht gesagt, dass ich niemals bei der Polizei arbeiten will. Vielleicht ändere ich noch meine Meinung.«

»Dann drücke ich dafür die Daumen.«

Mette hob ihr Weinglas, prostete Olivia zu, und beide tranken einen Schluck. Mårten registrierte, dass eine Art von Waffenstillstand erreicht worden war.

Eine Art von.

Mette würde nicht lockerlassen.

»Gestern hat sich ein Nachbar von uns erhängt«, erzählte Olivia, in erster Linie, um das Thema zu wechseln. »Draußen in Rotebro.«

»Bengt Sahlmann«, sagte Mette.

»Ja. Kanntest du ihn?«

»Nicht persönlich, aber ich weiß, wer er war. Er hat beim Zoll gearbeitet. Wir hatten ein wenig Kontakt zueinander, als sie vor einer Weile eine große Ladung Drogen beschlagnahmt haben. Ich habe es heute Morgen gehört. Er war ein guter Mann.«

»Ja.«

»Hast du ihn gekannt?«

»Maria kannte ihn. Ich war vor vielen Jahren ein paar Mal Babysitter bei seiner Tochter. Sandra. Sie hat ihn gefunden.«

»Wie schrecklich.«

»Ja.«

Mårten stand auf und begann den Tisch abzudecken. Er wollte den Damen die Chance geben, einander wieder auf neutralerem Boden zu begegnen. Das wollte Olivia auch. Mette bedeutete viel für sie, sowohl beruflich als auch als Freundin. Sie wollte nicht, dass Spannungen zwischen ihnen herrschten, mit ein Grund dafür, dass sie einen Köder auswarf, von dem sie annahm, dass Mette sofort anbeißen würde.

»Aber ich finde, irgendetwas ist merkwürdig an diesem Selbstmord«, sagte sie.

»Inwiefern?«

»Aus mehreren Gründen.«

Mette schenkte sich selbst nach und zog den Stuhl etwas näher.

»Erzähl mal.«

Sie hatte angebissen.

»Was mir als Erstes merkwürdig erschien: Er wusste, dass Sandra auf dem Heimweg war. Er wusste, dass sie ihn finden würde. Erhängt. Sein einziges Kind. Ist das nicht sonderbar?«

»Ja.«

»Außerdem hatte er Sandra versprochen, für ihr Lieblingsessen einzukaufen, und das hat er auch gemacht, es stand alles in der Küche bereit.«

»Warst du im Haus?«

»Ja. Danach. Wir haben uns um Sandra gekümmert, sie hat bei Maria übernachtet. Und sie hat mich gebeten, den Laptop zu holen, deshalb bin ich hingegangen.«

»Und da hast du gesehen, dass er für dieses Lieblingsgericht eingekauft hatte?«

»Ja. Und anschließend nimmt er sich das Leben?«

Mette nippte an ihrem Wein.

»Und was noch?«, fragte sie.

»Ja, es gab beispielsweise keinen Abschiedsbrief.«

»Den gibt es nicht immer. Nur – in Sahlmanns Fall, mit der Tochter auf dem Weg nach Hause, da sollte es eigentlich einen geben. Aber man kann nie wissen. Und was noch?«

Mette zappelte an der Angel. Zum einen aus normaler Neugier, aber zusätzlich aus Gründen, von denen Olivia nichts wusste.

»Der Laptop«, sagte Olivia. »Sandra hat mir gesagt, sie würde sich den PC mit ihrem Vater teilen, da waren irgendwelche Schulprojekte drauf, deshalb wollte sie ihn haben, und der sollte im Arbeitszimmer sein.«

»Und das war er nicht?«

»Nein. Ich habe mich im Haus umgesehen, aber er war nirgends zu finden.«

»Wie hat Sandra darauf reagiert?«

»Sie fand das merkwürdig, ihr Vater hatte ihn normalerweise immer zu Hause.«

»Vielleicht hat er ihn mit zur Arbeit genommen?«

»Ja, vielleicht.«

»Aber das glaubst du nicht?«

»Ich habe keine Ahnung.«

»Glaubst du, er könnte gestohlen worden sein?«

»Wenn er gestohlen wurde, dann war es vielleicht gar kein Selbstmord.«

»Stimmt. Aber das wissen wir nicht.«

»Noch nicht«, sagte Olivia.

»Jetzt klingst du wie die Ermittlerin, die du nicht werden willst.«

Doch Mette lächelte verschmitzt bei diesen Worten, und Olivia erwiderte das Lächeln, und Mårten stellte fest, dass die Stimmung so weit neutralisiert war, dass er mit einer kleinen Käseplatte locken konnte.

Mette und Mårten wurden beide herzlich von Olivia umarmt, als sie aufbrach. Es gab immer noch das Band zwischen Mette und ihr, das wurde durch so eine kleine Meinungsverschiedenheit nicht zerrissen.

Sobald Olivia durch die Tür war, zog Mette ihr Handy hervor. Sie hatte Olivia bewusst nichts von dem erzählt, was sie wusste. Polizeiliche Informationen. Die Olivia nichts mehr angingen, schließlich wollte sie ja Kunstgeschichte studieren. Ansonsten hätte Mette ihr berichten können, dass vor nicht allzu langer Zeit eine große Menge Drogen aus dem Zollamt verschwunden war. Ein Teil des umfangreichen Fundes, der früher im Herbst beschlagnahmt worden war. Niemand wusste, wo sie geblieben waren. Momentan lief eine interne Untersuchung, die bis zum gestrigen Tag von Bengt Sahlmann geleitet worden war.

Der sich jetzt erhängt hatte.

Unter Umständen, die Olivias Misstrauen geweckt hatten.

Und jetzt auch Mette Olsäters.

Das Gespräch war kurz. Mette forderte, dass Bengt Sahlmanns Obduktion vorgezogen wurde. Als sie das Gespräch beendet hatte, stand Mårten neben ihr und schaute sie mit diesem gewissen Blick an. Der für alle anderen aussah wie ein ganz normaler Blick – für alle bis auf die Frau, die seit neununddreißig Jahren seine Lebenspartnerin war.

Sie wusste genau, was dieser Blick bedeutete.

»Ich habe mich aufgeregt, ich weiß, aber ich habe anschließend um Entschuldigung gebeten.«

»Widerstrebend.«

»Kann schon sein. Aber ich finde, sie ist verrückt. Eines der vielversprechendsten Talente für die Ermittlungsarbeit, das mir je begegnet ist, und dann ›passt es mir im Augenblick nicht‹. Typisch.«

»Typisch was?«

»Die Jugend! Die wollen alle nur herumreisen, in sich hineinhorchen, sie springen von einer Idee zur nächsten, alles ist möglich und nichts verpflichtet, alles dreht sich immer nur ums eigene Ego. Ach, ich bin das so leid.«

»Jetzt tust du Olivia aber Unrecht. Sie hat außergewöhnliche Ereignisse zu bewältigen, und das weißt du. Wenn, dann ist es wirklich sie, die ihren eigenen Weg finden muss. Wenn sie es denn kann.«

Mette nickte. Mårten hatte ja recht.

»Außerdem glaube ich, dass es absolut die falsche Methode ist, sie wieder auf die Polizeischiene zu bringen«, fügte er hinzu.

»Was meinst du?«

»Na, sie zu provozieren. Da ist sie wie Tom. Sie geht zum Angriff über. Sie hasst es, in Frage gestellt zu werden. Das ist eine Sache, die erfordert ein bisschen mehr List, wenn man weiterkommen will.«

»List, das ist deine Abteilung.«

»Vielen Dank.«

Mårten zog Mette an sich und wollte ihr gerade einen leicht beschwipsten Kuss geben, als die Tür aufgerissen wurde und einer ihrer Söhne mit einer laut lachenden Jolene hereinstürmte.

»Ich habe einen Korb gemacht!«

Jolene war zwanzig Jahre alt, ihre Nachzüglerin. Sie hatte das Downsyndrom. Vor einer Woche hatte sie angefangen, bei Skuru Specials Basketball zu spielen, und heute Abend hatte sie also den Korb getroffen.

Das war ein großes Ereignis in ihrer Welt.

Olivia saß in dem Bus auf dem Weg nach Hause. Sie spürte den Rotwein. Das war der zweite Abend hintereinander, und das war sie nicht gewohnt. Als der Bus auf die Autobahn Richtung Slussen bog, spürte sie eine aufsteigende Übelkeit. Der leichte Uringeruch machte die Sache nicht besser. Sie hatte sich ganz hinten hingesetzt, das tat sie immer, wenn dort frei war, und offenbar hatte dort jemand den Druck auf seine Blase erleichtert. Sie stand auf und ging einige Reihen weiter nach vorn. Außer ihr waren nur noch drei Fahrgäste im Bus. Sie ließ sich auf einen Fensterplatz sinken und versuchte hinauszuschauen.

»Du würdest mit der Zeit eine hervorragende Mordermittlerin abgeben.«

Mettes Worte gingen ihr im Kopf herum. Es waren gewichtige Worte, die aus dem Munde einer der erfahrensten Kommissarinnen Schwedens stammten, und die war kaum dafür bekannt, mit Lob nur so um sich zu werfen. Vielleicht mache ich einen Fehler?, überlegte Olivia. Vielleicht sollte ich doch die Polizeilaufbahn einschlagen? Das habe ich doch eigentlich die ganze Zeit gewollt. Plötzlich fühlte sie sich müde, traurig, leicht betrunken.

Da klingelte ihr Handy.

»Hallo! Hier ist deine Oberlieblingsfreundin!«

Lennis Stimme war fast bis zum Busfahrer zu hören. Olivia war gezwungen, den Hörer ein Stück vom Ohr wegzuhalten.

»Und ich möchte dich so schrecklich gern sehen, solange du immer noch knackig braun bist!«

»Aber klar«, lachte Olivia. »Wir wollen uns doch morgen treffen.«

»Aber ich will dich jetzt sehen! Wo bist du?«

»Auf dem Heimweg?«

»Das passt gut, ich sitze nämlich bei dir auf der Treppe.«

Es stellte sich heraus, dass Lennis plötzlicher Wunsch, Olivia sofort zu sehen, seine Gründe hatte. Sie hatte sich ganz einfach ausgesperrt und keine Lust, den weiten Weg zu ihrer Mutter nach Sollentuna zu fahren, um sich dort den Ersatzschlüssel zu holen.

Olivia war kaum aus dem Fahrstuhl in der Skånegatan gestiegen, als ihr Gesicht bereits in einem blonden, nach Shampoo duftenden Haarberg verschwand und sie in Lennis Umarmung versank.

»Du darfst nie, nie wieder so lange wegfahren! Versprich mir das!«

»Ich verspreche es«, lachte Olivia.

»Meine Güte, du riechst ja nach Schnaps!«

»Wein, kein Schnaps.«

Olivia löste sich aus der Umarmung und schaute Lenni an.

»Und du hast dir die Haare geschnitten, seit wir das letzte Mal geskypt haben!«

»Ja, ich fand, ich brauchte mal einen Pony.«

Lenni fuhr sich schnell mit den Fingern durch den zotteligen Pony, damit er auch richtig zur Geltung kam.

»Das steht dir! Du siehst richtig schick aus«, sagte Olivia.

»Und du erst! Verdammt, bist du braun geworden. Also die nächsten Wochen verbiete ich dir, neben mir zu laufen, nur dass du es weißt.«

Olivia musste wieder lachen und spürte, wie alle trüben Gedanken verflogen. Ach, wie sehr hatte sie Lenni vermisst! Ihre Freundschaft war so unkompliziert und selbstverständlich.

Und trotz aller Unterschiede, sowohl im Äußeren als auch innerlich, war Lenni eine der wenigen, denen Olivia immer noch voll und ganz vertraute. Sie fischte ihre Schlüssel aus der Tasche und öffnete die Wohnungstür. Als sie eintrat und das Flurlicht einschaltete, sah sie, dass die Hälfte von Lennis Lippenstift sich jetzt auf ihrer Wange befand. Wieder lachte sie und wischte ihn mit der Hand ab. Lenni tauchte hinter ihr im Spiegel auf.

»Ja, das ist wohl das Höchste an Schminke, was du an dich heranlässt«, sagte sie. »Aber ich tue mein Bestes. Und jetzt koche ich uns erst mal einen Tee, damit du wieder nüchtern wirst.«

Und das tat Olivia, sie wurde wieder nüchtern, in der Zeit, in der Lenni sie darüber informierte, was mit all den gemeinsamen Freunden in der Zwischenzeit passiert war. Olivia hatte zwar ziemlich viel mitbekommen, zumindest über diejenigen, die bei Facebook waren, aber Lenni konnte natürlich jede Menge an Details und Peinlichkeiten berichten, die die Freunde nicht gerade im Netz hatten verkünden wollen.

Dann erzählte Olivia von ihrer Reise. Bis ins letzte Detail.

»Und Ramón? Wie ist es mit dem gelaufen?«

»Ja, es ist schon was gelaufen. Aber dann bin ich weggefahren.«

Lenni lachte laut auf.

»Also, irgendwas ist mit dir passiert, ist dir das klar?«

Olivia sah sie an.

»Ja, ich weiß, dass jede Menge passiert ist«, fuhr Lenni fort, »aber das ist es nicht. Früher hättest du dich nie auf spontanen Sex mit einem Fremden in einem kleinen mexikanischen Kaff eingelassen.«

»Nein, aber ich bin ja auch noch nie zuvor in Mexiko gewesen.«

Olivia lachte.

»Und wie denkst du dir das nun mit Ove?«, wollte Lenni wissen.

»Wie ich mir das denke? Was hat der denn mit der Sache zu tun?«

»Was hat der denn mit der Sache zu tun«, äffte Lenni sie nach. »Du weißt doch genau, was ich meine.«

Doch Olivia wusste es nicht. Ove Gardman war der Junge, der gesehen hatte, wie ihre Mutter ertränkt wurde, und der Olivias Leben gerettet hatte. Buchstäblich. Wäre er in dieser Nacht vor fünfundzwanzig Jahren nicht dort gewesen, dann gäbe es sie jetzt nicht. Inzwischen war er kein Junge mehr, sondern ein Mann von 35 Jahren, der sein Leben damit verbrachte, sich in der Welt herumzutreiben und Korallen, Delfine und Wale zu retten. Er war Meeresbiologe. Olivias Wege und seine hatten sich im vergangenen Jahr gekreuzt, als sie nach Nordkoster gereist war, um den Strand zu sehen, an dem ihre Mutter gestorben und sie selbst geboren worden war. Als sie zusammengebrochen war, da war er es gewesen, der sich um sie gekümmert hatte. Eine Woche war sie bei ihm geblieben. Er hatte zugehört, sie unterstützt und darauf geachtet, dass sie etwas aß. Er war ein Fels gewesen. Und seitdem waren sie ein wenig wie Geschwister, zwei Einzelkinder, die einander gut verstanden.

Aber nicht mehr.

Behauptete Olivia.

»Ove ist in Guatemala oder irgendwo dort, glaube ich«, sagte sie. »Wir haben letztens gerade geskypt.«

»Und er sehnt sich unsäglich nach dir? Oder etwa nicht?«

Lenni legte mit dramatischer Geste die Hand aufs Herz und drückte den anderen Handrücken gegen die Stirn.

»Hör auf, wir sind nur gute Freunde, das weißt du doch genau.«

»Ja, obwohl ich nicht begreife, wieso. Was für eine Verschwendung! Schließlich ist er so verdammt süß, sieht gut aus und…«

»Und?«

»Perfekt für dich. Nur der Name ist ein bisschen langweilig. Ove Gardman, aber damit wirst du dich wohl abfinden können. Man kann ihn ja immer noch ändern. So wie du.«

Olivia lachte. Lenni wusste immer genau, was sie von den Leuten zu halten hatte. Und Typen mit der falschen Frisur, den falschen Klamotten oder eben mit dem falschen Namen, das ging gar nicht in ihrer Welt.

Aber sie konnte auch vieles gutheißen.

»Ich bin nicht verliebt in Ove, und er ist nicht verliebt in mich. So ist die Lage.«

Lenni bohrte ihre dick geschminkten blauen Augen in Olivias.

»Hast du ihn gefragt?«

»Natürlich nicht.«

»Hast du dich selbst gefragt?«

Das hatte Olivia auch nicht. Sie hatte über Ove in dieser Richtung nicht einmal nachgedacht. Als er in ihr Leben getreten war, hatte sie keinen Platz für derartige Gefühle gehabt, es hatte ganz einfach so vieles andere gegeben, womit sie zunächst einmal zurechtkommen musste. Und jetzt, nachdem sie mit ihren Gefühlen im Reinen war, da… ja, was fühlte sie eigentlich für Ove?

Olivia lag noch eine ganze Weile wach, Lenni war neben ihr im Bett eingeschlafen, mitten in einem Satz. Olivia lauschte Lennis tiefen Atemzügen, nach einer Weile gingen sie in leises Schnarchen über. Hatte Lenni recht? Gab es noch etwas anderes zwischen Ove und ihr? Sie hatte ihn vermisst, das war ihr klar, und er hatte sich jedes Mal riesig gefreut, sie zu sehen, wenn sie geskypt hatten. Aber… nein, sie waren wie Bruder und Schwester, und so sollte es bleiben. Eine Liebesbeziehung würde nur das kaputt machen, was sie hatten, konstatierte Olivia, um dann in Träume zu versinken, begleitet von Lennis Schnarchen.

*

Stilton war weiter Richtung Zentrum gegangen. Noch zweimal hatte er versucht, Abbas anzurufen, ohne eine Antwort zu bekommen. Saugte er im ganzen Viertel Staub? Anschließend schaltete er sein Handy aus, um Akku zu sparen. Es gab nicht so viele Menschen, die ihn hätten anrufen können. Die Olsäters hatten ein Essen mit Olivia. Und damit war die Kontaktliste bereits am Ende angekommen. Er hätte Benseman oder Arvo Pärt oder einen der anderen Obdachlosen anrufen können, die während der Jahre auf der Straße zu einer Art Freunde geworden waren, aber er fühlte: das war vorbei.

Stattdessen lief er in der Stadt herum.

Zog die dunklen, unscheinbaren Straßen ein Stück von der Stadtmitte entfernt vor. Weniger Autos, weniger Läden, ruhiger. Er wollte möglichst die Menschen meiden, hatte immer noch ab und zu das Gefühl, sie würden ihn anstarren, wie sie ihn vor nicht allzu langer Zeit angestarrt hatten, immer noch wich er den Blicken unbekannter Menschen aus. Das würde noch eine Weile im Rückenmark sitzen.

Mit gesenktem Kopf, den Blick auf den Bürgersteig gerichtet, lief er vor sich hin.

Lange.

Er musste dafür sorgen, dass die Zeit verging. Zu viel brannte in seinem Körper, als dass er sich in seine frisch gemietete Kajüte auf Lunas Hausboot hätte zwängen können, die Unruhe war zu groß, die musste er vorher abschütteln. Zurück in der Kajüte wollte er nur ins Bett fallen. Und morgen wollte er Mette treffen und mit ihr über Rune Forss reden. Die Zeit bis dahin war eine triste Transportstrecke, die es zu überbrücken galt.

Also lief er einige Zeit in der Stadtmitte herum, bevor er Richtung Söder abbog. Er sah ehemalige Kollegen in Streifenwagen vorbeifahren und drehte sich weg. Nicht, weil sie ihn wiedererkennen könnten, er hatte nie im Streifendienst gearbeitet, außerdem waren die Kollegen, die jetzt dort ihren Dienst taten, viel zu jung, um zu wissen, wer er war.

Aber sie waren Polizeibeamte.

Das genügte.

Es erinnerte ihn an die falschen Dinge.

Schließlich erreichte er den Leichter, spät in der Nacht, in einer Verfassung, dass er ins Bett fallen und im Schlaf versinken konnte. Er betrat das Schiff. An Deck war es dunkel. Diese Luna verschwendet keinen Strom, dachte er und ging zur Treppe, die zur Kajüte hinunter führte.

»Hallo.«

Die Stimme kam aus dem Dunkel, ein Stück weiter hinten an der Reling, und Stilton zuckte zusammen. Er erkannte die Stimme, sah jedoch niemanden.

»Hallo«, sagte er. »Ich wollte gerade ins Bett gehen.«

»Willst du nicht noch einen Whisky trinken?«

Luna löste sich aus dem Dunkel und trat in einen Lichtstreifen, den die Kaibeleuchtung warf. Die Latzhose hatte sie gegen eine abgewetzte Jeans und einen grauen Wollpullover ausgetauscht. Um die Schultern hatte sie eine dicke Decke geworfen.

»Ich bin ziemlich erledigt«, sagte Stilton.

»Hast du gearbeitet?«

»Nein.«

Stilton blieb stehen. Luna stand ein paar Meter von ihm entfernt. Ihr dichtes Haar hatte sie zu einem Pferdeschwanz gebunden.

»Musst du früh raus?«, fragte sie.

»Ich stehe auf, wenn ich aufwache.«

Luna nickte und hielt Stiltons Blick mit ihrem fest.

»Aber ich trinke gern noch einen Whisky«, log er.

Luna drehte sich um und ging vor Stilton in den Salon hinunter. Sie hatte ein paar kleine Wandlampen mit Schirmchen entzündet, irgendwo aus der Dunkelheit war leise Countrymusik zu hören, ein leichter Teergeruch hing in der Luft. Zwei kleine Olivenbäumchen und zwei größere Zitronenbäume standen entlang den Schotten. Luna zeigte mit der Hand auf eine lange, an der Wand befestigte Sitzbank. Ein paar eingerahmte Bilder hingen darüber, kleine, abstrakte Ölgemälde in kräftigen Farben. Stilton setzte sich. Es war das erste Mal, dass er hier unten war. Die Atmosphäre sagte ihm sofort zu. All das abgenutzte dunkle Holz, hier und da Messingbeschläge, der längliche, abgerundete Tisch vor ihm, voller Risse und Gebrauchsspuren. Alles für die See gebaut. Er dachte an Rödlöga, an die alten Schiffe, die es dort draußen gegeben hatte, die alten Fischerhütten. Was Heimweh in ihm aufsteigen ließ. Luna trat an einen eingelassenen Holzschrank und holte einen Bulleit Bourbon und zwei kleine Gläser heraus.

»Man darf ja wohl seinen ersten Untermieter feiern«, sagte sie.

»Das finde ich auch.«

Sie schenkte ein und reichte Stilton ein Glas.

»Prost.«

Stilton prostete ihr zu und nippte von dem ziemlich herben Whisky.

»Das ist also das erste Mal, dass du vermietest?«, fragte er.

»Ja. Ich brauche etwas Geld auf dem Konto.«

»Was arbeitest du?«

»Ich arbeite auf dem Friedhof, das ist nicht besonders einträglich. Wie kam es, dass du obdachlos geworden bist?«

Die Frage kam wie aus dem Nichts geschossen, und Stilton gelang es nicht, sich vor ihr zu wappnen. Er schaute in sein Whiskyglas. Die gleiche Frage war ihm schon so oft gestellt worden, dass er eine ganze Palette verschiedener Antworten hätte präsentieren können, je nachdem, wer sie stellte. Doch in diesem Fall wollte er gar nicht antworten.

»Schwer zu sagen«, sagte er.

»Warum?«

»Weil ich nicht weiß, wer du bist und welche Antwort passt.«

Luna lächelte, ohne etwas zu sagen. Stilton fühlte sich nicht wohl in seiner Haut.

»Was ist das für Musik?«, fragte er, um das Thema zu wechseln.

»*Lover's eyes.* Mumford & Sons. Welche Art von Musik magst du?«

»Ach, nichts speziell.«

Luna betrachtete ihn und nahm einen kleinen Schluck aus ihrem Glas.

»Luna«, sagte Stilton.

»Ja?«

»Ein ziemlich ungewöhnlicher Name.«

»Meine Mutter hat mich Abluna getauft, ein Name, der in ihrer Familie vorkam.«

»Klingt ausländisch.«

»Abluna ist ein alter schwedischer Frauenname. Aber nachdem meine Mutter verschwunden war und weil mein Vater den Namen nicht mochte, wurde Luna daraus. Der Mond, auf Italienisch. Mir gefällt er.«

»Er ist schön.«

»Danke.«

»Wann ist deine Mutter verschwunden?«

»Als ich zwölf war. Sie war ein Windwanderer.«

»Was ist das?«

»Ein alter samischer Begriff für den, der mit dem Wind wandert. Der einfach fortgeht.«

»War sie Samin?«

»Nein.«

»Ach so.«

Damit war Stiltons Konversationsvorrat so langsam erschöpft, doch er widmete sich dem, was am naheliegendsten war.

»Wie lange gehört dir der Leichter schon?«, fragte er.

»Ich habe ihn vor zwei Jahren gefunden, in Toulouse, der Name hat mich fasziniert.«

»Sara la Kali.«

»Ja. Eine der römischen Heiligen. Ich bin mit dem Leichter durch die Kanäle hergeschippert.«

»Allein?«

»Nein, mein Vater ist Kapitän. Er war dabei.«

Stilton nickte und trank den letzten Schluck aus seinem Glas. Er spürte, wie die mühsam erarbeitete Müdigkeit mit voller Wucht zuschlug. Trotzdem wäre er gern noch hier sitzen geblieben. Einerseits. Andererseits gab es Rune Forss.

»Ich werde mal in die Koje gehen«, sagte er.

»Danke für die Gesellschaft.«

»Es war sicher nicht das letzte Mal.«

Stilton schaute weg, als er das sagte. Luna lächelte wieder und folgte ihm mit ihrem Blick. Langsam schenkte sie sich erneut ein. Als sie das Glas zum Mund führte, war Stilton verschwunden.

Ich stamme aus einem Geschlecht von Robbenjägern.

Luna schluckte den Alkohol und stellte das Glas ab. Nachdem sie es hingestellt hatte, sah sie, dass ihre Hand leicht zitterte. Es war eine sehnige Hand, von größeren und kleineren Falten überzogen, einige arbeitsbedingt, andere voller Geheimnisse. Sie drehte sie und betrachtete die Fingernägel, breit, gerade abgeschnitten, nicht angemalt. Sie war nicht so für Nagellack. Ihre Eitelkeit lag in einem ganz anderen Bereich.

Aber das Zittern?

Sie ballte die Faust, um es abzustellen. Es beunruhigte sie. Sie hatte es am Morgen auch schon gehabt, und am Vortag auf dem Friedhof. Ein leichtes Zittern in beiden Händen, das sie sich nicht erklären konnte. Sie war 41 Jahre alt und ihr ganzes Leben lang kerngesund gewesen, abgesehen von einer sehr außergewöhnlichen Allergie. Sie schaute zum Flur, auf dem Stilton verschwunden war. Schade, dass er keine Vergangenheit als Arzt hat, dachte sie. Denn dieser Bulle hatte sicher keine medizinischen Kenntnisse, was zitternde Hände betraf. Sie lehnte sich ein wenig zurück und schaltete die Wandlampen aus. Die Kailichter warfen durch die Bullaugen ein dumpfes gelbes Licht, ihre Silhouette zeichnete sich auf den dunklen Holzplanken hinter ihr ab. Sie ließ sich auf die Holzbank fallen und streckte sich ein wenig. In letzter Zeit hatte sie nur schlecht schlafen können, manchmal stand sie auf und legte sich in den Salon, einfach um den Ort zu wechseln, ab und zu schlief sie gleich hier. Sie schloss die Augen und spürte, wie sie auf dem Weg war, wegzugleiten, der Alkohol schaukelte sie ins Dunkel, Sekunden bevor sie ganz losgelassen hatte, kam der Schrei.

Er kam aus Stiltons Kajüte.

Mit Herzklopfen richtete sie sich auf, ihr Körper war schon wieder auf dem Weg in die Waagerechte, da kam ein erneuter Schrei. Luna stand auf und trat auf den Gang. Ein Stück vor Stiltons Kajüte blieb sie stehen. Es drang kein Licht unter seiner Tür hervor. Sie blieb still stehen. Dann kam ein weiterer Schrei, leiser jetzt, kürzer, gefolgt von einem langgezogenen Wimmern. Er träumt, dachte sie. Albträume.

Habe ich es mir doch gedacht.

Schon als Stilton fragte, ob die Kajütentür abzusperren war, hatte Luna gespürt, dass mit dem Mann etwas nicht stimmte. Als wäre das Mieten der Kajüte für ihn nur ein notwendiges

Übel, eine schnell, einfache Möglichkeit, sich einen Rückzugsraum zu verschaffen, einen Ort, um zu schlafen, in Ruhe aufzuwachen, und sonst nichts.

Sie ging zurück zum Salon.

*

Der kleine runde Lichtkegel glitt langsam über eine kahle weiße Schlafzimmerwand, vorsichtig berührte er den Rand eines eingerahmten Plakats, hielt inne, zögerte und glitt zurück über die nackte Wand.

Abbas saß auf dem Boden, mit einer kleinen Taschenlampe in der Hand. Er hatte sich in eine graue Tagesdecke gewickelt. Die Augen tauchten hinter der Lampe auf, gerötete, geriebene Augen, übermüdet, verweint, Augen, die versuchten, auf die Wand gegenüber zu schauen, die versuchten, das zu erreichen, was dort im Dunkel lag, es aber nicht wagten. Er schloss die Augenlider, um Zeit zu gewinnen. Er wusste, er musste das Plakat ansehen.

Jetzt.

Stundenlang hatte er hier gesessen, die äußere Dunkelheit abgewartet und versucht, Kraft zu sammeln. Ohne Erfolg. Der ganze Körper war wie ausgepumpt, der Arm, der die Taschenlampe hielt, war schlaff und kraftlos, die Signale vom Gehirn erreichten nur mit Mühe und Not die Hand.

»Ich muss es mir jetzt ansehen.«

Er hörte, wie er die Worte aussprach. Er wiederholte sie. Langsam öffnete er die Augen und lenkte den Lichtkegel über die Wand erneut auf den Plakatrand zu, hielt inne, das Licht zitterte ein wenig, dann ließ er es über den Rand gleiten, vorsichtig.

Es war ein sehr großes, schönes Plakat, ein Zirkusplakat aus Frankreich, Cirque Gruss, aus der Mitte der Neunziger, in Rot und Blau. Das Licht fuhr über die lebendigen bunten Bilder, Jongleure, Trapezkünstler, Elefanten, es dauerte eine ganze Weile, bis er sich ganz nach unten traute, auf die Namen der Künstler.

Dort hielt er inne.

Plötzlich erlosch das Licht, und es wurde stockfinster, nur ein heftiges Einatmen war zu hören.

Der Staubsauger war verstummt.

Auf den letzten Treppenstufen musste Agnes Ekholm anhalten und erst einmal tief durchatmen. Das Treppensteigen fiel ihr schwer, besonders nach oben, und jetzt war sie auf dem Weg in den vierten Stock. Sie hatte einen Mantel über den rosa Morgenrock gezogen, ihre Füße steckten in weichen, flauschigen Pantoffeln. Als sie auf dem Absatz ankam, war sie unsicher.

Welche Tür war es noch?

Und natürlich hatte sie die falsche Brille aufgesetzt, brauchte sie doch verschiedene Brillen für unterschiedliche Entfernungen. Sie stopfte sie in die Manteltasche und trat ganz nahe an die Tür. Ja, das musste sie sein. Mit leicht zitternder Hand drückte sie auf den Klingelknopf. Das Geräusch hinter der Tür war selbst für Agnes' dezimiertes Hörvermögen deutlich zu vernehmen. Nach einer Weile klingelte sie noch einmal. Vielleicht war er ja gar nicht zu Hause? Sie klingelte noch einmal, wartete wieder, dann drückte sie die Klinke hinunter. Die Tür war abgeschlossen. Agnes seufzte und drehte sich um. Diese ganze Bergbesteigung war vergeblich gewesen. Doch gerade als sie die erste Treppenstufe erreicht hatte, öffnete die Tür sich hinter ihr. Sie drehte sich um. Ein Mann stand in der Tür, das konnte sie sehen, mit einer Tagesdecke um sich gewickelt. Er hatte deutlich erkennbare Bartstoppeln, sein Haar stand in alle Richtungen ab, und die Augen lagen tief in dunklen Höhlen. Agnes wich automatisch ein Stück zurück.

»Oh, Entschuldigung. Ich habe Abbas gesucht.«

»Ja?«

Agnes starrte den Mann an, gestand sich widerstrebend ein,

dass es Abbas war, der dort in der Tür stand. In einer Verfassung, in der sie ihn noch nie zuvor gesehen hatte. Sie hatte ihn bisher ja nicht einmal unrasiert erlebt.

»Ach, entschuldige, ich habe nicht gesehen, dass du es bist.«

»Was gibt es?«

»Ich bin eben dem Postboten begegnet, und der hat gesagt, dass dein Briefkasten überquillt, er hat die heutige Post gar nicht mehr reingekriegt. Anscheinend ist er schon eine Weile nicht mehr geleert worden.«

»Ich bin krank gewesen.«

»Das kann man sehen, armer Junge, was hast du denn …«

»Ich werde den Briefkasten leeren.«

»Das ist gut. Ja, dann hoffe ich, dass es dir bald wieder besser geht. Möchtest du vielleicht ein Stück Rüblitorte?«

»Nein, vielen Dank.«

Agnes nickte und drehte sich wieder zur Treppe. Schnell schloss Abbas die Tür.

Der Briefkasten überfüllt?

Er ging zum Flurspiegel und betrachtete sich darin. Agnes' Reaktion war gut zu verstehen. Er sah schrecklich aus. Wie lange lief das jetzt schon? Er ließ die Tagesdecke fallen und sah, dass auf dem Pullover große Flecken waren. Habe ich ins Spülbecken in der Küche gekotzt? Nur vage konnte er sich daran erinnern. Er ging ins Wohnzimmer, sah den Staubsauger mitten im Raum stehen. Habe ich Staub gesaugt? Warum das? Er blieb im Zimmer stehen. Hier drinnen gab es etwas, das die Ursache für alles war. Aber was? Langsam wanderten seine Augen zum Glastisch. Zur Zeitung. Die Sonderausgabe. Sie lag genau dort, wo er sie hingelegt hatte, der eine Rand exakt parallel zur Tischkante. Er schaute genauer hin. War es die Zeitung?

Ja, sie war es.

Langsam kam das zurück, was zurückkommen musste.

Stück für Stück.

Als alles wieder in seinem Bewusstsein aufgetaucht war, stellte er sich ohne zu zögern unter die Dusche.

Zuerst heiß und lange, um sich zu stählen, dann immer kälter, und als es eiskalt war, hatte er sich selbst wieder im Griff und einen Entschluss gefasst.

Als Erstes holte er die Messer heraus.

Fünf schwarze Black Circus.

Mit beidseitiger Schneide.

*

Mette ging schnellen Schrittes über den Flur, ohne irgendwelchen Mitarbeitern hinter den Glasscheiben der Arbeitsräume zuzunicken. Sie hatte es eilig. Mit einem dicken Ordner unter dem Arm bog sie um die Ecke und öffnete die Tür zu dem Konferenzraum, den sie ausgesucht hatte. Bosse Thyrén und Lisa Hedqvist waren bereits im Raum, zwei ihrer jungen Lieblingsermittler. Fürs Erste wollte sie die Gruppe so klein wie möglich halten. Sie legte den Ordner auf den Tisch ganz vorn und ließ sich auf den Stuhl dahinter sinken. Vor nicht einmal einer Stunde hatte sie Nachricht von der Rechtsmedizin bekommen: Bengt Sahlmann war getötet worden. Das stand außer Zweifel.

»Er war schon tot, bevor er aufgehängt wurde. Vermutlich ist dem Mord ein Handgemenge vorausgegangen, er hatte Hautfragmente unter den Fingernägeln.«

»DNA?«

»Ist in Arbeit.«

Außerdem hatte Mette eine Zeugenbefragung in Sahlmanns Nachbarschaft veranlasst und die Spurensicherung in sein Haus geschickt.

»Wir haben wertvolle Zeit verloren«, sagte sie. »Sahlmann ist vorgestern Abend von seiner Tochter Sandra erhängt aufgefunden worden, und am Tatort gab es nichts, was darauf hindeutete, dass es sich um etwas anderes als einen Selbstmord handelte. An dem vorläufigen Untersuchungsbericht ist nichts Auffälliges. Was bedeutet, dass der Mörder oder die Mörder mehr als sechsunddreißig Stunden Vorsprung haben. Ich habe Lagerman gebeten, sich Sahlmanns finanzielle Situation anzusehen. Elin untersucht seinen Bekanntenkreis. Seine Frau ist beim Tsunami ums Leben gekommen. Er hat eine Schwägerin, die in Huvudsta im Johan Engbergs väg 8 wohnt. Sie heißt Charlotte Pram. Die Tochter Sandra befindet sich momentan bei ihr. Sie ist noch nicht darüber unterrichtet, dass es sich um einen Mord handelt. Bitte kümmere du dich darum, Lisa, aber geh behutsam vor. Bosse und ich fahren ins Zollamt.«

»Wie kommt es, dass die Ermittlung bei uns gelandet ist?«, wollte Bosse wissen.

»Ich wollte sie haben.«

»Und warum?«

»Weil es möglicherweise Verbindungen zum internationalen Drogenhandel gibt. Vor einer Weile ist eine große Partie an Drogen, 5-IT, im Zollamt verschwunden, die zu dem Riesenfund aus dem letzten Herbst gehörte, erinnert ihr euch noch?«

»Ja«, sagte Lisa. »Aber wo kommt Sahlmann da ins Spiel?«

»Er hat die internen Ermittlungen im Zollamt geleitet, bei denen versucht wurde, herauszufinden, wo die Drogen geblieben sind. Eventuell ist er auf Informationen gestoßen, die gefährlich für ihn waren.«

»Reine Spekulation?«

»Ja. Aber weniger spekulativ ist die Tatsache, dass offenbar Sahlmanns Laptop an dem Abend aus seinem Haus gestohlen wurde, an dem er ermordet wurde.«

»Woher weißt du das?«

»Von einer Quelle.«

Aus irgendeinem Grund hatte Mette keine Lust, die Quelle zu benennen. Olivia Rönning. Oder Rivera. Bosse und Lisa kannten Olivia seit dem Fall auf Nordkoster, das wusste sie. Fast im selben Moment kam ihr in den Sinn, dass die beiden natürlich auch mit Olivia sprechen mussten. Schließlich hatte sie sich nur kurze Zeit nach dem Mord am Tatort befunden.

Also ruderte Mette zurück.

»Die Quelle ist Olivia Rönning.«

»Und woher weiß sie das?«, wollte Bosse wissen.

»Das kann sie dir selbst erklären. Du kannst ja mit ihr sprechen, bevor wir zum Zollamt fahren.«

»In Ordnung.«

Bosse und Lisa standen auf. Mette holte ihr Handy heraus. Lisa ging zu ihr.

»Dann ist Olivia wieder zurück in Schweden?«

»Ja.«

»Und wie geht es ihr?«

»Sie will ihren Familiennamen ändern. Heißt jetzt Rivera.«

»Ach ja?«

»Und sie hat beschlossen, nicht bei der Polizei zu arbeiten.«

»Warum das denn?«

»So, jetzt arbeiten wir, ja?«

Lisa erkannte den Unterton und ging zur Tür. Mette tippte Olivias Nummer ins Handy ein. Als Bosse und Lisa die Tür hinter sich geschlossen hatten, stellte sie die Verbindung her. Olivia ging augenblicklich dran.

»Hallo, Mette! War schön gestern, vielen Dank!«

»Ja, danke für deinen Besuch. Bist du gut nach Hause gekommen?«

»Ja, danke. Etwas beschwipster, als ich erwartet hatte, aber es war gut, dass ...«

»Du hattest recht.«

»Womit?«

»Bengt Sahlmann ist ermordet worden. Ich habe vor einer Stunde den Bericht erhalten.«

Olivia blieb stumm. Ihre Reaktion war gespalten. Positiv, weil bestätigt worden war, was in ihr genagt hatte, negativ beim Gedanken an Sandra. Oder vielleicht auch nicht. Vielleicht war es eine Erleichterung, dass ihr Vater sich nicht das Leben genommen hatte? Aber ermordet? Genau wie Olivias leiblicher Vater? War es so viel einfacher, damit zurechtzukommen?

»Habt ihr das schon Sandra gesagt?«, fragte sie.

»Lisa ist auf dem Weg zu ihr. Bosse wird mit dir Kontakt aufnehmen. Bis später.«

Mette drückte das Gespräch weg.

*

Grauer Vormittag, dunkle Wolken, die in gemächlichem Tempo über den Himmel zogen, aber noch kein Regen. Doch das war nur eine Frage der Zeit. Stilton stand an der Reling und putzte sich die Zähne, das tat er gern draußen, eine Angewohnheit von Rödlöga, ein Gefühl der Freiheit. In einem Plastikbecher hatte er ein wenig Wasser. Ein Stück entfernt stand Luna und beobachtete ihn, während sie sich das Haar kämmte. Stilton arbeitete energisch mit der Zahnbürste, lange. Während seiner Zeit als Obdachloser hatte er keine Zahnbürste besessen, hatte sich die Zähne mit dem Zeigefinger gerieben und den Mund ausgespült, wenn Wasser in der Nähe war. Oder Kaffee. Auf Rödlöga hatte sich das geändert. Hygienegewohnheiten hatten sich eingeschlichen. Solange es eisfrei war, hatte er jeden Morgen seinen mageren Körper in das kalte Meer gezwungen und sich mit einer Art Bürste saubergeschrubbt, die er hinter der Emailleschüssel in der Küchennische gefunden hatte. Als würde die äußere Reinheit auch das Innere säubern.

Die Zähne waren ein Teil davon. Luna sah, wie hektisch er die Bürste führte, fast wie besessen.

»Das sollte jetzt mit den Zähnen reichen«, sagte sie.

»Das sind die einzigen, die ich habe«, erwiderte er.

»Du hattest letzte Nacht Albträume.«

»Ja?«

»Du hast ziemlich laut geschrien.«

Stilton spülte sich den Mund mit dem Wasser aus dem Plastikbecher aus, gurgelte eine Weile und spuckte dann über die Reling. Als er sich umdrehte, war Luna verschwunden. Gut so. Er hatte keine Zeit für Smalltalk, er stand unter Stress, hatte viel zu lange geschlafen, offenbar mit Albträumen. Was ging das sie an? Er wollte endlich los. In gut einer Stunde sollte er Mette treffen und mit ihr über Rune Forss sprechen. Es war an der Zeit, den Motor anzuwerfen.

Da sah er Abbas.

Auf dem kleinen Weg vor der Werft.

Auf dem Weg zum Hausboot.

Bei einem der vielen Telefonversuche am Tag zuvor hatte Stilton auf Abbas' Anrufbeantworter gesprochen und ihm vom Leichter Sara la Kali an der Mälarwerft erzählt und dass er dort eine Kajüte gemietet hatte. Offenbar hatte Abbas seinen Anrufbeantworter abgehört. Er bestieg das Schiff, und das Erste, was Stilton auffiel: Abbas war nicht rasiert. Was Abbas' Rasiergewohnheiten betraf, hatte Stilton ungefähr die gleiche Erfahrung wie Agnes Ekholm, er konnte sich nicht daran erinnern, ihn jemals unrasiert gesehen zu haben.

»Hallo«, sagte Stilton. »Ich war gestern bei dir, aber du hast nicht aufgemacht. Warst du am Staubsaugen?«

»Nein. Ich muss für eine Weile verreisen, und ich will, dass du mitkommst.«

»Wohin?«

»Nach Marseille.«

»Nach Marseille? Und wann?«

»Heute Abend.«

Stilton schaute Abbas an. Nicht nur die fehlende Rasur deutete darauf hin, dass etwas nicht in Ordnung war. Es war gar nichts in Ordnung. Er kommt zum ersten Mal hierher, und er fragt gar nichts. Über das Schiff. Warum ich hier wohne. Warum ich in der Stadt bin. Kommt sofort zur Sache.

Gar nicht gut.

»Was sollen wir in Marseille tun?«

»Darüber reden wir später. Kommst du mit?«

»Das weißt du doch.«

Das passte definitiv nicht in Stiltons Pläne, die sahen ganz anders aus. Aber Abbas hatte so einiges bei ihm gut.

Eine ganze Menge.

Außerdem wusste er, dass Abbas ihn nie darum bitten würde, wenn es nicht ungemein wichtig wäre.

»Weiß Mette davon?«, fragte er.

»Nein. Warum?«

»Sie hat versucht, dich zu erreichen. Du solltest vielleicht mal von dir hören lassen. – Fliegen wir?«

»Nein, wir nehmen den Zug.«

»Warum?«

»Weil der auf dem Boden bleibt.«

Abbas hatte Flugangst. Außerdem konnte er im Zug seine Messer mitnehmen, das war im Flugzeug schwieriger. Und das war wohl der entscheidende Faktor.

»Wann fahren wir?«

»Um vier. Komm vorher bei mir vorbei.«

»Mache ich.«

Abbas drehte sich um und ging die Gangway wieder hinunter. Stilton schaute ihm nach. Als Abbas weit genug gekommen war, schlug er mit der Faust auf die Reling. Er hatte sich sehr lange darauf vorbereitet, in die Stadt zu kommen und das zu erledigen, was zu erledigen war, und jetzt musste er nach Marseille fahren. Ohne eine Ahnung zu haben, warum.

Das Einzige, was er wusste: Das waren keine Ferien.

»Wer war das?«

Luna kam übers Deck. Ein dunkelgrünes Holzfällerhemd hing über einer hellen ausgewaschenen Jeans, ihr dichtes Haar fiel offen über die Schultern und gab der scharf geschnittenen Nase und den breiten, geraden Augenbrauen, die viel dunkler als das Kopfhaar waren, einen passenden Rahmen. Stilton zuckte leicht zusammen. Sie erinnerte ihn an die melodramatischen Titelbilder seiner Krimis von Rödlöga, ein bisschen Rita Hayworth, ein bisschen Katharine Hepburn. Das war ihm vorher nicht aufgefallen, aber jetzt, auf dem Weg nach Marseille.

»Ein Freund«, antwortete er. »Abbas el Fassi.«

»Araber?«

»Franzose, aufgewachsen in Marseille. Wir fahren heute Abend dorthin.«

»Nach Marseille?«

»Ja.«

»Wie lange bleibt ihr weg?«

»Keine Ahnung.«

»Urlaub?«

»Nein.«

»Was wollt ihr dann dort?«

»Keine Ahnung, ich nehme an, es ist wichtig. Ich muss packen.«

Stilton ging an Luna vorbei und verschwand unter Deck.

Packen?, dachte Luna. Was willst du denn packen? Deine kleine blaue Tasche? Plötzlich wurde sie nachdenklich. Sie hatte keine Ahnung, wer Stilton war. Sie hatte ihn in keiner Weise überprüft. Hatte das akzeptiert, was er gesagt hatte, ohne zu zögern. Sie hatte Vertrauen zu ihm, in erster Linie aufgrund der eigenen Intuition. Sie hatte schon einiges erlebt und gelernt, Menschen einzuschätzen, nur selten irrte sie sich.

Aber jetzt hatte sie sich vielleicht geirrt.

Und wenn er nun ein Drogendealer war? Was weiß denn

ich? Plötzlich nach Marseille fahren, von einer Sekunde auf die andere? Worum ging es? »Ich nehme an, es ist wichtig.« Luna überlegte, ob sie zu Stilton hinuntergehen und mehr Informationen fordern sollte. Andererseits hatte sie die Miete für einen Monat im Voraus erhalten. Sollte es Ärger geben, würde das nicht sie betreffen.

Aber sie war dennoch neugierig.

*

Abbas war gerade an der Tür, als sein Handy klingelte. Er sah, dass es Mette war, und dachte an Toms Worte.

Also nahm er das Gespräch an.

»Endlich! Hallo, Abbas! Ist etwas passiert?«

»Nein. Wieso?«

»Ich habe schon so oft angerufen, und sonst gehst du doch immer …«

»Mein Handy ist vor kurzem kaputtgegangen.«

»Wieso das denn?«

»Wie geht es dir?«

»Gut. Und dir?«

»Ich werde heute Abend nach Marseille fahren.«

»Heute Abend? Wieso das, ist etwas passiert?«

»Ja.«

»Und was?«

»Darüber möchte ich nicht reden, es geht um die Vergangenheit.«

Mette gab sich mit der Antwort zufrieden.

»Gibt es etwas, wobei du Hilfe brauchst?«, fragte sie.

»Ja. Tom kommt mit.«

»Tom?«

»Ja.«

»Okay. Wie kommt ihr dorthin?«

»Mit dem Zug.«

»Du kannst ja anrufen, wenn ihr angekommen seid.«

»Das mache ich. Grüß Mårten und Jolene.«

Abbas drückte auf den roten Knopf. Das Gespräch war kurz gewesen, dennoch stand ihm der Schweiß auf der Stirn. Er hasste es, Mette etwas vorzumachen. Und Mårten. Menschen, die ihm mehr als seine eigenen Eltern bedeuteten. Die volles Vertrauen zu ihm hatten.

Es tat weh.

Aber er war nicht in der Lage, mehr zu sagen, als er bereits gesagt hatte.

Er nahm die Zeitung vom Glastisch hoch.

Es ging um die Vergangenheit.

*

Stilton packte seine blaue Tasche. Eine andere hatte er nicht. Da er nicht wusste, wie lange er fortbleiben würde, konnte er sowieso nichts planen. Einige Hygiene-Utensilien, ein paar Hemden, ein Handyladegerät. Leichtes Gepäck. Er war bereits auf dem Weg die Gangway hinunter, als Mette anrief. Selbst für jemanden wie Mette kam sie ungewöhnlich direkt zur Sache:

»Was habt ihr in Marseille vor?«

»Hast du mit Abbas gesprochen?«

»Ja.«

»Was hat er gesagt?«

»Dass es sich um die Vergangenheit handelt.«

»Dann weißt du mehr als ich.«

»Du lügst!«

Stilton drehte sich um und sah Luna an der Reling stehen. Sie hob eine Hand. Er erwiderte ihren Gruß. Vielleicht ist es das letzte Mal, dass wir uns sehen, fuhr es ihm durch den Kopf. Wie eine Filmszene, der Mann, der zum Kai hinuntergeht, die

Frau, die an der Reling steht und winkt. Dann stirbt er in einem fremden Land, und sie lernt einen Fensterputzer kennen.

»Hallo? Bist du noch dran?«

»Ja. Nein, ich lüge nicht. Abbas hat mich gebeten, mit ihm nach Marseille zu fahren. Aber er hat nicht gesagt, warum.«

»Und du hast ihn nicht gefragt?«

»Nein.«

»Wie kindisch seid ihr eigentlich?«

Ich sollte eigentlich antworten: ›Wir sind Männer‹, dachte Stilton, doch ihm war klar, dass er damit dieses kindische Spiel zu weit getrieben hätte.

»Es ist etwas passiert, ich weiß nicht was, er will, dass ich mitfahre, und also tue ich es. Du weißt, was er für mich getan hat.«

Mette wusste nur zu gut, was Abbas für Stilton getan hatte. Es war Abbas gewesen, der zur Stelle gewesen war, als Stilton in seiner Zeit als Obdachloser Gefahr lief, ins Totenreich gezogen zu werden. Es war Abbas, der Stilton zu den verschiedenen Notaufnahmen schleppte und dafür sorgte, dass er auch wieder herauskam, obwohl Stilton immer wieder versuchte, seinen Freund auf Abstand zu halten.

Deshalb hatte sie nichts darauf zu erwidern.

»Und jetzt bist du an der Reihe, dich um ihn zu kümmern?«, fragte sie.

Abbas ist kein Mann, um den man ›sich kümmert‹, dachte Stilton.

»Ich weiß es nicht. Machst du dir Sorgen?«

»Machst du dir welche?«

»Ja«, bestätigte Stilton.

»Danke. Das ist beruhigend.«

»Mette. Es hat überhaupt keinen Sinn, jetzt schon Katastrophen an die Wand zu malen. Versuche sie zu bewältigen, wenn sie eingetroffen sind. Falls sie eintreffen. Wer sagt das immer?«

»Okay. Aber versprich mir, dass du von dir hören lässt, sobald ihr angekommen seid!«

Stilton drückte das Gespräch weg. Als er sich umdrehte, lag der Leichter in schweren Novembernebel gehüllt.

Luna war verschwunden.

*

Olivia saß bei Bosse Thyrén im Zimmer beim Landeskriminalamt. Sie mochte ihn. Er trug einen gepflegten Bart und hatte wache Augen, außerdem bot er keinen dünnen Kaffee an und redete keinen Mist. Sie erzählte ihm von ihrem Besuch in Sahlmanns Haus an dem Abend, als er sich erhängt hatte. Von dem verschwundenen Laptop. Von einem Schatten, den sie an dem Gartenzaun gesehen hatte, von dem sie jedoch gedacht hatte, er hätte nichts zu bedeuten. Aber vielleicht hatte er das ja doch?

»Du bist dir nicht sicher, dass es ein Mensch war?«

»Nein. Aber wenn es einer war, dann ja wohl kaum der Mörder? Zu diesem Zeitpunkt muss der doch schon lange verschwunden gewesen sein?«

»Ja, schon. Aber man weiß ja nie.«

»Nein.«

Sie erzählte auch von dem Mann, dem Sandra im Tunnel begegnet war, ein Mann, der nicht aus der Nachbarschaft stammte.

»Aber danach müsst ihr lieber Sandra direkt fragen. Wart ihr schon bei ihr?«

»Lisa ist auf dem Weg zu ihr. Werden wir deine Fingerabdrücke im Haus finden?«

»Nein, ich hatte Fäustlinge an.«

»Fäustlinge?«

»Aber ich habe eine Weile auf dem Sofa gesessen, es ist möglich, dass dort Haare von mir gefunden werden. Spielt das denn eine Rolle? Ihr wisst doch, dass ich im Haus war.«

»Ja, das stimmt schon. Aber du weißt doch, wie die Techniker sind.«

»Ja. Sind wir dann fertig?«

»Ja.«

Olivia stand auf.

»Rivera gefällt mir«, sagte Bosse. »Das passt zu dir.«

»Danke.«

Olivia verließ das Polizeigebäude mit gespaltenen Gefühlen. Irgendwie lockte sie die Atmosphäre da drinnen, all diese Menschen, die ihr Leben der Aufgabe widmeten, anderen Menschen zu helfen und sie zu schützen. Warum wollte sie das nicht? Doch, natürlich wollte sie es auch, auf einer bestimmten Ebene, aber nicht gerade jetzt. Es kam ihr zu nahe.

Sie ging zu Fuß zum Zollamt in der Alströmergatan.

Bengt Sahlmanns Arbeitsplatz.

Nach einigem Hin und Her am Empfang gelang es ihr, zur Abteilung durchgelassen zu werden, in der Bengt Sahlmann arbeitete. Oder gearbeitet hatte. Als sie dort eintraf, wurde sie von einer Dame begrüßt, von der Olivia annahm, dass sie wohl für Besucher zuständig war. Olivia trug ihre Wünsche vor.

»Ich heiße Olivia Rivera und bin von Bengt Sahlmanns Tochter gebeten worden, einmal nachzuschauen, ob der Laptop ihres Vaters hier ist. In seinem Büro. Sie braucht ihn für ihre Schulaufgaben.«

»Da fragen Sie am besten Gabriella Forsman.«

Olivia sollte den Flur weitergehen und dann in ein Zimmer, in dem die besagte Gabriella Forsman saß. Olivia blieb in der Tür stehen. Die Frau auf dem Schreibtischstuhl war nicht gerade das, was sie im Zollamt erwartet hatte. Vor allem Männer würden in ihr eine atemberaubende Frau mit wunderschönem rötlichem Haar und einem ebenmäßigen, schönen Gesicht sehen. Olivia sah das etwas zu rote Haar, die etwas zu große Brust, die übertrieben roten Lippen und eine Schlangenhaut von einem Kleid in einem bizarren orangefarbenen Ton.

Wie die Kopie einer der Sekretärinnen in *Mad Men*, dachte sie.

»Kann ich irgendwie helfen?«, fragte die Schlange in einem leisen, leicht heiseren Alt.

Olivia wiederholte den Grund ihres Besuchs, was von Gabriella Forsmans Seite zu einem Ausbruch erstaunlichen Ausmaßes führte. Allein die Erwähnung von Sahlmanns Namen ließ ihr Gesicht zucken. Und als Olivia außerdem noch dessen Tochter erwähnte, waren diverse Papiertaschentücher nötig.

Diese Frau liebt es aber reichlich theatralisch, dachte Olivia.

»Wir sind alle unglaublich geschockt«, sagte Gabriella und versuchte sich zusammenzureißen. »Es ist so schrecklich, man kann gar nicht glauben, dass es wahr ist! Plötzlich ist er weg! Man sitzt hier, trinkt zusammen Kaffee und redet über dies und das, und dann ist er plötzlich einfach nicht mehr da. Ist das nicht schrecklich?«

»Ja. Haben Sie lange zusammengearbeitet?«

»Vier Jahre. Er war der netteste Mensch auf der ganzen Welt, und dann war da doch schon dieses schreckliche Unglück, dieser Tsunami, und jetzt das hier.«

Olivia ließ Gabriella noch ein paar Taschentücher verbrauchen.

»Sein Laptop«, sagte sie schließlich.

»Ja, natürlich, entschuldigen Sie mich, aber es ist alles so durcheinander, Sie wollten wissen, ob sein Laptop hier ist?«

»Ja.«

»Soweit ich weiß, nicht, aber wir können ja mal nachschauen.«

Gabriella stand auf. Sie war groß und balancierte ihren geschmeidigen Körper elegant auf roten hochhackigen Pumps, in die Olivia nicht einmal den kleinen Zeh hätte hineinzwängen können. Gemeinsam gingen sie in das angrenzende Büro, das etwas größer war.

»Das ist Bengts Zimmer.«

Olivia betrachtete den ordentlich aufgeräumten Schreibtisch. Ein Bildschirm und ein Computer standen dort. Aber kein Laptop und keine Korktasche. Sie ließ ihren Blick über die Regale an der Wand und den kleinen Tisch neben dem Sessel schweifen.

»Hat er manchmal seinen privaten Laptop mit hierher gebracht? Erinnern Sie sich daran?«

»Nein. Er hatte ja den Amtscomputer, mit dem hat er gearbeitet.«

Olivia nickte. Der Laptop war nicht hier. Aber nun konnte sie Sandra zumindest erzählen, dass sie es versucht hatte. Wenn auch ohne Erfolg. Sie schaute noch einmal Sahlmanns Schreibtisch an. Neben der Tastatur lag eine Akte mit der Aufschrift: »Interne Ermittlung«.

»Woran hat Bengt gerade gearbeitet?«, fragte sie.

»Na, das Übliche.«

»War er mit einer internen Ermittlung beschäftigt?«

Olivia nickte zum Ordner neben der Tastatur, und Forsman folgte ihrem Blick.

»Ach das, ja, das war er, es ist eine größere Partie an Drogen verschwunden, damit war er befasst.«

»Was heißt verschwunden?«

»Darüber darf ich nicht sprechen, wenn Sie verstehen.«

Forsman sah etwas peinlich berührt aus. Olivia nickte und ging vor ihr aus dem Zimmer. Plötzlich griff Gabriella nach ihrem Arm, ganz vorsichtig, wobei sie gleichzeitig ihre Stimme senkte.

»Wissen Sie, warum er sich das Leben genommen hat? Wir stehen hier alle unter Schock, spekulieren über alles Mögliche, keiner weiß etwas. Wissen Sie es?«

»Nein.«

»Ich meine, ich weiß ja, dass er wegen der Sache mit seinem Vater ziemlich deprimiert war, er war eine Zeitlang vollkommen verschlossen, aber das kann doch wohl nicht der Grund dafür sein? Man nimmt sich doch nicht das Leben, weil der alte Vater gestorben ist? Wenn man sich um eine siebzehnjährige Tochter zu kümmern hat. Oder?«

Plötzlich musste Gabriella wieder mit feuchten Augen und einem Schluchzen kämpfen, und Olivia hatte endgültig genug.

»Bengt Sahlmann hat sich nicht das Leben genommen«, sagte sie. »Er ist ermordet worden.«

*

Sein Trolley stand fertig gepackt im Flur. Den Pass hatte er in der Hand, die Tickets in der Jackeninnentasche. Er war reisefertig, als Stilton an der Tür klingelte.

»Komm rein.«

Stilton trat ein und stellte seine blaue Tasche auf den Boden. Abbas sah sie an.

»Ich nehme an, dass es eine ziemlich kurze Reise wird«, sagte Stilton.

»Ja. Kann sein.«

Stilton folgte Abbas weiter in die Wohnung. Er war schon ein paar Mal hier gewesen. Jedes Mal war er überwältigt gewesen von der einfachen Harmonie des Raums. Jedes Teil war mit Bedacht ausgewählt worden, was Funktion, Farbe und Form betraf. Die tibetanische Stofftapete, die Holzstühle, der dicke, schlichte Teppich. Und jedes Mal hatte er sich gefragt, wo Abbas, der Junge, der in einer sozialen Sackgasse im Armenviertel von Marseille aufgewachsen war, sich dieses unglaubliche Gefühl für Ästhetik angeeignet hatte. Seine eigene Wohnung, damals, als er mit Marianne verheiratet war, hatte dagegen stinknormal ausgesehen.

Das hier war etwas ganz anderes.

»Ich muss nur noch den Müll wegbringen.«

Abbas ging an ihm vorbei, zwei zusammengeknotete Mülltüten in der Hand, auf die Wohnungstür zu. Stilton nickte. Er ging in die Küche und schenkte sich ein Glas Wasser ein. Das trank er ganz langsam. »Ja. Kann sein« besagte, dass die vielleicht kurze Reise auch etwas ganz anderes werden konnte. Im schlimmsten Fall. Wozu Stilton keine Zeit hatte. Er stellte das leere Glas ab und drehte sich um. Hinter der Küche lag das Schlafzimmer. Er ging hin, hier war er noch nie gewesen, die Tür war sonst immer geschlossen gewesen. Jetzt stand sie offen. Er blieb im Türrahmen stehen, sein Blick wurde von einem großen eingerahmten Zirkusplakat an einer ansonsten kahlen weißen Wand gefangen. Es war der einzige Wandschmuck im Raum, gegenüber dem niedrigen Bett. Ein sehr schönes, dekoratives Zirkusplakat. Als er Abbas' Schritte hörte, drehte er sich um.

»Hübsches Plakat.«

»Ja. Gehen wir?«

*

Mette und Bosse waren auf dem Weg zum Zollamt. Mette hatte sich eine Strategie zurechtgelegt, nach der sie versuchen wollte, möglichst viele Informationen über die verschwundenen Drogen herauszubekommen, bevor sie aufdeckte, dass Sahlmann ermordet worden war. Sie fuhren in die betreffende Abteilung hoch und gingen dort direkt zur Anmeldung. Mette zeigte ihren Polizeiausweis.

»Wir suchen die Beschäftigten von Bengt Sahlmanns Abteilung.«

»Die sind leider momentan in einer Krisensitzung.«

»Wo?«

»Dort hinten, aber …«

Mette ging ohne zu zögern auf die angewiesene Tür zu und trat ein. Bosse folgte ihr. Neun Personen saßen in dem Raum, inklusive Gabriella Forsman. Offenbar waren alle hier versammelt. Ein älterer Mann wandte sich direkt an Mette.

»Entschuldigung, worum geht es? Wir haben hier eine Sitzung.«

»Aus welchem Anlass?«

»Darf ich fragen, wer Sie sind?«

»Wir kommen vom Landeskriminalamt. Mein Name ist Mette Olsäter.«

Wieder zeigte Mette ihren Dienstausweis.

»Was für eine Krisensitzung ist das?«

»Ein Arbeitskollege ist ermordet worden.«

Mette musste das Gesagte erst einmal verdauen, bevor sie fragen konnte:

»Von wem sprechen Sie?«

»Von Bengt Sahlmann. Wissen Sie denn nichts davon?«

»Woher wissen Sie es?«

»Ich habe es erzählt«, sagte Gabriella Forsman und stand auf, als hätte sie das Gefühl, etwas mehr Platz zu benötigen.

»Und woher wissen Sie es?«

Mette schaute Gabriella direkt an. Ihr Blick deutete Dinge an, die Gabriella nicht direkt benennen konnte, die aber möglicherweise unangenehm waren.

»Eine Bekannte der Familie Sahlmann war vor einer Weile hier und hat nach Bengts Laptop gefragt. Sie hat es mir erzählt.«

»Wie hieß diese Bekannte?«

»Das… wie sie hieß… fällt mir jetzt nicht ein, es klang irgendwie italienisch.«

»Olivia Rivera?«

»Ja, genau!«

Mette drehte sich so schnell um, wie ihre Leibesfülle es zuließ. Bosse musste fast zur Seite springen.

»Übernimm du das«, zischte sie.

Bosse nickte, doch Mette hatte bereits die Tür hinter sich zugeworfen.

Olivia war im Waschkeller und stopfte gerade die letzten schmutzigen Teile von der Reise in die Maschine, als Mette anrief.

»Bist du zu Hause?«

»Ich bin unten im Waschkeller.«

»Ich wollte kurz mal vorbeikommen.«

»Worum geht es denn?«

»Es geht um Bengt Sahlmann.

»In Ordnung, ich bin in fünf Minuten oben.«

Olivia schloss die Maschine, stellte sie an und ging hinauf in ihre Wohnung. Bengt Sahlmann? Wie spannend. Wahrscheinlich hatte Mette schon etwas herausgefunden, und das wollte sie Olivia erzählen. Einen Täter? Wohl kaum, das wäre doch zu schnell. Olivia spürte, wie die Neugier prickelnd in ihr aufstieg, und war aufs Äußerste gespannt, als es an der Tür klingelte. Sie öffnete, draußen stand Mette.

»Hallo«, konnte Olivia gerade noch sagen.

»Was zum Teufel veranstaltest du da eigentlich?«, fauchte Mette.

»Wieso?«

»Verdammt, was denkst du denn, wer du bist!«

Erschrocken trat Olivia einen Schritt zurück in den Flur, und Mette folgte ihr, ohne die Tür zu schließen. Ihre angestaute Wut spritzte sie Olivia direkt ins Gesicht.

»Wie kannst du nur so tollpatschig sein?!«

»Wovon redest du …«

»Ich rede davon, dass das halbe Zollamt bereits wusste, dass Sahlmann ermordet wurde, bevor wir überhaupt dort waren! Und das ist deine Schuld!«

»Aber ich habe doch nur …«

»Du hast unsere ganze Strategie kaputt gemacht! Kapierst du das? Wenn es dort Personen gibt, die in den Mord verwickelt sind, dann hast du ihnen die Möglichkeit gegeben, alle Spuren zu verwischen. Vielen Dank dafür!«

»Aber ich dachte nicht, dass …«

»Nein! Ganz genau! Du hast überhaupt nicht gedacht. Bei wie vielen hast du noch geplaudert?«

»Ich habe nicht geplaudert, ich habe nur …«

»Was hattest du überhaupt im Zollamt zu suchen?«

»Ich wollte sehen, ob Sahlmanns Computer dort ist.«

»Und was wolltest du mit dem dann machen?«

»Ihn Sandra geben.«

»Du wolltest den Computer des Opfers nehmen und ihn einer Angehörigen geben? Mitten in einer Mordermittlung? Hast du denn überhaupt nichts auf dieser Schule gelernt?«

»Jetzt reicht es aber!«

Plötzlich wurde Olivia alles zu viel. Der erste Angriff hatte sie erstarren lassen, jetzt stieg alles, was sich seit gestern in ihr angestaut hatte, nach oben. Seit Mette sie klein gemacht hatte, weil sie nicht bei der Polizei anfangen wollte.

»Hast du vergessen, wer dir den Hinweis gegeben hat, dass es ein Mord sein könnte?«, fragte sie, während sie gleichzeitig an Mette vorbeiging und die Tür zuzog, damit nicht das halbe Treppenhaus dieselben Informationen über Sahlmann von Mette bekam, die Olivia ja »dem halben Zollamt« erzählt hatte. Als sie sich umdrehte, war Mette verschwunden. Sie war in die Küche gegangen, hatte den Wasserhahn aufgedreht, um die Folgen ihres Wutausbruchs wegzuspülen.

Sie trank direkt aus dem Hahn.

»Mette.«

Mette trank weiter.

»Mette!«

Mette schloss den Hahn und drehte sich um. Die Frauen schauten sich an. Die eine war sehr groß und kräftig und hatte es gerade geschafft, ihre hochrote Gesichtsfarbe ein wenig abzuschwächen, während der anderen jetzt die Röte ins Gesicht schoss.

Und sie ergriff auch das Wort.

»Es war ein Fehler von mir, das zu erzählen«, sagte Olivia. »Es war gedankenlos. Ich bitte um Entschuldigung. Und jetzt bin ich der Meinung, du solltest auch um Entschuldigung bitten.«

»Warum denn?«

»Weil du dich auf mich gestürzt hast, als wäre ich nur ein Haufen Dreck.«

Mette lächelte leicht, aber keineswegs herzlich.

»Ach, mein Mädchen«, sagte sie. »Du weißt, wie sehr ich dich schätze. Ich weiß, wer du bist. Aber wenn du dich noch ein einziges Mal in eine meiner Mordermittlungen einmischst und sie störst, wie du es heute gemacht hast, dann ist meine Geduld am Ende.«

»Dann kriege ich noch eine Chance?«

»Meinst du das ironisch?«

»Ich bin wütend. Okay, ich habe einen Fehler gemacht, aber bei diesem ganzen Wutausbruch hier geht es doch eigentlich nur darum, dass ich nicht bei der Polizei bleiben will. Was dich nicht das Geringste angeht. Ich mache, was ich will.«

»Das habe ich heute gemerkt. Aber zukünftig erwarte ich, dass du dich deiner Kunstgeschichte widmest und dich nicht in meine Arbeit einmischst.«

»Ich denke, du solltest gehen.«

»Danke für das Wasser.«

Mette lief an Olivia vorbei auf den Flur. Als sie die Tür hinter sich zugeworfen hatte, ließ Olivia sich auf einen Stuhl fallen. Ihre Wut war wie fortgeblasen. Sie wusste, sie hatte einen Fehler gemacht, aus reiner Gedankenlosigkeit. Sie wusste, in dieser

Sache hatte Mette recht. Sie hatte sich extrem unprofessionell verhalten. Sie würde niemals eine gute Mordermittlerin abgeben. Und jetzt hatte sie sich mit einem der wenigen Menschen, vor denen sie Respekt hatte, zerstritten.

Da rief Sandra an.

Eine äußerst traurige und verzweifelte Sandra, die erfahren hatte, dass ihr Vater ermordet worden war, und auf eine Unmenge Fragen bezüglich des schrecklichen Abends hatte antworten müssen. Olivia musste schnell umschalten und ihre Stimmung anpassen.

»Hat Lisa Hedqvist mit dir gesprochen?«, fragte sie.

»Ja. Sie war nett, aber diese Fragen waren so schrecklich.«

»Was wollte sie denn wissen?«

»Alles Mögliche. Ob ich jemanden gesehen habe auf dem Heimweg und so …«

»Und hast du das?«

»Nein. Da war nur der im Tunnel und dann der Wagen.«

»Was für ein Wagen?«

»Ein Auto ist an mir vorbeigefahren, als ich zum Waldhain gegangen bin, und da wollte sie wissen, was für eine Marke und Farbe und so das hatte.«

»Kannst du dich noch dran erinnern?«

»Der war blau, ein BMW.«

»Bist du dir sicher?«

»Ja. Papa hat mal so einen gemietet gehabt, als wir in Urlaub fahren wollten.«

»Ach so. Wo bist du jetzt?«

»Bei Charlotte.«

»Ist sie auch da?«

»Ja.«

»Gut.«

Einige Sekunden blieb es still. Als Sandras Stimme wieder zu hören war, klang sie fast flehend, kurz vorm Umkippen.

»Wer kann meinen Papa ermordet haben?«

Das wollte Olivia auch wissen, aber sie konnte dem Mädchen nicht helfen.

»Das weiß ich nicht, Sandra, aber ich bin mir sicher, dass wir das herauskriegen.«

»Glaubst du?«

»Ja.«

Nur tröstende Worte. Aber was sollte sie auch sonst sagen.

»Das ist nett, dass du angerufen hast«, sagte sie. »Ich wollte dich auch schon anrufen, ich war heute am Arbeitsplatz deines Vaters, und da war kein Laptop.«

»Nein? Wo kann der dann sein?«

»Ich weiß es nicht, vielleicht ist er gestohlen worden.«

»Und von wem?«

Olivia antwortete nicht, und in der Stille, die dann entstand, gab sich Sandra die Antwort selbst.

Und sagte:

»Stell dir vor, wenn er noch da war, als ich nach Hause gekommen bin.«

Ihre Stimme war leise und ängstlich.

Mit Fug und Recht.

Der Gedanke war Olivia noch nicht gekommen.

Der Mörder hätte ja gut noch im Haus sein können, als Sandra auftauchte.

*

Mårten spürte, dass etwas nicht stimmte. Das hatte er gleich gemerkt, als Mette in die Küche gekommen war und sich hingesetzt hatte. Sie hatte Jolene und ihn kaum eines Blickes gewürdigt. Hielt den Blick auf den Boden gesenkt, war dann wieder aufgestanden und hinausgegangen. Er ging ihr nach. Sie stand in dem afrikanischen Zimmer, das mit Skulpturen, Stoffen und allen möglichen schönen und exotischen Dingen von ihren Afrikareisen geschmückt war. Meistens diente das Zimmer als Rückzugsort für jemanden, der allein sein wollte. Er war ein wenig tabu. Und jetzt brach Mårten diese ungeschriebene Regel. Er ging zu Mette, die mitten im Raum stand und ein großes Holzrohr hin und her drehte. Das Rohr war gefüllt mit zermahlenen Skelettteilen, wie es hieß, die einen rasselnden, monotonen Ton von sich gaben, wenn sie ins andere Ende rieselten, wie ein tropischer Regen.

»Was ist passiert?«

Mette antwortete nicht. Sie drehte das Rohr und ließ den Inhalt in die andere Richtung rieseln.

»Jolene wollte gern *Downton Abbey* angucken, wir haben die Box gekauft«, sagte Mårten.

Mette liebte die *Downton Abbey*-Serie. Wenn es etwas gab, was sie aus ihrer jetzigen Gedankenwelt reißen konnte, dann das.

Und tatsächlich.

Mette ließ das Rohr zu Ende rieseln, stellte es vorsichtig an die Wand und schaute ihren Mann an.

»Ich liebe dich«, sagte sie.

Das war beunruhigend. Das sagte sie nicht einfach mal eben so. Das war ein Zeichen für starke Gemütsbewegungen. Was war passiert? Mårten nahm Mette an der Hand und ging mit ihr aus dem afrikanischen Zimmer.

»Zwei Sachen«, sagte sie nur. »Aber das besprechen wir später.«

Jetzt ließen sich Mårten und Mette auf das riesige geblümte Sofa vor dem Flachbildschirm fallen und versanken in der englischen Serie. Ungefähr bei der Hälfte drehte sich Mette Mårten zu und flüsterte:

»Ich war heute bei Olivia.«

»Wieso das?«

»Leise!«

Jolene ermahnte sie. Sie hasste es, wenn jemand redete, wenn man doch eigentlich zugucken wollte. Das störte ihre Konzentration. Also schauten sich alle drei schweigend eine Episode an. Voll konzentriert. Als sie zu Ende war, schaltete Mårten den Fernseher aus, und Mette gab Jolene einen Kuss auf die Wange.

»Geh hoch und putze dir jetzt die Zähne und mach dich bettfertig.«

»Wollt ihr streiten?«

»Nein, wir werden uns nicht streiten. Ich komme gleich.«

Jolene gab Mårten einen Kuss und lief die Treppe zu ihrem Zimmer hinauf. Als sie verschwunden war, wandte er sich Mette zu.

»Sache eins. Olivia?«

»Sache eins ist Olivia. Sie hat eine Dummheit begangen, die uns alles vermasselt hat, als wir heute die Leute vom Zollamt verhören wollten. Ich bin zu ihr nach Hause gefahren und habe ihr erklärt, dass man so etwas nicht tut.«

»Du hast sie ausgeschimpft?«

»Ja.«

»Mit Recht?«

»Ja.«

»Aber du hast sie etwas zu hart drangenommen, weil du immer noch sauer über ihre Entscheidung bist.«

»Fängst du wieder damit an? Ich habe mit ihr geschimpft, weil sie sich blamiert hat!«

»Und warum hast du jetzt ein schlechtes Gewissen?«

»Das habe ich nicht.«

»Doch, das hast du, das kann ich sehen. Und deshalb liebe ich dich. Ruf sie an.«

»Warum sollte ich?«

»Um diesen Zwist aus der Welt zu schaffen.«

»Nie im Leben.«

Mårten wusste, hier kam er nicht weiter. Er hatte seine Meinung gesagt, und er wusste, sie würde in ihr arbeiten. Mette brauchte immer einen Anlauf, wenn es darum ging, den Rückzug anzutreten.

»Sache zwei«, sagte er.

»Abbas.«

»Was ist mit ihm?«

»Er ist auf dem Weg nach Marseille. Mit Tom.«

»Tatsächlich?«

Mårten versuchte möglichst alltäglich zu klingen. Er hoffte, dass es ihm gelang.

»Und was wollen die beiden dort?«

»Keine Ahnung.«

»Vielleicht will er Tom zeigen, wo er aufgewachsen ist?«

Mette schaute Mårten an, als wäre er auf Probe aus der Anstalt entlassen worden. Mårten ruderte ein wenig zurück.

»Hast du gefragt, was sie da wollen?«, fragte er.

»Ja. Er hat nur gesagt, es handele sich um die Vergangenheit.«

»Ach?«

Das klang nicht alltäglich, und das bemerkte Mette sofort. Das war ein deutlich verblüfftes »Ach?«. Mårten stand auf. Mette schaute ihn an.

»Was hältst du davon?«, fragte sie.

»Wovon? Von der Reise?«

»Ja.«

»Das werden wir wohl bald erfahren.«

»Ja.«

Sie schauten einander an. Mårten strich mit einer Hand Mette über den Arm.

Mette nickte und ging zur Treppe. Mårten öffnete die Geschirrspülmaschine und begann, die schmutzigen Teller hineinzuräumen. Um des Scheins willen. Sobald er hörte, dass es ruhig im ersten Stock wurde, ging er hinunter in den Keller.

In seine private Grotte, sein Musikzimmer.

In den Kellerraum, den er ganz für sich eingerichtet hatte.

Der sein geistiger Rückzugsraum war.

Das Gespräch über Abbas hatte ihn berührt, viel mehr, als er gezeigt hatte. Seine ruhigen Worte der Beschwichtigung waren nur für Mette gedacht gewesen, eigentlich war er im Inneren sehr aufgewühlt. Er ging zielstrebig zu dem CD-Player und stellte Gram Parsons an. Er wünschte sich die Gesellschaft von Kerouac, seinem speziellen kleinen Haustier. Als die schwarze Kellerspinne die Musik hörte, kroch sie aus ihrer Mauerspalte und kletterte auf ihren Lieblingsplatz in der Ecke. Mårten ließ sich auf den weichen, abgewetzten Ledersessel fallen.

Abbas.

Nur zu gut erinnerte er sich daran, wie er ihn das erste Mal getroffen hatte. Stilton kam durch das Gartentor mit einem mageren Jüngling, der Mårtens Blick auswich, als er ihn begrüßte. Und als sie sich unterhielten. Und noch lange Zeit wich er dem Blick aus.

Der Blick wurde zu einem Maßstab für Mårten.

Seine vielen Berufsjahre als Kinderpsychologe hatten ihn viel über die Blicke von Kindern und jungen Männern gelehrt. Ganz gleich, woher sie kamen. Verletzte Kinder haben den gleichen Blick, auf der ganzen Welt. An dem Tag, als Abbas ihm zum ersten Mal wirklich in die Augen sah, seinen Blick tatsächlich erwiderte, war ihm klar, dass sie es mit ihm schaffen würden.

Da waren bereits fast zwei Jahre vergangen.

Und vieles davon war Jolenes Verdienst. Das damals zehnjährige Mädchen mit Downsyndrom brach mit ihren vorbehaltlosen Umarmungen und spontanen Küssen nach und nach den steinharten emotionalen Panzer, den Abbas seit Kindesbeinen um sich herum aufgebaut hatte. Er ließ sie schließlich an sich heran, und seitdem würde er für Jolene durchs Feuer gehen.

Das wusste Mårten.

Und jetzt machte er sich Sorgen.

Aus mehreren Gründen.

Zum einen, dass Abbas überhaupt nach Marseille gefahren war. In eine Stadt, die für ihn mit traumatischen Erinnerungen beladen war. Einen Ort, an dem er so viele Jahre lang sowohl physisch als auch psychisch misshandelt worden war. Von seiner Mutter und seinem Vater und von allen, die der Meinung waren, dass marokkanische Außenseiter Freiwild waren. Zum Schluss war er fortgegangen. Oder geflohen. Mit einem falschen Pass und ein paar sehr unangenehmen Messern im Gepäck.

Und jetzt war er wieder auf dem Weg zurück.

In Begleitung von Tom. Einer Person, die er niemals nur um der Gesellschaft willen mitgenommen hätte, sie waren beide keine Männer, die auf dieser Ebene Kontakt hatten. Das wusste Mårten. Sie waren Männer, die füreinander eintraten, wenn es nötig war. War es nicht nötig, hatten sie keinen besonders engen Kontakt. Und jetzt waren sie zusammen nach Marseille gefahren.

Das machte einen Teil seiner Angst aus.

Er wusste, wozu jeder von ihnen in der Lage war.

Wenn es dafür einen Grund gab.

Doch den Kern von Mårtens Beunruhigung bildete Abbas' Antwort auf Mettes Frage, worum es bei dieser Reise ging.

Die Vergangenheit.

Mårten kannte nicht viele Details aus Abbas' Vergangenheit, nur das, was Abbas selbst hatte erzählen wollen. Eine leicht chaotische Mischung aus Trauer und Hass, gänzlich ohne jede Wärme und Liebe. Deshalb ging er davon aus, dass es bei der Reise um eins davon ging: Trauer oder Hass.

Im schlimmsten Fall beides.

*

Olivia hatte sich beruhigt. An der Auseinandersetzung mit Mette konnte sie nicht viel ändern. Insgeheim hoffte sie, Mette würde anrufen und um Entschuldigung bitten oder zumindest versuchen, die Wogen zu glätten. Was für Olivia in Ordnung gewesen wäre, doch die Hoffnung war vergeblich.

Mette war nicht der Typ.

Also war sie zum Koh Phangan gegangen und hatte sich Thai-Food to go gekauft.

Und jetzt saß sie im Bett und aß Hähnchenstreifen mit Chili, Knoblauch und Ingwer. Moo Pad King. Gutes Essen war immer gut für ihre Laune. Als sie sich nach der Cola auf dem Nachttisch streckte, fiel ihr Blick auf das Foto von Elvis, ihrer geliebten Katze, getötet im Auftrag der Chefin des Eskortservices, Jackie Berglund. Ein richtiges Schwein. Olivia wünschte ihr, sie möge in einem Kamin brennen und als eine fette Calzone herauskommen, auf die sie Pfeile werfen konnte.

Sie musste lachen bei der Vorstellung, wie sie mit den Pfeilen in der Hand dort stand, als ihr Computer ein Signal hören ließ. Sie wischte sich die Finger ab und schaute auf den Bildschirm. Es war Ove, er wollte skypen. Die Pixel saßen nicht alle an Ort und Stelle dort in Guatemala, doch zum Schluss konnte sie doch sein fröhliches Gesicht auf dem Bildschirm erkennen.

»Na, wie ist es, wieder zu Hause zu sein?«, fragte er.

»Kalt. Dunkel. Und einfach wunderbar!«

»Echt?«

»Das mit kalt und dunkel stimmt, im Augenblick ist hier scheußliches Wetter. Und bei dir? Wie ist es bei dir?«

»Warm und hell. Aber das ist bald zu Ende.«

»Bist du auf dem Weg nach Hause?«

»Ja. Ich habe einen Job bei einem Rettungsprojekt fürs Säckenrevet gekriegt. Ist das nicht toll!«

Säckenrevet war etwas, von dem Olivia nichts mitbekommen hatte. Wo es lag oder warum es gerettet werden musste, davon hatte sie keine Ahnung, wollte aber nicht ihre Unwissenheit zeigen. Also tastete sie sich vor.

»Ach, tatsächlich? Und was bedeutet das?«

»Dass ich auf Nordkoster wohnen und nahe bei meinem Vater sein kann.«

Olivia wusste, wie wichtig das für Ove war. Sein Vater wohnte in einem Altersheim in Strömstad, und in den letzten Jahren war seine körperliche Verfassung sehr labil gewesen. Ove hatte darunter gelitten, nicht immer zur Stelle sein zu können.

»Wie schön!«

»Schön? Das ist fantastisch! Außerdem kann ich daran arbeiten, mein lokales Umweltmilieu zu retten.«

Säckenrevet liegt offensichtlich in der Nähe von Nordkoster, das muss ich später mal googeln, dachte Olivia. Was sich aber bald als unnötig erwies, da Ove mit großer Begeisterung beschrieb, wie die Arbeit aussehen würde, um das letzte Korallenriff in Schweden zu retten, das sich praktischerweise im Kosterfjord befand. Olivia musterte ihn auf dem Bildschirm, während er lang und breit erklärte, wie man bereits Augenkorallen aus dem nahegelegenen Riff in Norwegen umgepflanzt hatte. Sie war fasziniert von seinem Enthusiasmus. Er war wirklich Feuer und Flamme für seine Arbeit.

Sie beneidete ihn.

»Das klingt ja fantastisch. Herzlichen Glückwunsch!«

»Danke!«

»Und wann kommst du?«

»Ich werde in ein paar Tagen nach Stockholm fliegen, ich soll da an einer Konferenz teilnehmen, bevor ich nach Hause fahre. Ich weiß nicht genau, wann, ich habe noch keinen Flug gebucht, aber ich werde von mir hören lassen. Aber jetzt erzähl du! Was treibst du?«

Ja, was treibe ich, überlegte Olivia. Spiele Bulle, obwohl ich keiner werden will?

»Im Augenblick lasse ich es ruhig angehen«, sagte sie. »Ich bin ja gerade erst nach Hause gekommen. Es sieht so aus, als könnte ich in dem Videoladen jobben, in dem auch Lenni arbeitet, um ein bisschen Geld zu verdienen. Und im Frühjahr will ich anfangen, Kunstgeschichte zu studieren. Aber das habe ich dir schon erzählt, oder?«

»Ja. Bist du dir sicher, dass du das wirklich willst?«

»Nein, aber im Augenblick ist es das, was ich mir am ehesten vorstellen kann. Und außerdem bin ich da irgendwie in einen Mordfall mit reingezogen worden.«

Ove lachte laut auf.

»Irgendwie mit reingezogen? Wie geht das denn?«

Also erzählte Olivia ihm, was »irgendwie mit reingezogen« bedeutete. Ihre Version. Nicht Mettes. Ihren eigenen Fauxpas und Mettes Wutausbruch behielt sie für sich. Es war ihr etwas peinlich, selbst Ove gegenüber. Zumindest im Augenblick.

»Du hast es also geschafft: Kaum bist du nach Hause gekommen, und schon steckst du deine Nase in eine Mordermittlung?«

Olivia war etwas beleidigt über seine Wortwahl.

»Na, ich habe nicht gerade meine Nase reingesteckt.«

»Schon gut, aber einem normalen Menschen würde das wohl nicht so schnell passieren, und bei dir passiert es am laufenden Band, wenn ich mich recht erinnere. Aber war …«

Die letzten Worte wurden von einem lauten Knistern übertönt. Kleine Rechtecke legten sich über Oves Gesicht.

»Hallo?«

Das Knistern hielt an. Schließlich konnte sie einzelne Worte unterscheiden »Ich lasse von mir hören.« Total zerhackt. Dann verschwand er von der Bildfläche. Sie starrte noch eine Weile auf den Schirm in der Hoffnung, dass er wieder auftauchen würde. Ich vermisse ihn, dachte sie, tatsächlich, ich vermisse ihn. Nicht in der Art und Weise, wie Lenni glaubt, aber es ist schön, dass er nach Hause kommt.

Olivia klappte den Laptop zu. Ließ die Hände darauf liegen.

Der Laptop …

Wer hatte Bengt Sahlmanns Laptop gestohlen? Der Mörder, wer sonst. Warum? Was befand sich auf dem Laptop, das gefährlich für den Mörder sein könnte? Oder die Mörder? Oder war da etwas drauf, was sie brauchten? Es war nicht ihr Job, das herauszubekommen, das hatte ihr die Kriminalkommissarin Mette Olsäter nur zu deutlich zu verstehen gegeben. Aber gerade deshalb lockte es Olivia. Und sie hatte immerhin eine kleine Trumpfkarte, die ihr erst jetzt wieder einfiel und von der sie deshalb Bosse Thyrén auch nichts erzählt hatte, als sie sich unterhalten hatten.

Der Mann, der am Mordabend bei Sahlmanns angerufen hatte.

Alex Popovic.

Der Journalist.

Schnell öffnete sie wieder den Computer und suchte nach seinem Namen. Kein Problem. Journalist bei *Dagens Nyheter*. Telefonnummer und Adresse.

Sie rief ihn an, obwohl es bereits kurz vor Mitternacht war.

»Hallo, hier ist Alex!«

»Und hier ist Olivia Rivera. Ich war am Telefon, als Sie letztens bei Bengt Sahlmann angerufen haben. Könnten wir uns vielleicht morgen einmal treffen?«

»Und warum?«

»Sind Sie nicht Journalist?«

»Doch.«

»Dann sollte es Sie doch interessieren, warum Sahlmann ermordet wurde.«

»Sie haben doch gesagt, er hätte sich das Leben genommen.«

»Ich habe mich geirrt. Haben Sie Zeit?«

»Ja.«

Sie verabredeten Zeit und Ort für den nächsten Tag und legten auf. Olivia hatte noch einmal »geplaudert«, erzählt, dass der Selbstmord ein Mord gewesen war, dieses Mal aber mit ziemlich gutem Gewissen. Sie hatte nämlich eine Stunde zuvor Nachrichten gesehen, in denen über den Mord berichtet worden war. Hatte Alex Popovic das verpasst? Kein so hervorragender Journalist, dachte sie. Und worüber wollte sie eigentlich mit ihm reden?

Das würde sich schon zeigen.

*

In Kopenhagen mussten sie umsteigen, in eine City Night Line. Abbas' kurzfristiger Reiseentschluss hatte ihn gezwungen, Tickets für einen Schlafwagen erster Klasse zu kaufen, in der zweiten Klasse war bereits alles ausverkauft gewesen. Was ihn aber nicht störte. Zum einen konnte er sich das leisten, zum anderen spielte Geld momentan für ihn nur eine periphere Rolle. Sie saßen einander gegenüber, jeder auf seinem bereits gemachten Kojenbett, mit dem kleinen Fenstertisch zwischen sich, eine Kugellampe warf ein warmes gelbes Licht auf den Tisch. Es roch nach Putzmitteln im Abteil.

Der Zug sollte sie nach Paris bringen, mit Umsteigen in Köln.

Und von Paris ging ein weiterer Zug nach Marseille.

Während der Fahrt von Stockholm war Abbas auf seinem Sitz zusammengesunken und bereits eingeschlafen, als sie gerade Södertälje passierten. Er scheint vollkommen erledigt zu sein, dachte Stilton und holte ein Buch heraus, das er eingepackt hatte.

Sonnenfinsternis von Arthur Koestler. Das hatte zwischen anderen Büchern im Salon auf dem Leichter gestanden. Stilton hatte der Titel gefallen. Er dachte, es handele sich um einen Krimi. Ungefähr auf der Höhe von Katrineholm hatte er seinen Irrtum eingesehen und war dann auch eingeschlafen. Das Buch beinhaltete eine Abrechnung des Autors mit dem Kommunismus.

»Wie viele hast du dabei?«

Stilton nickte in Richtung der beiden schmalen schwarzen Messer, die auf dem Tisch zwischen ihnen lagen. Abbas war dabei, das eine mit einer grauschwarzen Paste aus einer kleinen Blechdose einzureiben.

»Fünf«, antwortete er.

»Alle von der gleichen Sorte?«

»Ja.«

Stilton beobachtete Abbas' schlanke Finger, wie sie die Messer anfassten, als handelte es sich um Kostbarkeiten, aus irgendeiner Schatzkiste in der Karibik ausgegraben. Was sie vielleicht auch waren, Stilton hatte da keine Ahnung. Er hatte mehrere Male gesehen, wie Abbas sie benutzte, und er hatte einen großen Respekt vor Abbas' Fähigkeiten diesbezüglich.

»Du bist verdammt gut mit den Messern«, hatte er einmal bemerkt.

»Ja.«

Mehr war nicht gekommen. Abbas war nie besonders redselig gewesen, und sobald es die Messer betraf, verstummte er. Weshalb Stilton nichts Genaueres wusste. Er ging davon aus, dass Messer wohl etwas waren, was in Castellane gebraucht wurde, in dem Slumviertel, in dem Abbas aufgewachsen war.

Jetzt nahm Abbas sich das nächste Messer vor, begann es einzureiben.

»Du fandst das Plakat also schön«, sagte er plötzlich, ohne aufzuschauen.

»Das Plakat? Das in deinem Schlafzimmer? Das Zirkusplakat meinst du?«

»Ich habe früher dort gearbeitet.«

»Beim Zirkus?«

»Ja. Beim Cirque Gruss.«

»Und wann?«

»Bevor ich kriminell wurde.«

Abbas nahm erneut Paste aus der Blechdose.

»Als ich dreizehn war, nahm mein Vater mich mal mit in den Zirkus, es war das erste Mal, wir hatten uns vorher nie so etwas leisten können. Ich saß ziemlich weit vorn an der Manege, und mir taten die Tiere leid, die gezwungen wurden, alle möglichen erniedrigenden Dinge vorzuführen. Nach einer Weile wollte ich eigentlich lieber gehen, aber ich wusste, was es gekostet hatte, also blieb ich sitzen. Und da kam er.«

Abbas verstummte, steckte die schwarzen Messer in seine Tasche und holte zwei neue heraus.

»Wer kam?«, fragte Stilton nach einer Weile.

»Der Meister. Jean Villon. Der Messerwerfer. Sein Auftritt dauerte höchstens eine Viertelstunde, aber er veränderte mein Leben. Ich war wie verhext.«

»Vom Messerwerfen?«

»Von seinem ganzen Auftritt. Er warf Messer auf ein sich drehendes Rad, auf dem eine Frau festgespannt war. Seine Messer rahmten ihren Körper ein. Die ganze Zeit kribbelte es mir im Magen, er zog sich fast zusammen. Als wir hinausgingen, fragte ich meinen Vater, ob wir am nächsten Abend wieder hingehen könnten. Das konnten wir natürlich nicht. Also begann ich Geld zu sparen, heimlich, einiges klaute ich meinem Vater auch aus den Taschen, wenn er schlief. Als ich genug für eine Eintrittskarte hatte, war der Zirkus weitergezogen.«

Abbas schaute aus dem Abteilfenster, in die vorbeiwirbelnde Dunkelheit, als schmerzte ihn die Erinnerung an den verschwundenen Zirkus immer noch.

»Aber dann hast du angefangen, im Zirkus zu arbeiten?«

»Ja. Vier Jahre später, ich war siebzehn, da hatte ich so einige Vorstellungen in den verschiedenen Zirkuszelten rund um Marseille gesehen. Alle hatten Messerwerfer im Programm, aber keiner konnte Jean Villon das Wasser reichen.«

»Dem Meister.«

»So wurde er in Zirkuskreisen genannt. Er war ziemlich berühmt, wovon ich damals keine Ahnung hatte. Eines Tages sah ich, dass der Cirque Gruss wieder in die Stadt kommen sollte. Mit Jean Villon. Da fasste ich meinen Entschluss. Ich hatte schon ein paar Jahre auf eigene Faust Messerwerfen geübt, zu Hause im Hinterhof und draußen auf dem Feld. Die Grundgriffe beherrschte ich. Also suchte ich Jean Villon auf und sagte ihm, ich wolle Messerwerfer werden, und fragte ihn, ob er mich unterrichten könne.«

»Das war ganz schön verwegen.«

»Kann sein, ich war damals nicht sehr gut erzogen. Vielleicht hörte er mir auch deshalb nur zu. Dann forderte er mich auf, ein paar Messer auf ein Brett zu werfen. Es war ziemlich dunkel, die Entfernung war schwer abzuschätzen, aber zwei von drei Messern trafen das Brett. Im richtigen Winkel. Komm morgen um sieben wieder, sagte er. Ich dachte, er meinte abends, und ich war Punkt sieben Uhr da. Er hatte jedoch morgens gemeint. Aber ich kriegte noch eine Chance. Am nächsten Morgen war ich um sechs Uhr dort. Er war bereits bei der Arbeit. Er übte mit den Messern jeden Morgen vier Stunden und nachmittags zwei, wenn sie nicht unterwegs waren. Wir warfen ein paar Stunden lang, und er zeigte mir, was ich falsch machte. Ich machte viel falsch. Als wir fertig waren, fragte er, ob ich mit dem Zirkus nach Nizza kommen wollte. Und das wollte ich.«

»Du wurdest engagiert?«

»Ich wurde sein Lehrling. Kost und ein Bett, das genügte. Ich wohnte in einem kleinen blauen Zirkuswagen zusammen mit einem Zwerg, Raymond Pujol, dem Enkelsohn des großen Joseph Pujol, kennst du ihn? Le Pétomane. Der Kunstfurzer.«

»Nein. Ein Kunstfurzer?«

»Er war zu seiner Zeit ein sehr berühmter Artist. Er konnte die *Marseillaise* furzen und eine Kerze auf drei Meter Abstand ausblasen. Er heiratete eine Zwergin, und ihre Tochter war die Mutter von Raymond.«

»Mit dem du dir den Wagen geteilt hast.«

»Ja.«

Abbas hielt ein Messer gegen das Licht und studierte die Klinge. Stilton betrachtete ihn. Noch nie hatte Abbas ihm so lange und eingehend etwas über sich selbst erzählt, und ihm war klar, dass es hier nicht um das Messerwerfen oder Abbas' Leben im Zirkus ging. Das war nur der Auftakt für diese ganze sonderbare Reise. Von der er immer noch nicht wusste, was sie überhaupt zu bedeuten hatte. Aber er wusste, das würde er noch erfahren.

Er brauchte nur weiter zuzuhören.

»Ich war fast zwei Jahre mit Jean Villon unterwegs«, sagte Abbas, »vor allem im südlichen Frankreich, Nîmes, Avignon, Perpignan. Jeden Tag übten wir mehrere Stunden lang, und mit jeder Stunde wurde ich besser. Zum Schluss konnte ich eine Herz-Fünf-Karte an einen Pfahl zehn Meter entfernt befestigen und in jedes Herz ein Messer platzieren, ohne dass sie sich berührten. Dann kam das wirklich Schwere, wenn man die Technik bis zur Vollendung beherrscht und alles nur noch von dem mentalen Biss handelt, im Augenblick des Wurfs so bei sich selbst zu sein, dass nichts in der Manege einen noch stören kann. Ein Kind, das aufschreit, jemand, der hustet oder keucht, ein Luftballon, der plötzlich platzt, weißt du. Die Umgebung vollkommen ausschalten zu können.«

»Und das hast du auch gelernt?«

»Mit der Zeit. Die Feuerprobe gab es in Narbonne. Es war der erste Abend dort, und plötzlich wurde der Meister krank. Fieber. Ich wurde zu seinem Wagen gerufen. Er lag unter ein paar dicken, verwaschenen Decken. Heute Abend wirfst du, sagte er. Mehr sagte er nicht. Der Zirkus war ausverkauft, und wir konnten nicht ausfallen. Als ich seinen Wohnwagen verließ, stand seine Frau neben einem der Räder. Er war mit einer sehr viel jüngeren Frau verheiratet, einer unglaublich schönen Marokkanerin, Samira. Sie war blind.«

»Blind?«

»Ja. Sie war das target girl des Meisters. Die sich auf dem Rad dreht, wenn er wirft.«

»Und sie war blind?«

»Ja.«

»Merkwürdig.«

»Kann sein. Sie hörte, dass ich aus dem Wagen kam, und winkte vorsichtig mit der Hand. Ich ging zu ihr. Du wirst heute Abend auf mich werfen, sagte sie. Ja, bist du deshalb beunruhigt?, fragte ich. Nein, Jean sagt, dass du genauso gut bist wie er. Das bin ich nicht, sagte ich. Heute Abend bist du es, erwiderte sie.«

Abbas drehte sich und stopfte die letzten Messer in die Tasche. Stilton sah die Anspannung an seinen Schläfen. Es hatte ihn viel Kraft gekostet, das zu erzählen. Warum? Bis jetzt ging es doch nur ums Messerwerfen. Oder?

»Wir fanden uns beide sehr attraktiv.«

Er sagte es immer noch mit dem Kopf zur Tasche hin abgewandt. Als würde er ein Geheimnis lüften.

»Du und die Frau, auf die du die Messer werfen solltest?«

»Wir hatten uns gefühlsmäßig schon seit langer Zeit umkreist, seit mehr als einem Jahr. Was für mich einfacher war, ich sah sie ja. Sie konnte sich mich nur vorstellen. Wie, das weiß ich nicht genau, einmal sagte sie, es ginge um meinen Duft, ein anderes Mal um meine Stimme. Wir hatten einander nie berührt. Sie war Jean Villons Frau. Aber wir wussten es beide. Nachts träumte ich von ihr, schaute ihr heimlich zu, wenn sie sich morgens hinter dem Wagen wusch, sie war eine fantastische Frau. Faszinierend schön. In meinen Augen. Ich war vollkommen von ihr betört.«

»Und dann solltest du Messer auf sie auf einer sich drehenden Scheibe werfen?«

»Ja.«

»Und wie ist es gegangen? Ich meine, mit dieser absoluten Konzentration, von der du gesprochen hast, dass du alles um dich herum ausschalten kannst? Wenn man bedenkt, was du für sie empfunden hast?«

»Es hat perfekt funktioniert. Es schien, als würden unsere Gefühle es sogar noch vereinfachen. Als sie das Licht in dem vollbesetzten Zelt heruntergefahren hatten und nur noch sie und ich in der Manege waren, da gab es wirklich nur noch sie und mich. Niemanden sonst. Nur sie und mich. Und die Messer. Als die Scheibe anfing sich zu drehen und ich das erste Messer in der Hand abwog und es dann warf, war das wie eine Art sonderbare Liebeserklärung. Mit jedem neuen Messer, das wenige Zentimeter neben ihrem Körper ins Holz traf, wurde ich erregter. Ohne die Konzentration zu verlieren. Als das letzte Messer saß und das ganze Zelt anfing zu jubeln, fiel ich zusammen, direkt auf die Sägespäne. Der Zwerg Pujol lief herbei, half mir auf und aus dem Zelt hinaus. Als Letztes sah ich ihr Gesicht, als sie von der Scheibe abgeschnallt wurde. Sie sah sehr traurig aus.«

»Wieso das?«

»Das kommt.«

Stilton nickte. Die ganze Zeit versuchte er Abbas' Wortschwall zu folgen, nicht an der falschen Stelle zu unterbrechen, nichts zu sagen, was ihn dazu bringen könnte, abzubrechen. Auf irgendeine Weise hing diese Erzählung mit dem zusammen, was auf sie zukommen würde. Worauf Abbas mit immer leiserer Stimme zusteuerte.

»Es war fast zwei Uhr nachts, in der Nacht, nachdem ich die Messer auf sie geworfen hatte, ich konnte nicht schlafen. Ich lag nackt im Bett und starrte auf die merkwürdigen Glöckchen, die kreuz und quer unter der Wagendecke hingen, und fragte mich, wo der Zwerg Pujol wohl war. Plötzlich öffnete er die Tür und half Samira in den Wagen. Dann verschwand er wieder. Ich stand vom Bett auf. Das Licht eines der Zeltscheinwerfer fiel durch das Fenster, es genügte, damit ich sie sehen konnte. Sie hatte sich eine Decke übergeworfen. Als sie sie fallen ließ, war sie nackt darunter. Ich strich ihr leicht über eine Schulter. Das war das erste Mal, dass ich sie berührte. Sie streckte eine Hand vor und berührte mich an der Taille, ich ergriff ihre beiden Hände und zog sie hinunter zu mir aufs Bett. Dann liebten wir uns.«

Abbas verstummte, Stilton wagte es nicht, etwas zu sagen. Er versuchte sich die Szene vor Augen zu führen. Die wunderschöne blinde Frau und der junge Messerwerfer in einem engen Zirkuswagen irgendwo im südlichen Frankreich, erotisch erhitzt von Monaten, in denen sie einander umkreist hatten, erlöst durch das Messerwerfen in einem vollbesetzten Zirkuszelt, sich so lautlos liebend, wie es nur ging, bei dem Gedanken an den fieberkranken Mann der Frau, der in einem Wohnwagen nur ein Stück entfernt lag.

Er wollte mehr wissen.

»Und was ist dann passiert?«, wagte er zu fragen.

»Als Letztes fragte ich sie, warum sie im Zelt so traurig ausgesehen hatte. Weil wir nicht zusammenkommen können, flüsterte sie und küsste mich. Als ich aufwachte, war sie verschwunden. Ich schlief wieder ein und wurde von dem Meister geweckt. Es ging ihm etwas besser, und er kam in den Wagen mit einer Thermoskanne mit Kaffee und einer Flasche Calvados. Wir tranken Kaffee und ein wenig Apfelschnaps. Dann erklärte er mir ganz ruhig und etwas betrübt, dass ich den Zirkus noch am selben Tag verlassen müsste. Ich verstand. Also verabschiedete ich mich eine gute Stunde später vom Zwerg Pujol und einigen anderen Leuten, die ich dort kannte, und ging. Auf meinem Weg durch die Pforte hinaus drehte ich mich um und schaute zu Samiras Wohnwagen, suchte das ovale Fenster. Es war leer. Ich sah sie nie wieder.«

Abbas verstummte. Er war an einer emotionalen Grenze angekommen, einer sehr privaten Grenze. Der Grenze zu Samira. Die Begegnung mit ihr, die Spuren, die sich in ihm eingegraben hatten, Spuren, die es immer noch gab, auf der anderen Seite der Grenze. Nach einer Weile hob er den Blick und schaute Stilton wieder an.

»Du hast sie nie vergessen können«, sagte Stilton.

»Nein. Nie. Ich bin natürlich auch mit anderen Frauen zusammen gewesen, aber das war etwas anderes, keine habe ich so nah an mich herangelassen.«

»Und sie ist dir immer noch so nah?«

»Ja.«

Abbas nahm eine Wasserkaraffe und schenkte sich etwas in ein kleines Glas ein, er führte das Glas zum Mund, während er aus dem Fenster schaute. Er trank langsam. Stilton beobachtete ihn. Abbas stellte das Glas ab und schaute in das Glas, eine ganze Weile, als suchte er darin danach, wie er weitermachen sollte.

»Vor ein paar Jahren habe ich in einer französischen Zeitung gelesen, dass Jean Villon gestorben ist. Ich bekam Samiras Adresse heraus und habe ihr ein paar Briefe geschrieben. Aber sie hat nie geantwortet.«

»Du weißt also nicht, was aus ihr geworden ist?«

»Nein. Bis vor kurzem nicht.«

Abbas griff zu seiner Tasche und holte eine Zeitung und ein Messer heraus. Die Zeitung legte er auf den Tisch und faltete sie auseinander. Das Messer behielt er in der Hand. Stilton warf einen Blick auf die Zeitung, sah, dass es eine französische war.

»Was ist das?«

»*Libé*, eine französische Zeitung, *Libération*, ich habe sie abonniert. Das stand vor ein paar Tagen drin.«

Abbas zeigte auf einen großen Artikel auf der Titelseite. Unter der Überschrift befand sich ein großes Foto mit französischen Polizisten auf einem abgesperrten Teil eines Naturschutzgebiets.

»Und worum geht es darin?«, fragte Stilton. »Ich kann kein Französisch.«

Abbas holte Luft, man sah ihm die Anspannung an, die Hand mit dem Messer war auf die Schneide hinuntergerutscht, er begann den Artikel zu übersetzen. Er handelte von dem Fund einer zerstückelten Frauenleiche. Der Körper war von Touristen in einem schönen Naherholungsgebiet südlich von Marseille gefunden worden, in Callelongue. Ein Wildschwein hatte ein Körperteil ausgegraben, ein Tourist war über die abgenagten Knochenreste gestolpert. In das Bild mit der zerfetzten Leiche war das Foto des Opfers einmontiert, einer sehr schönen Frau. Abbas zeigte auf das kleine einmontierte Bild. Stilton sah es sich an.

»Ist das Samira?«

»Ja.«

Da verstand er, worum es bei ihrer Reise ging. Warum Abbas ihm seine Geschichte erzählt hatte. Plötzlich begriff er, was auf sie wartete. Er schaute noch einmal auf das kleine Foto.

»Sie ist schön.«

»Die Schönheit des Mondes.«

Stilton schaute Abbas fragend an.

»Das bedeutet ihr Name. Samira.«

Stilton nickte, sah, dass ein wenig Blut aus der Hand tropfte, die die Messerschneide umklammert hielt.

»Abbas.«

Er nickte zum Messer hin. Abbas lockerte seinen Griff, ergriff eine Serviette und drückte sie sich in die Faust. Mit der anderen Hand faltete er die Zeitung zusammen und schob sie zurück in die Tasche. Als er sich wieder aufrichtete, sah Stilton, dass ein feuchter Schleier auf Abbas' Augen lag. Die beiden sahen einander an. Das Rattern der Räder drängte sich von unten herauf, entfernt liegende Lichter wirbelten draußen in der Nacht vorbei. Stilton zog seine blaue Tasche zu sich. Luna hatte hinter seinem Rücken eine Flasche Whisky hineingeschmuggelt. Kluge Frau. Er holte die Flasche heraus und stellte sie auf den Tisch. Er wusste, dass Abbas nur sehr selten Alkohol trank, aber in Anbetracht dessen, was er soeben erzählt hatte, ging Stilton davon aus, dass es sich hier um einen der seltenen Momente handelte. Er schenkte etwas in beide Gläser ein und hob seines hoch.

Abbas rührte sich nicht.

Stilton trank einen Schluck.

»Du kennst doch Jean-Baptiste Fabre«, sagte Abbas.

»Ja. Das ist wohl der Grund, dass ich dabei bin?«

»Ja.«

Jean-Baptiste Fabre war bei der Kriminalpolizei in Marseille. Stilton hatte im Zusammenhang mit einigen gemeinsamen Mordermittlungen einen sehr engen Kontakt zu ihm gehabt. Aber es war lange her, dass sie beide voneinander gehört hatten. Die Jahre der Obdachlosigkeit lagen dazwischen.

Abbas wusste von dem Kontakt.

»Du willst Informationen über die Ermittlungen der französischen Polizei haben?«, fragte Stilton.

»Ja.«

»Vielleicht haben sie den Täter ja schon gefunden?«

»Das haben sie nicht. Dann hätte es hier gestanden. Ich habe jeden Tag die Zeitung im Netz gelesen.«

»Und was willst du jetzt tun?«

»Was würdest du tun?«

»In deiner Lage?«

»Ja.«

»Das Gleiche wie du.«

Und das hatte Abbas gewusst. Stilton hätte genau wie er gehandelt. Er hätte alles darangesetzt, um denjenigen dingfest zu machen, der Samira ermordet und zerstückelt hatte.

So einfach war das.

»Lass uns jetzt ein bisschen schlafen.«

Abbas legte sich auf sein Bett, drehte das Gesicht zur Wand und löschte seine Bettlampe.

Sein Whisky stand unberührt auf dem Tisch.

Stilton stand auf dem Frühstücksbalkon des Hotels und beobachtete eine ältere, schwarz gekleidete Frau mit einem Metalldetektor in der Hand. Langsam ging sie den schmalen Strand entlang, hin und her. Ein Stück weiter draußen im Meer lief ihr Mann in gleicher Weise voran, bis zur Taille im Wasser. Stilton nahm zumindest an, dass es sich um ein Paar handelte. Es konnten natürlich auch Geschwister sein, ältere, unverheiratete Geschwister auf der Suche nach verlorenen Münzen oder Schmuckstücken. Er trank einen Schluck seines bitteren Espressos und ließ den Blick über die Bucht schweifen. An einer Felseninsel blieb er hängen.

If.

Für einige das berühmte Versteck des Grafen von Monte Christo, für andere eine im Kreuzworträtsel häufig gefragte Insel. Es fuhren Schiffe zur Insel und von ihr zum Festland.

Stilton setzte sich auf einen Plastikstuhl. Die Leistengegend tat ihm weh. Die Sonne stieg in seinem Rücken auf, auf der Rückseite von Marseille, die Strahlen breiteten sich über den Berg auf der anderen Seite der Bucht aus und ließen die große Madonna aus Gold oben auf der Anhöhe funkeln. Er betrachtete den langen, schmalen Felsenkai, der direkt ins Mittelmeer zu führen schien. Er war schon früher mehrfach hier an der Küste gewesen, in dienstlicher Mission. Doch dieses Hotel kannte er nicht. Abbas hatte die Zimmer im Internet gebucht. Hotel Richelieu. Ein abgeblättertes Steinhaus, auf felsigem Grund ein Stück hinaus ins Meer gebaut. Der Balkon stand auf Zementpfeilern, die direkt in die Tiefe ragten. Stilton schaute über den Rand und sah, wie die dunkelblauen Wellen bis zum gemauerten Geländer vor ihm hochschlugen. Danach richtete er seinen Blick auf die spartanische Rezeption, ein blau gestrichener Holztresen mit einem Holzstuhl dahinter. Keine großartige Empfangsatmosphäre. Es war ein enges, verwinkeltes Hotel mit einer Art abgeblättertem Charme und einem Portier, der einem zu nahe kam, wenn man mit ihm redete.

Stilton schaute auf die Uhr.

Abbas duschte.

Eine Prozedur, die sich nur selten beschleunigen ließ. Von heiß über lauwarm bis zu eiskalt. Immer die gleiche Richtung. Vom Weichei zum Samurai. Das konnte schon eine halbe Stunde dauern. Doch heute ging es schneller. Abbas trat auf den Balkon, eine dünne Jacke in der einen Hand und ein Stück Obst in der anderen. Stilton wusste nicht, was für eine Frucht das war. Sie sah bitter aus, wie der Kaffee.

»Da habe ich angefangen.«

Abbas nahm das Obststück aus dem Mund und zeigte auf das schmale Strandstück vor dem Hotel. Die schwarze Frau und ihr Mann waren verschwunden.

»Der katalanische Strand, im Sommer voll mit Marseillern und Touristen. Ich habe angefangen mit gefälschten Uhren, dann wurden es Taschen.«

»Hast du was verkaufen können?«

»Manchmal, nicht oft. Hast du Jean-Baptiste angerufen?«

»Ja. Wir treffen uns um zehn.«

»Wo?«

»In einer Bar beim Polizeigebäude.«

»Weißt du, wo das liegt?«

»Nicht die Bar.«

»Komm.«

Abbas hatte etwas gebucht, was auf der Homepage des Hotels als »Suite« bezeichnet wurde, mit zwei getrennten Schlafräumen. In dem einen stand ein breites Bett, es reichte von einer Wand zur anderen. Fast. Man konnte sich gerade noch dazwischen durchzwängen. Das andere war ein Fensteralkoven mit Blick auf das Meer, in den der Hotelbesitzer ein Bett gezwängt hatte. Diese Räumlichkeiten wurden komplettiert durch einen schmalen Flur, ein gekacheltes Badezimmer und einen gemeinsamen Schrank.

Suite?

»Ich nehme den Alkoven«, sagte Stilton.

Er hatte mehrere Jahre lang an allen möglichen Orten geschlafen und nahm an, dass Abbas da etwas empfindlicher war. Dem war auch normalerweise so, aber momentan hätte er auf Glasscherben schlafen können, wenn es hätte sein müssen.

Aber er nahm das breite Bett.

»Hier.«

Abbas hatte eine große Karte von Marseille an der Wand über dem Bett befestigt. Sein Zeigefinger fuhr auf eine Kreuzung mitten in der Stadt.

»Wie komme ich dort hin?«

»Zu Fuß. Das dauert eine halbe Stunde. Mit dem Bus brauchst du mindestens genauso lange.«

»Und was machst du?«

»Ich treffe mich mit einem Freund.«

»Wann sehen wir uns wieder?«

»Ich rufe dich an. Wenn wir nichts voneinander hören, dann treffen wir uns hier im Restaurant gleich nebenan. Um acht.«

»In Ordnung.«

»Hast du dein Handy geladen?«

»Ja.«

Stilton fiel auf, dass Abbas ganz selbstverständlich das Kommando übernahm.

Was nur gut war.
Schließlich war es seine Rache.
Nicht Stiltons.

Stilton hatte den Portier um einen Stadtplan für Touristen gebeten, sicherheitshalber. Er wusste so ungefähr, wie er gehen musste, aber es war ein ganzes Stück bis zum Polizeigebäude. Er trat auf den Boulevard Kennedy und bog nach links ab, auf den alten Hafen zu. Bereits nach zehn Minuten stellte er seinen Fehler fest. Die Kleidung. Er war aus einem November-Stockholm angereist, in dem die Temperatur um Null pendelte, und in einem Marseiller Klima angekommen, das fast zwanzig Grad wärmer war. Seine dicke Lederjacke musste runter. Ein paar Straßen weiter erschienen ihm seine neu gekauften Timberlandstiefel wie zwei wandernde Saunaöfen.

Aber er konnte ja wohl kaum barfuß gehen.

Es war ein ziemlich verschwitzter Stilton, der nach einer guten halben Stunde das riesige graue Polizeigebäude neben der Kathedrale La Major erreichte. Die Bar sollte gegenüber liegen.

Und das tat sie auch.

Mit ein paar Plastiktischen vor der Tür und zwei ausgeblichenen Sonnenschirmen. Die ziemlich heruntergekommenen, rauchenden Männer, die darunter saßen, arbeiteten ja wohl kaum im gegenüberliegenden Gebäude, auch wenn sie es sicher in regelmäßigem Abstand aufsuchten. Stilton überquerte die Straße, ging auf die Bar zu. Die Männer unter den Sonnenschirmen folgten seinen Bewegungen. Er war fremd hier im Viertel, mit viel zu warmem Schuhwerk. Stilton blieb vor dem Eingang zur Bar stehen. Es war noch keine zehn Uhr. Jean-Baptiste würde noch nicht hier sein. Er war die Pünktlichkeit in Person. Sie hatten sich Ende der Neunziger bei einer ziemlich schrecklichen Mordermittlung kennengelernt, ein Franzose hatte in einem Badeort an der Westküste zwei schwedische Jugendliche erschlagen und war dann verschwunden. Jean-Baptiste hatte ihn in Marseille aufgespürt. Stilton fuhr hinunter. Bevor sie ihn hatten fassen können, hatte der Mann noch einen weiteren Mord in Toulon begangen.

Das war der Anfang der Freundschaft zwischen den beiden Kriminalern gewesen.

Wieso sie entstand? Das hatte sicher etwas mit dieser sogenannten Chemie zu tun. Beide waren durch und durch professionell. Beide hatten die gleiche Einstellung zu dem, was sie taten. Beide kamen »vom Lande«. Stilton von den äußeren Schären vor Stockholm und Jean-Baptiste aus einem kleinen Gebirgsdorf in der Provence. Sie waren beide einsame Wölfe und verfolgten eine klare Linie bei ihrer Arbeit. Mehrere Jahre lang hielten sie zueinander Kontakt, noch ein paar weitere Mordermittlungen fielen in gemeinsame Zuständigkeiten, sie stiegen ungefähr gleichzeitig die Karriereleiter hinauf. Das Einzige, was sie bei der Arbeit unterschied, war die Pünktlichkeit. Stilton kam nicht wirklich zu spät, aber er war keine Schweizer Uhr.

Im Gegenteil zu Jean-Baptiste.

Um zwei Minuten vor zehn betrat Stilton die Bar. Es war eine ziemlich enge Bar mit einem schmutzigen Steinfußboden und einem muffigen Schnapsgeruch. Eine schwarze Wendeltreppe führte in den ersten Stock. Wimpel in verschiedenen Farben hingen kreuz und quer unter der Decke. Eine Wand war ganz und gar bedeckt mit Zigarettenpackungen, auf ihnen protzige Todeswarnungen in Schwarz. Ein paar dunkle runde Tische an der anderen Wand, weitere ein Stück weiter drinnen. Am Bartresen selbst standen sie gedrängt, nur Männer, nur wenige tranken etwas, die meisten füllten Tippscheine aus.

»Alle spielen sie hier Lotto, alle wollen mit einem gebratenen Spatzen im Mund aufwachen.«

Stilton drehte sich um. Es war Punkt zehn Uhr, und Jean-

Baptiste stand lächelnd in der Tür. Er war groß, größer als in Stiltons Erinnerung, in Umfang und roter Gesichtsfarbe näherte er sich Depardieu an. Wer ihn nicht kannte, beging leicht den Fehler, ihn als überfressen und phlegmatisch einzustufen.

Stilton wusste es besser.

Das bestätigte sich, als sie sich die Hand schüttelten. Jean-Baptistes Handschlag erinnerte ihn an seinen Großvater, den Robbenjäger. Wenn man ihm die Hand gab, wusste man nie, in welcher Verfassung sie zurückkommen würde.

»Komm, setzen wir uns.«

Jean-Baptiste ging voran zu einem Tisch in dem vorderen Teil. Er setzte sich auf einen Stuhl und zündete sich eine Zigarette an.

»Hier drinnen ist rauchen verboten«, sagte er. »Aber es werden Ausnahmen gemacht.«

Stilton schaute auf die gelben Finger seines Freunds. Er rauchte viel zu viel. Immer Gauloises. Das hatte er schon früher getan.

»Wo bist du abgeblieben?«, fragte Jean-Baptiste.

»Bin abgestürzt.«

»Das kommt vor. Ich selbst bin geschieden und habe wieder geheiratet.«

»Das kommt auch vor. Bist du glücklich?«

»Teilweise. In meinem Alter fordert man nicht mehr so viel.«

Jean-Baptiste stieß einen Rauchkringel aus, während er gleichzeitig einer schlanken dunkelhaarigen Frau zunickte, die vorbeiging.

»Hallo, Claudette, alles in Ordnung?«

»Ich kann nicht klagen«, antwortete die Frau und steuerte einen Tisch weiter hinten im Raum an.

Jean-Baptiste winkte den Barkeeper zu sich.

»Zwei Perrier.«

Er war ein Wassermann, seiner Gesichtsröte zum Trotz. Vielleicht genoss er klammheimlich ab und zu einen guten Wein. Stilton wusste es nicht, sie hatten nie zusammen getrunken.

»Und wie läuft es hier unten?«, fragte er.

»In Marseille?«

»Ja.«

»Voller schillernder Kontraste, wie immer. Ruhig nach außen, aber unter der Oberfläche eine Menge Dreck. Hast du von diesem Korruptionsdurcheinander gehört?«

»Nein.«

»Ein ganzer Haufen unserer eigenen Leute hat sich von Gangstern kaufen lassen, und das läuft schon seit mehreren Jahren. Das ist momentan ein großer Skandal hier. Aber wie gesagt, nach außen merkt man nichts davon, da wird die Fassade aufrecht gehalten. Wir sollen ja demnächst Kulturhauptstadt werden.«

»Und was bedeutet das?«

»Jede Menge Mist, die halbe Stadt soll rausgeputzt und renoviert werden, und für die Verkehrspolizei ist es die Hölle. Überall Chaos. Hast du das nicht auf dem Weg hierher gemerkt?«

»Nein, ich war in Gedanken.«

Jean-Baptiste lachte und goss sich die halbe Flasche Perrier ein. Als er sie abstellte, senkte er seine Stimme ein wenig.

»Und was ist aus el Fassi geworden?«

»Croupier. Er hat sich gemacht.«

»In Stockholm?«

»Ja.«

»Dann hast du ihn auf die richtige Seite ziehen können?«

»Nach einer Weile ja. Er hat sogar für die Polizei gearbeitet, undercover.«

»Wer hätte das gedacht?«

Jean-Baptiste sah aber nicht so erstaunt aus, wie er klang.

»Aber jetzt ist er hier«, sagte Stilton.

»Und braucht Hilfe?«

Das war es, was Stilton an Jean-Baptiste schätzte. Seine Intuition.

»Eine Freundin von ihm ist tot aufgefunden worden«, berichtete Stilton. »Samira Villon.«

»Kannte er sie?«

»Sie haben früher zusammen beim selben Zirkus gearbeitet.«

»Sie ist ermordet worden.«

»Wir haben darüber gelesen. Weißt du mehr?«

»Nein. Das liegt in anderen Händen.«

»Andere Hände, die du kennst?«

Jean-Baptiste drehte seine Wasserflasche zwischen den Fingern und schaute Stilton in die Augen.

»Hat er Messer mitgebracht?«

»Ich glaube nicht.«

Jean-Baptiste betrachtete Stilton, er sah, dass dieser log, und Stilton sah, dass er es sah. Aber es war eine Notlüge, die notwendig war, damit Jean-Baptiste nicht selbst vor seinen Kollegen lügen musste. Falls die Messer in einer Form zur Anwendung kommen sollten, die die französische Polizei anging.

Das Risiko gab es.

»Ich kann mich umhören«, sagte Jean-Baptiste. »Aber dazu musst du mir ein bisschen mehr erzählen.«

»Worüber?«

»El Fassis Pläne.«

»Darüber weiß ich nichts.«

Jean-Baptiste senkte seinen Blick. Der solide Respekt, den sie voreinander hatten, entsprang ihrem gemeinsamen Gefühl für richtig und falsch, ihrer tief verankerten persönlichen Moral, die sie einst zur Polizei geführt hatte und sie in ihrem Beruf hatte erfolgreich werden lassen. Jetzt war Stilton einige Jahre lang »abgestürzt«, und Jean-Baptiste war sich nicht sicher, was das bedeutete. Er wusste, dass Stilton seinen Dienst bei der Polizei quittiert hatte, das hatte er vor ein paar Jahren bei einem Gespräch mit Mette Olsäter erfahren. Aber hatte er sich verändert? Konnte man sich auf ihn verlassen? Auch heute noch?

Stilton musterte Jean-Baptiste und ahnte, was diesem durch den Kopf ging. Was nur zu verständlich war. Er wusste, er musste einen Schritt weiter gehen.

»Abbas will den Mörder finden«, sagte er.

»Das ist Aufgabe der französischen Polizei.«

»Ich weiß. Aber ab und zu braucht selbst die beste Polizei ein wenig Hilfe, oder?«

»Kann schon sein.«

Jean-Baptiste stand plötzlich auf, er hatte einen Entschluss gefasst, basierend auf seinem früheren Vertrauen zu Stilton.

»Wo kann ich dich erreichen?«, fragte er.

Stilton gab ihm seine Handynummer und die Adresse des Hotels.

»Du hast keine Lust, heute Abend mit uns zu essen?«, fragte Jean-Baptiste.

»Schaffe ich leider nicht.«

»Ich verstehe. Grüße el Fassi von mir.«

Jean-Baptiste verließ die Bar, und Stilton sank ein wenig in sich zusammen. Ein Problem weniger. Er hatte getan, worum Abbas ihn gebeten hatte, und das ziemlich erfolgreich. Der mächtige Polizist würde von sich hören lassen, das wusste er. Er wusste auch, dass er Abbas irgendwie würde erklären müssen, dass er seine Messer nur äußerst diskret einsetzen durfte.

Und dieses Problem war deutlich größer.

Stilton schaute sich in der Bar um und entdeckte die schöne dunkelhaarige Frau, die Jean-Baptiste gegrüßt hatte. Claudette. Sie saß an einem Tisch weit hinten und betrachtete Stilton. Er hielt ihren Blick fest. Wie lange, das konnte er nicht sagen, aber er spürte ihn im ganzen Körper. Plötzlich sehnte er sich nach einer Frau. Nach Sex. Er hatte keinen Sex mehr gehabt, seit er mit der einäugigen Vera in ihrem Wohnwagen geschlafen hatte, wenige

Stunden, bevor sie erschlagen wurde. Das war mehr als ein Jahr her. Jetzt saß er mitten am Tag in einer engen Bar in Marseille und schaute eine Frau an, die in einer Art und Weise zurückschaute, die sich in ihm einbrannte. Plötzlich stand sie auf und ging an die Bar. Er verfolgte die Bewegungen ihres Körpers durch den Raum. Sie trug flache schwarze Schuhe und ein eng anliegendes grünes Kleid. Sie drehte ihm den Rücken zu und bestellte etwas. Als sie bekam, was sie hatte haben wollen, ging sie mit zwei kleinen Gläsern in den Händen direkt auf Stiltons Tisch zu.

»Magst du Pastis?«

Sie stellte die Frage auf Englisch, stellte gleichzeitig die Gläser auf den Tisch und ließ sich auf den Stuhl sinken, auf dem gerade noch der große Polizeibeamte gesessen hatte.

»Geht so«, antwortete Stilton.

»Prost.«

Sie tranken einen kleinen Schluck Pastis und sahen einander an, und das eine ganze Weile. Die Frau war nicht mehr jung. Stilton auch nicht. Er war 56 Jahre alt, und er schätzte sie ungefähr zehn Jahre jünger, mit einigen aufkommenden Falten um die ungeschminkten Augen.

»Claudette«, sagte er, als der Pastis fast ausgetrunken war.

»Ja. Und wie heißt du?«

»Tom.«

»Du kennst Jean-Baptiste?«

»Ja. Du auch?«

»Alle hier in der Gegend kennen Jean. Er ist ein guter Polizist.«

»Ja.«

»Bist du auch Polizist?«

»Nein.«

»Du sprichst gut Englisch. Woher kommst du?«

»Schweden.«

»Ibra.«

Stilton musste lächeln. Zlatan hatte momentan bei PSG viel

Erfolg. In Paris. Aber sie waren hier in Marseille. Hier sollte er nicht so berühmt sein.

»Aber hier halten wir ihn für ein Monster«, sagte Claudette lächelnd.

Sie hatte kleine, ebenmäßige Zähne, nicht ganz weiß, ihre vollen Lippen waren glatt und schwach rot angemalt. Stilton konnte ihren Atem über den Tisch riechen, er war angenehm, und plötzlich dachte er an seinen eigenen und hoffte, der Pastis würde alles überdecken.

»Wohnst du im Hotel?«, fragte sie.

»Ja. Richelieu.«

»Wollen wir dorthin fahren?«

»Nein. Ich teile mir das Zimmer mit einem Kollegen.«

»Einem weiblichen?«

»Nein. Wo wohnst du?«

»Rue de Croix.«

»Ist das weit?«

»Nicht mit dem Taxi.«

Sie brauchten ungefähr eine Viertelstunde, bis das Taxi sich durch das Zentrum geschlängelt und Claudettes Viertel erreicht hatte. Sie saßen auf der Rückbank, mit heruntergekurbelten Fenstern. Stilton schaute hinaus und sah einen Leierkastenmann, der mit einer Hand kurbelte und mit der anderen eine Lochkarte in den Apparat schob. Stilton konnte eine traurige Melodie aus dem großen Holzkasten vernehmen, legte impulsiv seine Hand auf Claudettes nacktes Knie. Er wollte ihre Haut spüren.

»*Der weinende Soldat*«, sagte sie.

Stilton drehte sich zu ihr um.

»So heißt die Melodie, die er spielt. Es ist ein altes Volkslied über einen Soldaten, der ohne Beine aus dem Krieg zurückkehrt.«

»Aus welchem Krieg?«

»Aus welchem auch immer.«

Claudette legte ihre Hand auf Stiltons und schob sie den Oberschenkel hinauf. Stilton fühlte, wie warm sie war, und beugte sich zu ihr.

»Wir sind da«, sagte sie.

Claudette bezahlte das Taxi.

*

Abbas kannte diese Gegend in- und auswendig, die gefährliche Gegend, arm, durch die man nicht zum falschen Zeitpunkt laufen sollte. Einiges hatte sich verändert, äußerlich, ein wenig Putz hier und da, der eine oder andere Neubau, aber unter dem Putz war es immer noch das Gleiche. Das gleiche Misstrauen in den Augen, die gleichen kleinen Grüppchen frustrierter junger Männer, der gleiche Geruch. Er erkannte den Geruch sofort wieder. Er konnte nicht sagen, wonach es eigentlich roch, nur, dass es so während seiner gesamten Kindheit und Jugend gerochen hatte. Hier draußen. Nach verbranntem Müll, Abgasen, feuchtem Zement. Er gab sich alle Mühe, dass der Geruch nicht alte Gefühle und Erinnerungen hochspülte. Das war nicht der Grund, warum er hier war. Er hatte eigentlich geglaubt, er hätte sein inneres Album verbrannt, doch es gab noch Reste davon.

Das musste er jetzt feststellen.

Als er vor der abgeblätterten Tür stand, zögerte er plötzlich. Er klingelte nicht sofort. Schaute sich die Tür an. Marie hatte einen neuen Nachnamen, natürlich, sie war verheiratet und hatte Kinder. So viel hatte sie ihm am Telefon erzählt. Sie war nicht mehr dieselbe Frau wie damals. Als sie im Cirque Gruss als Bai She auftrat, die weiße Schlangenfrau. Eine sehr spektakuläre Nummer, der Zirkusdirektor stellte sie immer mit einer Erzählung über eine chinesische Schlange vor, die die Gestalt einer Frau angenommen hatte, worauf sie sich zu einem suggestiven Glockenspiel aus einer engen Trommel herausschlängelte. Sie hatte die ungewöhnliche Fähigkeit, einen lebenden Kreis aus ihrem Körper zu formen, als besäße sie gar kein Skelett. Abbas hatte nie begriffen, wie das möglich war. Nunmehr war sie verheiratet, hatte Familie und das Zirkusleben hinter sich gelassen. Doch nicht deshalb zögerte er vor ihrer Tür.

Sondern weil er sich vor dem fürchtete, was sie ihm erzählen könnte.

Über Samira.

Er wusste, Marie und Samira hatten im Zirkus engen Kontakt gehabt. Vielleicht auch noch später, nachdem Marie aufgehört hatte? Vielleicht sogar bis zu Samiras Ermordung?

Er drückte auf die Klingel.

Marie stellte kalten Eistee auf den Küchentisch. Die Küche war klein, wenn man bedachte, dass sie vier Kinder und einen Mann hatte. An einer Wand stand ein graugrüner Vitrinenschrank, an der anderen hing ein großes Zirkusplakat.

Cirque Gruss.

Abbas sah Marie an.

Es war mehr als fünfzehn Jahre her, dass sie die weiße Schlangenfrau gewesen war. Jetzt würde sie ihren Körper wohl kaum noch zu einem Kreis biegen können.

»Es ist viel Zeit vergangen«, sagte sie.

Als wüsste sie, was Abbas dachte. Aber sie war immer noch schön, in seinen Augen. Er sah sie, wie sie früher ausgesehen hatte. Bis auf die Augen. In ihnen war ein Hauch von dem, was er in seinen eigenen Augen gesehen hatte, als er in der Dalagatan in die Dusche gestiegen und mit einem vollkommen anderen Blick wieder herausgekommen war.

Ein Hauch von Verzweiflung.

Marie setzte sich dicht neben ihn. Bereits als sie die Tür geöffnet hatte und ihn umarmte, spürte er, wie die Zeit stillstand. Sie hatten eine gemeinsame Vergangenheit, die immer da sein würde. Jetzt saßen sie fast so dicht beieinander, wie es sonst nur Kinder tun. Marie schaute Abbas an.

»Machst du immer noch …?«

»Nein, ich habe vor vielen Jahren damit aufgehört.«

»Ich wusste, du würdest es schaffen.«

»Woher hast du das gewusst?«

»Du hast nie gelogen. Alle anderen haben gelogen, wenn es ihnen in den Kram passte. Bereits da habe ich gedacht, wenn man nie lügt, dann wird es klappen.«

»Das stimmt nicht immer.«

»Ich weiß. Aber bei dir hat es geklappt.«

»Bis jetzt.«

»Ja.«

Hier überrollte sie beide die Verzweiflung, die Verzweiflung über Samira, und erst als Marie sich nach ihrem Teeglas streckte, brach der Bann, auch bei Abbas.

Beide wussten, worum es hier in der Küche eigentlich ging.

»Sie hat so lange um dich getrauert«, sagte Marie. »Es war schwierig. Der Meister wusste ja, wie sie fühlte, alle im Zirkus wussten es, und niemand konnte daran etwas ändern. So war es nun einmal. Er war ihr Meister und sie sein target girl.«

»Ja.«

Abbas versuchte, den Faden nicht zu verlieren. Er wollte es so schnell wie möglich hinter sich bringen, er wollte zu dem Punkt gelangen, der viel schmerzhafter sein würde, er wollte nicht jetzt schon abschweifen.

»Was ist passiert, als der Meister starb?«, fragte er.

»Samira musste aufhören. Der neue Messerwerfer hatte sein eigenes target girl dabei.«

»Und wohin ist sie gegangen?«

»Zuerst hatten wir noch ziemlich engen Kontakt, aber ich bin ja mit dem Zirkus herumgezogen, und sie ist hiergeblieben, in Marseille.«

»Und was hat sie gemacht?«

»Das weiß ich nicht genau.«

Abbas merkte, dass Marie ihm etwas verschwieg, aber er wollte sie nicht drängen, sie sollte das erzählen, was sie wollte und wozu sie in der Lage war.

»Hast du sie mal getroffen?«

»Einmal, ein paar Jahre nachdem sie aufgehört hatte. Sie war so traurig.«

»Warum?«

»Sie hat mich gefragt, ob ich noch Kontakt zu dir hätte.«

Abbas spürte einen Druck auf der Brust.

»Ich habe ihr einige Briefe geschrieben«, sagte er. »Ich habe den Zirkusdirektor zu fassen gekriegt, und er hat mir eine Adresse gegeben, von der er glaubte, dass Samira dort wohnt. Aber ich habe nie eine Antwort bekommen. Vielleicht hat sie die Briefe ja nie erhalten.«

»Oder aber ihr Agent hat sie zerrissen.«

»Agent?«

Marie stand auf. Sie trat ans Fenster und schaute hinaus. Abbas wartete ab. Marie ging zur Spüle und holte ein dünnes Schneidebrett aus einer Schublade. Als sie es auf die Arbeitsplatte legte, sah Abbas, wie ihre Hände zitterten. Er stand auf und ging zu ihr, stellte sich dicht neben sie. Marie ließ den Kopf auf seine Brust sinken und weinte stumm. Er strich ihr mit der Hand über das blonde kurze Haar und ließ sie ruhig weinen.

Als wäre er ganz ruhig.

Dabei war das Gegenteil der Fall.

Agent?

Schließlich hob Marie ihren Kopf und holte sich ein Stück Haushaltspapier. Sie wischte sich die Wangen ab und schaute Abbas an. Sie sagte es so geradeheraus, wie sie konnte:

»Sie hat bei Filmen mitgemacht.«

»Was für Filme?«

»Pornografische Filme.«

Es dauerte einige Sekunden, vielleicht sogar Minuten, bis Abbas ihre Worte in eine schwerbegreifliche Information transformieren konnte.

»Sie hat bei Pornofilmen mitgemacht?«

»Ja.«

Abbas setzte sich wieder an den Tisch und schenkte sich Eistee in sein Glas ein. Marie blieb an der Arbeitsplatte stehen. Sie wusste, was Abbas wissen wollte. War man selbst ein Mann, der nie log, dann wollte man auch nicht, dass es andere taten. Oder etwas verheimlichte. Der einzige Grund für seinen Besuch hier war sein Wunsch, Informationen über Samira zu erhalten. Und das Einzige, was sie tun konnte: ihm berichten, was sie wusste.

Abbas sah sie an.

»Warum?«, fragte er.

»Das habe ich sie auch gefragt. Sie wusste nicht so recht, was sie darauf antworten sollte. Nach dem Zirkus hat sie ein paar ältere Männer kennengelernt, die ihr helfen wollten, und soweit ich verstanden habe, haben sie sie an den Agenten verkauft. Sie war ja blind, arm, musste sich irgendwie versorgen, sicher war sie leichte Beute für Männer, die sie ausnutzen wollten. Und außerdem war sie so schön.«

»Und dieser Agent hat also Pornofilme mit ihr gedreht?«

»Ich weiß nicht genau, wie das gelaufen ist, er war wohl so eine Art Produzent, vielleicht hat er sie auch vermietet.«

Abbas stand wieder auf und ging zum Fenster. Er fuhr mit einem Finger über die Scheibe, von einer Seite bis zur anderen. In weiter Ferne sah er große Schwärme schwarzer Krähen, die in wellenförmiger Formation über die Häuser flogen.

Pornofilme? Samira?

Er schaute immer noch hinaus, als er fragte:

»Wie konnte sie bei so was nur mitmachen?«

»Warum machen Frauen bei so etwas mit? Ich nehme an, dass er sie unter Drogen gesetzt oder sie drogenabhängig gemacht hat.«

»Der Agent?«

»Ja. Und dann fallen wohl die meisten Schranken, oder?«

»Wahrscheinlich.«

Abbas' Zeigefinger blieb still. Er malte ein kleines Kreuz auf die Fensterscheibe und drehte sich dann zu Marie um.

»Weißt du, wie der Agent heißt?«

»Ja.«

Er lief die Treppen hinunter.

Der Fahrstuhl war ihm zu langsam.

*

Sie liebten sich lange, in einem großen, ruhigen Schlafzimmer, auf einem breiten viktorianischen Metallbett. Keiner von beiden sagte ein Wort, beide spürten das aufgestaute Begehren, das ihre Körper zusammenführte. Stilton kannte den Grund seines Begehrens, was Claudette trieb, das war ihr Geheimnis.

Nach einer Weile legte sich die Hitze, sie lagen nackt quer auf dem weichen Bett. Stilton spürte, wie der Schweiß vom Laken aufgesogen wurde.

Er war erschöpft, ausgepumpt.

So unglaublich schön, dachte er und sah Claudette an. Sie lag mit geschlossenen Augen auf seinem Arm. Er ließ den Blick über ihren glänzenden Körper wandern und weiter zur Wand gegenüber. Auf der hellblauen Tapete hingen mehrere Ölgemälde ohne Rahmen, einige sahen halbfertig aus. Stilton hob den Kopf ein wenig, um besser sehen zu können.

Da klingelte sein Handy.

Claudette öffnete die Augen. Stilton sah sie an. Sie hob den

Kopf und ließ seinen Arm frei. Stilton nahm das Handy, er ging davon aus, dass Abbas anrief.

»Hallo, Tom! Seid ihr gut angekommen?«

Es war Mette Olsäter.

»Ja.«

»Du hast doch versprochen, von dir hören zu lassen!«

»Ich hatte noch keine Zeit.«

»Wieso nicht?«

»Ich habe es noch nicht geschafft. Hast du mit Abbas gesprochen?«

»Er geht nicht ran.«

»Er kann wohl sehen, dass du es bist.«

»Was willst du damit sagen?«

»Gar nichts. Er will wohl nur seine Ruhe haben.«

»Tom, ich bitte dich … wir sind doch erwachsene Menschen. Wir kennen uns seit Ewigkeiten. Was habt ihr da unten vor?«

Stilton konnte ihre Frage nicht direkt beantworten. Zum einen, weil er sich gezwungen sah, etwas mit Substanz zu sagen, sonst wäre es nur lächerlich, zum anderen, weil Claudette sich über seinen Unterkörper gebeugt und angefangen hatte, sein Glied zu streicheln.

»Das ist eine lange Geschichte«, sagte er. »Abbas soll sie dir selbst erzählen. Ich habe sie im Zug von ihm erfahren. Sie ist ziemlich tragisch.«

»Aber es geht um ihn?«

»Ja.«

»Und warum bist du mit dabei?«

»Weil ich hier ein paar Kontakte habe.«

»Fabre? Jean-Baptiste Fabre?«

»Ja.«

Mette kannte Fabre nicht persönlich, aber sie wusste, dass Stilton früher mit ihm zusammengearbeitet und seitdem einen persönlichen Kontakt zu ihm hatte. Einige Male hatten sie sich aufgrund von Ermittlungen getroffen, in die Mette auch involviert war. Deshalb zog sie den logischen Schluss, dass der Besuch in Marseille etwas mit polizeilicher Arbeit zu tun hatte.

Was ihre Besorgnis kaum geringer werden ließ.

»Kann es gefährlich werden?«, fragte sie.

»Für wen?« Stilton stöhnte fast und spürte, wie sein Glied deutlich steifer wurde.

»Für euch?«

»Ich hoffe nicht. Warum sollte es das?«

»Weil ich genau weiß, was ihr beide …«

»Du, Mette, ich muss mich beeilen, draußen wartet ein Taxi auf mich. Ich lasse von mir hören!«

Stilton gelang es, das Gespräch zu beenden, kurz vor einem neuen Erguss. Claudette schaute hoch.

»War das deine Frau?«

»Ich bin nicht verheiratet.«

»Ich auch nicht.«

Da kam der Samenerguss.

*

Marie kannte den Namen des Agenten. Philippe Martin. Aber nicht seine Adresse oder wo er sich aufhielt. Das musste Abbas selbst herausbekommen. Aber sie wusste, dass er gefährlich war, sie hatte seinen Namen in den letzten Jahren einige Male im Zusammenhang mit brutalen Ereignissen gehört. Und jedes Mal hatte sie an Samira denken müssen. Ein paar Mal hatte sie versucht, Kontakt zu Samira aufzunehmen, doch das war ihr nicht gelungen. Ihr Ehemann hatte ihr abgeraten, allzu hartnäckig nachzuforschen.

Auch er hatte von diesem Agenten schon gehört.

Abbas hatte also nur einen Namen, aber ein ziemlich genaues Bild von den Kreisen, in denen der fragliche Mann sich bewegte. Oder in denen er zumindest bekannt war. Also musste er, so schwer es ihm auch fiel, den Abend abwarten, wenn das Etablissement öffnete, das er aufsuchen wollte. Die Bar de la Plaine, die es bereits zu seiner Zeit gegeben hatte. Er ging davon aus, dass sie heute noch existierte, und zwar ungefähr mit der gleichen Klientel. Eine Mischung aus Zuhältern, Musikern, Nutten und Abschaum. Ab und zu gemischt mit Promis.

Abbas trat ein. Die Bar war gerade erst seit zehn Minuten geöffnet, trotzdem war sie schon voll. Er zwängte sich zum Tresen durch. Ein älterer Barkeeper wedelte unsichtbaren Staub vor ihm von der Tresenplatte.

»Hallo«, sagte Abbas. »Ich suche Philippe Martin, wissen Sie, wo ich ihn finden kann?«

»Nein.«

»Ich schulde ihm dreitausend, und er wird bestimmt sauer, wenn er sie nicht kriegt.«

»Na, wohl nicht nur sauer.«

»Ne, genau. Also?«

»Die Bar schräg gegenüber vom Bahnhof. Da ist er meistens um die Mittagszeit. Willst du was trinken?«

»Ich trinke nicht.«

Abbas machte kehrt und zwängte sich wieder durch die Menschen zum Ausgang hin. Er wusste, dass so einige Augenpaare ihm folgten. Hoffentlich waren es nicht die falschen Augen, die Augen von früher, aus dem Araberviertel oder dem Hafen, die ihn wiedererkennen konnten.

Was Probleme mit sich bringen könnte.

*

Stilton blieb stehen und schnappte nach Luft. Er war gelaufen. Es war jetzt kurz nach acht, und er war beim Restaurant angekommen. Frontal gesehen, von der Straße, sah es ziemlich breit aus, aber kam man von der Seite, sah man, dass es eines der schmalsten Restaurants der Stadt sein musste, Eden Roc, es hatte seinen Sitz in einem der schmalsten Häuser der Stadt, vier Meter breit und fünfundzwanzig Meter lang, ein Stockwerk hoch und gebaut zusammen mit dem Hotel, das Abbas im Internet gefunden hatte. Auch das Restaurant stand auf Felsengrund, der ins Meer ragte, daher der Name. Stilton ging hinein.

Ein magerer, rotbärtiger und ziemlich gestresster Kellner stand ein paar Meter weiter hinten, hinter einer winzigen Bar.

»Une coupe?«

Der Kellner schaute Stilton an, während er gleichzeitig verschiedene Getränke in verschiedene Gläser füllte. Stilton wusste nicht, was er damit meinte, also schüttelte er den Kopf und schaute sich im Raum um. Zwei der insgesamt neun Plastiktische waren mit Familien mit Kindern besetzt, sechs waren leer, und an dem neunten saß Abbas. Ganz hinten, an einem Fenstertisch mit Blick aufs Meer. Stilton ging zu ihm und setzte sich ihm gegenüber.

»Du riechst nach Möse«, sagte Abbas.

Stilton hatte sich gerade erst gesetzt, aber er wusste, dass es vermutlich stimmte. Er hatte es nicht mehr geschafft zu duschen, er wusste, dass er in Körperflüssigkeiten nahezu gebadet hatte.

»Ich brauchte das.«

»Jemand, den du kanntest?«

»Nein.«

»Was hat Jean-Baptiste gesagt?«

Stilton fasste sein Gespräch mit Jean-Baptiste zusammen. Den Meinungsaustausch über Abbas' Messer ließ er dabei aus.

Fürs Erste.

Das musste er zur Sprache bringen, wenn er nicht mehr nach Möse roch.

»Was meinst du, wann er von sich hören lässt?«, wollte Abbas wissen.

»Wenn er etwas weiß. Was willst du essen?«

Der Kellner war mit ein paar kleinen Kreidetafeln vorbeigekommen. Das Tagesmenü, handgeschrieben mit Kreide. Stilton überflog das Angebot. Kaninchen. Fisch. Risotto maritim. Artischocken. Calamaretti fritti.

»Calamaretti fritti«, sagte Abbas.

Stilton war nicht so begeistert von Tintenfisch, also bestellte er ein Risotto maritim. Beide tranken Perrier. Abbas schwieg. Stilton war sich bewusst, dass die momentane Rangordnung verlangte, dass er als Erster berichtete. Den großen Polizisten gab es nicht mehr, aber es gab immer noch eine große Polizistin.

»Mette hat mich angerufen«, sagte er. »Sie hat es auch bei dir versucht.«

»Habe ich gesehen. Aber ich hatte keine Lust, mit ihr zu sprechen.«

»Sie will wissen, was wir hier treiben, sie macht sich Sorgen.«

»Und du glaubst, sie würde sich weniger Sorgen machen, wenn sie wüsste, warum wir hier sind?«

Stilton kam um die Antwort herum, da in dem Moment der rotbärtige Kellner einen Teller mit kleinen, dünnen, knusprig frittierten Calamaretti vor Abbas stellte und einen tiefen Teller mit einer blauschwarzen Masse vor Stilton. Abbas spritzte ein wenig Zitrone über seinen Teller und nahm einen der kleinen Tintenfische mit den Fingern.

»Was hast du ihr gesagt?«, fragte er, während er sich das knusprige Meerestier in den Mund stopfte.

»Dass es eine lange Geschichte ist, und zwar deine, und dass du ihr das selbst erzählen sollst, wenn du Lust dazu hast.«

»Hat sie sich damit zufriedengegeben?«

»Ich habe das Gespräch abgebrochen. Ich musste raus zum Taxi, wir waren ja um acht verabredet.«

»Hat es sich verfahren?«

»Nein. Wieso?«

»Du bist doch hergelaufen. Ich habe dich durchs Fenster gesehen.«

Stilton schob sich eine gefüllte Gabel in den Mund.

»Wie schmecken die Tintenfische?«, fragte er.

»Ausgezeichnet. Und das da?«

»Das da« schmeckte ungefähr auch so. Stilton hatte ein paar Bissen genommen und musste einsehen, dass er offensichtlich einen geschmacklosen schwarzen Brei bestellt hatte. Und das Schwarze waren auch noch Tintenfische.

»Schmeckt gut, vielleicht ein bisschen scharf«, sagte er. »Hast du deinen Kumpel erreicht?«

»Ja.«

Stilton erwartete, dass Abbas weiterreden würde. Doch das tat er nicht. Nicht sofort. Erst einmal aß er seinen Teller leer. Dann stellte er ihn auf den leeren Tisch nebenan und leerte sein Wasserglas. Auch das stellte er auf den Nachbartisch. Stilton beobachtete ihn. Es sah aus wie eine Art inneres Ritual, das sich da vor seinen Augen abspielte, das erforderte, dass das Äußere beiseitegeschafft wurde. Als der Kellner abgeräumt hatte und fragte, ob sie sonst noch Wünsche hätten, antwortete Abbas:

»Es wäre nett, wenn wir für eine Weile nicht gestört werden.«

Der Kellner kommentierte den Wunsch mit seiner Körpersprache und verschwand in seinen sicheren kleinen Hafen hinter dem Bartresen. Abbas schaute aus dem Fenster, auf das Dunkel dort draußen, das Meer, den Himmel und versuchte es ungefähr so geradeheraus zu sagen, wie Marie es gesagt hatte:

»Samira hat in Pornofilmen mitgewirkt.«

Abbas ließ diese Mitteilung erst einmal auf Stilton wirken, ungefähr wie auch Marie es gemacht hatte, und sie wirkte. Bis tief ins Innere. Auf eine Art und Weise, die Stilton etwas verwunderte. Er hatte Samira nie kennengelernt, er wusste nur das über sie, was Abbas berichtet hatte. Aber er kannte Abbas. Und das genügte. Als Abbas sich vom Fenster abwandte und ihm in die Augen sah, sah Stilton dort alles, was er wissen musste. Vor allem sah er die Schwärze in Abbas' Pupillen.

»Sie hatte einen Agenten«, begann Abbas. »Philippe Martin. Ein Schwein. Ich werde ihn aufsuchen.«

»Das kann ich gut verstehen. Und mit ihm reden?«

»Kommst du mit?«

*

Mette saß auf der Toilette und sah ihrem Mann beim Zähnebürsten zu. Mårten hatte dabei eine ganz besondere Technik, er behandelte jeden Zahn für sich. Vorderseite, Rückseite, Kaufläche, dann mit der Zahnseide von beiden Seiten. Da er auch mit 68 Jahren immer noch sämtliche Zähne besaß, ergab das 32 Einzelbehandlungen, bevor Mette ans Waschbecken kam. Das war einer der Gründe, warum sie immer wieder forderte, das Badezimmer solle umgebaut werden, sie bräuchten zwei Waschbecken.

»Es handelt sich offensichtlich um einen Mordfall.«

Mette versuchte Mårten, der bei Zahn Nummer sechsundzwanzig war, abzulenken. Er nahm die Zahnbürste heraus und sah sie an.

»Die Reise nach Marseille?«

»Ja. Ich habe einen Kollegen da unten angerufen, den ich ein bisschen kenne. Oder was heißt kennen, eigentlich kennt Tom ihn, aber wir hatten auch mal kurz Kontakt. Und er hat mir erzählt, dass es um einen Mordfall geht und dass Abbas das Opfer kannte.«

»Scheiße!«

Mårten ließ sich auf den Badewannenrand sinken, die Zahnbürste in der Hand, und Mette nutzte die Gelegenheit, das Waschbecken einzunehmen.

»Und was meinst du, wie kann das mit der Vergangenheit zusammenhängen?«, überlegte sie.

»Vielleicht ist das Opfer eine Person, die er aus der Zeit kennt, als er in Marseille gelebt hat.«

»Ja, das habe ich zuerst auch gedacht.«

»Aber?«

»Es ist eine Ewigkeit her, dass er da unten gelebt hat, und soweit ich weiß, hat er, seitdem er dort abgehauen ist, mit keiner Menschenseele mehr Kontakt«, sagte Mette und begann ihre Zähne zu putzen.

»Kann es dann ein Verwandter sein?«

»Er hat keine Verwandten mehr, das weißt du doch.«

»Seine Mutter«, sagte Mårten.

»Was ist mit der?«

»Sie verschwand, als er sieben war. Sie kann doch noch am Leben sein.«

»Und ist jetzt ermordet worden?«

»Ja.«

»Eine Mutter, die ihren siebenjährigen Sohn im Stich lässt und nie wieder von sich hören lässt, wird den erwachsenen Sohn wohl kaum dazu veranlassen, Hals über Kopf nach Marseille zu reisen und eine Person wie Tom mitzunehmen?«, wandte Mette ein. »Auch wenn sie ermordet sein sollte.«

»Vielleicht nicht. Ich habe noch sechs Zähne übrig.«

»Ich bin gleich fertig.«

Mårten war klar, dass er reingelegt worden war. Doch das nahm er hin. Stattdessen ließ er seine Gedanken wandern. Abbas und Tom in Marseille wegen eines französischen Mordfalls, wobei Abbas das Opfer kannte, ein Opfer aus der Vergangenheit, einer Vergangenheit, die er hasste. Was gedachten sie zu tun? Eigentlich wollte er das lieber gar nicht wissen, da er ja sowieso nicht die geringste Möglichkeit hatte, Einfluss auf sie zu nehmen.

Also konzentrierte er sich lieber wieder auf seine Zähne.

»Hast du Olivia angerufen?«, fragte er. »Und sie um Entschuldigung gebeten?«

Mette ließ die Zahnbürste im Mund kreisen, und da sie sie nicht herausnahm, konnte er nicht verstehen, was sie sagte. Aber er sah es ihr an.

Das hatte sie nicht.

»Ich glaube, du bist ein bisschen feige!«, sagte er und peilte das Waschbecken an.

Mette zog die Zahnbürste aus dem Mund

»Kannst du endlich aufhören, dich in Dinge einzumischen, die dich gar nichts angehen!«

»Aber natürlich. Entschuldige.«

Doch nun hatte er wieder seinen Platz am Waschbecken zurückerobert und machte sich an Zahn siebenundzwanzig zu schaffen. Mette warf wütend ihre Zahnbürste in die Badewanne und verließ den Raum. Mårten schaute ihr im Spiegel nach. Was war das für eine Reaktion? Sie war ganz offensichtlich etwas zu heftig. Dabei konnte es ja wohl nicht nur um Olivia gehen? Oder um Abbas und Tom?

Da gab es eine Unausgewogenheit, die noch von etwas anderem kündete.

Das Herz?

Mette hatte vor kurzem einen Gesundheitscheck absolviert, ihr Herz war nicht in bester Form, der Arzt hatte sie zweimal nachdrücklich ermahnt: alle Stressfaktoren zu minimieren und etwas gegen ihr Übergewicht zu tun.

Aber sie hatte beides ignoriert.

Olivia hielt eine gesunde Distanz zu Journalisten. Was jedoch nicht in Verachtung mündete, wie bei einigen ihrer Kollegen auf der Polizeihochschule. Sie respektierte die Funktion der vierten Staatsmacht. Sie hatte erstaunliche Beispiele der Schlagkraft einer kritischen Presse erlebt, aber sie war auch in einer durch und durch von Medien bestimmten Gesellschaft aufgewachsen, in der die Journalisten häufig neue Gebiete eroberten. Sumpfgebiete. In einer Form, die die Glaubwürdigkeit untergrub, auf die eine freie Presse doch angewiesen ist. Häufig aufgrund des vollkommenen Mangels an Respekt vor ihrem eigenen Beruf, den einzelne Journalisten aufwiesen.

Sie hoffte, dass Alex Popovic nicht in diese Kategorie gehörte. Er hatte sie gebeten, in die Redaktion zu kommen. Er war gezwungen, an Ort und Stelle zu sein, um irgendetwas zu überwachen.

Was, das hatte er nicht gesagt.

Aber er hatte eine interessante Stimme, wie Olivia fand, während sie ihr Spiegelbild im Glas der Eingangstür auf der Gjörwellsgatan betrachtete. Sie schob die glatte graue Wollmütze fest auf den Kopf. Eine hübsche Mütze, nicht so eine, wie Maria ihr in Rotebro aufgeschwatzt hatte. Eigentlich sollte sie sie abnehmen, aber sie fand, dass sie ihr einen gewissen Pfiff gab. Das lange schwarze Haar fiel auf die Schultern. Sie beugte sich vor, um ihr Spiegelbild genauer zu betrachten.

Es war etwas Widersprüchliches zwischen dem braunen frischen Gesicht und der Winterkleidung.

Alex Popovic war vor kurzem 42 geworden, seit nunmehr acht Jahren hatte er eine feste Stelle bei der großen Zeitung. Sein Arbeitsplatz lag ganz hinten in der Redaktion. Er schickte gerade eine Mail an die Schwedische Botschaft in Senegal und bat um Bestätigung, dass kein Schwede in dem Touristikbus gesessen hatte, der vor wenigen Stunden in eine Schlucht gestürzt war. Als er aufschaute, sah er eine junge Frau mit grauer Mütze, die von einem Mann von der Rezeption hereingeführt wurde. Er registrierte außerdem die Blicke einiger männlicher Kollegen. Da wurden so einige Rücken hinter der Tastatur etwas gerader. Die Frau kam herein, beugte sich zu einer Journalistin hinunter. Diese nickte, drehte sich um und zeigte geradewegs auf ihn. Die junge Frau ging auf ihn zu. Ist das Olivia Rivera?, dachte er.

Olivia erreichte Alex. Er empfing sie mit ausgestreckter Hand, begrüßte sie und zeigte mit einer Geste auf den freien Stuhl neben seinem Schreibtisch. Beide setzten sich.

»Frische Gesichtsbräune«, stellte er lächelnd fest, während er ein Nikotinkaugummi aus dem Mund nahm.

»Ich kam gerade aus Costa Rica, als Sie anriefen.«

»Bei Bengt zu Hause?«

»Ja.«

»Und was haben Sie da gemacht?«

»In Costa Rica?«

»Bei Bengt.«

»Ich sollte einen Laptop abholen.«

Olivia sah an Alex' Mimik, dass sie wohl einiges erklären musste, also berichtete sie über ihre Beziehung zu Bengt Sahlmann und seiner Tochter und warum sie den Laptop abholen sollte.

»Ich habe Sandra erzählt, dass Sie angerufen haben. Sie sagte mir, dass Sie Bengt schon lange kennen.«

»Ja.«

»Wie lange?«

»Wir sind zusammen in Lundsberg gewesen.«

»Auf dem Internat Lundsberg?«

»Ja.«

Alex machte eine Geste, als wäre es nicht das erste Mal, dass er seinen Aufenthalt in Lundsberg erklären musste.

»Wir passten wohl beide genauso schlecht dorthin«, lachte er. »Aber seitdem haben wir jahrelang Kontakt gehalten. Bengt war ein guter Freund. Sie haben mir gleich zweifach einen Schock versetzt. Erst haben Sie gesagt, dass er sich das Leben genommen hat, und dann, dass er ermordet worden ist.«

»Beides stimmte, als ich es Ihnen gesagt habe. Was wollten Sie von ihm, als Sie angerufen haben?«

Alex war ein routinierter Journalist und gewohnt, Fragen zu stellen. Jetzt wurde er ausgefragt, von einer ihm vollkommen unbekannten Frau. Attraktiv, aber unbekannt. Er hatte ihren Namen gegoogelt und keine Olivia Rivera gefunden. Hatte sie einen falschen Namen angegeben? Und wenn ja, warum? Worauf wollte sie eigentlich hinaus?

»Warum wollen Sie das wissen?«, fragte er.

»Weil ich neugierig bin.«

»Das genügt mir nicht.«

Olivia musterte Alex. Sie mochte ihn. Ob es an seiner Stimme lag, an seinem Verhalten oder an den kurzgeschnittenen dunklen Haaren, das spielte keine Rolle, vermutlich war es aber die Energie, die er ausstrahlte.

Also versuchte sie eine glaubwürdige Antwort zu finden.

»Bengt Sahlmann ist ermordet worden. Das ist für Sandra eine Katastrophe. Ich kenne sie persönlich und möchte tun, was ich kann, damit sie erfährt, was passiert ist. Und warum.«

»Sind Sie von der Polizei?«

»Wie man's nimmt. Ich war an der Polizeihochschule, arbeite aber nicht bei der Polizei. Und der Mord an Bengt wird vom Landeskriminalamt untersucht.«

»Warum vom Landeskriminalamt?«

»Das weiß ich nicht. Also, was wollten Sie, als Sie angerufen haben?«

Alex schob sich ein neues Nikotinkaugummi in den Mund und sah, dass es sein letztes war. Er kaute zu viele davon. Mit einer Hand fuhr er sich über seine nicht ganz glattrasierte Wange. Sollte er ihr antworten?

»Sie wollen nicht darauf antworten?«, schob Olivia nach, als hätte sie seine Gedanken in seinen Augen abgelesen. »Es ist Ihnen zu heikel? Zu privat?«

»Es ist privat.«

»Gut.«

Ein paar Sekunden lang schwiegen beide. Sie schauten einander an. Alex löste als Erster den Blickkontakt, hob seinen Blick über Olivias Schulter und stellte fest, dass niemand in der Nähe saß. Er wollte antworten. Er wollte gern den Dialog mit dieser anziehenden Frau aufrecht halten. Also beugte er sich ein wenig vor.

»Bengt hatte mich am Tag davor angerufen und gesagt, dass er ziemlich heißes Material hätte, von dem er wusste, dass es mich interessieren würde. Als Journalist. Er wollte am Telefon nicht sagen, was es war, er würde es mir schicken. Und ich habe angerufen, um mich danach zu erkundigen, ob er es losgeschickt hatte, ich hatte noch nichts bekommen.«

»Dann wissen Sie nicht, worum es sich handelte?«

»Nein. Aber er hätte mich nicht in dieser Form angerufen, wenn es sich nicht um etwas Ernstes gehandelt hätte. Außerdem schien er unter Druck zu stehen. Ich habe ihn gefragt, ob er unter Druck stehe, und das hat er mir bestätigt. Dann hat er aufgelegt.«

»Kann es etwas mit dem Diebstahl beim Zollamt zu tun haben?«

»Was für ein Diebstahl?«

Olivia wusste, das hätte sie nicht erwähnen dürfen, wenn alles seinen normalen Gang laufen würde. Doch nichts ging seinen normalen Gang. Seit Tom Stilton ihr endlich die Wahrheit über die Ermordung ihrer Mutter gesagt hatte, war nichts mehr normal. Jetzt war alles anormal, und Olivia wusste nicht so recht, wie sie damit umgehen sollte. Jetzt gerade saß sie neben einem Journalisten, den sie nicht kannte, und führte halbprivate Gespräche.

Als sie so etwas das letzte Mal getan hatte, war es nicht besonders gut gelaufen.

Aber so ist das Leben manchmal, dachte sie und erzählte von den verschwundenen Drogen im Zollamt und Bengt Sahlmanns internen Untersuchungen. Viel wusste sie darüber nicht, eigentlich fast gar nichts.

Aber Alex wurde natürlich nur umso neugieriger.

»Wie groß war die Partie, die verschwunden ist?«

»Das weiß ich nicht.«

»Und ich habe geglaubt, es würde sich um etwas ganz anderes handeln.«

»Um was denn? Sie wussten doch nicht, worum es ging, oder?«

»Nein, hätte ich es gewusst, hätte ich ja nicht zu spekulieren brauchen. Ich hatte nur so meine Ahnungen.«

»Die in welche Richtung gingen?«

Alex war klar, dass Olivia etwas erzählt hatte, worüber sie besser geschwiegen hätte, über das Zollamt, also musste er es wohl auch tun. Denn sie gefiel ihm.

Vor allem ihre Energie.

Außerdem hatte er das Gefühl, dass dieser Kontakt ihm in Zukunft noch von Nutzen sein könnte.

»Bengt ist vor kurzem auf einer Feier geradezu explodiert, nein, ich glaube, es war ein Essen. Wir saßen zusammen mit ein paar Kumpel aus der Schulzeit, und er hatte ziemlich viel getrunken, und plötzlich fing er an, über den Tod seines Vaters zu reden, in einem Pflegeheim, und er kam mit einer ganzen Menge an Vorwürfen und behauptete, sein Vater würde noch leben, wenn dort die Pflege nicht so sträflich vernachlässigt worden wäre. Es wurde ziemlich peinlich, am Schluss haben wir ihn dann in einem Taxi nach Hause geschickt.«

»Und das Material sollte davon handeln?«

»Der Gedanke kam mir, weil er doch so aufgebracht war. Aber das mit dem Drogendiebstahl klingt natürlich viel plausibler.«

»Ja. Wahrscheinlich.«

Dann musste Alex leider los. Eine Pressekonferenz mit Jimmie Åkesson, dem Vorsitzenden der Zentrumsschweden, einige der rechten Parteigänger waren mit Eisenstangen in der Innenstadt auf andere Leute losgegangen. Alex entschuldigte sich. Olivia stand auf, nahm ihre graue Mütze ab, schüttelte ihr langes Haar, schrieb ihre Handynummer auf einen Block und verließ den Raum. Alex folgte ihr mit seinem Blick.

Das dritte Mal, dass der Tod von Bengts Vater erwähnt wird, dachte Olivia auf dem Weg zum Ausgang. Von drei verschiedenen Personen. Bengt muss unglaublich empört über die Geschehnisse gewesen sein. Sie holte ihr Handy heraus und rief Sandra an. Diese nahm augenblicklich das Gespräch an.

»Hallo. Hast du den Laptop?«

»Nein, tut mir leid, aber bestimmt sucht die Polizei jetzt danach. Wie geht es dir?«

»Geht so. Ich kann nicht so gut schlafen.«

»Du weißt, du kannst mich jederzeit anrufen, wenn du nicht schlafen kannst.«

»Ja. Wolltest du etwas Besonderes?«

»Ich wollte mich nur mal melden, ich denke die ganze Zeit an dich.«

»Das ist nett, danke.«

»Aber da gibt es noch etwas, was mich interessiert, in welchem Pflegeheim war dein Großvater?«

»Silvergården. In Nacka. Warum?«

»Ich bin nur neugierig, dein Vater war ja sehr traurig nach dem Tod deines Opas.«

»Ja?«

Ja. Und? Olivia fühlte sich bedrängt.

»Ist es in Ordnung für dich, bei Charlotte zu wohnen?«, wich sie aus.

»Ja, schon ... sie hat gesagt, sie würde auch mit mir nach Rotebro zurückziehen, wenn ich das will, aber ich will das nicht. Vielleicht später ... wir werden sehen.«

»Ja, das Wichtigste ist, dass du tust, was deiner Meinung nach am besten für dich ist.«

»Das sagt Charlotte auch. Du, Olivia, können wir morgen weitersprechen? Es ist gerade eine aus meiner Klasse gekommen.«

»Ja, natürlich! Ruf mich einfach an, wenn du Lust hast.«

»Danke, das ist lieb von dir. Ich lasse von mir hören.«

Olivia drückte das Gespräch weg und fühlte sich ein wenig schlecht. Warum? Weil sie eigentlich angerufen hatte, um Informationen zu bekommen, und nicht, um zu hören, wie es Sandra ging? Aber das hatte sie ja auch wissen wollen, oder nicht? Wir können morgen länger telefonieren, dachte sie und ging auf die Glastüren im Foyer zu. Als sie hinausschaute, sah sie, wie sich gebeugte Menschen durch einen windgepeitschten Schneeregen kämpften.

Nicht besonders witzig.

Sie setzte sich ihre Mütze auf und trat hinaus in den Sturm.

Sie fuhr mit dem Wagen hinaus nach Nacka.

Bis jetzt hatte sie sich nur um den verschwundenen Laptop und ihre Beziehung zu der verwaisten Sandra gekümmert. So konnte sie noch eine Weile weitermachen, ohne Mette bei ihren Ermittlungen »dazwischenzufunken«. Nach dem Treffen mit Alex Popovic hatte sie Blut geleckt. Nicht wegen der verschwundenen Drogen im Zollamt, sondern aufgrund dessen, was er so nebenbei erwähnt hatte. Bengts Empörung über das, was in Silvergården passiert war.

Sie bog von der Autobahn ab und schlidderte in eine Kurve. Die Straßen waren rutschig von dem Schneematsch, und sie hatte immer noch Sommerreifen drauf. Höchste Zeit, sie zu wechseln, dachte sie und bog nach Jarlaberg ab.

Das Heim lag am Ende der Straße, ein graues, modernes zweistöckiges Gebäude. Sie parkte ein Stück vom Eingang entfernt und hoffte, dass kein Eingangscode notwendig sein würde.

Und das war er auch nicht.

Sie drückte die Glastüren auf und trat in eine große, menschenleere Vorhalle. Kein Mensch zu sehen, dafür aber eine kleine weiße Katze, die eine Wand entlangstrich. Hier eine Katze? Olivia ging durch eine weitere Glastür, die erst wieder zufiel, als auch die Katze hindurchgehuscht war. Shit! Sollte sie sie wieder rausjagen? Aber das wäre ihr sowieso nicht gelungen, die Katze war ja bereits verschwunden. Gab es in einem Pflegeheim Katzen? Sie ging einen kurzen Flur entlang weiter zu der nächsten Glastür. Immer noch kein Mensch in Sicht. Sie drückte die nächste Tür auf und gelangte auf einen breiteren Korridor mit einer leeren Rezeption auf der rechten Seite. Kaltes Neonlicht erhellte die weißen Wände, fast blendend. Sie lief ein Stück weiter, von der Stille fast überwältigt. Als wäre es hier schallisoliert. Ihre eigenen Schritte waren kaum zu hören. Nach einigen Metern überfiel sie ein merkwürdiges Gefühl, und sie drehte den Kopf. In einer Ecke des Korridors, schräg hinter ihr, saß ein Mann auf einem Holzstuhl. Er trug einen grauen Flanellpyjama. Sein Kopf war kahl und seine Haut mit blauschwarzen Flecken bedeckt. Die Hände, die die Armlehnen umklammerten, waren skelettartig. Er saß vollkommen reglos da, den Blick auf Olivia fixiert. Sie unterdrückte die erste panische Reaktion und ging zu ihm.

»Hallo, ich heiße Olivia. Wo ist denn hier jemand vom Personal?«

Der Mann rührte sich nicht. Auch in seinem Gesicht war keine Regung zu erkennen. Sein Körper schien wie erstarrt zu sein. Olivia hatte in Barcelona und Mexico City menschliche Statuen gesehen, Personen, die wie versteinert dastanden, unglaublich lange, ihre Augen waren das Einzige, was sich bewegte. Aber hier bewegten sich nicht einmal die Augen des Mannes. Atmete er überhaupt?

Olivia wandte sich von ihm ab und ging den leeren Flur weiter. Als sie fast am Ende angekommen war, drehte sie sich um. Das Fossil auf dem Stuhl hatte sich immer noch nicht bewegt. Olivia bog um die Ecke und kam auf den nächsten hellen Flur. Ebenso menschenleer wie der vorherige. Sie ging an einer Anzahl von Türen vorbei, bei den meisten steckte von außen ein Schlüssel. Olivia blieb stehen. Das hier erschien vollkommen absurd. Es musste hier ja wohl Menschen geben. Personal.

»Hallo?«

Sie hörte ihre eigene Stimme gegen die Wände prallen und dann ersterben. Anschließend war es wieder vollkommen still.

Da hörte sie einen Schrei. Einen unangenehmen, langgezogenen Schrei, als jaulte ein Fuchs in der Nacht. Er kam aus einem der Zimmer weiter vorne. Olivia ging auf das Zimmer zu. Die Tür war nur angelehnt. Vorsichtig schob sie sie auf. Das Zimmer dahinter war dunkel, die Jalousien vor dem Fenster waren heruntergelassen. Ein Stück weiter im Raum konnte sie eine Frau erkennen, die auf dem Boden hockte. Die Frau trug einen weißen Kittel. Hatte sie geschrien? Olivia ging weiter in das Zimmer hinein. Die Frau schaute zu ihr auf.

»Ist der Notarzt unterwegs?«

»Das weiß ich nicht. Was ist denn passiert?«

Olivia trat näher an sie heran, und da sah sie die andere Frau. Eine sehr alte Frau in einem weißen Nachthemd. Sie lag auf dem Boden. Aus einer Wunde auf ihrer Stirn lief ein wenig Blut. Ihre Beine zuckten wie in einem Krampf. Ihre Hände fuhren durch die Luft. Die Frau in dem weißen Kittel nahm eine Hand und versuchte den Arm festzuhalten.

»Es kommt gleich Hilfe, Hilda, gleich ...«

Es erklang ein weiterer Schrei aus dem weit aufgerissenen Mund der alten Frau, länger, schriller.

»Ich bin ja hier, Claire ist hier ... gleich wird alles gut.«

Die alte Frau, Hilda, begann mit dem freien Arm herumzuschlagen, ihr Körper spannte sich in einem Bogen über dem Boden. Die Frau in dem weißen Kittel schaute zu Olivia hoch.

»Können Sie mir helfen?«

»Was soll ich tun?«

»Nehmen Sie die andere Hand!«

Olivia hockte sich auf den Boden und ergriff Hildas Hand. Die alte Frau war überraschend stark, Olivia konnte ihren herumrudernden Arm kaum festhalten. Plötzlich drehte Hilda ihren ganzen Körper zur Seite und riss den Kopf ein Stück vom Boden hoch. Ihre Augen starrten zur Decke, der ganze Körper schrie, ohne dass ein Laut herausdrang. Claire versuchte ihr über die Stirn zu streichen.

»Gibt es sonst niemanden hier?«, fragte Olivia.

»Nein, nicht auf dieser Station. Ich habe schon den Notdienst und die Ärzte alarmiert.«

Aber das würde nicht mehr viel nützen. Bis sie eintrafen, hätte das Leben Hilda schon lange verlassen. Das war beiden klar, Olivia und Claire. Sie hielten in der Dunkelheit die Hände der alten Frau und sahen zu, wie der dünne Körper langsam aufhörte zu krampfen, wie die Atmung nach und nach schwand, der Kopf sich zur Seite dem Boden zu neigte. Sekunden später fühlte Olivia, wie die Hand der alten Frau ihre so fest umklammerte, dass sie fast aufgeschrien hätte, dann lockerte sie sich.

Hilda war tot.

Olivia saß auf dem Boden, den Rücken gegen das Bett gelehnt. Claire hatte festgestellt, dass Hilda keinen Puls mehr hatte, und notierte die Uhrzeit und einige andere Details. Jetzt schloss sie die Augenlider der alten Frau, richtete ihr Haar und zog ein Stofftaschentuch aus der Kitteltasche, um Hilda das Blut aus dem Gesicht zu wischen.

»Wahrscheinlich hat sie sich die Stirn aufgeschlagen, als sie aus dem Bett gefallen ist«, sagte sie leise.

Olivia nickte. Sie war ganz mitgenommen. Es war das erste Mal, dass sie sah, wie ein Mensch starb. Ein Mensch, dem sie im Augenblick des Todes die Hand gehalten hatte. Ein vollkommen fremder Mensch. Sie schaute sich im Zimmer um. Die Wände waren leer. Auf einem Regal neben dem Bett stand ein eingerahmtes Foto.

Von einem Hund.

Das war alles.

»Könnten Sie mir helfen?«

Claire war aufgestanden und hatte sich hinter Hildas Kopf gestellt.

»Fassen Sie die Waden an«, sagte sie.

Sie wollten Hilda aufs Bett heben. Olivia umfasste ihre Beine, und Claire packte sie unter den Armen. Olivia erwartete, einen schweren Menschenkörper zu heben, und bekam einen Schock. Dieser Körper wog gar nichts. Es war, als würden sie nur ein weißes Hemd hochheben. Als hätte der Tod alles Gewicht mit sich genommen. Vorsichtig legten sie Hilda auf das Bett.

»Danke«, sagte Claire.

Sie setzte sich auf die Bettkante und schaute die tote Frau an. Olivia konnte sehen, wie mitgenommen sie war. Traurig, die

Hand, mit der sie sich über die Augen strich, wurde feucht. Olivia setzte sich auf einen Sessel, der an einer Wand stand. Die Stille hier drinnen war irgendwie anders. Auf dem Flur war es furchterregend gewesen, aber hier drinnen nicht.

»Das ist so hoffnungslos …«

Claire schien zu dem dünnen Körper zu sprechen, sie sah Olivia nicht an, ihre Stimme war kontrolliert, aber resigniert. Als hätte sie einer immer wiederkehrenden Tragödie beigewohnt. Olivia schwieg. Sie spürte, dass da mehr kommen würde.

»Wir kämpfen, bis wir in die Knie gehen, und trotzdem passiert so etwas. Immer wieder. Wir schaffen es nicht, dort zu sein, wo wir sein sollten, wir schaffen nicht, das zu tun, was wir tun sollten, es ist so hoffnungslos …«

Claire wandte sich Olivia zu.

»Ich war vor ein paar Stunden bei ihr, da lag sie ganz ruhig im Bett, atmete, ich habe kurz mit ihr gesprochen, gesagt, dass ich noch in anderen Zimmern nachsehen muss, mich ums Essen kümmern und die Bestelllisten ausfüllen. Sie solle auf den Alarmknopf drücken, wenn sie etwas brauche. Aber das hat sie nicht gemacht.«

»Warum nicht?«

»Sie ist nicht rangekommen. Er ist vom Bett runtergerutscht. Hätte ich noch mal bei ihr reingeschaut, dann hätte ich es gesehen, aber ich hatte ja so viel zu tun und bin heute allein auf der Station. Was hätte ich denn tun sollen?«

Olivia hatte keine Antwort darauf. Sie arbeitete ja nicht hier. Aber sie sah, wie erschüttert Claire war, von dem, was hier passiert war, und dass sie jemanden brauchte, mit dem sie darüber reden konnte.

»Was meinen Sie mit ›immer wieder‹?«, fragte sie. »Haben Sie so etwas schon häufiger erlebt?«

»Schon mehrere Male. Leider.«

Claire schaute Olivia an.

»Danke für Ihre Hilfe. Ich heiße übrigens Claire Tingman.«

»Olivia Rivera. Ich bin eine Bekannte der Familie Sahlmann. Torsten Sahlmann ist hier vor einer Weile gestorben, nicht wahr?«

»Ja.«

»Sein Sohn Bengt hat sich über seinen Tod ziemlich aufgeregt.«

»Ich weiß. Und mit vollem Recht.«

»Haben Sie mit ihm gesprochen?«

»Ja.«

»Was ist denn passiert?«

»Torsten Sahlmann hatte nachts einen Schlaganfall, die Nachtwache war aber mit etwas anderem beschäftigt und konnte nicht in den Zimmern nachschauen, wie sie es eigentlich sollte, deshalb ist er erst morgens gefunden worden, und da war es zu spät.«

»Es wäre also möglich gewesen, ihn zu retten, wenn man ihn früher gefunden hätte?«

»Ja.«

»Und Hilda auch?«

»Das weiß ich nicht. Aber so etwas passiert hier die ganze Zeit. Vor ein paar Wochen hatten wir eine diabeteskranke Frau, die ihre übliche Insulindosis nicht bekommen hat, man hatte es nicht in den Papieren notiert, die an das Aushilfspersonal übergeben wurden. Sie wäre auch fast gestorben.«

»Aber das ist ja schrecklich!«

»Ja.«

»Und warum ist das so?«

Olivia sah, dass Claire kurz zögerte.

»Weil wir ständig unterbesetzt sind«, antwortete sie dann. »Weil die Hälfte von uns keine Ausbildung hat. Weil man alles kürzt, was nur gekürzt werden kann. Weil es keine sinnvolle Planung gibt, niemand weiß, was die anderen machen, alle müssen überall sein. Mehrere Alte haben sich wundgelegen, und im Sommer haben wir in einer Wunde auf dem Rücken eines alten Mannes Fliegenlarven entdeckt. Das war richtig eklig.«

Claire drehte den Kopf etwas zur Seite, als würde die Erinnerung sie immer noch quälen.

»Es vergeht nicht eine Schicht, ohne dass ich fast heulend nach Hause gehe«, sage sie. »Es scheint, als würden sie gar nicht kapieren, dass wir es hier mit Menschen zu tun haben, als wäre das hier nur die letzte Station, auf der Menschen aufbewahrt werden, bevor sie sowieso sterben.«

»Wer ist sie?«

»Die das Heim leiten. Alles scheint sich nur darum zu drehen, zu kürzen und Geld zu verdienen. Wenn doch …«

Abrupt verstummte Claire. Auf dem Flur waren klackende Schritte zu hören.

»Sie gehen jetzt lieber.«

Olivia stand auf. In der Türöffnung begegnete sie einer Frau mit kurzem blondem Haar in einem eng anliegenden Mantel auf dem Weg ins Zimmer. Die Frau blieb stehen. Olivia ging an ihr vorbei auf den Flur. Die Frau betrat das Zimmer und zog die Tür hinter sich zu. Olivia hörte von drinnen gedämpfte Stimmen. Nach ein paar Minuten wurde die Tür wieder geöffnet, und die Frau kam heraus. Sie ging auf Olivia zu und streckte ihr die Hand entgegen.

»Guten Tag. Rakel Welin.«

»Olivia Rivera. Wer sind Sie?«

»Ich bin die Leiterin von Silvergården. Sind Sie die Angehörige von jemandem hier?«

»Nein.«

»Und was machen Sie dann hier?«

»Ich habe gerade Ihrer Angestellten bei einer sterbenden Frau da drinnen geholfen. Offensichtlich gibt es niemanden sonst hier, der hätte helfen können.«

»Ich möchte Sie jetzt bitten zu gehen.«

»Und warum?«

Rakel Welin reagierte kurz angebunden.

»Weil das hier ein privates Pflegeheim ist. Wir können keine Unbefugten hier herumlaufen lassen.«

»Ich bin eine Bekannte der Familie Sahlmann.«

»Die haben keinen Angehörigen mehr hier.«

Die Frauen sahen einander an. Rakel Welin machte eine Geste zur Eingangstür hin. Olivia blieb unbeirrt stehen.

»Wie kann ich die Firma erreichen, die den Silvergården betreibt?«, fragte sie.

»Gehen Sie jetzt oder muss ich erst die Polizei holen?«

»Warum müssen Sie das? Weil ich gesehen habe, was hier drinnen vor sich geht?«

»Hier geht nichts vor sich, was Außenstehende etwas anginge.«

»Bis auf die Tatsache, dass Sie eine alte Frau haben sterben lassen, die hätte gerettet werden können.«

»Gehen Sie jetzt endlich?«

»Versuchen Sie zu vertuschen, was hier passiert ist?«

Rakel Welin musterte Olivia und holte ein Handy heraus. Olivia drehte sich um und ging zur Tür. Auf halbem Weg drehte sie sich erneut um. Claire stand in der Tür hinter Welins Rücken. Ihre Blicke trafen sich. Olivia ging durch die Glastür hinaus. Bevor diese hinter ihr zuschlug, huschte die weiße Katze hinter ihr her.

Die hatte wohl Rakel Welin entdeckt.

Sie umklammerte das Lenkrad. Die Straßen waren rutschig, aber in erster Linie lag ihr fester Griff daran, dass sie so aufgebracht war. Den ganzen Heimweg fuhr sie mit wütend wischenden Scheibenwischern, merkte gar nicht, dass es nicht regnete.

Es hatte überhaupt nicht geregnet.

Sie war immer noch aufgebracht, als sie ihre Wohnung erreichte. Sowohl wegen der Geschehnisse mit Hilda als auch wegen der Begegnung mit Rakel Welin, aber in erster Linie über das, was Claire Tingman ihr erzählt hatte. Über die Zustände im Silvergården. Sie hatte den Verdacht, dass dort vieles unter den Teppich gefegt wurde. Die Jacke landete auf dem Boden des Flurs, und am liebsten hätte sie jetzt ein heißes Bad genommen und eine ebenso heiße Tasse Tee getrunken. Das Bad war keine Option, da sie gar keine Badewanne hatte, und eine heiße Dusche war nicht dasselbe. Aber heißer Tee, der war möglich. Sie setzte Wasser auf, zog sich etwas Bequemeres an, holte ihren Laptop heraus und schaltete ihn ein.

Ihre Füße trommelten auf den Boden, während sie auf das Bildschirmbild wartete.

Als es kam, kochte auch das Wasser. Sie zog den Kessel zu sich, beim Eingießen der heißen Flüssigkeit sah sie, dass ihre Hand leicht zitterte. Die Hand, die Hilda im Augenblick des Todes umklammert hatte. Sie spürte die Erinnerung daran noch immer fast körperlich in ihrer eigenen Hand. Und dort würde sie noch eine ganze Weile bleiben, das wusste sie.

Genau wie der Schock über den federleichten Körper.

Sie googelte das Wort Silvergården.

Nach einer Weile hatte sie eine gewisse Besitzerstruktur herausgefunden. Das Heim war letztendlich in Besitz einer Beteiligungsgesellschaft namens Albion AB. Sie klickte auf Albions Homepage für Silvergården. Ein grafisches Meisterwerk, gut designt und leicht zu lesen. Mit einer verlogenen Botschaft:

> Wollen Sie Ihrer alten Mutter und Ihrem alten Vater das gönnen, was sie verdienen? Eine Zeit voll liebevoller Betreuung und Nähe? Mit Menschen, die Menschen wirklich lieben? Schenken Sie ihnen einen Platz im Silvergården – dem Pflegeheim, das sich um jedes Detail kümmert!

Die Fliegenlarven erwähnen sie nicht, dachte Olivia, aber vielleicht verkauft sich das auch nicht so gut.

Zwei Tassen Tee später klappte sie den Laptop zu. Claire Tingman kam ihr wieder in den Sinn. Die Frau, die sich ihr anvertraut hatte, als sie mit der toten Greisin allein gewesen waren. Vermutlich würde sie nie damit an die Öffentlichkeit gehen. Aber es gab sie. Wenn es notwendig sein würde, könnte Olivia sie vielleicht dazu bringen, zu erzählen.

Es klingelte an der Tür.

Olivia zuckte zusammen und schaute auf die Uhr. Es war erst kurz nach acht. Sie hatte gedacht, es wäre schon mitten in der Nacht. Vielleicht war es ja Mette Olsäter, die zu Kreuze kroch.

Doch die war es nicht.

Es war einer aus der Familie Olsäter, aber nicht Mette, sondern Mårten.

»Oh, hallo! Komm doch rein.«

Mårten drückte Olivia fest an sich und betrat die Wohnung. Er war noch nie hier gewesen.

»Die hast du also von deiner Cousine gemietet?«

»Ja.«

Mårten schaute sich um, das war schnell geschehen, da es sich um eine ziemlich kleine Zweizimmerwohnung handelte.

»Eine richtige Junggesellenbude.«

»Blöde Bezeichnung.«

»Ja, da hast du recht.«

»Möchtest du einen Tee?«

»Ich trinke nie Tee.«

»Warum nicht?«

»Weil ich finde, der ist zu wässrig.«

»Aber ich habe keinen Rotwein.«

Mårten schmunzelte. Zum Essen in Kummelnäs wurde immer ein guter Rotwein gereicht.

»Deine Gesellschaft reicht mir«, sagte er.

»Danke.«

Mårten und Olivia hatten eine ganz besondere Beziehung aufgebaut. Mårten war derjenige gewesen, der sie aufgefangen hatte, als ihre ganze Welt zusammengebrochen war, er war es, der ihre verletzte Psyche gepflegt und wieder zusammengeflickt hatte und ihr während der Abschlussphase ihrer Polizeiausbildung den Rücken gestärkt hatte. Und er war es auch gewesen, der sie bei ihrem Entschluss, nach Mexiko zu fahren, unterstützt hatte.

Deshalb war es ihr vollkommen gleich, was er trank.

»Du findest es problematisch mit Mette und mir?«

Olivia stellte ihm diese Frage, als sie sich an den Küchentisch setzten. Sie wollte das möglichst schnell geklärt haben, um sich dann angenehmeren Dingen zu widmen.

»Ja.«

»Ich finde, sie sollte mich anrufen und sich bei mir entschuldigen.«

»Das finde ich auch.«

»Aber das wird sie nicht tun.«

»Nein«, bestätigte Mårten.

»Also?«

»Ich will nur, dass du nichts Dummes tust.«

»Weil ich wütend auf sie bin?«

»Ja.«

»Und warum sollte ich das tun?«

»Ja, warum solltest du das tun?«

Mårten warf ihr einen amüsierten Blick zu. Er kannte Olivia inzwischen ziemlich gut und wusste, dass sie mindestens genauso einen Dickkopf hatte wie seine Frau. Keine von beiden würde den ersten Schritt tun. Aber er wusste auch, wie ernst die Warnung gewesen war, die Mette bei der letzten ärztlichen Untersuchung mitbekommen hatte.

Und das wusste Olivia nicht.

Deshalb wusste sie auch nicht, dass Mette möglichst viel Stress vermeiden sollte.

Ein emotionaler Konflikt mit Olivia, das war nicht gerade das, was sie brauchte. Aber das Olivia zu erzählen, das hatte Mårten nicht im Sinn.

Zumindest noch nicht.

Deshalb war er nicht hier.

»Bist du deshalb hergekommen? Damit ich nichts ›Dummes‹ mache?«, fragte Olivia.

»Nein. Ich bin meinetwegen hier. Deinetwegen und meinetwegen. Mette und ich sind in vielerlei Hinsicht ziemlich symbiotisch, das weißt du wohl inzwischen, aber ich bin nicht Mette. Der Konflikt zwischen Mette und dir hat nichts mit der Beziehung zwischen dir und mir zu tun. Das ist etwas anderes, ganz gleich, was passiert. Ich möchte nur, dass du das weißt.«

Olivia streckte eine Hand aus und legte sie auf Mårtens. Eine lebendige Hand, dachte sie.

»Das weiß ich«, sagte sie.

»Gut.«

Sie schauten einander an, voller Wärme im Blick. Olivia zog ihre Hand zurück.

»Hast du etwas von Abbas gehört?«, fragte sie. »Ich habe versucht, ihn anzurufen.«

»Er ist nach Marseille gefahren. Zusammen mit Tom.«

»Was wollen die beiden denn dort?«

»Keine Ahnung, im schlimmsten Fall mischt er sich da in Dinge ein, die nicht gut für ihn sind.«

»Gefährliche Dinge?«

»Kann sein.«

»Nur gut, dass er den Obdachlosen mit dabeihat.«

Olivia hörte selbst, wie kindisch das klang, und breitete die Arme aus. Mårten lächelte ihr zu.

»Das wird sich schon klären.«

Olivia zuckte mit den Schultern, sie war nicht besonders daran interessiert, etwas mit Stilton zu klären. Dann fragte sie:

»Kennst du ein Unternehmen namens Albion?«

»Eine Beteiligungsgesellschaft. Ja. Wieso?«

»Hast du noch ein bisschen Zeit?«

»Kein Problem.«

Olivia berichtete schnell von ihren Erlebnissen vor ein paar Stunden im Silvergården, und Mårten konnte sehen, wie aufgewühlt sie deshalb immer noch war.

Und empört.

Er teilte ihre Empörung, im Generellen. Er verabscheute Spekulanten jeglicher Couleur. Mårten hatte seine Wurzeln in diversen linken Bewegungen. Ein Teil der grundlegenden Ideologie hatte er im Laufe der Jahre abgelegt, aber das Grundgefühl war weiterhin vorhanden.

»Gewinne im Pflegebereich sind immer problematisch«, sagte er. »Es gibt Geier, die nur darauf aus sind, die Steuerzahler zu melken, und dann gibt es die engagierten Menschen, die derartige Betriebe auf eine persönlichere und fantasiereichere Art betreiben wollen, als es die Kommunen und der Staat tun. Das ist ein schwieriger Balanceakt.«

»Silvergården wird von Geiern betrieben.«

»Und das weißt du?«

»Ich gehe davon aus, auf der Grundlage dessen, was da heute passiert ist und was mir die dortige Angestellte erzählt hat.«

»Ja, aber gleichzeitig wäre es absolut kontraproduktiv, wenn Albion bewusst seinen Betrieb schlecht führte, das widerspricht doch der Idee der Beteiligungsgesellschaften von Grund auf.«

»Aber man kann so einen Betrieb trotzdem wie eine Zitrone ausquetschen, um schöne Zahlen zu präsentieren.«

»Ja, das ist möglich, dafür gibt es erschreckende Beispiele. Warum bist du überhaupt im Silvergården gewesen?«

»Bengt Sahlmanns Vater ist dort gestorben. Aber du darfst Mette nichts davon erzählen.«

»Dass er dort gestorben ist?«

»Nein, dass ich dort gewesen bin. Du hast doch gesehen, was passiert ist, als ich auf dem Zollamt war?«

Mårten versprach, nichts vom Silvergården zu sagen. Olivia brachte ihn zur Tür, und hier umarmte er sie noch einmal. Bevor sie die Tür schloss, sagte sie:

»Ich hoffe nur, dass Abbas da unten nicht in irgendwas reinrutscht.«

»Das hoffen wir auch.«

Olivia schloss die Tür und lehnte sich im Flur an die Wand. Sie hatte das Gefühl gehabt, dass Mårten auswich, als die Rede auf Albion gekommen war. Sie musste mehr über Silvergården erfahren. Über Bengt Sahlmanns Reaktion auf den Tod seines Vaters. Also holte sie ihr Handy heraus und rief Alex an, erreichte jedoch nur den Anrufbeantworter.

»Hallo, hier ist Olivia Rivera. Könnten Sie mich zurückrufen, wenn Sie Zeit haben? Ich habe noch ein paar Fragen.«

Sie drückte auf Beenden und ging ins Schlafzimmer. Und was mache ich jetzt? Die Energie in ihrem Körper verlangte nach einer Aktion. Mit Google war sie fertig. Alex war der nächste Schritt zum Silvergården. Sandra wollte sie nicht stören. Vielleicht sollte ich Ove anrufen? Oder Lenni? Sie legte sich aufs Bett und versuchte es mit einem Abzählreim, schlief aber bereits, bevor sie sich entschieden hatte.

Voll angezogen.

Stilton lag den größten Teil der Nacht wach in der engen Fensternische. Einerseits, weil ein grünes, unregelmäßig aufleuchtendes Apothekerkreuz ins Fenster über seinem Bett blinkte, andererseits, weil ihn dieses »Verdammt-was-mache-ich-eigentlich-hier?-Gefühl« überfallen hatte, ein Gefühl, das einen überfällt, wenn in der Dunkelheit alles verschwindet, und das Einzige, was man hört, der eigene Atem und eine kratzende Kakerlake an der Wand sind.

Aber in erster Linie hielt ihn die Schwärze in Abbas' Augen wach. »Hat er Messer dabei?« Natürlich hatte er das, und auch wenn seine Pupillen bereits zwei Stilette waren, so waren sie doch nichts im Vergleich zu seinen Messern. Und dem, was er damit tun konnte.

In seinem Zustand.

Das hielt Stilton wach.

Er hatte seine persönliche Beziehung zu Jean-Baptiste ausgenutzt, um Abbas einen Dienst zu erweisen. Diese Beziehung basierte auf Vertrauen. Was Stilton im Blick des massigen Polizeibeamten gesehen hatte, was gleichzeitig bedeutete, dass Stilton für Abbas' Messer verantwortlich war.

Mitten in der Nacht kam Stilton die Idee, er könnte die Messer suchen und verstecken. Schnell verwarf er diesen Gedanken wieder. Zum einen, weil es eine verdammt dumme Idee war, ganz allgemein betrachtet, zum anderen, weil Abbas vermutlich seine Messer als Kopfkissen benutzte.

Also lag Stilton in seinem engen Bett, drehte sich hin und her, starrte auf das grüne Blinklicht, das auf der Wand erschien, und lauschte dem Meer, das an dem Felsengrund unter ihm nagte, und versuchte dabei an nichts zu denken.

Was im Prinzip unmöglich war.

Als er schließlich eingeschlafen war, wurde er geweckt.

Das Naherholungsgebiet lag südlich von Marseille, an der Küste. Callelongue, ein großes, schönes Terrain, ruhig und wild zugleich. Die Klippen und das Meer auf der einen Seite, Wald und Berge auf der anderen. Für einen Naturliebhaber ein Erlebnis, hier zu wandern.

Für Abbas war es die reinste Qual.

Vom Hotel aus hatten sie ein Taxi genommen. Stilton hatte es gerade noch geschafft, zwei Bissen Brot und einen Schluck bitteren Kaffee zu sich zu nehmen, bevor Abbas auch schon von der Straße aus rief. Was Abbas gegessen hatte, das wusste er nicht. Vermutlich gar nichts.

Er ernährte sich von anderen Dingen.

Die ganze Autofahrt über schwiegen sie beide. Stilton, weil er morgens eine gewisse Anlaufzeit benötigte, bevor er ansprechbar war, Abbas, weil er gar nicht anwesend war. Er war in sich selbst versunken und sammelte Kraft für das, was ihn da draußen erwarten würde.

In Callelongue.

Die Gegend, in der Samiras zerstückelter Körper gefunden worden war.

Auf dem Weg dorthin fuhren sie am Rande eines großen Parks an einer Trabrennbahn vorbei. Abbas nickte zum Seitenfenster.

»Da hatte der Cirque Gruss immer sein Zelt stehen.«

»Da, wo die Trabrennbahn liegt?«

»Ja. Die gab es damals noch nicht.«

Es war eine tonlose Feststellung.

Alles verändert sich.

Das Taxi setzte sie am Rande des Naherholungsgebiets ab, und der Fahrer fragte, wie sie denn zurückkommen wollten.

»Holen Sie uns in einer Stunde hier wieder ab«, sagte Abbas.

Wieso genau eine Stunde? Stilton wollte nicht fragen, er nahm an, dass Abbas wusste, was er tat. Oder es einfach so dahinsagte.

Aber das hier war Abbas' Reise.

Er sagte, was gemacht wurde.

Also gingen sie durch das wunderschöne Callelongue. Was die Kleidung betraf, hatte Stilton seine Lektion gelernt und trug ein T-Shirt. Abbas lief in einer dünnen beigefarbenen Jacke herum, die er vor vielen Jahren in Venedig gekauft hatte und die perfekt zu seiner Hautfarbe passte. Sie war mit viel Sorgfalt ausgesucht worden. Damals.

Heute kümmerte er sich nicht darum.

Ihm hätte auch ein Sack genügt.

Keiner von ihnen wusste, wohin sie gehen mussten, aber beiden war klar, wonach sie zu suchen hatten. Stilton war noch etwas angeschlagen von der durchwachten Nacht und genoss zunächst einmal die schöne Gegend. Eine Landschaft mit scharf geschnittenen Schatten, sanften Hügeln und Reflektionen von sich auftürmenden Felsblöcken. Sie gab ihm ein Gefühl von etwas Verflossenem, Wehmütigem, als zöge eine frühere Zeit an ihm vorbei.

»Da!«

Sie waren fast eine halbe Stunde lang ziellos herumgelaufen, als Abbas etwas entdeckte, in einem Hain aus Bäumen und Büschen. Ein Stück Plastikband, der Rest der Absperrung der französischen Polizei. Sie zwängten sich durch das dichte Gestrüpp und sahen die erste Grube. Eine große Grube. Ein Stück weiter zwischen den Bäumen sahen sie noch eine.

Die Fundorte.

Abbas ging zur ersten Grube und holte sein Handy heraus. Mit erstaunlich ruhigen Händen machte er Fotos von der Kuhle. Stilton blieb ein Stück entfernt stehen, schweigend. Er wusste nicht, was im Kopf dieses gequälten Mannes vor sich ging. Welche inneren Bilder er sah. Wildschweine? Abgenagte Skeletteile? Oder Samiras Gesicht, als er das letzte Messer auf sie geworfen hatte?

Es vergingen einige Minuten.

Dann ließ Abbas das Handy sinken und drehte sich zu Stilton um.

»Pourquoi?«, fragte er.

Eine Frage, die in dieser Situation mehrere Dinge betreffen konnte. Warum wurde Samira ermordet? Warum wurde sie ausgerechnet hier vergraben? Warum wurde sie zerstückelt? Warum war ich nicht zur Stelle? Aber vielleicht ging es auch um alle diese Themen gleichzeitig.

Also entschied Stilton sich für eine.

»Warum sie ermordet wurde?«, nahm er die Frage auf.

Abbas hockte sich hin. Stilton sah die Abdrücke des Zeltes der französischen Spurensicherung über der Grube. Er konnte sich vorstellen, wonach sie gesucht hatten. Wieweit sie etwas gefunden hatten, das konnte Jean-Baptiste ihnen sagen.

Hoffentlich.

»Warum ist sie ermordet worden?«, fragte Abbas, ohne Stilton anzusehen. »Sie war blind. Vollkommen hilflos. Für wen konnte sie eine Bedrohung sein?«

Das war eine rhetorische Frage, und Stilton ließ sie im Raum stehen. Er spürte eine warme Brise vom Meer her, das Laub der Büsche raschelte leise, die Sonne warf einen Baumschatten über die Grube. Als wollte die Natur das Bestialische überdecken.

Abbas fuhr sich mit der Hand über das Gesicht, bevor er sich zu Stilton umdrehte.

»Es gibt nur eine Person, die darauf die Antwort weiß«, sagte er.

»Ihr Agent?«

Abbas stand auf. Er schaute in die Grube hinunter, dann zu jener weiter hinten, und drehte sich um.

Er war so weit.

Er wollte Philippe Martin aufsuchen.

Als sie aus dem Erholungsgebiet herauskamen, stand das Taxi bereits da und fuhr sie direkt in den alten Hafen mitten in Marseille. Vieux Port. Weiter wollte Abbas nicht mit dem Auto. Den Rest wollte er mit der Metro fahren.

»Warum?«, fragte Stilton.

»Um in die richtige Stimmung zu kommen.«

Abbas bereitete sich auf das Treffen mit Martin vor. Irgendetwas in der Metro sollte ihn in die passende Stimmung dafür bringen. Eine Metro, in der er als Jugendlicher jahrelang gelebt hatte. Von kleinen Raubzügen. Taschendiebstählen. Von den Wachleuten gejagt, den weißen Franzosen, verspottet.

Diese Gefühle wollte er wieder wecken.

Philippe Martin war ein weißer Franzose.

»Warum hast du die Gruben da draußen fotografiert?«, fragte Stilton.

»Ich weiß nicht.«

Abbas betrat einen der weißen Waggons. Stilton folgte ihm. Sie blieben an den Türen stehen. Fast alle Sitze waren leer. Der Zug fuhr los, und Stilton dachte an die Messer. Er wusste, dass Abbas sie bei sich hatte. Nicht, wie viele, aber er hatte sie dabei, und Stilton wusste nicht, wie er damit umgehen sollte. Er schaute sich in dem fast leeren Wagen um, eine Frau saß mit einem Kind auf dem Schoß da und las diesem aus einem Kinderbuch vor. Auf dem Weg nach Hause, dachte Stilton. Sie selbst waren auf dem Weg zu dem Mann, der Samiras Körper ausgebeutet hatte.

Und sie eventuell zerstückelt hatte.

»Wie gehen wir vor?«, fragte er.

Sie stiegen am Gare Saint-Charles aus, dem Hauptbahnhof von Marseille. Die Bar, in der Philippe Martin sich um die Mittagszeit aufzuhalten pflegte, lag direkt davor. Auch hier brannte die Sonne, auf die Steintreppen vor dem Bahnhof und auf vollgedröhnte Rastajungs, die den Kopf zwischen die Knie gesteckt hatten und vom großen Glück träumten, vom großen Löwen. Auf junge, grell geschminkte Frauen aus dem Balkan, die sich gegen Steindenkmäler lehnten und ihre Handys einige Zentimeter vor die Augen hielten, ganz gefangen von einer Welt, die nicht die ihre war. Und auf Krüppel, die ihre Lumpen und Pappbecher um sich herum ausgebreitet hatten und auf ein Scherflein aus einer Welt hofften, zu der sie nicht gehörten.

Abbas und Stilton gingen schnell an ihnen vorbei.

Stilton vielleicht nicht ganz so schnell, zumindest im Kopf. Es war noch nicht so lange her, dass er selbst auf diesem Niveau gelebt hatte. Nicht, dass er gebettelt hätte, aber er hatte auf der Straße gelebt. Er war ausgeschlossen gewesen, obdachlos, in vielerlei Hinsicht mittellos. Er hatte auf Lumpen und Pappen gelegen. Vielleicht blieb er deshalb jetzt bei einer armseligen Frau stehen und kaufte ihr ein Exemplar der *Macadam* ab, der Zeitung der Obdachlosen in Marseille. Er würde sie zwar nicht lesen können, aber es war trotzdem ein gutes Gefühl.

»Da ist es.«

Abbas zeigte auf eine Bar ein Stück die Straße hinunter. Stilton folgte mit dem Blick der Hand und sah eine ganz ordinäre Barfassade mit roter Markise und ein paar leeren Plastikstühlen davor.

»Woher wissen wir, dass er da ist?«, fragte er.

Abbas gab keine Antwort. Er betrat die Bar, Stilton folgte ihm. Ein großer, grobschlächtiger Mann in grüner Jacke saß am Bartresen, dahinter stand eine dunkelhäutige ältere Frau.

Sie war es jedenfalls nicht. Der Mann saß mit dem Rücken zu ihnen. Abbas blieb stehen und ließ Stilton vor. Dieser ging zu dem Mann.

»Philippe Martin?«

Der Mann drehte sich um. Bis dahin hätte es jeder sein können, ein Buchhalter in seiner knappen Mittagspause oder ein Psychologe ohne Patienten.

Doch so war es nicht.

Nachdem der Mann sich umgedreht hatte, war sofort klar, wer er war. Zumindest, woraus seine Geschäfte bestanden. Und das waren keine kameralistischen Buchungssätze oder Tiefenstudien ins Seelenleben anderer. Er beschäftigte sich mit Dreck. Das hinterließ seine Spuren. Sowohl physisch, was an der Anzahl der Narben im Gesicht abzulesen war, als auch in den Augen. Abbas und Stilton kannten diese Art von Augen. Es gab sie nur bei Individuen, die die Welt durch einen Filter aus Dreck betrachteten. Mochte er auch lange, schöne Klavierfinger und fünf pediküregepflegte Zehen an jedem Fuß haben, sein Geschäft war der Dreck.

Also wiederholte Stilton seine Frage:

»Philippe Martin?«

»Bist du derjenige, der mir Geld schuldet?«

Das Gerücht hat aber schnell seine Runde im Viertel gemacht, dachte Abbas. Aber es war Stilton, der antwortete:

»Ja.«

»Du bist mir kein Geld schuldig.«

Eine alte Maxime: »To live outside the law you must be honest.« Stilton schuldete diesem Mann kein Geld, und also wollte er auch nichts zurückhaben.

»Das war ein Vorwand«, erklärte Stilton in seinem singenden, aber korrekten Englisch. »Wir wollten nicht herumkrakelen, was wir eigentlich wollen.«

»Und was ist das?«

Der Mann wandte sich wieder von ihnen ab. Stilton war am Zuge.

»Ich bin aus Schweden. Ich produziere dort Filme und habe gehört, dass du in derselben Branche tätig bist.«

»Von wem hast du das gehört?«

Jean-Baptiste wäre garantiert die falsche Antwort. Einen Moment bedachte Stilton die Sache in seinem Kopf, dann sagte er:

»Pierre Valdoux.«

»Wer zum Teufel soll das sein?«

»Er importiert Filme nach Schweden. Kennst du ihn nicht?«

Der Mann, und natürlich handelte es sich bei ihm um Philippe Martin, schaute die Frau hinter dem Tresen an.

»Weißt du, wer Pierre Valdoux ist?«, fragte er sie grinsend.

»Nein.«

»Weiß deine Mutter es?«

»Ich denke nicht.«

Martin wandte sich wieder Stilton zu.

»Da siehst du es! Niemand weiß, wer Pierre Valdoux ist. Hast du Pferdeäpfel zum Frühstück gegessen?«

»Nein. Du?«

Ein gewisses Maß an Provokation ertrug Stilton. Aber mehr nicht. Jetzt hatte er ziemlich viel riskiert. Er wusste nicht, wie Martin reagieren würde. Vielleicht würde er jetzt explodieren, und dann wäre die Sache gelaufen.

Abbas stand dicht hinter ihm.

»Kannst du das noch einmal wiederholen?«, fragte Martin und rutschte von seinem Barhocker, wie eine Art physische Markierung. Er war deutlich größer, als er stand. Nicht ganz so groß wie Stilton, schien aber ziemlich durchtrainiert zu sein. Stilton schaute ihm in die Augen.

»Die Sache ist die, Philippe, ich habe keine Pferdescheiße zum Frühstück gegessen und du auch nicht. Wir arbeiten in derselben Branche. Wir haben jeder so unsere Vorstellungen.

Das ist auch gut so. Aber wenn du die mal beiseiteschiebst und mir zuhörst, dann geht es hier um Geld. Ich bin daran interessiert, in französische Filme für den schwedischen Markt zu investieren, und ich habe inzwischen ein Verkaufsnetz über das ganze Land aufgebaut. Ich bin bereit, ziemlich viel Geld auf den Tisch zu legen, aber ich will dafür gute Ware haben. Bist du daran interessiert?«

Vielleicht lag es an Stiltons absoluter Ruhe, als er es sagte, an seiner Art, Martins physische Aggression vollkommen zu ignorieren, vielleicht lag es auch an etwas ganz anderem, jedenfalls hörte Martin Stilton zu. Aug in Aug. Als Stilton fertig war, nickte Martin in Richtung Abbas.

»Und wer ist das?«

»Mein Guide. Er führt mich in Marseille herum.«

Martin wandte sich zu der Frau hinterm Tresen.

»Wir gehen nach oben.«

Das Zimmer lag direkt über der Bar. Ein ziemlich großes Zimmer, wie ein kleiner Salon eingerichtet, mit einem großen Fenster zur Straße hin. Der Standard der Einrichtung war kaum höher als der in der Bar. Ein paar abgesessene graue Sessel, ein durchgesessenes Sofa, ein Tisch mit Schachbrettmuster dazwischen. Auf einer kleinen Anrichte stand ein rundes Aquarium mit einem orangeroten Goldfisch darin. Das Licht von der Straße sickerte zwischen ein paar halb geöffneten Fensterluken aus grauem Holz herein. Martin ging zu der Anrichte, zog eine Schublade auf und nahm eine ziemlich große Pistole heraus. Er legte sie neben das Fischglas. Noch eine Form der Markierung. Er gab Stilton mit einer Geste zu verstehen, dass er sich auf einen der Sessel setzen sollte. Abbas behandelte er wie Luft. Stilton setzte sich, während Martin sein grünes Jackett auszog. Darunter trug er ein kurzärmliges blaues T-Shirt, das seinen angeschwollenen Bizeps frei ließ. Es zeigte auch ein ziemlich plump tätowiertes Küchenmesser auf einem der Unterarme.

Warum müssen Kriminelle immer so einen verdammt schlechten Geschmack haben?, dachte Stilton. Er hätte sich doch einen schönen Dolch tätowieren lassen können.

Martin ließ sich auf den anderen Sessel fallen.

»Investieren, hast du gesagt?«

»Ja«, bestätigte Stilton.

»Und über wie viel Geld reden wir hier?«

»Das kommt drauf an. Produzierst du die Filme selbst oder kaufst du sie auf?«

»Sowohl als auch. Bist du auf eine spezielle Art von Filmen aus?«

»Ja. Bei uns sind wir es vor allem gewohnt, weiße Bräute zu sehen, solche aus dem Ostblock, ich hätte gern etwas exotischere Sachen.«

»Negerinnen und Dreck?«

»Genau.«

»Das ist kein Problem. Willst du die Spielfilmvariante oder einfach das Ficken, was das Zeug hält?«

»Ficken, was das Zeug hält.«

»Gut. Das ist einfacher zu besorgen.«

»Hast du spezielle Mädchen, mit denen du arbeitest?«

»Ja. Aber ich kann welche dazubuchen, wenn ich will.«

»Ich hab vor einer Weile so ein französisches Pornovideo im Netz gesehen, mit einem verdammt hübschen Mädchen, ich glaube, sie war sogar blind?«

»Diese Araberfotze?«

Abbas stand schräg hinter Stilton, an die Wand gelehnt, so dass Stilton seine Reaktion nicht erkennen konnte. Aber das war auch nicht nötig.

»Kannst du sie besorgen?«, fragte Stilton.

»Nein. Sie ist tot.«

»Wie schade.«

»Nicht so schlimm. Mit einem gewissen Schwund muss man

in dieser Branche rechnen. Aber ich habe Bräute, die ficken genauso gut wie sie.«

Stilton nickte und überlegte, wie er weiter vorgehen sollte. Doch dieses Problem löste sich von selbst. Aus dem Augenwinkel sah er, wie Abbas zum Fenster ging und die Holzluken schloss. Der Verkehrslärm draußen verschwand und mit ihm der größte Teil des Lichts. Martin sah es auch und reagierte prompt.

»Was zum Teufel machst du da?«, fragte er auf Französisch.

»Die Fensterläden zu.«

Das waren Abbas' erste Worte in Martins Anwesenheit, und die äußerte er in dem markanten, singenden Marseiller Dialekt, einem Dialekt aus dem Slumviertel in Castellane. Martin erkannte ihn sofort.

»Und wer hat dir bitte schön gesagt, dass du das tun sollst?«

Stilton sah, wie geschmeidig Abbas sich durch den Raum bewegte, und sah sein sanftes Lächeln, als er sich auf das Sofa Martin gegenüber setzte.

»Diese Araberfotze«, sagte er mit zarter Stimme.

Stilton ahnte, was kommen würde, er konnte es spüren, eine Klapperschlange lud zum Tee.

»Verdammt, wer ist dieser Kerl?«, fragte Martin Stilton. »Das ist doch kein Guide!«

»Nein. Er ist auch Schwede. Er war ein Freund von Samira Villon.«

Nun fiel der Groschen bei Martin, und er begriff, dass er Gefahr lief, die Kontrolle über die Situation zu verlieren. Er stand auf, ging zum Goldfisch und legte eine Hand auf die Pistole neben der Glaskugel. Er war immer noch ganz beherrscht. Solche Situationen hatte er früher schon erlebt.

Oft.

»Raus hier«, sagte er ruhig. »Sofort.«

»Und wenn wir nicht gehen?«, fragte Abbas.

»Dann zerfetze ich deinen schwedischarabischen Affenkopf mit der Pistole in tausend Stücke.«

»Das wäre schade.«

Abbas stand auf, Stilton verfolgte seine Bewegungen. Wollte er gehen? Abbas ging zur Tür, Stilton ihm nach. Martin hatte die Pistole von der Anrichte genommen und wedelte mit ihr in ihre Richtung. Abbas blieb vor der Tür stehen und drehte sich zu Martin um.

»Dein Goldfisch ist tot.«

Martin schielte zum Aquarium, und schon hatte er ein langes schwarzes Messer in der Pistolenhand stecken. Die Pistole fiel zu Boden, und Stilton warf sich auf den Mann. Er konnte ungefähr einschätzen, wie stark Martin wohl war, und vertraute darauf, dass er selbst stärker war. Ein Jahr täglich Holzhacken, dazu Fischen mit dem Netz, das hatte ihm ziemliche Kräfte in den Armen beschert.

Doch er brauchte eine Weile.

Abbas stand an der Tür und wartete ab. Keiner der beiden Kämpfenden gab einen Ton von sich. Als Stilton sich vor einem heftigen Schlag duckte und hinter Martin kam, war die Sache im Prinzip gelaufen. Er hob den Franzosen ein Stück hoch und warf ihn übers Sofa. Sein jahrelanges Polizeitraining steckte ihm noch in den Knochen, und er bekam den Arm seines Gegners auf den Rücken, hoch genug, dass der Franzose zum ersten Mal aufschrie.

Es fehlte nicht viel, dann wäre der Arm gebrochen.

Abbas war schnell zur Stelle. Er hatte sich auf mehrfache Art und Weise auf diese Situation vorbereitet. Unter anderem dadurch, dass er blauen Kabelbinder mitgebracht hatte. Gemeinsam brachten sie Martins zweiten Arm nach hinten und zogen einen Kabelbinder um seine Handgelenke, bis es im Fleisch einschnitt. Ein zweiter wurde um seine Füße gezogen.

»Stell ihn an die Wand.«

Abbas nickte zur Wand neben dem Schreibtisch. Stilton zog Martin hoch und drückte ihn gegen die Wand. Martin wollte ihm gerade eine Kopfnuss geben, als er das Messer sah. Das zweite schwarze Messer. Abbas hielt es ihm direkt vor das Gesicht. Martin presste sich gegen die Wand.

»Mund auf«, sagte Abbas auf Französisch.

Martin spuckte ihm ins Gesicht.

Harter Kerl.

Abbas verzog keine Miene. Er ließ die Spucke die Wange hinunterlaufen und auf den Boden tropfen. Dann hob er das Messer näher an Martins Gesicht und wog es in der Hand ab.

»Mund auf.«

»Verdammt, wer bist du?«

»Mund auf.«

Martin starrte auf das Messer vor seiner Nase. Er ließ den Blick zu Abbas' Augen huschen. Dann öffnete er den Mund. Schnell zog Abbas ein kleines weißes Frotteehandtuch hervor. Mit der freien Hand drückte er es in Martins Mund.

Tief hinein.

Stilton trat ein paar Schritte zurück. Das war Abbas' Auftritt. Am liebsten hätte er jetzt den Raum verlassen. Wollte nicht dabei sein. Nichts mit ansehen. Damit er Jean-Baptiste gegenüber nicht würde lügen müssen.

Und vor allem, um nicht eine Seite von Abbas erleben zu müssen, von der er wusste, dass es sie gab, die er jedoch immer verdrängt hatte.

»Wenn du willst, kannst du gehen«, sagte Abbas, ohne Stilton anzusehen.

»Ich bleibe.«

»Ich werde das hier auf die französische Art regeln.«

»Ist mir schon klar.«

Abbas nickte und schaute wieder Martin an. Der hartgesottene Pornoproduzent hatte einen anderen Gesichtsausdruck bekommen. Er war offensichtlich unterlegen und hatte Probleme, Luft zu bekommen. Der muntere, aber ungesunde Genuss von Kokain hatte seine Atemwege ruiniert. Er schnaubte.

»Mach die Augen zu«, sagte Abbas.

Martin ließ den Blick an Abbas vorbei zu Stilton gleiten, als suchte er bei diesem eine Art von Unterstützung. Die er jedoch nicht bekam. Stilton sagte:

»Ich denke, du solltest lieber die Augen zumachen.«

Martin schloss die Augenlider. Abbas beugte sich zu ihm vor.

»Jetzt kannst du dir vielleicht vorstellen, wie es ist, blind zu sein? Nicht zu wissen, wo das Messer sich befindet? Nicht zu sehen, ob ich es zum Stoß hebe oder anwinkle für einen Schnitt in die Wange? Na, was für ein Gefühl ist das?«

Hinter dem Handtuch waren Geräusche zu vernehmen.

Abbas wusste genau, wen er da vor sich hatte. Einen Mann, der nichts sagen würde, wenn er nicht dazu gezwungen würde. Und schon gar nichts, was ihn mit dem Mord und der Zerstückelung von Samira in Verbindung bringen könnte. Deshalb setzte er langsam die Messerspitze auf Martins linkes Augenlid und drückte es einen Zentimeter tief hinein. Jetzt war ein Brüllen durch das Handtuch zu hören. Nicht laut, doch allein die Tatsache, dass es überhaupt zu hören war, zeugte von seiner Kraft. Stilton sah, wie Martins Bein vollkommen unkontrolliert zitterte. Ein schmaler Blutfaden lief von dem zerschnittenen Auge die Wange hinunter.

»Jetzt bist du halbblind«, sagte Abbas und platzierte die Messerspitze auf dem anderen Augenlid. »Und jetzt weißt du, wer ich bin. Ich werde dir jetzt das Handtuch aus dem Mund nehmen. Schreist du, drücke ich das Messer in das andere Auge, dann bist du ganz blind. Verstanden? Ich werde dich einiges fragen, und ich will, dass du auf meine Fragen antwortest.«

Abbas zog Martin das Handtuch aus dem Mund, ohne den

Druck der Messerspitze auf das Augenlid zu lockern. Martin keuchte heftig. Er stand unter Schock.

»Hast du Samira ermordet?«

Es dauerte einen Moment, bis sich die Stimme aus dem vor Schreck erstarrten Martin hocharbeitete, aber sie kam. Gebrochen, heiser.

»Nein«, sagte er.

»Wer hat es getan?«

»Das weiß ich nicht.«

Abbas nahm die Messerspitze vom Augenlid. Martins Kopf zitterte. Er wusste nicht, wo sich das Messer befand. Er wusste nicht, was Abbas damit tun würde. Er kaute sich die Lippen blutig.

»Hat sie meine Briefe bekommen?«, fragte Abbas.

»Was für Briefe?«

»Ich habe ihr vier Briefe geschickt, aus Schweden, in blauen Umschlägen. Sind die angekommen?«

»Ja.«

»Hast du sie zerrissen?«

»Nein.«

»Hast du sie Samira vorgelesen?«

»Ja.«

»Was war das erste Wort in jedem Brief?«

Martin schluckte schwer, ohne etwas zu sagen.

»Du hast sie zerrissen.«

Abbas setzte erneut die Messerspitze auf Martins noch unverletztes Augenlid. Martins Unterkiefer klappte auf und zu.

»Wie hast du sie dazu gebracht, mitzumachen?«, fragte Abbas. »Hast du sie unter Drogen gesetzt?«

Martin nickte kaum wahrnehmbar.

»Du hast sie mit Absicht drogenabhängig gemacht?«

Ein erneutes Nicken.

»Was weißt du über den Mord an ihr?«

»Das habe ich doch der Polizei gesagt.«

»Und was war das?«

Martin atmete schwer und schnell, sein Brustkorb pumpte unter dem Hemd, die Worte schossen nur so aus dem Mund.

»Sie sollte bei Filmaufnahmen mitmachen, ich hatte damit nichts zu tun, ich habe sie nur gebucht, jemand hat sie abgeholt, und dann ist sie nie wieder aufgetaucht.«

»Wer hat sie abgeholt?«

»Ein Taxifahrer.«

»Wo sollten die Filmaufnahmen gemacht werden?«

»Das weiß ich nicht.«

»Wer war sonst noch im Film dabei?«

»Keine Ahnung.«

»Philippe.«

Abbas' Stimme war immer noch leise und kontrolliert.

»Ich glaube, du lügst«, sagte er.

Vorsichtig wischte Abbas das Blut unter Martins zerschnittenem Auge mit dem Frotteehandtuch ab.

»Ich bin mir fast sicher, dass du lügst«, sagte er. »Spürst du das Messer am Auge?«

Martin nickte mit seinem zitternden Kopf.

»Ich frage dich also noch einmal«, sagte Abbas. »Wer war bei den Filmaufnahmen dabei?«

Martin schwieg. Was er jetzt sagen sollte, das wurde mit der Todesstrafe geahndet, und dennoch sagte er es.

Zum Schluss.

»Le Taureau.«

»Der Stier?«

»Ja … ich weiß nicht, wie er richtig heißt.«

»Philippe.«

»Mehr weiß ich nicht …«

»Nur Le Taureau?«

»Ja.«

»Hast du das auch der Polizei erzählt? Das vom Stier?«

»Nein. Ich hatte damit ja nichts zu tun, ich habe ja nur … ich habe …«

Martins Stimme wurde immer schwächer, er hatte keine Kraft mehr, bald würde er vermutlich in Ohnmacht fallen. Abbas erkannte das. Er beugte sich noch weiter zu ihm hin und flüsterte Martin ins linke Ohr:

»Ich heißt Abbas el Fassi.«

Martin rutschte an der Wand hinunter, seine Kiefer arbeiteten. Abbas ließ das Messer sinken und ging zur Tür. Auf dem Weg dorthin hob er das erste Messer auf. Martin fiel zu Boden. Stilton schritt auf die offene Tür zu. Martin drehte den Kopf, mit dem sehenden Auge schaute er zur Tür, die ins Schloss fiel.

Dann wandte sich sein Blick dem Aquarium zu.

Der Goldfisch lag tot auf dem Grund.

Nachdem er ihre Nachricht gehört hatte, hatte Alex Olivia zurückgerufen. Spät noch am selben Abend. Da schlief Olivia bereits. Sie hörte seine Nachricht am nächsten Morgen ab. Er teilte ihr mit, dass er etwas im Zentrum zu erledigen habe, und schlug vor, sie könnten sich doch im Restaurant Prinsen treffen. Zum Mittag. Wenn es ihr möglich war.

Das war es.

Nicht, dass ihr der Treffpunkt besonders zusagte. Sie traf sich nicht gerne in Restaurants, wenn heikle Dinge zu besprechen waren. Immer saßen Leute dicht daneben, Kellner kamen, und man war gezwungen, etwas zu bestellen. Olivia war von Mittagessen sowieso nicht begeistert. Sie zog einen schnellen Salat oder aufgewärmte Nudeln vor. Im Restaurant dauerte das immer so lange.

Aber jetzt war sie diejenige gewesen, die um ein Treffen gebeten hatte, also blieb es beim Prinsen.

In einer lederverkleideten Nische.

Gut so.

Da hatte man jedenfalls ein wenig Ruhe.

Alex war vor ihr dort und hatte schon ein alkoholfreies Bier bestellt. Er trug einen dicken grauen Wollpullover und telefonierte mit seinem Handy, als Olivia auftauchte. Er nickte ihr zu, während er sein Gespräch beendete. Olivia setzte sich ihm gegenüber und hörte noch den letzten Satz: »Stimm das noch einmal mit dem Zollamt ab.«

»Das Zollamt?«

Olivia zog sich ihre Jacke aus.

»Ich darf nicht vergessen, es nach unserem Gespräch anzurufen.«

»Und warum?«

Da sind wir also wieder, dachte er. Sie sollte Journalistin werden.

»Weil ich einen Artikel über die verschwundene Drogenpartie schreiben will, von der Sie mir erzählt haben.«

»Ich? Sie werden mich da ja wohl nicht mit reinziehen?«

»Nein. Sie sind nur eine Quelle.«

»Wieso Quelle?«

Olivia wurde hellhörig. Zwar hatte sie ihm von den verschwundenen Drogen erzählt, war aber davon ausgegangen, dass das eine Sache zwischen ihnen bleiben würde. Und jetzt war sie plötzlich »eine Quelle«?

»Ich bin Journalist, Olivia, das wissen Sie doch ganz genau. Und was Sie mir off the record erzählt haben, das bleibt auch da. Aber wenn ich es benutzen kann, dann tue ich das natürlich. Ohne Sie da mit reinzuziehen. In diesem Land sind journalistische Quellen geschützt.«

Das wusste Olivia selbst und beruhigte sich ein wenig.

»Was haben Sie über diese Drogen herausbekommen?«, fragte sie.

Alex war ihr keine Antwort schuldig. Eigentlich ganz im

Gegenteil. Aber da es nun einmal Olivia gewesen war, die ihm diesen Tipp anfangs gegeben hatte, meinte er, ihr etwas schuldig zu sein.

»Dass es eine große Partie war. Dass es sich offenbar um sogenannte Internetdrogen gehandelt hatte, hauptsächlich 5-IT. Dass sie auf der Straße an die drei Millionen Kronen eingebracht hätten. Deshalb ist diese ganze Aufregung, als sie verschwunden sind, gut zu verstehen.«

»Und Bengt Sahlmann sollte ihr Verschwinden aufklären?«

»Ja, das haben sie bestätigt.«

»Wer?«

»Unter anderem eine Frau, Gabriella Forsman, sie hatte auch Alarm geschlagen, als die Drogen verschwanden.«

»Haben Sie sie getroffen?«

»Ja.«

»Und was halten Sie von ihr?«

»Etwas zu rotes Haar, etwas zu großer Busen, übertrieben rote Lippen.«

Der Typ gefällt mir, dachte Olivia.

»Außerdem habe ich mit der Frau gesprochen, die die Mordermittlungen leitet«, fuhr Alex fort. »Mette Olsäter.«

Der Typ gefällt mir nicht, dachte Olivia.

»Warum haben Sie mit ihr gesprochen?«

»Kennen Sie sie?«

»Wieso?«

»Na, Ihre Reaktion.«

»Ich kenne sie, und ich wäre Ihnen wirklich dankbar, wenn Sie mich aus allem, was mit ihr zusammenhängt, heraushalten würden. Als Quelle oder als was auch immer.«

»Aber natürlich. Das habe ich doch schon gesagt. Quellen sind anonym, würde ich Sie verraten, wäre das strafbar. Möchten Sie ein Bier?«

»Nein, danke.«

Sie sahen einander an. Alex lächelte. Olivia nicht. Sie wollte um nichts auf der Welt mit Alex Popovic in Verbindung gebracht werden, wenn es um das Zollamt ging oder die Mordermittlungen im Fall Sahlmann. Ihre Beziehung zu Mette war schon so gestört genug.

»Ich nehme ein Mineralwasser«, sagte sie.

Alex bestellte irgendeine Suppe und ein Mineralwasser für Olivia. Als es auf den Tisch kam, hatte Olivia sich etwas beruhigt und sich in Erinnerung gerufen, wer um dieses Treffen gebeten hatte.

Nämlich sie.

Aber Alex kam ihr zuvor, er fragte direkt:

»Sie wollten mich etwas fragen?«

»Ja.«

Olivia war klar, sie musste einen Gang zurückschrauben und die Krallen einziehen. Sie brauchte einen anderen Ton zwischen ihm und ihr. Einen privaten. Einen Off-the-record-Ton, wie er gesagt hatte.

»Du, ich darf doch du sagen? Entschuldige, dass ich so aufgebraust bin«, sagte sie. »Aber das hat seine Gründe. Ich kann das gern erklären, ein andermal.«

»Ja, gern.«

Alex lächelte sie an. Olivia erwiderte sein Lächeln, aber nur kurz. So, das war doch schon besser. Jetzt war er wohl bereit.

»Also«, setzte sie an, »als wir uns das letzte Mal gesehen haben, da hast du von einem privaten Essen gesprochen, bei dem Sahlmann sich schrecklich über den Tod seines Vaters aufgeregt hat, nicht wahr?«

»Ja.«

»War seine Wut gegen eine spezielle Person gerichtet?«

»Ja.«

»Gegen wen?«

Alex aß einige Löffel Suppe. Ziemlich konzentriert. Olivia konnte ihm ansehen, dass er nachdachte, abwog. Warum? Wollte er jemanden schützen?

»Ist das eine heikle Frage?«, fragte sie schließlich.

»Zum Teil.«

»Wegen meiner Person?«

»Nein.«

Alex musste lachen. Als wäre das eine ziemlich alberne Frage.

»Es ging um einen gemeinsamen Bekannten«, sagte er, »und ich bin nicht begeistert davon, seinen Namen preiszugeben.«

»Weil ...?«

»Weil mir das wie Tratsch und Klatsch vorkommt.«

Meine Güte, du bist Journalist, dachte Olivia. Ihr lebt doch von Tratsch und Klatsch. Doch das sagte sie nicht.

»Ich verstehe. Aber du stehst doch unter Quellenschutz«, erklärte sie lächelnd.

Alex betrachtete Olivia. Vertauschte Rollen. Eigentlich hatte er gar nichts dagegen, zu erzählen, um welche Person es sich handelte, ganz im Gegenteil, er wollte sie nur noch ein bisschen auf die Folter spannen. Sie ging ja ziemlich direkt vor.

»Es bleibt unter uns«, sagte sie. »Versprochen.«

»Okay. Es war Jean Borell.«

»Und wer ist das?«

»Du kennst ihn nicht?«

»Nein?«

»Er ist ein äußerst erfolgreicher Geschäftsmann.«

»Warum hat Bengt sich über ihn aufgeregt?«

»Weil seinem Unternehmen das Pflegeheim gehört, in dem Bengts Vater gestorben ist. Albion AB.«

Olivia wollte gerade einen Schluck Wasser trinken. Sie drückte das Glas besonders fest gegen die Lippen und lehnte sich zurück, hätte sie keine Rückenlehne gehabt, wäre sie wohl auf den Boden gefallen. Sie schluckte das Wasser hinunter und hoffte, dass ihre Stimme ganz normal klang.

»Albion?«, fragte sie.

»Ja. *DN* hat vor einer Weile eine ziemlich ausführliche Artikelserie darüber veröffentlicht, hast du die gelesen?«

»Nein, da war ich wohl im Ausland.«

Warum habe ich das nicht im Internet gefunden?, fragte sie sich insgeheim.

»Und worum ging es da?«, fragte sie laut.

»Es ging um ihre Betriebe in Schweden. Da stank einiges gewaltig. Wenn du willst, kann ich sie dir schicken.«

»Gern«, sagte Olivia. »Und wie hat dieser Borell Bengts Wutausbruch aufgenommen?«

»Nun, Bengt war ziemlich betrunken, und Borell ist ein waschechter Stinkstiefel. Er war reichlich herablassend, Bengt wäre fast auf ihn losgegangen. Das Ganze war äußerst peinlich.«

Olivia nickte und musste lächeln.

»Dann verkehrst du also mit waschechten Stinkstiefeln?«

»Äußerst selten. Borell war auch in Lundsberg, zur selben Zeit wie Bengt und ich, deshalb hatten wir auch das Essen, noch mit ein paar anderen, es war so eine Art Klassentreffen, das wir ab und zu veranstalten.«

Alex schielte auf seine Armbanduhr, während er sich gleichzeitig ein Nikotinkaugummi in den Mund schob.

»Danke, dass du dir Zeit genommen hast«, sagte Olivia.

»War das alles?«

»Ja, das war alles.«

»Und warum wolltest du wissen, auf wen Bengt so sauer war?«

»Reine Neugier.«

Alex sah sie an, und Olivia wusste: falsche Antwort. Genau wie letztes Mal.

Auch wenn es die Wahrheit war.

»Im Augenblick bin ich etwas durcheinander im Kopf«, sagte

sie. »Ich muss alles erst einmal sortieren. Vielleicht können wir demnächst mal ein Bier abends trinken?«

Das funktionierte eigentlich immer.

»Auf jeden Fall!«

Es funktionierte.

Sie vertraute Alex nicht. Nicht nach der Sache mit dem Zollamt und Mette. Sie wollte ihn nicht in ihre Gedankengänge einweihen, wollte ihn nur als Quelle nutzen.

Sonst nichts.

Kurz nach eins trennten sie sich. Alex musste zurück zur Redaktion und nahm ein Taxi, Olivia ging Richtung Söder.

Ziemlich aufgewühlt.

Bengt Sahlmann und Albions Besitzer Jean Borell kannten einander privat?

Bengt hatte Borell vorgeworfen, am Tod seines Vaters schuldig zu sein?

Borell hatte sich ihm gegenüber reichlich herablassend verhalten?

Was bedeutete das alles?

Da kam ihr eine Idee: Vielleicht hatte Bengt Sahlmann auch mit Claire Tingman vom Silvergården gesprochen! Hatte er das Gleiche erfahren wie Olivia? Vielleicht noch weitere Ungereimtheiten über die Führung des Heims? Hatte dieser Kaugummimann doch recht mit seinen Vermutungen? Und bei Bengts Material war es um die Vernachlässigung der alten Leute im Silvergården gegangen? Hatte er Jean Borell gedroht, es als Rache für den Tod seines Vaters zu veröffentlichen?

Die Möglichkeit bestand.

Olivia kam schnell zu einer Hypothese: Konnte Borell Sahlmann ermordet und seinen Laptop gestohlen haben? Weil auf ihm Sprengstoff bezüglich des Silvergårdens zu finden war? Dann musste es doch noch mehr geben.

Wie sie annahm.

Aber wie konnte sie daran kommen?

Olivia blieb am Kai stehen und schaute über Strömmen. Sie kannte sich, war sich ihrer Neigung zu fantasievollen Hypothesen bewusst.

Aber Hypothesen können bewiesen werden, dachte sie. Oder auch nicht. So lange wollte sie an ihrer festhalten. Schließlich konnte sie ja stimmen.

Da rief Sandra an.

»Hallo? Wie geht's?«

»Ja, geht so«, sagte Sandra. »Charlotte und ich waren bei einem Pfarrer und haben über Papas Beerdigung gesprochen, und deshalb wollte ich gern wissen, wann sie wohl stattfinden kann?«

»Das weiß ich nicht, aber ich kann mal bei denen nachfragen, die es wissen.«

»Danke. Dann könntest du vielleicht auch gleich nach dem Computer fragen, ob sie den gefunden haben?«

»Ja, das mache ich. Und schöne Grüße an Charlotte.«

Olivia beendete das Gespräch und rief beim Landeskriminalamt an. Nicht Mette Olsäter, sondern Lisa Hedqvist. Nach einigen Höflichkeitsfloskeln über die lange Auslandsreise fragte Olivia nach der Beerdigung. Lisa versprach, sich zu informieren und dann Charlotte und Sandra Bescheid zu geben.

»Außerdem hat sie nach dem Laptop gefragt, habt ihr ihn gefunden?«, fragte Olivia.

Ohne groß nachzudenken. Aber Lisa dachte nach. Sie war dabei gewesen, als Mette sich nach den Ereignissen im Zollamt aufgeregt hatte, und wusste, dass Olivia bei der Ermittlungsleiterin momentan nicht gerade hoch im Kurs stand. Deshalb wusste sie nicht so recht, was sie sagen sollte. Was Olivia schnell mitbekam.

»Du brauchst nicht zu antworten«, sagte sie.

»Wir haben ihn nicht gefunden.«

»Danke. Bis bald.«

Der Laptop war immer noch verschwunden.

Trotzdem konnte Jean Borell ihn immer noch gestohlen haben.

Bis jetzt war ihre Hypothese also noch relevant.

In Marseille hatte die Dämmerung eingesetzt. Die niedrig stehende Sonne warf ihre Strahlen auf die wunderschöne Hafeneinfahrt, auf hunderte von Segelbooten, die in der alten Bucht lagen, und weiter bis auf die Straßencafés am Kai. Es war immer noch angenehm, draußen zu sitzen.

Obwohl es schon November war.

Man wohnt am falschen Ende des Klimas, dachte Stilton. Er setzte sich mit Abbas an einen dunklen Holztisch fast am Kairand und ließ sich von der Sonne wärmen. Es war ein Fischrestaurant. Beide waren hungrig, obwohl es gerade erst fünf Uhr war. Als Abbas die Speisekarte bekommen hatte, wies er Stilton darauf hin, dass es auch hier Risotto maritim gab.

»Das mochtest du doch, oder?«

»Und wie. Haben sie auch Fleisch hier?«

Sie bestellten Dorado und eine Karaffe Weißwein. Abbas bestellte, und Stilton registrierte es, ohne es zu kommentieren. Wie gesagt, es war Abbas' Reise. Als sie eine Karaffe und Gläser auf dem Tisch hatten und den ersten Schluck trinken wollten, fragte Stilton:

»Was war das erste Wort in den Briefen, die du Samira geschrieben hast?«

»Hej.«

Abbas probierte den Wein. Hier in der Stadt fiel er nicht auf, ein Einheimischer in Begleitung eines großen blassen Ausländers. Er erinnerte kaum noch an die Person, die Stilton vor nur wenigen Stunden gesehen hatte. Die Stilton möglichst vergessen wollte. Abbas hatte das getan, was er hatte tun müssen, und er hatte es auf seine Art und Weise getan, die Art und Weise, mit der er aufgewachsen war. Jetzt saß er hier, trank ein Glas kalten Weißwein und schaute über den schönen Hafen.

»Nach dem, was eben passiert ist, wirst du hier nicht sehr beliebt sein«, sagte Stilton.

»Das bin ich noch nie gewesen. Deshalb bin ich ja auch weggegangen.«

Stilton nickte. Er sah, wie Abbas' Augen zur Seite huschten, nur ein kleines Stück, nach hinten. Dort saß ein Mann an einem Tisch. Stilton kannte ihn nicht.

Dafür aber Abbas.

Der Barkeeper hatte ihm den Tipp gegeben, wo Philippe Martin zu finden sei. Und er hatte Martin angerufen und ihm erzählt, dass Abbas ihm Geld schuldig wäre. Jetzt konnten sie sehen, wie der Barkeeper aufstand und sich hinter einen Pfeiler stellte, ohne dabei zu bedenken, dass er sich im Fenster des Lokals spiegelte. So konnte Abbas sehen, wie er ein Handy herausholte, während er einen kurzen Blick auf Abbas' Tisch warf.

»Jemand, den du kennst?«, fragte Stilton.

»Nein.«

Abbas' Blick wanderte zurück zu Stilton.

»Le Taureau«, sagte er. »Der Stier.«

»Ja.«

Abbas hatte Marie auf dem Weg zum Restaurant angerufen, um nachzufragen, ob sie jemanden kannte, der der Stier genannt wurde. Das tat sie nicht. Er hatte noch zwei weitere Gespräche geführt, mit Leuten aus seiner Vergangenheit. Doch niemand wusste, wer der Stier war.

»Vielleicht hat er gelogen«, überlegte Stilton.

»Glaubst du?«

»Nein.«

Abbas auch nicht. Er hatte dicht genug vor Martin gestanden, um den Angstschweiß wahrzunehmen. Er wusste: Martin hatte nicht gelogen.

»Samira ist von diesen Aufnahmen nie zurückgekommen. Später ist sie ermordet aufgefunden worden. Der Stier war bei den Aufnahmen dabei.«

»Eins plus eins macht zwei?«

»Meistens.«

»Und wie finden wir den Stier?«

Stilton fiel es nicht leicht, das Wort auszusprechen. In seinen Ohren erschien der Name albern, aber mit Respekt vor Abbas nahm er ihn ernst.

»Das weiß ich nicht«, sagte Abbas. »Vielleicht hat Jean-Baptiste ja einen Tipp?«

»Ja.«

Stilton fühlte sich jetzt schon unangenehm beim Gedanken an ein Treffen mit Jean-Baptiste. Er war überzeugt davon, dass Abbas' Behandlung von Philippe Martin sich in gewissen Kreisen in Marseille schneller herumgesprochen hatte als ein Aal, der in eine Wasserleiche huscht.

Und dann würde Jean-Baptiste davon genauso schnell erfahren haben.

Und Stilton müsste ihm Rede und Antwort stehen.

Der Fisch unterbrach seine Gedanken. Er war gegrillt und ohne Gräten und hatte einen leichten Nussgeschmack. Sie aßen schweigend. Stilton registrierte, dass Abbas genauso viel Wein trank wie er selbst. Irgendwie ist er doch ziemlich erschüttert von dem, was eben passiert ist, dachte Stilton.

Das erschien ihm wie eine Art Trost.

Auch in dem Skrupellosen gibt es einen Riss.

Als die Sonne im Mittelmeer untergegangen war, wurde es etwas kühler. Stilton zog sich einen Pullover über. Die Mahlzeit war beendet, aber Abbas blieb sitzen. Er hatte mehr Wein bestellt, diesmal in Gläsern. Stilton sah, dass seine Augen sich verändert hatten, sie waren müder geworden. Vielleicht durch den Alkohol oder als Reaktion auf die Anspannung zuvor. Abbas schaute über den alten Hafen, sein Blick huschte weiter zu den verwitterten weißen Häusern, die auf der anderen Uferseite die Felsen hinaufkletterten.

»Da habe ich mal kurz gewohnt.«

Stiltons Blick folgte Abbas' Hand zu den Häusern auf der anderen Seite des Hafens.

»Ist das das Araberviertel?«

»Nein, da habe ich gewohnt, nachdem meine Mutter verschwunden war.«

Stilton reagierte auf die Wortwahl. Abbas sagte Papa zu seinem Vater und Mutter zu seiner Mutter.

Er musste an Lunas verschwundene Mutter denken, die Windwanderin. Viele Mütter auf der Flucht.

»Wohin ist sie gegangen?«, fragte er.

»Wenn man verschwindet, dann ist man einfach weg. Ich habe keine Ahnung. Ich bin bei meinem Papa aufgewachsen.«

Abbas trank einen weiteren Schluck Wein.

»Er ist nicht mit mir zurechtgekommen«, sagte er. »Er wollte nur weg. Jedes Mal, wenn er besoffen war, hat er mir von diesem Gefangenen im Gulag erzählt.«

»Was war mit dem?«

»Ein Gefangener, der nachts in der Baracke aufgewacht ist, sich nackt ausgezogen und Knöpfe direkt an seiner Brust festgenäht hat, dann hat er eine Axt genommen und ist in den Wintersturm hinaus. Er hatte genug, hat Papa gesagt. Ich glaube, er hätte es gern auch so wie dieser Mann gemacht, wäre abgehauen, hätte gerne alle Probleme hinter sich gelassen.«

»Und – hat er es gemacht?«

»Nein. Er blieb in seinem Leben gefangen. Und wie kann man sich aus dem auch befreien?«

»Indem man sich das Leben nimmt.«

»Das hat er sich nicht getraut. Dafür ist er auf mich losgegangen.«

Stilton folgte Abbas' Blick zum Kai auf der anderen Seite.

Dort stand ein schwarzer Wagen.

»Sind sie das?«

»Ja.«

Der Mann, der antwortete, saß auf dem Beifahrersitz, er trug einen dicken Verband schräg über einem Auge. Über dem Auge, das verletzt worden war. Seine Lippen waren kaputtgekaut. Der Mann hinter dem Lenkrad schaute auf den Kai auf der anderen Seite des Wassers. Zu Stilton und Abbas hinüber. Er hatte seine großen, groben Hände auf dem Lenkrad und eine halbe, nicht brennende Zigarette im Mundwinkel.

»Und die haben Samiras Mörder gesucht?«

»Ja.«

»Und das sind Schweden?«

»Haben sie jedenfalls behauptet.«

»Warum suchen sie Samiras Mörder?«

»Weiß ich doch nicht.«

»Wie viel hast du erzählt?«

»Nichts.«

Der Mann hinter dem Lenkrad schielte zu Martin hinüber, auf den Verband über seinem zerschnittenen Auge.

»Nichts? Mit dem Auge?«

»Ich habe ja nichts gewusst.«

»Du weißt von mir.«

»Das hatte ich vergessen.«

Der Mann hinter dem Lenkrad betrachtete Martin. Sie kannten hier jede kleinste Gasse, sie hatten Geschäfte miteinander gemacht, keiner traute dem anderen über den Weg. Aber jetzt war der eine gezwungen, dem anderen zu vertrauen, ihm zu glauben, dass er nicht das Falsche preisgegeben hatte. Sollte er es doch getan haben, dann gab es jetzt zwei Personen mehr, die das Falsche wussten, die Männer, die auf dem gegenüberliegenden Kai saßen. Konnte er das Risiko eingehen? Schließlich war Martin gefoltert worden.

Aber er hatte beschlossen, es langsam angehen zu lassen.

»Dann müssen wir ihnen wohl mal auf den Zahn fühlen.«

»Mach du das. Ich will damit nichts zu tun haben.«

»Okay.«

»Der mit den Messern ist gefährlich.«

Der Mann hinter dem Lenkrad sah, wie der große Martin mit dem einen Auge auf seinen Sitz hinunterschaute. Jemand hatte ihn in Angst und Schrecken versetzt. Er zündete sich seine Zigarette an und schaute wieder übers Wasser, zu Abbas und Stilton hinüber.

Messer?

Die Weingläser waren leer. Abbas' Blick ruhte inzwischen auf dem Wasser unterhalb der Kaimauer. Sein Körper war leicht in sich zusammengesunken. Er sah plötzlich so klein aus, wie Stilton fand. Resigniert. Er bemerkte, dass Abbas leicht den Kopf schüttelte. Viel war dort hineingekommen, nicht nur der Wein. Stilton streckte eine Hand vor und legte sie Abbas auf den Arm. Dort ließ er sie eine Weile liegen. Er hatte die Hände nicht vergessen, die Abbas in verschiedenen Situationen in unterschiedlichen Hinterhöfen Stockholms auf seine Arme gelegt hatte.

»Nichts kommt zurück, Abbas, das musst du dir klarmachen.«

»Ich weiß.«

Abbas schaute auf.

»Wollen wir gehen?«

Stilton nickte. Als er aufstand, sah er, wie sich Abbas einige der kleinen Zuckertütchen einsteckte.

»Was machst du da?«

»Klau Zuckertüten.«

»Was willst du denn damit?«

»Ich kümmere mich um die Rechnung.«

Abbas brach auf. Stilton schaute noch einmal über den Hafen, da vibrierte sein Handy in seiner Hosentasche. Der Ton war abgestellt.

Er holte es heraus.

Eine SMS. Kurz: »Deine Tür hat jetzt ein Schloss. Luna.«

Er las sie zweimal, sie erschien ihm wie eine Mitteilung aus einer anderen Welt.

Als Abbas zurückkam, steckte Stilton sein Handy wieder in die Tasche.

»Wollen wir zu Fuß zum Hotel zurück?«, fragte er.

Stilton schaute hoch. Die Dämmerung war in Mittelmeerdunkelheit übergegangen, und es war ein gutes Stück zu gehen. Durch einige dunkle Gassen.

»Von mir aus.«

Sie gingen um das alte Hafenbecken herum zur anderen Kaiseite. Beide waren in Gedanken vertieft. Sie kamen an einem schwarzen Wagen vorbei, in dem zwei Männer saßen, bewegten sich weiter an gut besuchten Straßencafés entlang.

Keiner von ihnen sah, wie die Scheinwerfer am Wagen eingeschaltet wurden.

Stilton ging davon aus, dass Abbas den kürzesten Weg nehmen würde, und reagierte deshalb gar nicht darauf, als dieser plötzlich in eine kleinere Gasse einbog. Folgte ihm nur. Abbas dagegen reagierte, nachdem sie ein paar hundert Meter gegangen waren. Es war eine schmale kleine Straße ohne Läden, mit hohen Wohnhäusern zu beiden Seiten, der Bürgersteig lag im Dunkel. Deshalb waren die Autoscheinwerfer hinter ihnen sofort zu sehen. Als Abbas sich umschaute, registrierte er, dass der Wagen ungefähr die gleiche Geschwindigkeit hatte wie sie. Hat es sich bereits rumgesprochen?, überlegte er und fuhr sich mit der Hand über den Leib. Die Messer steckten da, wo sie sollten.

Stilton merkte nichts. Der Wein hatte ihn betäubt. Und an Abbas' Seite fühlte er sich sicher.

Was er wohl nicht getan hätte, wäre ihm klar gewesen, welche Gedanken in dessen Kopf kreisten: anhalten und auf das Auto warten und es auf eine Konfrontation ankommen lassen? Oder sich verdrücken?

Er entschied sich für Letzteres. In eine schmale Seitengasse, zu schmal für ein Auto. Stilton konnte ihm kaum folgen.

»Sollen wir hier rein?«

»Ja. Komm!«

Abbas eilte weiter und Stilton ihm nach. Jetzt waren wieder alle Sinne auf Hochspannung. Er drehte den Kopf und sah ein Auto unten auf der Straße anhalten. Wurden sie verfolgt? Abbas bog um eine weitere Ecke. Stilton lief hinterher. An den Wänden standen Mülleimer. Er musste sich zwischen ihnen hindurchschlängeln. Plötzlich sprang eine schwarze Katze hinter einer Tonne hervor, fast wäre er über sie gefallen, konnte sich gerade noch an einem Fensterbrett festhalten, weit hinter sich hörte er es poltern.

Wie lange sie zwischen eng zusammenstehenden Häuserfassaden liefen, konnte er nicht sagen, aber plötzlich gelangten sie durch ein Gewölbe hindurch auf einen kleinen Platz mit leeren Gemüseständen. Ein junger Mann schob eine ältere Frau im Rollstuhl über den Platz, die Räder quietschten laut. Abbas winkte ein Taxi heran und sprang auf den Rücksitz. Stilton auf den Beifahrersitz. Der Fahrer schaute auf die Straße, während er fragte:

»Wohin möchten Sie?«

Stilton gab die Hoteladresse in seinem Schwedischfranzösisch an, was den Taxifahrer dazu inspirierte, einen kleinen Umweg zu fahren, bis Abbas ihm leicht auf die Schulter klopfte.

»Fahren Sie den kürzesten Weg«, sagte er nur.

In seinem ausdrucksvollen Marseiller Dialekt.

Also fuhr das Taxi auf dem kürzesten Weg zum Hotel Richelieu. Abbas bezahlte, beide Männer stiegen aus. Dem Hotel gegenüber lag ein heruntergekommener Nachtclub, die Musik dröhnte bis auf die Straße. Vor dem Eingang standen ein paar gut gebaute, stark betrunkene Russen und versuchten hineinzukommen. Als Nächstes war sicher eine Schlägerei angesagt. Abbas und Stilton gingen durch die Hoteltür. Sie waren bereits die Treppe hinauf verschwunden, als der schwarze Wagen vorbeiglitt.

Ein Stück weiter trat der Fahrer das Gaspedal durch und verschwand im Dunkel.

*

Vor Olivias Fenster war es auch dunkel, eine andere Art Dunkelheit, schwedische, schwere Herbstfinsternis. Die sie möglicherweise auf die Idee gebracht hatte, Kerzen auf dem Tisch anzuzünden. Sie saß auf dem kleinen Sofa im Wohnzimmer, den Laptop vor sich, das Licht schien schräg von hinten darauf. Es war nicht besonders hell, aber sie brauchte die Tastatur nicht zu erkennen. Sie wollte nur etwas auf dem Bildschirm erkennen.

Bis jetzt hatte sie schon eine ganze Menge gelesen.

Interessantes und Empörendes. Die Artikelserie über die Beteiligungsgesellschaft Albion AB in der *DN*. Verschiedene Journalisten hatten nachgeforscht, gebohrt und hinterfragt.

Und zwar gründlich.

Sie hatten das Unternehmen von allen Seiten und aus verschiedenen Blickwinkeln unter die Lupe genommen und beeindruckende Informationen zu Tage gebracht. Die Anzahl von Anzeigen wegen mangelnder Versorgung in Albions Pflegeheimen war erschreckend. Im letzten Jahr waren es immer mehr geworden. Drei Heime an drei verschiedenen Standpunkten in Schweden waren das Ziel für eine externe Untersuchung aufgrund mangelhafter Zustände gewesen. Mehrere Kommunen wollten ihre Verträge mit Albion überprüfen. Das Unternehmen war heftiger Kritik ausgesetzt. Diverse Personen im Konzern hatten ihr Unternehmen auf die unterschiedlichste Art und Weise verteidigt.

Aber Jean Borell war nicht unter ihnen.

Sein Name fehlte vollkommen in den Artikeln.

Journalisten hatten ihn auf der ganzen Welt aufzuspüren versucht, um einen Kommentar von ihm zu bekommen. Doch ohne Erfolg. Der Einzige, der erreichbar war, das war sein engster Mitarbeiter in Schweden, Magnus Thorhed. Zufällig war ein Journalist in Australien auf Borell gestoßen, während der Australian Open. Borell hatte ihm daraufhin zugesagt, für ein kurzes Interview über Albion nach dem Tennismatch zur Verfügung zu stehen, war dann jedoch verschwunden.

Olivia googelte Jean Borell und fand auch dort nur äußerst spärliche Informationen. Aufgewachsen in Dandery, wohnhaft in London, viel mehr erfuhr sie nicht. Was sie aber nicht verwunderte. Eines der Merkmale für Personen dieses Niveaus und dieser Welt ist ihre mediale Unsichtbarkeit.

Also kehrte sie zu der Artikelserie zurück.

Aus der deutlich Albions prekäre Lage hervorging. Hier kämpfte ein Unternehmen anscheinend geradezu ums Überleben. In den vergangenen Jahren hatte es riesige Gewinne gemacht. Allein 2011 hatten Kommunen und Gemeinden 71 Millionen Kronen für Dienstleistungen von privaten Unternehmen ausgegeben. Wie viel davon bei Albion gelandet war, das wusste sie nicht, aber vermutlich ein großes Stück vom Kuchen. Das waren keine Peanuts, um die es hier ging. Aber jetzt hatte die schwedische öffentliche Debatte über Gewinne in der Wohlfahrt kräftig an Albions Ansehen gekratzt. Doch das Unternehmen war parteipolitisch abgesichert. Es gab führende konservative Politiker, die den Konzern unterstützten. Gerade jetzt wurde ein Vertrag über mehrere Millionen mit der Stockholmer Gemeinde verhandelt. Ein heftig kritisierter Vertrag. Die Kritiker führten all die Pflegeheime an, die von Albion unbefriedigend geführt wurden. Die Politiker dagegen brachten den Silvergården in Nacka als Beispiel ins Gespräch. Als Beispiel für ein außerordentlich gut funktionierendes Unternehmen.

Und hier fand Olivia das Motiv.

Hier fand ihre Hypothese Nahrung.

Ein weiterer Skandal wegen Misswirtschaft, und das ausgerechnet im Silvergården, würde für Albion zum jetzigen Zeitpunkt verheerende Folgen haben. Eventuell würde es den neuen Millionenvertrag zum Scheitern bringen.

Olivia lehnte sich zurück und rieb sich die Augen. Sie war mit der Zeit immer näher an den Bildschirm herangekrochen. Jetzt brannten ihr die Augen.

Doch das war es wert gewesen.

Sollte Bengt Sahlmanns Material auf seinem Laptop von den Skandalen in Silvergården handeln und bestand die Gefahr, dass es auf dem Weg zu einem Journalisten von *DN* war, dann lag hier ganz offensichtlich ein Motiv.

Und schon unbedeutendere Mordmotive hatten die Welt erschüttert.

Was mache ich jetzt?, überlegte sie. Ich weiß ja immer noch nicht, wovon Sahlmanns Material eigentlich handelt. Es kann ja auch etwas ganz anderes sein. Es kann sich dabei ja auch um die verschwundenen Drogen aus dem Zollamt handeln.

Da tauchte Mette auf.

Nicht buchstäblich, aber in ihren Gedanken. Sollte sie Mette anrufen und ihr erzählen, was sie herausgefunden hatte? Sie wusste, dass Mette großen Respekt vor Olivias »Intuition« hatte. Aber in der jetzigen Lage? »Was glaubst du eigentlich, wer du bist?« Die Worte brannten immer noch.

Sie würde Mette nicht anrufen. Noch nicht.

Nicht, bevor sie genau wusste, worum es sich bei Sahlmanns Material handelte.

Sie blies die Kerze aus.

Ausnahmsweise wachte Abbas lange vor Stilton auf, gegen halb vier Uhr morgens, und stellte fest, dass er statt seiner Zunge eine Art saures Schwammtuch im Mund hatte. Er nahm eine Dusche, die ganze Prozedur, und verschwand aus dem Hotel. Mehrere Stunden lang lief er unter regenschweren Wolken entlang und sah, wie die Stadt zum Leben erwachte. Er sah, wie die Bäckereien ihre Arbeit aufnahmen, er sah die Gemüsekarren, die zum Markt oberhalb des Hafens gezogen wurden, er sah die Fischerboote hereinkommen und ihren nächtlichen Fang abliefern, er sah, wie müde Kellner die ersten Tische hinausstellten, und dennoch sah er eigentlich nichts. Er ging vollkommen in Gedanken vertieft. Er wusste, was er machen musste, und er verabscheute es. Aber es gab momentan keine andere Möglichkeit. Er musste weiterkommen.

Er musste mehr wissen.

Deshalb betrat er das Geschäft, als die Zeit gekommen war. Einen Pornoladen. Der Mann hinter dem Tresen war noch sehr jung. Was Abbas störte. Aber er konnte ja noch in andere Geschäfte gehen, in dem Viertel hier gab es so einige davon.

»Le Taureau?«

»Ja.«

»Nie gehört.«

Also ging Abbas in den nächsten Laden. Dort stieß er auf einen älteren Mann, einen, der etwas mehr auf dem Kerbholz hatte. Er führte den Laden bereits seit fünfzehn Jahren.

»Was? Und der soll ein Pornoschauspieler sein?«

»Das weiß ich nicht, aber er hat mit Pornofilmen zu tun.«

»Tut mir leid, den kenne ich nicht. Aber es gibt ja eine ganze Menge, die damit zu tun haben.«

Der Mann deutete zu den Regalen hinter Abbas. Vollgestopft mit Pornofilmen. Eine der lukrativsten Branchen der Welt.

»Du kannst ja nachgucken, wenn du willst.«

Abbas ging die DVD-Filme durch. Hunderte. Mit Titelbildern, die sich kaum voneinander unterschieden. Nackte Frauen. Nackte Geschlechtsorgane. Und vollkommen tote Augen. Aber er machte weiter. Er wusste, was er suchte, und hoffte, es nicht zu finden.

Doch er fand es.

Nach einer Weile.

Ein Pornofilm mit einem Titelbild wie bei all den anderen, doch mit einem wesentlichen Unterschied.

Die Frau auf dem Titelbild war Samira.

Abbas betrachtete die Rückseite. Dort war das kleine Bild eines eingeölten Mannes zu sehen. Doch kein Name.

»Hast du den mal angeguckt?«, fragte er den Mann hinterm Tresen.

»Nein. Ich mag kein Porno. Buñuel, Haneke, so was gefällt mir, Kurosawa, diese Art.«

Abbas kaufte den Film.

Stilton saß auf der Hotelterrasse und fragte sich, wo Abbas wohl war. Kein Zettel. Keine Nachricht auf dem Handy. Er rief Abbas an, bekam aber keine Antwort. Er schaute über die Bucht und trank seinen Kaffee. Es nieselte ein wenig. Eher ein Sprühregen, warm und sanft. Stilton bemerkte es kaum. Er war sich bewusst, dass sein Akku fast leer war, und fragte sich, wie lange diese Reise wohl noch andauern würde. Auch wenn er seine Hauptaufgabe erfüllt hatte, den Kontakt zu Jean-Baptiste zu knüpfen. Er hoffte, dass der massige Polizist bald von sich hören ließ.

Aber dann?

Wie lange würde er noch hierbleiben müssen, um nach dem Stier zu suchen? Einer Person, von der sie nicht einmal wussten, ob es sie überhaupt gab.

Abbas würde noch länger hierbleiben, das war ihm klar. Und das verstand er. Schließlich ging es hier um Abbas' Trauma. Aber wie lange sollte er selbst bleiben, wie hatte Abbas sich das gedacht? Eigentlich hätte er nach Hause fahren können, nachdem er sich mit Jean-Baptiste getroffen hatte, wäre da nicht eine Sache gewesen.

Philippe Martin.

Und das, was Abbas mit ihm angestellt hatte.

Was dazu geführt hatte, dass Abbas jetzt ein Gejagter war.

Das begriff auch Stilton, so viel hatte er über diese Stadt gelernt, so viel hatte Jean-Baptiste ihm darüber erzählt. Und er wusste, dass Jean-Baptiste keine schützende Hand über Abbas halten konnte, schon gar nicht nach der Messerattacke auf Martin.

Also?

Guardian Angel?

Sollte er eine Art Leibwache für Abbas spielen?

»Komm!«

Stilton drehte den Kopf. Abbas war auf dem Weg zu ihrer »Suite«, einen DVD-Player unter dem Arm. Gegen eine entsprechende Summe war es dem Hotelportier gelungen, so ein Gerät zu besorgen. Stilton stand auf und folgte Abbas.

Dieser schloss den DVD-Player an den nicht allzu modernen Fernseher im Zimmer an. Unter absolutem Schweigen. Stilton setzte sich auf die Bettkante.

Er ahnte, worum es hier ging.

Als Abbas eine DVD aus seiner Jacke zog, wurde seine Ahnung bestätigt.

»Das ist ein Film mit Samira«, sagte Abbas.

Er schob die Scheibe hinein und setzte sich mit der Fernbedienung in der Hand auf einen Stuhl neben Stilton. Er drückte nicht sofort auf Play. Zuerst zog er sich Schuhe und Strümpfe aus. Kein Fußschweiß, obwohl er doch stundenlang herumgelaufen war. Stilton wartete ab.

Eine ganze Weile.

»Willst du dir das wirklich ansehen?«, fragte Stilton schließlich.

»Nein.«

Abbas drückte auf Start.

Es war ein Pornofilm, wie Pornofilme nun einmal aussehen. Armselige Umgebung, schlechte Ausleuchtung, schlechter Ton. Eine Frau, die einen Mann erregt, ihn eine Weile lutscht, sich dann ihren eigenen Geschlechtsteilen widmet, zum Schluss treibt der Mann es mit ihr, in diesem Fall von hinten, während sie sich auf einen Sessel stützt.

Alles strahlte Routine aus.

Oder hätte es eigentlich, wenn da nicht diese schöne marokkanische Frau gewesen wäre, die sich über den Sessel beugte.

Samira.

Plötzlich hielt Abbas den Film an und spulte ihn ein Stück zurück. Die Kamera zeigte eine Nahaufnahme von Samiras Gesicht. Da hatte er es entdeckt. Die dünne Goldkette um ihren Hals. Eine Kette, die er ihr selbst gegeben hatte, damals im Zirkus, heimlich. Jetzt trug sie sie. Er startete den Film wieder. Der Geschlechtsakt wurde fortgesetzt.

Stilton war das Zuschauen unangenehm, vor dem Hintergrund der Umstände. Das Unangenehmste war, dass er einen Steifen bekam, ein biologischer Reflex, den er nicht kontrollieren konnte. Er hielt die Hände vor den Schritt, um nicht entlarvt zu werden.

Plötzlich stoppte Abbas den Film erneut. Bei einer Großaufnahme des nackten Mannes. Grob gebaut, eingeölt, ziemlich durchtrainiert, dunkelhaarig.

»Glaubst du, das ist der Stier?«

»Keine Ahnung.«

Abbas stellte den Film aus. Der Bildschirm wurde schwarz. Stilton spürte erleichtert, wie seine Erektion in sich zusammensank. Er schaute Abbas an, ahnte, was sich in seinem Kopf abspielte.

Da klingelte Stiltons Handy. Er schaute darauf.

»Das ist Jean-Baptiste.«

»Kannst du draußen rangehen?«

»Natürlich.«

Stilton stand vom Bett auf und verließ den Raum. Nachdem die Tür ins Schloss gefallen war, ging Abbas zur Fensternische. Stiltons »Schlafzimmer«. Er zog die Gardine zur Seite und schaute aufs Mittelmeer. Es heißt, die Haare können in Sekunden ergrauen, wenn ein Mensch einer extremen Gemütsbewegung oder einem Schock ausgesetzt ist. Abbas' Haare hatten ihre Farbe nicht verändert. Er stand reglos da, seine Augenlider senkten sich. Nach ein paar Minuten hob er eine Hand und bewegte sie langsam in der Luft, auf und ab, als streichelte er eine unsichtbare Schulter.

Alle drei trafen sich in der Bar Beau Rivage, unten im Hafen. Jean-Baptiste hatte den Treffpunkt vorgeschlagen. Und er war pünktlich zur Stelle. Im Gegensatz zu Stilton und Abbas. Stilton hatte nach dem Telefonat mit Jean-Baptiste draußen auf dem Hotelflur gewartet. Er hatte verstanden, dass Abbas allein sein wollte. Erst nach mehr als einer Stunde kam er heraus. Jetzt waren sie fast eine halbe Stunde zu spät, aber Stilton hatte angerufen und Bescheid gesagt. Sie kamen atemlos an der Bar an, ohne den schwarzen Wagen zu bemerken, der hinter ihnen an den Kantstein rollte.

Jean-Baptiste war aufgestanden, als sie eintrafen. Er hatte einen Tisch in der Ecke des Straßencafés ausgesucht, geschützt durch eine kleine Hecke. Es nieselte nicht mehr, die Sonne erreichte fast ihren Tisch. Als Abbas ankam, wurde er von einem lachenden Jean-Baptiste fest in den Arm genommen.

»Du bist dünner geworden.«

»Im Gegensatz zu dir.«

Beide setzten sich lachend.

»Le Taureau«, sagte Abbas.

Er kam sofort zur Sache.

»Kennst du den Namen?«

»Der Stier? Wofür soll der Name stehen?«

»Für einen Mann, der möglicherweise Samira Villon ermordet hat.«

Jean-Baptiste schielte zu Stilton hinüber. Er war davon ausgegangen, dass der Schwede mit Informationen kommen würde. Doch der machte nur eine sehr diskrete Bewegung mit der Hand.

»Nein«, sagte Jean-Baptiste, »auf den bin ich nie gestoßen. Der Stier?«

»Ja.«

Abbas zog den gekauften Pornofilm hervor und zeigte auf das kleine Foto mit dem eingeölten Mann.

»Könnte er das sein?«

»Das ist Jacques Messon.«

»Könnte er der Stier genannt werden?«

»Schon möglich. Er wurde allerdings vor einem halben Jahr vor einer Bar erschossen.«

Abbas starrte die DVD-Hülle an.

»Aber ich kann mich mal umhören«, sagte Jean-Baptiste.

»Danke. Und hast du selbst was rausgekriegt?«

Dafür, dass er Jean-Baptiste nicht besonders gut kannte, war Abbas sehr direkt. Aber den massigen Polizisten schien das nicht zu stören, wusste er doch, worum es hier ging.

Für Abbas.

Also berichtete Jean-Baptiste ziemlich ausführlich, wie weit die französischen Ermittlungen gediehen waren. Nicht die allzu internen Dinge, aber detailliert genug, um sich ein Bild von der Lage machen zu können. Wie Samira im Zusammenhang mit Pornofilmaufnahmen verschwunden war, von denen niemand wusste, wo sie stattgefunden hatten. In einem Hotelzimmer, in einer Wohnung, in einem Haus auf dem Lande, man hatte keine Ahnung. Auch nicht darüber, wer dabei mitgewirkt hatte.

Und so weiter.

Es war nicht besonders beeindruckend.

»Eine tote Pornodarstellerin hat nicht gerade die höchste Priorität, wenn du entschuldigst«, sagte er. »In letzter Zeit gab es intern einige Turbulenzen bei uns.«

Stilton sah, wie Abbas sich zusammenriss.

»Also gibt es keinen auch nur ansatzweise Verdächtigen?«, fragte Stilton.

»Bisher nicht.«

»Wer hat euch von den Filmaufnahmen erzählt? Dass sie stattgefunden haben?«

»Das kann ich euch nicht sagen.«

»Hatte sie Drogen genommen?«, wollte Abbas wissen.

»Ja.«

»Woran ist sie gestorben?«

»Willst du das wirklich wissen?«

»Ja.«

Jean-Baptiste und Stilton tauschten Blicke. Als wollte der Polizeibeamte fragen, ob Abbas das ertragen könnte. Stilton nickte fast unmerklich.

»Sie war starker äußerer Gewalt ausgesetzt und ist dann erwürgt worden. Das war die Todesursache. Anschließend ist sie in sechs Teile zerstückelt und in einem Erholungsgebiet vergraben worden.«

»Wir sind dort gewesen«, sagte Abbas.

Als hätte er die schrecklichen Informationen gar nicht gehört. Aber das hatte er, Stilton war sich dessen sicher.

»Und ihr habt keine Ahnung vom Motiv?«, fragte Abbas.

»Nein.«

»Spuren? DNA? Hatte sie Sperma im Körper?«

»Auf dem Körper. Aber das ist ja nicht verwunderlich. Schließlich ist sie während einer Pornofilmaufnahme oder im Anschluss daran ermordet worden, wie schon gesagt.«

Stilton registrierte eine leichte Veränderung in Jean-Baptistes Ton. Abbas sollte es nicht zu weit treiben. Doch der fragte unbeirrt weiter:

»Habt ihr das Sperma in irgendeinem Register gefunden?«

»Abbas.«

»Ja?«

Jean-Baptiste beugte sich vor.

»Ich habe dir alles gesagt, was ich dir sagen kann. Und zwar, weil Tom mich darum gebeten hat. Aber setze mich nicht unter Druck.«

Abbas schaute Jean-Baptiste an, er begriff, dass er sich zurückhalten musste.

»Aber wir haben ihren Agenten verhört«, berichtete Jean-Baptiste und lehnte sich wieder zurück. »Philippe Martin. Habt ihr ihn schon mal getroffen?«

Jetzt kommt es, dachte Stilton.

»Nur kurz«, antwortete er.

»Es geht das Gerücht, das ihm gestern ein Auge aufgespießt wurde.«

»Ach ja?«

Jean-Baptiste schaute Abbas an.

»Du hast nichts damit zu tun?«

»Behauptet er das?«

»Das weiß ich nicht. Das war eine Frage an dich.«

»Mit so etwas habe ich nichts mehr zu tun.«

»Gut. Ansonsten müsstest du Marseille so schnell wie möglich verlassen.«

»Und warum?«

»Weil der Mann, der jetzt nur noch ein Auge hat, in dieser Stadt mehr Kopfgeldjäger kennt, als Fliegen auf einem Kuhfladen sitzen.«

Abbas zuckte leicht mit den Schultern, stand auf und nahm wieder ein paar Zuckerstücke mit.

»Ich dreh mal eine Runde«, sagte er und ging.

Als er außer Hörweite war, schaute Jean-Baptiste Stilton an.

»Warst du mit bei Martin?«

»Ja. Willst du mich festnehmen?«

»Nein, es liegt keine Anzeige vor.«

»Alles nur Gerüchte.«

Jean-Baptiste nickte verhalten. Stilton war ehrlich. Er hatte sicher getan, was er konnte, um die Situation einigermaßen unter Kontrolle zu halten. Ohne Stilton läge jetzt vielleicht eine erstochene Leiche in dem Zimmer über der Bar beim Bahnhof. Was sehr viel mehr Wirbel verursacht hätte. Jean-Baptiste beschloss, sich mit dieser Version zufriedenzugeben.

»Martin ist ein Schwein«, sagte er.

»Zu dieser Einschätzung sind wir auch gekommen.«

»Aber das mit den Kopfgeldjägern, das stimmt. Martin ist auf Rache aus. Und ich möchte es möglichst vermeiden, Abbas aus den Wellen in der Hafeneinfahrt zu fischen.«

»Ganz deiner Meinung. Aber du weißt, wie er ist. Ich kriege ihn nicht von hier weg.«

»Nein«, nickte Jean-Baptiste und drehte seine Wasserflasche in den Händen. »Dann können wir nur das Beste hoffen.«

»Ja.«

Jean-Baptiste stand auf. Als er die Hand ausstreckte, fragte Stilton:

»Wie gut kennst du Claudette?«

»Gut. Sie hat viele Jahre lang bei uns gearbeitet, im Büro, jetzt macht sie alles Mögliche.«

»Was heißt das?«

»Sie weiß nicht so recht, was sie machen soll, ich glaube, sie möchte am liebsten malen. Habt ihr euch kennengelernt?«

»Ja.«

»Sie ist ein gutes Mädchen.«

Sie schüttelten sich die Hände, und Jean-Baptiste ging um die Hecke herum. Stilton fiel auf, dass er gar nicht geraucht hatte. Nicht eine einzige Zigarette. Obwohl er doch gesagt hatte, er hätte diese Bar ausgesucht, weil man hier rauchen durfte. Nun war er hinter der Hecke stehen geblieben.

»Eine alte Kollegin von dir hat mich angerufen.«

»Von mir?«, fragte Stilton.

»Mette Olsäter.«

»Was wollte sie?«

»Wissen, was ihr hier unten treibt.«

»Und was hast du ihr gesagt?«

»Ich bin nicht so gut im Lügen, und schon gar nicht Leuten gegenüber, die ich schätze. Wie Olsäter.«

»Und?«

»Ich habe ihr gesagt, es handle sich um einen Mord hier unten und dass Abbas das Opfer kannte. Ungefähr so in der Art.«

»Hat sie sich damit zufriedengegeben?«

»Nein.«

»Was hast du noch gesagt?«

»Es gab nicht viel mehr zu sagen. Außer Tschüs.«

Der massige Polizist überquerte die Straße, ohne auf die Autos zu achten. Einige hupten. Stilton blieb sitzen. Sein Blick wanderte die Hecke entlang, eine große braune Ratte versuchte, sich durch das Astwerk zu kämpfen.

Er spürte: Es war an der Zeit, nach Hause zu fahren.

Als er die Bar verließ, war er in Gedanken noch bei dem Gespräch mit Jean-Baptiste. Viel hatte es genau genommen nicht gebracht. Außer dem, was sie bereits wussten. Sie wussten nun, dass der Täter unbekannt war, dass es nicht einmal einen Verdächtigen gab.

Bis jetzt.

Er kam an einem schwarzen Wagen vorbei, ging weiter zum Hotel. Zwei Augen folgten ihm, bis er um die Ecke bog. Zwei Augen, die einem Mann mit sehr groben Händen gehörten. Er hatte während des gesamten Treffens in der Bar im Auto gesessen. Und eine für ihn äußerst unangenehme Sache festgestellt.

Die beiden Schweden hatten den bekannten Mordermittler Jean-Baptiste Fabre getroffen.

Einen der Unbestechlichen.

Warum?

Waren sie selbst Bullen?

Warum interessierten sich zwei schwedische Bullen für den Mord an Samira?

Er hatte eine Antwort auf die Frage.

Eine Antwort, die ihm Angst machte.

Stilton lag auf Abbas' Hotelbett. Er ging davon aus, dass Abbas von sich hören lassen würde, wenn er ihn brauchte. Er betrachtete den leeren schwarzen Bildschirm des Fernsehers schräg vor sich. Der Pornofilm war widerlich gewesen. Besonders natürlich für Abbas, aber auch für Stilton. Wegen des widerlichen Inhalts, aber auch, weil er Assoziationen hervorgerufen hatte.

An Rune Forss.

An den Kriminalkommissar der Stockholmer Polizei, der sexuellen Kontakt mit Prostituierten gehabt hatte, arrangiert von der Eskortprimadonna Jackie Berglund.

Das wusste Stilton, aber es blieb noch zu beweisen, was er machen wollte, sobald er nach Hause kam. Aus moralischen

Gründen, aber in erster Linie aus privaten. Forss war derjenige gewesen, der Stilton auf erniedrigende Art und Weise aus der Mordermittlung gedrängt hatte, die er geleitet hatte, als seine Psychose ausbrach. Forss war es gewesen, der Gerüchte verbreitet und hinter seinem Rücken schlecht über ihn geredet hatte, als er zurückkam. Forss war es gewesen, der dafür gesorgt hatte, dass seine Arbeitskollegen ihn wie Luft behandelten, bis Stilton es nicht mehr ertrug, seine Dienstwaffe abgab und den Dienst quittierte.

Und Forss hatte alles aus einem einzigen Grund getan: Er fürchtete, Stilton könnte seine Verbindung zu Huren aufdecken. Er hatte Angst, Stilton könnte einen Zusammenhang zwischen Rune Forss und Jackie Berglund finden.

Nur deshalb.

Stilton schloss kurz die Augen. Es fiel ihm nicht schwer, sich daran zu erinnern, wie Forss ihn während seiner Zeit als Obdachloser behandelt hatte. Als Stilton ihm seine Hilfe angeboten hatte, um die Handymorde aufzuklären, wie die Medien sie getauft hatten.

Forss hatte ihn wie einen stinkenden Haufen Scheiße behandelt.

Stilton hatte nur einen Wunsch: Er wollte nach Hause.

»Aufwachen!«

Abbas stand in der Tür. Stilton setzte sich auf, leicht verwirrt, war er eingeschlafen? Offensichtlich.

»Wie spät ist es?«

»Kurz vor vier. Dein Flugzeug geht um sechs.«

»Mein Flugzeug?«

Abbas überreicht ihm einen Bogen Papier. Stilton schaute es sich an, eine ausgedruckte Boardingkarte. Abbas setzte sich auf den Stuhl vor der Wand.

»Du hast das erledigt, was du erledigen solltest«, sagte

er. »Vielen Dank. Ich werde noch ein paar Tage bleiben. Ich komme dann mit dem Zug nach.«

»Und Martin?«

»Was ist mit dem?«

»Du hast gehört, was Jean-Baptiste gesagt hat. Über die Kopfgeldjäger.«

»Ja. Aber ich bin nicht begeistert davon, mit einem Bodyguard herumzulaufen. Und ich nehme an, dass dir diese Rolle auch nicht gefällt.«

»Nein. Aber es gefällt mir auch nicht, dich hier allein zurückzulassen.«

»Das musst du wohl akzeptieren.«

Stilton betrachtete Abbas' regloses Gesicht und schüttelte leicht den Kopf. Das gefiel ihm ganz und gar nicht. Aber was sollte er machen? Er stand vom Bett auf.

»Was willst du tun?«, fragte er.

»Abschied nehmen.«

Stilton wusste nicht so recht, was Abbas damit meinte. Abschied von Marseille? Von Samira? Aber er wusste, dass Abbas eine Entscheidung getroffen hatte. Er wollte Stilton nicht mehr bei sich haben.

»Kommst du mit zum Flugplatz?«

»Nein.«

Also stieg Stilton mit seiner blauen Tasche in ein Taxi und sagte, wohin er wollte. Nach zehn Minuten änderte er seine Meinung.

»Zum Polizeipräsidium?«

»Ja.«

Das Taxi hielt vor dem Polizeigebäude. Stilton bezahlte und stieg aus. Er schaute zu dem gigantischen Bauwerk hoch und hoffte, dass Jean-Baptiste nicht an einem Fenster stand und rauchte. Dann ging er in die kleine Bar gegenüber. Sie war fast menschenleer. Er ging zu dem Barkeeper.

»Lotto?«

»Nein. Ich suche nach Claudette.«

»Sie ist vor zehn Minuten gegangen.«

»Ach so.«

»Aber sie kommt wieder. Soll ich ihr eine Nachricht übergeben?«

»Nein.«

Stilton verließ die Bar.

Ungefähr zum selben Zeitpunkt, als Stilton in den klaren blauen Himmel aufstieg, nahm Abbas Abschied. Er überquerte einen Marktplatz am Rande von Marseille, zu Fuß, die Augen im Nacken. Er kannte die Straße hier immer noch, es hatte sich nicht viel verändert. Nach außen hin. Vielleicht die Menschen, darüber wusste er nicht viel, aber die Gegend sah immer noch so aus wie damals, als er hier gewohnt hatte.

Er hatte an vielen Plätzen dieser Stadt gewohnt, war mit seinem rastlosen Vater von einem Rattenloch ins andere gezogen. War von zu Hause ausgezogen und hatte in noch schlimmeren Rattenlöchern gehaust.

Es war nicht die Stadt, von der er sich verabschiedete.

Er nahm von sich selbst Abschied.

Von dem jungen Lehrling von Jean Villon.

Dem jungen Messerwerfer, der die Liebe seines Lebens in einem Zirkus gefunden hatte. Einem Mann, den es nicht mehr gab. Den es gegeben hatte, solange es Samira gab, und der von einer verzweifelten Hoffnung gelebt hatte. Von dem unwahrscheinlichen Traum von einem Mann und einer Frau, die früher oder später zueinander finden würden.

Jetzt war Samira tot, und den jungen Lehrling gab es nicht mehr.

Er war es, von dem Abbas sich verabschiedete.

Jetzt war er ein anderer.

Mit einer ganz anderen Aufgabe.

Er überquerte einen menschenleeren Platz, mitten auf dem Platz drehte sich ein müdes Pferdekarussell.

Als er zum Hotel zurückkam, war es fast Mitternacht. Der Portier schlief in einem Raum hinter der winzigen Rezeption. Abbas ging in sein Zimmer. Nach nur wenigen Minuten kam er wieder herunter, zur Rezeption. Er öffnete die Tür hinter dem Tresen und pfiff kurz. Der Portier schaffte es, sich den Kopf sowohl an der Wand hinter sich als auch an der Bettlampe über sich zu stoßen, bevor er auf den Beinen war und sich dicht vor Abbas stellte.

»Ja, bitte?«

»Es ist jemand in meinem Zimmer gewesen.«

»Vielleicht Ihr Kollege?«

»Der ist abgereist, bevor ich gegangen bin. Jemand ist später dort gewesen.«

»Vielleicht das Zimmermädchen?«

»Putzt die normalerweise auch in der Kulturtasche?«

Darauf hatte der Portier keine Antwort. Einen Unbekannten hatte er auch nicht im Hotel gesehen. Aber wenn man bedachte, dass er einige Stunden geschlafen hatte, und das ziemlich fest, dann …

Abbas ging wieder auf sein Zimmer. Was hatten sie gesucht? Die Messer?

Vermutlich.

Oder ihn selbst.

*

Stilton landete kurz nach elf Uhr abends und fuhr mit dem Flughafenbus in die Stadt. Auf dem Weg zum Hausboot stieß er auf einen Verkäufer von *Situation Stockholm*, einen jungen

Mann, der ziemlich orientierungslos wirkte. Er stand vor einem Laden in der Hornsgatan und hielt seine Zeitungen hoch. Der Laden war schon seit Stunden geschlossen, aber das hatte der Mann nicht mitbekommen. Stilton kaufte ihm eine Zeitung ab. Er kannte den Mann nicht, weshalb er auch nicht weiter mit ihm sprach. Über andere Verkäufer, Kumpel aus der Zeit vor einem Jahr. Aber er machte den jungen Mann darauf aufmerksam, dass der Laden geschlossen war und er bessere Verkaufschancen hätte, wenn er näher zur T-Bahn-Station ginge.

Der Typ hielt Stilton für ein Genie.

Vermutlich schläft sie, dachte Stilton, als er das Schiff betrat. An Bord waren alle Lichter gelöscht. So leise er konnte, ging er hinunter zu seiner Kajüte und huschte hinein. Ein neuer Messingriegel war auf der Innenseite der Tür montiert. Er schob ihn vor und legte sich in die Koje, es war schon weit nach Mitternacht. Er schickte eine kurze SMS an Abbas. Am nächsten Morgen wollte er ihn anrufen und fragen, wie die Lage war.

Und anschließend Mette anrufen.

Allein der Gedanke an das Gespräch ließ das latent ruhende Magma in seinem Körper aufsteigen. Jetzt würde nichts mehr im Weg stehen. Keine Reisen nach Marseille, keine Messerattacken auf Zuhälter, keine hübschen Französinnen.

Jetzt gab es nur noch ein Ziel.

Rune Forss.

Seine Stimme wurde deutlich schärfer.

»Und warum heute nicht?«

»Weil ich es nicht schaffe. Es gibt noch eine Welt außerhalb deiner, Tom.«

Stilton saß in Unterhose in seiner Kajüte. Es war kurz nach neun Uhr, und Mette hatte keine Zeit, ihn heute zu treffen, eine Tatsache, mit der er sich arrangieren musste. Er beruhigte sich ein wenig, wurde leiser.

»Und wann morgen?«

»Um zehn. Ist Abbas mit zurückgekommen?«

»Nein.«

»Warum nicht?«

»Es gibt eine Welt außerhalb deiner, Mette. Bis morgen.«

Stilton legte auf und warf das Handy auf die Koje. Es gefiel ihm nicht, wenn seine Pläne durchkreuzt wurden. Was sollte er mit diesem endlos langen Tag anfangen? Da klopfte es an die Tür.

»Ja?«

»Willkommen daheim.«

Lunas Stimme drang durch die Holzwand, und Stilton griff zu seiner Hose. Mit einer Hand zog er sie an, während er mit der anderen den Riegel zur Seite schob.

»Komm rein.«

Luna öffnete die Tür. Es gab nicht viele Möglichkeiten, reinzukommen, also blieb sie lieber dort stehen, wo sie war. Sie trug ihre grüne Arbeitshose.

»Wie war es in Marseille?«

»Ziemlich durcheinander. Schön, dass du den hier angebracht hast.«

Stilton zeigte auf den Riegel an der Tür.

»Fühlst du dich jetzt sicherer?«, fragte Luna.

»Was meinst du? Hinter der Tür?«

Luna lachte und schaute an Stilton vorbei in seine Kajüte.

»Hast du sie gekannt?«

Sie zeigte auf das schmale Regal hinter Stilton. Er drehte sich um. Das kleine Foto der einäugigen Vera war das Einzige, was dort stand.

»Ja. Vera Larsson.«

»Ist das die Frau, die in einem Wohnwagen erschlagen wurde?«

Stilton schaute Luna an.

»Woher weißt du das?«

»Ich kann mich noch an den Mord erinnern. Es wurde eine ganze Menge darüber geschrieben. Ich habe gesehen, wie ihre Urne beigesetzt wurde.«

»Tatsächlich?«

»Ja. Auf dem Norra. Ich arbeite da, wenn du dich erinnerst.«

»Wurde sie auf dem Norra beerdigt?«

»Ja. Hast du das nicht gewusst?«

»Nein.«

»Bist du nie dort gewesen?«

»Nein.«

Stilton war nie am Grab der einäugigen Vera gewesen. Er hatte sie auf seine Art und Weise beerdigt.

»Aber ihr müsst euch doch ziemlich gut gekannt haben, oder? Ich meine, wenn du ihr Foto hier stehen hast.«

Stilton saß mit nacktem Oberkörper auf der Koje und schaute das kleine Foto von Vera an. Hatten sie sich gut gekannt? In gewisser Weise schon, wie Obdachlose einander kennen, in vielerlei Hinsicht auch wieder nicht. Aber er hatte einmal mit ihr geschlafen, und der Mord an ihr hatte ihn aus seinem Zustand der Starre herausgeholt und Platz für eine Wut gemacht, die ihn weit gebracht hatte.

Zum Schluss weg von der Straße und nach Rödlöga.

Und jetzt wieder zurück.

»Ich möchte ihr Grab sehen«, sagte er plötzlich.

Er hatte ja sowieso den ganzen Tag zur Verfügung.

Sie sahen sie schon von weitem, lange bevor sie am Grab angekommen waren, eine ausgemergelte Gestalt, die vor einer einfachen Metallplatte im Boden kniete. Neben ihr lag eine grüne Plastiktüte.

»Kennst du sie?«

Luna sprach automatisch leise, schließlich waren sie auf einem Friedhof.

»Nur ihren Vornamen«, sagte Stilton. »Sie heißt Muriel. Eine Junkiebraut aus Bagarmossen.«

Sie gingen zum Grab. Muriel hatte die Hände vor sich gefaltet, die dünnen Arme zitterten. Der Herbst bestimmte das Wetter, mit Bodennebel und Temperaturen nur wenig über Null. Muriel trug nur eine dünne Jacke mit viel zu kurzen Ärmeln. Stilton und Luna blieben ein paar Meter hinter ihr stehen.

»Hallo, Muriel.«

Das Mädchen warf den Oberkörper herum. Sie ging wohl davon aus, dass Bullen hinter ihr standen. Als sie Stilton sah, starrte sie ihn mehrere Sekunden lang an.

»Bist du das?«, fragte sie mit leiser, gebrochener Stimme.

»Ja, ich bin das.«

Muriel rappelte sich auf und schlang ihre Arme um Stilton. Er erwiderte die Umarmung, was ihm fast körperlich weh tat. Da war nicht viel Körper festzuhalten. Luna schaute zu Boden. Stilton spürte, dass Muriel weinte, leise, an seiner Schulter. Er ließ sie weinen. Er betrachtete die Grabplatte. Er wusste, die einäugige Vera war eine Art Mutter für Muriel gewesen, ein Ersatz für ihre richtige Mutter. Vera hatte versucht, sich um sie zu kümmern, sie von dem größten Dreck fernzuhalten. So gut sie konnte. Jetzt war Vera tot, und es gab sicher kein Schutznetz mehr für das Mädchen. Er ahnte, wie sie sich versorgte. Vorsichtig löste er den Griff und schaute Muriel an.

»Dir geht es nicht gut.«

Muriel schüttelte den Kopf.

Ihr Gesicht war übersät mit roten und schwarzen Flecken, die Augenlider angeschwollen und entzündet.

»Hast du heute schon was gegessen?«

»Nein.«

Stilton drehte sich zu Luna um, die nickte. »Ist in Ordnung.« Er schaute noch einmal auf Veras Grab. Da gab es nicht viel zu sehen. Vermutlich eine kleine Urne, in die Erde gelassen unter der Metallplatte, sonst nichts, ein bisschen Sand drum herum und die nächste Metallplatte einen halben Meter weiter. Er bereute, hierhergegangen zu sein.

Aber er hatte Muriel gefunden.

*

Olivia drückte die Wohnungstür hinter sich zu und stützte sich mit den Händen an der Wand ab. Sie keuchte, ihr ganzer Körper zitterte. Sie hatte fast eine Stunde lang gejoggt, jetzt waren ihre Trainingssachen durchgeschwitzt. Untrainiert, dachte sie, so verdammt untrainiert! Sie zog die Laufschuhe aus und sah, dass die alte Scheuerwunde aus Mexiko sich wieder geöffnet hatte. Shit! Während ihrer Zeit auf der Polizeihochschule hatte sie täglich trainiert, ihr Körper war in physischer Toppform gewesen, als sie dort aufhörte. Dann reiste sie nach Mexiko. Dort war nicht viel mit Training, sie hatte sich hinsichtlich ihres Körpers keine Gedanken in der Richtung gemacht. Doch heute Morgen war sie aufgewacht, hatte sich steif gefühlt und war in die Trainingsklamotten geschlüpft. Sie musste wieder Kondition bekommen. Mindestens eine Stunde am Tag hatte sie beschlossen. Das war die erste gewesen. Sie zog sich aus und ging unter die Dusche.

Eine halbe Stunde später saß sie im Morgenmantel in der Küche, den Laptop vor sich. Sie trank einen leicht ekligen Sportdrink, während sie sich auf die Nachrichtensendung von SVT Play klickte. Als sie zu den Wirtschaftsnachrichten kam, stellte sie abrupt die Plastikflasche ab. Der erste Film handelte von Jean Borell. Er kam soeben im Hauptsitz von Albion an der Skeppsbron an, und ein Journalist hatte ihn an der Tür abgefangen und versuchte einen Kommentar zu Albions neuem Vertrag mit der Stockholmer Stadtverwaltung zu bekommen.

»Glauben Sie, er wird unterzeichnet? Trotz aller Kritik in letzter Zeit an Ihrem Unternehmen?«

»Kein Kommentar.«

Borell verschwand durch die Tür. Olivia war etwas verblüfft. Sah er heutzutage so aus? Sie hatte nach intensivem Googeln am gestrigen Abend ein Foto von ihm gefunden, aber das war vor vielen Jahren gemacht worden und zeigte einen jungen Mann in hochgeschlossenem Hemd, mit zurückgekämmtem Haar und scheuen Augen.

Das war ein ganz anderer Mann gewesen.

Jetzt war sein Haar aschblond gefärbt und dicht, das Gesicht braungebrannt, und der Wollpullover schien auf einem durchtrainierten Körper zu sitzen. Außerdem hatte er einen kurzen dunklen, gepflegten Bart. Was etwas ungewöhnlich war. Männer in seiner Machtposition trugen nur selten Bart.

Sieht gut aus, dachte sie. Ein waschechter Stinkstiefel laut Alex, aber mit interessantem Äußeren.

Was weiß er über den Mord an Bengt Sahlmann?

Olivias Gedanken kreisten um diese Frage, während sie sich anzog und die Haare föhnte. Wie konnte sie herausbekommen, ob Borell in den Mord verwickelt war? Worauf ihre gesamte Hypothese aufbaute. Dass Borell seinen empörten Schulfreund zum Schweigen gebracht hatte, weil der versucht hatte, den Tod seines Vaters zu rächen, indem er Borells Unternehmen Albion an den Pranger stellte. Sie ging diese Hypothese mehrere Male gedanklich durch. Sie wusste, dass sie diverse Lücken aufwies, aber Lücken waren dazu da, gefüllt zu werden.

Sollte sie Kontakt zu ihm aufnehmen?

Sie lachte kurz auf, als wäre das eine vollkommen absurde Idee. Ein Mann, der von den Medien auf der ganzen Welt gejagt wurde, ohne dass sie Kontakt zu ihm bekamen. Wie sollte es dann ihr gelingen?

Aber wenn doch? Nur mal angenommen. Wenn es doch möglich wäre? In welcher Form auch immer. Was würde sie dann tun? Was fragen?

»Übrigens, Ihr alter Schulfreund Bengt ist ermordet worden, haben Sie zufällig etwas damit zu tun?«

Wieder musste sie lachen, diesmal etwas resigniert. Was sollte sie fragen?

Sie setzte sich an den Küchentisch. Ich bin Polizistin, dachte sie. Nicht formell, aber ich bin es. Wie würde ich als Polizeibeamtin agieren? Als Mette? Haben meine Argumente in irgendeiner Weise Hand und Fuß?

Nichts hatte sie in der Hand. Nichts.

Und damit gab sie ihre Idee auf, für zehn Sekunden, dann fiel ihr ein, was sie hatte.

Ihre Intuition.

Und vor der hatten einige sehr angesehene Menschen einen Heidenrespekt. Inklusive Mette Olsäter. Warum also nicht auch sie selbst? Wie viele Mordfälle waren schließlich gelöst worden, weil irgendein Ermittler im reinsten Chaos allein seiner Intuition gefolgt war und plötzlich recht hatte.

Viele.

Sie rief im Stockholmer Sitz von Albion an und bat, mit Jean Borell sprechen zu dürfen. Die Frau am Telefon war sehr freundlich, auch wenn sie vermutlich glaubte, der Anruf käme von einem Ufo, sie verwies Olivia an Magnus Thorhed.

»Wer ist das?«

»Jean Borells Mitarbeiter.«

»Ist er zu sprechen?«

»Nein. Er ist momentan bei Bukowskis und wird erst in ein paar Stunden zurückerwartet.«

»Kann ich ihn übers Handy erreichen?«

»Nein.«

Damit endete das Gespräch. Sie hatte versucht, eine Person zu erreichen, die von einer anderen Person geschützt wurde, die nicht zu sprechen war.

Ich fahre zu Bukowskis, dachte sie.

Olivia wusste, dass sie oft etwas tat, bevor sie es wirklich gründlich durchdacht hatte. Jetzt beschloss sie, es im Bus nach Kungsträdgården zu tun. Was in erster Linie Alex zu verdanken war und dem, was er ihr erzählt hatte, bevor sie sich im Prinsen getrennt hatten. Über Jean Borell. Private Dinge. Dass er nur ein Auge hatte beispielsweise. Er hatte sein rechtes Auge schon als Kind verloren. Dass er ein fast atemberaubend exklusives Haus draußen auf Värmdö besaß und ein kleines Chateau in Antibes.

Außerdem hatte er eine fast legendäre Kunstsammlung.

Er war Sammler auf höchstem Niveau, mit einer besonderen Schwäche für junge moderne schwedische Kunst. Laut Alex besaß er die größte private Sammlung international erfolgreicher schwedischer Künstler, die heute noch aktiv waren.

Was Olivia nicht besonders viel sagte. Sie wollte ja erst im Frühjahr mit dem Kunstgeschichtsstudium anfangen.

Aber das gab ihr einen Zugang.

Sie hatte einen Beschluss gefasst.

Bukowskis hatte seinen letzten Tag der offenen Tür in Sachen schwedischer Kunst. Die Räume in der Arsenalsgatan waren gut gefüllt mit gut gefüllten Brieftaschen, das war kein Flohmarkt in Vårberg. Olivia betrat die Räume und schnappte sich einen Auktionskatalog, während sie die Personen um sich herum musterte. Sie hatte Magnus Thorhed gegoogelt. Im Gegensatz zu seinem Chef war er nur allzu sichtbar im Netz, in verschiedenen Zusammenhängen. Er hatte Bücher über sehr unterschiedliche Themen geschrieben. Derivatanalyse. Goethes *Farbenlehre*. Er war Ehrenmitglied in diversen Männervereinen. Eine Zeitlang hatte er eine eigene Galerie in der Nybrogatan geleitet. Olivia hatte diverse Fotos von ihm gesehen. Er war 36 Jahre alt und asiatischer Abstammung.

Ein Adoptivkind?, hatte sie überlegt. Er auch?

Jetzt entdeckte sie ihn ein Stück weiter hinten in den Räumen. Er trug einen dunkelgelben Anzug. Als sie sich vordrängte, sah sie seinen dünnen Pferdeschwanz und den kleinen Goldring im Ohr. Ein Mann, der sich bewusst war, welchen Eindruck er hinterließ. Als sie dicht hinter ihm stand, konnte sie auch das markante Herrenparfüm riechen, das sein männlicher Körper ausströmte. Etwas Moschus, wie sie annahm, und stellte gleichzeitig fest, dass er kleiner war als sie, ziemlich breit, er machte einen kraftvollen Eindruck.

Thorhed sprach leise in sein Handy, während er ein Bild an der Wand vor sich betrachtete. Olivia sah auf den kleinen Informationszettel daneben. Karin Mamma Andersson. Nummer 63. Sie schlug das Bild in ihrem Katalog nach. Ausgangspreis waren zwei Millionen. Wohl kaum ein Bild, das daheim bei ihr landen würde, und außerdem fand sie es ziemlich … sonderbar? Mit suggestiven dunklen Farben im Vordergrund, dumpfem Ocker hinten, etwas beunruhigende Schatten. Olivia tat so, als betrachtete sie das Bild, während ihr Ohr sich auf Magnus Thorheds Handy einstellte.

»Wie hoch gehen wir?«, fragte der Mann vor ihr leise und wartete dann auf die Antwort. »Gut.«

Er schaltete sein Handy aus und schob seine runde, diskrete Brille hoch. Olivia trat einen Schritt vor.

»Ist es nicht fantastisch!«

Thorhed drehte leicht den Kopf, er schaute in ein weiches Lächeln. Olivia nickte zu dem Bild vor ihnen.

»Welch suggestive Kontraste!«

Thorhed schaute das Bild noch einmal an. Er stimmte der jungen Frau mit den schönen ungeschminkten Augen zu. Das Bild war fantastisch.

»Ja«, nickte er. »Das ist es wirklich. Wollen Sie mitsteigern?«

»Nein, nein, es interessiert mich auf einer ganz anderen Ebene.«

»Auf welcher Ebene?«

Sie hatte für eine Sekunde Thorheds Interesse geweckt.

»Ich studiere Kunstgeschichte und sehe die Bilder nicht als Kaufobjekte an, ich versuche sie in einen größeren Kontext zu stellen. Olivia Rivera.«

Olivia streckte ihre Hand vor, und der leicht überrumpelte Thorhed ergriff sie. Er hatte einen sehr festen Handschlag.

»Magnus Thorhed.«

»Hatten Sie nicht einmal eine Galerie in der Nybrogatan?«

»Das ist schon ein paar Jahre her.«

»Bevor Sie Mitarbeiter von Jean Borell wurden.«

Thorhed betrachtete Olivia, die wieder ein breites Lächeln zeigte.

»Ich habe heute versucht, Borell zu erreichen, und da bin ich an Sie verwiesen worden. Deshalb bin ich hier. Ich würde ihn gern treffen.«

Thorheds Gesicht verschloss sich augenblicklich.

»Warum?«

»Ich sitze an einem Aufsatz über moderne schwedische

Künstler und ihren Einfluss auf den internationalen Kunstmarkt, und ich habe von Jean Borells fantastischer Sammlung erfahren. Ich würde gern ein Interview mit ihm über die Sammlung machen. Wie er sie aufgebaut hat, welche Kriterien er hatte, warum bestimmte Künstler interessant für ihn sind. Für eine Bachelorarbeit.«

Bis jetzt hörte Thorhed ihr zu, also machte sie weiter.

»Und da habe ich heute Morgen in den Nachrichten gesehen, dass er in Stockholm ist.«

»Inzwischen ist er auf dem Weg nach Marrakesch.«

»Oh! Und wann kommt er wieder zurück?«

»Eventuell zum Wochenende.«

»Glauben Sie, er könnte Interesse an einem Treffen haben?«

»Das bezweifle ich.«

»Wieso?«

»Weil ich seinen Terminkalender führe und weiß, wie der aussieht. Aber ich kann ihm gern Ihren Wunsch unterbreiten. Was haben Sie gesagt, wie ist Ihr Name?«

»Olivia Rivera. Ich gebe Ihnen meine Nummer.«

Olivia schrieb eine Nummer auf die Rückseite des Katalogs und gab ihn Thorhed. Nicht ihre eigene Nummer, die wollte sie nicht herausgeben, sondern die Nummer des Festnetzanschlusses ihrer Cousine in der Wohnung in der Skånegatan.

»Es wäre eine unglaubliche Bereicherung für meinen Aufsatz, wenn er sich Zeit nähme«, sagte sie.

Thorhed nickte und zupfte an seinem Pferdeschwanz.

»Wie lange würde es dauern?«

»Vielleicht eine Stunde. Wo auch immer, wann auch immer. Aber bitte in der Nähe von Stockholm. Nicht in Marrakesch.«

Wieder zeigte Olivia ihr schönstes Lächeln. Thorhed erwiderte es.

»Ich lasse von mir hören.«

Er bahnte sich seinen Weg zur Tür, und Olivia atmete aus. Sie wartete ein paar Minuten, dann folgte sie ihm. Sollte Borell am Wochenende zurückkommen und zu einem Treffen bereit sein, dann hatte sie nur wenige Tage, um alles über junge schwedische Gegenwartkunst zu pauken, was sie in die Finger bekam.

Für ein Interview.

*

Luna sah, wie Muriel den Löffel zum Mund hob. Sie hatte eine heiße Nudelsuppe gekocht, war davon ausgegangen, dass Muriels Magen keine kräftigeren Speisen gewohnt war. Das Mädchen pustete auf ihren Löffel und versuchte ihn zum Mund zu führen, ohne etwas zu verschütten. Stilton saß auf dem Sofa im Salon.

»Triffst du die anderen ab und zu?«, fragte er. »Pärt? Benseman?«

»Benseman sieht man nicht mehr so oft, er ist bei diesem Wiedereingliederungsprojekt und hat was gekriegt da bei Skanstull, und ansonsten hängt er bei Ronny Redlös herum. Ich glaube, er jobbt da sogar ein bisschen.«

»Und Pärt?«

»Der ist fertig.«

Wie du, dachte Stilton und wandte sich Luna zu.

»Pärt hat damals die einäugige Vera in ihrem Bauwagen gefunden, halbtot. Der Typ ist in Ordnung. – Verkauft er immer noch Zeitungen?«, fragte er dann Muriel.

»Ne, damit musste er aufhören, da gab es irgendwie Ärger mit dem Geld, ich weiß nicht genau. Das letzte Mal, als ich ihn gesehen habe, hockte er unter der Tranebergbrücke und hat gekotzt.«

Stilton schaute Luna an. Auch nicht schlecht, wenn sie so einen kleinen Einblick in seine Vergangenheit bekam, so musste er nicht selbst davon erzählen.

Muriel aß ihre Suppe auf.

»Möchtest du noch mehr?«

»Nein, danke.«

Muriels Arme fingen wieder an zu zittern. Luna setzte sich neben sie und legte einen Arm um ihre Schulter.

»Du kannst gern hier schlafen, wenn du willst.«

»Sauber.«

Muriel zog ihre Plastiktüte zu sich, aber von der falschen Seite, ein Teil des Inhalts fiel zu Boden. Stilton hockte sich hin und sammelte alles wieder ein. Eine Haarbürste, ein kleines Kuscheltier, eine Packung Kondome und irgendwelche kleinen viereckigen Plastiktüten mit Tabletten. Stilton hielt die Tüten hoch.

»Was nimmst du da?«

»5-IT. Die sind saugut, viel billiger als Heroin und nicht gefährlich, echt.«

»Und das glaubst du?«

»Krieg ich sie wieder?«

Stilton gab Muriel die Tüten mit den Tabletten. Luna schaute ihn an. Sie hätte dem Mädchen die Tüten weggenommen.

»Woher kriegst du die?«, fragte er.

»Na, von einem Dealer, Classe Hall. Der ist wirklich süß, manchmal muss ich nicht mal was blechen. Er will nur ficken, und dann krieg ich fünf Tüten.«

Stilton betrachtete Muriel, diese wich seinem Blick aus. Sie wusste, dass Stilton es geschafft hatte, er war wieder auf die Beine gekommen. Sie wusste, dass er sich an dem gerächt hatte, der Vera ermordet hatte. Sie wusste, dass er eine Zeitlang aus der Stadt verschwunden war. Jetzt war er zurück und schaute sie mit diesem Blick an, wie ihn auch Vera ab und zu gehabt hatte.

»Scheiße, was soll ich denn machen?«, fragte sie fast unhörbar und versuchte ihre Hände ruhig zu halten.

Dann fing sie an zu weinen.

Stilton und Luna ließen sie weinen, davon würde sie müde

werden, und als die Tränen schließlich versiegten, half Luna ihr, von der Holzbank aufzustehen, und führte sie zum Vorschiff. Stilton beobachtete die beiden. Es gab einen großen Kontrast zwischen der kleinen, ausgemergelten Muriel und der hochgewachsenen, durchtrainierten Luna.

»Du bist so verdammt nett«, sagte Muriel zu Luna, »weißt du das?«

»Danke.«

Stilton sah, wie sie in dem engen Flur verschwanden. Er nahm an, dass es dort vorn noch eine weitere Kajüte gab, in der Muriel ein paar Stunden schlafen konnte. Danach würde sie wieder verschwinden, das wusste er, in eine Welt, zu der er keinen Zugriff hatte.

*

Abbas war durch halb Marseille gelaufen, auf der Hut und zielgerichtet. Auf seinem Weg hatte er alle Pornogeschäfte abgeklappert. Er hatte mit den Prostituierten auf der Straße gesprochen, Mädchen aus den Ostblockstaaten um den Bahnhof herum, Transvestiten im Westen, die ganze Palette. Er hatte sich in Bars und Spielhallen, an Dealertreffpunkten umgehört.

Und er hatte allen immer dieselbe Frage gestellt: Le Taureau?

Niemand wusste, wer das war. Oder wollte es ihm zumindest nicht sagen. Einige hatten in einer Art reagiert, die darauf hinwies, dass sie vielleicht etwas wussten, aber keiner sagte etwas, und Abbas wollte nicht wieder mit seinen Messern winken.

Jetzt war er auf dem Weg zurück ins Hotel, die Dunkelheit hatte sich übers Mittelmeer gesenkt und reichte bis in seine Gedanken. Hatte er sich geirrt? Hatte Martin ihn trotz allem angelogen? Sollte er ihn noch einmal aufsuchen? Sinnlos. Er würde nicht mehr aus Martin herausbekommen, als er schon erfahren hatte. Aus dieser Stadt würde er insgesamt nicht mehr herausbekommen.

Er hatte verloren.

Da rief ihn Marie an.

»Mir ist plötzlich etwas eingefallen: Hast du eigentlich mit Samiras Schwester gesprochen?«, fragte sie.

»Hatte sie eine Schwester?«

»Wusstest du das nicht?«

»Nein. Wo wohnt sie?«

Es war schon spät, als Abbas in die schmale Rue Sainte einbog. Die Tür, durch die er gehen sollte, lag zwischen einer Bäckerei und einem kleinen Restaurant. Samiras Schwester arbeitete in dem Restaurant, La Poule Noire. Das schwarze Huhn. Gegen elf Uhr sollte sie Feierabend haben. Abbas stand auf der anderen Straßenseite und wartete. Er hatte keine Ahnung von dieser Schwester gehabt. Jetzt sah er eine kleine Frau mittleren Alters das Restaurant verlassen. Sie trug eine graue Strickjacke und eine dunkle Hose. Sie blieb stehen und sah ihn an.

»Abbas?«

Abbas überquerte die Straße und streckte ihr die Hand entgegen. Sie begrüßten sich. Die Schwester hieß Nidal.

»Wollen wir hochgehen?«

Sie gingen ins Haus und zwei Treppen hoch. Nidal lebte allein. Ihre Wohnung war klein, Abbas musste sich zwischen den Möbeln in dem kleinen Wohnzimmer durchschlängeln. Als Nidal eine Stehlampe einschaltete, sah er, wie armselig sie lebte. Die Möbel waren abgewetzt, der Teppich hatte Löcher. Die Tapete hatte sich von der Deckenleiste gelöst und hing ein Stück herunter. Das Einzige, was in dem Zimmer auffiel, war ein großer Spiegel mit glänzendem Goldrahmen. Er hing über einer kleinen Kommode mit einer Christusfigur darauf. Nidal zündete eine Räucherkerze davor an.

Abbas setzte sich.

»Ich fahre morgen zurück nach Schweden«, sagte er.

Nidal nickte und stellte eine Flasche mit Wasser auf den Tisch vor ihm. Abbas schenkte sich ein, während Nidal zur Kommode ging und eine Schublade herauszog. Als sie sich umdrehte, hielt sie eine dünne Goldkette in der Hand. Abbas erkannte sie sofort wieder.

»Die Polizei hat sie mir gegeben«, sagte Nidal. »Samira hat mir einmal erzählt, dass sie sie von dir bekommen hat.«

»Ja.«

»Sie hat sie immer getragen. Ich möchte, dass du sie nimmst.«

Abbas nahm die Halskette entgegen. Er wusste nicht, was er sagen sollte. Nidal stand fast reglos vor ihm. Ihr schmales, faltiges Gesicht zeigte so gut wie keine Regung, als traute sie sich nicht, etwas preiszugeben. Abbas fragte sich, wie viel sie wohl wusste. Über Samira. Darüber, was diese gemacht hatte? Er schaute die Kette in seiner Hand an. Es gab so vieles, was er wissen wollte, über all die Zeit, von der er gar nichts wusste, aber ihm war klar, dass jetzt nicht der richtige Zeitpunkt war, danach zu fragen. Er hob die Hand, der Duft der Räucherkerze drang ihm in die Nase.

»Sie war sechzehn, als sie aus dem Kinderheim weggelaufen ist.«

Nidal sagte das, ohne Abbas anzuschauen, ihr Blick war auf die Wand hinter ihm gerichtet. Er drehte sich um und sah ein kleines Foto, schwarzweiß, von zwei Mädchen, die sich an der Hand hielten, die eine deutlich älter als die andere.

»Seid ihr das, Samira und du?«

»Ja. Sie war drei und ich war dreizehn, als wir ins Heim kamen.«

»Warum seid ihr ins Heim gekommen?«

»Unsere Eltern starben bei einem Brand. Ich wurde aus dem Heim geworfen, als ich achtzehn war, Samira blieb dort. Sie war blind, und man ging davon aus, dass ich mich nicht um sie kümmern konnte. Jedes Mal, wenn ich sie besucht habe, hat sie geweint und wollte, dass ich sie von dort weghole.«

Nidal stand immer noch da, den Blick auf das Foto gerichtet, ihre Gedanken waren weit in der Vergangenheit.

»Dann ist sie weggelaufen. Wie, das weiß ich bis heute nicht, wahrscheinlich hat ihr jemand geholfen. Sie war so schön, es gab immer irgendwelche Jungs um sie herum. Nach einer Weile hat sie von sich hören lassen, sie hatte einen älteren Mann getroffen, der beim Zirkus arbeitete, und mit dem hat sie zusammengelebt.«

»Jean Villon.«

»Er war Messerwerfer, und sie war sein target girl.«

»So haben wir uns kennengelernt.«

»Ich weiß. Sie hat mir von dir erzählt.«

Nidal sagte es, ohne Abbas anzusehen. Sie drehte sich um, ging zu der Christusfigur und zündete eine neue Räucherkerze an. Sie hatte gesagt, was zu sagen war.

»Danke für die Kette«, sagte er und stand auf.

Nidal rührte sich nicht. Abbas ging zur Tür, die zum Flur führte.

»Sie hat dich geliebt.«

Die Stimme erklang hinter seinem Rücken. Leise. Tonlos.

Abbas drehte sich nicht um.

Auf dem Weg zum Hotel kam er an einem Strandrestaurant vorbei, ein deutlich besseres Restaurant als das Eden Roc, mit dicken Autos davor. Er sah herausgeputzte Menschen, die sich im Hof hinter dem Portal bewegten, alle mit langstieligen Gläsern in den Händen, das Gemurmel drang bis auf die Straße heraus. Er ging an dem großen Gebäude vorbei, dann weiter entlang der niedrigen Kaimauer. Unterhalb der Mauer wuchsen dunkle Klippen aus dem Wasser. Auf einer von ihnen saß ein einsamer

Angler. Er hatte eine lange Angelrute in der Hand, weit draußen im Wasser schaukelte ein leuchtendroter Schwimmer. Abbas sah dem Mann eine Weile zu. Er hockt wohl da, um einen Teller grätigen Bratfisch zu kriegen, dachte Abbas und ging weiter.

Er drehte sich nicht um.

Hätte er das, hätte er gesehen, wie der einsame Angler sein Handy herauszog und es sich an den Mund hielt.

Abbas ging weiter am Wasser entlang, musste einem Betrunkenen ausweichen, der an die Steinmauer gelehnt saß, einen weißroten Verkehrskegel über dem Kopf. In der Ferne konnte er sein Hotel sehen. Er kam an einem dunklen Busunterstand vorbei. Einige Männer standen dort und warteten auf den Nachtbus. Plötzlich blieb er stehen, etwas störte ihn, etwas, das er gesehen hatte.

Aber was?

Da fiel es ihm ein.

Der leuchtende Schwimmer des Anglers war unter der Wasseroberfläche verschwunden, ohne dass dieser reagiert hätte. Er hatte seinen Fang nicht eingeholt. Warum nicht? Abbas drehte sich um und bekam einen Schlag mitten ins Gesicht.

Vermutlich mit einem Eisenrohr, von einem der Männer, die an der Bushaltestelle gestanden hatten. Das würde Abbas nie erfahren. Er fiel rückwärts auf die Kaimauer. Als er versuchte, nach einem seiner Messer zu greifen, erhielt er einen weiteren Schlag mit der Eisenstange auf den Kopf. Blut spritzte auf. Er fiel zusammengekrümmt auf dem Bürgersteig zusammen. Durch das Blut sah er einen großen Mann mit groben Händen, der sich über ihn beugte. Zwei andere Männer standen daneben. Abbas drehte sich zur Kaimauer und versuchte, sich an ihr hochzuziehen. Da traf ihn ein schwerer Tritt im Zwerchfell, so dass er zusammensank.

Sie wollten ihn an Ort und Stelle totschlagen.

Er war vollkommen hilflos.

Es hätte nicht mehr vieler Schläge mit dem Eisenrohr bedurft, und Abbas el Fassi wäre nie wieder aufgestanden. Ein Polizeibus mit eingeschalteten Sirenen kam jedoch vom eleganten Restaurant herangebraust. Die Männer sahen ihn. Zwei von ihnen packten Abbas und kippten ihn über die Steinmauer. Kurz bevor er auf die Meeresklippen stürzte, sah er ihn, den Mann mit den groben Händen. Seine Tätowierung. Am Hals, gleich unter dem Ohr.

Einen schwarzen Stier.

Sein Körper schlug auf die Felsen und landete am Uferrand. Die Männer oben auf der Straße sahen den Einsatzwagen vorbeifahren. Als er außer Sichtweite war, schauten sie noch einmal auf die Felsen hinunter. Dann gingen sie fort.

Abbas war immer noch bei Bewusstsein, als er aufs Wasser traf.

Noch für einige Sekunden.

Kurz bevor alles schwarz wurde, huschte ein Name durch seinen Kopf.

*

Stilton saß in seiner Koje. Er wartete. Er hatte wiederholte Male versucht, Abbas zu erreichen. Normalerweise rief dieser immer zurück oder schickte eine SMS, er verstand nicht, warum er jetzt keine Antwort bekam. Jedes Mal, wenn der Anrufbeantworter sich einschaltete, war der Kloß in seiner Brust gewachsen, hatten die dunklen Gedanken sich vermehrt. Wo ist er? Ist etwas passiert? Haben diese verdammten Kopfgeldjäger ihn erwischt? Obwohl es schon nach Mitternacht war, rief er Jean-Baptiste an.

»Nein, ich habe nichts von ihm gehört. Ich dachte, er wäre mit dir nach Hause gefahren?«

»Er ist geblieben.«

»Scheiße. Das sind keine guten Neuigkeiten.«

»Ja, jedenfalls vielen Dank. Ich werde in seinem Hotel anrufen. Tschüs.«

Stilton rief im Hotel an. Der verschlafene Portier konnte ihm mitteilen, dass Abbas el Fassi nicht in seinem Zimmer war. Wo er sich aufhielt, das wusste er nicht. Stilton legte auf, stand vom Bett auf und setzte sich wieder, es gab nicht viel Platz, um herumzulaufen. Die Gedanken, die ihm im Flugzeug durch den Kopf gegangen waren, tauchten von Neuem auf. War es ein Fehler gewesen, ihn zurückzulassen? Habe ich ihn im Stich gelassen? Aber er war es schließlich gewesen, der das Ticket gekauft hatte. Er wollte ja nicht, dass ich bleibe. Hätte ich darauf pfeifen sollen und dennoch bleiben? Andererseits kann er ja wohl auf sich allein aufpassen. Schließlich hat er die Messer, oder?

Und so versuchte er sein schlechtes Gewissen zu beruhigen, und löschte schließlich das Licht. Er war gerade auf dem Weg in das große Dunkel, als er ein leises Klopfen an der Tür hörte. Muriel? Wohl kaum. Er machte Licht.

»Ja?«

Die Tür öffnete sich einen Spalt weit, er hatte vergessen, den Riegel vorzuschieben.

»Störe ich?«

Lunas Gesicht lag teilweise im Schatten des Türspalts.

»Ich versuche zu schlafen«, sagte Stilton.

»Ich auch.«

»Im Stehen?«

Luna lachte kurz auf und öffnete die Tür zur Hälfte. Sie trug ein hellgrünes T-Shirt und eine graue Trainingshose. In der Hand hielt sie einen ausgestopften Vogel.

»Weißt du, was das ist?«

»Ein toter Vogel.«

»Ein Sperber. Schwedens kleinster Raubvogel, der ernährt sich von kleinen Vögeln und Tauben.«

Stilton nickte, er hatte keine tiefergehenden ornithologischen Kenntnisse.

»Bei dir ist es ja ziemlich nüchtern hier, deshalb habe ich gedacht, du könntest ein bisschen Gesellschaft gebrauchen.«

»Von einem toten Vogel?«

Luna trat in die Kajüte und stellte den Vogel auf den Tisch unter dem Bullauge.

»Manchmal zwinkert er«, sagte sie.

Den Rücken Stilton zugewandt. Er ließ sich wieder auf die Koje sinken.

»Danke, dass du dich um Muriel gekümmert hast«, sagte er.

»Sie tat mir leid. Sie scheint ein gutes Mädchen zu sein.«

»Ja. Schläft sie?«

»Ja. Sie hat mich auf den Gedanken hier gebracht. Als ich sie ins Bett gebracht habe, sah sie aus wie ein kleiner Vogel, so dünn, nur Haut und Knochen.«

»Sie zerstört sich selbst.«

»Warum hast du ihr die Tabletten nicht weggenommen?«

»Damit sie nicht gleich morgen wieder bumsen gehen muss, um neue zu kriegen. Außerdem würde sie dann sofort abhauen, wenn sie mich das nächste Mal sieht. Ich kann sie nicht aus dem Deck ziehen, das weiß sie genauso gut wie ich.«

Luna musterte Stilton. Sie hatte sich wieder in die Türöffnung gestellt.

»Schlaf gut«, sagte sie nach einer Weile. »Ich hoffe, du hast keine Albträume.«

»Du auch nicht.«

Luna zog die Tür hinter sich zu.

Es war fast halb zehn, und Stilton hatte sich mit Mette um zehn verabredet. Er hatte noch einmal versucht, Abbas zu erreichen – ohne Ergebnis. Jetzt stand er an Deck und schaute auf die dünnen Nebelschleier über dem Wasser, die kühle Luft hatte den

Dunst mitgebracht. Draußen auf dem Fahrwasser glitt ein großer Kranleichter vorbei. Auf dieser Seite von Slussen gab es so einige Kranarbeiten. Bald würde ganz Slussen ein einziger großer Kran sein, dachte er, aber vielleicht kam am Ende ja doch etwas Gutes dabei heraus? Die Dinge müssen vorwärts gebracht werden. Auch die Städte. Er drehte sich um und sah Luna, die an Deck kam.

»Ist Muriel noch unten?«, fragte er.

»Nein. Sie war schon weg, als ich aufgewacht bin.«

»Okay.«

»Außerdem hat sie einen Fünfhunderter aus meiner Brieftasche geklaut.«

Einige Sekunden lang sahen sie einander an. Luna zuckte leicht mit den Schultern.

»Du kriegst ihn von mir wieder«, sagte Stilton.

»Wieso das?«

»Weil ich sie mit hergebracht habe.«

»Schon in Ordnung. Vielleicht muss sie dann heute nicht ihren Körper verkaufen. Willst du los?«

»Ja.«

Endlich.

Dieses Gefühl überkam ihn, als er das Landeskriminalamt betrat. Endlich würde er den Stein ins Rollen bringen. Endlich würde er die Chance bekommen, das zu löschen, was so heftig in ihm brannte.

Als er das letzte Mal dieses Gebäude betreten hatte, war er durch den Hintereingang hineingehuscht und in einen Verhörraum geschmuggelt worden. Da war er noch obdachlos gewesen. Jetzt betrat er das Haus mit einem ganz anderen, federnden Schritt, vollkommen unberührt von eventuellen kritischen Blicken.

Das hatte er hinter sich.

»Kommen Sie mit, sie ist nicht in ihrem Zimmer.«

Stilton folgte einer Polizeiassistentin diverse Flure entlang, die meisten kannte er, doch zum Schluss bogen sie in einen frisch renovierten Bereich, in dem er nie zuvor gewesen war. Obwohl er doch mehr als zwanzig Jahre in diesem Haus verbracht hatte.

»Sie ist da drinnen.«

Die Frau zeigte auf eine Tür, Stilton öffnete sie. In dem Raum gab es nur ein Möbelstück. Eine Tischtennisplatte. Auf der einen Seite stand Mette Olsäter, auf der anderen Lisa Hedqvist.

»Hallo, Tom! Wir sind gleich fertig. Mach die Tür zu!«

Stilton zog die Tür hinter sich zu und verbrachte ungefähr zehn Minuten damit, zu beobachten, wie Mette mit minimalsten Bewegungen versuchte, Tischtennis zu spielen. Als ihr ein Schmetterball gelang, den Lisa nicht mehr erreichte, ließ sie ihren Schläger auf den Tisch fallen und schnappte sich ihr Handtuch. Offensichtlich zufrieden. Sie schwitzte ziemlich. Will sie jetzt auch noch duschen?, dachte Stilton.

»Ich dusche später«, sagte Mette zu Lisa und ging auf Stilton zu. »Hallo! Du siehst gut aus! Habt ihr Austern gegessen?«

Sie gingen in Mettes Büro. Auf dem Weg dorthin informierte Mette sich über Marseille, und Stilton bekam eine gehörige Standpauke, weil er ohne Abbas nach Hause gefahren war.

»Keine Sorge, er kann schon auf sich allein aufpassen«, sagte dieser.

»Das kann keiner von euch.«

Manchmal hatte Stilton das Gefühl, dass Mette wie eine Art Übermutter agierte. Sie sollte sich lieber um sich selbst kümmern, dachte er. Sagte es aber nicht. Mette holte eine große Wasserflasche hervor und trank sie zur Hälfte aus.

»Du wohnst also auf einem Schiff?«

»Vorübergehend.«

»Alles bei dir ist momentan wohl vorübergehend. Hast du geplant, wieder bei der Polizei einzusteigen?«

»Nein.«

»Dann kannst du dich mit Olivia zusammentun. Ihr könnt ja ein Detektivbüro aufmachen. Zwei Genies suchen nach weggelaufenen Pudeln.«

Stilton ließ sie reden. Mette hatte ihn im letzten Jahr mehrere Male auf die Sache mit der Polizei angesprochen. Jedes Mal hatte er ihr erklärt, dass er nie wieder dorthin zurückkehren würde, und jedes Mal endete es damit, dass Mårten eingreifen und das Thema wechseln musste. Der war jetzt nicht hier, also musste Stilton selbst das Thema wechseln.

»Was ist das hier?«

Er zeigte auf ein paar kleine viereckige Plastiktüten, die an einer Pinnwand hinter Mettes Schreibtisch hingen. Sie kamen ihm bekannt vor.

»Stoff. 5-IT. Wir haben momentan eine große Operation gegen Drogen im Netz laufen.«

»Muriel hatte solche bei sich.«

»Und wer ist Muriel?«

»Eine obdachlose Junkiebraut, ich kenne sie von früher. Wir haben uns gestern getroffen, und sie hatte so etwas bei sich.«

»Weißt du, wo sie das herhatte?«

Mettes Stimme hatte die Tonlage geändert. Deutlich.

»Von einem Dealer. Classe Hall oder so, warum?«

»Eine große Partie dieser Drogen ist von einer beschlagnahmten Sendung im Zollamt gestohlen worden, und wir versuchen herauszufinden, wo sie geblieben ist. Classe Hall?«

»Ja.«

Mette zog ihr Handy heraus und drückte eine Nummer.

»Hallo, hier ist Mette! Kannst du mal Classe Hall nachschlagen. Oder Clas. Und bei denen vom Drogendezernat nachfragen, ob sie ihn kennen. Danke.«

Mette beendete das Gespräch.

»Wo ist diese Muriel zu finden?«, fragte sie.

»Keine Ahnung. Irgendwo in der Stadt.«

Mette nickte. Jetzt war es so weit.

»Rune Forss«, sagte sie.

»Ja.«

Mette setzte sich hinter ihren Schreibtisch und zog eine dünne Plastikmappe heraus. Einige weiße Papierbögen lagen darin.

»Das ist eine Liste, die wir bei Jackie Berglund letztes Jahr beschlagnahmt haben. Ohne ihr Wissen. Ihre Kundenliste. Sie reicht bis zu den Anfängen ihres Eskortservices, Red Velvet, 1999.«

»Und auf der Liste steht Rune Forss' Name.«

»Ja.«

»Was du mir nicht gesagt hast, als ich dich das letzte Mal gefragt habe.«

»Ich habe es auch nicht geleugnet.«

»Geht daraus hervor, wie oft er ihre Dienste in Anspruch genommen hat?«

»Nein«, sagte Mette. »Aber sein Name taucht schon früh im Register auf, das fängt wohl so um die Jahrhundertwende an.«

»Glaubst du, er ist immer noch dabei?«

»Nein. Außerdem scheint Berglund das Geschäft auf Eis gelegt zu haben. Sie hat wohl kalte Füße bekommen, als wir ihr letztes Jahr so dicht auf den Fersen waren.«

Stilton stand auf. Er hatte das erfahren, was er hatte wissen wollen. Forss befand sich auf der Kundenliste. Nun war es Zeit für den nächsten Schritt.

»Was willst du jetzt tun?«, fragte Mette.

»Das, was ich bereits vor sechs Jahren hätte tun sollen.«

»Dich rächen?«

»Ja.«

»Ist das so klug?«

»Es ist nötig.«

Er sagte das ohne Wenn und Aber, und Mette wusste, dass er es ernst meinte. Sie schüttelte leicht den Kopf.

»Das wird wahrscheinlich nicht so einfach«, sagte sie.

»Weil …?«

»Zum einen, weil seine sexuellen Kontakte verjährt sind. Zum anderen haben wir nur diese Liste hier. Die im Grunde genommen gar nichts beweist. Außerdem haben wir sie uns nicht ganz sauber besorgt, das weißt du.«

Stilton wusste, dass Mette recht hatte. Er wusste, wie so etwas lief. Formal gab es keine Möglichkeit, Forss wegen irgendeiner Sache festzusetzen. Heute. Informell würde es natürlich seine Position bei der Stockholmer Polizei unmöglich machen, wenn das in die Medien käme. Die privaten sexuellen Ausschweifungen eines hochgestellten Kriminalbeamten mit Prostituierten würden für diverse Schlagzeilen sorgen.

Aber dafür brauchte es Beweise.

Die es nicht gab.

Bis jetzt nicht.

Es war eine handfeste Zeugin nötig, eine, die bestätigen konnte, dass sich Rune Forss über Jackie Berglund käuflichen Sex besorgt hatte, und die bereit war, damit an die Öffentlichkeit zu gehen.

»Ich lasse von mir hören«, sagte Stilton.

Er verschwand durch die Tür. Mette zog die Wasserflasche wieder zu sich. Abbas irgendwo unterwegs in Marseille und Stilton auf der Jagd nach einem hochgestellten Kriminalpolizisten in Stockholm.

Nicht gerade gut fürs Herz.

Sie wollte gerade die andere Hälfte der Flasche trinken, als Lisa Hedqvist anrief.

»Clas Hall steht im Dealerregister. Der hat schon einiges auf dem Kerbholz.«

»Dann lass nach ihm fahnden.«

Stilton verließ das Polizeigebäude und ging durch den menschenleeren Kronobergspark. Der raue Wind fegte um die kalten Bänke und die fast gefrorenen Grasflächen, nicht ein Obdachloser hielt sich dort auf. Stilton wusste, hier war sonst der Aufenthaltsort für einige aus der Gruppe, aber nie für ihn selbst gewesen, es war zu nahe an dem Gebäude, das er gerade verlassen hatte. Auf dem Weg aus dem Park heraus begegnete ihm ein Mann mit einem großen Hund, in einen schwarzen Fleecepullover gehüllt. Der Hund sah ganz munter aus, während der Mann selbst in seiner dünnen Jacke zitterte.

»Dich rächen?«

Stilton dachte darüber nach, als er zum Fridhemsplan hinunterging. Es stimmte. Sowohl er als auch Abbas waren auf Rache aus. Aus sehr unterschiedlichen Gründen, aber dennoch. Ja, und? Ihm hatte der Unterton in Mettes Antwort nicht gefallen, oder das, was er andeutete. Dass etwas Primitives darin lag, sich rächen zu wollen. Oder ein Unrecht zu vergelten, wie es in der Gerichtssprache hieß. Was war daran so verkehrt? Was meinte sie damit, dass er sich anders verhalten sollte? Die andere Wange hinhalten? Er hatte nie die andere Wange hingehalten, er wusste gar nicht, wie das ging.

Und nun?

Er bog in die Hantverkargatan ein und ging zu Linas Bar.

Die Stammkneipe vom Nerz.

Minken, der Nerz, getauft auf Leif Minkvist, saß am kurzen Ende des Bartresens, ein halb ausgetrunkenes Bier vor sich. Er war ziemlich klein, mit spärlichem Haar, während seiner vierzig Lebensjahre hatte er fast alles ausprobiert, was auszuprobieren war und noch so einiges mehr. Jetzt ließ er es langsamer angehen. Sein bleiches Gesicht verriet einiges von seinen Vorlieben, er war ein Mann, der gern im Schatten blieb.

»Tag auch.«

Der Nerz sah Stilton im Spiegel vor sich an. Er drehte sich

nicht um. Stilton setzte sich neben ihn. Der Nerz war während seiner aktiven Polizeijahre eine seiner besten Quellen gewesen. Ein Kauz in vielerlei Hinsicht, aber in gewissen Bereichen eine unersetzliche Informationsquelle.

Wie jetzt.

»Wie geht's?«, fragte der Nerz.

»Gut. Und selbst?«

»Na, so und so momentan.«

»Warum?«

»Hast du es nicht gehört? Die Welt soll doch am 21. Dezember untergehen. Das sagt irgend so ein blöder Indianerkalender. Da ist es doch kein Wunder, wenn man nervös wird. Du nicht?«

»Nein. Weißt du, ich denke so: Bis dahin ist es ja noch eine Weile hin, und in der Zwischenzeit kann man noch ein paar nützliche Dinge erledigen, damit man auf der richtigen Seite landet, wenn denn alles zum Teufel geht.«

»So denkst du?«

»So denke ich.«

»Clever.«

Der Nerz trank einen Schluck Bier. Das musste er erst einmal sacken lassen. Stilton wartete, bis er fertig getrunken hatte, dann beugte er sich ein wenig näher.

»Ich muss mit einer der Prostituierten reden, die vor zehn, zwölf Jahren mit Jackie Berglund gearbeitet hat.«

»Ja, gut.«

»Du bist der Erste, den ich frage.«

»Das ist klug.«

Stilton wusste, dass der Nerz großen Wert auf respektvolles Verhalten legte. Er sah sich selbst gern als Geschäftsmann, Stilton ebenbürtig, ein Mann, der etwas liefern konnte. Der Nerz rutschte vom Stuhl herunter.

»Ich lasse von mir hören.«

Zuerst wollte sie ihren Ohren nicht trauen. Sie legte den schwarzen Hörer auf und blieb mehrere Minuten reglos in der Küche sitzen.

Magnus Thorhed hatte angerufen.

Jean Borell konnte sich ein kurzes Treffen für ein Interview über seine Kunstsammlung vorstellen. In seiner Residenz auf Värmdö, wo sich auch ein großer Teil seiner schwedischen Sammlung befand. Übermorgen um 18 Uhr.

Sie stand vom Küchentisch auf.

Bei ihrer Eitelkeit sind sie doch immer zu packen!

Intuitiv hatte sie es gewusst: die einzige Möglichkeit, sich an einen Megamagnaten wie Jean Borell heranzuschleichen, lief über seinen schwachen Punkt. Seine Eitelkeit. Seine Leidenschaft für Kunst, für das, was ihn zu mehr als einem schnöden Kapitalisten machte, einen Gordon Gekko, zu einem Mann mit Tiefe und Gefühlen.

Olivia setzte sich wieder hin.

Was werde ich herausbekommen, wenn ich dorthin fahre? Zu ihm? Ich weiß, was ich herausfinden will, ich will wissen, ob er der Mann ist, der Bengt Sahlmann ermordet hat. Oder der zumindest in den Mord verwickelt ist.

Aber wie?

Intuition, Olivia.

Sie musste es sich immer und immer wieder sagen. Sich selbst aufbauen. Du hast die richtige Antenne, Olivia, du kannst dich vorarbeiten und aus Untertönen und Andeutungen etwas herauslesen. Er hat doch keine Ahnung, warum du eigentlich da bist. Du bist ihm einen Schritt voraus. Du weißt, was im Silvergården passiert ist. Du weißt, wie angreifbar Albion ist. Du weißt, dass es ein Motiv gibt. Dafür brauchst du nur die Bestätigung. Intuitiv.

Da draußen.

Sie hoffte, dass sie nur zu zweit sein würden, nicht dieser

kleine moschusduftende Pferdeschwanz dabei sein und sich einmischen würde. Das würde ihre Antennen stören.

Da klingelte ihr Handy.

»Hallo, hier ist Sandra, bist du zu Hause?«

»Ja.«

»Ich stehe vor deiner Haustür. Darf ich hochkommen?«

»Aber natürlich!«

Olivia ging auf den Flur. Sie überlegte schnell. Sandra hier? Wie spät war es, fast zehn? Warum kam sie hierher? Als Olivia die Tür öffnete, bekam sie zum Teil bereits die Antwort. Vor ihr stand ein ziemlich verheulter Teenager mit angeschwollenen Augenlidern und unsicherem Blick, eingehüllt in eine grüne Daunenjacke. Olivia umarmte sie noch in der Türöffnung und trat dann einen Schritt zur Seite.

»Komm rein. Möchtest du Tee?«

Sandra zuckte mit den Schultern. Olivia ging vor ihr in die Küche und setzte Teewasser auf. Als sie sich umdrehte, war Sandra verschwunden. Olivia ging zum Wohnzimmer und sah Sandra in der Tür zum Schlafzimmer stehen.

»Du hast gar keine Fotos.«

Olivia trat zu Sandra und folgte ihrem Blick in den Raum. Sie hatte keine Fotos, weder hier noch im Wohnzimmer. Sie hatte sie gehabt, sogar mehrere, von sich selbst und Maria und Arne an verschiedenen Orten, zu verschiedenen Gelegenheiten. Vor einem Jahr hatte sie alle abgenommen. Etwas kindisch, wie sie jetzt fand.

Aber das war wohl ein Schritt im Heilungsprozess.

»Ich habe eins«, sagte sie und ging zum Nachttisch neben dem Bett. »Das hier.«

»Eine Katze.«

»Elvis.«

»Wo ist sie?«

»Verschwunden.«

»Wieso?«

Olivia war nicht fähig, jetzt die Geschichte des Katers zu erzählen, also versteckte sie sich hinter der Ausrede, dass das Teewasser kochte. Sie legte einen Arm um Sandras Schultern und ging mit ihr in die Küche. Sandra setzte sich, ohne die Jacke auszuziehen. Sie schaute zu Boden. Ihr geht es dreckig, dachte Olivia und holte zwei Tassen hervor.

»Wie geht es dir?«

Sandra antwortete nicht. Olivia ließ den Tee ziehen, zündete ein paar Kerzen auf dem Tisch an.

»Du weißt nichts weiter über den Laptop?« Sandra flüsterte fast.

»Nein, leider nicht.«

»Und wenn er nun nicht wieder auftaucht?«

»Na, dann können wir dir bestimmt einen neuen besorgen.«

»Aber all die Fotos?«

»Du hattest Fotos drauf?«

»Ja, jede Menge. Wenn ich die jetzt nicht zurückkriege!«

Der Gedanke an die verlorenen Bilder quälte Sandra. Olivia verstand sie. Vielleicht waren die Fotos das Einzige, was noch übrig war von dem, was es einmal gegeben hatte. Ihr war klar, wie wichtig es war, den Laptop zu finden. Aus mehreren Gründen. Sie schenkte Tee ein. Sandra rührte ihre Tasse nicht an, sie saß zusammengesunken da. Eine Weile schwiegen beide. Olivia fiel es schwer, einen Zugang zu dem Mädchen neben sich zu finden. Sie kannte sie ja kaum, wusste nicht so recht, worüber sie reden sollten.

»Soll ich von meiner Mutter erzählen?«

Sandra fragte das, ohne aufzusehen, mit einer zurückhaltenden Stimme.

»Wenn du willst.«

Vielleicht ist sie deshalb hergekommen, dachte Olivia. Vielleicht will sie darüber reden, über ihre Mutter, so wie ich über meine Mutter geredet habe?

»Wir wollten auf Elefanten reiten, mein Vater hatte das im Hotel gebucht, und ich fand es einfach toll, aber meine Mutter hatte keine Lust, sie wollte lieber einen langen Spaziergang am Strand machen, also nahm sie mich in den Arm, und dann fuhren wir davon. Später kam dann dieser Tsunami, während wir unterwegs mit den Elefanten waren. Mein Vater erfuhr davon, als wir mit den Tieren zurückkehrten, und wir fuhren sofort zurück zum Hotel, aber wir kamen nicht durch, es waren überall Menschen, die hin und her liefen und schrien, kein Auto schaffte es durch, und mein Vater wurde ganz verrückt und versuchte zu Fuß zum Hotel zu gelangen, aber es gab ja kein Hotel mehr, alles war zerstört, überall, ich stand hinter dem Wagen und verstand gar nichts, nur dass es einfach schrecklich war, alles war schrecklich, alle schrien und weinten, und ich wollte nur, dass meine Mutter zu mir kommt…«

Sandra verstummte und griff zu ihrer Teetasse. Eine Weile hielt sie sie nur in der Hand, stellte sie dann wieder ab. Olivia legte einen Arm um das Mädchen.

»Aber sie kam nicht.«

»Nein.«

Olivia sah das kleine achtjährige Mädchen vor sich, mitten in dem entsetzlichen Chaos, ohne Möglichkeit, zu begreifen, was passiert war, nur mit dem Wissen, dass alles ganz schrecklich war und dass ihre Mutter nicht kam.

»Wurde deine Mutter gefunden?«

»Nein. Sie blieb im Meer.«

Sandra kratzte einen unsichtbaren Fleck vom Tisch und holte tief Luft.

»Und jetzt ist Papa im Himmel, und nur noch ich bin hier, und ich weiß nicht, wie ich das ohne sie schaffen soll.«

»Hast du das Gefühl? Dass du es nicht schaffst?«

»Ja.«

Sandras Augen glänzten, und eine Träne fiel in die Tasse vor ihr. Sie wischte sich mit dem Pulloverärmel übers Gesicht und schaute Olivia an. Die Tränen hatten ihr Mascara verwischt, sie sah so klein und hilflos aus. Olivia fühlte so großes Mitleid mit ihr, dass sich ihr Magen zusammenzog. Aber wie kann man einen Untröstlichen trösten? Sollte sie sagen, dass Sandra trotz allem ihr ganzes Leben noch vor sich hatte und dass es eines Tages nicht mehr weh tun würde?

»Und alle sagen zu mir, dass ich ja noch mein ganzes Leben vor mir habe«, sagte Sandra, »dass ich darüber hinwegkommen werde, aber das hilft mir ja jetzt nichts. Nicht wahr?«

»Nein, das tut es wohl nicht.«

»Du bist die Einzige, bei der ich das Gefühl habe, du verstehst, wie ich mich fühle.«

Sandra lehnte ihren Kopf gegen Olivias Schulter. Olivia legte einen Arm um sie, während sie gleichzeitig dem Geschick dankte, dass sie nicht geredet hatte, ohne vorher nachzudenken. Das Beste war sicher, einfach zuzuhören, und nicht mit irgendwelchen Floskeln zu kommen.

»Manchmal denke ich, hätte ich an diesem Tag die Vespa betankt, dann wäre ich früher zu Hause gewesen, hätte den Mörder bei seiner Tat gestört, und Papa würde noch leben. Aber ich war so faul, hatte keine Lust zu tanken und bin deshalb zu spät gekommen.«

Olivia reagierte sofort. Sie nahm den Arm herunter und wandte sich mit dem ganzen Oberkörper Sandra zu, um ihren Worten das notwendige Gewicht zu geben.

»Das stimmt nicht, Sandra. Auch wenn du deine Vespa betankt hättest, du hättest niemals den Mord an deinem Vater verhindern können. Sein Tod hat nichts damit zu tun, ob du faul warst oder nicht. Begreifst du das?«

Olivia sah, wie Sandra leicht zusammenzuckte.

»Entschuldige«, sagte sie und legte ihre Hand auf Sandras. »Ich wollte nicht schimpfen. Aber du darfst dir keine Schuld geben. Du hast so schon genug zu tragen.«

»Ich weiß, aber die Gedanken surren mir nur so im Kopf herum. Ich weiß nicht, wie ich mit ihnen klarkommen soll.«

»Aber du redest doch hoffentlich mit jemandem darüber?«

»Nein. Das wollte ich nicht. Ich habe ein wenig mit Tomas gesprochen, das ist ein Pfarrer, den wir kennen, und das war wohl ganz gut.«

»Außerdem hast du ja noch Charlotte.«

»Ja, sicher, aber mit ihr kann ich nicht so reden wie mit dir. Sie versucht nur immer, sich etwas auszudenken, um mich aufzumuntern, und ich will nicht aufgemuntert werden.«

Das verstand Olivia nur zu gut. Viel zu viele Personen ihrer Umgebung hatten versucht, sie aufzumuntern, als es ihr am dreckigsten ging. Was sie verabscheut hatte. Mårten war der Einzige, der sie verstanden hatte, der sich zurückgehalten hatte, um doch da zu sein, wenn sie ihn brauchte. Ohne sie aufzumuntern.

Vielleicht sollte Sandra einmal mit Mårten sprechen?, überlegte sie.

Schließlich ist er ja ein alter Kinderpsychologe.

Sandra hob den Kopf und schaute Olivia in die Augen.

»Ich habe das Gefühl, dass ich nur dich habe.«

Sie ließ den Kopf wieder auf Olivias Schulter sinken. Olivia spürte, wie sich ihr Magen erneut zusammenzog. Nur mich? Was meinte sie damit? Was projiziert sie auf mich? Sicher, das Gespräch daheim bei Maria war sehr privat gewesen, sie hatte Sandra Dinge erzählt, die sie noch nie jemandem erzählt hatte, intime Dinge, in einem Versuch, zu trösten und ehrlich zu sein. Hatte Sandra zu viel in die Worte hineininterpretiert?

»Kann ich bei dir schlafen?«

Sandra hatte immer noch ihren Kopf auf Olivias Schulter liegen, und Olivia fiel keine vertretbare Ausrede ein, die Frage zu verneinen.

»Dann müssen wir aber erst mit Charlotte sprechen«, sagte sie.

Sandra rief Charlotte an, und diese bat, mit Olivia sprechen zu können, und fragte, ob es für sie in Ordnung sei, wenn Sandra bei ihr schliefe.

»Das ist vollkommen in Ordnung.«

»Es macht dir keine Umstände?«

»Überhaupt keine.«

Dann tranken sie ihren Tee aus, und danach wollte Sandra ins Bett gehen. Olivia machte das breite Doppelbett zurecht, Sandra legte sich hin. Olivia legte sich neben sie auf die Decke, angezogen.

»Soll ich das Licht anlassen?«, fragte sie.

»Nein, wenn du es nicht willst.«

Olivia schaltete die Nachttischlampe aus. Sandra lag ganz still auf ihrer Seite, ihre Stimme kam aus dem Dunkel.

»Was ist mit deiner Katze passiert? Du hast es mir nie erzählt.«

»Ich erzähle es dir morgen.«

Sandra drehte sich auf die andere Seite. Olivia blieb auf dem Bett liegen, wartete, bis Sandra eingeschlafen war. Danach wollte sie sich in die Küche setzen und überlegen, was sie mit Sandra machen sollte.

Sie lauschte den Atemzügen des Mädchens, wollte hören, ob sie schlief. Als ihr Atem immer langgezogener und ruhiger wurde, setzte sie sich auf.

»Ich habe Angst.«

Sandras Stimme war an die Wand gerichtet, erreichte aber Olivias Rücken. Sie drehte sich um und streichelte Sandras Schulter.

»Du brauchst keine Angst zu haben, Sandra. Das verspreche ich dir. Schlaf jetzt.«

Als wäre sie ein kleines Kind.

*

Es war fast halb zwölf Uhr abends. Bosse und Lisa saßen in einem Dienstwagen kurz vor dem Restaurant Riche. Seit einigen Stunden observierten sie Clas Hall. Er war im Drogenregister gefunden worden, mit Adresse und einigen anderen nützlichen Informationen. Seinem Arbeitsplatz beispielsweise. Er war Kellner in einer großen Gaststätte am Stureplan. Eine gute Lage, um gewisse Dinge zu vertreiben. Vielleicht ja 5-IT? Aber dort hatten sie ihn nicht gefunden. Also stellten sie sich vor seine Wohnung in der Roslagsgatan und hatten gerade erst den Motor ausgestellt, als er aus der Tür kam. Danach waren sie ihm gefolgt. Zu einem Kleiderladen. Und einem Buchgeschäft. Dort hatte er sich lange aufgehalten. Sie hatten schon gefürchtet, er hätte sie entdeckt, wäre durch einen Hinterausgang entwischt und hätte seinen Wagen stehen lassen. Doch zum Schluss kam er wieder heraus. Sie machten ein paar Fotos von ihm. Inzwischen hatten sie die Speicherkarte schon ziemlich gefüllt.

Eigentlich war das hier kein Job für ihre Abteilung. Das war ja eher etwas für den Außendienst und nicht für Mordermittler, aber Mette hatte sie gebeten, sich ausnahmsweise darum zu kümmern, also taten sie es.

»Was glaubst du, was da los ist?«, fragte Bosse.

»Was meinst du?«

»Na, mit Mette. Da stimmt doch was nicht. Fängt sie jetzt etwa mit Tischtennis an?«

»Sie will wohl abnehmen.«

»An einem Pingpongtisch? Ich glaube, da steckt etwas anderes dahinter.«

Lisa nickte. Beiden war aufgefallen, dass Mette sich verändert hatte. Nur Kleinigkeiten, beispielsweise dass sie gezwungen war, sich abzustützen, wenn sie aufstand. Das war vor ein paar Wochen noch nicht nötig gewesen. Irgendetwas stimmte da nicht. Aber es war nichts, wonach man sie fragen konnte. Mette lud zu dieser Art von Gespräch nicht gerade ein. Sie war sehr aufmerksam, wenn es um andere ging, und dabei blieb es.

»Da kommt er!«

Lisa zeigte auf die großen Schaufenster zur Straße hin. Clas Hall war vor einer ganzen Weile ins Restaurant gegangen, hatte sich an einen Tisch gesetzt und ihn nach einer Weile wieder verlassen. Vermutlich, um auf die Toilette zu gehen. Jetzt kam er zurück. Aber er ging nicht wieder an den Tisch, an dem er gesessen hatte, er holte nur seine Jacke und setzte sich einen Tisch weiter. Lisa holte das Fernglas heraus. Sie sah, wie Hall sich an den neuen Tisch setzte. An dem bereits eine Frau saß.

»Er setzt sich zu einer Frau, die allein am Tisch sitzt«, sagte Lisa.

»Will er sie anbaggern?«

»Kann sein.«

»Wie sieht sie aus?«

»Etwas zu rot gefärbte Haare, etwas zu großer Busen, etwas zu ...«

Bosse schnappte sich das Fernglas. Es dauerte ein wenig, bis er den Tisch im Blick hatte. Dann jedoch sah er sie.

»Das ist Gabriella Forsman«, sagte er.

»Wer ist das?«

»Sie ist im Zollamt angestellt. Hat mit Bengt Sahlmann zusammengearbeitet.«

Mette war nach ziemlich sinnlosen Überstunden auf dem Weg nach Hause. Sie hatte mit diversen Polizeibeamten in Europa eine Telefonkonferenz gehabt, die große Drogenfahndung betreffend. Alle hatten etwas zu meckern gehabt, über das Budget, die Bürokratie, über alles, was nicht mit dem Wesentlichen zu tun hatte: die Netzhändler zu schnappen, die die Drogen anboten. Schließlich war es Mette gelungen, das Gespräch zu einem Schlusspunkt zu bringen und sich selbst herauszuziehen. Als sie jetzt ihr Handy herausholte und die Nachricht von Lisa und Bosse las, gab es nur eins: umkehren.

»Gabriella Forsman?!«

Bosse stand an die Wand von Mettes Arbeitszimmer gelehnt, neben der Tür. Lisa saß Mette gegenüber vor dem Schreibtisch. Alle waren gleich verblüfft. Und aufgekratzt. Der Drogendealer Clas Hall hatte die Zollbeamtin Gabriella Forsman getroffen. In einer Gaststätte. Dabei konnte es sich natürlich um eine ganz normale Verabredung handeln, vielleicht waren die beiden ja zusammen, aber es gab da so einige interessante Aspekte.

Gabriella Forsman konnte in das Verschwinden der Drogen aus dem Zollamt verwickelt sein.

»Sie hat gemeldet, dass die Drogen verschwunden sind.«

»Eine gute Methode, von sich selbst abzulenken.«

War sie diejenige, die Clas Hall mit den Drogen versorgte, die er offensichtlich in der Stadt an die Junkiebraut Muriel verkauft hatte? 5-IT? Genau die Sorte, die in der verschwundenen Partie gewesen war.

Das war die eine Frage. Die andere war noch interessanter.

Hatte in diesem Fall Bengt Sahlmann davon gewusst? Hatte er entdeckt, worin seine Kollegin verwickelt war? Und war für sie zu einer Gefahr geworden? Für beide, für Clas Hall und Gabriella Forsman?

»Da werden wir morgen so einiges zu tun haben.«

Mette mühte sich aufzustehen. Bosse war kurz davor, ihr zu Hilfe zu eilen, wurde jedoch von Lisas diskreter Geste gebremst: Lass es!

Olivia blies die Kerze in der Küche aus. Sie hatte lange dort gesessen, einige Tassen grünen Tee getrunken und versucht, die Lage in den Griff zu bekommen. Sie fühlte sich gespalten. Ihre Begeisterung über das Treffen mit Jean Borell war von Sandras Auftauchen getrübt worden. Die Verabredung mit Borell war auf einer Linie mit ihrem polizeilichen Instinkt, das war etwas Konkretes, es ging um eine Hypothese und einen Mordfall.

Bei Sandra dagegen ging es um ganz andere Dinge.

Sie wusste, das eine würde sie hendeln können, darauf freute sie sich geradezu, das andere war wie Treibsand für sie.

Doch als sie endlich unter die Bettdecke kroch und den Körper spürte, der dicht neben ihr lag, erkannte sie das Entscheidende: der Vater dieses Mädchens war ermordet worden, eventuell von dem Mann, den sie übermorgen treffen würde.

Das hing zusammen.

Ihre Brüste waren immer noch schwer und üppig, sie hatte sie nie mit künstlichen Mitteln aufpumpen müssen. Sie spürte, wie seine Hände sie anhoben, sie streichelten, die erigierten Brustwarzen sendeten Signale bis in den Schritt hinunter. Sie drückte sich mit den Händen von der Wand ab. Ihre langen, goldlackierten Fingernägel bohrten sich ein wenig in die Reistapete. Sie hielt dagegen. Als er sein Glied in sie hineinpresste, spürte sie, wie groß er war. Genau wie früher, da war nichts geschrumpft. Sie lehnte die Stirn gegen die Wand und stöhnte zum Boden hin. Sie wusste, er konnte viel Ausdauer haben, und das hatte er auch. Sehr viel. Bis sie fühlte, wie ihr ein heftiger Orgasmus vom Becken bis hinauf ins Gehirn schoss. Er machte weiter. Der nächste Orgasmus war ruhiger, er klang fast im selben Moment ab, als er kam. Sie wartete, dass er sich herauszog, bevor sie sich umdrehte.

»Danke«, sagte sie.

Er nickte.

»Ich bin derjenige, der sich bedanken muss, meine Liebe.«

Er sprach ein sehr vornehmes Englisch, war in der Nähe von Oxford aufgewachsen. Aber nicht das Englisch interessierte Jackie Berglund, sondern die sexuellen Qualitäten. Vor vielen Jahren hatte sie bereits eine Kostprobe davon bekommen, jetzt konnte sie sie voll und ganz genießen. Sie zog ihren Slip an und bat ihn, einzutreten. Vor einer halben Stunde hatte er an der Tür geklingelt, eine braune Reisetasche in der Hand, und sie hatte ihn ohne viel Gerede hereingelassen. Sie hatten einander angeschaut, dann hatte er ihr seine

Hand auf die Scham gelegt. Jetzt hatten sie es hinter sich gebracht.

Jetzt konnten sie sich unterhalten.

»Was machst du hier?«

»Ich bin ein wenig auf Reisen. Es ist einige Jahre her, dass ich in deiner schönen Stadt gewesen bin.«

»Viel zu viele Jahre.«

Jackie hatte ihn vermisst. Seinen Körper. An dem Rest war sie nicht sonderlich interessiert. Aber er war immer nett gewesen und hatte ihr einmal geholfen, früher, deshalb stand ihr Haus immer offen für ihn. Das hatte sie ihm gesagt, und das meinte sie auch so.

Und das wusste er.

Auf Jackie Berglund konnte man sich verlassen. Zwar war sie zehn Jahre älter als er, aber er hatte nichts gegen reife Frauen. Die wussten, was sie wollten, und das wollten sie gleich.

»Willst du was zu trinken haben?«

»Gern. Einen Schluck Gin, wenn du hast.«

Es war zwar eigentlich erst Zeit fürs Frühstück, aber dieser Wunsch sah Mickey Leigh ähnlich. Er konsumierte regelmäßig, aber in Maßen. Also bekam er seinen Gin und setzte sich aufs Sofa.

»Wie lange willst du bleiben?«, fragte Jackie.

»Solange du mich aushältst.«

Jackie interpretierte die Antwort in der Richtung, dass Mickey wohl eine Weile bei ihr wohnen wollte. Kein Problem. Sie hatte eine große Wohnung in Norr Mälarstrand mit zwei Schlafzimmern. Der Gedanke, freien Zugang zu Mickey in einem von ihnen zu haben, machte sie fast wieder heiß.

»Wie läuft es mit Red Velvet?«, wollte Mickey wissen.

»Das habe ich auf Eis gelegt, jetzt führe ich ein Einrichtungsgeschäft.«

»Warum das?«

»Das ist eine lange Geschichte.«

Eigentlich gar nicht so lang, dachte sie. Den Entschluss hatte sie vor gut einem Jahr gefasst, als sie im Zusammenhang mit einem Mord auf Nordkoster von der Polizei verhört worden war. Da hatte sie das Gefühl gehabt, dass die Bullen ihr etwas zu nah auf die Pelle rückten, genau wie einige Jahre zuvor, als dieser Tom Stilton die Idee gehabt hatte, sie könnte in den Mord an einem ihrer Eskortmädchen verwickelt gewesen sein, Jill Englund. Hätte sie damals nicht ihre Beziehung zu Kriminalkommissar Rune Forss gehabt, dann hätte es für sie richtig übel ausgehen können. Obwohl, Beziehung – sie hatte ihn in der Hand gehabt, das war wohl die bessere Beschreibung. Jedenfalls hatte Forss ihr Stilton vom Leibe gehalten, und das rechnete sie ihm hoch an.

Mickey nahm einen Schluck von seinem Gin und legte ihr eine Hand auf den Oberschenkel.

Das brachte sie auf andere Gedanken.

*

Olivia wachte spät auf, sie war erst in den frühen Morgenstunden eingeschlafen, und als sie jetzt den Kopf zur Seite drehte, war Sandra weg.

»Sandra!«

Sie rief in die Wohnung hinein nach ihr, während sie aufstand. Bekam aber keine Antwort. Als sie in die Küche kam, lag dort ein gelber Notizzettel auf dem Küchentisch mit ein paar handgeschriebenen Worten darauf: »Ich bin nicht so stark wie du.« Olivia eilte zurück ins Schlafzimmer und griff zu ihrem Handy. Sie rief Sandras Nummer an, erreichte aber nur die Mailbox. Sie bat Sandra, sie sofort zurückzurufen, wenn sie die Nachricht erreichte. Anschließend rief sie Charlotte an, die aber seit dem letzten Abend nichts von Sandra gehört hatte.

»Können Sie mich anrufen, sobald Sie etwas von ihr gehört haben«, bat Olivia.

»Das mache ich.«

Olivia ging unter die Dusche. Dort blieb sie lange stehen, viel länger als üblich, nach einer Weile setzte sie sich auf den Boden und ließ das Wasser weiter über ihren Körper strömen.

»Ich bin nicht so stark wie du.«

Warum hatte sie das geschrieben? Sie wollte doch wohl nichts Dummes anstellen?

Als Olivia endlich aus der Dusche stieg, rief sie Mårten an und berichtete ihm, was passiert war, erzählte von dem Abend zuvor und auch von dem Zettel auf dem Küchentisch.

»Sie scheint nicht stabil zu sein«, sagte er.

»Nein. Was soll ich machen?«

»Im Augenblick kannst du nicht viel machen, hoffen wir nur, dass sie bald von sich hören lässt.«

»Und wenn nicht?«

»Das wird sie schon. Anscheinend bist du ihr ja ziemlich wichtig.«

»Ja. Kannst du dir vorstellen, vielleicht mal mit ihr zu reden, wenn es sich ergibt?«

»Auf jeden Fall, gern. Wenn sie es auch will.«

»Danke.«

Olivia legte auf. Mårtens Worte »hoffen wir nur« hatten ihr gar nicht gefallen. Aber was hätte er auch sonst sagen sollen? Er konnte ja nicht garantieren, dass Sandra sich meldete.

Und wenn sie es nun nicht tat?

*

Es drehten sich schon einige Köpfe nach ihr um, sowohl von Männern wie von Frauen, als die Dame mit dem wohlgeformten Körper über den Flur zum Vernehmungsraum geführt wurde.

Gabriella Forsman hatte Ausstrahlung.

Nachdem sie sich auf den angewiesenen Stuhl gesetzt hatte, schob sie ihren Rock so weit hoch, dass sie das eine Bein über das andere schlagen konnte. Bosse registrierte die Geste. Er stand an einer Wand neben Lisa. Mette saß Forsman gegenüber. Diese sah sehr ruhig aus, ihr Mund war frisch angemalt, das Haar hochgesteckt, es sah aus wie ein dicker roter Ballon. Sie ging davon aus, dass das Gespräch davon handeln würde, was mit Bengt Sahlmann passiert war.

Wenn sie irgendwie helfen konnte, würde sie das gern tun.

»Vor einer Weile ist eine größere Partie 5-IT aus dem Fundus des Zollamts verschwunden«, begann Mette. »Es war ein Teil dessen, was früher im Herbst beschlagnahmt worden war, stimmt das?«

»Das stimmt. Ich war diejenige, die entdeckt hat, dass es weg war.«

Forsmans tiefer Alt schwebte durch den Raum.

»Was haben Sie da gemacht?«

»Ich habe es Bengt gesagt, er ist, er war ... verantwortlich für ... für ...«

Forsman bekam leichte Probleme mit ihrer Stimme, sie hob eine elegante Handtasche hoch und zog ein Taschentuch hervor. Mette warf Lisa und Bosse einen schnellen Blick zu. Gabriella Forsman fasste sich.

»... Entschuldigung, ich bin nicht .... jedes Mal, wenn ich an ihn denke, dann werde ich ... Entschuldigung. Ja, Bengt war der oberste Verantwortliche für beschlagnahmte Güter, deshalb habe ich es ihm gemeldet.«

»Und was hat Bengt gemacht?«

»Er war schockiert. Es war ja eine größere Partie, die verschwunden war. Das fand er äußerst unangenehm. Wenn das herauskäme, würden wir nicht besonders gut dastehen. Nicht wahr?«

»Und dann hat er eine Untersuchung angeordnet?«

»Ja. Wir wussten nicht, ob es vielleicht nur intern verschwunden war und möglicherweise wieder auftauchte, das ist früher schon mal passiert.«

»Ihre Behörde hat nicht die Polizei eingeschaltet?«

»Nein. Bengt wollte es zunächst selbst untersuchen. Er fand es wohl unnötig, die Polizei hinzuzuziehen, wenn die Drogen möglicherweise nur an der falschen Stelle im Haus gelandet waren.«

»Wissen Sie, was er herausbekommen hat?«

»Nein.«

»Dann wissen Sie also nicht, ob er erfahren hat, dass möglicherweise Personen im Zollamt am Verschwinden der Drogen mitbeteiligt waren?«

»Nein. Leider nicht.«

Forsman lächelte verhalten und wechselte die Beinhaltung, schaukelte mit dem freien Bein ruhig hin und her.

»Wissen Sie, ob er schriftlich einen Bericht über seine Ermittlungen verfasst hat?«

»Nein. Davon hätte ich wissen müssen.«

»Was für eine Beziehung haben Sie zu Clas Hall?«

Forsman schaute Mette mit großen Augen an. Ob sie in diesem Moment unnatürlich groß wurden oder es immer schon waren, fragte Bosse sich für einen Moment. Schön waren sie auf jeden Fall.

»Wer ist das?«, fragte Forsman schließlich.

»Das ist ein Kellner, der bereits einige Male wegen Drogendelikten verurteilt worden ist. Momentan verkauft er 5-IT hier in der Stadt, die gleiche Droge, die im Zollamt verschwunden ist. Kennen Sie Clas Hall?«

»Nein.«

»Sie haben keinen Kontakt zu ihm?«

»Nein. Glauben Sie, ich würde mit Dealern Kontakt haben? Für was halten Sie mich?«

Wieder wechselte sie die Beinhaltung. Auch die Stimme änderte sich. Weniger Alt, eher Sopran. Mette holte eine Plastikmappe heraus und breitete diverse Fotos vor Forsman auf dem Tisch aus.

»Das sind Fotos aus dem Restaurant Riche gestern Abend.«

Forsman saß steif da, mit kerzengeradem Rücken.

»Würden Sie sich bitte mal die Fotos anschauen?«, sagte Mette.

Gabriella Forsman beugte sich ein wenig vor, ihr großzügiger Busen landete fast auf dem Tisch. Sie schaute die vergrößerten Fotos an.

»Die Frau da am Tisch, das sind doch Sie, oder?«, fragte Mette.

»Ja.«

»Und der Mann, mit dem Sie dort sitzen, wer ist das?«

»Das ist, das war so ein Typ, der zu mir gekommen ist, der wollte, er wollte mit mir tanzen.«

»Tanzen?«

»Das hat er jedenfalls gesagt, obwohl es da gar keine Möglichkeit zum Tanzen gibt, deshalb bin ich davon ausgegangen, dass er mich anbaggern wollte. Das passiert häufiger, wenn ich ausgehe.«

Wundert mich nicht, dachte Lisa.

»Wer ist das?«, fragte Forsman.

»Das ist Clas Hall. Den Sie offenbar nicht kennen.«

»Nein.«

»Dann ist es ihm nicht gelungen, Sie ›anzubaggern‹?«

»Nein. Zu der Sorte gehöre ich nicht.«

Forsman versuchte zu lächeln, doch die Lippen blieben steif. Mette zog weitere Fotos hervor. Lisa liebte das. Wenn ein Opfer festgenagelt wurde.

»Auf diesen Fotos, die etwas später vor dem Restaurant gemacht wurden, stehen Sie beide dicht beieinander und küssen sich. Ziemlich intensiv.«

Es dauerte einen Moment, dann zwang Forsman sich, die Fotos anzusehen.

»Das sieht so aus.«

»Ja, das tut es.«

Forsman lehnte sich zurück, setzte sich aufrecht hin, breitete die Arme leicht aus und versuchte es mit einem entschuldigenden Lächeln.

»Tut mir leid, ich habe gelogen. Ich bin einfach seinem Charme erlegen. Wir haben uns geküsst. Aber das ist ja wohl nicht strafbar, oder? Ich hatte doch keine Ahnung, wer er war.«

Mette und Lisa schauten einander an.

*

Der Busfahrer musste in der Odengatan heftig bremsen. Das junge Mädchen war bei Rot direkt auf die Straße gelaufen. Er schrie sie durch die Scheibe hindurch an. Sandra hörte und sah nichts davon, das Einzige, was sie sah, waren unscharfe Menschensilhouetten, unscharfe Häuserfassaden und irgendwelche Bewegungen darum herum. Alle Geräusche waren verschwunden. Sie lief unter einer dunklen Glocke, zuerst in die eine Richtung, dann in die andere. Ab und zu schaute sie zum Himmel hinauf, der war grau und schwer. Ihre grüne Steppjacke trug sie offen, sie konnte den Wind am Hals spüren. Vor einer Weile hatte sie auf einer Bank in einem Park gesessen, war dann aber wieder aufgestanden. Sie wusste nicht, wo sie war, in ihrem Kopf war es vollkommen still. Jetzt ging sie an einer Häuserfassade entlang, mit dem Arm streifte sie die rauen Steine, ohne etwas zu spüren. Das Einzige, was sie deutlich fühlte, war das kleine flache Päckchen, das sie in ihrer geballten Faust hielt, tief vergraben in der Jackentasche. Das Gefühl gab ihr Ruhe.

*

Der Zugriff wurde koordiniert. Bosse leitete die Aktion gegen Clas Hall in der Roslagsgatan. Er war nicht zu Hause, seine Wohnung wies jedoch deutliche Spuren von Drogenverkehr auf.

Die Techniker wurden herbeigerufen.

Mette und Lisa leiteten die Aktion gegen Gabriella Forsman. Sie hatten sie nach der Vernehmung wieder laufen lassen und observierten sie nun. Sie wohnte in der Sandhamnsgatan. Als die Polizeibeamten dann durch die Haustür stürmten, zog Mette es vor, auf der Straße zu warten. Forsman wohnte drei Stockwerke hoch, und Mette war sich nicht sicher, dass es einen Fahrstuhl gab. Sie hielt aber ununterbrochen Kontakt mit Lisa. Gerade als sie hörte, dass die Beamten sich Zugang zur Wohnung verschafft hatten, kam ein Auto aus der Tiefgarage unter dem Gebäude gefahren. Mette sah, wer da drinnen saß. Clas Hall am Steuer und Gabriella Forsman neben ihm. Sie fuhren auf die Straße und bogen in Mettes Richtung ab. Forsman erwiderte ihren Blick. Mette hob einen Arm und trat einen Schritt auf die Straße. Der Wagen brauste dicht an ihr vorbei. Mette lief ein paar Schritte hinter ihm her. Lisa war bereits im Hauseingang und sah durch die Tür, was geschah, wie Mette noch ein paar Schritte machte, immer langsamer, wie in Zeitlupe, bevor sie plötzlich anfing zu schwanken, gegen ein parkendes Auto fiel und dann auf die Straße rutschte.

Halls Auto war bereits verschwunden.

*

Es war kalt und dunkel, doch das störte Luna nicht. Sie hatte einen kräftigen Scheinwerfer achtern auf dem Schiff installiert, der das ganze Deck erleuchtete. Der große Gefrierschrank sollte runter in die Kombüse. Sie hatte ihn gebraucht bei Blocket gekauft und zum Leichter fahren lassen. Dann hatte sie auf Stilton gewartet. Als er endlich kam, witterte er bereits auf der Gangway Unheil.

»Hallo!«, rief Luna. »Du kommst aber spät!«

»Ja?«

Stilton konnte sich nicht daran erinnern, irgendeine Uhrzeit einhalten zu müssen. So etwas lag schon Jahre hinter ihm. Doch als er ins Scheinwerferlicht trat und den Gefrierschrank sah, verstand er.

»Hast du den gekauft?«

»Ja. Wir müssen ihn unter Deck schaffen. Kannst du hier anfassen?«

Stilton gefiel der Ton nicht. Er war Untermieter. Hatte keine Verpflichtungen. Wenn er ihr helfen sollte, konnte sie das ja wohl in einem anderen Ton sagen? Aber sie hatte sich um Muriel gekümmert, so musste er jetzt wohl bei ihrem Gefrierschrank anpacken.

»Wie willst du ihn nach unten kriegen?«

»Wir. Ich habe Gurte. Geh du zuerst.«

Zuerst gehen hieß die Eisentreppe hinunter, eine ziemlich steile Treppe, und eng war sie auch. Außerdem musste er so rückwärts gehen.

»Hast du mal gemessen, ob er überhaupt …«

»Natürlich habe ich das. Nun komm schon!«

Stilton ging zum Gefrierschrank, hob ein paar Gurte auf und legte sie sich über eine Schulter. Luna machte das Gleiche auf der anderen Seite.

»So, jetzt heben wir an«, sagte sie.

Sie hoben an.

Es ist gar nicht so schwer, wie ich angenommen habe, dachte Stilton und begann die Eisentreppe hinunterzusteigen. Nach ein paar Schritten musste er so gut wie das gesamte Gewicht stemmen und begriff, warum er zuerst hatte gehen sollen. Der Schrank wurde mit jeder Treppenstufe schwerer und scheuerte fast an den Schotten an den Seiten.

Aber Luna hatte richtig ausgemessen, die Box erreichte mit

ein wenig Tricksen und ein paar Winkelzügen das untere Deck. Sie stellten sie an ihren Platz und lösten die Gurte.

»Kann ich das von der Miete abziehen?«, wollte Stilton wissen.

»Nein. Aber ich kann dich zum Essen einladen.«

»In Ordnung.«

Es war das erste Mal, dass sie ihn zum Essen einlud, warum also nicht? Stilton ging in seine Kajüte und zog sich um, was hieß, dass er seine Lederjacke auszog und ein Paar Wollsocken überstreifte. Im Salon zog es kalt vom Boden her. Er kam zurück und setzte sich an den ovalen Tisch. Luna hatte Licht gemacht und Musik angestellt.

»Soll ich dir bei irgendwas helfen?«, fragte er pflichtschuldig.

»Du kannst den Tisch decken«, war aus der Küche zu hören.

Stilton ging zu einem eingebauten Schrank, er wusste, wo das Geschirr stand. Er holte zwei zierliche elfenbeinweiße Teller und zwei robuste Gläser heraus, er nahm an, dass sich das Besteck in der Kombüse befand, stellte Teller und Gläser auf den Tisch und setzte sich wieder. Gedeckt. Nach einer Weile zogen verschiedene verlockende Düfte aus der Küche, und er merkte, wie hungrig er war. Wie ein Wolf. Hoffentlich bringt sie gleich ein ganzes Kalb, dachte er.

Doch das tat sie nicht.

Als Erstes stellte sie einen Teller Spargel mit einem Klecks Butter auf den Tisch. Dann folgten weitere größere und kleinere Teller, alle mit zubereitetem Gemüse. Als Letztes stellte sie eine Wasserkaraffe und eine große blaue Schüssel hin.

»Was ist das?«, wollte Stilton wissen und hoffte, es würden sich ein paar Kaninchen da drinnen verbergen.

»Das ist Karottensuppe.«

»Wie schön.«

Luna füllte auf.

»Viel Gemüse«, bemerkte Stilton.

»Ja.«

»Bist du Vegetarierin?«

»Nein, ich bin allergisch gegen Fleisch.«

»Du magst es nicht?«

»Doch, aber ich bin allergisch. Ich vertrage kein Fleisch von vierbeinigen Tieren.«

»Strauß geht aber?«

»Strauß geht, nur ein bisschen schwierig, es zu kriegen.«

»Ist das dein Ernst? Dass du allergisch gegen Fleisch bist?«

»Ja. Wahrscheinlich wurde die Allergie von einem Zeckenbiss verursacht, zumindest haben die Ärzte das gesagt. Es ist eine ziemlich ungewöhnliche Allergie. Gibt es Zecken auf Rödlöga?«

»Jede Menge.«

Stilton nahm sich mehr von der Karottensuppe. Sie war gut, kräftig gewürzt und mindestens eine Stufe besser als Risotto maritim. Als Luna ihm aufgefüllt hatte, sah er, wie ihre Hand zitterte. Er nahm an, dass es sich um Nachwirkungen vom Gefrierschranktransport handelte.

»Und wie läuft es bei dir?«, fragte Luna.

»Womit?«

»Keine Ahnung. Irgendwas wirst du doch tun, oder?«

Er hatte mit keinem Wort erzählt, worum es sich bei der Marseillereise gehandelt hatte. Sie hatte ihn nur gefragt, ob sie gut verlaufen sei, und er hatte geantwortet: »Das weiß ich nicht.« Und das Thema gewechselt. Jetzt versuchte sie es also noch einmal.

»Oder läufst du die ganze Zeit nur so in der Stadt herum?«

»Im Prinzip ja. Wie viel hast du für den Gefrierschrank bezahlen müssen?«

Luna war kurz davor, Stilton eine gekochte Rote Beete ins Gesicht zu schleudern, aber sie hielt sich zurück. Dieser Mann gibt nicht gerade viel von sich preis, dachte sie, und sie war sich nicht sicher, ob ihr das gefiel oder nicht.

Aber der Gefrierschrank war zumindest an Ort und Stelle.

*

Olivia lag auf dem Bett und las. Sie war im Modernen Museum gewesen, dort herumgelaufen und hatte sich alle Kunstwerke angesehen, die von noch lebenden schwedischen Künstlern dort hingen.

Und sich Notizen gemacht.

Und versucht, Sandra anzurufen. Dreimal ohne Erfolg.

Aber es war ihr gelungen, mit einem der Museumsangestellten ein ausführliches Gespräch zu führen, das sie aufgezeichnet hatte. Daraus war jede Menge von Informationen zu holen. Außerdem hatte sie alle möglichen Bücher und Zeitschriften zu diesem Thema angeschleppt. Auch einen alten Drucker hatte sie sich von Lenni geliehen und unzählige Texte aus dem Internet ausgedruckt. Sie wollte mit dem Marker auf Papier unterstreichen können.

Wenn ich mir das alles eingetrichtert habe, brauche ich keinen blöden Kunstkurs mehr zu besuchen, dachte sie.

Das hier ist ein Masterstudium.

Aber sie wollte auf jeden Fall etwas in der Hand haben, wenn sie sich mit Jean Borell traf.

Das war wichtig.

Sie nahm einen der dicken Kunstwälzer hoch, die sie aus der Bibliothek im Medborgarhaus mitgenommen hatte.

Die Gleichung des Goldenen Schnittes.

Ließ ihn wieder sinken, dachte an Sandra.

Charlotte hatte vor einer Stunde angerufen. Sandra war nach Hause gekommen. Sie hatte nicht viel gesagt, nur, dass sie in der Stadt herumgelaufen wäre.

»Den ganzen Tag?«

»Offensichtlich ja.«

»Kann ich mit ihr sprechen?«

»Sie liegt in der Badewanne.«

»Kannst du sie dann bitten, mich anzurufen, wenn sie wieder raus ist?«

»Ja, natürlich.«

Sandra hatte immer noch nicht zurückgerufen. Olivia schaute auf die Uhr, inzwischen war es schon fast elf. Sollte sie es noch einmal versuchen, oder wollte Sandra nicht mit ihr reden? War sie sauer oder wütend? Aber warum sollte sie?

Olivia ging ins Bad, putzte sich die Zähne und zog sich aus. Als sie gerade ins Bett kriechen wollte, rief Sandra an.

»Hallo!«, sagte Olivia. »Ich habe versucht, dich zu erreichen.«

»Das habe ich gesehen. Es ging mir heute nicht so gut, ich habe es nicht geschafft, zurückzurufen.«

»Das macht doch nichts. Du warst schon weg, als ich aufgewacht bin.«

»Ich wollte dich nicht wecken.«

»Das ist aber lieb. Ich habe deinen Zettel gefunden.«

»Ja.«

»Und – was hast du heute gemacht?«

»Ich bin herumgelaufen. Was hast du gemacht?«

Olivia merkte, dass Sandra nicht bei der Sache war. Sie konnte es an der Stimme hören, an ihrer Art, sich auszudrücken, es gab keinen Kontakt mehr zu ihr. Nicht wie gestern, in der Küche.

»Ich lerne was über Kunst«, sagte Olivia.

»Ich dachte, du würdest erst im Frühling anfangen?«

»Ja, schon, ich will nur gut vorbereitet sein.«

»Ach so.«

Dann blieb es still. Olivia dachte an Mårten. Wie konnte sie es Sandra am besten vorschlagen, ein Treffen mit Mårten? Und sollte sie es überhaupt vorschlagen, wieweit durfte sie sich in Sandras Situation einmischen? Aber sie war ja schon bis über beide Ohren mitten drin.

»Schlaf gut.«

Es war Sandra, die das sagte, und bis Olivia es schaffte, darauf zu antworten, war die Leitung schon unterbrochen. Eine Weile blieb sie auf der Bettkante sitzen, das Handy in der Hand, dann kroch sie unter die Decke. Nach einigen Minuten, in denen sie an die Decke starrte, hatte sie einen Entschluss gefasst. Eins nach dem anderen. Den Fokus auf das richten, was als Nächstes anstand. Und morgen war das Jean Borell.

Danach konnte sie sich um Sandra kümmern.

Er klappte die kleine Spezialplastikschachtel auf. Darin lagen drei Porzellanaugen nebeneinander in einer durchsichtigen Flüssigkeit, eines mit einer blauen Iris, eines mit einer braunen und eines ohne Iris. Er entschied sich für das braune, das passte zu seinem gesunden Auge. Vorsichtig spülte er das Porzellanauge unter fließendem warmen Wasser ab, wusch es mit einer milden, unparfümierten Seife, träufelte ein wenig steriles Wasser darauf und drückte es dann in die leere Augenhöhle.

Zum Schluss schloss er die Plastikschachtel.

Olivia hatte ihr Handy eingeschaltet und eine gute Wegbeschreibung zu Jean Borells Anwesen auf Värmdö erhalten. Es lag ganz abgelegen, auf Ingarö. Am Wasser. Als sie von der Hauptverkehrsstraße abbog, setzte der Regen ein. Sie folgte einem Schild zu dem Ort Brunn. Die ganze Zeit versuchte sie sich bewusst zu machen, als was für eine Person sie agieren sollte, eine Person, die auf keinen Fall ihre wahren Gefühle zeigen durfte. Sie sollte einen Mann treffen, den sie aus tiefstem Herzen verabscheute, ohne ihm bisher je begegnet zu sein, ein Mann, der andere Menschen eiskalt großem Leiden aussetzte, nur um sein eigenes Privatvermögen zu vermehren. Ein waschechter Stinkstiefel, wie Alex gesagt hatte.

Ein Stinkstiefel, der möglicherweise Sandras Vater ermordet hatte.

Ihn sollte sie anlächeln.

Ihre charmanteste Seite zeigen.

Ihm sollte sie zuhören, ihn für seinen ausgezeichneten

Kunstsinn loben, ihm Komplimente machen für seine Fähigkeit, das zu sehen, was nur so wenige sehen konnten, die Tiefe in dem visuellen Ausdruck bei einem großen Künstler.

Seine Eitelkeit sollte ordentlich bedient werden.

Bei Brunn bog sie ab und fuhr einen engen Waldweg entlang. Hier gab es keine Ausschilderung. Sie folgte eine ganze Weile diesem Weg. Der Regen nahm zu, der Wald wurde dichter und dunkler. Sie sah kein anderes Haus, kein Licht. Borell hatte wohl das gesamte Gelände hier aufgekauft, um so ungestört wie möglich zu sein. Das passte zu dieser Art von Charakter. Man will keine anderen Menschen in der Nähe haben, man braucht seinen Lebensraum. Die Ungestörtheit. Man möchte ein eigenes kleines Reich für sich haben.

Ohne Einblick.

Nach weiterer finsterer Fahrt fragte sie sich, ob sie überhaupt auf dem richtigen Weg war. Die Scheibenwischer hatten große Mühe, den Regen zu bewältigen, und es wurde immer schwieriger, etwas zu erkennen. Da sah sie es. Weit vor sich. Ein großes Eisentor, das in zwei massive Marmorpfosten eingehängt war. Sie bremste langsam ab. Rechts von dem Tor gab es einen kleinen, mit Kies bestreuten Platz. Ein dunkler Wagen stand dort. Sie parkte den Mustang daneben und stellte den Motor aus.

Hier wohnte er also?

Sie stieg aus, schloss den Wagen ab und ging zu dem Eisentor. An einem der Pfosten hing eine kleine weiße Dose mit einem Knopf darauf. Sie drückte ihn. Ein leises Knacken war aus der Dose zu hören. Sie wartete. Drückte noch einmal die Klingel und erwartete, dass sich das Tor öffnete. Doch das tat es nicht. Sie beugte sich zur Dose hinunter und sagte:

»Hier ist Olivia Rivera. Ich habe einen Termin mit Jean Borell um sechs Uhr. Ich stehe vor dem Tor.«

Trat dann ein paar Schritte zurück. Plötzlich öffnete sich langsam das Tor, lautlos. Kein Quietschen oder Knarren, die

Flügel glitten lautlos auseinander. Olivia trat ein. Jetzt sah sie Licht. Lampenlicht. Von schön geformten Metalllampen an hohen Masten, in einer langen Reihe. Sie machte sich auf den Weg, einen breiten Kiesweg im Lichtschein entlang. Wie merkwürdig still es ist, dachte sie. Der Regen hatte fast aufgehört, und sie hörte nur noch ihren eigenen Atem und ein leises Rauschen. War das das Wasser? Das Haus sollte doch am Wasser liegen. Aber sie sah weder Haus noch Wasser. Sie folgte der Lampenkette. Gleich fangen sicher die Hunde an zu bellen, Wachhunde, dachte sie, aber es waren keine zu hören. Der Weg machte eine leichte Biegung, und plötzlich sah sie es.

Das Haus.

Oder das Anwesen. Für Olivia sah es eher aus wie etwas, das gelandet war, von hoch oben, aus dem tiefen Weltall. Verschiedene große Betonbauteile, die einander in alle Richtungen überlappten, von unten oder von der Seite beleuchtete große glänzende Glasfassaden, unterbrochen von schwarzen geknickten Metallscheiben. Eine lange verborgene Lichtrampe schien das flache Dach in der Luft schweben zu lassen.

Sie blieb stehen.

Unglaublich, dachte sie, einfach unglaublich. So kann man bauen? So kann man wohnen? Ich möchte nicht wissen, wie viele Vorsorgemillionen der Steuerzahler hier drin stecken. Sie schüttelte den Kopf und ging weiter auf das Raumschiff zu. Hoffentlich finde ich den Eingang, ich habe ja keine Fernbedienung. Aber die Lichter führten sie zu einer gigantischen Holztür mit großen Silberintarsien. Sie blieb vor der Tür stehen. Das war sicher keine Tür, an die man einfach klopfte, das Geräusch würde nur zehn Zentimeter ins Holz hinein weitergetragen werden. Ihr Blick suchte nach irgendeiner Art von Türklingel. Rechts von der Tür stand eine große Kupferurne. Vielleicht muss man die gegen die Tür werfen, dachte Olivia.

Da glitt die Tür auf.

Lautlos auch sie.

Im Gegenlicht der Eingangshalle stand ein Mann und schaute sie an. Jean Borell. Der Mann, den sie in den Nachrichten gesehen hatte. Jetzt etwas anders gekleidet, in engen, schicken Jeans und einer dünnen beigefarbenen Jacke über einem schwarzen, eng anliegenden Pullover. Seine Künstlerkleidung, dachte Olivia, konzentrierte sich dann aber darauf, wen sie hier darstellen wollte. Die Frau mit dem breiten Lächeln und dem akademischen Kunstinteresse.

»Hallo, ich bin Olivia Rivera«, erklärte sie lächelnd.

»Jean Borell.«

Sie begrüßten sich. Er hatte einen festen Handschlag. Aber nicht so fest wie Hilda vom Silvergården, dachte sie.

»Kommen Sie herein«, sagte er.

Borell trat zur Seite, und Olivia ging an ihm vorbei. Sie registrierte ein angenehm herbes Herrenparfüm, weit entfernt von Moschus oder so. Borell ließ die Tür hinter ihr wieder zugleiten, trat dann zu ihr. Direkt hinter ihr blieb er stehen.

»Rivera«, sagte er. »Haben Sie lateinamerikanische Wurzeln?«

Olivia drehte sich um.

»Ja. Mexiko.«

»Das sieht man. Verwandt mit Diego?«

»Sehr entfernt. Aber das ist ja ein fantastisches Haus!«

»Architektenarbeit. Tomas Sandell. Ich habe ihm freie Hand gelassen. Möchten Sie einen Martini?«

»Nein, danke, ich muss noch fahren.«

»Mustang.«

»Ja. Woher wissen Sie das?«

Borell war bereits auf dem Weg ins Haus hinein.

»Schauen Sie sich gern um!«

Er breitete die Arme aus und zeigte auf das Innere des Raumschiffs.

»Ich glaube, ich nehme doch einen Martini«, sagte Olivia. »Aber bitte mit nicht so viel Gin.«

»Perfekt.«

Borell ging zu einer Bar, die weiter hinten im Raum stand. Eine große, beleuchtete Bar mit einer fantastischen Neondekoration als Hintergrund. Vermutlich ein Kunstwerk. Olivia ging im Geiste durch, was sie sich angelesen hatte, konnte aber keinen möglichen Künstler finden. Sie schritt in dem großen Saal ein wenig herum. Die eierschalenweißen Wände waren spärlich mit Kunstwerken behängt, die sie identifizieren konnte, zumindest die meisten. Marie-Louise Ekman. Ernst Billgren. Cecilia Edefalk. Olle Kåks. Lena Cronqvist. Leise sphärische Musik war zu hören, elektronische Tonfolgen, die sie umkreisten, ohne die Konzentration zu stören. Das hier war ein Raum, der für die Kunst gebaut worden war, für einen Kunstliebhaber, ein schöner, geräumiger Raum.

»Nun, wie finden Sie es?«

Borell rief ihr die Worte fast von der Bar her zu. Olivia drehte sich zu ihm um, er war dabei, dünne Scheiben von einer Zitrone abzuschneiden.

»Ich finde es fantastisch!«, antwortete sie.

»Ich auch.«

Borell lächelte und ließ eine Zitronenscheibe in ein Glas fallen. Olivia ging weiter und spürte, wie sie von der fast sakralen Atmosphäre im Saal ergriffen wurde, die perfekt ausgerichteten Spots hoben die Gemälde von dem Hintergrund ab. So möchte ich später auch einmal wohnen, dachte sie, so schön, in so einem Saal herumgehen können und es einfach nur genießen, und die Welt soll nicht aus Hässlichkeit oder Liegewunden mit Maden drin bestehen.

Das Bild brachte sie in die Gegenwart zurück.

Vergiss nicht, wo du bist, Olivia. Reiß dich zusammen! Denk daran, was diese Bilder gekostet haben!

»Ein Martini, bitte schön.«

Borell streckte ihr das dünne, flache Glas entgegen und prostete ihr zu. Sie erwiderte seine Geste. Mit dem Drink in der Hand begann Borell eine Führung durch die Sammlung, er liebte seine Kunstwerke wirklich. Nachdem sie die Runde gemacht hatten, blieb er stehen und schaute Olivia an. Bis jetzt hatte sie es vermieden, Borells Porzellanauge anzusehen. Sie wusste ja, dass er eines hatte. Jetzt flackerte ihr Blick leicht. Borell bemerkte es sofort.

»Ein Jagdunfall«, sagte er. »Wir waren in der Nähe des Kilimandscharo und hatten einen Löwen im Visier. Ich war ein wenig zu eifrig, und das Gewehrschloss schlug mir ins Auge. Aber den Löwen haben wir erwischt.«

»Was für ein Glück.«

Ein Jagdunglück? Er hatte sein Auge doch bereits als Kind verloren. Laut Alex. Der mit ihm die Schulbank gedrückt hatte. Aber wer schönt seinen Lebenslauf nicht ein wenig?

»Sie selbst schielen ein klein wenig«, sagte Borell.

»Ja.«

»Stört Sie das?«

»Wieso?«

»Ich kenne einen Spezialisten in Lausanne, der könnte das korrigieren.«

»Es ist nichts, was mich irgendwie stört.«

Olivia nahm einen Schluck von ihrem Martini. Dieser private Ton gefiel ihr nicht. Sie hatte das Gespräch nicht mehr in der Hand.

Auf Intuition umschalten?

»Wollen wir das Interview hier führen?«, fragte sie.

»Wir machen es an der Bar.«

Sie gingen zu der spektakulären Bar. Olivia setzte sich auf einen lederbezogenen Barhocker. Borell setzte sich auf den Hocker daneben. An einem Ende des Tresens lag etwas, das sofort Olivias Blick einfing.

»Was für eine wunderschöne Geige«, sagte sie.

»Blackbird. Lars Widenfalk. Er hat sie nach den Zeichnungen von Stradivarius gefertigt. Fühlen Sie mal.«

Borell reichte Olivia die Geige. Sie erwartete, ein leichtes Instrument in die Hand zu bekommen. Fast hätte sie sie fallen lassen. Die Geige war aus Stein. Sie war schwer.

»Woraus ist sie?«, fragte sie.

»Aus schwarzem Diabas«, sagte Borell. »Er hat sie aus einem alten Grabstein gefertigt. Die einzige Geige der Welt aus Stein.«

»Kann man auf ihr spielen?«

Borell ergriff die schöne, glänzende Diabasgeige. Er holte hinter dem Bartresen einen Bogen hervor, während er gleichzeitig die Neonlichter im Fond löschte. Ein schwaches, indirektes Licht aus dem Gemäldesaal lag über der Bar.

Sie selbst saßen im Schatten.

»Machen Sie die Augen zu«, sagte er.

Olivia zögerte eine Sekunde, dann schloss sie die Augen. Was mache ich hier? Dann kamen ein paar zarte Geigentöne. Die Resonanz des Steinkörpers war gewaltig. Dann erneut einige Töne, zusammen bildeten sie eine weiche Melodienschleife. Spielt er Geige? Sie öffnete die Augen. Borell senkte den Bogen.

»Man kann sie spielen«, sagte er.

Vorsichtig legte er die Geige auf den Tresen.

»Das Interview«, sagte er.

Olivia holte ein kleines Aufnahmegerät heraus und fragte, ob es in Ordnung sei, wenn sie es aufnehme.

Das war es.

Außerdem holte sie einen Block mit vorbereiteten Fragen heraus und begann mit ihrem Interview, nachdem sie Borell erklärt hatte, wovon ihre Arbeit handeln sollte. Und das in einer Form, die ihm klarmachte, welch große Bedeutung das Gespräch mit ihm dabei einnahm.

Was ihm gefiel.

Die meisten Fragen hatte sie mit Hilfe verschiedener Kunstartikel und Fragenkataloge in deren Anschluss zusammengestellt. Einige hatte sie den Interviews mit Borell entnommen, die es im Internet gab, über sein Kunstinteresse. Hauptsächlich auf Englisch. Außerdem betonte sie, dass sie nicht annähernd sein Niveau erreichen konnte, was die Kenntnisse über moderne schwedische Kunst betraf, aber sie hoffte, dass er nicht den Eindruck bekam, sie wäre zu banal.

Was er absolut nicht fand. Er sprach gern über seine Sammlung. Über seine Beziehung zu ihr. Über sein großes Kunstinteresse und welch großen Teil seines Lebens es ausmachte.

»Haben Sie jemals davon geträumt, selbst künstlerisch zu arbeiten?«, fragte Olivia, als sie alle vorbereiteten Fragen gestellt hatte.

»Nie. Meine Begabung liegt eher im pekuniären Bereich.«

»Sie befassen sich mit Kapitalbeteiligungen.«

»Ja.«

»Sehen Sie Ihre Kunstsammlung auch als eine Investition an?«

»Ja. Aber nicht in ökonomischen Begriffen. Sie ist eine Investition in mich selbst. Ich glaube, dass ich mich über meine Kunst als Mensch entwickle.«

»Sie werden dadurch ein besserer Spekulant?«

»In gewisser Weise, ja«, lachte Borell.

»Dann ist es doch auch eine Form ökonomischer Investition?«

Borell betrachtete Olivia. Findet er mich zu frech, oder gefallen ihm meine Spitzen? Schließlich arbeitet er doch mit Spekulationen.

»Sind wir fertig mit dem Interview?«, fragte er.

»Ja.«

»Dann möchte ich Ihnen meinen L-Raum zeigen. Als Bonus. Kommen Sie.«

Borell rutschte vom Barhocker. Olivia folgte ihm, durch

einige abzweigende Flure und kleinere Räume mit schönen Aquarellen an den Wänden. Nach einer Weile gelangten sie in eine langgezogene helle Halle mit einer riesigen Fensterwand, die auf das dunkle Meer zeigte. Olivia schaute hinaus und stellte fest, dass die gesamte Halle auf einem Felsen ins Wasser hineingebaut worden sein musste. Sie sah die Brandung unter sich gegen den Fels schlagen. Das allgemeine Recht auf Zugang zum Meer gilt offenbar nicht für alle, dachte sie und eilte Borell hinterher. Plötzlich blieb sie stehen. Eine der gigantischen Glasscheiben war zu einem schmalen Aquarium vom Boden bis zur Decke umgebaut worden, angefüllt mit einer grünen Flüssigkeit. In der Flüssigkeit schwammen die Föten zweier siamesischer Zwillinge. Ihre zusammengewachsenen Körper bewegten sich langsam von einer Seite zur anderen.

»Damien«, sagte Borell.

Damien Hirst. Olivia kannte ihn. Der Künstler, der Kuhkadaver in Glastanks mit Flüssigkeit stellte. Aber das hier? Sie schaute auf das bizarre Aquarium.

»Darüber dürfen Sie nicht schreiben«, sagte Borell. »Das ist kein offizielles Werk. Das hat er speziell für dieses Haus geschaffen. Hier an Ort und Stelle. Für mich.«

Olivia suchte nach Worten.

»Aber woher hat er … woher kommen …«

»Totgeborene Zwillinge. Aus Manchester. Ihre Eltern haben eine stattliche Summe dafür bekommen. Und jetzt leben die Föten als ein Kunstwerk weiter.«

Borell ging weiter in die Halle. Olivia riss sich von dem makabren »Kunstwerk« los und spürte heftiges Unbehagen. Was will er mir zeigen? Im L-Raum?

»Hier.«

Borell war vor einer Metalltür am Ende der Halle stehen geblieben. Er drückte auf einen Knopf neben ihr. Auch diese Tür glitt lautlos auf.

»Nach Ihnen.«

Borell machte eine Geste, und Olivia trat ein, wenn auch zögerlich. Der Raum war nicht besonders groß. Quadratisch. Keine Fenster. Alle Wände waren voll mit Bildern. Zwei an jeder Wand. Die meisten erkannte sie wieder, und jetzt verstand sie, was mit L-Raum gemeint war. Hier war wieder Lena Cronqvist, dann Lars Lerin, Linn Fernström und Lars Kleen.

»Lena, Linn und Doppelt-Lars. Meine Favoriten.«

Vornamen?, dachte Olivia. Kennt er sie? Was gut sein konnte. Oder kokettiert er damit? Sie schaute sich die kostbaren Bilder in dem Raum an. Was als Gewinn aus der mangelnden Pflege alter Menschen anfällt, investiert er in allgemein anerkannte Kunst, dachte sie, der totale Zynismus. Möchte wissen, wie viele Künstler wohl ahnen, woher das Geld ihres Käufers stammt? Denken sie überhaupt darüber nach? Oder heißt es da auch nur: money talks? Fühlen sie sich nur ihrem eigenen Werk verpflichtet? Nicht dafür, was mit dem Werk passiert? In wessen Händen es landet? Dass die eigene Schöpfung mit Blutgeld gekauft und in einem geschlossenen Bunker aufgehängt wird? Ist ihnen das scheißegal?

Sie hoffte nicht.

Borell stellte sich mitten in den Raum. Er hatte immer noch sein Martiniglas in der Hand. Es war leer.

»Das hier ist meine Schatzkammer«, sagte er. »Vielleicht nicht in Hinblick auf den Marktwert, aber für mich. Das hier ist mein Shangri-La.«

Olivia schaute Borell verstohlen an. Sein Blick glitt langsam die Wände entlang, und sie spürte, er meinte das, was er sagte. Dieser Raum war etwas Besonderes. Für ihn.

»Was ist das für ein Geräusch, das man hört?« fragte sie.

Die elektronische Musik war verschwunden, stattdessen war ein leises Zischen zu hören, von oben, von der Leiste unter der Zimmerdecke.

»Das Vakuumsystem.«

»Was ist das?«

»Die modernste Methode der Welt, um einen Kunstraub zu verhindern. Bisher gibt es das nur auf dem privaten Markt.«

»Und wie funktioniert das?«

»Sie sind ganz schön neugierig.«

»Ist es geheim?«

Borell lächelte.

»Absolut nicht«, sagte er und machte eine Handbewegung zur Deckenleiste. »Wenn das System eingeschaltet wird, gleitet die Tür ins Schloss, und die gesamte Luft wird aus dem Raum gesogen. Wie Sie sehen, gibt es keine Fenster oder Luken. Es wird hermetisch verschlossen, und damit ist es nicht mehr möglich, einzudringen.«

»Was passiert, wenn jemand sich hier drinnen aufhält?«

»Dann steht es ziemlich schlecht um ihn.«

Olivia schaute auf die zischende Leiste unter der Decke. Log er? Aber warum sollte er? Mit seinem Geld konnte er ja sicher jede hochtechnologische Anlage installieren, die es gab.

Sie wollte hier raus.

Weg aus diesem Raum.

Aus dem ganzen Haus.

»Möchten Sie noch einen Martini?«, fragte Borell.

»Nein, danke.«

Olivia verließ den L-Raum. Borell folgte ihr. Den ganzen Weg durch die Halle versuchte Olivia ihren Blick auf der Fensterfassade zu halten. Sie wollte dieses eklige Formalinaquarium nicht sehen. Borell schwieg. Als sie eine kleinere Halle, die im Halbdunkel lag, durchquerten, drang Olivia plötzlich Rauch in die Nase. Zigarettenrauch. Sie waren nicht allein hier drinnen. Es gab noch jemanden hier!

Sie ging schneller.

»Haben Sie schon Magnus Thorhed kennengelernt?«

Borells Stimme verriet, dass er dicht hinter ihr war.

»Ja. Bei Bukowskis«, sagte sie. »Er bot dort für Karin Mamma Andersson. War das auf Ihre Rechnung?«

»Ja.«

»Dann ist er also in Ihre Kunstsammlung involviert?«

»Er ist in alles involviert, was mich betrifft. Er ist äußerst loyal. Geht immer vorneweg.«

»Haben Sie das Bild gekauft?«

»Ja. Außerdem habe ich noch ein Videowerk von Ann-Sofi gekauft. Wollen Sie es sehen?«

»Ann-Sofi Sidén?«

»Ja.«

Olivia hatte über Sidén gelesen, eine der international erfolgreichsten Videokünstlerinnen Schwedens. Sie wollte kein Video von ihr sehen. Sie wollte hinaus in ihr Auto und zurück in die Zivilisation.

Sie hatte genug gesehen.

»Ich habe es in meinem Büro«, sagte Borell.

Sein Büro?

»Ja, gern«, sagte sie. »Aber dann muss ich gehen.«

Olivia folgte Borell bis in sein Büro. Wo genau es im Verhältnis zu all den anderen Zimmern und Fluren lag, bekam sie nicht ganz mit, plötzlich waren sie da. Standen vor einer weiteren Tür, die lautlos in die Wand glitt. Borell ging zu einem großen Flachbildbildschirm, schob eine DVD in den Player und ließ Ann-Sofi Sidéns Video laufen.

Das Werk begann.

Vermutlich war es große Kunst, die sich da auf dem Bildschirm abspielte, der Versuch einer begabten Frau, die menschliche Psyche mit dem Handwerkszeug zu erforschen, das ihr zur Verfügung stand. Aber das ging an Olivia vorbei. Sie schaute gar nicht auf den Schirm, ließ ihren Blick durch das Zimmer gleiten, ohne den Kopf zu drehen. Viel konnte sie so nicht ins

Blickfeld bekommen. An einer Wand stand ein großer schöner Spiegel mit Goldrahmen. Links ein Schreibtisch mit einem aufgeklappten Laptop darauf. Ein PC. Auf einer Seite des Flachbildschirms sah sie ein großes Regal, voll mit Aktenordnern, und auf der anderen Seite ein Regal, auf dem Kunstbücher übereinander gestapelt lagen. Oben auf ein paar großformatigen Büchern ganz am Rand lag eine dünne Tasche. Geschlossen.

Eine ganz besondere Tasche aus kariertem, gepresstem Kork.

Eine Laptoptasche.

Olivia spürte, wie ihr Puls sich dramatisch beschleunigte.

»Wie finden Sie es?«

Borell sah sie an. Er hatte sie die ganze Zeit angesehen, seit das Video lief. Er hatte nicht einen Blick auf den Bildschirm geworfen. Olivia hatte es gespürt.

»Es ist faszinierend«, sagte sie.

»Ja, sehr.«

Borell schaute sie weiter mit seinem gesunden Auge an. Olivia versuchte den Blick auf den Bildschirm vor sich zu heften. Borell legte ihr einen Arm um die Schulter, während er gleichzeitig das Video ausschaltete. Er beugte sich zu ihr, fast flüsterte er:

»Du schreibst gar keine Arbeit«, sagte er sanft, »nicht wahr?«

Olivia schob Borells Hand von ihrer Schulter. Das gab ihr ein paar Sekunden. Dann sagte sie:

»Doch, das muss ich.«

»Ich glaube, du lügst. Warum bist du hergekommen?«

»Um Sie zu interviewen. Aber jetzt muss ich wieder in die Stadt. Vielen Dank für Ihre Gastfreundschaft. Ich finde schon allein nach draußen.«

Schnell ging Olivia zur Tür. Borell blieb stehen, wo er war. Olivia kam auf einen Flur, von dem sie nicht wusste, wohin er führte. Sie drehte leicht den Kopf und sah, dass Borell ihr nachschaute. Sie ging schneller und hörte die Elektromusik lauter werden, diese sonderbaren Klänge hallten zwischen den Wänden wider. Als sie um eine Ecke bog, sah sie ein Stück weiter vor sich einen bunten Lichtstreifen. Die Bar? Sie ging schneller, ihre flachen Schuhe klapperten auf dem Fliesenboden.

Es war die Bar. Sie kam in eine Halle, die sie wiedererkannte, und ging von dort schnell Richtung Haustür. Aus dem Augenwinkel heraus sah sie, wie sich etwas bewegte. Sie drehte den Kopf, sah zur Bar. Dort saß ein Mann mit dem Rücken zu ihr. Eine blaue Rauchfahne ringelte sich über seinem Kopf nach oben. War er die ganze Zeit hier gewesen? Warum drehte er sich nicht um? Sie kam in die Eingangshalle und sah die große Holztür vor sich. Wie zum Teufel kriege ich die auf? Doch das Problem löste sich von allein. Als sie nur noch ein paar Meter davor war, glitt die Tür von ganz alleine auf.

Olivia lief hinaus.

Sie lief die Lichtallee entlang.

Sie lief durch das offene Tor und sprang in ihr Auto. Dort sank sie ein wenig in sich zusammen. Warum bin ich gelaufen?, fragte sie sich. Sie schüttelte über sich selbst den Kopf, startete, legte den Rückwärtsgang ein, fuhr aus der Parklücke und lenkte dann den Wagen auf den kleinen dunklen Waldweg vor sich. Im Rückspiegel sah sie eine dunkle Gestalt auf dem Weg durch das Tor hinaus. Thorhed? Sie verfluchte den hinteren Scheibenwischer, der nicht funktionierte. Dann gab sie Gas und versuchte den Wagen auf dem schmalen Weg in der Spur zu halten. Plötzlich musste sie abrupt bremsen. Das Fahrtlicht war erloschen. Das war nicht das erste Mal, ein Kabel hatte einen Wackelkontakt, das wusste sie. Sie stieg aus. Als sie die Motorhaube öffnete, sah sie zwei Lichtkegel hinter den Bäumen, weit hinter ihr. Wer immer das auch ist, ich will ihn nicht treffen, dachte sie, jetzt nicht, und stieg wieder in den Wagen. Dann muss ich eben mit dem Standlicht klarkommen. Sie gab Gas und versuchte so viel wie möglich vor sich zu erkennen. Der Regen hatte aufgehört, die Wolken ließen einen kalten Mond durchscheinen, sein graublauer Schein schenkte ihr ein paar zusätzliche Meter. Sie schaute in den Rückspiegel und sah zwei trübe Scheinwerfer, die sich näherten. Sie fuhr so schnell es nur ging. Zweimal war sie kurz davor, im Graben zu landen, Kies spritzte bis zur Windschutzscheibe hoch.

Plötzlich sah sie Licht. Häuser. Straßenlaternen. Plötzlich hörte der Wald zu beiden Seiten auf. Sie war fast in Brunn angekommen. Sie lenkte den Wagen auf die Landstraße, schaute gleichzeitig in den Rückspiegel. Die Scheinwerfer hinter ihr waren verschwunden. Hatte er angehalten? Wer immer es auch gewesen sein mochte! Thorhed? Sie gab auf der Asphaltdecke Gas und starrte verkrampft nach vorn, bis sie eine Tankstelle entdeckte.

Dort bog sie ein. Mehrere Personen um sie herum waren beschäftigt, tankten, waren auf dem Weg in den Laden oder wieder hinaus. Sie schaltete den Motor ab und zog ihr Handy heraus, während sie schnell auf die Uhr schaute. Es war erst halb neun. Dann tippte sie Sandras Nummer ein.

»Hallo, Sandra! Entschuldige, wenn ich störe, ich wollte nur noch mal wissen, wie diese Tasche, in der euer Laptop lag, wie die aussah.«

»Das war so gepresster Kork, mit einem Karomuster, braun und schwarz, Papa hat sie in Mailand gekauft … aber man kann sie offenbar auch im Netz kaufen. Hast du den Computer gefunden?«

»Vielleicht. Wie geht es dir?«

»Schon okay.«

»Das ist schön. Du, ich muss jetzt fahren, ich lasse morgen von mir hören. Tschüs dann!«

Olivia legte auf.

Das Erste, was er dachte, war, dass er dachte. Ich denke, also lebe ich. Sie haben mich nicht totgeschlagen.

Aber sein Gesicht war ein Traum für einen Lehrer in Aquarellmalen. Die gesamte Palette war vertreten. Vom tiefsten Kobaltblau über Lila und Rot bis zum grellen Gelborange, mit schwarzen Stichen miteinander verbunden.

»Hast du gesehen, wie du aussiehst?«

Die Frage wurde auf Französisch gestellt, und es war Jean-Baptiste, der da sprach. Er saß auf einem Stuhl neben Abbas' Bett im Conception-Krankenhaus von Marseille.

»Nein.«

Abbas hatte sich ein wenig aufgesetzt. Er hatte sich nicht im Spiegel angesehen, das brauchte er nicht, er fühlte, wie er aussah. Aber er lebte. Hätte der Kellner vom Eden Roc ihn nicht entdeckt und nach einem Krankenwagen gerufen, dann wäre jetzt eine ganz andere Farbskala angesagt gewesen. Von Kreideweiß bis Leichenblass.

»Ich dachte, du hättest deine Messer dabei?«, grinste Jean-Baptiste.

Er versuchte, die Stimmung etwas aufzulockern. Abbas erwiderte sein Grinsen nicht. Das konnte er gar nicht, das ließ sein Gesicht nicht zu. Aber sprechen konnte er. Nicht glasklar, da die Nase zugepflastert war, aber er berichtete schnorchelnd, was er gesehen hatte. Das Gesicht des Mannes, der ihn misshandelt hatte. Der am Hals tätowiert war, mit einem kleinen Stier.

»Das muss der gewesen sein, den sie Le Taureau nennen«, brachte Abbas hervor.

»Wahrscheinlich.«

Abbas beschrieb Jean-Baptiste den Mann. Der schüttelte den Kopf.

»Da klingelt es nicht bei mir.«

»Aber er muss doch irgendeine Verbindung zu Samira haben?«

»Oder zu Philippe Martin.«

»Oder zu beiden.«

»Ja. Wann wirst du entlassen?«

»Bald.«

»Fährst du dann nach Hause?«

»Ich fahre, wenn ich fertig bin.«

Jean-Baptiste blickte auf den misshandelten Mann im Bett. Was hatte er vor? Er hatte bereits einen brutalen Überfall auf einen Bewohner dieser Stadt verübt. Sicher, dieser war ein Schwein, aber dennoch. Jean-Baptiste hatte es stillschweigend geduldet, mehr wollte er nicht durchgehen lassen. Jetzt, wo Stilton nicht mehr hier war. Er beugte sich ein wenig vor.

»El Fassi.«

»Ja?«

»Sobald du aus diesem Krankenhaus entlassen wirst, verschwindest du aus Marseille. Per Zug oder Flugzeug. Ich will dich das nächste Mal nicht in der Leichenhalle identifizieren müssen oder dich einbuchten für irgendeinen Scheiß, der dir noch einfällt. Dieses Mal habe ich weggesehen, aber das mache ich nie zweimal. Habe ich mich deutlich genug ausgedrückt?«

Abbas schaute den massigen Polizeibeamten wortlos an.

*

In einem ganz anderen Krankenhaus in einem ganz anderen Land saß ein ganz anderer Mann an einem ähnlichen Krankenbett. In dem Bett lag Mette Olsäter halb aufgerichtet, mit einem großen Pflaster über einem Wangenknochen. Mit neun Stichen hatte sie genäht werden müssen.

Ihr Ehemann hielt ihre Hand.

»Das war ein Infarkt«, sagte Mårten.

»Ich weiß. Ein leichter.«

»Dieses Mal, ja. Es könnten weitere folgen. Das weißt du.«

Das hatte das Ärzteteam beiden sehr deutlich zu verstehen gegeben. Es musste keine weiteren Infarkte geben, aber die Chance dazu bestand, wenn die Kriminalkommissarin nicht einiges in ihrem Leben änderte. Ihre Lebensweise im Allgemeinen und ihre Arbeitsbelastung im Besonderen. Und um den Ernst der Lage zu unterstreichen, war Mette für eine Weile krankgeschrieben worden. Sie sollte bis auf Weiteres zu Hause bleiben.

Worauf sie sich nicht gerade freute, das wusste Mårten.

»Aber du musst«, sagte er.

»Ich weiß.«

Lisa und Bosse hatten sie vor kurzem besucht und über den Stand der Dinge informiert. Clas Hall und Gabriella Forsman war es gelungen, trotz massiven Polizeiaufgebots die Stadt zu verlassen. Ihr Wagen war außerhalb von Södertälje gefunden worden. Vermutlich waren sie in einem anderen Wagen weitergefahren.

Zuhause bei Forsman hatte man außerdem diverse Tüten mit 5-IT gefunden. Momentan versuchte man gerade herauszufinden, ob diese Tüten aus der verschwundenen Partie im Zollamt stammten. Was als wahrscheinlich angesehen wurde. Außerdem hatten sie Forsmans privaten Laptop beschlagnahmt. Die Datenforensiker hatten ihn in der Mangel.

Als Lisa und Bosse gegangen waren, spürte Mette ganz deutlich, wie sehr sie sich nach ihrer Arbeit beim Landeskriminalamt sehnte. Stattdessen sollte sie draußen in Kummelnäs hocken, bei einem Mann, der sich die ganze Zeit Sorgen machen würde, bei jedem Schritt, den sie tat. Auf der Treppe. Hinunter in den Keller. Hoch auf den Dachboden.

»Das wird bestimmt schön, nach Hause zu kommen und sich ein wenig auszuruhen«, sagte Mårten.

»Ja, richtig schön«, stimmte Mette ihm zu.

Das wird unerträglich, dachte sie.

*

Stilton saß im Salon auf dem Leichter und trank Kaffee. Er befand sich in einem unangenehmen Vakuum. Der Nerz hatte bisher nicht von sich hören lassen, und Abbas antwortete einfach nicht. Irgendetwas stimmte da unten nicht, davon war er mehr und mehr überzeugt. Er schaute auf den Bildschirm vor sich. Er hatte sich Lunas Computer geliehen, um nach Flügen nach Marseille zu sehen. Es gingen keine Direktflüge, immer gab es Zwischenstopps und so einen Mist, genau wie auf dem Rückflug, es würde eine ganze Weile dauern, dorthin zu kommen.

Da rief der Nerz an. Und lieferte das Gewünschte.

»Ovette Andersson«, sagte er.

»Ackes Mutter?«

»Ja.«

»Die hat für Jackie Berglund gearbeitet?«

»Offensichtlich. Aber sie hat vor elf Jahren aufgehört, als Acke geboren wurde.«

»Wie hast du das rausgekriegt?«

»Also, unter uns Geschäftspartnern: Man spricht nicht über seine Methoden, oder?«

»Da hast du recht. Vielen Dank!«

»Und wo wirst du dich dann aufhalten?«

»Wann?«

»Na, wenn die Welt untergeht!«

»Auf dem Mond. Bis zum nächsten Mal!«

Stilton legte auf.

Ovette Andersson? Und Jackie Berglund? Das war wirklich eine Überraschung.

Er schaute wieder auf die Uhr und klappte den Laptop zu.

Marseille musste warten.

*

Es waren nicht wenige Fußgänger, die sich umdrehten, als die junge Frau auf dem Bürgersteig an ihnen vorbeistürmte, in halsbrecherischem Tempo, Lauftraining bei diesem Wetter grenzte wirklich an Selbstquälerei. Das sah auch Olivia ein. Sie war nach einer langen Joggingrunde auf dem Heimweg und hatte immer noch ein eiskaltes Stück vor sich bis zur Skånegatan, und das auch noch mit dieser Scheuerwunde aus Mexiko, die am Fuß pochte. Aber sie versuchte den Schmerz so gut es ging auszublenden. In ihrem von Adrenalin aufgeputschten Kopf versuchte sie den Besuch draußen bei Borell einzuordnen. »Du schreibst gar keine Arbeit, nicht wahr?« Hatte er die ganze Zeit gewusst, dass sie log? Hatte er sie vorher überprüft? Und wenn ja, wie? Warum hatte er sie dann aber zu sich gebeten? Und warum hielt sich dieser Thorhed im Hintergrund? Warum hatte er sie nicht begrüßt? Er hatte sich ja nicht einmal an der Bar umgedreht.

Sie bekam die Dinge nicht auf die Reihe.

Dann dachte sie stattdessen über den Laptop nach, den sie in Borells Arbeitszimmer gesehen hatte. Nicht der, der auf seinem Schreibtisch stand, sondern jener, der halb versteckt zwischen den Kunstbüchern auf dem Regal gelegen hatte. In einer Tasche aus festem Kork. Eine ungewöhnliche Tasche, aber kein Einzelstück. Borell hätte sie auf einer seiner unzähligen weltweiten Reisen gekauft haben können. Er hätte sie im Internet bestellt haben können. Aber er hätte sie auch stehlen können. Bei Bengt Sahlmann, um sich mögliche Dateien über die Vorgänge in Silvergården zu beschaffen. Und das hieße, dass er in den Mord an Sandras Vater verwickelt war.

In dem Fall stimmte ihre Hypothese.

Der scharfe, kalte Wind wehte von Hammarby und Skanstull herein und wurde zwischen den Häuserblocks zusammengedrückt; als sie die Skånegatan erreichte, war er zu einer Schweißflamme aus Eis geworden. Sie lief mit gesenktem Kopf, um überhaupt voranzukommen.

Und ihre Intuition? Was hatte die ihr gebracht? Was hatte der Besuch in dem Raumschiff da draußen ihr in dieser Beziehung beschert? Was hatte sie gefühlt?

Nicht besonders viel. Weder direkt vor Ort noch im Auto auf dem Heimweg. Und in der folgenden Nacht. Sie hatte sich den ganzen Besuch auf Band angehört, von Anfang bis zum Ende, mehrere Male, alle Dialoge noch einmal durchlaufen lassen. Alle Eindrücke, alles Ungesagte. Am nächsten Morgen war das Ganze zu den mageren Ergebnissen geschrumpft, die ihr gerade durch den Kopf gingen.

Eine Korktasche mit einem Laptop hatte im Büro gelegen.

Was nicht die Bohne mit Intuition zu tun hatte.

Dagegen war ihr klar geworden, dass Jean Borell ein ganz besonderer Mann war, mit ganz besonderen Neigungen. Ein Mann, der sich das besorgte, was er haben wollte, und vermutlich ohne jeden Skrupel. Und vermutlich war er bereit, sehr, sehr weit zu gehen, um das zu verteidigen, was er besaß.

Aber wie weit war er bereit zu gehen, um sich seine millionenschweren Wohlfahrtseinnahmen zu sichern?

Olivia grübelte darüber nach, wie sie herausbekommen konnte, wem der Laptop in der Korktasche gehörte. Sahlmann oder Borell selbst? Sie konnte ja wohl kaum zu Mette gehen und eine Hausdurchsuchung verlangen, dazu hatte sie viel zu wenig in der Hand. Genau genommen gar nichts. Außerdem wollte sie Mette da nicht mit hineinziehen. Dies hier war ihre eigene Hypothese.

Wenn sie stimmte, würde sie diese Frau Olsäter auf einem Silbertablett präsentieren.

Bei dem Gedanken daran musste sie schon jetzt schmunzeln.

Da rief Mårten an, gerade als sie vor der Tür angekommen war.

Als das Gespräch beendet war, war Olivia jedes Schmunzeln vergangen. Mettes Infarkt erschütterte sie, auch wenn er nur leicht ausgefallen war und Mette sich bereits auf dem Weg der Besserung befand. Aber wenn er nun nicht leicht gewesen wäre? Wenn sie es nicht geschafft hätte?

Olivia schob die Haustür auf.

»Sie wird eine Weile zu Hause bleiben müssen, wenn du dich bei ihr melden willst.«

Hatte Mårten gesagt. Sie hatte gehofft, dass er verstanden hatte, warum sie so heftig reagiert hatte, und das auch Mette hatte vermitteln können. Von sich hören lassen? Meinte er, sie sollte hinausfahren und sie besuchen? Ihre Wut begraben?

Natürlich musste sie das tun. Aber jetzt noch nicht.

Am nächsten Tag war Bengt Sahlmanns Beerdigung.

Die ging vor.

Sie trat in den Hausflur und zog die Tür hinter sich zu. Etwas zu heftig. Während der letzten Schritte die Treppe hinauf hatte eine irritierende Glocke angefangen, in ihrem Kopf zu läuten. Da war etwas, was sie nicht beachtet hatte. Es ging um ein Auto.

Sie zog sich den Jogginganzug aus.

Warum läutete überhaupt eine Glocke, wenn sie dies nicht laut und deutlich genug tat?

Stilton hatte mehrere Male versucht, Ovette Andersson auf ihrem Handy zu erreichen. Aber immer kam er nur bis zu ihrem Anrufbeantworter, und sie rief nie zurück. Schließlich bat er den Nerz, herauszufinden, wo er sie erreichen konnte. Was dieser sofort wusste.

»Bei Qjouren. Da arbeitet sie.«

»Danke.«

Qjouren war ein Betrieb, der vor vier Jahren von RFHL Stockholm gegründet worden war. Schwedens einziger Anlaufstelle für drogenabhängige Frauen. Es gab jede Menge Frauentreffs, aber keinen, der sich um von Gewalt bedrohte Frauen kümmerte, die Drogen nahmen. Obwohl das eine Gruppe war, die in höchstem Maße Schutz brauchte.

Stilton kannte das Qjouren. Er hatte dort einmal Muriel abgeholt. Sie war von irgendeinem zufälligen Kontakt misshandelt worden und hatte dort Schutz gesucht. Jetzt arbeitete also Ovette Andersson hier. Stilton wartete vor der Tür, früher oder später würde sie kommen. Es war ein Jahr her, dass er sie das letzte Mal gesehen hatte. Ihr elfjähriger Sohn Acke hatte ihm damals geholfen, die sogenannten Handymörder dingfest zu machen.

Er erkannte sie sofort wieder, als sie herauskam.

Und sie ihn.

»Ich habe versucht, dich anzurufen«, sagte er.

»Ich weiß.«

»Hast du Zeit für eine Tasse Kaffee?«

»Was willst du?«

»Können wir das bei einer Tasse Kaffee bereden?«

Ovette dachte kurz über die Einladung nach. Sie hatte jeden Grund dafür. Stilton betrachtete sie. Vor einem Jahr war sie eine heruntergekommene Frau gewesen, die davon lebte, ihren Körper zu verkaufen. Ganz, ganz unten. Auf der Straße. Dass sie vor vielen Jahren einmal in Jackie Berglunds Eskortfirma gearbeitet hatte, überraschte ihn wirklich. Aber jetzt stand ihm eine etwas andere Frau gegenüber. Ovette war immer noch abgearbeitet, eine gewisse Art von physischer Erosion bleibt, aber sie hatte einen anderen Ausdruck im Gesicht, einen anderen Blick.

Sie sah lebendig aus.

»Na gut, zehn Minuten, dann treffe ich mich mit Acke«, sagte sie.

Sie setzten sich in ein nur spärlich bevölkertes Café. Ovette rief Acke an und erzählte ihm, wo sie war. Danach erkundigte sich Stilton nach dem Qjouren, um Zugang zu Ovette zu bekommen. Sie erzählte von ihrer Arbeit. Nachdem Acke im letzten Jahr misshandelt worden war, hatte sie mit der Prostitution aufgehört, wie sie es ihm versprochen hatte. Jetzt arbeitete sie seit einem halben Jahr im Qjouren. Die Arbeit dort hatte einen Sinn und gab ihr Einblick in vieles, was sie verdrängt hatte, als sie selbst dem ausgesetzt gewesen war. Ihre eigene Erfahrung führte dazu, dass sie eine beliebte Kontaktperson für andere betroffene Frauen war.

»Aber jetzt wollen sie wohl den ganzen Laden schließen«, sagte sie.

»Warum das?«

»Weil wir keine staatliche Unterstützung mehr kriegen, und die Gemeinde will uns kein Geld geben. Von Gewalt bedrohte weibliche Junkies stehen auf der Beliebtheitsskala ganz, ganz unten. Das ist doch krank.«

Ovette war ehrlich aufgebracht. Stilton verstand sie. So war es immer. Diejenigen, die am meisten Unterstützung brauchten, bekamen am wenigsten, es waren zu wenige, sie brachten keine Wählerstimmen. Solidarität war ein Einzelinteresse geworden.

Was er widerlich fand.

»Also, was willst du?«, fragte Ovette.

»Über Rune Forss reden.«

Ovette wich seinem Blick aus und schaute in ihre Kaffeetasse. Stilton wusste, dass ihm nur wenig Zeit blieb, trotzdem begann er damit, den Hintergrund zu beschreiben. Seinen eigenen. Und inwieweit Rune Forss damit zu tun hatte. Das machte er mit so viel Intensität, dass Ovettes Interesse wieder geweckt war.

Dann stellte er seine Frage.

»Hat Forss bei dir Sex gekauft, als du für Jackie Berglund gearbeitet hast?«

»Ja.«

»Könntest du dir vorstellen, darüber öffentlich zu sprechen?«

»Nein.«

»Warum nicht?«

»Weil ich diese Welt verlassen habe. Ich will nicht mehr daran erinnert werden. Nicht da hineingezogen werden. Außerdem kenne ich Jackie. Was glaubst du denn, wie sie reagiert, wenn ich über einen ihrer hochgeschätzten Kunden plaudere?«

Stilton verstand jedes einzelne Argument, und er sah ihr an, dass sie ihre Meinung nicht ändern würde. Er versuchte sich seine Enttäuschung nicht anmerken zu lassen.

»Hat er auch andere Eskortmädchen gekauft?«

»Ja.«

»Weißt du, welche?«

»Nein.«

Entweder sie kannte die Namen, wollte aber nicht petzen, oder sie kannte sie wirklich nicht. Aber nun wusste er zumindest, dass es weitere Mädchen gab. Es musste auch ohne Ovette gehen.

Dann wechselte er das Thema.

»Wie geht es Acke?«, fragte er.

»Gut. Es geht ihm gut, er ist viel stabiler. Und das hat auch einen Grund.«

»Und welchen?«

»Er weiß nicht, wer sein Vater ist. Würde ich das zur Sprache bringen, würde das eine Menge Probleme geben.«

»Was für Probleme?«

»Ich muss jetzt gehen.«

»Okay. Pass auf dich auf. Und grüße Acke von mir.«

»Mach ich.«

Ovette sah Acke die Straße heraufkommen. Sie stand auf und ging ihm entgegen. Stilton rührte mit einem Finger in der Kaffeetasse. Probleme? Wieso? Was meinte sie damit? Meinte sie etwa, dass …? Er wagte es kaum, den Gedanken zu Ende zu denken. Noch nicht. Er musste ihn erst einmal eine Weile in sich kreisen lassen, bevor er ihn ausformulieren konnte. Er schaute nach draußen und sah Ovette weggehen, einen Arm um Acke gelegt.

Konnte es sein, dass Rune Forss der Vater von Acke war? Dass er vor elf Jahren eine Prostituierte geschwängert hatte? Und nichts davon wusste?

Stilton schaute auf Ovettes Kaffeetasse. Das Treffen war anders ausgefallen, als er erwartet hatte. Ja, Rune Forss hatte mit Prostituierten verkehrt. Aber auf Ovettes Hilfe würde er in diesem Fall nicht zählen können.

Dafür war er gerade auf etwas ganz anderes gestoßen.

*

Olivia saß auf einer Bank im hinteren Teil der Sollentuna Kirche. Sandra und Charlotte saßen ganz vorn. Es waren ziemlich viele Menschen hier, einige kannte sie. Einer von ihnen war Alex Popovic, sie hatten einander zugenickt, als sie sich setzte.

Schnell stellte sie fest, dass Jean Borell nicht da war. Er hätte kommen können, wodurch die Lage für sie komplizierter geworden wäre. Sie wollte nicht, dass Borell etwas von ihrer Verbindung zu Bengt Sahlmann wusste.

Dafür war ihre Mutter da, Maria. Sie hatte leicht mit dem Kopf geschüttelt, als Olivia auftauchte, etwas verspätet, und sich neben sie setzte.

Der Pfarrer, der die Zeremonie ausführte, war ein dünner, aufrechter Mann mit kurzgeschnittenem dunklem Haar. Olivia ging davon aus, dass es derselbe Pfarrer war, der vor ein paar Tagen bei Sandra und Charlotte zu Hause gewesen war. Er hielt eine sehr bewegende Rede auf Bengt. Aus ihr war herauszuhören, dass er Bengt und der Familie nahegestanden hatte, was Olivia bestätigt bekam, als Maria ihr zuflüsterte:

»Er hat auch Sandras Mutter beerdigt.«

Olivia nickte. Sie mochte keine Begräbnisse. Bisher war sie nur auf zweien gewesen. Als ihre Väter beigesetzt wurden. Zuerst Arne und dann Nils Wendt, ihr leiblicher Vater.

Aber jetzt war sie Sandra zuliebe hier.

Als die Zeremonie vorüber war, wurde im Gemeindesaal nebenan zum Leichenschmaus gebeten. Bevor sie hineingingen, gelang es Olivia, kurz mit Sandra allein zu sprechen. Diese kämpfte darum, die Fassung zu bewahren. Sie umarmten sich. Olivia konnte nur zu gut nachempfinden, was Sandra durchmachte, dafür waren nicht viele Worte nötig.

Während Sandra kurz auf der Toilette war, kam plötzlich Charlotte auf Olivia zu. Sie trug ein elegantes schwarzes Kleid und hatte ihr Haar in einem strammen Knoten hochgesteckt. Sie erinnert ein wenig an Therese, dachte Olivia, die Sandras Mutter noch im Gedächtnis hatte, die gleiche blonde Haarfarbe und diese speziellen Augen, etwas zu eng zusammenstehend. Sandra hatte erzählt, dass Charlotte die Ältere war und als Golflehrerin arbeitete.

Charlotte öffnete die Arme, als sie näher kam, und die beiden drückten einander vorsichtig. Olivia sah, dass Charlottes Mascara unter den Augen etwas verwischt war.

»Es ist so furchtbar traurig«, sagte Charlotte leise.

»Ja.«

»Er war so ein guter Mensch.«

»Hattet ihr viel Kontakt miteinander?«

»Ja, sehr viel. Ich bin schließlich seine Schwägerin, und seit Therese gestorben ist, sind wir uns nähergekommen, es war ja eine ganz schreckliche Zeit für ihn und Sandra. Unter diesen Umständen allein mit einem Kind, das ist nicht so einfach.«

»Das kann ich verstehen. Und du hast ja deine kleine Schwester verloren.«

»Ja, aber für ihn war es natürlich schwerer, viel schwerer. Viele Abende und Nächte habe ich bei ihm gesessen und ihn getröstet, nachdem Sandra eingeschlafen war, er wollte ihr gegenüber nicht zeigen, wie sehr er trauerte.«

»Nein.«

»Ja, dabei sind wir uns sehr nahgekommen, es war eine schwere Zeit … aber dann wurde es doch langsam besser. Bengt fing wieder an zu funktionieren, konnte sich wieder freuen und nach vorn schauen. Deshalb habe ich Sandra auch nicht geglaubt, als es anfangs hieß, Bengt habe sich das Leben genommen. Das konnte nicht stimmen. Sicher, er war in letzter Zeit etwas deprimiert, aber von hier bis zum Selbstmord, das ist dann doch ein ziemlich großer Schritt.«

»War er wegen seines Vaters deprimiert? Wegen der Sache im Silvergården?«

»Ja, deshalb auch.«

»War da noch mehr?«

Charlotte drehte den Kopf ein wenig zur Toilettentür hin. Keine Sandra in Sicht.

»Ich glaube nicht, dass Sandra davon weiß«, sagte sie leise, »und das soll sie auch nicht, aber Bengt war sehr traurig.«

»Warum?«

»Er rief mich eines Abends an und erzählte mir, dass er sich wieder verliebt hatte, zum ersten Mal seit Thereses Tod.«

»Und in wen?«

»In eine Frau an seinem Arbeitsplatz.«

Gabriella Forsman?, fuhr es Olivia durch den Kopf.

»Weißt du, wie sie hieß?«

»Nein. Aber Bengt hatte sich in diese Frau verliebt, und dann ist irgendetwas im Zollamt passiert, was ihn sehr traurig machte.«

»Was denn?«

»Das weiß ich nicht, aber offensichtlich führte es dazu, dass seine Beziehung zu dieser Frau irgendwie unmöglich wurde. Warum, das hat er mir nicht erzählt. Aber wie gesagt, von da bis zu einem Selbstmord ist es trotz allem weit.«

»Außerdem war es ja kein Selbstmord.«

»Nein.«

Beide verstummten, als Sandra aus der Toilette kam. Charlotte ging zu ihr und umarmte sie. Dann liefen die beiden weiter in den Speiseraum. Olivia blieb zurück, sie wusste nicht, was sie machen sollte. Am liebsten wäre sie gegangen, hätte sich verdrückt. Doch das konnte sie nicht.

Also folgte sie den beiden Frauen.

Charlotte und Sandra hatten sich an einen Tisch mit Maria und einigen anderen Personen gesetzt, die Olivia nicht kannte. An dem Tisch war kein Stuhl mehr frei. Olivia schenkte sich eine Tasse Kaffee ein und nahm ein paar kleine Kuchenstückchen, wusste dann aber nicht so recht, wo sie sich hinsetzen sollte. Sie sah, dass Alex beim Pfarrer saß, neben einer Frau, die sie nicht kannte. Ich stelle mich ein Stück daneben, dachte sie und lehnte sich an eine Fensterwand. Der Raum war nicht besonders groß, und in Anbetracht des Anlasses wurde ziemlich leise gesprochen. So konnte sie es deutlich hören, als Alex die Stimme hob.

»Deshalb ist er ein waschechter Stinkstiefel.«

Wer dieser Stinkstiefel war, das war nicht zu hören, weil Alex sofort wieder seine Stimme dämpfte. Aber Olivia war neugierig geworden. Der einzige Stinkstiefel, den sie mit Alex in Verbindung brachte, war Jean Borell. Also ging sie diskret etwas näher an den Tisch heran.

Jetzt konnte sie auch die leiseren Gesprächsteile verstehen.

»Ich finde, du übertreibst«, sagte die Frau.

»Schon möglich«, räumte Alex ein. »In deiner Welt. Für mich ist es einfach ungezogen, nicht einmal aufzutauchen. Und nur einen protzigen Kranz zu schicken. Will er damit zeigen, dass er sich das leisten kann? Verdammt, er hat Bengt gekannt, seit sie siebzehn waren!«

»Könntest du deine Sprache nicht etwas zügeln, Alex?«

Es war der Pfarrer, der Alex etwas beruhigen wollte.

»Entschuldige«, sagte Alex, »ich finde nur, dass es einfach ein schlechter Stil ist.«

»Aber vielleicht ist er ja gar nicht in Stockholm?«

»Er ist hier. Warum willst du ihn unbedingt verteidigen?«

Der Pfarrer lächelte.

»Irgendjemand muss es doch tun. Jean wird ja von allen Seiten ziemlich angegangen.«

»Vielleicht gibt es dafür gute Gründe.«

Alex wand sich ein wenig, entdeckte dann Olivia.

»Oh, hallo! Komm her und setz dich.«

Alex zog einen Stuhl heraus, so dass Olivia nur schwer ablehnen konnte. Sie setzte sich mit an den Tisch. Alex stellte sie den anderen vor.

»Tomas Welander. Agnes von Born. Das hier ist Olivia, sie kennt Sandra gut.«

»Sie hat mir von Ihnen erzählt«, sagte Welander und schaute Olivia mit neugierigem Blick an.

»Tatsächlich?«

»Ja. Sie und Ihre Mutter haben sich wohl an diesem schrecklichen Abend um sie gekümmert.«

»Ja, sie hat bei uns geschlafen. Meine Mutter wohnt nicht weit von den Sahlmanns entfernt.«

»Ja, das habe ich gehört.«

»Ich muss jetzt los«, sagte Alex und stand auf.

»Nimmst du mich ein Stück mit?«

Es war Agnes von Born, die mitgenommen werden wollte. Beide verließen den Tisch, nicht ohne dass Alex Olivia an das Bier erinnert hatte, das sie ihm in Aussicht gestellt hatte. Olivia versprach, von sich hören zu lassen. Etwas beunruhigt sah sie, wie Alex und Agnes von Born gingen.

Und sie mit einem Pfarrer allein zurückließen.

»Was denken Sie, wie geht es Sandra inzwischen?«

Welander hatte seine Kaffeetasse in die Hand genommen. Olivia erstarrte ein wenig. Für sie war ihre Beziehung zu Sandra Privatsache. Nichts, worüber sie mit anderen Leuten reden wollte. Aber andererseits war er ja Pfarrer.

Und außerdem ein Freund der Familie.

»Ich weiß nicht so recht«, sagte sie, »was denken Sie denn?«

»Ich bin etwas beunruhigt.«

Welander warf einen Blick zu Sandras Tisch hinüber.

»Warum?«

»Weil ich die gleichen Anzeichen sehe wie damals.«

»Damals? Als ihre Mutter starb?«

»Ja. Da ging es ihr auch sehr schlecht. Lange Zeit. Sie wurde fast katatonisch. Und ich habe Angst, dass jetzt eine ähnliche Reaktion einsetzen könnte. Ich sehe sie täglich und habe den Eindruck, dass es doch sehr auf und ab geht.«

»Was wohl nicht so verwunderlich ist.«

»Nein, natürlich nicht. Schließlich ist sie einer unmenschlichen Tragödie ausgesetzt, und das in so jungen Jahren.«

»Ja.«

»Da kommt sie.«

Welander stand auf und streckte Sandra die Arme entgegen. Sie umarmten sich. Olivia blieb allein am Tisch sitzen. Sie dachte über das nach, was Charlotte auf dem Flur gesagt hatte.

Gabriella Forsman? Und Bengt Sahlmann? Was hatte das mit Silvergården zu tun? Nichts. Aber möglicherweise hatte es etwas mit den verschwundenen Drogen im Zollamt zu tun.

Platzte ihre Hypothese?

*

Mette hatte Mårtens Archivtag abgewartet. Einen Tag in der Woche fuhr er in die Stadt, um sich in seine Vergangenheit zu vertiefen. Auf seine alten Tage hatte er mit der Ahnenforschung begonnen.

»Warum das?«, hatte sie ihn gefragt, als er ihr davon das erste Mal erzählt hatte.

»Weil ich wissen will, woher ich komme.«

»Du kommst aus der Tjärhovsgatan in Söder.«

»Aber weiter?«

Damit war das Gespräch beendet gewesen. Mette hatte absolut kein Interesse an ihrer Vergangenheit. Früher oder später war man verwandt mit einem Mörder oder einem geisteskranken Grafen aus Deutschland. Was sollte so toll daran sein? Es genügte ja wohl, wenn man wusste, dass man sich selbst einigermaßen kannte.

Als Bosse und Lisa an ihrer Tür klingelten, wusste sie also, dass sie ein paar Stunden Zeit hatten. Für sich. Allein in dem großen Haus.

»Wie geht es dir?«

Bosse hatte sie gefragt, kaum hatte sie die Tür geöffnet.

»Gut. Kommt rein.«

Und damit war genug über Mettes Gesundheitszustand gesagt worden. Umso mehr sprachen sie über Clas Hall und Gabriella Forsman. In erster Linie über Forsman. Die Forensiker hatten sich ihren Computer gründlich vorgenommen und waren auf einige überraschende Informationen gestoßen. Hauptsächlich in Form von Mails. An den ermordeten Bengt Sahlmann und von ihm. Aus dem Mailwechsel ging deutlich hervor, dass es eine private Beziehung zwischen den beiden gab, die starke Gefühle beinhaltete. In erster Linie von Sahlmanns Seite aus.

»Sie hatte ihn am Haken«, sagte Lisa.

»Glaubst du?«

Bosse war nicht ganz überzeugt. Dass Sahlmann starke Gefühle für Forsman hegte, war offensichtlich. Aber in welchem Maße sie erwidert wurden, das schien ihm mehr als unklar. Sie konnte ja genauso in ihn verliebt gewesen sein wie er in sie.

Was Lisa überhaupt nicht fand.

»Ich glaube, sie hat ihn ausgenutzt. Ich glaube, sie hat ihn um ihre rotlackierten Fingernägel gewickelt und ganz bewusst verführt.«

»Und warum?«, fragte Mette.

»Um hinter seinem Rücken ihre kriminellen Geschäfte abwickeln zu können.«

»Gibt es Beweise dafür?«

»Ja.«

Lisa holte ein paar ausgedruckte Blätter von Forsmans Computer hervor. Sie beinhalteten den Mailwechsel zwischen Forsman und Sahlmann. Die erste Mail stammte von Sahlmann:

Vielleicht begreifst du gar nicht, wie schrecklich weh es tut, sich das hier einzugestehen. Aber ich kann nicht einfach die Augen davor verschließen. Ich weiß, was du getan hast.

Aber mein liebster Bengt! Es ist nicht so, wie du denkst. Du musst mir glauben. Ich bin gezwungen worden! Ich rufe dich heute Abend an. Mein Körper gehört dir.

»Mein Körper gehört dir?«

Mette war gezwungen, die Mail selbst zu lesen. Sicher, sie hatte Gabriella Forsman getroffen und war sich vollkommen im Klaren darüber, wie heftig sie an den Fäden ziehen konnte, aber »Mein Körper gehört dir«?

»In welcher Soap-opera lebt die denn?«

Der nächste Mailwechsel deutete an, dass Sahlmann und Forsman sich getroffen und irgendeine Art von Vereinbarung getroffen hatten. Der Ton von Sahlmann war dieses Mal ein anderer.

Wenn spätestens Sonntagabend nicht alles wieder an Ort und Stelle ist, werde ich Montagmorgen Anzeige erstatten. Du weißt, ich muss das tun. Dann wird die Polizei sich um Hall kümmern, und du wirst die Konsequenzen tragen müssen. B.

Mette fasste die neuen Informationen zusammen. Schließlich war sie der Chef.

Ob mit oder ohne Infarkt.

»Sahlmann hat also herausgefunden, dass Forsman die Drogen gestohlen hat. Sie hat es zugegeben und alle Schuld auf Clas Hall geschoben. Sahlmann hat ihr ein Ultimatum gestellt, vielleicht aufgrund seiner Gefühle für sie: Wenn die gestohlenen Drogen nicht spätestens am Sonntag wieder im Zollamt sind, geht er am Montag zur Polizei.«

»Was er nicht tut, da er am Sonntagabend ermordet wird«, sagte Bosse.

»Von Clas Hall?«

»Oder Gabriella Forsman.«

»Oder von beiden.«

»Gute Arbeit!«, lobte Mette sie.

Lisa und Bosse winkten ab. Sie hatten keinen großen Anteil daran, es waren in erster Linie die Computerspezialisten gewesen, die ihnen die Information besorgt hatten. Aber sie freuten sich trotzdem über Mettes Lob.

»Dann haben wir nur noch zwei Probleme«, fuhr diese fort. »Zum einen sind unsere Verdächtigen auf freiem Fuß. Was sie natürlich nicht mehr lange bleiben werden, es sind beides Amateure. Zum anderen, und das ist etwas verzwickter: wo ist Sahlmanns Laptop? Der gestohlen wurde. Wo befindet er sich jetzt? Er war weder bei Hall noch bei Forsman, oder?«

»Nein«, bestätigte Lisa. »Aber wenn sie ihn geklaut haben, weil sie glaubten, Sahlmann könnte irgendwelche Informationen auf ihm gespeichert haben, dann haben sie ihn wahrscheinlich irgendwo verschwinden lassen.«

Mette wollte gerade etwas einwenden, als sie Mårtens Auto durchs Küchenfenster sah. Jetzt schon? Er war doch erst seit einer Stunde fort. Mette sprang auf, ohne sich am Tisch abzustützen, was Bosse und Lisa beide zufrieden registrierten.

»Ihr müsst jetzt gehen. Mårten kommt.«

Bosse und Lisa hatten gerade alles zusammengepackt und die Haustür geöffnet, als Mårten durch die Gartenpforte hereinkam.

»Hallo!«, rief er. »Was macht ihr denn hier?«

»Sie haben mir ein paar Blumen gebracht!«, rief Mette aus dem Flur. »Ist das nicht nett von ihnen, die reinsten Schätzchen!«

Sie winkte Bosse und Lisa nach, die an Mårten vorbei die Gartenpforte ansteuerten. Mårten schaute ihnen nach. »Schätzchen?« Er ging die Treppe hoch und gab Mette einen Kuss auf die Wange.

»Was für Blumen denn?«

Wie üblich wimmelte es vor Menschen auf dem Hauptbahnhof. Olivia stand am Spottkoppen, Stig Lindbergs schönem Metallkreis, durch den man auf die Menschen hinunterschauen konnte, die ein Stockwerk tiefer von und zu den Pendlerzügen eilten. Wenn sie selbst den Pendlerzug nehmen musste, vermied sie immer, unter dem Kreisausschnitt hindurchzugehen, das hatte sie noch aus der Zeit im Blut, als sie außerhalb gewohnt hatte. Und natürlich war es Lenni gewesen, die ihr das eingetrichtert hatte. Als die beiden das erste Mal zusammen in der Stadt gewesen waren, hatte Lenni sie am Arm weggerissen, als sie geradewegs unter dem Guckloch entlanggehen wollte.

»Sag mal, spinnst du? Willst du da längsgehen?«

»Warum nicht?«

»Siehst du nicht die Leute da oben, die sich schon bereit machen?«

»Wozu bereit?«

»Na, zum Runterspucken! Das weiß doch jeder! Die da oben sind die reinsten Spuckprofis. Sie benutzen Kaugummi als Dopingmittel, um damit die Speichelproduktion ordentlich anzuregen, und dann wählen sie sich ihr Opfer aus. Verdammt eklig!«

Olivia hatte hochgeschaut und nicht einen Einzigen gesehen, der seinen Blick nach unten gerichtet hatte oder der Kaugummi kaute, trotzdem hatte sie seit diesem Tag den Spottkoppen, die Spucktasse, vermieden. Jetzt stand sie oben und beobachtete, wer die Gefahr erkannte und wer keine Ahnung hatte, welcher Gefahr er sich hier aussetzte. Das waren so einige. Sie schaute auf die Uhr. Ove hatte morgens angerufen und mitgeteilt, dass er auf dem Weg nach Koster in Stockholm einen kurzen Aufenthalt hatte, es gab da nachmittags eine Vorlesung und am nächsten Morgen eine Konferenz, aber er könnte es schaffen, sie kurz zu sehen. Ungefähr jetzt, wie sie feststellte.

»Hallo!«

Olivia drehte sich um. Da stand er. Braungebrannt, mit sonnengebleichtem Haar und von der Reise zerknitterter Kleidung. Ganz einfach verdammt süß, wie Lenni sagen würde.

»Hallo, ich habe dich gar nicht kommen sehen!«

Zu ihrem eigenen Erstaunen spürte Olivia, wie sie unter ihrer Sonnenbräune errötete. Warum das denn? Außerdem fühlte sie sich etwas unsicher, wusste nicht, ob sie ihn umarmen sollte oder nicht.

Ove kam ihr damit zuvor.

»Wie schön, dich wiederzusehen! Und damit meine ich ›live‹.«

Olivia bekam gerade noch ein »Gleichfalls« in der Umarmung heraus und verfluchte Lenni. Hätte diese nicht von Ove wie von einem zukünftigen festen Freund gesprochen, dann wäre sie jetzt nicht plötzlich rot geworden und hätte sich ganz hilflos in seiner Gesellschaft gefühlt.

Das war ihr doch früher nie passiert.

»Wohin gehen wir?«, fragte er.

Ove hatte ein paar Stunden Zeit, bis er zu der Vorlesung musste, also beschlossen sie, ein Bier in der Bar vom Royal Viking zu trinken, dem Hotel gleich neben dem Bahnhof, dort, wo sie sich vor anderthalb Jahren das erste Mal getroffen hatten.

Als sie sich an einen der niedrigen Tische im Foyer niederließen, spürte Olivia, wie die Nervosität langsam ihren Griff lockerte. Wie schön. Es war ja auch vollkommen unbegründet gewesen. Diese anderen Gefühle gab es nur in Lennis Fantasie. Jetzt war alles wieder ganz normal, und sie unterhielten sich und lachten zusammen. Ove erzählte von seiner mühsamen Heimreise und wie sehr er sich darauf freute, nach Hause nach Nordkoster zu kommen. Sie sprachen über alles, was passiert war, seit sie das letzte Mal miteinander geskypt hatten, Olivia erzählte von ihren Erlebnissen im Silvergården und dass sie den Verdacht hegte, dass dieser Ort irgendwie mit dem Mord an Bengt Sahlmann in Verbindung stand.

Nur ihren Borell-Besuch ließ sie aus.

»Ich muss dir etwas erzählen«, sagte Ove plötzlich.

Olivia sah ihn an. Ein Mundwinkel zuckte leicht. Das tat er immer, wenn Ove unsicher wurde.

»Das klingt ja ernst. Es ist doch nichts mit deinem Vater?«

»Nein, nein, etwas ganz anderes.«

Jetzt war er derjenige, der hin und her rutschte. Was war denn so schwer zu erzählen?

»Ich habe ein Mädchen kennengelernt«, sagte er.

Eine Bombe. Olivia hatte gerade ihr Bierglas an den Mund geführt, ein paar hinterhältige Tropfen schwappten über. Sie wischte sie schnell weg.

»Ach, wie schön!«, sagte sie.

Sie hörte selbst, wie falsch das klang, und konzentrierte sich darauf, das Glas abzustellen, ohne noch mehr zu verschütten.

»Sie ist auch Meeresbiologin, Amerikanerin. Maggie heißt sie. Sie wird dir gefallen. Wir haben in Guatemala zusammengearbeitet.«

Ove redete weiter, während sich in Olivias Kopf die Bilder zu drehen begannen, ohne dass sie sie stoppen konnte. Ove und diese Maggie an einem Strand, Hand in Hand, lebhaft die Probleme der sterbenden Korallenriffe überall in den Weltmeeren diskutierend. Das perfekte Paar. Sie verfluchte sich selbst, warum hatte sie sich nicht mit Ove getroffen, als sie selbst auf ihrer langen Reise gewesen war? Er hatte ihr vorgeschlagen, über Guatemala zu reisen, als sie von Mexiko nach Costa Rica fuhr. Aber sie hatte Nein gesagt, wollte allein während ihrer Katharsis-Reise sein. Jetzt bereute sie es. Hätte sie Ja gesagt, dann wäre sie vielleicht diejenige gewesen, die Hand in Hand mit Ove den Strand entlangging. Aber andererseits war das ja nicht das, was sie wollte. Oder? Es drehte sich alles in ihrem Kopf. Welche Gefühle hatte sie eigentlich? Hatte Lenni doch recht gehabt?

Nein, das hatte sie nicht!

Olivia bremste ihren chaotischen Gefühlsrausch. Sie war einfach nur überrumpelt. Sie hatte doch nicht die geringste Ahnung gehabt. Er hätte sie ja wohl vorbereiten können, oder? Schließlich waren sie gute Freunde, und gute Freunde erzählten sich so etwas. Da drang Oves Stimme wieder zu ihr durch.

»Sie nimmt auch an der Konferenz teil und möchte dich schrecklich gern kennenlernen«, sagte er.

»Mich? Warum das?«

Wollte er sie jetzt auch noch zwingen, diese Maggie zu treffen?

»Na, weil ich ihr von dir erzählt habe.«

»Warum hast du das denn?«

»Was ist denn los mit dir? Bist du sauer, weil ich nicht vorher etwas davon gesagt habe?«

»Nein, ganz und gar nicht.«

»Doch, bist du, das kann ich dir ansehen. Aber wir haben uns gerade erst kennengelernt. Sie und ich. Als wir das letzte Mal miteinander geskypt haben, da wollte ich dir davon erzählen, doch dann ist die Leitung zusammengebrochen.«

»Ach so.«

»Aber das ändert doch nichts zwischen uns beiden, oder?«

Olivia schaute Ove an. Er sah sie flehentlich an, als würde er selbst nicht so recht glauben, was er da sagte. Sie tat es definitiv nicht.

»Nein?«

»Nein. Maggie hat jede Menge männliche Freunde. Sie hat kein Problem damit, dass wir uns treffen.«

Es war ihr scheißegal, ob Maggie »männliche Freunde« hatte, was sie übrigens einen völlig albernen Ausdruck fand. Olivia wollte nur noch weg hier. Sie hatte absolut keine Lust, weiter zuzuhören, wenn Ove von seiner neuen Liebe erzählte. So weit ging ihre Freundschaft nun doch nicht, wie sie fand. Also schaute sie auf die Uhr, als könnte die sie retten.

»Ich habe leider keine Zeit, sie zu treffen.«

»Aber ich meinte ja nicht jetzt sofort. Sie kommt erst morgen. Dann können wir dich doch sicher treffen, oder?«

Olivia ließ ihre Uhr in Ruhe und widmete sich stattdessen ihren Fingernägeln. »Wir«. Sie waren schon »wir«.

»Tut mir leid. Ich fahre morgen weg. Mit meiner Mutter.«

Ove lehnte sich in seinem Sessel zurück.

»Sag doch gleich, was los ist, du willst nicht?«, sagte er.

Olivia schaute von ihren Nägeln auf und begegnete Oves Blick. Warum sollte sie ihn anlügen.

»Nein, ich will nicht. Und jetzt musst du los, wenn du es noch rechtzeitig schaffen willst.«

Olivia stand auf. Etwas zu schnell. Ein Hauch von Enttäuschung huschte durch Oves Augen, als er sie ansah.

»Bitte, Olivia, setz dich.«

»Du hast es doch eilig.«

»So eilig nun auch wieder nicht. Setz dich, bitte!«

Olivia ließ sich wieder auf den Sessel sinken und schaute demonstrativ aus dem Fenster. Die Fingernägel hatte sie lange genug angestarrt.

»Wir sind doch richtig gute Freunde geworden, nicht wahr?«, fragte Ove.

»Ja.«

»Und von mehr war nie die Rede, oder?«

»Nein.«

»Und schon gar nicht von deiner Seite. Das hast du mir immer wieder deutlich zu verstehen gegeben.«

Was meinte er denn damit? Hegte er andere Gefühle für sie? Hatte sie da etwas nicht mitgekriegt?

»Ja«, antwortete sie.

»Und irgendwann musste es ja mal passieren. Dass einer von uns jemanden kennenlernt, meine ich.«

»Natürlich. Es hätte genauso gut mir passieren können. Oder besser gesagt: ist es auch. Ich habe einen Typen in Mexiko kennengelernt. Ramón. Hab mich Hals über Kopf in ihn verliebt. Und er sich in mich.«

Und dann lachte sie laut. Total unnatürlich. Warum hatte sie das gesagt? Um es ihm heimzuzahlen? Bis jetzt hatte sie niemandem außer Lenni von Ramón erzählt. Und hatte nicht im Traum daran gedacht, Ove davon etwas zu sagen. Doch dann registrierte sie, wie Ove leicht in sich zusammensackte, und sie konnte nicht verhehlen, dass ihr das gefiel. Ja, sie zahlte es ihm mit gleicher Münze zurück.

»Ramón?«

»Ja, aber dann bin ich weitergezogen, deshalb wurde nicht mehr daraus, aber wir halten weiterhin Kontakt.«

Was auch gelogen war. Genau wie dieses Sich-Hals-über-Kopf-Verlieben. Ihre Beziehung zu Ramón hatte nur darin bestanden, Körpersekrete auszutauschen.

Von beiden Seiten.

»Okay«, sagte Ove.

Vertauschte Rollen. Jetzt bist du derjenige, der verstört ist, und das fühlt sich deutlich besser an, dachte Olivia.

»Vielleicht könnt ihr euch ja mal treffen, wenn du wieder in der Nähe von Cuatro Cienegas bist«, sagte sie.

Jetzt trieb sie es fast zu weit, das begriff sie selbst. Ove sah sie mit einem fragenden Blick an, und ihr war klar, dass sie von hier weg musste. Und zwar schnell. Bevor ihr noch weitere Kröten aus dem Mund sprangen.

»Es tut mir leid, aber ich muss jetzt wirklich gehen. Ich bin noch mit Lenni verabredet und schon zu spät dran.«

Ove stand auf. Sie wollte gerade an ihm vorbeigehen, als er

sie am Arm fasste und an sich zog. Und da musste sie sich eingestehen, dass sie wünschte, alles, was sie eben zueinander gesagt hatten, würde sich in Luft auflösen.

»Du bedeutest mir sehr viel«, sagte er. »Ich möchte wirklich nicht, dass unsere Beziehung kaputtgeht.«

»Aber das tut sie doch nicht«, log sie. »Es kam nur ein bisschen plötzlich. Und ehrlich gesagt, ich habe wirklich keine Lust, sie kennenzulernen, wenn du entschuldigst. Vielleicht ein andermal.«

Olivia machte sich von Ove los und versuchte ihm ein Lächeln zu zeigen.

»Wir hören voneinander! Mach's gut, bis dann!«

Olivia ging hinaus auf die dunkle, regennasse Straße. Durch das Fenster sah sie, wie Ove sich die Jacke anzog und auf den Ausgang zuging. Er schien traurig auszusehen. Was wohl auch kein Wunder war. Olivia war sich sicher, dass zwischen ihnen nichts mehr so sein würde wie früher. Sie hatte einen guten Freund verloren, und sie würde ihre vertraulichen Gespräche vermissen und vielleicht noch mehr. Mit schnellem Schritt ging sie auf den Eingang zur T-Centralen zu, damit Ove auf keinen Fall die Chance hatte, sie einzuholen. Als sie die Treppen hinter sich hatte und unten auf dem Bahnsteig stand, fischte sie ihr Handy heraus und rief Lenni an.

»Du hast recht. Ove Gardman ist ein bescheuerter Name!«

Sie hörte selbst, dass ihre Stimme etwas gepresst klang. Und Lenni hörte es auch.

»Was ist denn passiert?«

»Er hat ein Mädchen kennengelernt.«

»Oh je! Und jetzt findest du also, dass ich recht habe?«

»Nein, so ist es nicht, aber es fühlt sich einfach nicht besonders cool an. Können wir uns nicht gleich im Kristallen treffen?«

»Aber klar! Ich bin im Skrapan, ich muss nur eine Regenjacke kaufen, danach ertränken wir deine Sorgen, und zwar gründlich!«

*

Stilton war wieder auf seiner Wanderung durch die Stadt, momentan in Kungsholmen, er musste sein Treffen mit Ovette Andersson verarbeiten. Sie hatte zugegeben, dass Rune Forss Sex bei ihr gekauft hatte, aber sie würde das niemals offiziell bezeugen. Stilton wusste, er konnte sie nicht dazu zwingen. Und das wollte er auch nicht. Er bog von der Fleminggatan ab zum Norr Mälarstrand und rief Mette an. Sie fasste sogleich die Lage zusammen.

»Dann wissen wir wenigstens, dass er nicht einfach zufällig auf der Kundenliste stand. Dass er tatsächlich Sex mit Prostituierten gehabt hat.«

»Ja. Und sie hat bestätigt, dass es dabei nicht nur um sie ging.«

»Hast du irgendwelche Namen?«

»Nein.«

»Zurück auf Start.«

»Danke.«

Stilton legte auf und machte einen großen Schritt über eine Wasserpfütze. Zurück auf Start. Verdammt noch mal. Er würde diese Stadt Zoll für Zoll durchkämmen, um einen weiteren Zeugen zu finden. Einen Zeugen oder eine Zeugin, die aussagen würde. Die nicht so unter Druck stand wie Ovette. Das würde sicher seine Zeit kosten, aber wenn er etwas hatte, dann war es Zeit. Dafür. Für seine Rache. Er ließ sich das Wort auf der Zunge zergehen. Er hatte es letzte Nacht gegen Revanche getauscht, aber jetzt war ihm klar, dass Rache das einzig relevante Wort war.

In jeder Hinsicht.

Gedankenverloren betrachtete er die unverständlichen Graffitimalereien an der Hausfassade gegenüber. Aus irgendeinem Grund kam ihm dabei Abbas in den Sinn. Er versuchte ihn zu erreichen. Wieder ging keiner ans Telefon. Seine grundlegende Wut bekam noch mehr Nahrung. Als er Jean-Baptiste an den Hörer bekam, klang er eher wütend als besorgt.

»Ich habe ihn vier Millionen Mal versucht zu erreichen, und er meldet sich nicht! Was zum Teufel ist mit ihm los? Hast du irgendeinen Kontakt zu ihm?«

»Ja. Hat er dich nicht angerufen?«

»Nein.«

»Er liegt im Krankenhaus.«

Stilton blieb abrupt stehen. Verdammt. Das war nicht das, was er hatte hören wollen. Und es war nichts, was er momentan gebrauchen konnte.

»Was ist passiert?«, fragte er.

»Ein paar Schmeißfliegen haben ihn zusammengeschlagen.«

»Schlimm?«

»Ja.«

»Wie schlimm?«

»Schlimm genug, dass es noch eine Weile zu sehen sein wird. Aber er wird nach Hause fahren, sobald er entlassen wird.«

»Woher weißt du das?«

»Ich bin Polizist.«

Stilton interpretierte die Antwort ganz richtig: Jean-Baptiste hatte Abbas ein Ultimatum gestellt. Gut. Dann kommt er also nach Hause. Stilton beendete das Gespräch und ging Richtung Rathaus weiter. Im Krankenhaus? Er spürte, wie sich sein Magen zusammenzog. Ich hätte in Marseille bleiben sollen. Ich hätte ihm dieses beschissene Flugticket in den Hals stopfen und bei ihm bleiben sollen. Aber das habe ich nicht getan.

Er setzte sich auf eine feuchte Bank und schaute über den Riddarfjärden.

Dunkles, kaltes Wasser.

Abbas misshandelt und keine Zeugin gegen Rune Forss.

Mit den Füßen trommelte er auf die Steinfliesen vor sich.

Und Jackie Berglund? Würde er bei ihr weiterkommen? Sie dazu bringen können, zuzugeben, dass sie Rune Forss Sexkontakte vermittelt hatte? Wie? Ihr Angst einjagen? Jackie war nicht die Frau, die so schnell Angst bekam.

Er wandte sich Norr Mälarstrand zu. Er wusste, hier wohnte Jackie, kannte ihre Adresse. Vor vielen Jahren hatte er sie zur Vernehmung abgeholt, in Zusammenhang mit einem Mord an einer schwangeren Prostituierten, die zu Jackies Truppe gehört hatte. Und er ging davon aus, dass sie immer noch hier wohnte.

Stilton stand auf und ging ein Stück am Kai entlang. Die Bäume ließ er bewusst zwischen sich und den Häusern. Ihm fiel die Hausnummer nicht mehr ein, aber er wusste noch, wie das Haus aussah. Als er näher kam, hielt gerade ein Taxi vor der Tür. Zwei Personen stiegen aus. Zuerst Jackie Berglund, dann ein großgewachsener Mann. Den er nicht kannte. Hatte sie sich eine Leibwache angeschafft? Kurz bevor das Paar durch die Haustür verschwand, sah er, wie Jackie den Kopf in seine Richtung drehte.

Schnell zog er sich hinter einen Baum zurück.

»Da. Siehst du?«

Jackie stand an einem der großen Fenster. Im Zimmer war es dunkel. Sie zeigte auf die Straße, und Mickey Leigh folgte ihrem Blick. An einem Baum stand ein Mann.

»Wer ist das?«

»Tom Stilton. Ein ehemaliger Kriminaler, der mich im Laufe der Jahre ziemlich genervt hat.«

»Jetzt immer noch?«

»Ich denke schon. Warum sonst sollte er da unten stehen und hochglotzen?«

Jackie ging in den Raum, um sich einen Gin einzuschenken.

Mickey blieb am Fenster stehen und betrachtete den Mann am Baum.

*

Abbas wurde um sechs Uhr abends aus dem Krankenhaus entlassen. Er hatte es eilig. Jean-Baptistes Warnung nahm er ernst. Er hatte dem massigen Polizisten in die Augen geschaut, und ihm war klar geworden, dass seine Zeit in Marseille zu Ende ging. Aber einen Besuch wollte er noch machen. Draußen im Hochhaus, bei Marie.

Er fuhr mit dem Taxi dorthin.

»Was hast du denn gemacht?!«

Marie sah so schockiert aus, wie es sein Anblick hatte erwarten lassen. Abbas sah schrecklich aus. Er huschte durch die Tür hinein und hoffte, dass keines ihrer Kinder in der Nähe war. Er wollte sie nicht zu Tode erschrecken.

»Bist du allein zu Hause?«, fragte er.

»Im Augenblick ja. Komm rein. Was ist denn passiert?«

Abbas' Bericht wurde noch kürzer als der, den Jean-Baptiste erhalten hatte. Als er fertig war, versuchte Marie ihn zu umarmen. Als sie sah, dass er schon zusammenzuckte, wenn sie nur seinen Brustkorb berührte, hielt sie sich zurück.

»Habt ihr einen Computer im Haus?«, fragte Abbas.

»Paul hat einen. Da drinnen.«

Marie zeigte zum Wohnzimmer, wo ein Computer auf dem Tisch stand. Abbas ging direkt ins Netz.

»Was hast du vor?«

Marie stand in der Küche und setzte Kaffeewasser auf. Über die Schulter schaute sie zu Abbas.

»Ich suche nach Informationen.«

»Ach so.«

Marie beließ es dabei. Sie wollte nicht in die Sache mit hineingezogen werden. Sie hatte Mann und Kinder und sah, wie Abbas zugerichtet worden war. Gern stellte sie ihm den Computer zur Verfügung, aber Näheres wollte sie lieber nicht wissen. Sie hoffte, dass Abbas niemand gefolgt war. Mit einer Tasse starken Kaffee ging sie zu Abbas ins Wohnzimmer.

»Danke.«

»Ich setze mich in die Küche. Die Kinder werden in einer Viertelstunde da sein. Glaubst du, dass du ...«

»Ich hoffe es.«

Nervös scrollte Abbas verschiedene Internetadressen herunter. Er suchte nach einem Schauspielerregister. Bei Agenturen, die Schauspieler anboten, die auch in »Erwachsenenfilmen« mitspielten. Zwei fand er. Das erste durchzublättern dauerte seine Zeit. Bei dem zweiten ging es schneller. Bereits nach ein paar Seiten fand er es. Das Foto des Mannes, der ihn misshandelt hatte. Das Farbfoto eines lächelnden Mannes mit eingeöltem Oberkörper, darunter ein langer Lebenslauf.

»Hast du einen Drucker?«, rief er Marie zu.

»Ja, der ist angeschlossen.«

Abbas druckte drei Fotos der Agenturseite aus.

Es waren Schwarzweißbilder, aber das spielte keine Rolle.

Sie würden ihren Dienst erfüllen.

Hinunter nahm er auch wieder die Treppen.

*

Als Olivia das altehrwürdige Restaurant Pelikan in Söder betrat, hatte Lenni bereits einen Tisch besetzt und für sie auch schon ein Bier bestellt. Es war noch früh am Abend, und der Barbereich Kristall war erst halb voll. Schön, fand Olivia, so konnte man sich immer noch unterhalten.

»Nun erzähl. Was ist das für eine Braut, die er getroffen hat?«, fragte Lenni sofort.

Also berichtete Olivia von ihrem Treffen mit Ove und ihrer Reaktion auf die Neuigkeiten, mit der sie selbst nicht gerechnet hatte.

»Aber wenn du ihm alles erzählen würdest, glaubst du nicht, dass er dann sofort einsehen würde, dass er auch in dich verliebt ist?«

»Wieso auch?«

»Jetzt mach aber mal halblang, Olivia! Hör dir doch einfach mal selber zu. Und sieh den Tatsachen ins Auge! Ich kapier einfach nicht, wieso du in dieser Beziehung so auf dem Schlauch stehst, wo du doch sonst so fix bist.«

Doch Olivia weigerte sich standhaft, »den Tatsachen« ins Auge zu sehen. Hier handelte es sich nicht um Liebe, sondern um Freundschaft. Eine ganz spezielle Freundschaft, wie sie sie noch nie mit einem Mann erlebt hatte.

Und sie war traurig, dass sie zu Ende sein sollte.

Sonst nichts.

Und Lenni, die treue Seele, hörte auf, Olivia darauf hinzuweisen, wie sehr sie sich doch irrte. Auch wenn sie sich auf die Zunge beißen musste, als Olivia lang und breit erklärte, wie viel Ove ihr im letzten Jahr bedeutet hatte, und einfach nicht wahrhaben wollte, warum. Dabei machte sie nur eine Pause, um sich mit einem weiteren Bier zu versorgen.

Nach drei Gläsern spürte Olivia, wie es sich langsam in ihrem Kopf drehte. Sie hatte seit dem Frühstück nichts mehr gegessen. Jetzt nahm sie ihre Mahlzeit flüssig zu sich. Nicht so gut. Das Lokal füllte sich immer mehr, und der Lärmpegel war entsprechend hoch. Lenni war gerade auf der Toilette, und Olivia saß allein am Tisch und beschloss, dass es an der Zeit war, nach Hause zu gehen.

Definitiv.

»Na, das ist ja eine schöne Überraschung! Hallo!«

Die Stimme kam von hinten, und Olivia drehte sich um. Ihre Bewegungen waren nicht mehr ganz koordiniert, sie musste sich am Stuhl festhalten, um nicht das Gleichgewicht zu verlieren. Alex Popovic stand lächelnd hinter ihr.

»Oh, hallo!«

»Bist du allein hier?«

»Nein, mit einer Freundin. Sie ist gerade auf der Toilette.«

»Darf ich mich setzen?«

Olivia warf einen Blick zur Toilettentür. Lenni kam gerade heraus und bahnte sich ihren Weg zur Bar hin, wo ein Bekannter von ihr stand und ihr zuwinkte.

Lenni würde sicher nicht gehen wollen.

Noch nicht.

»Ja, natürlich.«

Also setzte Alex sich.

»Dann können wir ja jetzt das Bier trinken, wenn du willst«, sagte er.

»Welches Bier?«

Für eine Wohnung in Stockholm musste sie wohl als spektakulär gelten. Hätte sie im alten Meatpacking District von New York gelegen, wäre sie möglicherweise als ordinär bezeichnet worden, aber nicht hier. Ein Loft von fast zweihundert Quadratmetern in einem alten Industriegebäude. Mit breiten, nachgedunkelten Kieferbrettern und nackten, weiß gekalkten Ziegelwänden. Grobe Dachbalken durchzogen den riesigen offenen Raum kreuz und quer. In der Mitte ragte ein schwarzer Kamin auf.

Alex wohnte nicht schlecht.

Aber nicht zu vergleichen mit Borells Standard, dachte Olivia, während sie ihre Jacke auf den Boden fallen ließ.

»Sollen wir den Kamin anmachen?«

»Nein.«

Olivia wollte kein Kaminfeuer. Sie wollte Sex, und das gleich. Am besten mit nur wenig Licht. Sie war betrunken und wusste, dass sie bald umfallen würde.

»Etwas zu trinken?«

»Nein, danke.«

»Ein bisschen Musik?«

Olivia zuckte mit den Schultern. Wenn er Musik haben wollte, dann sollte er doch.

»Leg irgendwas auf«, sagte er, »ich will nur ablegen.«

Alex zeigte auf einen riesigen CD-Player an einer Wand und verschwand durch eine dunkle Türöffnung auf der anderen Seite. Olivia ging zu der Musikanlage. CDs? Ließen heutzutage nicht alle nur Spotifylisten laufen? Alex offensichtlich nicht. Olivia betrachtete die Reihe CDs, je länger sie daraufschaute, umso schneller drehten sich die Titel in ihrem Kopf, es fiel ihr schwer, den Blick zu fixieren. Schließlich zog sie eine CD heraus und versuchte zu sehen, was es war.

»Hast du was gefunden?«

Alex kam wieder herein. Sie hatte gehofft, er würde nur einen Morgenmantel tragen oder ganz nackt sein, aber er trug Jeans und T-Shirt, genau wie zuvor. Er trat zu ihr. Olivia zog sich den Pullover aus und öffnete den BH. Alex blieb ein paar Meter vor ihr stehen. Der Kontrast zwischen ihren festen weißen Brüsten und dem dunkelbraunen Oberkörper war beeindruckend. Sie hatte sich nie topless gesonnt.

»Wollen wir ins Bett gehen?«, fragte sie.

*

Es hatte eine Weile gedauert, die Adresse des Stiers herauszufinden. Aber die Informationen aus seinem Lebenslauf waren hilfreich gewesen. Telefonnummer und Adresse hatten Abbas in eine Gegend geführt, die ihm nicht vertraut war. Zwar noch im Zentrum, aber außerhalb von Abbas' früherem Radius, auf der Ostseite, in den etwas feineren Vierteln. Die Wohnung lag im obersten Stock eines alten Steinhauses. Der Eingang war für Abbas kein Problem, er hätte die Berliner Mauer in ihren Glanztagen erstürmen können, hier handelte es sich um eine ältere Holztür mit Spalten zwischen Tür und Rahmen. Er lief die Treppen hinauf und gelangte vor eine massive Eisentür. Über dem Briefschlitz stand kein Name, aber er wusste, dass er am richtigen Ort war. Er holte tief Luft und strich sich mit den Händen über den Körper. Alles war dort, wo es sein sollte. Er nahm eines der schwarzen Messer und klappte den Briefschlitz mit der Spitze auf, leise und vorsichtig. Es war kein Licht zu sehen. Er ließ die Klappe fallen und klingelte.

»Dieses Mal habe ich weggesehen, aber das mache ich nie zweimal.«

Abbas hörte die ruhige Stimme des Polizeibeamten in seinem Kopf. Und er hörte einen anderen Satz aus derselben Kehle: »Eine tote Pornodarstellerin hat nicht gerade die höchste Priorität.«

Für Abbas hatte sie die allerhöchste Priorität.

Er klingelte noch einmal. Nichts geschah. Er legte das Ohr an die Tür und lauschte. Nichts von drinnen zu hören.

Er lief die Treppe hinunter und auf die Straße hinaus. Ein Stück weiter gab es eine Steintreppe, die zu einem Platz hoch führte. Zu dieser Treppe ging er und setzte sich auf ihre Stufen. Von hier aus hatte er die Haustür und die Fenster im obersten Stockwerk im Blick. In der Wohnung brannte kein Licht.

Hier wollte er warten, bis der Stier nach Hause kam.

*

Mickey Leigh hatte das erledigt, was seine Pflicht war als Untermieter von Jackie Berglund. Jetzt stand er unter der Dusche, und sie drückte sich ein wenig Toilettenpapier in den Schritt, um den Slip nicht zu beschmutzen. Vor ein paar Jahren hatte sie das Klimakterium durchschritten und brauchte sich wegen irgendwelcher Samenergüsse keine Sorgen mehr zu machen, aber sie wollte sein Sperma nicht im Slip haben. Sie setzte sich auf die Toilettenschüssel und betrachtete den Mann in der Dusche. Die Glasscheibe war mattiert, weshalb sie keine Details sehen konnte. Aber das brauchte sie auch nicht. Sie betrachtete die Silhouette seines Körpers und dachte an früher. Vor langer Zeit. Als sie eine Weile zusammen auf dem Kontinent gelebt und beide in derselben Branche gearbeitet hatten. Sie war ein gefragtes Eskortmädchen, er tüchtig darin, worin Männer wie er nun einmal tüchtig sind. Sie hatten viel Spaß gehabt. Auf vielen Ebenen.

Es war ein intensives Leben gewesen.

Dann war sie nach Stockholm gegangen und hatte sich dem eher administrativen Teil des Eskortgeschäfts gewidmet, nach einer Weile ihr eigenes Unternehmen gegründet: Red Velvet.

Und Mickey Leigh war auf dem Kontinent geblieben.

Ein paar Telefongespräche ab und zu, einige Briefe und später Mails, ein paar zweideutige Fotos. Nicht viel mehr. Aber genug, um den Kontakt aufrecht zu halten.

Und jetzt war er hier, und sie hatten wieder ihren Spaß miteinander.

Mickey öffnete die Duschtüren und reckte sich nach einem Handtuch. Jackie lächelte ihm zu. Er erwiderte ihr Lächeln und begann sich abzutrocknen.

Das hatte er zu meiner Zeit noch nicht, dachte Jackie. Das Tattoo.

Ein kleiner schwarzer Stier am Hals.

Wann er sich den wohl zugelegt hat?

Eine herausgerissene Zeitungsseite flatterte über den Bürgersteig, eine leichte Morgenbrise fuhr zwischen den Wohnblocks entlang. Abbas streckte seinen steifen Körper. Die ganze Nacht hatte er auf der Steintreppe gesessen, den Blick auf die Eingangstür des Stiers gerichtet. Ein paar Personen waren hineingegangen, ein paar herausgekommen. Aber keiner davon war der Stier gewesen. Jetzt setzte die Morgendämmerung ein, und die Fenster ganz oben waren immer noch dunkel. Er schaute auf die Uhr. Bald würde Jean-Baptiste im Krankenhaus nachfragen und erfahren, dass Abbas entlassen worden war. Er stand auf und winkte ein Taxi herbei.

Als es vor dem Richelieu anhielt, hatte er eine Entscheidung getroffen. Er würde auschecken und untertauchen. Immer noch kannte er so einige Stellen in dieser Stadt, an denen Jean-Baptiste ihn wohl kaum würde aufspüren können. Das Einzige, was ihm nicht gefiel, das war die Sache mit Tom. Er wusste, er hatte Toms Beziehung zu Jean-Baptiste ausgenutzt, und wenn er den massigen Polizisten hinterging, würde das bei Tom nicht gerade Jubel auslösen.

Doch das war ein peripheres Problem, wenn man das Ganze betrachtete.

Und das Ganze hieß: den Stier zu finden.

Abbas ging an dem verschlafenen Portier vorbei. Den Zimmerschlüssel hatte er in der Tasche, also schloss er auf und betrat sein Zimmer.

»Auf dem Heimweg?«

Jean-Baptiste saß auf der Bettkante und rauchte. Es herrschte Rauchverbot im Hotel, aber das interessierte Jean-Baptiste herzlich wenig. Für einen Moment wollte Abbas seinem Fluchtreflex nachgeben, sank aber dann stattdessen ein wenig in sich zusammen.

»Du kriegst eine Privateskorte zum Bahnhof.«

Jean-Baptiste lächelte ein wenig bei diesen Worten, nicht unfreundlich, eher etwas resigniert.

Es war kurz nach neun Uhr. Jean-Baptiste rauchte bereits seine dritte Gauloise auf dem Bahnhof. Er stand am Bahnsteig vier und beobachtete eine dicke Taube. Sie hatte sich gerade ein großes Stück Baguette geschnappt und wollte jetzt auf die Deckenkonstruktion aus Eisen in der Zentralhalle fliegen. Aber sie hatte Probleme, sie musste auf einer Lokomotive zwischenlanden. Jean-Baptiste wandte sich von ihr ab und warf einen Blick über den lärmenden Bahnsteig. Der Zug sollte in zwölf Minuten abfahren, und Abbas hatte bis jetzt noch kein Wort darüber verloren, wo er die Nacht verbracht hatte. Was aber auch nicht mehr wichtig war. Er sollte den Zug nach Paris nehmen. Würde er dort verschwinden, war das ein Problem der Pariser Polizei.

»Hier.«

Jean-Baptiste drehte sich um. Abbas hielt einen weißen Umschlag in der ausgestreckten Hand.

»Was ist das?«, fragte Jean-Baptiste und nahm den Umschlag entgegen.

»Ein Foto des Kerls, der mich zusammengeschlagen hat. Vermutlich war er es auch, der Samira ermordet hat.«

Jean-Baptiste öffnete den Umschlag und zog das Bild ein Stück heraus.

»Er heißt Mickey Leigh«, sagte Abbas. »Auf der Rückseite gibt es weitere Daten. Das ist Le Taureau.«

»Woher weißt du das?«

»Er hat einen tätowierten Stier am Hals. Ist das jemand, den du kennst?«

»Nein. Aber ich werde ihn überprüfen.«

»Kann ich nicht hierbleiben, solange du das machst?«

»Nein. Hast du letzte Nacht versucht, ihn zu erwischen?«

»Ja.«

»Aber …?«

»Er hat eine Wohnung in der Rue Protis. Aber er ist nicht gekommen.«

»Was für ein Glück.«

Sie sahen einander an. Abbas' Blick war gequält. Nun hatte er den Mann gefunden, der womöglich Samiras Mörder war, und nun war er gezwungen, Marseille zu verlassen. Sich in einen Zug nach Schweden zu setzen und die Jagd auf Mickey Leigh Jean-Baptiste zu überlassen.

»Aber ich werde alles tun, um ihn zu fassen zu kriegen, darauf kannst du dich verlassen.«

Abbas nickte, ergriff seinen Trolley und schaute zum Gleis hinüber. Sein Zug war bereits eingefahren. Er ging auf den Bahnsteig, mit Jean-Baptiste an der Seite. Beide blieben vor einer offenen Waggontür stehen. Jean-Baptiste streckte die Hand aus. Abbas ergriff sie. Jean-Baptiste hielt sie für einen Moment fest.

»Wenn er hier ist, dann kriegen wir ihn, das weißt du.«

»Gut.«

Abbas stieg in den Wagen und verschwand.

Jean-Baptiste wartete, bis der Zug aus dem Bahnhof hinausrollte. Endlich, dachte er und machte sich zu Fuß auf zum Polizeigebäude. Als er dann davorstand, dreht er jedoch um und ging stattdessen zu der kleinen Bar gegenüber und setzte sich auf seinen Stammplatz an der Wand. Der Barkeeper kam sogleich mit seinem Perrier. Als er die zweite Zigarette rauchte, traf Claudette ein. Er wusste, dass sie früher oder später hier auftauchen würde. Sie entdeckte Jean-Baptiste und ließ sich an seinem Tisch nieder. Ein paar Sekunden lang sahen sie einander an.

»Tom Stilton ist abgefahren«, sagte Jean-Baptiste.

»Das tun sie immer.«

Jean-Baptiste legte eine Hand auf Claudettes Hand.

Die unter seiner vollkommen verschwand.

*

Zuerst wusste sie nicht, wo sie war. Weiße Ziegelwände? Sie blieb still liegen und versuchte einen klaren Gedanken zu fassen. Nach ein paar Sekunden fiel es ihr wieder ein.

Alex. Ich bin bei Alex Popovic. Ich liege in seinem Bett. Vermutlich liegt er neben mir. Sie drehte nicht den Kopf. Wir haben Sex gehabt. Ich habe es gewollt. Wir haben in einem großen Bett mitten im Raum gefickt. In dem liege ich jetzt noch. Ich bin gekommen. Das war etwas überraschend. Aber wie viel habe ich eigentlich vorher getrunken? Drei Bier, bevor er die Szene betrat, oder waren es vier? Und dann wollte ich ein paar Kurze. Kurze? Warum um alles in der Welt habe ich Kurze getrunken? Sie hatte sich immer noch nicht bewegt. Wenn ich mich bewege, dann wacht er auf. Wenn er im Bett liegt. Was soll ich dann sagen? Hallo? Schon ganz schön spät? Kannst du mir ein Taxi rufen?

»Hallo.«

Olivia zuckte zusammen. Er lag im Bett. Sie drehte sich ein wenig um. Alex hob den Kopf von einem gestreiften Kopfkissen und versuchte die Augenlider zu heben. Er hatte offensichtlich auch diverse Kurze geschluckt.

»Hallo«, sagte sie. »Gibt es hier eine Dusche?«

»Ja. Willst du schon aufstehen?«

»Ja.«

Was dachte er denn? Dass sie noch einmal Sex haben würden? Sie hasste verkaterten Sex. Wollte nur hoch und alles abspülen. Sie schob die dicke Daunendecke zur Seite, stellte die Füße auf den Boden und stand auf. Das hätte sie nicht machen sollen. Nicht so schnell. Es drehte sich alles um sie. Sie verlor ihr Gleichgewicht und setzte sich zurück aufs Bett. Alex lachte und legte ihr eine Hand auf den Rücken. Da kam sie wieder hoch.

»Wo ist die Dusche?«

»Da hinten, rechts. Willst du einen Kaffee?«

»Gern.«

Olivia angelte ihren Pullover vom Boden. Ihre Hose konnte

sie nicht entdecken. Hatte er sie unter dem Kopfkissen versteckt? Sie verschwand hinter der gezeigten Tür.

Als sie zurückkam, hatte er den Tisch gedeckt, vor einem großen Fenster zu irgendeinem Wasserlauf hin. Er hatte ihre Hose auf einen Stuhl gelegt. Sie legte das Handtuch ab und zog sich die Hose an. Der Slip liegt sicher in der Tasche, dachte sie und schaute hinaus.

»Wo sind wir?«, fragte sie.

»In Liljeholmen. Auf der Gröndalsseite. Erinnerst du dich nicht, wie wir …«

»Nein.«

Sie erinnerte sich nicht, wie sie hierhergekommen waren, und hatte auch nicht den Wunsch, sich daran zu erinnern. Nahm die Tasse entgegen, die er ihr hinhielt.

»Hast du einen Kater?«, fragte er.

»Ja. Ziemlich.«

»Ich auch. Aber es war schön.«

Was war »schön«? Was sie im Bett veranstaltet hatten? Was sollte daran »schön« sein? Zwei Besoffene, die kaum ihren Unterleib steuern konnten? Olivia merkte, wie Wut in ihr aufstieg. Beruhige dich, dachte sie, du warst diejenige, die es wollte. Bewirf ihn nicht mit Dreck, er stand eben zur Verfügung, und er ist nett. Lächle lieber.

»Ja, es war schön«, lächelte sie und nahm einen ordentlichen Schluck Kaffee.

»Was machst du heute?«

»Nüchtern werden.«

Alex lachte. Er fand, dass er diese Frau ziemlich durchschaut hatte. Ihr Temperament. Ihm gefiel eine gewisse Kratzbürstigkeit, und ihm war klar, was diese Nacht bedeutet hatte. Vielleicht nicht so sehr für sie, eher für ihn. Das war schon in Ordnung. Er würde ihr nicht die Ohren volljammern. Das wäre der falsche Weg bei Olivia.

Aber es gab andere Wege.

»Wie fandest du die Beerdigung?«, fragte er.

»Anstrengend. Ich mag keine Beerdigungen.«

»Ich auch nicht.«

»Warum hast du dich so aufgeregt?«

»Wieso aufgeregt, meinst du über Borell?«

»Ja.«

»Na, das hast du doch selbst gehört. Er ist ein Stinkstiefel.«

Gut möglich, dachte Olivia, und sie war kurz davor, ihm von ihrem Besuch in Värmdö zu erzählen. Hielt sich aber dann doch zurück. Sie wollte Alex nicht mit hineinziehen. Jetzt genauso wenig wie bisher.

»Wer war diese Frau?«, fragte sie. »Wie hieß sie noch, Agnes von …«

»Born. Eine Ärztin.«

»Kannte sie Bengt auch aus der Schulzeit?«

»Ja.«

»War sie dabei, als er so wütend auf Borell wurde?«

»Ja. Warum?«

»Ich weiß nicht. Ich habe einen Kater. Es klingelt.«

Ein Handysignal war zu hören. Vom Bett her.

»Das ist nicht meins«, sagte Alex.

Olivia stand auf. Es war ihr Handy. Jetzt hörte sie es auch. Sie ging zum Bett und suchte es. Es lag unter dem Laken. Unter dem Laken? Wie war es dorthin gekommen? Olivia holte es heraus und wollte schon rangehen, als sie das Display sah.

Es war Ove. Sie ließ es klingeln. Hob ihre Jacke vom Boden auf und schaute Alex an.

»Ich gehe jetzt.«

»Hören wir voneinander?«

»Aber sicher. Tschüs!«

Olivia wollte einen schnellen Abgang hinlegen, begriff dann aber, dass sie keine Ahnung hatte, wo die Wohnungstür war.

»Raus geht's durch die Tür da und dann nach links.«

Alex zeigte auf eine Tür und versuchte ein Lächeln zu verbergen.

Unten auf der Straße hatte Olivia das Gefühl, ganze Ozeane von Wasser leertrinken zu können, gepaart mit einem Kilo Aspirin. Außerdem schien ausnahmsweise die Sonne und marterte ihre Augen mit kaltem, hartem Licht. Sie hatte beim Handy den Klingelton ausgeschaltet, nicht aber die Vibration. Jetzt spürte sie, wie es ihren Schenkel rechts massierte. Eine kurze Massage. Kein Anruf, eine SMS. Sie ging davon aus, dass es wieder Ove war. Doch er war es nicht. Es war eine Nachricht von Sandra. Olivia ging auf eine T-Bahn-Station zu, während sie die SMS las.

Sie war nicht lang.

Hej, Olivia. Danke, dass du dich um mich gekümmert hast. Du bist die Beste. Denke ab und zu mal an mich. Es stimmt, was ich auf den Zettel geschrieben habe. Küsschen Sandra

Olivia las die Zeilen mehrere Male, bevor sie reagierte und der Schreck sie fast gegen eine Hauswand drückte. Sie tippte Sandras Handynummer ein, wusste aber, was sie hören würde. Die Mailbox. Sie rief Charlotte an.

»Nein, hier ist sie nicht. Sie hat gesagt, sie wollte in die Stadt und eine Schulfreundin treffen.«

»Hat sie dir auch eine SMS geschickt?«

»Nein. Warum fragst du?«

»Ach, nur so. Danke. Tschüs.«

Olivia legte auf. Sie stand in einer windigen leeren Straße draußen in Gröndal und hatte keine Ahnung, was sie machen sollte. Sie las Sandras Nachricht noch einmal. Das war so einfach und so klar, so definitiv. Ein Hilferuf? Das wusste sie nicht. Aber sie wusste, dass sie versuchen musste, Sandra zu erreichen.

Schnell.

Hatte aber keine Ahnung, wo.

Das Einzige, was sie tun konnte, war selbst eine SMS zu schicken: »Bitte, Sandra, ruf mich an!«

*

Stilton stand auf dem Achterdeck und hielt sein Gesicht in den Wind. Er hatte ausgeschlafen. Auch ihn überraschte das plötzliche Sonnenlicht, aber er hatte immer eine Sonnenbrille in der Innentasche seiner Jacke, also kein Problem. Wenn nur dieser Wind nicht gewesen wäre. Er knöpfte die Jacke zu, als Mette anrief.

»Hallo, Tom!«

»Hat Abbas von sich hören lassen?«

»Nein. Wieso, ist was passiert?«

Mette wusste also nichts. Gut. Das konnten sie besprechen, wenn Abbas nach Hause gekommen war. Er dachte nicht daran, es von sich aus auf den Tisch zu bringen. Auf eine heftige Standpauke von Mette, dass er Abbas im Stich gelassen und ohne ihn nach Stockholm zurückgekehrt war, konnte er verzichten.

»Was willst du?«, fragte er.

»Ich habe über das nachgedacht, was Ovette Andersson gesagt hat, dass es noch andere Frauen gab, die Forss sich gekauft hat.«

»Ja, aber sie hat behauptet, dass sie nicht weiß, wer.«

»Hast du mal mit Olivia gesprochen?«

»Olivia?«

»Sie hat doch einige Mädchen gesprochen, die in Verbindung zu Jackie Berglund standen, als sie letztes Jahr ihre Nachforschungen angestellt hat.«

»Tatsächlich?«

»Ja, vielleicht weiß sie mehr.«

»Ja …«

Einige Sekunden herrschte Schweigen.

»Aber du willst es nicht?«, fragte Mette.

»Mit Olivia sprechen?«

»Ja.«

»Sie will nicht mit mir sprechen.«

»Mit mir auch nicht.«

»Ach. Übrigens, wie geht es dir?« Stilton war eingefallen, dass er das wohl fragen sollte.

»Gut. Heute sogar ausgezeichnet. Wir haben gerade zwei gesuchte Personen festgenommen, die in diese Drogensache verwickelt waren, von der ich dir erzählt habe. Vielleicht auch in einen Mord.«

»Meinen Glückwunsch.«

»Danke.«

Mette legte auf. Stilton lehnte sich gegen die Reling. Olivia? Die seit mehr als einem Jahr nichts mehr von sich hatte hören lassen? Seit sie ihm erklärt hatte, was für ein Feigling er sei, und aus Olsäters Küche gerauscht war. Sicher, er hatte versucht, sie anzurufen, mehrere Male. Aber sie war nie rangegangen. Er existierte nicht mehr für sie. Mårten hatte ein paar Mal das Gespräch drauf gebracht. Auf seine diplomatische Art und Weise hatte er zu erklären versucht, was Olivia für Stilton empfand und dass gewisse Gefühle erst einmal abkühlen mussten.

Wie er annahm.

Im Gegensatz zu Stilton.

Der spärliche Kontakt, den er zu Olivia gehabt hatte, hatte ihn etwas anderes gelehrt. Sie pflegte ihre Kränkungen. Und er war Teil einer dieser Kränkungen. Und jetzt meinte Mette, er sollte Kontakt zu ihr aufnehmen?

Und einen Eimer Scheiße ins Gesicht geschleudert kriegen?

*

Die Albion AB hielt ganz oben im Gebäude an der Skeppsbron eine Konferenz ab. Die Aussicht auf den Fjord und auf Skeppsholmen war fantastisch. Es war ein Gebäude mit einer Geschichte, die bis ins frühe 18. Jahrhundert zurückreichte. Was dem Raum anzumerken war. Der Boden neigte sich ein wenig, und die Decke war relativ niedrig. Jean Borell hatte beim Bezirk beantragt, sie um ein paar Meter anheben zu dürfen. Aber bisher gab es immer nur ein Nein aus kulturhistorischen Gründen.

Doch das würde sich bald ändern.

Er hatte da so seine Beziehungen.

Es saß an dem einen Ende des langen ovalen Teaktisches. Über seinem Kopf hing ein großes, gerahmtes Foto von ihm selbst, Henry Kravis' Hand schüttelnd.

Das Foto war auf einem Hubschrauberlandeplatz in New York gemacht worden.

Die anderen vier am Tisch, drei Männer und eine Frau, hatten verschiedene Funktionen im Unternehmen inne. Alle gehörten zur internen Führungsgruppe. Sie waren zu einem Strategiegespräch über die nächste Zukunft zusammengekommen. Die trüb aussah. So, wie die Debatten momentan liefen, würde die Frage nach Profit im Bereich der Fürsorge hoch oben auf der politischen Agenda vor der Wahl 2014 stehen. Einer Wahl, die im Augenblick noch nicht einzuschätzen war. Was jedoch einzuschätzen war: was bei einer rotgrünen Mehrheit passieren würde. Das hatte Stefan Löfven als die sozialdemokratische Stimme deutlich gemacht. Gewannen sie die Wahlen, würden die privaten Unternehmen hart an die Kandare genommen. Und richtete man sich dann noch nach den Kriterien der Gewerkschaft, würden die Gewinnausschüttungen begrenzt auf die entsprechenden Zinsen der Staatsanleihen plus ein Prozent des absoluten Kapitals. Was diesen Bereich für Albion vollkommen uninteressant machen würde.

»Wie gehen wir also mit diesem Risiko um?«, fragte Borell.

»Indem wir so viele Verträge wie möglich vor der Wahl abschließen.«

Es war ein junger, energischer Mann, der das sagte. Olof Block. Er fuhr fort:

»Was den Vertrag mit der Stockholmer Stadtverwaltung in den Mittelpunkt rückt. Der ist entscheidend für uns.«

»Wieso?«

»Weil es viele Kommunen im Lande gibt, die abwarten, was Stockholm zu tun gedenkt. Wenn die Hauptstadt unterschreibt, dann traut sich der Rest, dies auch zu tun, und dann sieht es gut aus für uns.«

Borell wusste, dass Block vollkommen recht hatte. Mit ausreichend vielen gewichtigen und langfristigen Verträgen in der Tasche würde es immer noch möglich sein, Profit zu machen.

»Wie sieht es denn mit dem Stockholmer Vertrag aus?«, wollte Siri Andrén wissen, die dunkelhaarige Frau am Tischende.

»Wir stehen gut da«, sagte Borell. »Er ist bald in trockenen Tüchern.«

»Gibt es etwas, das die Unterschrift noch gefährden könnte?«

Alle am Tisch wussten, worauf die Frau hinauswollte. Alle wussten, dass Albion im letzten Jahr in den Medien in nicht gerade schmeichelhaften Zusammenhängen erwähnt worden war. Die Kritik war von mehreren Seiten auf sie niedergeprasselt. Und jetzt gab es einige Politiker in der Opposition, die sich fragten, ob die Stockholmer Kommune wirklich einen neuen Vertrag über so viele Millionen mit einem Unternehmen wie Albion unterzeichnen sollte. Die Politiker, die für die Unterschrift waren, wiesen darauf hin, dass die größten Teile von Albions Betrieben in Stockholm ausgezeichnet geführt wurden. Silvergården war eines der Pflegeheime, die als Argument für ein neues Abkommen genannt wurden.

»Ich sehe nichts, was den Vertrag noch gefährden könnte«, antwortete Borell.

»Jean.«

»Ja?«

Einer der Männer am Tisch beugte sich leicht zu Borell hin.

»Leider gibt es da etwas, von dem ich denke, wir sollten besprechen, wie wir damit umgehen«, sagte der Mann.

»Was denn?«

Der Mann stand auf und ging zu der Tür hinter Borell. Er öffnete sie, winkte diskret und machte dann Platz für eine Frau.

Rakel Welin trat in den Raum.

Der Mann stellte sie der Gruppe um den Tisch herum vor.

»Rakel Welin, die Leiterin vom Silvergården.«

Dann gab er ihr das Wort. Sie berichtete klar und präzise von dem Vorfall, der sich erst kürzlich im Pflegeheim ereignet hatte. Hilda Högbergs Ableben, unter schwierigen Umständen. Alle begriffen, wie problematisch der Vorfall war.

»Gibt es Angehörige, die Fragen stellen könnten?«

»Nein, keine«, sagte Welin. »Und der Pflegerin, die anwesend war, ist klar, dass sie nicht unter den Informantenschutz fällt. Sie wird keine Probleme bereiten.«

»Warum müssen wir uns dann hier damit befassen?«

Borell stellte diese Frage mit etwas genervtem Unterton, während er abstrakte Figuren auf den Block vor sich kritzelte.

»Weil sich zur selben Zeit eine unbefugte Frau dort aufhielt, die Zeugin des Vorfalls wurde.«

»Wer?«, fragte Olof Block.

»Sie heißt Olivia Rivera.«

Borells Stift blieb abrupt auf dem Block stehen. Er fing Welins Blick ein.

»Was hatte sie da zu suchen?«, fragte er und versuchte seine Stimme neutral zu halten.

»Das weiß ich auch nicht genau, sie hat behauptet, dass sie eine Angehörige eines Patienten kennt, der bei uns im Heim gestorben ist. Leider befand sie sich im Zimmer, als Hilda Högberg starb. Ich wollte das hier mitteilen, weil sie sich äußerst arrogant verhalten hat, als ich sie bat, das Heim zu verlassen.«

»In welcher Weise arrogant?«

»Sie behauptete, wir würden Dinge vertuschen, und wollte wissen, wer das Pflegeheim leitet. Sie war sehr aufdringlich.«

Welin verstummte und sah, wie Blicke am Tisch getauscht wurden, zwischen allen, ausgenommen Borell. Der malte ein großes O auf seinen Block und setzte ein Fragezeichen hinein.

Viertel nach eins betrat er ein exklusives Restaurant in Gamla stan. Hier hatte er vor über einem Monat einen Tisch reservieren lassen, mit der Absicht, ein ausgedehntes Mittagessen mit Carina Bermann einzunehmen, einer der gewichtigen Namen der Konservativen in Stockholm. Sie wollten bei einem Sieben-Gänge-Menü die neuen Verträge diskutieren, so war sein Plan gewesen. Aber daraus wurde jetzt nichts. Gleich nach der Konferenz rief er Bermann an und erklärte, dass leider ein akutes Problem aufgetaucht sei, um das er sich kümmern müsse. Sie verstand das sofort, auf Borells Ebene konnte der Terminkalender schnell umgeworfen werden.

»Dann holen wir es nach, wenn Sie Zeit haben«, sagte sie.

»Versprochen! Und wie sieht es ansonsten aus? Mit dem Vertrag?«

»Gut sieht es aus. Ich glaube, wir haben die meisten auf unserer Seite. Die größte Aufregung hat sich ja inzwischen gelegt, wir können ihn sicher ohne großen Widerstand durchbringen.«

»Sehr schön. Sie wissen, wie sehr ich Ihren Einsatz zu schätzen weiß.«

»Man dankt.«

»Wie gefällt Ihnen denn Karin Mammas Bild?«

»Es ist wunderbar, vielen Dank! Einfach wunderbar! Wir haben es bei uns ins Esszimmer gehängt, da macht es sich perfekt. Sie werden es sehen, wenn Sie mal wieder vorbeischauen.«

»Auf jeden Fall! Und passen Sie gut auf sich auf!«
»Ja, Sie auch. Tschüs!«

Borell schaute zu der Kellnerin auf. Sie wollte ihm gerade die Speisekarte reichen, als Borell abwinkte.

»Ich habe heute keinen großen Appetit. Mir genügt ein wenig Maränenrogen.«

»Kommt sofort. Werden es zwei Personen?«

»Ja.«

Die Kellnerin verschwand, und Borell blieben einige Minuten Zeit für sich, bevor sein Gast auftauchte. Er war nach Rakel Welins Auftritt in der Firma immer noch aufgewühlt. Olivia Rivera? Im Silvergården? Hing ihr Besuch bei ihm zu Hause damit zusammen? Das musste er ja wohl, das konnte kein Zufall sein. Worauf zum Teufel war sie aus? War sie eine Journalistin? Er grübelte eine Weile, ohne eine vernünftige Antwort zu finden. Das musste er genauer mit seinem Gast besprechen.

Nach ein paar Minuten tauchte dieser auf.

»Hallo. Setz dich.«

Magnus Thorhed nickte, zog sich seinen kurzen Mantel aus und ließ sich auf dem Stuhl gegenüber von Borell nieder. Er nahm seine Brille ab, um sie mit einem grauen Seidentuch zu putzen. Borell beobachtete ihn. Er wusste, Thorhed war ein Mann mit äußerst strengen Ritualen, und das in vielerlei Hinsicht. Eines davon bestand darin, immer die Brille zu putzen, wenn er sich an einen Restauranttisch setzte. Warum, das wusste Borell nicht, aber er wollte die Prozedur nicht stören. Als Thorhed fertig war, setzte er sich die Brille wieder auf und schaute Borell an.

»Was isst du?«

»Maränenrogen.«

»Haben sie auch Hummer hier?«

»Bestimmt. Willst du kein Menü?«

»Nein.«

Also musste Borell die arme Kellnerin noch einmal mit Sonderwünschen belästigen. Was nicht zu den Routinen des mit Michelinsternen dekorierten Restaurants gehörte, aber eingedenk dessen, wie oft Borell und seine Geschäftspartner das Restaurant besucht und gewaltige Rechnungen beglichen hatten, war man flexibel. Das kam allen zugute.

Als sie wieder allein waren, kam Borell sofort zur Sache.

»Wir haben ein Problem.«

»Ja?«

»Olivia Rivera.«

»Sie heißt Rönning, nicht Rivera«, erklärte Thorhed, »und wohnt in der Wohnung einer Verwandten in der Skånegatan, eine ihrer Freundinnen arbeitet in einem Videoladen.«

»Woher weißt du das?«

»Ich bin ihr letztens von ihrer Wohnung aus gefolgt und habe gesehen, wie sie sich in dem Laden getroffen haben.«

Borell musterte Thorhed, er wusste nur zu gut, warum er ausgerechnet ihn zu seinem engsten Mitarbeiter ernannt hatte. Nicht nur wegen seiner ökonomischen Kompetenz. Da gab es noch so viel mehr, wie das jetzt hier. Nachdem Olivia Rivera sein Haus draußen in Värmdö verlassen hatte, hatten sie über die Frau gesprochen und waren übereingekommen, dass Informationen über sie eingeholt werden sollten. Was Thorhed offensichtlich getan hatte, auf seine Art. Borell brauchte nur selten zu sagen, was getan werden musste, Thorhed war meistens bereits auf der Spur. Ein merkwürdiger Mann, dachte Borell, er erinnerte sich daran, wie Thorhed in London auf einen angetrunkenen Mann losgegangen war, der sich aus irgendeinem Grund an Borells Jaguar zu schaffen machen wollte. Der Mann war groß und gewaltbereit, aber es dauerte nur ein paar Sekunden, dann lag er zusammengefaltet auf der Straße. Von Thorhed. Später im Auto hatte Thorhed seinen schwarzen Gürtel in

Karate erwähnt. Jetzt sah er Borell mit seinen ruhigen asiatischen Augen an.

»Inwiefern ist diese Rivera Rönning ein Problem?«, wollte er wissen. »Abgesehen davon, dass sie lügt, wenn sie behauptet, sie würde eine Arbeit in Kunstgeschichte schreiben?«

Borell wartete ab, bis ihre Bestellung auf dem Tisch stand. Eine große, eierförmige Schale mit dem Rogen stand auf einer Steinscheibe, und ein gekochter Hummer lag auf einer ähnlichen Steinplatte. Er nahm einen Teelöffel des gesalzenen Rogens und führte ihn zum Mund, ohne ihn mit Zitrone oder anderem Beiwerk zu verfälschen. Nachdem er die Köstlichkeit geschluckt hatte, berichtete er, was Olivia im Silvergården mitangesehen hatte. Thorhed begriff sofort. Er war sich der Bedeutung des Silvergårdens als Flaggschiff für Albion in den laufenden Vertragsverhandlungen mit der Stockholmer Kommune durchaus bewusst. Und folglich war ihm klar, welche vernichtenden Konsequenzen es mit sich führen konnte, falls diese Rivera Rönning auf die Idee kam, irgendwelchen Medien mitzuteilen, was sie gesehen hatte.

»Und wie bremsen wir sie?«, fragte er.

»Sie ist wohl kaum der Typ, der sich kaufen lässt.«

»Nein.«

Thorhed brach eine der kräftigen Hummerzangen ab.

»Soll ich mit ihr reden?«

»Ja.«

»In Ordnung.«

Thorhed knackte die Hummerzange mit den Zähnen auf.

*

Olivia war fast in der Skånegatan angekommen, als ihre Mutter anrief. Sie saß im Vorortzug von Rotebro.

»Ist Sandra wieder zu Hause?«, fragte sie.

»Nein. Nicht, dass ich wüsste. Wieso?«

»Ich glaube, ich habe sie am Bahnhof gesehen.«

Olivia lief zu ihrem Wagen ein paar Straßen weiter. Dabei rannte sie einen jungen Typen mit Kopfhörern fast um und entschuldigte sich in aller Hast. Als sie am Wagen ankam, fand sie ihre Autoschlüssel nicht. Verflucht! Waren sie bei Alex aus der Tasche gefallen? Sie hielt nach einem Taxi Ausschau, da ertastete sie plötzlich die Schlüssel in der Jackentasche. Schnell riss sie die Wagentür auf.

Sandra entschied sich, zu Fuß vom Bahnhof zu gehen. Normalerweise nahm sie den Bus, wenn sie mit dem Vorortzug fuhr, doch heute wollte sie lieber gehen. Sie trug viel zu dünne Kleidung, aber die bissige Novemberkälte erreichte sie nicht, sie war vollkommen in sich versunken. Mit schnellem Schritt, den Blick auf den Boden gerichtet, machte sie sich auf den Weg. Mit der einen Hand umklammerte sie eine kleine, flache Schachtel in der Jackentasche.

Als sie an ihrer alten Schule vorbeikam, der Gillboskolan, in der sie neun lange Grundschuljahre verbracht hatte, wurde sie langsamer und beschloss, über das Schulgelände zu laufen. Warum, das wusste sie nicht, es war keine Abkürzung, aber so wurde es zu einem Teil einer Zeremonie. Hier hatte sie glückliche und unglückliche Jahre verbracht. Glückliche, solange ihre Mutter noch lebte, und unglückliche, nachdem sie gestorben war. Aber sie hatten ihre Trauer überwinden können, sie und ihr Papa.

Gemeinsam.

Er war immer da gewesen und hatte sie unterstützt, obwohl er doch selbst vor Trauer und Schmerz ganz außer sich gewesen war. In der schlimmsten aller Welten hatten sie einander gehabt. Jetzt war sie allein zurückgeblieben. Es gab niemanden mehr, der sie liebte. Sie hatte niemanden, für den sie hätte kämpfen können, niemanden, der sie bei den Volleyballspielen anfeuerte, niemanden, der sich über eine Eins in einer Arbeit freute, niemanden, der sich so um sie kümmerte, wie es ihr Vater getan hatte. Wie kann das Leben nur so schrecklich ungerecht sein? Alle ihre Freunde hatten noch beide Elternteile, und es war eine Selbstverständlichkeit für sie. Ihr Leben kreiste um die Trivialitäten, um die das Leben einer Siebzehnjährigen kreisen soll. Um das auch ihr Leben kreisen sollte. Doch das tat es nicht.

Nicht mehr.

Sie schaute zu den dunklen Gebäuden auf dem Schulgelände auf, in einigen Fenstern brannte immer noch Licht, obwohl der Schultag beendet war. Alle Kinder waren zu Hause bei ihren Eltern und würden bald essen. Die Tränen, die in ihr aufstiegen, trübten ihren Blick, sie zwinkerte ein paar Mal, zog die offene Jacke zusammen und ging wieder schneller.

Als sie sich ihrem Haus näherte, blieb sie stehen. Vor nicht einmal einem Monat hatten sie und ihr Vater Äpfel im Garten gepflückt und zum ersten Mal zusammen Apfelmus gekocht. Sie hatten viel Spaß dabei gehabt. Hinterher klebte die ganze Küche. Jetzt stand der knorrige Apfelbaum nackt und leblos da und rahmte das gelbe Holzhaus ein. Das schöne alte Haus mit den Holzverzierungen über dem Eingang. In dem sie ihr ganzes Leben lang gewohnt hatte. Das war ihr Zuhause. Jetzt sah sie es nur als eine dunkle, leere Hülle an. Schnell überquerte sie die Straße und ging durch die Gartenpforte. Sie schloss sie sorgfältig hinter sich, wie sie es immer getan hatte, und ging den Kiesweg zur Haustür entlang. Doch bevor sie die Treppe erreicht hatte, sah sie, dass die Plane, die über dem großen Gartengrill lag, auf einer Seite hochgeweht war. Sie ging hin und zog sie wieder ordentlich zurecht. Papa war immer so genau gewesen mit dem Grill. Der war von einer guten Marke und schweineteuer gewesen, wie er immer gesagt hatte.

Als sie den Schlüssel ins Schloss steckte, überfiel sie plötzlich eine Art von Übelkeit. Schnell öffnete sie die Tür, trat ins Haus und setzte sich auf einen Stuhl. Dort blieb sie erst einmal sitzen, in der Dunkelheit, den Kopf in den Händen, den Blick auf den Boden gerichtet. Sie wollte nicht hoch zur Decke schauen. Auf keinen Fall.

Nach einer Weile legte sich die Übelkeit, sie stand auf und ging ins Wohnzimmer. Dort ließ sie sich aufs Sofa fallen. Sie trat die Schuhe von den Füßen und sah, dass sie den Wohnzimmerfußboden ziemlich dreckig gemacht hatte, die Schuhe waren voller Matsch und Erde. Aber was spielte das noch für eine Rolle! Und warum hatte sie sich die Mühe gemacht, den Grill zuzudecken? Es spielte doch gar nichts mehr eine Rolle.

Nicht mehr.

Ihr Blick wanderte durch den Raum. Die Stehlampe stand dort, wo sie immer gestanden hatte, der weiche Teppich sah aus wie immer. Alles sah aus wie immer, obwohl nichts mehr war wie zuvor. Sie schob eine Hand in die Jackentasche und holte die kleine Schachtel heraus, sie hatte sie erst losgelassen, als sie ins Haus gegangen war. Sandra öffnete sie und zog etwas Dünnes heraus. Vorsichtig wickelte sie es aus dem Papier und schaute auf die glänzende graue Rasierklinge. Als sie aufstand, um die Gardinen zuzuziehen, behielt sie sie in der Hand. Es wurde ganz dunkel im Zimmer, so dass sie gezwungen war, eine der Lampen neben dem Sofa einzuschalten. Da sah sie, dass einer von Papas DVD-Filmen auf den Boden gefallen war. Sie hob ihn auf. *Der Himmel über Berlin.* Einer von Papas Lieblingsfilmen. Der von Engeln handelte. Warum war ausgerechnet er auf den Boden gefallen? Sie öffnete die Hülle, nahm die Scheibe heraus und drückte sie in den DVD-Player. Die dünne Rasierklinge wanderte zwischen ihren Händen hin und her, während der Film begann. Er fing merkwürdig an, jemand schrieb auf ein Papier: »Als das Kind Kind war …« Sandras Gedanken wurden von der sanften Stimme des Films eingenommen, die den Text, der geschrieben wurde, mal las, mal sang. Als sie auf den Bildschirm schaute, sah sie einen Mann mit Flügeln auf dem Rücken, der ganz oben auf einer Art Kirchengebäude stand und auf die Menschen unter sich hinabblickte. Er konnte alle ihre Gedanken hören. Aber nur Kinder schauten auf und sahen ihn. Da schaltete sie das Gerät aus. Der Gedanke, dass ihr Vater sie gerade jetzt sah, war nicht gerade verlockend. Er verwirrte sie nur. Und sie durfte ihren Entschluss nicht in Frage stellen, um das machen zu können, was sie machen wollte. Wozu sie sich entschlossen hatte. Da sah sie, wie aus einer Hand ein bisschen Blut tropfte. Sie hatte gar nicht gemerkt, dass sie sich an der Klinge geschnitten hatte. Merkwürdig. Wenn es in einem drinnen so weh tat, dann spürte man anscheinend keine normalen Schmerzen mehr. Dieser Gedanke hatte etwas Beruhigendes. Sie stand vom Sofa auf und ging zum Bücherregal. Das Foto stand dort, wo es immer gestanden hatte, das Foto ihrer Familie. Papa, Mama und sie. Sie war gerade sieben geworden, als das Foto gemacht worden war, und alle sahen richtig glücklich aus. »Als das Kind Kind war…« Sandra nahm das Foto mit ins Bad. Sie wollte in der Badewanne liegen. Nicht alles mit Blut besudeln. Im Badezimmer angekommen zog sie sich die Jacke aus und alle anderen Kleider, bis auf Unterhemd und Slip. Dann schaute sie einen Moment lang auf die weiße Badewanne, stellte schließlich das Foto auf den Badewannenrand und kletterte hinein. Sie überlegte, ob sie Wasser einlaufen lassen sollte.

Ließ es dann aber sein.

Olivia überschritt alle denkbaren Geschwindigkeitsbeschränkungen. Als sie in das Viertel mit den Einfamilienhäusern einbog, hätte sie fast einen fetten Rottweiler überfahren. Der Hundebesitzer lief hinter ihr her und schrie etwas, was sie nicht verstand. Dann halte deinen Köter an der Leine, dachte sie und bog ab in die Straße, in der Sahlmanns Haus lag. Sie eilte auf die Pforte zu, lief zum Haus, ohne die Wagentür abzuschließen. Als sie an der Eingangstür angekommen war, zögerte sie für eine Sekunde. Sollte sie klingeln? Sie versuchte es an der Türklinke. Die Tür war nicht verschlossen. Sie trat auf den Flur.

»Sandra!«

Sie lief weiter ins Wohnzimmer. Eine Lampe neben dem Sofa brannte.

»Sandra! Ich bin's, Olivia! Bist du hier?«

Stille.

Olivia lief ins Arbeitszimmer, zur Küche und weiter zum Schlafzimmer. Als sie ein Stück durch den dunklen Flur gelaufen war, sah sie Licht im Badezimmer. Badete Sandra etwa? Wie beim letzten Mal, als sie verschwunden war? Olivia zog sich der Hals zusammen, als sie zur Badezimmertür ging. Die stand einen Spalt weit offen.

»Sandra?«

Olivia schob die Tür auf. Sandra lag in der Badewanne, fast nackt. Ihre Unterarme waren blutig, Blut lief ihr über die Schenkel, die weiße Badewannenemaille war rot gesprenkelt. Olivia schrie auf. Da drehte Sandra den Kopf und schaute sie an, langsam hob sie mit der rechten Hand eine blutige Rasierklinge hoch.

Olivia fuhr mit dem Krankenwagen zur Notaufnahme. Sie saß auf einem Klappsitz und sah zu, wie die Sanitäter sich um Sandra kümmerten. Als sie am Krankenhaus ankamen, übernahm das Personal dort und fuhr Sandra auf einer Trage hinein. Olivia folgte. Ein Stück weiter den Krankenhausflur entlang verschwanden sie mit der Trage hinter einer Tür. Eine Krankenschwester sagte Olivia, sie könne hier warten. Sie setzte sich auf einen Stuhl, lehnte sich gegen die grüne Wand und schloss die Augen. Sie sah das Badezimmer vor sich, die weißen Kacheln, die roten Flecken, das blutige junge Mädchen in der Badewanne, ihre Augen, die Olivias Blick suchten, es war schrecklich.

»Hallo, Olivia.«

Charlottes Stimme. Olivia öffnete die Augen. Sie hatte Charlotte noch im Krankenwagen angerufen und ihr erklärt, was passiert war. Charlotte war zu Hause gewesen, hatte dort mit Tomas Welander über Sandra gesprochen. Und jetzt standen beide vor Olivia auf dem Krankenhausflur. Olivia stand auf, im selben Moment kam eine Krankenschwester durch die Tür, hinter der Sandra verschwunden war. Alle drehten sich zu ihr um.

»Sie hat sich übel zugerichtet«, sagte die Krankenschwester, »aber sie ist bei Bewusstsein und braucht jemanden, mit dem sie sprechen kann. Ist einer von Ihnen mit ihr verwandt?«

»Ich«, sagte Charlotte. »Ich bin ihre Tante.«

Olivia und Welander verließen zusammen das Krankenhaus. Sie hatten Sandra nicht sehen dürfen, dazu war sie zu geschwächt gewesen. Charlotte würde bei ihr bleiben. Eine Ärztin hatte mit ihnen über die »nächsten Schritte« gesprochen, wie sie sich ausdrückte. Die Patientin hatte einen sehr ernst gemeinten Selbstmordversuch unternommen, der ihr beinahe gelungen wäre. Sie sollte in eine psychiatrische Abteilung für junge Menschen überführt werden, wo über eine Behandlung entschieden werden würde. Die Ärztin hatte sich sehr einfühlsam über die klinischen Bedingungen ausgedrückt, die herrschten. Olivia hatte Vertrauen zu ihr gefasst.

Welander auch.

Beide waren mitgenommen und schwiegen, während sie zur Bushaltestelle gingen. Es gab auch nicht viel zu sagen. Beide hatten, jeder auf seine Art, geahnt, dass das passieren würde. Beide wussten, wie labil Sandra war.

Beide hatten das Gefühl, versagt zu haben.

»Jetzt bekommt sie wenigstens Hilfe von Menschen, die etwas mehr von der Sache verstehen als wir«, sagte Welander.

»Ja. Hoffentlich.«

Olivia war bedrückt. Sie hatte sich auf eine Art und Weise in Sandras Welt gedrängt, die sie nicht hatte einschätzen können. Auf eine Art, die sie nicht mehr selbst hatte steuern können. Sie hatte eine Hand ausgestreckt, und währenddessen war ein sehr verletzlicher Mensch in die Knie gegangen.

»Sie haben es so gut gemacht, wie Sie konnten«, sagte Welander, als hätte er ihre Gedanken gelesen. »Charlotte und ich auch. Manchmal fehlt einem einfach das Wissen. Man möchte helfen, kann es aber nicht.«

»Nein, das stimmt wohl.«

Sie warteten schweigend auf den Bus. Olivia hätte gern über etwas anderes gesprochen, etwas, das den Druck von ihren Augen genommen hätte. Also begann sie von der Beerdigung zu reden, von Alex Popovics überraschendem Wutausbruch, was Jean Borell betraf.

»Für mich war das keine große Überraschung«, sagte Welander.

»Nicht?«

»Alex ist schon seit Jahren schlecht auf Jean zu sprechen.«

»Also ein Stinkstiefel in vielerlei Hinsicht?«

»Na, da gibt es noch andere Dinge. Alex, Jean und Bengt waren ganz dicke früher, jedenfalls habe ich so den Eindruck. Und dann muss irgendetwas passiert sein, ich weiß nicht was, darüber haben sie nie geredet, aber danach hat sich Alex' Einstellung zu Jean total verändert. Er konnte richtig aggressiv werden, wenn die Sprache auf Jean kam, Sie haben es ja selbst gehört.«

»Und Sie haben nie danach gefragt, was vorgefallen war?«

»Einmal habe ich Bengt gefragt, aber er ist mir ausgewichen, als wollte er nicht irgendwelchen Tratsch weitertragen.«

Schade, dass ich das gestern noch nicht gewusst habe, dachte

Olivia. Alex hätte mir vielleicht das eine oder andere im Bett erzählen können.

Andererseits wäre sie vermutlich nicht in der Lage gewesen, sich am nächsten Tag noch an irgendetwas davon zu erinnern.

Olivia ging sofort ins Wohnzimmer und ließ sich aufs Sofa fallen. Sie hatte den Wagen in Rotebro geholt und war dann direkt nach Hause gefahren, und jetzt war sie vollkommen erledigt. Die letzten vierundzwanzig Stunden, angefangen von den Neuigkeiten bezüglich Oves Freundin, dann der feuchtfröhliche Abend im Kristallen, die Nacht mit Alex und schließlich Sandras Selbstmordversuch hatten sie vollkommen ausgelaugt. Sie lag da und dachte an Sandra, während sie ein leicht schaukelndes Spinnennetz beobachtete, das vom Deckenstuck herunterhing. Die arme Sandra, was würde jetzt mit ihr passieren? Würde sie endlich die richtige Hilfe bekommen? Weder ihr noch Charlotte oder diesem Pfarrer war es gelungen, Sandra wirklich zu helfen. Plötzlich vibrierte das Handy. Sie nahm es in die Hand und sah, dass eine SMS gekommen war. »Bitte, ruf mich an!« Sie war von Ove. Im Laufe des Tages hatte er mehrere Male versucht, sie zu erreichen, aber sie hatte weder Zeit noch Lust gehabt, dranzugehen. Jetzt hatte er offensichtlich seine Taktik geändert. Sie verstand nicht, was er wollte. Sie war ja wohl deutlich genug gewesen, hatte ihm offen gesagt, dass sie diese Maggie nicht treffen wollte. Olivia drückte die SMS weg.

Da klingelte es wieder, aber dieses Mal war es Lenni, also ging sie ran. Ein wenig Aufmunterung wäre jetzt nicht schlecht.

»Du klingst müde!«

»Ich bin vollkommen erledigt. Das war ein absoluter Scheißtag. Du kannst dir nicht vorstellen, was ich alles mitgemacht habe.«

»Oh doch, du bist im falschen Bett aufgewacht. Olivia, was treibst du eigentlich?«

Olivia sackte ein wenig in sich zusammen, als sie Lennis scharfen Ton hörte. So energisch klang sie doch sonst nicht.

»Es ist eine Sache, seinen Kummer in Alkohol zu ertränken, eine andere ist es, sich den erstbesten Kerl zu schnappen, der zufällig vorbeikommt!«

Das war ganz und gar nicht das, was Olivia hatte hören wollen. Sie wollte gestreichelt werden, nicht in Frage gestellt.

»So war es doch gar nicht«, sagte sie.

»Und wie war es dann?«

»Wir kennen uns schon eine Weile.«

»Das habe ich bemerkt. Und jetzt kennt ihr euch wohl noch besser?«

»Warum bist du denn so wütend? Du spielst doch sonst nicht den Moralapostel.«

»Warum gehst du dann nicht dran, wenn Ove dich anruft?«

»Weil ich weder Lust noch die Kraft habe, ihn … Woher weißt du denn, dass er angerufen hat?«

»Weil er mich angerufen hat.«

»Dich?!«

»Ja, und er klang sehr, sehr traurig.«

Jetzt richtete Olivia sich auf dem Sofa auf. Ove hatte Lenni angerufen und sich beklagt. Nur weil sie nicht sein Mädchen sehen wollte. Sie spürte, wie sie die Krallen ausfuhr.

»Er wird sich ja wohl mit dieser Maggie trösten können.«

»Sie ist nicht gekommen. Sie hat es sich anders überlegt und ist in den USA geblieben. Offenbar hat sie da einen Freund.«

Ein bereits vollkommen erschöpfter Kopf begann jetzt richtig zu brummen. Maggie hatte einen anderen in den USA?

»Ach, und jetzt rechnet er damit, dass ich sofort Gewehr bei Fuß stehe, um ihn zu trösten?«

»Ich habe keine Ahnung, womit er rechnet, aber er klang sehr traurig darüber, dass er dich verletzt hat, darüber schien er trauriger zu sein als darüber, dass Maggie nicht aufgetaucht ist. Es schien, als wäre sie es eher gewesen, die ihn angebaggert hat als umgekehrt, und dass er wohl in erster Linie davon geschmeichelt war.«

»Es ist ja unglaublich, was er dir alles erzählt hat.«

»Ja, und das alles hätte er dir auch erzählt, wenn du mal ans Telefon gegangen wärst. Aber du hattest ja vollauf genug mit diesem Alex zu tun!«

Jetzt wurde Olivia wütend. Lenni hatte kein Recht, sie zu verurteilen und es so hinzustellen, als würde sie Ove betrügen. Das tat sie nicht.

»Nein. Die Einzige, die du betrügst, das bist du selbst.«

»Nun hör aber auf, Lenni! Du redest von Dingen, von denen du keine Ahnung hast.«

Lenni lachte. Olivia fand, es klang ziemlich vulgär.

»Du«, sagte Lenni, »ich habe gestern mehrere Stunden neben dir gesessen und dir zugehört, ich weiß eine ganze Menge. Wenn du dich noch daran erinnerst?«

Plötzlich wurde Olivia unsicher. Sie war es nicht gewohnt, dass Lenni so mit ihr sprach. Sicher, Lenni war der loyalste Mensch, den Olivia kannte, aber auch jemand, den man hoch schätzte, konnte einem in den Rücken fallen. Das wusste Olivia aus bitterer Erfahrung.

»Du hast doch wohl Ove nichts von gestern ausgeplaudert?«

»Ausgeplaudert?«

»Ja, so ganz im Vertrauen. Du hast doch wohl nichts von Alex erzählt oder davon, was ich dir gesagt habe?«

»Habe ich jemals etwas über dich ›ausgeplaudert‹?«

»Ich weiß nicht.«

Es dauerte eine Weile, bis Lenni etwas sagte.

»Das weißt du nicht? Wie traurig.«

Olivia könnte hören, wie verletzt Lenni war. Warum fühlte sie sich so provoziert davon, dass Ove und Lenni miteinander gesprochen hatten? Sie mochte doch beide schrecklich gern.

»Entschuldige, Lenni. Natürlich weiß ich das. Es ist nur einfach so viel passiert heute. Ich komme gerade aus der Notaufnahme. Sandra, sie hat versucht, sich das Leben zu nehmen. Momentan ist alles nur ein großes Durcheinander.«

Keine Antwort.

»Lenni. Hallo?«

Lenni hatte bereits aufgelegt, bevor Olivia ihre Entschuldigung vorgebracht hatte. Jetzt war sie mit Lenni auch noch zerstritten. Der Superabschluss eines Supertags! Olivia warf das Handy aufs Sofa. Jetzt wollte sie nur noch schlafen.

Da klingelte es an der Tür.

Olivia stand auf, ging in den Flur und öffnete.

»Hej«, sagte Stilton.

Es dauerte ein paar Sekunden, bevor Olivia ihre Sprache wiederfand:

»Willst du die Dusche benutzen?«

Stilton hatte früher schon einmal bei ihr geklingelt, vor gut einem Jahr. Damals hatte er auf der Straße gelebt. Olivia hatte ihn hereingelassen. Zwei Minuten später hatte er gefragt, wo die Dusche sei, und war dorthin verschwunden, ohne sich zu genieren. Obwohl sie sich kaum kannten. Es hatte eine Weile gedauert, bis Olivia darüber hinweggekommen war.

»Ich habe inzwischen eine eigene Dusche«, sagte Stilton, »Rivera?«

»Woher weißt du das?«

»An der Tür steht Rivera Rönning. Darf ich reinkommen?«

»Warum?«

»Weil ich Hilfe brauche.«

Olivia musterte ihn. Vor ihr stand ein äußerlich ganz anderer Stilton als früher, aber immer noch mit der gleichen direkten Art. Sie wollte ihn nicht in die Wohnung lassen. Einfach nach einem Jahr auftauchen mit einem lockeren »Hej«, was glaubte er denn, wer er war?

»Warum sollte ich dir wohl helfen?«

»Weil es um Jackie Berglund geht.«

Jackie Berglund? Dieses Aas? Was hatte er mit der zu tun? Sie trat zur Seite und ließ Stilton eintreten.

»Du hast fünf Minuten.«

»Perfekt.«

Stilton ging geradewegs in die Küche und setzte sich. Als er das letzte Mal hier gesessen hatte, war er gerade halbtot aus einem brennenden Wohnwagen entkommen. Olivia hatte ihn damals unten vor dem Hauseingang gefunden. Jetzt stellte sie sich in die Küchentür.

»Gleich ist eine Minute um«, sagte sie.

»Kannst du dich nicht hinsetzen?«

»Nein.«

Stilton war nicht überrascht. Er hatte erwartet, dass sie so reagieren würde. Aber trotzdem hatte er es bis in ihre Küche geschafft, jetzt ging es nur darum, sie bei der Stange zu halten.

»Ich will einen Polizeibeamten festsetzen, der Prostituierte ausgenutzt hat«, sagte er. »Jackie Berglund hat die Kontakte vermittelt.«

»Warum willst du ihn festsetzen?«

Dumme Frage, dachte Olivia, aber sie wollte die Distanz wahren.

»Aus privaten Gründen. Er ist der Grund, warum ich damals bei der Polizei aufgehört habe.«

»Dann glaubst du also, ich würde dir bei einem privaten Problem helfen?«

»Ich hoffe es. Hast du keinen Kaffee?«

»Nein.«

Stilton sah sie mit vollkommen ausdruckslosem Gesicht an.

»Es geht nicht nur darum, mir zu helfen«, fuhr er fort, »sondern du kriegst auch eine Chance, einer Person beizukommen, die sich dir gegenüber verdammt beschissen verhalten hat.«

»Wie du.«

Das sagte sie, ohne die Stimme zu heben, ganz ruhig, und Stilton war klar, dass sie an einem Wendepunkt angekommen waren. An einem Punkt, von dem er insgeheim gehofft hatte, dass sie ihn nicht berühren würden.

So naiv war er gewesen.

Er überlegte. Er konnte aufstehen und gehen. Mit leeren Händen. Dann stand er, was Rune Forss betraf, wieder auf Start.

Oder aber er konnte den Scheißhaufen akzeptieren.

Er entschied sich für den Scheißhaufen.

»Wie ich«, sagte er. »Ich bereue es seit einem Jahr jede Nacht, wie ich mich dir gegenüber verhalten habe, und jede Nacht überlege ich, wie ich mich hätte anders verhalten sollen. Ich kann niemandem sonst die Schuld dafür geben. Ich war feige und egoistisch und habe mich nie in deine Lage versetzt. Ich bin kein emphatisches Genie, aber das ist keine Entschuldigung. Könnte ich es ungeschehen machen, würde ich es tun. Aber das geht nicht.«

Er redete sich in Rage, das merkte er selbst, aber es lag einiges an Wahrheit in dem, was er sagte. Er hatte ihr damals nicht offenbaren wollen, dass es bei dem Mordfall, mit dem Olivia sich beschäftigte, um ihre eigene Mutter ging. Dass das Opfer am Strand ihre eigene Mutter gewesen war, was er die ganze Zeit gewusst hatte.

»Aber was mir am meisten Sorgen macht, ist das, was ich Arne versprochen habe«, sagte Stilton.

»Was denn? Was hast du Papa versprochen?«

Olivia setzte sich auf den Stuhl Stilton gegenüber und versuchte nicht zu zeigen, wie überrascht sie war. Und neugierig. Davon hatte sie bisher nichts gewusst.

»Immer auf dich aufzupassen, ganz gleich, was ihm passieren würde. Die Wahrheit über dich wussten nur er und ich und einige wenige andere. Sollte ihm etwas passieren, so habe ich versprochen, dass ich immer für dich da sein würde, solange du mich brauchst. Und das Versprechen habe ich gebrochen.«

»Du bist abgestürzt.«

»So tief, wie man nur stürzen kann, und da unten gab es keinen Platz für dich. Für niemanden gab es einen Platz.«

Stilton senkte den Blick. Olivia betrachtete ihn. Es fiel ihr schwer, bei ihrer harten Linie zu bleiben, die Distanz, sie spürte, wie sie langsam bröckelte. Schon in Mexiko war ihr klar geworden, dass sie eigentlich wütend auf Arne gewesen war und dass Stilton den Kopf dafür hatte hinhalten müssen, dass sie die gesamte Schuld auf Stilton geschoben hatte. Arne war ja tot. Stilton lebte. Jetzt saß er ihr gegenüber und litt unter dem, was er ihr angetan hatte.

Genügte das nicht?

»Wie kann ich dir bei diesem Polizisten helfen?«, fragte sie schließlich.

Stilton schaute von der Tischplatte auf und begegnete ihrem Blick. Er sah die Veränderung. Sah, dass er zu ihr durchgedrungen war. Er sah, dass sie ihn als Arnes Tochter ansah, und der Magen zog sich ihm zusammen. Fast hätte er die Hand nach ihr ausgestreckt, doch das tat er nicht. Es war noch zu früh. Es war zu zerbrechlich. Das würde er tun, wenn sie gelacht hatte.

Wenn die Zeit gekommen war.

Also berichtete er ihr von seinem Anliegen. Dass er Prostituierte suchte, die vor zehn, zwölf Jahren für Jackie Berglund gearbeitet hatten. Er berichtete von seinem Treffen mit Ovette. Erwähnte aber nicht, dass Mette ihm den Tipp gegeben hatte, sich an Olivia zu wenden. Das brauchte er auch gar nicht.

Das ahnte sie schon von allein.

»So auf die Schnelle fällt mir keine Frau ein«, sagte sie, »aber ich habe einige Unterlagen, wo alles steht, was ich herausgekriegt habe. Ich kann sie später durchgehen. Möchtest du einen kleinen Kaffee?«

»Das wäre schön.«

»Was habt ihr in Marseille gemacht?«

Olivia fragte, während sie aufstand und den Kaffee aufsetzte. Und Stilton berichtete. Aus irgendeinem Grund wollte er erzählen. Alles. Über Abbas und Samira. Über den Mord und die Zerstückelung. Über alles, was da unten passiert war. Er ließ nur aus, was Jean-Baptiste ihm erzählt hatte. Über Abbas und das Krankenhaus. Er wollte Olivia nicht beunruhigen, er wusste, dass sie große Stücke auf Abbas hielt.

»Wann kommt er denn nach Hause?«

»Er ist auf dem Weg. Mit dem Zug. Er hat so eine verdammte Flugangst.«

Da zeigte sich das erste Lächeln auf Olivias Gesicht. Kein Lachen, so weit waren sie noch nicht, aber ein Lächeln. Sie wusste, wie groß Abbas' Flugangst war.

»Und womit beschäftigst du dich momentan?«, fragte Stilton.

Er wusste, dieses Lächeln hatte den Weg für diese Frage geebnet. Noch vor kurzem hätte er es nicht gewagt, sie darauf anzusprechen.

»Ich stelle hinter Mettes Rücken Nachforschungen an«, sagte Olivia.

Sie stellte den Kaffee auf den Tisch und schenkte ein. Stilton wartete ab. Er schaffte es, fast drei Tassen zu trinken, bevor Olivia zu Ende erzählt hatte. Auch sie hatte das Bedürfnis, zu berichten. Alles. Auch von Sandra.

Als sie schwieg, schaute Stilton sie an. Sie hatte sich verändert. Genau wie er. Aber er hatte dafür sechs Jahre gebraucht, sie nur eines. Trotzdem erkannte er sich in ihr wieder, sie wollte ihren eigenen Weg gehen, und niemand sollte sie daran hindern.

Schon gar nicht Mette Olsäter.

»Wie willst du nun herauskriegen, ob es Sahlmanns Laptop ist, den du da draußen bei Borell gesehen hast?«

»Ich weiß es nicht.«

»Wäre es nicht besser, trotz allem Mette zu informieren? Sie hat doch ganz andere Ressourcen.«

»Was kann sie denn tun? Sie kann ja wohl kaum nur aufgrund meiner Vermutungen eine Hausdurchsuchung anordnen. Bei einer Person wie Borell?«

»Nein.«

Stilton wusste, dass sie recht hatte. Aber das, was er in ihrem Blick sah, gefiel ihm nicht, es ließ gefährliche Pläne vermuten. Es ließ vermuten, dass Olivia auf eigene Faust vorgehen wollte, auf eine Art und Weise, die alles andere als empfehlenswert war.

»Kann ich dir nicht helfen?«, fragte er.

»Ich weiß nicht. Ich muss erst einmal überlegen, was ich tun kann. Aber auf jeden Fall will ich nicht Mette mit hineinziehen.«

»Warum nicht?«

Stilton erkannte den Konflikt. Und wie ernst er war, wurde ihm klar, als Olivia berichtete. Sie war immer noch gekränkt. Jetzt ist es Mette, die angegriffen wird, nachdem ich davongekommen bin. Er stand auf. Olivia brachte ihn zur Tür. Bevor er ging, schauten sie einander an.

»Olivia Rivera«, sagte er.

»Tom Stilton.«

Sie machte hinter ihm die Tür zu und lehnte sich an die Wand. Fragen drehten sich in ihrem Kopf. Was war da passiert? Plötzlich hatte sie mit Tom Stilton zusammengesessen und ihm Dinge erzählt, die sie niemandem sonst erzählt hatte. Ausgerechnet ihm! Wie war es dazu gekommen? Und dazu noch so schnell?

Sie blieb eine ganze Weile auf dem Flur stehen.

Gabriella Forsman und Clas Hall waren auf einem menschenleeren Campingplatz außerhalb von Flen aufgegriffen worden und umgehend zum Landeskriminalamt gebracht worden. Die lokalen Polizeikräfte hatten eine Ladung der Internetdroge 5-IT in ihrem Auto beschlagnahmt. Mette ging davon aus, dass diese aus dem Zollamt stammte.

Bosse Thyrén hatte Hall verhört. Er hätte lieber Forsman gehabt, aber in diesem Punkt war mit Lisa Hedqvist nicht zu reden.

»Ich übernehme sie.«

»Warum denn?«

Lisa ging davon aus, dass das ja wohl klar war.

Also übernahm Bosse Hall. Das ging ziemlich schnell. In dieser Beziehung hatte Hall so seine Erfahrungen. Er leugnete alles und wollte einen Anwalt dabeihaben.

Forsman war nicht so routiniert. Es war das erste Mal, dass sie festgenommen worden war. Und so verhielt sie sich auch. Die ersten zehn Minuten im Vernehmungsraum weinte sie. Hemmungslos. Lisa ließ sie gewähren. Als die Weinattacken abklangen, begann Lisa Fragen zu stellen. Zuerst nach den verschwundenen Drogen. Forsman wusste nichts davon. Rein gar nichts! Als Lisa ihr die Mails zwischen ihr und Sahlmann vorlegte, immer schön eine nach der anderen, brach die extravagante Dame zusammen. Das dauerte zehn Minuten. Lisa wartete auch das ab, ohne eine Miene zu verziehen, und dankte Gott, dass sie Bosse von dieser Vernehmung abgehalten hatte. Sie war sich nicht sicher, wie er sie bewältigt hätte.

Gabriella Forsman knickte ein.

»Sie haben also die Drogen an Ihrem Arbeitsplatz gestohlen«, sagte Lisa.

Forsman nickte. Ihr langes rotes Haar hing ihr ein wenig ins Gesicht. Sie strich es mit einer lockeren Geste zur Seite, sie war wütend, dass sie nicht von dem jungen Mann verhört wurde wie beim letzten Mal. Der hätte sie sicher sehr viel besser verstanden. Und erst recht alles, was sie jetzt erklären würde.

»Ich bin reingelegt worden«, sagte sie.

»Von wem?«

»Von Clas Hall.«

Forsman lief zu großer Form auf. Vielleicht funktionierte es ja auch bei der Frau vor ihr.

»Er hat meine Gefühle ausgenutzt.«

»Und wie?«

Forsman erklärte, wie sie sich in Hall verliebt hatte. Wie er sie verführt und manipuliert hatte und dazu gebracht, das zu tun, was er wollte.

»Er war genau so ein Verführer wie dieser Knutbypfarrer, genauso einer war er!«

»Er hat Sie dazu überredet, die Drogen zu stehlen?«

»Ja! Er hat gesagt, dass er Schluss macht und mich rauswirft, wenn ich ihm nicht helfe. Er brauchte Geld. Er hat gesagt, dass gar kein Risiko dabei ist, ich bräuchte nur ein paar der Drogen im Amt zu nehmen, ihm zu geben, und dann hätten wir genügend Geld, um in die Karibik zu fahren.«

»Und Sie haben dann mitgemacht?«

»Was hätte ich denn tun sollen? Ich war ein Opfer meiner Gefühle!«

Opfer, ach du Scheiße, dachte Lisa. Aber fürs Erste war sie zufrieden. Forsman hatte gestanden, dass sie die Drogen im Zollamt gestohlen hatte. Das Motiv war irrelevant.

Zumindest für Lisa.

Der nächste Schritt führte zu Bengt Sahlmann. Was Forsman leugnete. Sie habe niemals einen Fuß in Sahlmanns Haus gesetzt.

»Nie?«

»Nein.«

»Aber hatten Sie nicht ein Verhältnis miteinander?«

»Er und ich?«

Forsman sah aus, als hätte man ihr eine Geschlechtskrankheit angehängt. Bis Lisa ihr die Mail zeigte, in der stand: »Mein Körper gehört dir.«

»Schreiben Sie so etwas an alle Kollegen?«

Da wurde es für Gabriella Forsman zu viel. Die Tränen hatten nicht funktioniert, und das mit dem dämonischen Knutbypfarrer war wohl auch nicht so gut gelaufen. Also entschied sie sich für Clas Halls Linie.

»Ich will einen Anwalt.«

»Dann besorgen wir einen. Außerdem werden wir eine Speichelprobe nehmen.«

»Warum das denn?«

»Um Ihre DNA mit der DNA der Hautfragmente zu vergleichen, die unter Bengt Sahlmanns Fingernägeln nach seinem Tod gefunden wurden.«

Forsmans aufgerissene Augen verrieten deutlich, was sie für Lisa Hedqvist empfand.

*

Eigentlich war es die Glocke in ihrem Kopf, die sie dazu brachte, den Entschluss zu fassen, die Glocke, die nicht laut genug geläutet hatte. Plötzlich tat sie es doch, gerade als sie auf der Toilette saß: der Wagen! Ein dunkler Wagen hatte vor Borells Zaun gestanden, als sie ihren Mustang einparkte. Ein BMW. Sandra hatte einen dunkelblauen BMW vor dem Haus gesehen, als ihr

Vater ermordet worden war. War das Auto vor dem Zaun dunkelblau gewesen? Sie hatte so ein Gefühl.

Das genügte.

Also fasste sie einen Entschluss, der in ihrem Unterbewusstsein schon lange gereift war. Zunächst aus reiner Frustration, als sie gemerkt hatte, dass sie nicht weiterkam mit dem, wovon sie überzeugt war: die Korktasche bei Borell gehörte Bengt Sahlmann. Aber in erster Linie ging es um Sandra. Sie sah ihre blutigen Unterarme vor sich. Sie wollte alles tun, um den dingfest zu machen, der Sandra dazu gebracht hatte, sich selbst zu verletzen. Den Mörder ihres Vaters. Das war sie Sandra schuldig.

Das Auto war der entscheidende Faktor.

Ihr Entschluss stand fest: Sie würde bei Jean Borell eindringen. Um den Laptop in der Korktasche zu fotografieren. An Ort und Stelle. In seinem Büro. Wenn sich die Möglichkeit ergäbe, würde sie die Tasche an sich nehmen und öffnen, um zu kontrollieren, ob es sich auch tatsächlich um Sahlmanns Laptop handelte. Anschließend würde sie Mette informieren und ihr einen Grund für eine Hausdurchsuchung liefern.

Sie rief Sandra an in der Hoffnung, dass diese antworten würde. Charlotte hatte morgens von sich hören lassen und erzählt, dass Sandra am nächsten Tag nach Hause kommen würde, momentan war sie wohl noch im Krankenhaus.

Sandra ging nicht dran, aber kurz darauf kam eine SMS: »Sitze in einer Gesprächsgruppe im Krankenhaus. Kann jetzt nicht reden.« Olivia antwortete per SMS. Sie brauchte ja nur das Passwort für den Computer. Ein paar Sekunden später bekam sie es.

Sie ging hinaus in den Flur.

Er liebte diesen Wagen, deutsche Qualität durch und durch, es war der vierte BMW in seinem Leben. Er bog auf die Folkungagatan ab und hätte auf der Kreuzung zur Östgötagatan fast einen ziemlich betrunkenen Jungen in Fußballtrikot überfahren. Im Rückspiegel sah er, wie der Junge schwankte und dann, ohne sich abzufedern, auf die Straße fiel. Er drehte den CD-Player leiser, gleich würde er bei der Skånegatan ankommen. Eigentlich war er auf dem Weg zu einer Konferenz in Vaxholm gewesen, wollte aber auf dem Weg kurz bei Olivia Rivera Rönning vorbeischauen. Er zog sich die weichen schwarzen Kalbslederhandschuhe über und hoffte, dass sie allein zu Hause war. Jean hatte ihm deutlich zu verstehen gegeben, worum es ging: diese junge Dame hatte sich unter falscher Flagge in seinen privaten Wohnsitz eingeschlichen, außerdem war sie Zeugin eines Vorfalls im Silvergården gewesen, der nicht an die Öffentlichkeit gelangen durfte. Es stand zu viel auf dem Spiel.

Meine Aufgabe ist es, dafür zu sorgen, dass es nicht dazu kommt, dachte Thorhed, meine Aufgabe ist es, um Jean herum das Terrain sauber zu halten. Was ich jetzt schon seit ein paar Jahren tue, mit Erfolg, und es hat sich ausgezahlt. Regnet es Gold an der Spitze, dann rieselt es immer noch Silber eine Stufe tiefer. Das Einzige, was mir Sorgen bereitet, ist Jeans Schwäche. Früher oder später wird er Probleme kriegen.

Thorhed bog auf die Skånegatan ein und musste feststellen, dass es leider keinen Parkplatz in der Nähe des Hauses gab, zu dem er wollte, also musste er sich zwischen zwei winzige Schrottlauben in der Bondegatan klemmen. Er stieg aus und ging auf das Haus zu.

Olivia war so weit. Sie hatte alles bei sich, was sie brauchte, und sie wusste, was sie tun musste. Sie trat aus der Tür und beschloss, die Treppen zu nehmen. Auf halbem Weg begegnete ihr der Fahrstuhl auf dem Weg nach oben. Er fuhr an ihr vorbei, sie lief weiter nach unten und durch die Haustür auf die Straße. Als sie ein paar Schritte gegangen war, fiel ihr ein, dass sie keine Ersatzbatterien für die Taschenlampe mitgenommen hatte. Die durfte auf keinen Fall ausgehen! Sie kehrte um und wollte gerade die Haustür öffnen, als ihr klar wurde, dass sie gar keine Batterien mehr oben in der Wohnung hatte. Dann muss ich sie eben auf dem Weg kaufen, dachte sie und ging zur Östgötagatan. Gerade als sie um die Ecke bog, kam Thorhed aus der Haustür. Er zog sich die Kalbslederhandschuhe aus.

Olivia fuhr auf direktem Weg zum Technischen Büro der Gemeinde Värmdö und fragte nach den Bauzeichnungen für Borells Wohnhaus. Die waren für alle öffentlich zugänglich. Als sie die Zeichnungen durchschaute, sah sie, dass ein Bootshaus direkt unter dem Raumschiff in den Felsen gesprengt worden war. Es gab eine Treppe vom Bootshaus ins untere Stockwerk.

So weit, so gut.

Die erste, schwierigere Frage war, ob das Bootshaus wohl eine Alarmanlage hatte. Sie meinte sich zu erinnern, eine Überwachungskamera gesehen zu haben, als sie das letzte Mal vor dem Hauseingang gestanden war. Aber gab es die nur dort oder ums ganze Haus herum? Er hatte erzählt, dass seine Kunstwerke alle gegen Diebstahl gesichert waren, jedes einzelne Objekt war separat geschützt, keines davon konnte aus dem Haus geschafft werden. Außerdem gab es noch diesen Vakuumraum. Schön und gut. Aber eine Alarmanlage im Bootshaus?

Konnte sein. Konnte auch nicht sein.

Vermutlich schon.

Die zweite schwierige Frage war, wie sie herausfinden sollte, wann er nicht im Haus war. Doch das klärte sich einfacher, als sie zu hoffen gewagt hatte. Sie rief in Albions Büro an und bat darum, Magnus Thorhed sprechen zu dürfen. Die Frau am Telefon informierte sie darüber, das Magnus Thorhed sich mit der gesamten Konzernleitung in Vaxholms Hotel befand und erst am nächsten Nachmittag wieder im Büro erwartet wurde.

»Dann übernachtet er dort?«

»Das ist anzunehmen.«

»Befindet sich Jean Borell auch dort?«

»Ja. Möchten Sie eine Nachricht hinterlassen?«

Das wollte sie nicht.

Borell befand sich also auf irgendeiner Konferenz in Vaxholm. Sie hatte keine Garantie dafür, dass er dort über Nacht blieb, aber höchstwahrscheinlich war er den ganzen Abend dort.

Die dritte Frage drehte sich um ein Boot. Die einfachste Art und Weise, zum Bootshaus zu kommen, war natürlich mit einem Boot. Aber sie hatte keines und auch keine Idee, wie sie so schnell an eines kommen könnte. Zu dieser Jahreszeit. Und dann im Dunkel zu Borells Haus auf Ingarö zu fahren.

Sie verwarf diese Idee.

Es gab andere Möglichkeiten, ins Haus zu gelangen.

Sie bog bei Brunn von der großen Straße ab und fuhr auf den schmalen Waldweg. Das Lenkrad hielt sie fest umklammert, sie fuhr schnell. Sie wollte das, was sie sich vorgenommen hatte, durchführen, und nichts sollte sie davon abhalten.

Es hatte leicht angefangen zu schneien, aber der Weg war gut zu erkennen. Außerdem hatte sie die Scheinwerfer reparieren lassen.

Den Wagen stellte sie ein Stück weit vor dem Zaun ab, auf einem kleinen Pfad für die Holzfäller. Als sie das letzte Mal hier gewesen war, hatte sie einige davon gesehen.

Mit der Taschenlampe in der Hand stieg sie aus. Sie hatte sich dunkel angezogen und trug Lederstiefel. Sowie dünne Handschuhe, keine Fausthandschuhe dieses Mal. Sie verschloss den Wagen und machte sich auf den Weg. Das erste Stück durch den Wald tastete sie sich vor, sie wusste, in welcher Richtung das Haus lag. Sie ging zwischen hohen Kiefern und sperrigen abgestorbenen Tannen hindurch und versuchte dabei so wenig Lärm wie möglich zu machen.

Auch wenn sie davon ausging, dass das Haus vor ihr leer war.

Es war leer.

Oder zumindest brannte kein Licht. Im Haus. Das konnte sie erkennen, als sie auf eine Felsklippe ein Stück vom Grundstück entfernt kletterte. Das Einzige, was leuchtete, war die Lichterallee.

Die sie nicht entlanggehen wollte.

Sie dachte an die Überwachungskamera am Eingang.

Sie musste sich noch ein Stück durch den Wald voller Gestrüpp zwängen, bevor sie ins Sichtfeld kam. Dann die Mauer, die vom Torpfosten aus auf der Grundstücksgrenze verlief. Eine hohe Steinmauer. Vermutlich mit Stacheldraht oder Glassplittern auf der Mauerkrone dekoriert, wenn sie Borell richtig einschätzte. Sie folgte der Mauer bis zum Wasser, früher oder später musste sie ja wohl zu Ende sein.

Das war sie auch, genau an der Wassergrenze. Mit einer Verlängerung aus Metall, weit ins Wasser hinaus. Olivia beleuchtete die Mauerkrone, die Metallzunge; wollte sie sich an ihr vorbeibewegen, war sie gezwungen, ein gutes Stück hinaus ins Wasser zu gehen, um dann drum herum zu kommen. Sie wusste nicht, wie tief es da draußen war. Sie leuchtete ins Wasser. Gab es da Steine, auf die sie klettern konnte? Ein Stück weiter draußen konnte sie etwas Dunkles unter der Wasseroberfläche erkennen, genau dort, wo die Metallzunge endete. Sie hoffte, dass es ein Stein war.

Vorsichtig watete sie hinaus in das eiskalte Wasser, spürte, wie es sich schnell ihren Knien näherte, obwohl sie noch ein Stück vor sich hatte. Mit den Händen packte sie das Eisengeländer, trat mit einem Bein vor und tastete mit dem Stiefel das Dunkle unter dem Wasser vor sich ab. Es war wohl ein Stein. Sie setzte den Fuß darauf, fasste jetzt mit einer Hand die Metallkonstruktion und zog sich hoch. Es war ein Stein, aber er war glatt von den Algen. Fast wäre sie mit dem Fuß abgerutscht, konnte sich gerade noch mit beiden Händen an dem schwarzen Metall festhalten. Durch den Sturz drehte sich ihr Körper, so dass sie auf die andere Seite fiel. Geradewegs ins Wasser. Sofort stand sie auf und stolperte auf festen Boden zu. Am Ufer ließ sie sich keuchend auf die Erde fallen. Sie hatte es geschafft! Sie war herumgekommen! Da fiel ihr die Taschenlampe ein. Die Taschenlampe?! Die hatte sie losgelassen, als sie ausgerutscht war und sich mit beiden Händen hatte festhalten müssen. Sie war tief im Wasser am Ende der Metallvorrichtung gelandet.

Die war weg.

Stilton saß in der Kajüte und starrte auf den toten Vogel. Er dachte an Olivia. Er wurde ihn nicht los, Olivias Blick, als sie von Sandra Sahlmann erzählte. Von Borell. Von dem Laptop, der sich in dessen Haus befand. Er wurde den Druck in ihrer Stimme nicht los, ihren Gesichtsausdruck. Die gefährliche Schärfe, als sie erklärte, dass sie gar nicht daran dachte, Mette hinzuzuziehen. Das würde sie allein regeln.

Wie zum Teufel wollte sie das regeln?

Zweimal hatte er versucht sie anzurufen – ohne Erfolg. Auch Mette hatte er angerufen, einfach als ein Schuss ins Blaue.

»Hat Olivia sich bei dir gemeldet?«

»Nein. Hast du mit ihr gesprochen?«

»Ja. Ist gut gelaufen. Wir reden mal später drüber. Tschüs.«

Vor einer Weile war er an Olivias Wohnung vorbeigegangen. Niemand dort. Kein Mustang auf der Straße. Was eigentlich nichts zu bedeuten hatte. Sie konnte sonst wo sein. Im Kino. Aber das war sie nicht, das nahm er nicht an, jedenfalls wollte er sich damit nicht beruhigen.

»Luna?«

Stilton betrat den Salon.

»Ja?«

Luna saß an dem ovalen Tisch mit tausend Briefmarken vor sich ausgebreitet. In einer Hand hielt sie ein Vergrößerungsglas. Stilton schaute auf den Tisch.

»Was machst du da?«

»Ich trenne die Spreu vom Weizen. Ich habe die Sammlung meines Vaters geerbt. Ein Teil ist ziemlich viel wert, der Rest ist nur Mist.«

»Ich hab ein Album draußen auf Rödlöga, ich glaube, das hat meiner Großmutter gehört.«

»Wäre cool, sich das mal anzugucken.«

»Von mir aus. Könnte ich für eine Weile dein Auto ausleihen?«

»Hast du denn einen Führerschein?«

Aber sie lächelte, als sie ihm die Wagenschlüssel überreichte.

»Wo willst du hin?«

»Eine Runde drehen.«

»Eine Runde?«

»Ja.«

Stilton verschwand. Luna legte die Lupe hin und fuhr sich mit der Hand durch das dichte Haar. Langsam wurde sie Stiltons geheimnisvolle Art leid.

Er gab nicht einen Zoll von sich preis.

Olivia schaute das Ufer entlang. Es vergingen ein paar Minuten, bis ihr die App in ihrem Handy einfiel. Die Taschenlampen-App. Glücklicherweise lag das Handy in der Tasche und war von ihrem Ausrutscher nicht in Mitleidenschaft gezogen worden. Sie ging einige Meter von der Mauer entfernt auf das Haus zu, mit dem Handy als Lichtquelle vor sich. Sie traute sich nicht, es höher zu halten. Sie wusste, sie musste noch ein Stück weiter am Wasser entlanggehen, um zu dem vorragenden Bootshaus zu kommen. Wie weit, davon hatte sie keine Ahnung. Sie ging ein paar Meter hoch. Kletterte über Treibgut und ans Land geschwemmten Plastikmüll. Jetzt musste es doch bald kommen? Das große, ins Dunkel gehüllte Haus baute sich weiter oben vor ihr auf. Der Vorsprung sollte ungefähr in der Mitte unterhalb der Hauswand liegen. Der mit den großen Scheiben. Mit dem Glas, hinter dem die Zwillingsföten schwammen. Sie schaute hoch und sah Reflexe in den großen Fenstern. Fast direkt über sich. Jetzt muss ich doch bald da sein. Sie leuchtete auf die Felsen vor sich, und da sah sie sie: eine niedrige Mauer aus Ziegeln, die aus dem Wasser herausführte. Eine Seite der Zufahrt zum Bootshaus. Sie kletterte auf die Mauer. Als sie ihre provisorische Taschenlampe auf den Raum vor sich richtete, sah sie eine große Grotte. Die weit hinein in den Felsen führte. Drinnen sah sie kein Boot liegen. Vorsichtig bewegte sie sich an der einen Felswand entlang voran. Ein Stück weiter war diese mit Holz verkleidet. Geteertem Holz. Sie ging weiter und gelangte auf ein Holzdeck. Es lief an allen drei Wänden entlang ins Bootshaus hinein.

Jetzt wurde es kritisch.

Jetzt war sie in dem herausgesprengten Teil angekommen.

Gab es eine Alarmanlage hier drinnen oder nicht?

Langsam ließ sie das Handylicht über die Decke der Grotte gleiten, in die Ecke, die Wände entlang. Keine Kamera. Soweit sie sehen konnte. Die konnte natürlich sonst wo versteckt sein, aber jedenfalls sah sie keine. Dagegen sah sie die Tür, die ins Untergeschoss führte.

Laut Bauzeichnung.

Sie ging darauf zu. Mitten auf dem schmalen Holzdeck stand ein Schrank, so dass sie gezwungen war, sich zwischen ihm und der Felswand hindurchzuzwängen. Als sie hinter dem Schrank klemmte, sah sie die erste. Ein paar Zentimeter vor ihrem Gesicht. Eine grotesk große Höhlenkreuzspinne. Schwarz. Mit kräftigen, gekrümmten Beinen. Als sie das Handy drehte, sah sie den Rest. Über die ganze Wand verteilt. Fast alle bewegten sich, gestört vom Licht. Schnell versuchte sie weiterzukommen. Als sie unbeschadet hindurchgelangt war, schüttelte sie ein paar der Monster aus ihrem Haar.

Kerouac, verschwinde, dachte sie.

Jetzt waren es nur noch ein paar Schritte bis zur Tür. Sie leuchtete. Eine normale Klinke, eine normale Holztür, keine aus Metall. Ob sie sich öffnen ließ? Oder war das auch so eine, die nur auf Kommando aufglitt?

Das war sie nicht.

Dafür war sie verschlossen.

Was sie erwartet hatte. Aber mit welcher Form von Schloss? Wenn es ein Sicherheitsschloss war, dann stand es schlecht um sie. Das würde sie nicht aufbekommen. Wenn nicht, würde ihre Ausbildung ihr gute Dienste leisten. Oder die gewisser Kameraden während ihres Studiums, die der Meinung waren, es müsste Teil des polizeilichen Grundkurses sein, sich durch verschlossene Türen den Weg zu bahnen. Ohne sie einzuschlagen. Sie hatten Olivia gezeigt, wie es ging. Mit Hilfe eines kleinen, beweglichen Werkzeugs. Sie zog das Metallbündel heraus und bearbeitete die Achse im Türschloss.

Borell war richtiggehend wütend. Man trat auf der Stelle bei der Konferenz. Zuerst waren alle der Meinung gewesen, dass die Zeit bis zur nächsten Wahl maximal genutzt werden sollte, so weit verlief alles reibungslos. Doch dann kam es zum Konflikt. Es gab zwei Lager in der Führungsriege. Eines, das expandieren wollte, und eines, das die Unternehmen, die sie bereits betrieben, lieber verbessern wollte. Borell gehörte dem ersten Lager an. Nach einer halbstündigen Diskussion war klar, dass die Positionen festgefahren waren und an ihnen nicht zu rütteln war. Woraufhin Borell die Konferenz abbrach. Das kam überraschend. Alle hatten damit gerechnet, über Nacht im Hotel zu bleiben.

Doch daraus wurde nun nichts.

Idioten, dachte Borell, als er auf den dunklen Waldweg bog. Natürlich müssen wir so stark wie möglich expandieren. Darum geht es doch. Er war so in seine Wut und Empörung vertieft, dass er sie fast übersah, die Reifenspur im Neuschnee, die auf einen kleinen Holzfällerweg abbog. Zuerst fuhr er an ihr vorbei, bremste dann aber, setzte zurück und hielt an der Abzweigung. Die Reifenspur führte geradeaus weiter. Wer zum Teufel war dorthin gefahren? Und das um diese Zeit? Er folgte der Spur und schaltete das Fernlicht ein. Sie führte bis zu einer kleinen Biegung. Dahinter bremste er erneut. Die Scheinwerfer fielen direkt auf einen weißen Wagen, der etwas am Rande des Wegs stand.

Ein Mustang.

Olivia bekam das Schloss auf. Es dauerte eine Weile, aber sie schaffte es. Bevor sie die Tür öffnete, dachte sie wieder an die Möglichkeit einer Alarmanlage. Falls es sie gibt, ist sie vermutlich mit einer Einsatzzentrale gekoppelt, dann habe ich ungefähr zwanzig Minuten Zeit, bevor irgendein Wachdienst auftaucht, dachte sie und öffnete die Tür. Es war still. Jedenfalls schrillte kein Alarm. Gut. Sie ging die Treppe hoch, sie wusste, wo sie landen würde. Jedenfalls so ungefähr. Sie hatte sich die Bauzeichnungen so gut es ging eingeprägt und Teile davon mit ihrem Handy fotografiert. Sie würde ins untere Stockwerk kommen, und von dort musste eine Treppe hinaufführen. Wenn sie die nahm, würde sie auf der Ebene sein, auf der sie vor ein paar Tagen gewesen war.

In der Etage mit dem Büro.

Sie fand die Treppe. Hielt die Handylampe auf die Treppenstufe direkt vor sich gerichtet, sie wollte nicht, dass der Lichtkegel herumtanzte. Wollte nicht das Risiko eingehen, von draußen gesehen zu werden. Wer immer sie dort würde sehen können. Als sie oben angekommen war, sah sie, dass ihre

Überlegungen stimmten, das Einzige, was in dem Haus leuchtete, war das Aquarium in der großen Glasfassade. Der grüne Schein reichte bis zu der Treppe, auf der sie stand. Schnell ging sie weiter. Sie wusste, wo das Büro lag. Wie still es ist, dachte sie, wenn diese merkwürdige Musik nicht spielt. Fast lief sie einen schmalen Flur entlang, direkt bis zur Bürotür. Ein kleiner Knopf war neben ihr in die Wand eingelassen. Sie drückte ihn. Die Tür glitt genauso lautlos auf wie beim letzten Mal. Sie betrat den Raum und ging geradewegs auf das Regal zu, auf dem sie die Korktasche mit dem Laptop gesehen hatte, und richtete ihr Handy darauf.

Die Tasche war verschwunden.

Befand sich nicht auf den Kunstbüchern.

Wo sie das letzte Mal gelegen hatte.

Verflucht!

Hatte er sie mitgenommen? Hatte sie sich umsonst abgemüht? Sie ließ die Handylampe durch das ganze Zimmer gleiten.

Da!

Die Korktasche lag auf dem Schreibtisch, am Rand. Sie drückte auf die Kamerafunktion des Handys und machte ein paar Fotos von ihr. Dann stellte sie die Videofunktion ein und ließ das Handy über die Wände gleiten, langsam, um zu zeigen, wo sie sich befand. Ein paar Sekunden hielt sie inne bei einem großen Gemälde von Jan Håfström an der einen Wand.

Sie genoss die Situation.

Der Daumen rieb langsam über das Porzellanauge. Das andere Auge betrachtete Olivia. Sie bewegte sich nur ein paar Meter vor ihm, in seinem Büro, jedes Mal, wenn sie das Gesicht dem Spiegel mit dem breiten Goldrahmen zuwandte, konnte er ihr direkt in die Augen sehen. Er stand in der kleinen Kammer hinter dem Spiegel. Die hatte er letztes Jahr bauen lassen, heimlich, sie war auf den Zeichnungen nicht vermerkt. Er genoss es, hinter dem Spiegel zu stehen und zu beobachten, wie sich seine Gäste in seinem Büro verhielten. Ein Teil saß nur da und wartete ab, andere studierten die Bücherregale oder warfen diskrete Blicke auf den Schreibtisch. Die meisten traten vor den Spiegel und korrigierten irgendwelche Details, das Haar oder den Lippenstift, nur wenige Zentimeter vor ihm. Das liebte er.

Jetzt sah er die junge, schöne Olivia Rivera vor sich, die Frau, die eine unangenehme Zeugin eines Vorfalls im Silvergården geworden war und die ihn später unter Vortäuschung falscher Tatsachen aufgesucht hatte. Jetzt war sie in sein Haus eingedrungen und war dabei, sein Zimmer per Handy zu dokumentieren. Insbesondere die Laptoptasche. Die aus Kork gemacht war.

Die hätte ich schon lange verschwinden lassen sollen, dachte er.

Jetzt war es zu spät.

Einige Sekunden lang überlegte er, was er machen sollte. Eigentlich war das eine Sache für Thorhed, aber der war nicht da. Dieses Mal nicht. Also musste er sich selbst darum kümmern.

Olivia ließ das Handy sinken, ging zu der Korktasche hinüber und zog den Reißverschluss auf. Ein MacBook Pro lag darin. Sie öffnete es. Rechts unter der Tastatur klebte ein rosa Herz. Sandras Abziehbild.

Das ist es!

Plötzlich klickte es hinter ihr. Sie drehte sich um. Die Tür glitt zu! Sie sprang zur Tür, gerade als diese sich zuschob. Sie war verschlossen. Olivia fuhr mit der Handylampe über die Wände um sie herum. Kein Knopf zum Öffnen. Was war passiert? Hatte sie sich verklemmt? Gab es einen Bewegungsmelder hier drinnen? Sie versuchte die Tür mit den Händen zur Seite zu schieben.

Doch sie rührte sich nicht.

Stilton sah dasselbe, was Borell kurz vorher gesehen hatte, mehrere deutliche Reifenspuren, als er sich dem Holzfällerweg näherte. Er fuhr ihnen auf gut Glück nach und hatte plötzlich Olivias Auto im Scheinwerferkegel. Warum stand das hier? Warum stand es nicht an der Pforte? Olivia hatte von der Pforte berichtet, von der beleuchteten Allee, von dem Raumschiff unten am Wasser. Aber ihren Wagen hatte sie hier abgestellt. Auf dem kleinen Holzfällerweg.

Stilton ahnte, warum, und es beruhigte ihn nicht gerade.

Sie versucht, in das Haus einzudringen.

Sie ist verrückt.

Er schaute in Lunas Handschuhfach und fand eine Taschenlampe. Er griff sie und stieg aus dem Wagen.

Wohin war sie gegangen?

Olivia presste sich gegen eine Wand des Büros. Ihr Gehirn arbeitete auf Hochtouren. Gerade hatte sie feststellen müssen, dass ihr Handyakku fast leer war. Bald würde die Lampe erlöschen, und sie war eingeschlossen im Büro eines der reichsten Finanzhaie Schwedens.

Sie saß in der Klemme.

Vermutlich blieb Borell über Nacht in Vaxholm. Musste sie solange hierbleiben, bis er am nächsten Morgen heimkam? Noch einmal leuchtete sie durch den Raum, versuchte etwas zu finden, womit sie die Tür aufbrechen könnte, während gleichzeitig ihre Gedanken weiterwirbelten. Was wird er tun, wenn er mich hier morgen findet, die Polizei anrufen? Aber wenn die Polizei kommt, dann kann ich ja erklären, warum ich hier bin, kann ihr den Laptop zeigen, ich kann beweisen, dass Borell in den Mord an Bengt Sahlmann verwickelt sein muss, dass er dessen Laptop gestohlen hat!

Also kann er nicht die Polizei rufen, dachte sie.

Vielleicht baut er ein neues grünes Aquarium mit einem nackten Frauenkörper darin, der in Formalin schwimmt.

Da erstarb das Handy.

Sie versuchte sich in der Dunkelheit vorzutasten.

Plötzlich war wieder ein Klicken zu hören. Hinter ihr. Sie wirbelte herum. Die Tür glitt langsam auf. Sie lief zu ihr und zwängte sich hinaus, bevor sie noch halbgeöffnet war. Gelangte auf den Flur. Jetzt war es wirklich dunkel. Kohlrabenschwarz. Sie erinnerte sich, dass sie von rechts gekommen war, tastete sich an der Wand entlang. Dann ging es nach links. Sie versuchte sich die Bauzeichnung in Erinnerung zu rufen. Oder nach rechts? Da sah sie am anderen Ende des Flurs einen schwachen Lichtschein. Ein Lampenkegel, der sich über den Boden bewegte, ganz langsam. Er ist zu Hause! Olivia wich zur anderen Seite zurück, so schnell sie es wagte. Sie wusste, dass überall kleine Skulpturen und Krüge standen, über die sie stolpern konnte. Sie bog um eine Ecke und presste sich gegen die Wand. Stille. Totenstille. Den Lichtkegel sah sie nicht mehr. Aber sie lauschte intensiv nach Schritten. Hörte jedoch keine.

Da setzte die Musik ein.

Die elektronische, sie kam aus den Lautsprechern, ganz leise.

Sie löste sich von der Wand und ging geradeaus weiter. Die ganze Zeit hielt sie sich mit einer Hand an der Wand fest, um sich zu vergewissern, wo sie ging. Da sah sie den Lichtschein wieder. Vor sich. Der Lichtkegel lief gerade um eine Ecke, in den Flur hinein, auf sie zu. Sie drehte sich um. Sie sah nichts. Sie durchquerte den Flur und glaubte, auf eine neue Wand zu stoßen, doch das tat sie nicht. Sie gelangte in einen Raum. Hier presste sie sich gegen die Wand hinter einer Tür und hielt den

Atem an. Sie wagte nicht hinauszusehen. Im Augenwinkel sah sie, wie der Lichtkegel auf dem Boden an dem Raum vorbeiglitt. Vorsichtig atmete sie auf. Ein paar Sekunden später hörte sie das Zischen. Das leise Zischen aus der Deckenleiste.

Sie war im Vakuumraum eingeschlossen.

Stilton hatte ungefähr denselben Weg wie Olivia durch den Wald zurückgelegt. Auf die Mauer zu. In Dunkelheit und Morast. Er nahm an, dass sie versuchen würde, die Mauer zu überwinden, um so ins Haus zu gelangen. Vollkommen idiotisch, aber es war ja nicht seine Idee. Zweimal hatte er versucht, sie telefonisch zu erreichen. Ohne Erfolg. Entweder hatte sie das Handy abgestellt oder es auf Flugmodus gestellt, es verloren oder scherte sich einfach nicht darum. Letzteres wäre positiv zu sehen. Dann war sie irgendwo da vor ihm und hatte alles unter Kontrolle.

Doch das hatte sie nicht. Sie war schon vor einer Weile auf dem Boden zusammengebrochen. Jetzt kroch sie langsam über den kalten Betonboden, in der Dunkelheit, auf die Tür zu, der Sauerstoff im Raum war fast aufgebraucht, sie musste darum kämpfen, Luft zu bekommen, die Lungenflügel waren zusammengeklappt, der Hals nur noch ein kleines, jämmerliches Loch, sie kratzte mit den Händen über den Boden, es sauste in ihrem Kopf, zum Schluss fiel sie direkt vor der Tür auf den Rücken, eine Hand kratzte an der Fußbodenleiste, ihre Augenlider waren geschlossen, kurz bevor sie in Ohnmacht fiel, öffnete sie sie noch einmal. Das saugende Geräusch von der Decke hatte plötzlich aufgehört. Die Tür glitt langsam auf. Ganz langsam, Zentimeter um Zentimeter. Der Raum füllte sich erneut mit Luft.

Zu spät.

Ihr Kopf fiel zu Boden.

In der Türöffnung stand Jean Borell. Er war äußerst zufrieden. Das Vakuumsystem hatte ein Vermögen gekostet, aber es funktionierte.

Perfekt.

Er trat hinein, beugte sich über den leblosen Körper und holte ein Handy heraus.

Stilton war an der Mauer angekommen. Er schaute im Lampenschein zu ihr hoch. Sie war sehr hoch. Zu hoch, als dass Olivia sie hätte überwinden können. Also folgte er ihr zum Wasser hin. Als er das Ende der Mauer erreichte, blieb er stehen. Er konnte hinauswaten und um die Metallzunge herumklettern, wie er annahm, aber er wusste ja nicht, wo Olivia war. Er wusste nicht, was sie trieb. Verdammter Mist! Er löschte die Taschenlampe und schaute auf das leicht wogende Wasser hinaus. Plötzlich sah er einen flackernden Lichtschein, ganz am Ende des Seeufers.

Da schrillten sämtliche seiner Alarmglocken.

Er watete hinaus ins Wasser, ein Stück weiter benutzte er seine Arme und zog sich mit Hilfe des Metallzauns weiter, zum Schluss konnte er sich um den äußersten Rand herummanövrieren. Als er wieder festen Boden unter seinen Beinen hatte, ging er vorsichtig auf den Lichtschein zu. Er wagte es nicht, die eigene Taschenlampe einzuschalten, was dazu führte, dass er nicht die trockene Holzplanke sah, auf die er trat. Sie brach mit einem deutlichen Knacken durch. Plötzlich verlosch das Licht dort hinten. Stilton blieb stehen und verfluchte alles Treibholz auf der ganzen Welt. Er lauschte. Meinte ein leises Platschen zu hören. Er holte seine Taschenlampe heraus, jetzt kümmerte es ihn nicht mehr, ob er zu sehen war oder nicht. So schnell er konnte, eilte er auf den Punkt zu, wo es geleuchtet hatte. Er gelangte an eine niedrige Mauer, die zu einer herausgesprengten Öffnung im Felsen führte. Um diese kümmerte er sich nicht weiter, sondern richtete die Taschenlampe stattdessen aufs Wasser. Da sah er ein Stück weiter draußen einen Körper im Wasser treiben.

Borell stand auf der Schwelle zum Vakuumraum und trocknete sich die Unterarme mit einem kleinen Frotteehandtuch ab. Er war da draußen gestört worden. Ein deutliches Knacken an der Mauer hatte ihn irritiert. Vermutlich ein Reh, aber trotzdem. Er hatte Olivia ins Wasser gezerrt und war dann eilig zurück zum Bootshaus gelaufen. Man würde annehmen, sie wäre ertrunken, es waren keine äußerlichen Verletzungen zu sehen. Sollte der Leichenfund mit seinem Haus in Verbindung gebracht werden, nun ja, dann könnte es sich um einen Einbruchsversuch gehandelt haben, die Tür zum Bootshaus hatte offen gestanden, als er nach Hause kam. War aufgehebelt worden. Leider war der Alarm dort unten zufällig aufgrund eines kleineren Umbaus außer Funktion gewesen. Vermutlich war die Frau über das Bootshaus eingedrungen und auch dort wieder hinausgekommen, war in der Dunkelheit am Kairand ausgerutscht und ertrunken. Aber es lag nicht an ihm, das zu erklären.

Wenn die Leiche überhaupt gefunden wurde.

Er holte das Handy heraus, das er Olivia abgenommen hatte. Er war neugierig. Er wusste, dass es wichtige Fotos darauf gab, von Sahlmanns Laptop, aber vielleicht gab es ja noch andere interessante Informationen. Anderes, was die junge Dame so gesammelt hatte. Vielleicht Fotos von Silvergården? Von der Frau, die dort gestorben war? Leider konnte er das Handy nicht zum Leben erwecken. Er hatte gesehen, wie es im Büro ausgegangen war, und nahm an, dass der Akku leer war.

Aber er hatte diverse Ladegeräte im Haus.

Stilton watete ins Wasser und spürte, wie Panik in ihm aufstieg. Er sah den treibenden Körper, das lange Haar. Mit dem Gesicht nach oben.

»OLIVIA!«

Er erreichte sie und versuchte sie aus dem Wasser zu heben. Schließlich bekam er sie unter den Armen zu packen und zog sie so auf festen Grund. Er riss sich die Jacke herunter und wickelte sie ihr um den Körper. Mit der Taschenlampe leuchtete er ihr ins Gesicht, beugte sich über ihren Mund, versuchte herauszufinden, ob sie atmete. Er ließ die Taschenlampe fallen und begann in der Dunkelheit mit Mund-zu-Mund-Beatmung. Nach einigen Sekunden richtete er sich auf und drückte mit aller Kraft auf ihre Brust, er wusste, es war Leben in ihr, es ging nur darum, den Kreislauf wieder in Gang zu bringen. Erneut beugte er sich hinunter und presste seinen Mund auf ihren, und im selben Moment kam das erste heftige Keuchen, ein kräftiges Einatmen, fast wie ein Schrei. Stilton richtete sich auf. Er drückte erneut rhythmisch auf ihren Brustkorb, um ihr beim Atmen zu helfen, aber jetzt wusste er, dass es funktioniert hatte. Kurz darauf öffnete sie die Augenlider, sie sah ihn an, dann schloss sie sie wieder. Stilton nahm die Taschenlampe in eine Hand, hob Olivia hoch und trug sie entlang der Wasserkante. Er spürte und hörte, wie sie atmete. Er stolperte durch die Dunkelheit und versuchte dem ganzen Treibholz auszuweichen. Er wusste, er musste um das Eisengitter an der Mauer herumkommen, ein gutes Stück weit im Wasser, mit Olivia in den Armen.

Aber wie?

Als er angekommen war, tat er das einzig Mögliche. Er warf sich Olivias Körper über die Schulter und watete ins Wasser. Fast bis zur Taille. Als er weit genug gekommen war, packte er mit der rechten Hand das Eisengitter und zog sich hinaus ins Wasser und um die Absperrung herum. Ein paar Sekunden lang schnitt sich das Eisen tief in die Hand durch die schwere Last, er spürte den Schmerz bis in den Arm hinauf und ins Gehirn.

Aber er schaffte es.

Borell hatte alle Lichter im Haus gelöscht. Vor ein paar Minuten hatte er etwas gehört, es hatte wie ein Schrei geklungen. Ein Mann, der schrie. Woher es kam, hatte er nicht feststellen können, oder wer es war, der da möglicherweise schrie. Er lief umher und schaute durch verschiedene Fenster. Keine Bewegung draußen. Schnell eilte er zu der großen Küche und schloss eine der Hintertüren auf. Der Wind pfiff auf der anderen Seite der Mauer durch den Wald. Er trat hinaus und zog die Tür hinter sich zu.

Stilton trug Olivia in seinen Armen zu den Autos. Er wusste nicht mehr genau, wo sie standen, musste aufs Geratewohl gehen und war sich die ganze Zeit des Wahnsinnigen im Haus bewusst. Hatte er sie entdeckt?

Endlich sah er die Autos.

Als er sie erreicht hatte, versuchte er mit einer Hand die hintere Tür von Lunas Wagen zu öffnen. Als er sie endlich aufbekommen hatte, rutschte ihm Olivia aus den Armen, auf die Erde. Auf die Füße. Sie keuchte. Er keuchte. Ein paar Sekunden lang sahen sie einander nur an.

»Spring rein.«

Sagte Stilton, was in ihrer Lage eine etwas sonderbare Wortwahl war. »Spring rein«, dem konnte Olivia wohl nicht gerade folgen. Aber mit Hilfe von Stilton schaffte sie es auf die Rückbank, und er knallte hinter ihr die Tür zu. Jetzt erst merkte er, dass ihm Blut von der rechten Hand herunterlief. Das Eisengeländer hatte eine tiefe, lange Wunde an der Innenseite aufgerissen. Er zog sich Jacke und T-Shirt aus, wickelte das T-Shirt um die Hand und zog dann die Jacke wieder über den nackten Oberkörper.

Anschließend fuhr er rückwärts aus dem Holzfällerweg heraus.

Eine halbe Stunde später half er Olivia die Gangway hinauf. Auf dem Weg in die Stadt war sie zu Kräften gekommen. Die Lunge tat ihr weh, und Stilton wollte sie ins Krankenhaus fahren. Doch das wollte sie nicht. Also fuhr er zum Leichter.

Er hatte Luna angerufen und ihr alles erklärt. Nicht bis in jedes Detail, Luna forderte auch keine Details von ihm. Sie hatte im Salon Licht gemacht und warme Getränke vorbereitet.

Stilton half Olivia in den Salon hinunter. Sie legte sich auf eine der Sitzbänke. Luna wollte gerade eine Decke über sie legen, als sie merkte, dass ihre Kleider triefnass waren.

»Die musst du ausziehen«, sagte sie.

Olivia stand auf. Luna half ihr, die nassen Kleider auszuziehen. Stilton zog sich währenddessen in seine Kajüte zurück, um jede Peinlichkeit zu vermeiden. Außerdem musste er sich um seine rechte Hand kümmern. Als er das blutige T-Shirt abwickelte, sah er, dass die Wunde tiefer war als gedacht.

»Wir sind jetzt so weit!«

Stilton wickelte sich wieder das Shirt um die Hand, zog ein sauberes an und eine trockene Hose, dann ging er zurück in den Salon und setzte sich neben Olivia. Sie saß jetzt in einen großen Bademantel gewickelt da.

»Danke, dass du gekommen bist«, sagte sie.

Ihr tat immer noch der Hals weh, die Stimme war ganz dünn.

»Du bist ja nicht ganz gescheit, weißt du das eigentlich?«, erwiderte Stilton.

»Jetzt weiß ich es.«

Olivia ließ sich auf den Rücken fallen. Sie war von Borell überrascht worden. Er hatte versucht, sie zu ermorden. Stilton hatte sie gerettet. Er hatte das getan, was er früher einmal ihrem Vater versprochen hatte, hatte auf sie aufgepasst. Nur ihm war zu verdanken, dass sie überlebt hatte. Aber sie hatte das getan, was sie sich vorgenommen hatte. Die Korktasche fotografiert und das Büro gefilmt, in dem sie sich befand. Damit hatte sie ziemlich handfeste Beweise. Olivia drehte sich zu Luna um.

»Kannst du mir mal die Hose geben?«

Luna reichte sie ihr. Olivia schob die Hand in die eine Tasche. In die andere. Kein Handy. Sie ließ sich wieder auf die Sitzbank sinken.

»Was für ein Arschloch«, flüsterte sie.

»Was ist denn?«, fragte Stilton.

»Er hat mein Handy geklaut.«

»Na, das wird ja wohl nicht die Welt bedeuten«, meinte Luna.

»Doch, das bedeutet die ganze Welt«, widersprach Olivia. »Auf ihm sind nämlich die Beweise. Deshalb hat er es ja auch geklaut.«

Olivia rieb sich die Augen.

»Bist du in der Lage, zu erzählen, was da draußen passiert ist?«, fragte Stilton.

Eigentlich war sie das nicht, aber wenn sie Stiltons Einsatz bedachte, dann war ihr klar, dass sie es musste. Also legte sie alles auf den Tisch. Von dem Moment, als sie ins Bootshaus eingedrungen war, über das Büro und den Vakuumraum, wieder zurück zum Bootshaus und Borells Versuch, sie zu ertränken.

Als sie fertig war, zwinkerte sie fünf Sekunden lang mit den Augen, dann schlief sie ein.

Luna legte ein paar dicke Decken über sie und stellte noch eine Zusatzheizung in den Salon. Stilton tat gar nichts. Nach außen hin. Im Inneren kochte er vor Wut. Er schaute auf die junge Frau, die auf der Bank schlief. Olivia. Durch ein Monster abscheulichen Gefahren ausgesetzt. Auf dem Weg von Värmdö in die Stadt hatte er versucht, Olivia klarzumachen, dass auf sie ein Mordversuch verübt worden war, dass sie zur Polizei gehen musste. Aber Olivia wollte nicht. Schließlich war sie in sein Haus eingebrochen. Auch ins Krankenhaus wollte sie nicht. Er hatte nicht darauf bestanden, wusste nicht genau, in welcher

Verfassung sie war. Vielleicht würde sie es sich noch einmal überlegen, wenn sie wieder ein wenig zu Kräften gekommen war? Aber jetzt zweifelte er mehr daran als je zuvor. Er sah, wie sie sich ein wenig unter den Decken drehte, und spürte den Nachklang von Panik in der Brust.

Er stand auf.

»Ich fahre noch mal los«, erklärte er Luna.

»Wohin?«

»Nach Värmdö.«

»Was willst du da tun?«

»Ihr Handy holen.«

Luna schaute ihn an. Ihr Handy holen?

»Dann komme ich mit«, sagte sie.

»Warum das?«

»Ihr Wagen steht noch da draußen. Willst du beide zurückfahren?«

Das hatte Stilton nicht bedacht.

Er packte Olivias nasse Hose und holte ihren Autoschlüssel heraus. Luna ging zu einem kleinen Vorhang und zog ihn zur Seite. Dahinter befand sich ein Safe. Sie öffnete ihn und holte eine Pistole heraus. Stilton betrachtete sie.

»Hast du einen Waffenschein dafür?«

»Ja. Willst du ihn sehen?«

Während der ersten Kilometer im Wagen schwiegen sie. Luna hatte Stiltons Hand mit Gaze und Pflaster verbunden.

»Das müsste genäht werden.«

»Ja.«

Jetzt saßen beide in Gedanken versunken da. Stilton dachte an Abbas. Um nicht an das denken zu müssen, was da draußen auf sie wartete. Borell. Er wollte seine Wut konservieren, bis er da war. Nicht vorher etwas planen. Er wollte ja nur ein Handy abholen.

Abbas?

Der müsste jetzt wohl auf dem Weg nach Hause sein? Natürlich hatte er den Zug genommen, das würde eine Weile dauern. Wie er wohl aussah? Er wusste, dass Jean-Baptiste nicht näher auf die Verletzungen hatte eingehen wollen, es konnte also ziemlich schlimm aussehen.

Aber er lebt.

Er ist auf dem Weg nach Hause.

Luna dagegen dachte an das, was sie erwartete. An Borell. Sie ging davon aus, dass das ein Problem werden würde. Von dem Wenigen, was sie über ihren Untermieter wusste, war ihr klar, dass er nicht viel Federlesens machen würde. Die Pistole hatte sie für alle Fälle mitgenommen.

Hoffte jedoch, dass sie sie nicht benutzen musste.

Kurz bevor sie Brunn erreichten, brach Luna die Stille im Wagen.

»Wie war das Leben als Obdachloser?«

»Einsam.«

»Hast du Drogen genommen?«

»Nein.«

Stiltons Antworten waren kurz und knapp. Luna spürte, dass er nicht weiter darauf eingehen wollte, also machte sie an anderer Stelle weiter.

»Du hast kein großes Interesse an anderen Menschen«, stellte sie fest, »oder?«

»Nicht?«

»Du wohnst jetzt schon eine Weile bei mir, und was weißt du über mich?«

»Dein Vater ist Kapitän.«

»Genau, und das war's wohl auch schon.«

»Ja. Ist das nicht in Ordnung?«

»Es ist ziemlich entlarvend.«

Stilton bog nach Brunn ab und spürte, wie Wut in ihm aufstieg. Was wollte sie? Er hatte auf ihrem Hausboot eine Kajüte gemietet. Und im Voraus bezahlt.

»Ich bin Menschen ziemlich leid«, sagte er.

»Generell?«

»Ja.«

»Danke.«

Stilton hörte den Unterton heraus.

»Was soll ich dazu sagen?«, fragte er.

»Nichts. Das war deutlich genug.«

Daraufhin schwieg Stilton. Er fuhr, so schnell er sich traute, den engen, dunklen Waldweg entlang. Das Gespräch war dumm gelaufen. Er hatte nichts gegen Luna, ganz im Gegenteil, sie war immer zur Stelle und hatte geholfen, ihm, Muriel und Olivia. Außerdem hatte sie etwas an sich, was ihn interessierte, auf eine Art und Weise, die er nicht wollte. Vielleicht war es das, wogegen er sich wehrte.

»Da steht er.«

Stilton war auf den noch schmaleren Holzfällerweg eingebogen und zeigte vorn auf den Mustang.

»Nimmst du ihn?«

»Okay.«

Stilton reichte ihr Olivias Autoschlüssel.

»Du brauchst nicht zu warten«, sagte er.

»Ist es noch weit bis zum Haus?«

»Ein Stück.«

Luna stieg aus. Stilton fuhr weiter. Luna setzte sich in den Mustang, setzte zurück und folgte Stilton. Auf Abstand. Sie hatte nur das Standlicht eingeschaltet.

Vor dem großen Eisentor bremste Stilton. Die Tore waren geöffnet. Er überlegte, ob er hier parken und zu Fuß weitergehen sollte. Aber warum? Also fuhr er durch das Tor und weiter mit hoher Geschwindigkeit die erleuchtete Allee hinunter, bremste erst vor dem spektakulären Eingang. Gerade als er aussteigen wollte, sah er Lunas Pistole. Sie hatte sie auf den Beifahrersitz gelegt. Eine Sekunde lang zögerte er, dann griff er sie sich und schob sie in die Innentasche seiner Lederjacke.

Die Treppe nahm er in wenigen Schritten. Als er an der großen Holztür angekommen war, sah er, dass sie einen Spalt weit offen stand. Erst das Tor und jetzt die Tür? Er registrierte es unbewusst und drückte die schwere Tür auf.

»Hallo!«

Er rief in die Halle hinein. Keine Antwort. Nur sonderbare Musik. Er trat in einen erleuchteten Saal. Rechts sah er eine Bar. Kein Mensch weit und breit.

»HALLO! IST HIER JEMAND?«

Absolute Stille, bis auf die Musik. Stilton schaute sich um. Bis jetzt war er nur seiner Wut gefolgt. Hatte damit gerechnet, einer Person zu begegnen, der er so entgegentreten wollte, wie sie es verdient hatte. Aber hier gab es keinen Menschen. Obwohl überall das Licht brannte. Versteckte er sich? Wo? Vielleicht in diesem verdammten Vakuumraum?

Stilton ging weiter durch das Haus.

Luna hatte am Tor angehalten. Sie wollte nicht weiterfahren. Sie stand neben dem Wagen und schaute in die Richtung, von der sie annahm, dass dort das Haus stand. Aber von dort war nichts zu hören. Dagegen hörte sie etwas anderes, wie von einem Motorboot. Sie wusste, dass das Haus am Wasser lag, konnte aber kein Wasser sehen. Doch das Geräusch erkannte sie genau. Sie lauschte noch konzentrierter.

Ja, das war ein Motorboot.

Im November, mitten in der Nacht?

Stilton lief durch einen kleineren Saal voller Kunstwerke. Er registrierte nicht, was da an den Wänden hing, ging zielstrebig geradeaus. Ein Stück weiter sah er einen weiteren Flur. Er bog in ihn ein. Hier war es dunkel. Stilton hatte immer noch Lunas Taschenlampe in der Tasche. Die schaltete er jetzt ein und leuchtete in den Flur hinein.

»Hallo!«

Stille. Merkwürdig. War niemand im Haus? Aber alle Lampen waren doch eingeschaltet. Wo zum Teufel steckte Borell? Stilton blieb dort stehen, wo es am dunkelsten war. Plötzlich hörte er einen sonderbaren Laut, als rollte etwas über den Boden, wie eine Murmel. Er richtete den Lichtkegel dorthin, woher das Geräusch kam, und fing das ein, was da rollte. Es war ein Porzellanauge. Stilton starrte das Auge an, ließ den Lichtkegel weiter über den Boden wandern, bis er eine Wand erreichte. Er ging ein paar Schritte auf eine offene Tür zu und leuchtete in einen dunklen Raum hinein.

Da war Borell.

Er saß auf seinem Schreibtischstuhl, zur Tür hin, etwas zurückgelehnt. In der leeren Augenhöhle war das runde Einschussloch von einer Pistolenkugel zu sehen. Es führte weiter durch den Hinterkopf und hatte Hirnsubstanz auf ein Gemälde an der Wand dahinter verspritzt. Diese lief immer noch hinunter. Stilton zögerte in der Türöffnung. Borell war ermordet worden. Olivias Handy befand sich hier. Nicht gut, wenn die Polizei kam. Stilton trat ins Zimmer. Er schwenkte die Taschenlampe herum, das Licht wurde von dem großen Spiegel an der Wand reflektiert und landete auf dem Schreibtisch. Kein Handy. Er richtete das Licht auf Borell, beugte sich über die Leiche und klopfte die Taschen von außen ab. In der rechten lag etwas. Er schob die Hand hinein und zog ein Handy heraus. Olivias. Er erkannte es wieder. Plötzlich gluckste es in Borells Bauch. Stilton richtete sich auf und verschwand aus dem Raum.

Durch das Haus.

Die Treppen hinunter und zum Auto. Er startete es, so

schnell er konnte, und fuhr durch das Tor hinaus. Er sah, dass Luna ein Stück weit neben dem Mustang stand. Mit Vollgas fuhr er an ihr vorbei. Luna sprang ins Auto und versuchte ihm zu folgen. Solange sie auf dem Waldweg waren, konnte sie mit ihm mithalten. Plötzlich kam ihr auf einer kurzen geraden Strecke ein Wagen entgegen, und nur knapp konnte sie zur Seite ausweichen, um einem blauen BMW Platz zu machen, der auf Borells Haus zubrauste. Und das auf diesem Weg, dachte sie und hängte sich wieder an Stiltons Wagen weiter vorn. Als sie auf die Straße kamen, verschwand Stilton vor ihr.

Er fuhr bis zu einer Tankstelle, derselben, an der Olivia vor kurzem angehalten hatte. Ein Stück vor den Zapfsäulen hielt er an, zog sein Handy heraus und drückte die 112.

»Jean Borell ist in seinem Haus in Ingarö ermordet worden.«

Dann drückte er das Gespräch weg. Er benutzte immer eine Prepaidkarte. Das Gespräch würde also nicht geortet werden können.

Olivia drehte sich unter den Decken. Sie schlief unruhig. Als sie sich zur Wand hin drehte, wachte sie kurz auf und meinte Stimmen zu hören, leise, ein wenig entfernt. Sie blieb mit dem Gesicht zur Wand liegen. Es waren Stiltons und Lunas Stimmen. Das war beruhigend. Sie schloss die Augen. Da hörte sie einen ganz merkwürdigen Kommentar von Stilton. Seine Stimme war etwas lauter geworden.

»Aber ich habe doch die Polizei angerufen!«

Wieder dämpfte er die Stimme. Olivia drehte ein wenig den Kopf und sah Stilton und Luna, die am anderen Ende des Salons standen, dicht beieinander. Die Polizei angerufen? Hatte er die Polizei angerufen und erzählt, was sie draußen bei Borell getan hatte? Das konnte er doch nicht machen. Olivia stützte sich auf die Arme, um besser hören zu können. Die Sitzbank lag im Halbdunkel.

»Du bist sicher, dass er tot war?«

Es war Lunas Stimme.

»Mausetot.«

»Wer?«

Olivia hatte sich jetzt ganz aufgesetzt. Ihre Frage brachte Stilton und Luna dazu, sich umzudrehen.

»Wer ist mausetot?«, fragte sie.

»Jean Borell.«

Stilton ging auf Olivia zu, während er es sagte. Er wusste, er musste Olivia alles erzählen. Und er wollte es erzählen. Er war immer noch mitgenommen von dem Anblick, der sich ihm am Tatort geboten hatte.

Auf dem Weg zum Schiff hatte er das makabre Szenario im Büro immer wieder vor Augen gehabt. Das Einschussloch, wo das Auge gewesen war. Die herabtropfende Hirnsubstanz auf dem Bild dahinter. Der Mord musste stattgefunden haben, kurz bevor er ins Haus gelangt war. Der Mörder hatte sich womöglich noch im Haus befunden, als er selbst dort eingetroffen war.

Er wusste es nicht.

Was er auch nicht wusste: War der Mörder erst gekommen, nachdem er Olivia gerettet hatte? Oder hatte er sich die ganze Zeit im Haus befunden? Schon während Olivia ins Büro eingedrungen war? Er hoffte, Olivia würde nicht in diese Richtung denken.

»Und wenn der Mörder schon da gewesen ist, als ich auch dort war?«, fragte sie, als er mit seinem Bericht zu Ende war.

Sie dachte genau in diese Richtung.

Aber es gab keine Antwort auf ihre Frage.

Noch nicht.

Als Stilton fertig war, fügte Luna ihre Beobachtungen hinzu, die sie gemacht hatte, als sie am Tor wartete.

»Ich habe ein Motorboot gehört.«

»Als ich im Haus war?«, fragte Stilton.

»Ja. Vielleicht war das der Mörder, der verschwunden ist?«

Auch auf diese Frage gab es keine Antwort.

Luna ging zu ihrem einfachen Barfach und holte eine Flasche Whisky heraus. Sie ging davon aus, dass Stilton jetzt einen brauchte.

»Willst du auch einen Kurzen?«

Luna wandte sich an Olivia. Diese zog die Decke enger um sich.

»Ja, gern«, sagte sie.

Also kamen drei kleine Gläser auf den Tisch, und ein paar Minuten tranken sie schweigend. Als Olivia ihren Drink voller Verachtung geleert hatte, wandte sie sich Stilton zu.

»Warum bist du noch mal rausgefahren?«

Stilton wühlte in seiner Jackentasche.

»Um das hier zu holen.«

Er reichte Olivia ihr Handy. Sie nahm es entgegen und wusste nicht so recht, was sie sagen sollte. War er nur dorthin gefahren, um ihr Handy zu holen? Und jetzt hatte er deshalb eine Leiche am Hals?

»Du spinnst doch, das ist dir ja wohl klar?«, sagte sie.

»Jetzt ist es mir klar.«

Beide lächelten sich an. Olivia wandte sich Luna zu.

»Hast du ein Ladegerät?«

»Na klar.«

Luna holte es, und Olivia schaltete das Handy ein. Die Bilder vom Büro und dem Laptop waren noch da. Borell hatte sie nicht gelöscht. Es war wohl etwas anderes dazwischengekommen.

»Hast du den Laptop gesehen?«, fragte sie Stilton.

»An den habe ich nicht gedacht. Ich hatte andere Probleme.«

»Das verstehe ich.«

»Ich haue mich jetzt aufs Ohr«, sagte Luna und stand auf. »Du schläfst heute Nacht wohl hier, Olivia, oder?«

»Wenn es geht, gern.«

»Bei mir vorn gibt es eine kleine Schlafkammer, da hinein.«

Luna zeigte nach vorn, und Olivia sah die Kammer.

»Danke. Ich komme gleich.«

Sie wollte noch nicht schlafen. Sie wollte noch eine Weile mit Stilton hier sitzen bleiben. Luna ging um den Tisch und streckte ihm die Hand entgegen.

»Was ist?«

»Die Pistole.«

Die hatte Stilton ganz vergessen. Er holte die Waffe aus der Jacke und übergab sie Luna. Sie ging zu dem kleinen Safe hinter dem Vorhang. Bevor sie die Pistole hineinlegte, drehte sie Stilton den Rücken zu. Aber er sah, was sie tat: Sie kontrollierte das Magazin. Dann verschloss sie den Safe, winkte Olivia kurz zu und verschwand im Flur. Die Flasche blieb auf dem Tisch. Stilton schenkte sich noch einmal ein. Olivia schüttelte den Kopf, das reichte für sie, in ihrem Zustand brauchte sie nicht viel. Sie spürte, wie sich bereits ein weiches Kissen über ihr Gehirn gelegt hatte.

Schön.

Sie sah Stilton an. Es war noch gar nicht lange her, da hatte sie nur bittere Gedanken gehabt, sobald sein Name auftauchte, jetzt saß er ihr gegenüber, und ihre Gefühle hatten sich vollkommen verändert.

Das war nur gut so.

»Das wird ein großes Theater geben«, sagte er ruhig.

»Ja.«

»Mette wird auch mit reingezogen werden.«

»Ja.«

»Du und ich, wir werden mit reingezogen werden.«

»Wahrscheinlich.«

»Wie wollen wir damit umgehen?«

»Müssen wir das jetzt diskutieren?«

»Nein.«

Das mussten sie nicht. Nicht diese Nacht. Für diese Nacht reichte es. Stilton nahm einen kleinen Schluck. Sie schwiegen. Nach ein paar Minuten schaute Stilton Olivia an.

»Vermisst du Elvis?«

Ja, das tat sie. Oft. Warum fiel ihm das jetzt ein?

»Ja«, sagte sie, »sehr.«

Stilton nickte. Olivia betrachtete seine sehnigen Hände um das Glas, der Verband, den Luna ihm an der rechten Hand angelegt hatte, war ein wenig rot. Plötzlich hätte sie ihn am liebsten etwas gefragt. Es konnte an der besonderen Stimmung in dem halbdunklen Salon liegen oder an dem Whisky oder an den dramatischen Ereignissen, die sich in dieser Nacht ereignet hatten, das wusste sie nicht, vielleicht war es alles zusammen, aber plötzlich spürte sie, dass sie ihn das fragen wollte, was sie schon einmal gefragt hatte und worauf sie nie eine richtige Antwort bekommen hatte: Warum bist du so abgestürzt?

Aber sie hielt sich zurück.

Wie lange er geschlafen hatte, wusste er nicht, es erschien wie eine Minute, aber als es zum zweiten Mal an seine Kajütentür klopfte, war er gezwungen, sich aufzusetzen. Er schaltete die Kajütenlampe an und sah, dass es halb acht Uhr morgens war.

»Tom, kannst du aufmachen?«

Es war Lunas Stimme. War etwas passiert? Er zog sich eine Hose an, stand auf und zog den Riegel zurück. Die Tür wurde von außen von Luna geöffnet. Sie trat einen Schritt zur Seite. Zwei Männer in Zivil standen auf dem Flur.

Der eine hielt eine Polizeimarke hoch.

Die großen Zeitungen standen bei der morgendlichen Konferenz unter großem Druck. Der nächtliche Mord an dem Geld- und Immobilienspekulanten Jean Borell an seinem Wohnort auf Värmdö war in vielerlei Hinsicht eine heiße Meldung. Der Raum war voller adrenalingeladener Journalisten.

Alex Popovic war einer von ihnen.

Seine Lage war eine spezielle. Er war persönlich mit dem Mordopfer bekannt. Kein aktuell naher Freund, aber doch so nahestehend, dass er Informationen hatte, die kein anderer seiner Kollegen besaß. Deshalb hielt er sich zurück, als die Spekulationen kursierten. Hinsichtlich des Motivs und des Täters. Ein Kunstraub, der schiefgegangen war? Internationale Verbindungen? Die Polizei war am frühen Morgen äußerst geizig mit Informationen gewesen. Die Ermittlungen befanden sich in einer kritischen Phase, wie es hieß. Momentan gab es noch keinen Verdächtigen. Details darüber, was sich draußen in Borells Haus abgespielt hatte, würden erst später bekannt gegeben werden, soweit sie überhaupt für die Öffentlichkeit bestimmt waren.

Also hielt sich Alex lieber zurück.

Hing der Mord an Jean mit dem Mord an Bengt zusammen? Wie? Warum? Er musste Olivia erreichen. Nach der gemeinsam verbrachten Nacht hatte er sie ein paar Mal angerufen. Aber sie hatte nie zurückgerufen. Sicher hatte sie inzwischen auch von dem Mord gehört. Warum ruft sie nicht selbst an? Sie hatte doch die ganze Zeit recht gehabt, hatte aus ihm herausgekitzelt, dass es Borell war, auf den Bengt während dieses Essens losgegangen war. Warum hatte sie das eigentlich wissen wollen? Darauf hatte er nie eine Antwort bekommen. Vielleicht sollte er diese Frage noch einmal stellen.

Jetzt.

Er rief Olivia erneut an, drang aber nur zu ihrem Anrufbeantworter durch. Er sprach nichts darauf. Als er das Gespräch wegdrückte, hörte er das aufgeregte Stimmengesurre seiner Kollegen im Raum.

Wer hatte Jean Borell, den Spekulanten, ermordet?

So hatte es nicht gebrummt, als klar gewesen war, dass der Zollbeamte Bengt Sahlmann ermordet worden war.

Es gab schon gewisse Unterschiede.

*

Einer der Ermittler, die mit dem Mord an Jean Borell befasst waren, hieß Rune Forss. Er hatte darum gebeten, das Verhör des Mannes zu übernehmen, der morgens festgenommen worden war. Tom Stilton. Das durfte er. Jetzt war es fast ein Uhr. Stilton hatte inzwischen gut fünf Stunden in einer Zelle in der Kronobergsgatan gesessen.

»Ich brauche noch ergänzende Informationen für die Vernehmung«, hatte Forss der Ermittlergruppe erklärt.

Er verließ den Raum und das Haus, um halb zwei war er zum Bowling verabredet. Das wollte er nicht versäumen. Der Gedanke an den einsamen Mann in der Zelle, der dort noch eine Weile schmoren würde, versetzte ihn in extra gute Laune.

*

Luna wartete damit, Olivia zu wecken, sie wollte sie ausschlafen lassen. Und an dem, was passiert war, konnte sie sowieso nicht viel ändern. Als Olivia schließlich aufwachte, bekam sie trotz allem einen Schock.

»Sie haben ihn mitgenommen?«

»Ja.«

Olivia zog sich ihre trockenen Kleider an, während die Gedanken in ihrem Kopf verrücktspielten. Luna deckte für ein kleines Frühstück im Salon. Aber mehr als ein Glas frisch gepressten Orangensaft brachte Olivia nicht hinunter.

»Willst du nicht noch ein bisschen Obst essen?«

»Nein, danke. Aber warum?«

»Warum sie ihn abgeholt haben?«

»Ja. Woher haben sie gewusst, dass Stilton im Haus war? Denn damit muss es doch zu tun haben, oder?«

»Ja, das ist anzunehmen.«

»Hat ihn jemand dort gesehen?«

»Er hat gesagt, dass niemand da war.«

»Ja?«

Luna füllte Olivias Glas von Neuem.

»Woher kennt ihr euch, Tom und du?«, fragte sie.

»Das ist eine lange Geschichte.«

»Okay.«

Olivias Antwort erinnerte Luna an Stiltons Art, »end of discussion« zu markieren. Aber sie war neugierig. Stiltons Verhalten am Abend zuvor war gleichzeitig emotional und heftig gewesen, er hatte Luna eine Seite von sich gezeigt, die sie noch nicht kannte. Sie hatte schon geahnt, dass dieser Mann unter Druck stand und man ihm lieber nicht in den Weg kam, wenn der Druck zu groß wurde, jetzt hatte sie einen Zipfel davon gesehen. Und er hatte es für Olivia gemacht. Sie musste ihm viel bedeuten, dachte sie.

»Danke für den Saft«, sagte Olivia. »Ich muss los.«

Sie ging an Deck und rief Lisa Hedqvist an.

»Weißt du, dass die Polizei Tom festgenommen hat?«

»Ja.«

»Warum?«

»Genaues weiß ich nicht, nur so viel, dass es mit dem Mord an Jean Borell zu tun hat, hast du davon gehört?«

»Ja.«

»Es kursiert das Gerücht, dass Tom auf irgendeinem Film einer Überwachungskamera von Borells Wohnsitz zu sehen ist.«

Olivia beendete das Gespräch und schaute aufs Wasser. Die Überwachungskamera am Eingang, natürlich! Das war es. Er war von ihr erfasst worden. Jetzt sitzt er fest, weil er mein Handy holen wollte und stattdessen eine Leiche gefunden hat. Er war im Haus und ist aus ihm geflohen, und dabei ist er von dieser bescheuerten Kamera gefilmt worden. Ihre Hände umklammerten die Reling fast wie in einem Krampf. Als sie endlich losließ, wusste sie, was sie tun musste.

*

Stilton war auf der schmalen Pritsche in der Zelle eingeschlafen. Als er abgeholt worden war, hatte ein Polizeibeamter ihn kurz vernommen. Eine längere Vernehmung sollte später folgen. Wann »später« war, wurde nicht präzisiert.

Auch nicht, wer die Vernehmung führen würde.

Als sich die Zellentür öffnete, war es drei Uhr. Stilton war gerade erst aufgewacht. Ein junger Polizeiassistent führte ihn zu einem der Vernehmungsräume. Es war kein langer Weg. Als Stilton den Raum betrat, saß drinnen bereits ein Mann hinter dem Tisch.

Rune Forss.

Stilton hatte mit dieser Möglichkeit gerechnet. Er wusste, dass Forss diese Gelegenheit auskosten würde. Dennoch gelang es ihm nicht, unbeteiligt zu tun.

»Setz dich.«

Ohne aufzuschauen, zeigte Forss auf den Stuhl gegenüber. Stilton setzte sich. Forss schaltete ein Aufnahmegerät ein und sprach die Formalitäten auf Band, unter anderem, dass der zu Vernehmende Tom Stilton hieß. Dann öffnete er eine Aktentasche und zog ein Papier heraus. Stilton bemerkte, dass er mitten auf dem Kopf kahl war, seine Schultern waren dekoriert mit Schuppen.

»Jean Borell ist Hauptanteilseigner des Finanzkonzerns Albion AB mit Hauptsitz in London«, las Forss vor. »Seinen Wohnsitz hat er auf Ingarö in Värmdö. Der Eingang zu dem Gebäude wird von einer Kamera überwacht. Um 0.22 Uhr letzte Nacht zeigt der Film in der Kamera, wie ein Wagen vor dem Eingang anhält. Ein Mann steigt aus dem Wagen, geht ins Haus, kommt wieder heraus und fährt im Wagen davon. Leider ist es nicht möglich, das amtliche Kennzeichen des Wagens auf dem Film zu erkennen, aber das Gesicht des Mannes sieht man sehr deutlich.«

Forss schaute zum ersten Mal auf.

»Das warst du. Stimmt das?«

»Ja.«

»Was hast du im Haus gemacht?«

»Ich wollte Borell treffen.«

»Und – hast du ihn getroffen?«

»Nein. Er war nicht da.«

»Warum wolltest du ihn treffen?«

»Mir gehört ein kleines Grundstück im Schärengarten, er war daran interessiert, einen Teil davon zu kaufen.«

»Ach, tatsächlich?«

»Ja.«

»Du bist also mitten in der Nacht zu ihm gefahren, um über Geschäftsangelegenheiten zu sprechen?«

»Ja. Ruf ihn an und frag nach, wenn du mir nicht glaubst.«

Forss betrachtete Stilton. Eiskalter Mistkerl.

»Dann hast du also Borell gar nicht getroffen?«

»Nein.«

»Auf dem Film ist zu sehen, wie du ins Haus eilst und wieder herausrennst. Warum?«

»Ich hatte es eilig. Kannst du mir erklären, warum ich hier sitze?«

»Weil Jean Borell letzte Nacht in seinem Haus ermordet worden ist. Ungefähr zu dem Zeitpunkt, als du in dieses Haus gelaufen und wieder herausgekommen bist. Deshalb.«

»Dann ist er tot?«

»Du hattest keine Ahnung davon?«

»Nein.«

Forss schaltete das Aufnahmegerät aus und beugte sich ein wenig vor.

»Die Sache ist die, Stilton. Du weißt, dass ich weiß, dass du lügst. Damit habe ich gerechnet. Abschaum wie du kann einfach nicht bei der Wahrheit bleiben. Nicht mehr lange, und wir werden den Film aus der Überwachungskamera einem Staatsanwalt zeigen. Dann wirst du im Knast landen, bis du aus dem letzten Loch pfeifst.«

»Spielst du immer noch Bowling?«

Forss klappte seine Akte zusammen und verließ den Vernehmungsraum.

*

Schon als sie sich in den Wagen setzte, bekam Olivia Bauchschmerzen. Die nahmen nicht ab, als sie nach Kummelnäs abbog und sich der großen grünen Bruchbude näherte. Aber was sollte sie sonst tun, sie war dazu gezwungen, Mette alles zu erzählen.

Alles.

Sie saßen in einem Zimmer neben der Küche, einem kleinen, düsteren Raum mit vorgezogenen Gardinen. Mette trug einen Morgenmantel. Sie war ja krankgeschrieben. Sie hatte Tee gemacht und eine große Kanne mit in den Raum genommen. Mårten war unterwegs, studierte seine toten Ahnen. Mette schenkte beiden ein. Als Olivia ankam, hatte sie nicht viel gesagt, Olivias Gesicht angesehen, dass es sich nicht um einen Höflichkeitsbesuch handelte, um zu hören, wie es Mette ging.

»Es ist etwas passiert«, sagte Mette.

»Ja.«

»Das mit Toms Festnahme zu tun hat.«

»Du weißt davon?«

»Ich wurde um halb sieben von einem Kriminalbeamten angerufen, der sich erkundigte, ob ich weiß, wo Tom sich aufhält. Er sollte im Zusammenhang mit dem Mord an Borell vernommen werden. Woher weißt du davon?«

Mette hatte ihre Stimme ziemlich distanziert klingen lassen, nicht zu intim, aber auch nicht zu kühl. Sie hatte auf dieses Treffen schon lange gewartet. Es wäre ihr lieber gewesen, es hätte unter anderen Voraussetzungen stattgefunden, aber jetzt saß Olivia nun einmal hier, und sie mussten damit zurechtkommen.

»Ich bin schuld«, sagte Olivia.

»Das Tom festgenommen worden ist?«

»Ja.«

Olivia zögerte einen Moment. Sie wusste nicht so recht, wie weit sie ausholen sollte. Eigentlich hatte ja alles mit ihrem Besuch im Zollamt angefangen, aber das erschien ihr dann doch zu weit hergeholt. Dann wäre sie auch gezwungen, Mettes Schimpftirade in der Küche zu erwähnen, und das wollte sie möglichst vermeiden. Also begann sie mit ihrem Besuch im Silvergården, ihrem sich verhärtenden Verdacht hinsichtlich Bengts Laptop.

Und dann kam einfach alles wie eine Sturzwelle heraus.

Mette konnte nur kurze Fragen einwerfen.

Die ihr alle beantwortet wurden.

Nachdem Olivia ihren eigenen Besuch bei Borell und Stiltons Ausflug dorthin auf den Tisch gelegt hatte, kam eine weitere Frage.

»Was wollte er denn dort?«

»Er wollte mein Handy holen. Er ist nur meinetwegen dorthin gefahren.«

Jetzt zog sich Olivias Magen krampfhaft zusammen. Sie hatte die ganze Erzählung mit einer Mischung aus großer Scham und Nervosität überstanden. Nervosität darüber, wie Mette wohl reagieren würde. Bis jetzt war noch keinerlei persönliche Reaktion von ihr gekommen.

Aber jetzt.

»Dann habt ihr also endlich wieder zueinander gefunden?«

Das war eine unerwartete Reaktion. Olivia hatte mit einer Rüge der härteren Art gerechnet. Einer Mette-Standpauke. Darüber, wie Tom sich so einem großen Risiko aussetzen konnte, nur um ihr Handy zu holen, und jetzt war er wegen eines Mordes festgenommen worden, den er nun wirklich nicht begangen hatte.

Und an allem war Olivia schuld.

»Dann habt ihr also endlich wieder zueinander gefunden?«

Olivia spürte einen Kloß im Hals. Mette legte ihr einen Arm um die Schulter.

»Das kriegen wir schon hin«, sagte sie. »Verlass dich auf mich.«

Und also verließ Olivia sich auf sie.

Um die Sache jedoch wie versprochen hinzukriegen, war Mette gezwungen, sich anzuziehen und Mårten einen Zettel zu schreiben, auf dem sie ihm mitteilte, dass sie einen langen Spaziergang machen wollte.

Olivia fuhr sie in die Stadt. Auf dem Weg rief Mette Oskar Molin an, einen alten Kollegen beim Landeskriminalamt.

»Wer leitet die Ermittlungen im Fall Borell?«

»Ich glaube, Karnerud und Forss.«

»Forss?«

»Ja.«

»Welche Techniker sind eingeschaltet?«

»Das weiß ich nicht. Bist du nicht krankgeschrieben?«

»Doch, ja. Danke, bis bald.«

Olivia ließ Mette vor dem Polizeigebäude in der Polhemsgatan heraus. Bevor sie sich trennten, fragte Olivia, ob Mette von Sandra Sahlmanns Selbstmordversuch gehört habe.

»Nein? Wann war das?«

»Vor kurzem. Ich habe sie in ihrem Haus gefunden. In der Badewanne.«

Mette ließ einen tiefen Seufzer vernehmen und schaute Olivia an. Sie sah den Kummer in ihren Augen und bereute, dass sie so hart zu ihr gewesen war. Ich muss wohl doch um Entschuldigung bitten, dachte sie. Bei Gelegenheit.

»Ich lasse von mir hören«, sagte sie und warf die Wagentür zu.

Olivia fuhr davon, und Mette betrat das Haus. Es dauerte nicht lange, bis sie erfahren hatte, welche Techniker mit dem Fall auf Ingarö beschäftigt waren. Sie rief sie an und erklärte, dass der Mord an Borell in Zusammenhang mit einem Mord stehen könnte, der beim Landeskriminalamt bearbeitet wurde. Der Mord an Bengt Sahlmann.

»Wie weit seid ihr gekommen?«

»Der vorläufige Untersuchungsbericht ist bald fertig.«

»Kannst du mir die wichtigsten Details durchgeben?«

Dann suchte sie Rune Forss auf und bat um ein Gespräch unter vier Augen. Forss versuchte es zu vermeiden, aber Mette war bereits vor Ort. Also musste er zustimmen. Draußen auf dem Flur.

Mette stand dicht vor ihm.

»Ihr habt Tom Stilton verhaftet«, sagte sie.

»Festgenommen.«

»Weil er letzte Nacht draußen bei Jean Borell gewesen ist.«

»Ja. Er ist auf einem Überwachungsfilm zu sehen. Ich wollte gerade mit dem Staatsanwalt wegen einer Verhaftung sprechen.«

»Hast du den Bericht der Spurensicherung gelesen?«

»Der ist noch nicht fertig.«

»Er wird in einer Viertelstunde fertig sein, ich kenne seinen Inhalt.«

»Ja, und?«

»Das Interessanteste ist der Fund der Mordwaffe. Im Bootshaus, zwei Stockwerke unterhalb des Büros, in dem Borell erschossen wurde. Eine Luger, mit dem gleichen Kaliber wie die Kugel in der Wand hinter der Leiche. Wie ist die Pistole ins Bootshaus gekommen?«

»Woher soll ich das denn wissen?«

»Der Mörder hat sie da verloren, wäre mein Vorschlag.«

»Worauf willst du hinaus?«

»Laut der Zeitangaben auf dem Film mit Stilton war er gut vier Minuten in Borells Haus, oder?«

Forss schaute Mette an. Er verstand, worauf sie hinauswollte. Doch was konnte er tun? Tatsachen waren nun einmal Tatsachen.

»Ja«, sagte er.

»In der Zeit soll er es geschafft haben, ins Haus zu kommen, Borell in seinem Büro aufzusuchen, ihn zu erschießen, zwei Stockwerke hinunter ins Bootshaus zu rennen, was immer er dort auch zu suchen haben sollte, wenn doch sein Wagen vor dem Haus stand, dann die Mordwaffe im Bootshaus zu verlieren, wieder die beiden Stockwerke hinaufzugehen, das Haus zu verlassen und davonzufahren. In gut vier Minuten.«

Forss verzog keine Miene.

»Es gab Fingerabdrücke auf der Waffe«, sagte Mette. »Es würde mich sehr wundern, wenn es Stiltons wären.«

Forss ging zurück in sein Büro.

*

Olivia fand einen Parkplatz in der Tjärhovsgatan, gleich beim Kvarnen, und ging zum Coffice in der Östgötagatan, einem Café mit einem abgetrennten Raum, in dem man in Ruhe sitzen und arbeiten konnte. Sie ließ sich auf einen der abgewetzten Sessel fallen, schaltete ihren Laptop ein und bestellte eine große Tasse Cappuccino. Sie trank nicht so häufig Kaffee, aber hier hatten sie eine Spezialbohnenmischung, von der sie einfach begeistert war. Sie klickte sich in die Netzausgabe von *DN* und überflog die Artikel über den Mord an Jean Borell. Sie wollte sehen, ob Alex etwas geschrieben hatte. Hatte er nicht. Vielleicht sollte ich ihn anrufen, dachte sie. Oder auch nicht, er hatte sicher genug um die Ohren. Sie hatte auf seine Anrufe nicht reagiert, wollte Abstand von der durchzechten Nacht gewinnen. Demnächst würde sie ihn anrufen, wegen Borell, einem Mord, der vielleicht in Verbindung stand mit dem Mord an Sandras Vater. Mette hatte heftig regiert, als sie ihr die Handyfotos aus Borells Büro gezeigt hatte. Und Mette wusste, dass der verschwundene Laptop in einer ungewöhnlichen Korktasche steckte.

In so einer, wie sie im Büro gelegen hatte.

»Aber können wir hundertprozentig sicher sein, dass Sahlmanns Laptop da drinnen steckt?«, hatte sie gefragt.

»Ja. Ich habe ihn geöffnet. Sandra hatte auf die Innenseite einen Sticker geklebt, ein rosa Herz. Ich habe auch davon ein Foto gemacht.«

»Gut.«

Olivia drückte die Zeitung weg und trank von ihrem Cappuccino. Eigentlich sollte sie Sandra anrufen und ihr erzählen, dass ihr Computer gefunden worden war, aber ihr war klar, dass es nicht so einfach wäre, die Umstände zu erklären. Außerdem waren die Polizeitechniker vermutlich momentan vollauf mit ihm beschäftigt.

Also verschob sie das bis auf Weiteres.

Vielleicht sollte sie stattdessen doch Alex anrufen?

*

Stiltons Fingerabdrücke waren nicht auf der Mordwaffe, das wurde ziemlich schnell klar. Und daraufhin hatte der zuständige Staatsanwalt ein kurzes Gespräch mit Karnerud und Forss: Er sah keinen Grund, Stilton länger in Haft zu halten.

Stilton saß auf der Pritsche und dachte an Abbas. Bald würde er wieder zu Hause sein, wenn er nicht unterwegs ausgestiegen war. Wie er wohl reagierte, wenn er hörte, was passiert war, dass Stilton hier saß und Olivia einem Mordversuch eines inzwischen selbst ermordeten Mannes ausgesetzt war? Er war tief in Abbas' mögliche Reaktionen versunken, als die Zellentür von Rune Forss geöffnet wurde. Stilton stand auf. Forss ging wieder auf den Flur nach draußen. Stilton folgte ihm.

»Weitere Verhöre?«, fragte er.

»Es wird bestimmt noch weitere Verhöre geben. Aber nicht jetzt.«

»Ich kann gehen?«

Forss antwortete nicht. Stilton sah es seinem Gesicht an. Es war nicht Forss' Entscheidung, dazu war er gezwungen worden. Von wem? Mette? Oder hatte Olivia geredet? Als er an Forss vorbeiging, dämpfte er seine Stimme.

»Ich habe mit einer deiner alten Freundinnen vom Red Velvet gesprochen.«

Er sah, wie Forss zusammenzuckte. Nicht viel, aber er zuckte. Und das genügte. Stilton genoss es. Es war vielleicht übereilt, aber jetzt war es raus. Forss sollte ruhig etwas ins Schwitzen kommen.

Das war ihm gegönnt.

Er kam nicht nur ins Schwitzen. Er wurde wütend und bekam Angst. Sobald Stilton verschwunden war, holte er sein Handy heraus und verließ das Gebäude. Er stellte sich im Nieselregen vor die Polizeizentrale und rief Jackie Berglund an. Er stand unter Druck. Er ließ sie gar nicht erst reden.

»Kann Stilton etwas über meine alten Kontakte herausgekriegt haben?«

»Das glaube ich nicht.«

»Stehe ich etwa immer noch im Verzeichnis?«

»Nein. Ich habe dich gelöscht.«

»Wann?«

»Vor ein paar Jahren, nachdem sie mich zum Verhör geholt hatten. Wieso. Warum glaubst du, dass ...«

»Könnte eines der Weiber mit ihm gequatscht haben?«

»Es ist nur noch eine am Leben.«

»Und welche?«

»Ovette Andersson. Aber die singt nicht.«

»Woher willst du das wissen?«

»Sie ist nicht so eine.«

»Hast du eine Adresse von ihr?«

Die hatte Jackie.

*

Als Stilton endlich am Schiff ankam, war es schon spät. In der letzten Stunde hatte er in einem Café in der Hornsgatan gesessen, das Wetter hatte ihn dazu gezwungen. Er war zwar schlechtes Wetter gewohnt und machte sich selten etwas daraus, aber das war doch etwas zu viel gewesen. Es waren nicht nur Sturmböen, es war ein unvergleichlicher Platzregen gewesen, der plötzlich über dem Stadtteil explodierte und Tropfen, so groß wie Tennisbälle, ausschüttete, die Leute liefen in Toreinfahrten, die Autos waren gezwungen, anzuhalten, die Scheibenwischer schafften es nicht mehr, es war einer von diesen Regengüssen, bei dem sogar die Ratten mit Regenschirmen herumliefen.

Nach einer Weile beruhigte es sich so weit, dass er seinen Kaffee austrinken und zum Lastkahn gehen konnte. Durchnässt, aber gut gelaunt. Er hatte Forss einen Nadelstich versetzen können. Keinen Dolchstoß, aber eine deutliche Wunde. Er blieb vor seiner Kajüte stehen und schüttelte die schlimmste Nässe von sich ab.

»Warst du bei dem Sturzregen draußen?«

Stilton drehte sich um. Luna saß im Salon und sah ihn an.

»Nein.«

»Was war bei der Polizei los?«

»Sie haben mich mitgenommen und wieder laufen lassen.«

Stilton ging ein paar Schritte auf den Salon zu. Es gab da etwas, das er Luna fragen wollte, und er konnte es ebenso gleich tun.

»Darf ich mich setzen?«, fragte er.

Das ließ Luna aufhorchen. Er fragte, ob er sich setzen dürfte. Das sah Stilton gar nicht ähnlich. War etwas passiert? Aber sie machte nur eine einladende Geste, und Stilton setzte sich.

»Willst du ein Handtuch haben?«

»Wofür?«

»Für die Haare.«

Stilton hatte sich nicht mehr die Haare geschnitten, seit er von Rödlöga weg war, und inzwischen waren sie ziemlich lang geworden. Offensichtlich lange genug, dass sie nass aussahen.

»Geht schon«, sagte er.

»Okay.«

Stilton schaute Luna an. Als er im Halbdämmerschlaf in der

Zelle gelegen hatte, waren seine Gedanken auch um sie gekreist, mehr oder weniger freiwillig. Sie war einfach in seinem Kopf aufgetaucht. Jetzt konnte er zum Teil verstehen, warum. Die Frau, die dort saß und aussah, wie sie fast immer aussah, seelenruhig und entspannt, hatte etwas Anziehendes an sich. Nicht in der gleichen Art wie Claudette, es drehte sich um etwas anderes, Luna war Luna. Er beugte sich leicht zu ihr vor.

»Ich habe gesehen, dass du das Magazin überprüft hast, bevor du die Pistole wieder weggelegt hast«, sagte er.

»Ja.«

»Um zu sehen, ob eine Kugel fehlt?«

»Ja.«

»Hätte sie gefehlt, dann wäre ich es gewesen, der Borell erschossen hat, oder?«

»Das wäre wohl eine logische Annahme gewesen.«

»Die Möglichkeit gab es also für dich? Dass ich es getan haben könnte?«

»Ja.«

»Okay.«

Damit hatte er das gefragt, was er hatte fragen müssen. Luna hatte sich vergewissert, dass er Borell nicht erschossen hatte. Sie glaubte also, dass er dazu in der Lage wäre. Er schaute auf seine verletzte Hand, die Luna verbunden hatte.

»Aber es waren alle Kugeln noch da«, sagte Luna.

Stilton nickte. Damit war das auch geklärt. Dann wissen wir, wo wir stehen, dachte er, und fragte:

»Wieso hast du eine Pistole?«

»Die ist einfach hier liegen geblieben.«

»Seit wann?«

»Seit ich sie gebraucht habe.«

Sie zahlte es ihm mit gleicher Münze zurück.

*

Die Musik hatte nicht geholfen.

Gut eine Stunde lang hatte er mitten im Raum gestanden, nackt, und es hatte nichts genützt. Er hatte immer noch genauso große Angst, als der Anruf kam.

»Jean Borell ist erschossen worden.«

Jetzt hockte er vor dem runden Tisch neben der Alabasterlampe. Er hatte gerade beobachtet, wie ein Zigarillo im Aschenbecher erloschen war, er hatte kaum daran gezogen. Ein Glas stand auf dem Tisch. Er hatte es mit Portwein gefüllt, bis zum Rand, als er es an den Mund führte, schwappte die Hälfte über. Er stellte es wieder ab und drehte sich zu dem großen Raum hin um, sein Blick blieb an der schönen Wand gegenüber hängen.

War er jetzt an der Reihe? War nur noch er übrig?

Er schaute auf seine Arme, die Narben vom Kratzen waren deutlich. Würden sie irgendwann verschwinden oder für immer bleiben?

Er setzte sich im Schneidersitz auf den Boden und schloss die Augen, die Hände krampfhaft um die Tischbeine vor sich geklammert. Er versuchte zu verschwinden, versuchte ins Dunkel abzutauchen, fort aus dieser Welt, zu der er nicht gehören wollte.

Es ging nicht.

Er richtete den Kopf auf und spürte, wie die Tränen auf die haarlose Brust tropften. Er stand auf und ging zum Bücherregal. Mit unsicherer Hand zog er einen dicken Band heraus, ein deutsches Lexikon, gebunden. Hinter dem Buch lag eine dunkle Pistole.

Er schaute sie an.

Er hatte sie schon einmal benutzt.

Er konnte sie noch einmal benutzen.

Es war bitterkalt. Diese Art von Kälte, bei der es sich nicht um Minusgrade handelt, sondern um den peitschenden Eiswind, der durch fast alles dringt, nicht zuletzt durch die Kleidung, und die Leute von den offenen Plätzen hin in geschützte Ecken und Winkel treibt. Deshalb kam ein Spaziergang zum Hausboot für Olivia nicht in Frage. Zuerst hatte sie das geplant, nachdem Stilton angerufen hatte, einen Spaziergang machen, rauskommen an die frische Luft. Sie konnte immer noch die Nachwirkungen des Vakuumraumes in der Lunge spüren.

»Mette ist auf dem Weg hierher, deshalb wäre es wohl gut, wenn du auch herkommst«, hatte er gesagt.

Und das stimmte sicher.

Denn in ihrem Kopf herrschte immer noch ein ziemliches Durcheinander. Sie brauchte jetzt Mettes analytischen Blick auf das Geschehen, damit sie sich selbst klarer darüber wurde, was sie eigentlich tun wollte. Schließlich war sie auf verschiedenerlei Art und Weise in den Mord verwickelt, sowohl in gute als auch in definitiv weniger gute.

Doch sobald sie aus der Haustür trat und fast umgeweht wurde, beschloss sie, doch lieber den Wagen zu nehmen. So viel Sauerstoff brauchte sie nun auch wieder nicht.

Sie lief die Gangway hinauf, um nicht noch weggeweht zu werden, und schlüpfte schnell hinunter in den Salon. Dort saßen Stilton und Mette. Luna war auf dem Friedhof.

»Hallo«, sagte Stilton. »Setz dich.«

Olivia zog sich die Jacke aus und setzte sich. Mette begann ohne Umschweife.

»Wir haben die Borell-Ermittlungen übernommen«, sagte sie. »Gegen gewisse Widerstände. Aber so ist es ja eigentlich immer. Ich habe heute Morgen alle Unterlagen durchgesehen und unsere eigenen Leute losgeschickt. Der Obduktionsbericht bestätigt den vorläufigen Tatortbericht. Borell ist ermordet worden. Der Mord muss begangen worden sein, nachdem er dich, Olivia, unten am Wasser abgelegt hat, und bevor du, Tom, wieder am Haus aufgetaucht bist. Was meint ihr, um welchen Zeitraum handelt es sich dabei?«

Stilton sah Olivia an.

»Was glaubst du? Gut zwei Stunden? Ich habe dich gefunden, dich zum Auto getragen, wir sind hierher gefahren, du hast dich umgezogen, wir haben kurz miteinander gesprochen, du bist eingeschlafen, und ich bin wieder losgefahren.«

»Zwei Stunden, das kann hinkommen.«

»Damit haben wir die Zeitspanne, in der der Mord stattgefunden haben muss«, sagte Mette. »Ist dir im und am Haus irgendetwas aufgefallen – abgesehen von der Leiche?«

»Nein«, sagte Stilton. »Ich bin reingerannt und gleich wieder raus.«

»Innerhalb von gut vier Minuten, laut der Filme, auf denen du zu sehen bist. Glück für dich, dass du nicht herumgetrödelt hast, das hätte Probleme für dich geben können.«

»Wann hast du mich jemals trödeln sehen?«

Mette erwiderte nichts darauf. Sie wollte ihn nicht an die fünf, sechs Jahre erinnern, in denen er nichts anderes getan hatte, als irgendwo herumzutrödeln.

»Aber Luna hat ein Motorboot gehört«, sagte Stilton.

»War sie mit da draußen?«

»Sie war dabei, um Olivias Wagen zurückzufahren. Sie ist am Zaun stehen geblieben, während ich im Haus war.«

»Und da hat sie ein Motorboot gehört?«

»Ja.«

»Interessant. Das kann der Mörder gewesen sein, der verschwunden ist.«

»Warum meinst du das?«, fragte Olivia.

»Weil die Kamera vorm Haus nichts registriert hat, bis Tom mit dem Wagen aufgetaucht ist. Der Mörder muss also über einen anderen Weg gekommen sein. Vielleicht den gleichen wie du, durch das Bootshaus hinauf, dann ins Büro, auf dem gleichen Weg zurück und dann mit dem Motorboot weg. Nachdem er die Mordwaffe im Bootshaus verloren hat.«

»Dann habe ich ihn nur um ein Haar verpasst?«, fragte Stilton.

»Vermutlich. Und die nächste interessante Information ist im technischen Bericht zu finden. Es wurde keine Korktasche mit irgendeinem Laptop in Borells Büro gefunden. Und auch sonst nirgends im Haus.«

Stilton und Olivia schauten sich an.

»Aber sie lag doch auf dem Tisch, als ich da gewesen bin«, sagte Olivia. »Du hast sie doch selbst auf den Fotos gesehen!«

»Ja. Was bedeutet, dass der Mörder sie mitgenommen haben muss. Wenn du sie nicht genommen hast, Tom?«

Mette bekam als Antwort nur einen müden Blick von Stilton.

»Dann hat der Mörder also Sahlmanns Laptop gestohlen?«, fragte Olivia.

»Offensichtlich.«

»Warum?«

»Glaubst du, ich habe eine Antwort darauf?«, erwiderte Mette. »Nein, habe ich nicht. Ich weiß auch nicht, wer der Mörder oder die Mörderin ist. Ich kenne sein oder ihr Motiv nicht. Was ich weiß, ist nur, dass es einen Mann am Tatort gab, als die Polizei dort ankam, nachdem du deinen anonymen Tipp abgegeben hast, Tom.«

»Wer war das?«, fragte Stilton.

»Er heißt Magnus Thorhed und ist eine Art Mitarbeiter von Borell.«

»Der war dort?«

Olivia richtete sich auf ihrem Stuhl auf.

»Kennst du ihn?«

»Ich habe ihn einmal getroffen.«

»Dann war es wohl sein Wagen, der uns entgegengekommen ist«, sagte Stilton. »Der ist wie der Teufel durch den Wald gerast.«

»Was wollte er denn mitten in der Nacht bei Borell?«, wollte Olivia wissen.

»Er hat gesagt, dass er hingefahren ist, weil Borell nicht an sein Handy ging«, berichtete Mette. »Er wusste, dass Borell nach Hause gefahren war, sie waren auf irgendeiner Art von Konferenz gewesen, und er hatte etwas Wichtiges mit Borell zu besprechen.«

»Zu dem Zeitpunkt?«

»Das haben wir ihn auch gefragt«, nickte Mette, »und er hat darauf hingewiesen, dass die ganze Welt das Arbeitsgebiet des Unternehmens ist, wenn es hier Nacht ist, ist es in Boston heller Tag. Das war seine Erklärung. Aber ich werde später noch mit ihm sprechen.«

»Bist du nicht krankgeschrieben?«, schmunzelte Stilton.

Mette ignorierte seinen Kommentar.

»Jetzt haben wir also zwei Morde, die miteinander verknüpft sind«, sagte sie, »via Sahlmanns verschwundenem Laptop. Ist es derselbe Mörder?«

»Das bezweifle ich«, sagte Stilton.

»Weil ...?«

»Weil Sahlmanns Mord ja wie ein Selbstmord arrangiert worden ist. Um den Mord zu tarnen. Borell dagegen ist ganz eindeutig erschossen worden. Ganz unterschiedliche Vorgehensweisen.«

»Das stimmt.«

»Was bedeutet, dass Borell weiterhin Sahlmanns Mörder gewesen sein kann und dann später selbst ermordet worden ist«, sagte Olivia. »Denn es muss doch Borell gewesen sein, der den Laptop bei Sahlmanns gestohlen hat, schließlich lag er dann in seinem Arbeitszimmer.«

»Er muss ihn ja nicht selbst gestohlen haben«, sagte Mette.

Magnus Thorhed?, kam Olivia sofort in den Sinn. Der Mann, der immer zur Stelle war? Doch dann wurden ihre Gedanken abgelenkt.

Abbas betrat den Salon.

»Hej.«

Mehr sagte er nicht. Trotzdem dauerte es eine ganze Weile, bevor jemand im Raum reagierte. Aus mehreren Gründen. Zum einen aufgrund seines plötzlichen Erscheinens. Zum anderen wegen seines Aussehens.

»Was ist denn mit dir passiert?«

Eine Frage, die sowohl Mette als auch Olivia mit Fug und Recht hätten stellen können. Aber es war Mette, die sie aussprach. Dafür war es Olivia, die als Erste von ihrem Stuhl aufsprang. Sie eilte zu Abbas und umarmte ihn herzlich. Falls ihm das Schmerzen bereitete, so zeigte er es nicht. Er erwiderte die Umarmung. Hatte sich danach gesehnt. Vielleicht nicht speziell von Olivia, aber einfach von einem Menschen wie ihr. Der ihm etwas bedeutete.

Der lebte.

Stilton und Mette kamen schließlich ebenfalls auf die Beine und begrüßten ihn.

»Und was ist mit *dir* passiert?«

Abbas zeigte auf Mettes Wange, wo neun Stiche zu sehen waren.

»Dazu kommen wir später.«

Stilton holte noch einen Stuhl herbei. Abbas setzte sich.

»Ich komme direkt vom Bahnhof«, sagte er. »Mein Gesicht

könnt ihr vergessen, das kommt wieder ins Lot. Ich bin zusammengeschlagen worden, und meine Nase ist gebrochen.«

»Wer hat dich so zugerichtet?«

Abbas öffnete seinen Trolley und zog eine Plastikhülle heraus. In ihr lag ein Schwarzweißbild.

»Dieser Kerl.«

Olivia schaute sich das Foto als Erste an. Sie sah nur einen schleimigen Typen mit eingeöltem Gesicht.

»Wer ist das?«

»Mickey Leigh. Ein Pornodarsteller.«

Als Stilton das Bild anschaute, sah er etwas ganz anderes, und es versetzte ihm einen leichten Schock. Er sah den Mann, der mit Jackie Berglund durch eine Haustür verschwunden war. Vor zwei Tagen. Hier in Stockholm.

»Das ist der Kerl, der der Stier genannt wird«, erklärte Abbas, wobei er sich an Stilton richtete.

»Das hast du herausgefunden?«

»Ja.«

»Und wie?«

Stilton versuchte Zeit zu gewinnen. Während Abbas berichtete, wie er auf Mickey Leigh gekommen war, ging Stilton verschiedene Alternativen im Kopf durch. Er wusste, was Abbas mit Philippe Martin angestellt hatte, um ihn zum Reden zu bringen, und er konnte sich gut vorstellen, was er mit Jackie Berglund machen würde, um an Mickey Leigh ranzukommen. Jean-Baptiste hatte beide Augen zugedrückt. Das würde Mette nicht tun.

Er musste Abbas im Zaum halten.

Also verzog er keine Miene.

Schwieg.

»Das ist so verdammt frustrierend«, sagte Abbas. »Gerade nachdem ich herausgefunden hatte, wer es war, haben sie mich aus Marseille rausgeschmissen.«

»Wer?«, fragte Mette.

»Die Polizei!«

»Jean-Baptiste?«

»Ja.«

»Vielleicht hatte er seine Gründe dafür«, bemerkte Stilton vorsichtig.

Abbas erwiderte darauf nichts. Er wollte sich mit Tom nicht wegen Jean-Baptiste streiten. Er schob das Foto wieder in die Plastikhülle. Mette beobachtete Stilton. Sie hatte gesehen, dass er reagiert hatte, als er Mickey Leighs Foto sah. Aber warum, das wusste sie nicht. Das würde sie ihn fragen, wenn sie allein waren. Jetzt fragte sie Abbas, was er denn in Marseille zu tun gehabt hatte, abgesehen von dem, was sie bereits von Jean-Baptiste gehört hatte. Abbas gab ihr eine kurze Zusammenfassung, wobei er die Episode mit Martin aussparte. Als er fertig war, wollte er gehen.

»Ich kann dich mitnehmen und bei dir vorbeifahren«, sagte Olivia.

»Danke.«

Olivia und Abbas verließen den Salon.

Stilton folgte ihnen aufs Deck und schaute ihnen nach, als sie davonfuhren.

Er wollte sicher sein, dass sie weg waren.

Als er zurückging, um Mette in das einzuweihen, was er Abbas gegenüber verschwiegen hatte, sagte diese, bevor er dazu kam:

»Du kennst den Mann auf dem Foto. Mickey Leigh.«

»Ja. Er ist in Stockholm. Hängt bei Jackie Berglund rum. Ich habe ihn vor kurzem vor ihrer Wohnung gesehen.«

»Und warum wolltest du Abbas nichts davon sagen?«

»Du hast doch selbst gesehen, wie er aussieht, oder?«

Mette verstand. Schließlich kannte sie auch Abbas gut.

»Was meinst du, wird nach diesem Mickey in Frankreich gefahndet?«, fragte sie.

»Das kann ich rauskriegen.«

Stilton rief Jean-Baptiste an. Nach Mickey Leigh wurde gefahndet. Er wurde gesucht wegen gefährlicher Körperverletzung und des Verdachts auf Beteiligung an einem Mord und der Zerstückelung der Leiche. Die französische Polizei hatte gerade via Interpol die Fahndung rausgeschickt, nachdem sie erfahren hatte, dass Mickey Leigh das Land verlassen hatte.

»Er ist in Stockholm«, sagte Stilton, »ich habe Mette Olsäter darüber informiert.«

»Gut«, erwiderte Jean-Baptiste. »Bitte sie, mit uns in Kontakt zu bleiben.«

Stilton drückte die rote Taste. Mette hatte den Inhalt des Gesprächs verstanden und ihr eigenes Handy herausgeholt. Sie rief Bosse Thyrén an und ordnete eine Überwachung von Jackie Berglunds Wohnung an.

»Das Foto von dem Kerl findet ihr bei Interpol«, sagte sie.

»Okay!«, sagte Bosse, »ach, übrigens …«

»Ja?«

»Die DNA von Gabriella Forsman und Clas Hall stimmen nicht überein.«

»Dann wissen wir das auch.«

Mette legte auf und schaute Stilton an. Er sah verkniffen aus, spürte, wie das ganze Marseiller Abenteuer plötzlich nach Stockholm umgezogen war.

Und das fühlte sich nicht gut an.

*

Ovette Andersson hatte nicht viele Freunde in ihrem Bekanntschaftskreis. Freunde, auf die sie sich verlassen konnte. Ihre Arbeitskollegen waren halt Arbeitskollegen, und die Freunde aus der Vergangenheit waren tot, zumindest die meisten.

Aber sie hatte Minken, den Nerz.

Ihre Beziehung hatte eine lange Geschichte, sie waren im selben Vorort aufgewachsen, in Kärrtorp. Und es war der Nerz, an den sie sich gewandt hatte, als ihr Sohn Acke im vergangenen Jahr auf die schiefe Bahn geraten war, und es war der Nerz, an den sie sich auch jetzt wandte.

»Hat er dich bedroht?«

Der Nerz sah aufrichtig erschüttert aus. Nicht, dass er eine besonders hohe Meinung von der allgemein herrschenden Moral bei der Polizei hatte, das hätte nicht seiner allgemeinen Ansicht über die Welt entsprochen, aber dass ein ziemlich hochgestellter Kriminalkommissar sich persönlich die Mühe machte, eine alleinstehende Frau zu bedrohen, das ließ auch ihn nicht kalt.

»Ja«, sagte Ovette. »Er war ziemlich unangenehm.«

Sie hatten sich in einer kleinen Querstraße zur Hornsgatan getroffen. Ovette hatte den Treffpunkt vorgeschlagen, geschützt vor Blicken und vorbeifahrenden Autos. Sie hatte Angst, ihre roten Augen deuteten auf eine schlaflose Nacht hin.

»Gestern stand er vor meiner Tür«, sagte sie.

»Und was wollte er?«

»Er wollte wissen, ob ich Kontakt zu Tom Stilton habe. Ne, habe ich gesagt, aber er hat mir nicht geglaubt. Zum Schluss hat er mich in eine dunkle Ecke gezerrt und mir gesagt, was er mit mir und Acke tun will, wenn ich irgendwas über seine Sexgeschäfte Stilton gegenüber erwähne.«

Ovette schluckte ein paar Mal, und der Nerz sah, dass ihr die Tränen in die Augen traten.

»Und was will er mit euch tun?«, fragte er.

»Sich um uns kümmern.«

»Okay. Und dabei handelt es sich wahrscheinlich nicht um eine Charterreise nach Mallorca oder dass er euch eine neue Wohnung kaufen will.«

»Nein. Er hatte ganz finstere Augen.«

»Dieses Schwein.«

Ovette schluckte wieder, und der Nerz sah, wie zerbrechlich sie war. Er legte den Arm um sie. Wenn die Welt im Dezember untergeht, dann spielte es wohl keine große Rolle mehr, womit dieser Bulle drohte, aber gleichzeitig dachte er an Stiltons Worte: Wenn man bis dahin noch etwas Gutes tun kann, dann könnte es sich vielleicht lohnen.

»Ich denke, du solltest noch einmal mit Stilton reden«, sagte er.

»Warum?«

»Weil er ein verdammt kluger Mann ist. Und außerdem dieses Schwein Forss kennt. Vielleicht kann er eine Art Schutz für dich organisieren oder so. Er kennt Acke doch auch, oder?«

Ovette gab keine Antwort. Sie ging los, mit Minkens Arm um die Schulter. Da er fast Zwergengröße hatte und Ovette ziemlich groß war, schwankte das Paar ein wenig.

Aber das war ihnen vollkommen gleich.

*

Mette war gerade in ihrem Arbeitszimmer beim Landeskriminalamt angekommen, als das Gespräch einging. Von einem der Überwacher von Jackie Berglunds Wohnung. Sie hatten soeben gesehen, wie Berglund ins Haus gegangen war, in Gesellschaft des international gesuchten Mickey Leigh.

Mette reagierte prompt.

Etwas zu prompt für jemanden, der einen leichteren Herzinfarkt hinter sich hatte.

Aber das verdrängte sie.

Sofort schickte sie Bosse Thyrén und Lisa Hedqvist zu Berglunds Adresse in der Norr Mälarstrand. Mit Verstärkung.

»Er wird wegen brutaler Körperverletzung in Marseille gesucht. Eventuell hat er auch eine Frau ermordet und zerstückelt.«

Bosse und Lisa nahmen Mettes Worte zu Mickey Leigh natürlich sehr ernst. Zusammen mit einem Mannschaftswagen fuhren sie zu der angegebenen Adresse. Hätten sie das nicht getan, wären sie nur in ihrem zivilen Dienstwagen angekommen, sie wären möglicherweise nicht entdeckt worden. Aber so ein Mannschaftswagen ist auf einer offenen Straße wie der Norr Mälarstrand nur schwer zu übersehen. Jackie sah ihn direkt von ihrem Fenster aus. Nachdem sie Stilton vor ein paar Tagen unten auf der Straße entdeckt hatte, ging sie mehrmals am Tag mehr oder weniger bewusst am Fenster vorbei.

Bei ihr hatte sich eine Art Verfolgungswahn entwickelt.

Der Mannschaftswagen bremste gerade erst vor ihrer Haustür, da hatte sie ihn schon entdeckt.

»Die Bullen kommen.«

Es war eigentlich nur eine Feststellung. Die Beamten mussten es ja nicht auf sie abgesehen haben, aber das Risiko bestand. Was sie wollten, davon hatte sie keine Ahnung, sie fühlte sich nicht besonders nervös.

Im Gegensatz zu Mickey Leigh.

Er lief sofort zum Fenster, um gerade noch mitzubekommen, wie uniformierte Polizeibeamte aufs Haus zuliefen.

»Gibt es einen Hinterausgang?«, fragte er.

»Wieso? Was ist denn los? Warum glaubst du, dass …«

»Ein Hinterausgang?«

Den gab es. Ohne recht zu verstehen, worum es eigentlich ging, nur, dass es eilig war, lief sie durch die Wohnung zur Küchentür, die zum Hof hinunter führte, dicht gefolgt von Mickey. Dieser verschwand genau in dem Moment, als es an der Haustür klingelte. Jackie überlegte, ob sie öffnen sollte. Das Überfallkommando? Dann würden sie wohl die Tür einschlagen, wenn sie nicht öffnete. Sie wartete noch eine Minute ab, um Mickey die Chance zu geben, einen Vorsprung zu haben.

Dann öffnete sie.

»Jackie Berglund?«

Es war Lisa, die diese Frage stellte, während sie gleichzeitig ihren Dienstausweis hochhielt. Bosse und einige Uniformierte standen dicht hinter ihr.

»Ja?«

»Wir sind vom Landeskriminalamt. Wir suchen Mickey Leigh.«

»Wer soll das sein?«

Lisa zog das Foto von Mickey Leigh heraus.

»Interpol fahndet nach ihm. Vor kurzem ist er zusammen mit Ihnen hier ins Haus gegangen. Ist er in der Wohnung?«

»Nein.«

»Davon möchten wir uns gern selbst überzeugen.«

Jackie trat zur Seite. Mit keiner Miene verriet sie, was sie dachte. Gesucht von Interpol? Hat er sich bei mir versteckt? Ist er deshalb ohne Vorwarnung aufgetaucht? Dieses verdammte Schwein!

Lisa ließ die uniformierten Beamten in die Wohnung vorgehen. Sie selbst blieb mit Bosse bei Jackie auf dem Flur stehen.

»Wohnt er bei Ihnen?«, fragte Bosse.

»Der Mann auf dem Foto, den kenne ich nicht als … wie hieß er noch?«

»Mickey Leigh.«

»Er ist zufällig zu Besuch in Stockholm, wir sind flüchtige Bekannte, ich hatte keine Ahnung, dass nach ihm gefahndet wird.«

»Aber er hat hier gewohnt?«

»Nein.«

Ein Polizist kam zurück auf den Flur und informierte sie darüber, dass es eine Hintertür gab und der Gesuchte vermutlich durch sie entkommen war. Einige Beamte waren ihm bereits auf den Fersen.

»Wem gehört die?«

Lisa zeigte auf eine braune Reisetasche, die im Flur stand. Ein kleines Namensschild aus Leder hing an ihr.

»Das ist seine«, sagte Jackie.

»Dann nehmen wir sie mit. Und Sie kommen bitte auch mit aufs Präsidium.«

»Warum das?«

Lisa gab keine Antwort.

*

Stilton saß in seiner Kajüte und versuchte seine Gedanken zu ordnen. Sein Gehirn hatte mehrere Jahre lang brachgelegen, und jetzt wurde es ununterbrochen von Eindrücken und Informationen bombardiert – seit Abbas aufs Boot gekommen war und ihn aufgefordert hatte, mit nach Marseille zu fahren. Er versuchte das zu ordnen, was seither passiert war. Da gab es gute Dinge, wie der wiederhergestellte Kontakt zu Olivia. Worüber er unglaublich froh war. Da war Claudette, auch diese Begegnung gehörte auf die Plusseite. Das Hausboot und Luna? Er schielte zu dem ausgestopften Vogel hinüber. Doch, das war auch gut.

Aber dann gab es die weniger guten Sachen.

Borells Mordversuch an Olivia und die Begegnung mit Forss in einem Vernehmungszimmer gehörten dazu. Obwohl das erschrockene Aufblitzen in Forss' Augen, als Stilton seine alten Sexkontakte erwähnt hatte, schon als halbes Plus anzusehen war.

Abbas' Misshandlung war nicht gut.

Dass Mickey Leigh in Stockholm aufgetaucht war, das war definitiv nicht gut.

Oder vielleicht ja doch. Vielleicht konnte das Jackie Berglund in eine heikle Lage bringen. Und das gehörte dann definitiv auf die Plusseite.

Was für ihn persönlich das Negativste war, das war Olivias

Nachricht gerade. Sie hatte ihr altes Material über Berglund durchgesehen und keine Prostituierte gefunden, die zu den Zeiten von Forss' Sexkäufen aktuell gewesen sein könnte.

Die einzige kleine Hoffnung, die er noch gehabt hatte, um Rune Forss festzunageln.

Doch dabei hatte er nicht an den Nerz gedacht.

Den kleinen Angeber und Nudistenliebhaber.

Der rief Stilton mitten in der verzwickten Inventur seines momentanen Lebens an.

»Ich glaube, du solltest noch einmal mit Ovette reden«, sagte er.

»Warum das?«

Als der Nerz ihm erzählte, wie Forss am vorigen Abend Druck auf Ovette ausgeübt hatte, spürte Stilton, wie das Fass zum Überlaufen kam. Sowohl auf der Plus- als auch auf der Minusseite. Minus, weil er Mitleid mit Ovette hatte und mit Acke. Plus, weil ihm das vielleicht wieder eine Tür öffnete.

Zu Ovette.

Vielleicht.

Gerade als er auflegen wollte, sagte der Nerz:

»Früher kriegte man für diese Art von Job ein Trinkgeld, vielleicht erinnerst du dich noch?«

»Ja. Was willst du haben?«

»Einen Esel.«

Minken legte auf. Stilton schaute auf sein Handy. Einen Esel? Er wusste, dass Minken gern mal von der einen oder anderen verbotenen Frucht naschte, vielleicht war er ja angeturnt? Oder war das ein neues Codewort, das er noch nicht kannte? Schließlich war er schon eine ganze Weile nicht mehr auf den Straßen unterwegs gewesen.

*

Jackie wurde von Lisa und Bosse über ihre Beziehung zu Mickey Leigh befragt. Ganz offensichtlich war er in ihrer Wohnung gewesen. Seine Reisetasche stand dort. Aber da sie eindeutig nicht wusste, dass er gesucht wurde, fiel es ihr nicht schwer, die meisten Fragen zu parieren. Sie hatte ihn in gutem Glauben hereingelassen. Hatte nichts von irgendwelchen Gesprächen gehört, die er mit anderen geführt hatte. Sie wusste nicht einmal, ob er ein Handy besaß.

Das war gelogen.

Dagegen wusste sie wirklich nicht, wohin er gegangen war oder ob er noch andere Menschen in Stockholm kannte.

»Keine Ahnung.«

Aber sobald sie das Polizeigebäude verlassen hatte, rief sie ihn an. Wutschnaubend. Und erklärte ihm, dass er nie wieder seinen Fuß in ihre Wohnung zu setzen brauchte.

»Begreifst du eigentlich, in was du mich da mit reingezogen hast, du verdammter Idiot!«

Das war Mickey Leigh schon klar.

»Nur noch eine Frage«, sagte er, »dann bist du mich los. Dieser Typ, der da unten auf der Straße vor deiner Wohnung stand, wo erwische ich den?«

»Fahr zur Hölle!«

Jackie legte auf.

Ende einer wunderbaren Lüge.

*

Olivia fuhr Abbas nach Hause in die Dalagatan. Sie hoffte, er würde sie zu einer Tasse Tee hochbitten, aber er gab ihr nur einen Kuss auf die Wange und stieg aus.

Er schien vollkommen erledigt zu sein.

Auf dem Rückweg dachte sie über den Moschusmann mit dem Pferdeschwanz nach.

Magnus Thorhed.

Der Mann, der im Haus herumgeschlichen war, als sie das erste Mal bei Borell zu Besuch gewesen war, der rauchend in der Bar gesessen hatte, ohne sich umzudrehen, als sie ging.

Der Mann, der mitten in der Nacht ganz plötzlich am Tatort erschienen war.

Bei dem Gedanken an Thorhed spürte sie ein instinktives Unbehagen. Er hatte etwas Schmieriges, Berechnendes an sich, das sie nicht richtig fassen konnte. Also rief sie Stilton an.

»Du, der Wagen, der euch im Wald entgegenkam, auf dem Weg von Borell, hast du gesehen, welche Marke das war?«

»Ein BMW.«

»Dunkelblau?«

»Vielleicht, das weiß ich nicht, es ging so verdammt schnell. Warum fragst du?«

Olivia beendete das Gespräch. Ein BMW? Der Wagen vor Borells Zaun, als sie das erste Mal dort gewesen war, war das Thorheds gewesen und gar nicht Borells? Wenn er es nun war, der am Mordabend in der Nähe von Sahlmanns Haus gewesen war?

Sobald sie an einer roten Ampel halten musste, rief sie Alex an. Sie wollte ihn einiges fragen, aber er saß mitten in einer wichtigen Konferenz und flüsterte nur:

»Komm heute Abend zu mir nach Hause.«

»Können wir uns nicht im Kristallen sehen?«

»Da wirst du nur wieder betrunken.«

Womit er recht haben könnte.

Also hörte Olivia selbst, wie sie mit Alex abmachte, wann sie kommen würde. In seine Wohnung. Einen Ort, an den zurückzukehren sie sich vor zehn Sekunden nicht im Traum hatte vorstellen können.

Aber jetzt konnte sie es.

*

Die braune Reisetasche war in Mettes Büro gestellt worden. Auf ihre Anweisung hin. Sie fühlte sich persönlich verantwortlich für das, was in Bezug auf Mickey Leigh momentan geschah. Sie hatte Abbas' Bericht gehört.

Bosse und Lisa kümmerten sich um das Verhör von Jackie Berglund. Mette um die Reisetasche.

Sie zog ein Paar Gummihandschuhe über und öffnete die Tasche.

Was immer sie erwartet hatte, es lag Lichtjahre entfernt von dem, was sie zu sehen bekam. Unten auf dem Boden lag Kleidung. Auf der Kleidung lagen zwei Laptops. Der eine war ein silbergrauer PC. Der andere befand sich in einer Tasche aus gepresstem Kork.

Sie setzte sich an ihren Schreibtisch. Eine Korktasche? Die Gedanken wirbelten ihr durch den Kopf. Sie ließ es zu. Momentan bekam sie sie sowieso nicht in den Griff.

Zum Schluss nahm sie die Korktasche heraus, öffnete sie und zog ein MacBook Pro hervor. Als sie es aufklappte, sah sie das kleine rosa Herz. Sandras Aufkleber.

Es war also Bengt Sahlmanns Laptop. Der zuerst beim Mord an Sahlmann gestohlen worden war und dann beim Mord an Jean Borell. Jetzt lag er in einer Reisetasche, die einem polizeilich gesuchten englischen Pornodarsteller gehörte.

Mickey Leigh.

Mettes analytische Fähigkeiten waren beim Landeskriminalamt geradezu legendär. Sie hatten ihr den Ruf beschert, zu den besten Mordermittlern Schwedens zu gehören, und das schon seit Jahren. Aber jetzt lief es irgendwie schief, schon seit einer ganzen Weile, nur elementare Fragen kamen ihr in den Sinn.

War es Mickey Leigh, der Jean Borell ermordet hatte? War er auch der Mörder von Bengt Sahlmann? Aber zu dem Zeitpunkt war er doch noch in Marseille gewesen, oder nicht? Und warum sollte er ihn ermordet haben?

Dann begann endlich das analytische Denken Kontrolle über diese Zentrifuge zu gewinnen.

Wenn es Mickey Leigh gewesen war, der Sahlmann ermordet und seinen Laptop gestohlen hatte, dann hätte dieser sich ja wohl nicht in Borells Büro befunden. Was nachweislich der Fall gewesen war, als Olivia dort war. Dann hätte er zu diesem Zeitpunkt in der Reisetasche liegen müssen.

Da betraten Bosse und Lisa Mettes Zimmer.

»Lag der in der Reisetasche?«, fragte Bosse und zeigte auf den Laptop.

»Ja.«

Lisa entdeckte die Laptoptasche, die daneben lag.

»Ist das Sahlmanns?«

»Ja.«

Mette war sofort klar, wohin diese Fragen führen würden.

»Hat Mickey Leigh den bei Sahlmann gestohlen?«, fragte Bosse weiter.

»Hat er Sahlmann ermordet?«, ergänzte Lisa.

»Das glaube ich nicht«, antwortete Mette. »Vermutlich war er zu dem Zeitpunkt noch in Marseille.«

»Aber wie ist er dann an den Laptop gekommen?«, wollte Bosse wissen.

Mette schaute ihre beiden tüchtigen Ermittler an. Sie hatte absolutes Vertrauen in sie. Und sie wusste, dieses Vertrauen beruhte auf Gegenseitigkeit.

Aber in wenigen Minuten würde es in Frage gestellt werden.

»Ich glaube, Mickey Leigh hat die Tasche bei Jean Borell gestohlen«, sagte sie.

»Warum glaubst du das?«

»Weil sie sich kurz vor seiner Ermordung in Borells Büro befunden hat.«

»Und woher weißt du das?«, bohrte Bosse weiter.

Jetzt war Mette gezwungen, die Karten auf den Tisch zu legen.

»Weil Olivia mir gesagt hat, dass sie dort war.«

Welches Vertrauenskapital sie in diesem Moment verspielte, konnte Mette nicht abschätzen, aber sicher kein kleines.

Als sie fertig war mit ihrem Bericht über Olivias Einbruch bei Borell, den Mordversuch und wie sie selbst ganz bewusst ihre Mitarbeiter nicht darüber informiert hatte, blieb es eine ganze Weile still.

»Die arme Olivia.«

Es war Bosse, der das sagte. Vermutlich war auch Lisa dieser Meinung. Beide kannten Olivia. Beide wussten auch Bescheid über Mettes engen Kontakt zu ihr.

Und beide verstanden sie.

Und reagierten professionell.

»Dieser Mickey Leigh hat sich also im Haus befunden, als Borell ermordet wurde?«, fragte Lisa.

»Der geraubte Laptop deutet darauf hin.«

»Und kann er Borell dann auch ermordet haben?«

»Das ist wohl ziemlich naheliegend.«

Lisa setzte sich auf die Tischkante und schüttelte leicht den Kopf.

»Warum sollte ein englischer Pornodarsteller aus Marseille hierher reisen, um Jean Borell umzubringen?«

»Vielleicht ist er ein Geldeintreiber?«, bemerkte Bosse.

»Vielleicht«, nickte Mette.

»Aber in wessen Auftrag hat er dann Borell erschossen?«

»Keine Ahnung. Die Computerfreaks sollen die Laptops durchsehen, vielleicht finden wir darauf eine Antwort.«

Mette nahm ihr Handy in die Hand.

*

Olivia hatte beschlossen, es langsam angehen zu lassen, ganz entspannt. Als sie sich das letzte Mal von Alex verabschiedet hatte, war sie ziemlich bissig gewesen, und danach hatte sie nie auf seine Anrufe reagiert. Aber dieses Mal brauchte sie ihn in einer ganz anderen Funktion als beim letzten Mal. Außerdem mochte sie ihn. Es war ja nicht sein Fehler gewesen, dass sie in seinem Bett gelandet waren. Sondern ihrer. Und ein Fehler war es eigentlich auch nicht wirklich gewesen, obwohl sie ziemlich betrunken gewesen war – der Sex war schön gewesen.

Aber jetzt war sie nüchtern.

Und lehnte dankend ab, als er ihr einen Drink anbot. Nur das Spielchen nicht wiederholen.

»Aber ich nehme gern eine Cola, wenn du hast.«

»Natürlich.«

Alex holte ihr eine Cola aus dem Kühlschrank und mixte sich selbst einen Drink. Er erklärte, dass er den jetzt bräuchte. In der Redaktion war es hoch hergegangen, es ging um eine Klimakonferenz in Doha, die ziemlich erschütternde Informationen über den Grad der globalen Erwärmung präsentiert hatte.

Olivia hörte nur mit halbem Ohr zu. Aber sie hörte zu. Und lächelte ab und zu. Als er mit seinem Bericht fertig war, zündete er einige Teelichter an. Sie saßen im Halbdunkel am Küchentisch in dem großen Loft. Alex strömte einen schwachen Duft nach Herrenparfüm aus. Olivia entdeckte ein Paket Zigarillos am Tischende. Sie nickte dorthin.

»Klappt es nicht mit dem Nikotinkaugummi?«

»Doch. Aber manchmal rauche ich heimlich. Du hast irgendwelche Fragen?«

»Ja. Und es war schön beim letzten Mal.«

Alex wusste nicht so recht, wie er diese Worte deuten sollte. Was war schön? Der ganze Besuch? Oder versuchte sie damit ihre schlechte Laune am Morgen danach zu überdecken?

»Ja, fand ich auch.«

Dann wartete er ab. Er wusste, sie wollte etwas von ihm, und dieses Mal ging es um etwas anderes als beim letzten Mal. Sie hatte ungefähr den gleichen Blick wie damals, als sie zum ersten Mal in die Redaktion gekommen war. Worauf war sie aus?

»Magnus Thorhed«, sagte Olivia.

»Was ist mit dem?«

»Kennst du ihn?«

»Nein.«

»Aber du weißt, wer das ist?«

»Das ist Jeans persönlicher Arschlecker.«

»Bist du ihm schon mal begegnet?«

»Ja.«

»War er mit bei dem Essen, als Bengt seinen Wutausbruch hatte?«

»Ja.«

Worauf wollte sie hinaus?

»Weißt du, ob er Bengt persönlich kannte?«, fragte sie weiter.

»Ich glaube schon. Über Jean. Aber jetzt bin ich dran.«

»Womit?«

»Mit Fragen. Erstens. Warum interessierst du dich für Thorhed?«

»Er duftet nach Moschus.«

»Olivia.«

»Er fährt einen blauen BMW. Sandra hat so einen Wagen in der Nähe des Hauses gesehen, als Bengt ermordet wurde.«

»Interessant.«

»Finde ich auch. Weitere Fragen?«

»Ja.«

Alex zog das kleine Päckchen zu sich heran und zündete sich einen Zigarillo an. Den Rauch stieß er zur Seite hin aus. Nach zwei Zügen kam die nächste Frage.

»Weißt du, wie die Ermittlungen laufen?«

»Was die Morde betrifft?«

»Ja.«

»Wieso sollte ich?«

»Ich habe das Gefühl, dass du so deine Fäden gesponnen hast, oder?«

»Kann sein.«

»Haben die Morde etwas miteinander zu tun?«

»Das weiß ich nicht.«

»Du klingst aber so.«

»Wieso?«

»Weil du Interesse an Thorhed hast. Und der ist das Verbindungsglied zwischen Jean und Bengt. Die beide ermordet wurden.«

Olivia erwiderte nichts.

»Hat man schon einen Verdächtigen?«, fragte Alex.

»Das weiß ich nicht.«

»Das weißt du nicht, oder das willst du nicht sagen?«

Plötzlich schlug Alex eine härtere Tonlage an. Olivia registrierte das. Eines der Teelichter erlosch. Sie sah Alex' Gesicht im Dunkel hinter dem anderen Licht. Er hielt das Zigarillo vor sich. Jetzt war sie diejenige, die sich fragte: Worauf wollte er hinaus? War es der Journalist, der hier fragte?

»Glaubst du, ich lüge?«

»Alle lügen, wenn es sein muss.«

»Du auch?«

»Ich auch. Willst du noch eine Cola?«

»Nein, danke.«

Olivia stand auf. Sie wollte weg, hatte erfahren, was sie wissen wollte, wollte das Gespräch nicht weiter fortsetzen. Sie zog ihre Jacke an.

»Willst du schon gehen?«

»Ja.«

»Hören wir wieder voneinander?«

»Gern. Ruf an.«

»Das habe ich schon gemacht.«

Olivia winkte ihm zu.

»Ich finde schon allein raus.«

Alex stand im Halbdunkel auf und drückte sein Zigarillo aus. Olivia ging auf die Tür zu, von der sie wusste, dass sie nach draußen führte. Alex ging ein Stück hinter ihr. Sie drehte sich nicht um. Als sie an der Wohnungstür angekommen war, hörte sie, wie das riesige Loft hinter ihr mit ohrenbetäubend lauter klassischer Musik erfüllt wurde.

Sie taumelte auf die Straße und lehnte sich gegen die Hausfassade. Sie fühlte sich müde und schwer. Ein nasser Hund tapste allein auf der anderen Straßenseite entlang. Es war kein Besitzer zu sehen. Als der Hund um die Ecke verschwunden war, zog sie ihr Handy heraus und rief Ove Gardman an. Ganz intuitiv. Er nahm nicht ab. Als das Piepsen erklang, wusste sie nicht, was sie sagen sollte, legte auf.

»Ich sehne mich nach dir«, hätte sie sagen können.

*

Abbas saß in seiner Wohnung, er fühlte sich leer. Die lange Zugreise saß ihm immer noch in den Knochen, aber müde war er nicht. Es war schön gewesen, alle auf dem Leichter wiederzutreffen, jetzt war er wieder allein.

Die Reise nach Marseille war beendet.

Was sie möglicherweise gebracht hatte, daran wollte er gar nicht denken. Er versuchte, Samira aus seinen Gedanken zu drängen. Es blieb ihm nichts anderes übrig. Er war gezwungen, sich wieder in den Alltag zu begeben.

Wie immer der auch aussehen würde.

Auf der Heimfahrt im Zug hatte er dagesessen mit Samiras Kette in der Hand, sie wie einen Rosenkranz zwischen den Fingern entlanglaufen lassen und gegrübelt. Über sich selbst. Über seine Reaktion, als er vom Mord an Samira erfahren hatte. Warum hatte er so unglaublich heftig reagiert? Sie hatten sich geliebt, voller Leidenschaft, aber es war nur eine kurze Periode gewesen, und sie war schon Ewigkeiten her. Dann war Jean Villon gestorben, und er hatte ihr ein paar Briefe geschrieben, ohne jemals eine Antwort zu erhalten.

Und dann?

Er war nie nach Frankreich gefahren, um sie zu treffen. Warum hatte er das nie getan? Wenn sie ihm doch so viel bedeutet hatte? Er fand selbst keine Antwort auf diese Frage. Dann hatte er vom Mord erfahren, und etwas war in ihm explodiert, tief in seinem Inneren, ungebremst, und er hatte nur noch reagiert und gehandelt. Jetzt konnte er nicht mehr sagen, warum eigentlich genau. Jetzt war alles zu Ende.

Was die Leere nur anwachsen ließ.

Er stellte den Koffer ins Schlafzimmer, nahm das große Zirkusplakat von der Wand, rollte es zusammen und stellte es in einen Schrank. Dort, wo es gehangen hatte, war die Wand viel weißer. Sie musste gestrichen werden. Er verließ das Haus, um Farbe zu kaufen.

Als er auf der Straße stand, wusste er nicht, in welche Richtung er gehen sollte. Ein Farbengeschäft? Er lief in der Abenddämmerung Richtung Odenplan. Kein Regen, nur Windböen zwischen den Häusern.

Neu streichen? Warum musste er das unbedingt heute Abend tun? Er kehrte um und ging Richtung Valhallavägen. Er konnte auch morgen noch streichen. Wohin sollte er gehen? Zum ersten Mal überhaupt wollte er nicht zurück in seine Wohnung. An den Ort, auf den er sich normalerweise freute. Die Stille. Die Bücher. Die Ruhe. Jetzt wollte er nicht dorthin. Noch nicht. Und Stilton wollte er auch nicht anrufen. Oder die Olsäters. Dazu war er nicht in der Lage. Zu reden. Als er den Valhallavägen erreichte, sah er an einer Litfaßsäule ein Plakat. Ein Zirkusplakat. Nicht so eines, wie er es gerade erst abgenommen hatte. Ein einfacheres, moderneres. Hässlicheres.

CIRKUS BRILLOS.

Die Abendvorstellung begann um acht Uhr, unten bei den Tennishallen am Lidingövägen. Abbas schaute auf die Uhr. Es war kurz nach acht.

Zirkus?

Er war nicht mehr im Zirkus gewesen, seit er vor Millionen von Jahren durch die Pforten des Cirque Gruss in Marseille marschiert war.

Zwanzig Minuten später hatte er den Zirkus erreicht. Das Mädchen hinter dem Kartenschalter sagte, die Vorstellung habe schon vor einer halben Stunde angefangen. Abbas kaufte sich trotzdem eine Karte und trat ins Zelt. Er setzte sich auf eine Holzbank ganz oben. In der Manege wurde gerade eine Akrobatennummer gezeigt. Er musste an Marie denken.

Die Schlangenfrau.

Das hier kam nicht einmal in ihre Nähe.

Er schaute das Publikum an. Es war gefesselt von dem, was da unten vor sich ging. Er schaute nach oben, musterte die Konstruktion des Zelts. Es war aus Stahl errichtet, ungefähr die gleiche Konstruktion wie beim Cirque Gruss. Als ein Clown in die Manege trat, spürte er, wie sich sein Magen zusammenzog. Der Zwerg Pujol. Was war aus ihm geworden? Wusste er, was mit Samira passiert war? Der Zwerg hatte Samira auch geliebt, aber heimlich, das hatte er Abbas in einer Nacht gestanden, als er ziemlich betrunken gewesen war.

Lebte Pujol noch?

Abbas merkte, wie komplizierte Dinge in seinen Gedanken auftauchten. Erinnerungen. Stimmen. Gerüchte. Fetzen von Gelächter und Tränen. Zirkusleben. Er wollte gerade aufstehen, als die nächste Nummer angesagt wurde.

Messerwerfen.

Auf eine drehende Scheibe.

Er ließ sich wieder auf die Holzbank sinken. Ein kleiner

Junge vor ihm wedelte mit einer großen Zuckerwatte. Sie versperrte ihm teilweise die Sicht. Abbas lehnte sich zur Seite, als das Licht erlosch. Der Messerwerfer war eine Frau. Ihren Namen verstand Abbas nicht. Ihr target boy wurde auf der Scheibe festgeschnallt. Er sah sehr jung aus. Die Trommelwirbel ertönten, während die Scheibe anfing, sich zu drehen. Abbas spürte, wie angespannt er war.

Sein ganzer Körper war wie erstarrt.

Als das erste Messer dort auftraf, wo es auftreffen sollte, stand er auf und ging.

Auf dem Weg nach draußen hörte er die Schreie des Publikums bei jedem neuen Messer, das neben dem Körper des Jungen landete.

Er bereute es, hergegangen zu sein.

*

Sie saßen in Ovettes Küche. Acke und sie lebten in einer Zweizimmerwohnung in Flemingsberg. Acke war gerade eingeschlafen. Stilton hatte solange gewartet, er wollte nicht mit Ovette über diese Dinge reden, solange Acke noch auf war. Er wartete, bis Ovette aus dem Schlafzimmer zurückkam.

»Möchtest du etwas trinken?«, fragte sie ihn.

»Was hast du denn?«

»Wasser und Wein aus dem Karton. Weiß.«

»Gern ein bisschen Wasser.«

Ovette goss Wasser in zwei Gläser und stellte sie auf den Tisch. Stilton senkte seine Stimme.

»Womit hat er dir gedroht?«, fragte er.

»Er hat gesagt, dass er sich um uns kümmern würde.«

»Und du hattest das Gefühl, dass er es auch so gemeint hat?«

»Ja. Keine Ahnung, was genau er damit meint, aber auf jeden Fall würde es bös für uns ausgehen. Er hatte ganz finstere Augen.«

»Ich vermute, dass du keinen Zeugen für das Gespräch hast.«

»Nein.«

Stilton drehte sein Wasserglas. Er hatte lange über die neue Situation nachgedacht. Auch wenn er Ovette dazu bringen könnte, einem Journalisten von Forss' Sexdeals zu erzählen, war er sich nicht sicher, dass es reichen würde. Forss würde behaupten, dass es sich dabei nur um Hirngespinste einer abgewrackten Nutte handelte. Wenn er es überhaupt kommentieren würde. Gut möglich, dass er nur zum Bowling gehen und die Sache im Sand verlaufen lassen würde.

Und dieses Risiko wollte Stilton nicht eingehen.

Also setzte er an einer anderen Stelle an.

»Als wir das letzte Mal Kaffee getrunken haben, da hast du eine Bemerkung über Acke fallen lassen, die ich nicht ganz verstanden habe«, sagte er.

Ovette schaute zur Schlafzimmertür. Dann trank sie von ihrem Wasser. Stilton wartete ab. Ovette stellte ihr Glas ab.

»Rune Forss ist Ackes Vater.«

Sie sagte es genauso ruhig, wie sie das Wasser getrunken hatte. Ruhig und beherrscht. Stilton hätte fast gefragt: »Bist du dir sicher?« Aber es war klar, dass sie sich dessen sicher war. Warum sonst hätte sie es sagen sollen?

»Weiß er davon?«, fragte er stattdessen.

»Nein.«

»Er hat also seinen eigenen Sohn bedroht?«

»Das kann man so sehen.«

Jetzt musste Stilton erst einmal einen Schluck trinken. Er war bei weitem nicht so ruhig und gefasst. Ovette hatte seinen Verdacht bestätigt. Gut. Das würde ein weiteres Puzzleteil in Rune Forss' Niedergang sein.

Wenn alles so lief, wie er es plante.

Als er zurück zum Schiff kam, lag dieses dunkel da, drinnen wie draußen. Dunkel im Salon und ein leichter Schneefall über Stockholm. Der erste Schnee, dachte er und ging hinunter in seine Kajüte. Er schaltete die kleine Wandlampe an und setzte sich auf die Koje. Der ausgestopfte Vogel schaute ihn mit seinen merkwürdigen toten Augen an. Er lehnte sich gegen die Holzwand. Wieder spürte er die Leistengegend. Ein kleiner Schluck Whisky? Er hatte Luna eine neue Flasche gekauft, die letzte hatte er neulich nachts ja fast geleert. Aber ein Whisky, das hieß Salon, und das bedeutete das Risiko, dass Luna in der Dunkelheit auftauchen würde. Was sie ab und zu tat. Nicht, dass ihm das missfiel, aber nicht heute Abend. Also verzichtete er auf den Whisky und zog sich die Hose aus. Mette hatte ihn auf dem Weg zum Schiff angerufen und von der Jagd auf Mickey Leigh berichtet. Dass er ganz offensichtlich Hals über Kopf aus Jackies Wohnung geflohen war und den Laptop zurückgelassen hatte, den Olivia bei Borell gesehen hatte. Den Laptop des ermordeten Bengt Sahlmann.

Irgendwie passte das alles nicht so recht zusammen.

Aber mit dem Rätsel sollte Mette sich herumschlagen, und sie würde es schon lösen, dessen war er sich sicher.

Trotzdem kam er nicht zur Ruhe.

Möglicherweise hatte sich dieser verdammte Stier fast zur selben Zeit in Borells Wohnung aufgehalten wie er. Möglicherweise hatte er ihn erschossen. Und möglicherweise lief er jetzt frei in der Stadt herum.

Er fragte sich, ob Mette das wohl Abbas erzählt hatte.

Danach hatte er sich nicht erkundigt.

Früher oder später musste er es mit Abbas besprechen. Ihm von Mickey Leigh und Jackie Berglund erzählen. Nicht gerade etwas, worauf er sich freute. Er würde erklären müssen, warum er hinter Abbas' Rücken agiert hatte, nach allem, was sie in

Marseille gemeinsam erlebt hatten. Aber vielleicht würde Abbas es ja verstehen? Meistens war es so, dann sagte er kurz etwas dazu, und damit war die Sache erledigt. Aber vielleicht war es dieses Mal nicht so leicht aus der Welt zu schaffen?

Schließlich ging es um Samira.

Stilton löschte das Licht und ließ sich in die Kissen sinken, als er etwas hörte. Ein kratzendes Geräusch. Er schaltete die Lampe wieder ein. War das Luna? Doch das Geräusch war nicht aus ihrer Richtung gekommen, sondern von oben, vom Deck. Er lauschte. Es war still. Erneut machte er das Licht aus und legte sich in der Dunkelheit für ein paar Sekunden hin. Dann machte er doch wieder Licht und zog sich die Hose an. Er wollte hier nicht herumliegen, sich alles Mögliche einbilden und in etwas hineinsteigern. Bevor er die Kajüte verließ, löschte er das Licht.

Er ging den Gang entlang zur Treppe, die hinauf zum Deck führte. Blieb stehen, lauschte. Nichts. Instinktiv nahm er ein langes, schmales Kantholz mit, das auf einem Regal lag. Hielt es fest in der Hand, während er die Treppe hochging. In der Tür zum Deck blieb er stehen. Draußen war es dunkel. Die Lichter der Stadt erhellten leicht den Himmel, aber der größte Teil des Decks lag im Dunkel. Es hatte aufgehört zu schneien.

Er trat hinaus.

Trotz der Finsternis konnte er die Konturen der Reling erahnen. Außerdem kannte er inzwischen das Deck. Er duckte sich leicht, trat ein Stück vor und schaute von einer Seite zur anderen. Er sah nichts. Niemanden. Also richtete er sich wieder auf und lauschte erneut. Das Einzige, was zu hören war, war das Rauschen des weit entfernten Straßenverkehrs. Er drehte sich um, wollte zurück. Doch gerade als er wieder nach unten wollte, hielt er inne. Reagierte auf das, was er links von der Treppe sah.

Spuren.

Fußspuren.

In dem leichten weißen Neuschnee.

Große Fußspuren, die zur Treppe hinführten und dann wieder zurück zur Gangway. Stilton schritt darauf zu und schaute hinunter auf den Kai. Es war leer. Ein paar Autos standen ein Stück entfernt. Alle ohne Licht. Er folgte den Fußspuren zurück zur Treppe. Derjenige, dem sie gehörten, war auf dem Weg hinunter gewesen und dann aber wieder umgekehrt. Weil er ihn gehört hatte? Aber wie war er wieder von Bord gekommen? Stilton nahm an, dass es sich um einen Mann handelte. Bei Fußspuren von der Größe.

Aber von wem?

Mickey Leigh, der kam ihm als Erster in den Sinn. Aber woher sollte dieser wissen, wo er sich aufhielt? Wusste es Jackie Berglund? Wieso sollte sie es wissen? Und warum sollte er ihn aufsuchen? Hatte er ihn bei Borell gesehen? Glaubte er, er hätte ihn gesehen?

Stilton stellte sich noch diverse weitergehende Fragen, während er hinunter zum Salon ging. Jetzt brauchte er doch einen Whisky. In der Dunkelheit, in aller Ruhe, er konnte jetzt sowieso nicht schlafen.

Für eine ganze Weile nicht.

Er hatte sich gerade einen kleinen Schluck eingeschenkt, als er hinter sich schlurfende Schritte vernahm. Er zuckte zusammen und drehte sich um. Es war Luna. Sie trat ins Mondlicht, das durch die Bullaugen hereinfiel, in einem gelben Nachthemd mit Trägern.

»Hattest du Albträume?«, fragte sie, leise, als hätten die Situation und das Dunkel ihre Stimme gedämpft.

»Ja, ich musste mir einen einschenken. Ich werde neuen besorgen.«

»Kein Problem.«

Luna nahm sich eine Decke und setzte sich auf die Sitzbank,

ein Stück von Stilton entfernt. Gerade als sie sich die Decke um die Schultern wickeln wollte, sah Stilton es. Das Tattoo, das von ihrem Hals bis auf eine Schulter hinunterlief. Einen Teil davon hatte er schon früher gesehen, oben an ihrem Hals. Aber jetzt sah er die ganze Tätowierung und zuckte leicht zusammen. Er hatte sie schon früher einmal gesehen oder zumindest eine ähnliche, konnte sich aber nicht mehr erinnern, wo. Sie war sehr speziell.

»Willst du auch einen Schluck?«

Stilton hielt die Whiskyflasche hoch.

»Nein, danke. Ich muss früh raus.«

»Friedhof?«

»Nein.«

Mehr sagte sie nicht.

Lisa Hedqvist rieb sich die Augen, sie war müde, es war schon weit nach Mitternacht. Außerdem hatte sie stundenlang auf den Computerbildschirm gestarrt. Sie bewunderte die beiden Typen neben sich.

Datenforensiker.

Wie schafften die das nur?

Mette wollte keine Zeit verlieren. Sie hatte zwei Morde auf dem Tisch, und mindestens ein Mörder war noch auf freiem Fuß. Auf ihre Anordnung hin sollte Sahlmanns Laptop so schnell gecheckt werden. Denn sie ging davon aus, dass er Informationen enthielt, die für die Ermittlungen von Bedeutung waren, wenn man bedachte, dass er von zwei Tatorten gestohlen worden war.

Außerdem hatte sie Lisa um ihre Mithilfe gebeten, damit sie gleich vor Ort entscheiden konnte, was relevante Informationen waren und was nicht.

Und sie hatte ausdrücklich darauf hingewiesen, dass sie angerufen werden sollte, wann auch immer, wenn sie etwas von Bedeutung fanden.

Lisa nippte an ihrer hunderttausendsten Tasse Kaffee.

Bis jetzt hatten sie noch nichts gefunden, für das es wert gewesen wäre, Mette zu wecken.

Was ihnen allerdings sowieso nicht gelungen wäre. Mette war nämlich wach. Sie hatte vergebens versucht einzuschlafen. Hatte im Dunkel gelegen und vor sich hingestarrt und überlegt, eine Schlaftablette zu nehmen. Aber vielleicht würde sie dann nicht aufwachen, wenn Lisa anrief? Zum Schluss war sie so leise wie möglich aufgestanden.

»Kannst du nicht schlafen?«

Mårtens Stimme hatte sie auf halbem Weg eingefangen.

»Nein. Und du anscheinend auch nicht.«

»Nein. Wollen wir uns in die Küche setzen?«

Das war ein bewährter Trick in der Familie. Sich in die Küche zu setzen, damit wurde einem der Druck genommen, und man konnte in Ruhe betrachten, was einem möglicherweise den Schlaf raubte.

Also setzten sie sich in die Küche und zündeten die Kerzen auf einem Kerzenhalter an. Sanftes Licht für müde Augen. Mårten machte etwas Milch warm und gab einen Löffel Honig dazu. Nicht gerade eine Zaubermedizin, aber manchmal half es.

»Es ist doch nicht das Herz, oder?« Er wagte es kaum zu fragen.

Schließlich wusste er, dass Mette seine ständige Sorge um sie leid war. Aber er machte sich nun mal seine Gedanken.

»Danke für deine Besorgnis«, sagte sie, »aber es ist nicht das Herz. Wenn es das ist, sage ich Bescheid. Und dir als Allererstem, das weißt du doch.«

»Was ist es dann?«

»Und was ist es bei dir? Das Herz?«

Mårten musste lachen. Sein Herz war wie ein Kolben aus Stahl, es würde noch schlagen, wenn alles anderes versagte. Das wusste er genau.

»Nein, die Familie«, sagte er.

»Was ist mit der?«

»Die sind doch alle verrückt.«

»Meinst du den toten Teil oder den aktuellen?«

»Den toten.«

Und dann begann Mårten von seiner Ahnenforschung zu erzählen, was dazu führte, dass Mette endlich das Gefühl bekam, schlafen zu können. Sofort. Noch hier im Sitzen. Sie spürte, wie ihre Augenlider immer schwerer wurden. Sie waren fast zugefallen, als es klingelte.

Es war Lisa.

Das war der erste Anruf.

Es sollten in dieser Nacht noch zwei weitere folgen.

Als der dritte Anruf kam, hatte Mette selbst schon dreimal jemanden angerufen. Stilton, Abbas und Olivia.

Olivia schlief.

Stilton saß im Salon und trank Whisky.

Abbas sagte nicht, was er tat.

Aber alle drei bekamen die gleiche Aufforderung von Mette:

»Morgen früh, acht Uhr, bei mir.«

Olivia holte Stilton und Abbas mit dem Auto ab. Stilton sah erschöpft aus, aber Olivia hatte ihn schon sehr viel heruntergekommener gesehen. Aber sein Mundgeruch hätte gut zu einem Obdachlosen gepasst.

Abbas duftete frisch geduscht.

Auf dem Weg zu Mette wurde nicht viel gesprochen. Alle spürten, dass etwas Entscheidendes passiert war. Stilton wusste ja von Mickey Leigh und nahm an, dass es um ihn ging, in welcher Art und Weise auch immer.

Olivia auch.

Sie wusste ja durch Mette von der Hausdurchsuchung bei Jackie Berglund und dem Fund von Sahlmanns Laptop dort. Es hatte eine Weile gedauert, bis sie sich damit abgefunden hatte, dass Mette Lisa und Bosse von ihrem Einbruch erzählt hatte. Aber dann hatte sie es verstanden.

Abbas war derjenige, der am wenigsten wusste. Also übernahm Stilton die Aufgabe, vor der es ihm gegraut hatte. Wobei es sicher half, dass er nicht ganz nüchtern war.

»Mickey Leigh ist in Stockholm«, sagte er.

Da waren sie bereits in Höhe von Orminge und hatten es nicht mehr so weit bis zu Mettes Haus. Was Stilton auch geplant hatte, er wollte das Gespräch nicht unnötig in die Länge ziehen.

Und es wurde noch kürzer als erwartet.

»Ich weiß«, sagte Abbas.

»Woher weißt du das?«

»Ich habe gestern Jean-Baptiste angerufen und gefragt, wie es läuft. Du hast offenbar schon vorher mit ihm gesprochen.«

»Ja. Ich wollte dir aber bisher nichts davon sagen.«

»Du hattest sicher deine Gründe.«

»Ja.«

Damit war das geklärt. Hoffte Stilton. Aber bei Abbas wusste man nie, vielleicht lagerte er diese Sache auch nur in einer Ecke seines verzweigten Gehirns, um sie wieder hervorzuholen, wenn es nötig war.

Jedenfalls war es nun raus.

Olivia parkte ein Stück von Mettes Haus entfernt. Es standen bereits andere Wagen vor der Tür.

»Wer ist denn noch da?«, fragte sie.

Die Antwort bekam sie, als sie sich der Pforte näherten. Ein kleiner Tross kam gerade aus Mettes Haustür heraus. Lisa Hedqvist, Bosse Thyrén und vier andere Personen. Mettes engste Mitarbeiter. Sie waren vor zwei Stunden zusammengekommen. Als Olivia von Lisa in den Arm genommen wurde, bemerkte sie, wie erschöpft die Kriminalbeamtin war.

»Du siehst müde aus.«

»Ich fahre jetzt erst mal nach Hause, schlafen«, sagte Lisa.

Der ganze Tross marschierte zu den Wagen, die nächste Gruppe schritt auf die offene Haustür zu. Dort empfing sie niemand, also gingen sie weiter in die Küche. Alle waren schon oft hier gewesen, aber meistens in entspannterer Atmosphäre als jetzt.

Mårten stand in einem dunkelblauen Bademantel in der Küche. Allein. Als sie eintraten, machte er eine Geste zu einem anderen Raum hin, ohne ein Wort zu sagen. Auch er sah müde aus. Also liefen sie weiter ins nächste Zimmer. Dort stand Mette vor einem großen Esstisch. Sie trug einen hellen, lockeren Pullover und eine weite schwarze Seidenhose. Auf dem Tisch lagen Stapel von Papieren. Mails. Faxe. Berichte. Nichts durcheinander, alles fein säuberlich aufgeschichtet, Mette wollte Ordnung haben bei ihrer Arbeit.

»Hallo«, sagte sie. »Setzt euch.«

Das Trio ließ sich auf verschiedenen Sitzmöbeln nieder. Stilton landete auf einem dunklen Sessel, der wohl seine Polsterung zu Zeiten des Koreakriegs verloren hatte. Jedenfalls sank er tief ein. Mette hob eine fast leere Wasserkaraffe vom Tisch.

»Mårten!«

Sie rief in die Küche, und ihr Mann tauchte in der Tür auf. Wortlos streckte Mette ihm die Karaffe entgegen. Er nahm sie in Empfang und verschwand wieder.

»Wir haben letzte Nacht Bengt Sahlmanns Laptop wieder in Gang bekommen«, begann Mette. »Ich werde kurz zusammenfassen, was wir dort gefunden haben. Ihr könnt gern Fragen stellen, aber bitte mit Substanz.«

Das Trio warf sich gegenseitig Blicke zu. Wer würde es jetzt noch wagen, Fragen zu stellen?

»Zunächst eher zum Technischen. Ich weiß nicht, inwieweit ihr da auf dem Laufenden seid. Olivia war ja kurz davor, Polizeibeamtin zu werden, deshalb nehme ich an, dass sie einige Abläufe kennt. Tom, bei dir weiß ich nicht, an wie viel du dich noch erinnerst. Die Zeiten haben sich seitdem ja auch geändert. Abbas, ich nehme an, dass du am wenigsten weißt.«

Mette blieb bei ihrem nüchternen Ton. Es war ihr anzumerken, dass sie Dinge berichten wollte, deren Wichtigkeit ihnen klar sein sollte. Olivia notierte sich auch die Formulierung »kurz davor, Polizeibeamtin zu werden«.

Aber sie sagte nichts dazu.

»Der technische Ablauf im Netz sieht folgendermaßen aus«, fuhr Mette fort. »Via eines Chats vom Typ Yahoo Messenger kann eine Person in Schweden Kontakt zu Personen in einem anderen Land aufnehmen, die verschiedene Formen sexueller Dienstleistungen anbieten. Wir können die schwedische Person Bengt nennen. Er bestellt also, was er will und wann er es will, und dann nimmt er via Webkamera an der Dienstleistung teil. In Echtzeit. Das ist ein Phänomen, das in letzter Zeit an Popularität gewonnen hat. Vor ein paar Monaten wurde ein Mann in Malmö verurteilt, weil er sexuelle Übergriffe auf Kinder auf den Philippinen bestellt hatte, denen er per Webkamera beigewohnt hatte.«

»Widerlich.«

Es war Olivia, von der dieser Kommentar kam. Es war keine Frage, aber sie konnte es nicht zurückhalten. Mette fuhr fort:

»Unsere Person Bengt kann auch via Webkamera kommunizieren, eingreifen in das, was auf der anderen Seite passiert. Für diesen Dienst hat er eine bestimmte Geldsumme an den amerikanischen Zahlungsdienstleister XOOM geschickt, der wiederum das Geld an die Personen weitertransportiert, die die sexuelle Dienstleistung anbieten.«

»Du sitzt also in deinem Land und schaust per Direktsendung Pornos in einem anderen Land?«

Stilton wusste nicht, ob seine Frage Substanz hatte, sie war wohl eher rhetorischer Natur. Aber Mette war so nett und beantwortete sie mit Ja. Sie wusste ja, dass Stilton für einige Jahre aus dem Spiel gewesen war.

»Wenn die Polizei von solchen Aktivitäten Wind bekommt«, fuhr sie fort, »wenn es sich um kriminelle Machenschaften handelt, dann kann sie die Überweisungen von Bengts Konto zu XOOM und von dort zum Endempfänger verfolgen. Soweit das Technische. Jetzt zu der realen Person Bengt Sahlmann und seinem Laptop.«

Mette stand immer noch. Nicht eine Sekunde war sie langsamer geworden. Alle fingen bereits an zu ahnen, wohin dieser Vortrag führen sollte, und bedienten sich dankbar von der frisch gefüllten Wasserkaraffe, die Mårten hingestellt hatte.

Nicht zuletzt Stilton.

»In Sahlmanns Laptop haben wir Überweisungen an den

Zahlungsdienstleister XOOM in den Staaten gefunden. Außerdem sind wir auf Mails zwischen Sahlmann und Jean Borell gestoßen, die bestätigen, dass die Zahlungen für bestellte sexuelle Dienste im Ausland bestimmt waren.«

Mette nahm einen Zettel vom Tisch.

»Das hier ist eine Antwortmail von Sahlmann an Borell. »Hej Jean! Habe BDSM-Session laut Wunsch bestellt.«

»BDSM?«

»Das ist die Abkürzung für Bondage, Discipline und Sadomasochismus. Eine sehr spezielle Form sexueller Aktivität, bei der ein Teil dominant ist und der andere den Untergebenen spielt. Das Endkonto war eine Adresse in Marseille.«

Alle blickten automatisch auf Abbas, mehr oder weniger diskret. Er selbst hielt seinen Blick fest auf Mette gerichtet.

»Wir können also annehmen, dass diese beiden Herren einen pornografischen Akt im Livestream in Marseille bestellt und angeschaut haben, eine sogenannte BDMS-Session.«

Mette hatte sich in den letzten Nachtstunden den Kopf zerbrochen. Wie sollte sie das Abbas präsentieren? Sie wusste, dass sie es so oder so tun musste. Sie hatte Jean-Baptiste geweckt und ihn um einige Informationen gebeten, ohne näher auf den Grund für ihre Fragen einzugehen. Zum Schluss hatte sie beschlossen, so sachlich wie möglich aufzutreten. Fakten. Die Wahrheit. Sie wusste, Abbas würde das zu schätzen wissen.

Und es schlucken.

Was er offensichtlich auch tat.

Bis jetzt.

»Jetzt werden wir für einen Moment Sahlmanns Laptop verlassen und uns ansehen, was wir über den Mord an Samira Villon wissen«, fuhr Mette fort.

Sie nahm andere Papiere vom Tisch.

Mails von der französischen Polizei.

»Mickey Leigh ist ein englischer Pornodarsteller, wohnhaft in Marseille. Offenbar hat er den Spitznamen Le Taureau, der Stier. Laut Jean-Baptiste hast du ihm diese Informationen besorgt, Abbas, oder?«

Abbas nickte unmerklich. Stilton hoffte nur, dass Mette nicht wusste, wie Abbas an die Informationen gekommen war.

»Mickey Leigh hat zusammen mit Samira Villon an einer Pornosession teilgenommen«, fuhr Mette fort. »Sie fand an dem Tag statt, an dem Sahlmanns Geld in Marseille angekommen war. Danach ist Samira verschwunden. Einige Zeit später tauchte Mickey Leigh hier in Stockholm auf. Und momentan wird er gesucht, weil gegen ihn ein Haftbefehl läuft.«

Mette griff zum ersten Mal nach der Wasserkaraffe. Auf ihrem Gesicht zeigten sich Schweißperlen. Olivia wünschte sich, sie möge sich doch endlich hinsetzen. Sie wollte nicht Zeugin eines neuen Infarktes werden.

»Auf Grundlage dieser Fakten«, erklärte Mette und setzte sich, »können verschiedene Hypothesen aufgestellt werden. Ich werde jene anführen, die ich selbst für die überzeugendsten halte.«

Plötzlich hatte sich der Ton geändert. Die lehrerhafte Stringenz war etwas gelockert worden, sie hatte sich durch all die Fakten gearbeitet, jetzt würde es persönlicher werden, spekulativer. Jetzt wollte sie mit einer Gruppe Menschen diskutieren, der gegenüber sie großen Respekt hegte.

Aus unterschiedlichen Gründen.

»Ich glaube, Bengt Sahlmann und Jean Borell haben gemeinsam mit angesehen, wie Samira Villon getötet wurde«, sagte sie. »In Echtzeit. Während des sexuellen Aktes, den sie in Marseille bestellt hatten.«

Es war vollkommen still im Raum.

Mette strich mit einer Hand über die Tischdecke, sie verstand diese Stille nur zu gut, wusste, dass sie notwendig war, sie selbst hatte mehrere Minuten lang mit ihrer Ermittlertruppe im

Morgengrauen schweigend dagesessen, verstummt, angewidert. Sie wusste, es brauchte seine Zeit.

Schließlich war es Stilton, der das Schweigen brach.

»Du glaubst also, sie haben dagesessen und zugesehen, wie ein Mord begangen wurde? Vor ihren Augen?«

»Ja.«

»Und darüber das Maul gehalten?«

»Ja.«

»Vielleicht sogar den Mord selbst bestellt?«, fragte er weiter.

»Das haben wir auch diskutiert. Es kursiert das Gerücht von etwas, das Deathsex-online heißt, da soll man einen Mord in Echtzeit bestellen und ansehen können, aber bis jetzt ist uns kein derartiger Fall bekannt.«

»Vielleicht ist das hier ja der erste?«

»Nein, Sahlmanns Geldtransfers liegen im normalen Bereich, wenn es um Porno-online geht; hätte es sich um einen bestellten Sexmord gehandelt, würden wir sicher von einem ganz anderen Betrag sprechen.«

Olivia trank einen Schluck Wasser. Wie krank das doch war, worüber sie hier diskutierten, als wäre alles nur eine Frage des Geldes. Mette sprach weiter:

»Ich glaube eher, dass etwas verdammt schiefgelaufen ist und sie so Zeuge eines Mordes wurden. Unfreiwillig.«

»Und damit hatten sie auch den Mörder gesehen«, sagte Stilton. »Mickey Leigh.«

»Was er natürlich wusste«, ergänzte Olivia.

»Nicht nur das. Er hat auch eine Drohmail an Bengt Sahlmann geschickt. Sie lag noch im Papierkorb des Laptops. Leigh wusste ganz genau, was ihm blühte, sollten Sahlmann und Borell die schwedische Polizei informieren.«

»Aber das haben sie nicht gemacht?«, fragte Olivia.

»Nein. Und das liegt nicht allein an Leighs Einschüchterungsversuchen. Nicht zuletzt im Falle von Jean Borell. Es wäre nicht gerade vorteilhaft für seine Geschäfte gewesen, wenn herausgekommen wäre, dass während eines Pornoakts, den er selbst in Auftrag gegeben hatte, ein Mord begangen wurde.«

»Aber woher wusste Mickey Leigh, wer Sahlmann und Borell sind? Wieso konnte er ihnen eine Mail schicken?«

Eine Frage mit Substanz, dachte Stilton. Was offensichtlich auch Mette fand.

»Das haben wir uns auch gefragt. Bis jetzt habe ich keine Antwort darauf, aber möglicherweise hat er ihre Namen auf irgendeine Art und Weise über das Geldkonto herausbekommen. Soll ich mit meiner Hypothese weitermachen?«

»Ja.«

Es war Abbas, der antwortete. Es war das erste Wort, das er gesprochen hatte, seit sie ins Haus gekommen waren.

Er wollte mehr wissen.

»Ich glaube, Folgendes ist passiert«, fuhr Mette fort, »und das müsst ihr jetzt erst einmal so stehen lassen. Für gewisse Dinge habe ich Beweise, für andere nicht. Nach dem Mord an Samira hat Leigh ihren Körper zerstückelt und sie außerhalb von Marseille vergraben. Sie wurde gefunden. Aber es gibt keine Spur, die zu Leigh führt. Dann kommen Abbas und Stilton nach Marseille und fangen an, Fragen zu stellen. Wem, das weiß ich nicht.«

»Philippe Martin.«

Abbas sagte den Namen nüchtern und fuhr dann fort:

»Er hat von den Aktionen berichtet, die du gerade skizziert hast und wer außer Samira daran beteiligt war.«

»Mickey Leigh«, sagte Mette.

»Ja.«

»Habt ihr gesagt, dass ihr aus Schweden kommt?«

»Ja.«

»Okay. Nehmen wir einmal an, dass Leigh von eurem Treffen mit Martin Wind bekommen und erfahren hat, dass ihr die französische Polizei kontaktiert habt – ihr habt Jean-Baptiste doch sicher getroffen, wie ich annehme?«

»Ja.«

»Irgendwo in der Stadt?«

»Ja.«

»Dann darf man wohl annehmen, dass Mickey Leigh den Verdacht hegt, dass ihr ebenfalls von der Polizei seid, und daraus schließt, dass die Herren, die gesehen haben, wie er Samira ermordet hat, trotz allem zur Polizei gegangen sind. Trotz seiner Drohmail. Woraufhin er reagiert.«

»Nach Stockholm fährt?«, wirft Olivia ein.

»Ja. Um die Zeugen loszuwerden. Doch als er hier ankommt, erfährt er, dass einer davon bereits ermordet wurde. Sahlmann. Also bringt er den anderen Zeugen um. Jean Borell. Außerdem stiehlt er zwei Computer aus Borells Büro, um eventuelle Informationen über das, was Borell mitangesehen hat, verschwinden zu lassen.«

Plötzlich sah Mette sehr müde und erschöpft aus. Olivia nahm an, dass sie nicht viel mehr als Lisa geschlafen hatte.

»Du bist müde, Mette«, sagte sie.

»Ja. Aber wir sind auch gleich fertig. Fehlt nur noch das hier.«

Mette hob einen kleinen Stapel Papier hoch.

»Was ist das?«

»Mails von Sahlmann an Borell, in denen er Borell mit zwei Dingen droht. Zum einen, dass er Borells Unternehmen Albion zerstören wird, indem er gewisse Informationen über das Pflegeheim Silvergården veröffentlicht.«

»Habe ich es doch gewusst!«

Olivia sprang fast von ihrem Stuhl hoch. Sie hatte also recht gehabt! Zumindest zum Teil!

»Ja«, sagte Mette. »Du warst da auf der richtigen Spur. Sahlmann war sehr aufgebracht über den Tod seines Vaters und drohte damit, einen Skandal zu machen.«

»Aber du hast gesagt, er hat mit zwei Dingen gedroht«, sagte Stilton.

»Das Zweite war, zu verraten, was sie im Internet gesehen hatten.«

»Den Mord an Samira?«

»Das ist anzunehmen. Was zeigt, wie verzweifelt er war.«

»Was Borell ein offensichtliches Mordmotiv gibt«, ergänzte Stilton.

»Ja«, nickte Mette. »Auf jeden Fall. Aber da gibt es nur ein Problem. Borell war in Indien, als Sahlmann ermordet wurde. Wir haben seine Reiseunterlagen überprüft. Flug, Hotel, Konferenzen. An dem Abend war er in Delhi.«

»Er muss ja den Mord nicht selbst verübt haben«, warf Stilton ein. »Er kann doch einen Auftragskiller angeheuert haben.«

Oder von jemandem gedeckt werden, der äußerst raffiniert vorgeht. Der in vorderster Reihe kämpft. Immer um die Gunst des Herrchens bemüht.

Dachte Olivia.

Sie diskutierten eine Weile Mettes Hypothese, sie hatte durchaus Hand und Fuß.

»Jetzt bin ich k.o.«, sagte Mette plötzlich.

Sie stand mit einer gewissen Mühe vom Tisch auf. Fast hätte Olivia ihr beim Aufstehen helfen wollen. Alle gingen gemeinsam hinaus auf den Flur. Mårten schloss sich ihnen an und legte einen Arm um seine Ehefrau. Olivia und Abbas verließen das Haus. Als Stilton ihnen folgen wollte, wurde er von Mette zurückgehalten. Sie wartete, bis Olivia und Abbas im Garten waren.

»Jetzt weiß er, dass Mickey Leigh in der Stadt ist«, sagte sie leise.

»Abbas?«

»Ja. Was wird er tun?«

»Keine Ahnung.«

»Kannst du nicht ein bisschen auf ihn achten?«

Sie klang wie Jean-Baptiste.

Stilton hasste diese Situation.

Olivia fuhr auf die Autobahn, Richtung Stadt. Stilton saß neben ihr, Abbas auf der Rückbank. Bis jetzt hatten sie alle geschwiegen, waren in ihre eigenen Gedanken vertieft.

Olivia war mit Sandra beschäftigt.

Deren Vater hatte einen Porno bestellt und angeschaut, im Livestream. Er hatte offensichtlich gesehen, wie eine Frau ermordet wurde. Ohne die Polizei zu informieren. Wie sollte sie das Sandra vermitteln? Wie sollte sie das einem zutiefst verzweifelten Mädchen über ihren toten, geliebten Vater berichten, die gerade versucht hatte, sich das Leben zu nehmen? Musste sie es berichten? Musste herauskommen, was Sahlmann und Borell gemacht hatten?

Vielleicht nicht.

Sie war sich nicht sicher.

Auf jeden Fall musste sie erzählen, dass der Laptop gefunden worden war, und allein das würde jede Menge Folgefragen nach sich ziehen. Wo? Wann? Wie? Wann kriege ich ihn wieder?

Das würde ein lustiges Gespräch werden.

Stilton dachte an Abbas.

Daran, wie schonungslos Mette dargelegt hatte, was sie wusste und was sie glaubte, wobei er selbst auch der Meinung war, dass es notwendig gewesen war. Dass zwei schwedische Männer eine Sexvorstellung geordert hatten, bei der Samira Villon von Mickey Leigh vor ihren Augen ermordet wurde.

Wenn Mette recht hatte.

Abbas war überzeugt davon, dass sie recht hatte.

Von der Sekunde an, als er begriff, was Mette berichten wollte, hatte er sich voll und ganz konzentriert. Jedes Detail gespeichert. Die Konsequenzen waren unerträglich für ihn. Samira war gestorben, weil ein paar Schweden sich einen runterholen wollten.

Er beugte sich zu Stilton.

»Wo hast du ihn gesehen?«

»Wen?«

»Mickey Leigh.«

»Das war wohl bei Jackie Berglund, oder?«

Antwortete Olivia, bevor Stilton überhaupt zum Reagieren gekommen war. Jetzt war es zu spät.

»Ja.«

»Kennt er sie?«, fragte Abbas.

»Offensichtlich.«

Abbas ließ sich zurück in den Sitz sinken. Stilton versuchte im Rückspiegel sein Gesicht einzufangen.

»Kannst du ihn nicht irgendwie aufspüren?«

Stilton wandte seinen Blick ab auf die Autos, die ihnen entgegenkamen.

Olivia ließ Abbas in der Dalagatan hinaus. Er verließ den Wagen wortlos. Sie schaute ihm nach, bog dann wieder auf die Fahrbahn.

»Das war vielleicht dumm, dass ich das gesagt habe«, sagte sie.

»Was? Das über Jackie Berglund?«, fragte Stilton.

»Ja.«

»Ich weiß nicht. Es stimmt ja.«

»Hauptsache, er stellt jetzt nichts Dummes an.«

»Er ist erwachsen. Er ist für sich selbst verantwortlich.«

Und wie ist es beim letzten Mal gelaufen?, dachte er, sagte aber nichts. Olivia nickte leicht.

»Und wie läuft die Sache mit Rune Forss und Jackie?«, fragte sie.

»Forss hat einen Sohn mit Ovette Andersson, einer Prostituierten. Einen Sohn, von dem er nichts weiß.«

»Ist das etwas, das du gegen ihn benutzen kannst?«

»Ich denke schon.«

»Wie schön.«

Olivia warf ihm einen schnellen Blick zu und sah, wie Stilton die lange rote Narbe von dem Eisenzaun in seiner rechten Handfläche rieb.

»Wie geht es der Hand?«, fragte sie.

»Die heilt. Luna hat so ein Zeug draufgeschmiert.«

»Ich mag sie.«

»Sie ist allergisch gegen Fleisch.«

»Ich mag sie trotzdem. Ist sie mit jemandem zusammen?«

»Weiß ich nicht, aber ich glaube nicht.«

»Du hast sie nicht gefragt?«

»Nein.«

»Interessiert dich das nicht?«

Stilton antwortete nicht, und Olivia wollte nicht weiter nachbohren, sie wusste nicht genau, wie viel ihre neue Freundschaft ertrug. Sie bog auf Söder Mälarstrand ab.

»Du willst zum Boot, nicht wahr?«

»Ja.«

Stilton wollte zum Boot. Es war zwar gerade erst Mittag, aber er wollte in seine Kajüte und schlafen, in der letzten Nacht war nicht viel daraus geworden. Er wollte möglichst ausgeschlafen sein, wenn Ovette anrief.

*

Ovette stand in einem Hauseingang gegenüber vom Polizeigebäude. Dort stand sie schon seit einer ganzen Weile. Zuerst hatte sie angerufen und nach Rune Forss gefragt und die Information bekommen, dass er nach der Mittagspause erwartet wurde.

Jetzt war Mittag vorbei.

Sie trug den einzigen Mantel, den sie besaß, und spürte, wie die Achseln sich mit Schweiß füllten. Nicht vor Wärme, sondern vor Angst. Die Hände hatte sie in den Manteltaschen, zu Fäusten geballt, sie wollte nicht, dass man sehen konnte, wie sie zitterten. Sie wusste, sie musste das hier tun, sie musste da durch, der Vergangenheit ein Ende setzen.

Rune Forss ein Ende setzen.

Er kam von der Pipersgatan heran. In der Hand in einer abgewetzten Ledertasche eine Bowlingkugel. Er war fast schon am Eingang zum Polizeigebäude, als er sie sah. Im Hauseingang gegenüber. Ovette Andersson? Sie nickte ihm zu. Forss schaute sich schnell in alle Richtungen um, bevor er die Straße überquerte und sich Ovette näherte.

»Was zum Teufel machst du hier?«, zischte er.

»Ich will mit dir reden.«

Schroff packte er sie am Oberarm und zog sie ein Stück die Straße hinunter, um eine Ecke und weiter in die kleinere Celsiusgatan. Aus dem Blickfeld des Polizeigebäudes heraus. Ovette spürte, wie ihr Herz schlug, als versuchte es, den Brustkorb zu sprengen. Forss ließ ihren Arm los und beugte sich zu ihr, sein Gesicht dicht an ihrem.

»War ich letztes Mal nicht deutlich genug?«, knurrte er. »War das nicht eindeutig, was ich gesagt habe?«

»Doch.«

»Wie kannst du es dann wagen, hier aufzutauchen? Verschwinde von hier und lass dich nie wieder in meiner Nähe blicken, du verdammte Fotze!«

Forss war bereits am Weggehen, als Ovette sagte:

»Ich habe Tom Stilton getroffen.«

Abrupt blieb er stehen. Es dauerte ein paar Sekunden, bevor er sich wieder umdrehte. Die Bowlingkugel schaukelte in seiner Hand.

»Stilton?«

»Ja.«

Forss ging zurück zu Ovette.

»Was hast du ihm gesagt?«

»Die Wahrheit. Dass du mit mir gegen Geld geschlafen hast und Stammkunde bei Red Velvet warst.«

Forss starrte Ovette an. Was ihm dabei durch den Kopf fuhr, war schwer zu sagen. Ovette jedenfalls wusste es nicht.

Aber sie sah, wie er die Bowlingkugel neben seinem Oberschenkel hin und her schwenkte.

»Weißt du, dass du die Einzige von den Mädchen bist, die ich mir gekauft habe, die noch am Leben ist?«

»Ja. Jill ist ermordet worden, und Laura hat eine Überdosis genommen.«

»Genau.«

Ovette schaute schnell die Straße entlang. Sie war menschenleer.

»Und deshalb will ich es erzählen«, sagte Ovette.

»Erzählen? Wem? Stilton?«

»Nein. Den Zeitungen.«

Forss betrachtete Ovette einige Sekunden lang, entschied sich dann zu einem Grinsen.

»Eine alte, abgedankte Nutte? Bist du nicht ganz dicht? Weißt du, wer ich bin? Ich bin Kriminalkommissar. Wie kannst du dir nur einbilden, dass man dir glaubt?«

»Das weiß ich nicht.«

»Nein. Weil du einfach nur dämlich bist. Eigentlich sollte ich dich durchprügeln, aber du hast ja noch einen Sohn. Vielleicht ist es besser, wenn ich mir den vornehme. Was meinst du?«

»Du willst deinem eigenen Sohn weh tun?«

»… was sagst du da?«

»Acke ist dein Sohn. Beim letzten Mal mit dir bin ich

schwanger geworden, und ich wollte nicht abtreiben. Deshalb hat Jackie mich rausgeschmissen.«

»Ach, Blödsinn.«

»Willst du einen Vaterschaftstest machen?«

Forss hatte die Fassung verloren. Er war sowieso nicht der Hellste im Polizeicorps, und was diese Fotze da jetzt behauptete, wollte ihm nicht in den Kopf. Vater ihres Sohnes?

»Weiß Jackie davon?«, fragte er schließlich. »Dass ich der Vater deines blöden Sohnes sein soll?«

»Ja.«

»Und hast du das auch Stilton erzählt?«

»Ja. Bis bald!«

Ovette drängte sich an Forss vorbei, als ein Taxi in die Straße bog.

Das war sicher ihr Glück.

Forss befand sich in einer Situation, in der er sich kaum unter Kontrolle hatte. Aber er ließ sie gehen. Holte sein Handy heraus und rief Jackie Berglund an. Sie war in ihrem Laden. Sie behauptete, Kunden zu haben, was Forss jedoch vollkommen egal war. Er war so wütend, dass Jackie schließlich nachgab.

»Ja«, sagte sie.

»Ich habe ein Kind mit ihr?«

»Ja.«

»Und du hast das die ganze Zeit gewusst?«

»Ja. Aber beruhige dich doch. Sie wird dir das Kind nicht unterjubeln.«

Doch Forss war alles andere als ruhig, als er auflegte.

Er warf seine Bowlingtasche quer über die Straße.

*

Mickey Leigh hatte erledigt, was er hatte erledigen wollen. Es gab keinen Zeugen mehr für den Mord an dieser Araberbraut.

Jetzt wollte er für eine Weile untertauchen, vielleicht in der Ukraine. Dort sein Auskommen zu finden, dürfte kein Problem sein, die Pornoindustrie in den Oststaaten hatte Hochkonjunktur. Das Einzige, was ihm noch Sorgen machte, war die Reisetasche. Mit den Laptops. Auf denen konnten brisante Informationen zu finden sein.

Über ihn und den Mord.

Vielleicht auch Bilder, das konnte er nicht sagen.

Was er wusste: die Tasche war bei Jackie geblieben, als er durch die Küchentür verschwunden war. Er hatte mehrmals versucht sie anzurufen, aber sie hatte nicht abgenommen.

»Fahr zur Hölle!«

Dann musste er halt die Tasche selbst holen.

Er wusste, dass Jackie ihren Laden bis acht Uhr abends geöffnet hielt. Sie war sehr auf den Kontakt zu ihren Kunden bedacht. Darum wusste er auch, dass sie jetzt nicht zu Hause war, kurz nach sieben Uhr. Dagegen wusste er nicht, ob die Bullen ihren Hauseingang überwachten, das war schon möglich, deshalb nahm er lieber den sicheren Weg über den großen Hinterhof.

Nachdem es dunkel geworden war.

Die Hintertür aufzuhebeln war kein Problem.

Als er in die dunkle Wohnung kam, landete er zunächst im Schlafzimmer. Hier roch es nach schwerem, süßem Parfüm. Er verabscheute diese Art von Parfüm. Schnell ging er wieder hinaus, auf den Flur. Er schaltete seine Taschenlampe ein und schaute sich um. Keine Tasche. Hatte sie sie weggestellt? Er begann zu suchen. In der ganzen Wohnung. Das dauerte eine Weile. Aber keine Tasche zu finden. Hatten die Bullen sie mitgenommen? Er trat ans Fenster, das zur Straße zeigte, unten fuhren Autos vorbei. Was mache ich nun? Hier warten und Jackie fragen? Aber es wird ihr nicht gefallen, dass ich durch die Hintertür eingebrochen bin.

Er beschloss, unten auf dem Hof zu warten, bis Licht in ihrer

Wohnung zu sehen war. Dann würde er wieder hochgehen. Er zog die Tür hinter sich zu und ging die Treppe hinunter. Als er die Tür zum Hof öffnete, kam der Schlag. Von hinten. Schwer, direkt auf den Hinterkopf. Er fiel auf den asphaltierten Hofplatz.

Vermutlich war er bereits bewusstlos, als Abbas einige Runden Klebeband um seinen Mund wickelte und seine Hände auf dem Rücken mit blauem Kabelbinder fesselte.

*

Es war Mårten, der darauf bestanden hatte, in einer Art und Weise, die Mette hatte ahnen lassen, dass hinter seiner Einladung zu einem guten Essen noch etwas anderes steckte.

Sie kannte schließlich ihren Mann.

Als sie sich an dem runden Tisch im Restaurant Stazione in Saltsjö Duvnäs niederließen, Mettes diskretem Stammlokal, fragte sie deshalb geradeheraus:

»Wenn du bestimmte Dinge zur Sprache bringen willst, dann mach es lieber gleich, bevor wir bestellen, ich möchte nämlich gern in Ruhe und Frieden essen.«

Mårten bat die Kellnerin um zwei Glas italienischen Wein, den Hauswein, und wartete erst mal mit der Bestellung. Dann schaute er Mette an.

»Ich liebe dich«, sagte er.

»Das hoffe ich doch.«

»Aber jetzt gehst du bis an die Grenze.«

»Welche Grenze?«

»An die Grenze, die ich noch akzeptiere.«

Die Kellnerin brachte den Wein und ging wieder. Mette nahm ihr Glas und leerte es zur Hälfte. Mårtens Ton und Blick brachten sie aus der Fassung, er hatte offensichtlich die Absicht, etwas zu sagen, was sie nicht hören wollte, und es war ihm ernst damit.

Er wartete, bis sie getrunken hatte.

»Die Sache ist die, Mette«, sagte er. »Du bist, wie du bist, und du tust das, was du meinst, tun zu müssen. Das respektiere ich, und das habe ich immer respektiert. Aber was du jetzt machst, damit bin ich nicht mehr einverstanden. Das ist extrem rücksichtslos allen gegenüber, die dich lieben. Mir, deinen Kindern, deinen Enkelkindern gegenüber. Du hast rationale Gründe für das, was du tust, das weiß ich, aber du machst es, ohne einen Moment an uns zu denken. Du setzt dich Situationen aus, von denen du weißt, dass du dich ihnen auf keinen Fall aussetzen darfst, wenn du keinen neuen Infarkt riskieren willst. Daraus schließe ich, dass du nur an dich denkst oder an das, was du meinst, tun zu müssen. Du denkst nicht an uns. Wir scheinen es nicht wert zu sein, dass du für uns leben willst.«

Mårten senkte den Blick und griff nach seinem Weinglas. So, jetzt war es gesagt. Jetzt war sie an der Reihe. Das konnte eine Weile dauern, es konnte aber auch schnell gehen.

Mette saß schweigend da, den Blick auf ihr Glas gerichtet, nach einigen Minuten winkte sie der Kellnerin und bestellte ein Rinderfilet mit Hummerrisotto.

»Was willst du haben?«, fragte sie Mårten.

»Ich nehme das Gleiche. Und noch etwas Wein, bitte«, sagte er der Kellnerin.

Als sie wieder allein waren, nahm Mette ein Stückchen warmes Brot und strich etwas von der Kräuterbutter darauf; als sie damit fertig war, ließ sie die Hand mit dem Brotstück auf den Tisch sinken.

»Erinnerst du dich daran, wie wir uns kennengelernt haben?«, fragte sie.

»Ja, wie gestern.«

Bei der Erinnerung musste Mette lächeln. Sie hatte damals Nachtschicht gehabt und sich um einige der linken Demonstranten im Kungsträdgården kümmern müssen, einer davon war

Mårten gewesen. Ein paar Wochen später waren sie in einem Restaurant in Söder aufeinandergetroffen. Mårten hatte sie angesprochen, ohne sich daran zu erinnern, wer sie war, später in derselben Nacht waren sie zusammen im Bett gelandet. Am nächsten Morgen hatte Mette ihm erzählt, dass sie bei der Polizei arbeitete, und darauf hatte Mårten sie wiedererkannt. Ein paar Jahre später hatten sie vier Kinder.

Und jetzt saßen sie hier.

Mette legte ihre Hand auf die von Mårten. Sie bemerkte, dass auf seinem Handrücken kräftige blaue Adern hervortraten. Mårten näherte sich der siebzig.

»Du bist der Einzige, der das Leben für mich lebenswert macht«, sagte sie, »du und unsere Familie. Das weißt du. Der Rest ist Berufskrankheit. Manchmal macht sie mich blind, das weißt du auch, so wie jetzt. Ich weiß, ich sollte das nicht tun, was ich tue. Es ist egoistisch. Es steht zu viel auf dem Spiel, mit dem Herzen und all dem Mist. Es tut mir leid, ich hätte daran denken sollen.«

»Ja.«

Mette zog ihre Hand zurück und ergriff das Weinglas. Mårten hob seines.

»Aber bis jetzt lebst du noch«, sagte er.

Mette nickte, ohne ihr Glas zu heben.

*

Olivia lag im Bett und versuchte zu schlafen. Ein paar Mal war sie kurz davor, aber jedes Mal, wenn der Schlaf sie überwältigen wollte, tauchte derselbe Satz auf. »Er muss ja den Mord nicht selbst verübt haben. Er kann doch auch einen Auftragskiller angeheuert haben.«

Und dann war sie wieder hellwach.

Zum Schluss gab sie auf und setzte sich in die Küche. Sie

hatte keine Lust, sich Tee zu machen. Zündete nur eine Kerze auf dem Tisch an und starrte ins Dunkel. Vielleicht sollte ich eine Runde laufen? Mich körperlich auspowern? Sie wandte den Blick zum Fenster über dem Spülbecken und sah die Regentropfen, die draußen vom Fensterblech hochspritzten. Nein, besser nicht, dachte sie und drehte sich wieder um. Ihr Blick fiel auf den gelben Post-it-Zettel von Sandra. Er lag immer noch auf dem Tisch. Auch in der Dunkelheit konnte sie den Text lesen: »Ich bin nicht so stark wie du.«

Sie hatte Sandra immer noch nicht angerufen, schob es vor sich her. Wie viel Wahrheit würde Sandra vertragen? In der labilen Verfassung, in der sie gerade war? Wie würde sie reagieren, wenn ihr Vater von dem Sockel gestoßen wurde, auf dem er bis jetzt noch stand? War es genau wie bei ihr und Arne damals? Würde sie genauso reagieren? Hassen? Fliehen? Verschwinden? Oder noch einmal versuchen, sich das Leben zu nehmen?

Wie immer sie auch reagieren würde, die Wahrheit würde sie quälen.

Lange.

Olivia blies die Kerze aus und ging wieder ins Bett.

»Er kann doch auch einen Auftragskiller angeheuert haben.«

Thorhed?

Dann endlich kam der Schlaf.

*

Abbas hatte es nicht eilig. Er wartete viele Stunden in dieser Nacht. Wollte sichergehen, dass alle das Gelände verlassen hatten. Die möglicherweise in den Wagen schliefen, störten ihn nicht, er wollte von der Rückseite ins Zelt gehen. Und dort war es stockfinster.

Er ließ seine Taschenlampe noch ausgeschaltet, während er

den Körper unter der Zeltplane hereinzog. Er erinnerte sich genau, wie es hier aussah, war ja am Vorabend erst hier gewesen. Außerdem ließ das grobe Mastenloch im Zeltdach ein wenig Licht herein.

Mondlicht.

Er arbeitete, so lautlos er konnte. Vom Lindigövägen war in der Ferne Verkehrslärm zu hören, und er wusste, das würde einiges überdecken. Er zerrte den Körper ein Stück weiter in die Manege und zog die Drehscheibe hervor.

Die Messerwerferscheibe.

Dann stellte er sie an den Rand der Manege und holte die Kabel zum Verbindungsstecker und zur Einstellung der Drehgeschwindigkeit heraus.

Schließlich zog er Mickey Leigh alle Kleider aus und hob ihn hoch. Es dauerte eine Weile, den schweren Körper an den Lederriemen auf der Drehscheibe zu befestigen. An Händen und Füßen.

Aber es ging.

Er betrachtete die Scheibe. Ein Streifen Mondlicht fiel auf den festgezurrten nackten Körper. Der Mann war immer noch benommen, aber nicht bewusstlos.

Bald würde er sehr wach werden.

Abbas ging einige Meter von der Scheibe weg und schaltete nun zum ersten Mal die Taschenlampe ein. Er legte sie auf das gelbe Plastik in der Manege, direkt auf den Körper gerichtet.

Er musterte die Scheibe vor sich.

Den braungebrannten Mann.

Le Taureau, den Stier.

Dann legte er den Hebel um, so dass die Scheibe anfing, sich zu drehen. Langsam.

Bereits bei der ersten Runde hob Mickey den Kopf und versuchte sich umzusehen. Was nicht so einfach war. Er sah nur eine Taschenlampe, deren Licht ihm direkt ins Gesicht schien.

Aber er hörte die Stimme.

Sie kam aus dem Schatten hinter dem Licht, leise und ruhig.

»Ich heiße Abbas el Fassi. Ich bin derjenige, den du in Marseille zusammengeschlagen hast. Ich habe Samira Villon geliebt, die Frau, die du ermordet und zerstückelt hast.«

Mickey gab unter dem Klebeband ein Geräusch von sich. Er versuchte den Schatten im Dunkel zu erkennen, während er sich immer weiter drehte.

Was nicht einfach war.

»Vor vielen Jahren war ich Messerwerfer«, sagte Abbas aus dem Dunkel. »Ich war ziemlich gut. Aber es ist eine schwierige Kunst. Besonders, wenn man auf ein sich drehendes Ziel wirft. Besonders im Dunkeln. Diese Art von Messerwerfen habe ich sehr lange nicht mehr trainiert. Heute Abend will ich es mal wieder versuchen. Ich habe fünf Messer dabei. Zwei für deinen Kopf, zwei für deine Taille und eins für das Schwerste. Das Messer, das im Schritt treffen soll, ist das heikelste. Bei einem perfekt ausgeführten Wurf soll es ganz kurz unterhalb des Schritts landen. Aber wie gesagt, es ist schwierig.«

Mickey starrte in die Dunkelheit. Jedes Mal, wenn sein Kopf in senkrechter Lage war, versuchte er den Schatten vor sich zu durchdringen. Der Schweiß lief ihm schon jetzt übers Gesicht.

»Ich werde jetzt die Geschwindigkeit steigern«, sagte Abbas. »Aber es darf nicht zu schnell werden, dann treffen die Messer falsch auf, zu langsam aber auch nicht, dann ist es geschummelt.«

Abbas drehte die Antriebsgeschwindigkeit hoch. Er wusste, es gab eine Grenze, ab der die Person auf der Scheibe in Ohnmacht fiel, wenn das Gehirn die Rotation nicht mehr verkraftete. Das wollte er nicht riskieren. Als er die Drehung als optimal betrachtete, holte er das erste lange schwarze Messer heraus. Er wog es in der Hand. Er hatte den Mann da vorne nicht belogen. Weder bezüglich der Tatsache, wie lange es her war, dass er Messer geworfen hatte, noch bezüglich der Frage, wie schwer es war.

Es war schwer.

Als er die Hand in der Dunkelheit hob, war er vollkommen konzentriert.

Alle Verkehrsgeräusche waren ausgeblendet.

Der Geruch nach Tieren und Mist war verschwunden.

Alles war verschwunden.

Bis auf den Körper auf der sich drehenden Scheibe.

Das erste Messer schlug exakt dort ein, wo es treffen sollte. So dicht neben Mickey Leighs Wange, dass er es spüren konnte. Es kam ein dumpfes Brüllen unter dem Klebeband hervor, aber es reichte nur wenige Meter weit.

Niemand würde es hören.

Das zweite Messer traf auch perfekt. Dicht neben der anderen Wange.

Das dritte verfehlte sein Ziel.

Es drang fünf Zentimeter zu weit rechts in die Scheibe ein. Abbas zuckte zusammen. Wäre es in die andere Richtung geflogen, hätte es die Bauchhöhle des Stiers punktiert. Das hätte alles kaputt gemacht.

Also wog er das vierte Messer einige Sekunden länger in der Hand, bevor er es warf.

Es saß genau dort, wo es sollte, neben der nackten Taille, so dicht an der Haut, dass der Mann auf der Scheibe es spüren konnte.

Wieder.

Abbas hörte, wie braune Flüssigkeit aus dem Unterleib des Stiers lief, er hörte die dumpfen Laute, die hinter dem Klebeband hervorkamen, und sah die aufgerissenen, zu Tode erschrockenen Augen.

»Jetzt ist nur noch das letzte Messer übrig«, sagte er ruhig.

»Ich habe es Samira getauft. Hast du gewusst, dass ihr Name die Schönheit des Mondes bedeutet?«

Abbas schaute hinauf zu dem Loch im Zeltdach, zum Mondlicht, dann steigerte er die Geschwindigkeit der Scheibe noch ein wenig. Sofort drehte sich der Körper vor ihm schneller. Er konnte kaum noch die Schenkel fixieren.

Dieses Messer war das ausschlaggebende. Es könnte genau im Schritt treffen, in dem Organ, das in Samira eingedrungen war.

Für Geld.

Es war eine schwierige Aufgabe.

Abbas hob das Messer im Dunkel, balancierte es, spürte sein Gewicht und zog den Arm nach hinten.

Gerade in der Sekunde des Wurfs drang das laute Wiehern eines Pferdes ins Zelt.

Die SMS kam früh am Morgen, zehn Minuten nach vier. Mårten wachte von der Vibration auf. Er hob Mettes schwarze Schlafmaske hoch.

»Liebling.«

Mette hörte das Handy auf dem Nachttisch, hob es hoch und schob die Schlafmaske auf die Stirn. Die Nachricht war kurz: »Du kannst den Stier im Zelt vom Cirkus Brillos abholen.«

»Wer war das?«, wollte Mårten wissen.

»Abbas.«

»Was wollte er?«

Mette nahm die Maske ganz ab und setzte sich auf die Bettkante. Mit vom Schlaf noch zittrigen Fingern tippte sie eine Nummer ein und schickte eine Polizeipatrouille zum Cirkus Brillos, dann legte sie auf.

»Er hat Samira Villon gerächt.«

Mette saß mit dem Rücken zu Mårten, als sie das sagte. Er sah, wie ihre Schultern ein wenig zusammensackten. Er begriff, warum. Strich ihr mit der Hand über die Schulter.

Beide befürchteten das, was keiner von ihnen auszusprechen wagte.

Sie saß immer noch in derselben Position, als die Besatzung des Streifenwagens zurückrief, zwanzig Minuten später. Hielt immer noch das Handy in der Hand. Mårten versuchte mitzuhören, was ihr berichtet wurde. Aber er konnte nur einzelne Worte aufschnappen, sah jedoch, wie sie sich während des kurzen Gesprächs aufrichtete.

Sie sank nicht noch weiter in sich zusammen.

»Wie schlimm ist es?«, wagte er zu fragen, als sie aufgelegt hatte.

»Der Mann hat keinerlei körperliche Schäden davongetragen, bis auf eine Beule am Hinterkopf und die Spuren der Lederriemen«, sagte Mette. »Aber er ist ›psychisch vollkommen erledigt‹, wie sie es ausgedrückt haben.«

»Lederriemen?«

Mette berichtete, wie die Beamten Mickey Leigh gefunden hatten. Festgezurrt auf einer Scheibe. Nackt. Dann schickte sie eine kurze SMS an Jean-Baptiste Fabre in Marseille: »Mickey Leigh gefasst. Ich lasse von mir hören.« Sie wollte nicht ins Detail gehen und nahm an, dass dies auch im Sinne von Mickey Leigh war.

Anschließend setzte sie ihre Schlafmaske wieder auf und ließ sich zurück ins Bett sinken.

Stilton und Olivia konnten warten.

Olivia duschte lange. Schließlich war sie doch noch eingeschlafen, spät in der Nacht, und jetzt versuchte sie wieder in Fahrt zu kommen. Was seine Zeit dauerte. Man konnte nicht behaupten, dass sie ausgeschlafen war. Als sie merkte, dass sie sich zum zweiten Mal die Haare waschen wollte, trat sie aus der Dusche und zog sich ihren Bademantel an. In der Küche setzte sie Tee auf und holte ihr Handy. Eine verpasste Nachricht. Von Alex, vor einer Viertelstunde. Sie überlegte, ob sie sich erst einmal dem Föhn oder doch lieber dem Journalisten widmen sollte. Da rief er erneut an. Und kam sofort zur Sache.

»Hej! Bist du immer noch an Magnus Thorhed interessiert?«

»Ja! Wieso fragst du?«

»Ich habe gestern mit Tomas gesprochen, weißt du, dem Pfarrer, den du auch kennengelernt hast, ich wollte mich bei ihm für meinen Wutausbruch bei der Beerdigung entschuldigen, das war aber gar nicht nötig. Nun, auf jeden Fall haben wir dann über den Mord an Bengt geredet, und da hat er erwähnt, dass Thorhed ihn an dem Abend angerufen hat, als Bengt ermordet wurde.«

»Stimmt das? Was wollte er?«

»Das weiß ich nicht, Tomas wollte darauf nicht eingehen.«

»Warum denn nicht?«

»Keine Ahnung, aber er weiß ja, dass ich Journalist bin, vielleicht handelt es sich um irgendeine heikle Geschichte.«

»Zum Beispiel?«

»Soll ich raten?«

»Ja.«

»Ach, hör auf, ich habe keine Ahnung. Aber dabei bist du mir eingefallen und dein Interesse für Thorhed. Mach dir also selbst einen Reim drauf!«

»In Ordnung. Moment mal!«

Olivia stand auf und zog das sprudelnd kochende Teewasser vom Herd, wobei ihr ein paar Tropfen auf die Hand spritzten. Ihr kurzer Aufschrei flog blitzschnell von einem Handy zum anderen.

»Hallo? Was ist passiert? Olivia!«

»Ach, entschuldige. Ich habe mich an dem blöden Teewasser verbrannt! Warte mal kurz.«

Olivia hielt ihre Hand unter fließend kaltes Wasser. Nach wenigen Sekunden hatte sie das Handy wieder am Ohr.

»So, alles in Ordnung. Aber du, vielen Dank, dass du angerufen hast.«

»Nun ja, man pflegt ja seine Quellen.«

»Was für Quellen? Was meinst du damit?«

»Ach nichts, sieh es locker.«

Alex lachte auf.

»Darf man fragen, wie es dir geht?«, fragte er dann.

»Mir geht es gut. Aber worauf willst du hinaus?«

»Keine Ahnung, du erzählst ja nicht viel. Sondern fragst meistens nur.«

»Vielleicht sollte ich Journalistin werden?«

»Ja, vielleicht. Also, dann tschüs.«

Alex lachte wieder und legte dann auf. Olivia zog die Hand unter dem Wasserstrahl hervor und schaute sie an, ein paar winzige rote Flecken waren auf der Haut zu sehen. Sie schenkte sich einen Becher Tee ein und setzte sich an den Küchentisch. Warum hatte Thorhed am Mordabend Welander angerufen? Reiner Zufall? Wohl kaum. Was hatte er gewollt? Bei jemandem beichten, der unter Schweigepflicht stand? Warum sitze ich hier und spekuliere, dachte sie, ich kann doch Welander selbst fragen. Schließlich bin ich keine Journalistin.

Als sie den heißen Becher an die Lippen führte, tauchten die nächtlichen Grübeleien wieder auf. Sie musste das Ganze einfach mit jemandem besprechen.

Dieser Jemand war dann Stilton.

»Hej, Tom, bist du schon wach?«

»Jetzt bin ich es.«

»Entschuldige, kannst du schon reden?«

»Habe ich eine Wahl?«

»Du kannst auflegen.«

»Was willst du?«

»Mir gehen einfach nur jede Menge Gedanken durch den Kopf, ich habe das Gefühl, ich muss mal mit jemandem darüber reden, und da du derjenige bist, der alles in Gang gesetzt hat, rufe ich dich an.«

»Was habe ich in Gang gesetzt?«

»Er muss ja den Mord nicht selbst verübt haben. Er kann doch auch einen Auftragskiller angeheuert haben. Das hast du gesagt, gestern.«

»Ja. Und?«

Olivia berichtete von Magnus Thorhed. Von seinem blauen BMW, eine Automarke, die am Mordabend in der Nähe von Sahlmanns Haus gesehen wurde und die vor Borells Haus stand, als Olivia das erste Mal dort war. Ein Mann, den Borell selbst als »an vorderster Front stehend« bezeichnet hatte, womit er andeuten wollte, dass Thorhed so ziemlich alles für ihn tat.

»War er das, der bei Borell war, als die Polizei kam?«, wollte Stilton wissen.

»Ja.«

»Und du glaubst, er ist in die Sache verwickelt?«

»Das weiß ich nicht, es ist nur eine Hypothese, aber es ist

doch denkbar, dass Thorhed Sahlmanns Laptop im Auftrag von Borell gestohlen hat. Borell war ja in Indien.«

»Das ist gut möglich.«

»Und dann ist es doch auch möglich, dass er Sahlmann ermordet hat.«

»Im Auftrag von Borell?«

»In dessen Auftrag oder auf eigene Initiative. Um Borell zu schützen. Laut einer Quelle, die ich kenne, ist Thorhed ein fantastischer Arschkriecher.«

»Aber Mord?«

»Ja, ich weiß, es ist nur so ein Gedanke.«

»Ein Gedanke, dem du nachgehen willst, ich kenne dich doch.«

»Ja.«

»Und wie?«

»Am Abend, als Sahlmann ermordet wurde, hat Thorhed einen Pfarrer angerufen, den Sahlmann kannte. Ich glaube, das Gespräch drehte sich um den Mord.«

»Aber du weißt es nicht?«

»Nein.«

»Und wie willst du es herausfinden?«

»Den Pfarrer fragen. Ich kenne ihn ein wenig.«

»Okay.«

Eine Weile blieb es still.

»Ja, das war es eigentlich«, sagte Olivia. »Danke, dass du zugehört hast.«

»Danke, dass du angerufen hast.«

Olivia legte auf und zog sich an. Sie hatte Tom Stilton einfach so angerufen. Nur um ein wenig zu reden mit ihm.

Es fühlte sich gut an.

Sie saß gerade in ihrem Wagen, als Mette anrief und ihr von Mickey Leigh berichtete. Mette ging jedoch nicht ins Detail. Das sollte Abbas tun, wenn er es wollte.

»Dann sitzt ein Mörder also hinter Schloss und Riegel«, sagte Olivia und fuhr auf die Skånegatan.

»Davon gehe ich aus.«

»Dann ist da nur noch der Mord an Sahlmann.«

»Der vielleicht nicht einfach ›nur noch‹ ist.«

»Nein.«

»Was machst du?«

Olivia dachte ein paar Sekunden lang nach. Vor einer Weile hätte sie sicher nicht erzählt, was sie tat oder wohin sie auf dem Weg war. Aber in der Zwischenzeit war so einiges passiert.

»Ich bin auf dem Weg zu einem Mann, von dem ich hoffe, dass er mir etwas über Magnus Thorhed erzählen kann.«

»Borells Mitarbeiter?«

»Ja. Habt ihr ihn verhört?«

»Ja.«

»Auch über den Mord an Sahlmann?«

»Nein. Glaubst du, er ist darin verwickelt?«

»Ich weiß es nicht genau, letzte Nacht konnte ich nicht schlafen und habe alles Mögliche bedacht, und dabei ist mir sein Name in den Kopf gekommen.«

»Okay. Und wie läuft es mit der Kunstgeschichte?«

Olivia wusste nicht, ob Mette das ironisch meinte oder ob sie ihr einfach einen Ball zuwerfen wollte. Denn momentan widmete sie nun wahrlich ihre Zeit allem anderen, nur nicht der Kunstgeschichte. Nicht zuletzt auch Mettes Mordermittlungen.

»Das fängt erst nach Weihnachten an«, erklärte sie. »Und du kannst gern sagen, wenn du der Meinung bist, ich sollte meine Nase nicht mehr überall reinstecken.«

Vor gar nicht allzu langer Zeit hätte Mette ihr scharf geantwortet und bedeutet, dass sie sich lieber mit Dingen beschäftigen sollte, die wichtiger waren, aber inzwischen war ja auch bei Mette eine ganze Menge geschehen.

»Tu, was du für richtig hältst«, sagte sie. »Aber bitte kein neues Borell-Abenteuer.«

Eine zweischneidige Ermahnung, das wusste auch Mette. Sie war sich vollkommen der Bedeutung von Olivias »Borell-Abenteuer« bewusst. Nur ihm beziehungsweise Sahlmanns Laptop in Borells Büro war es zu verdanken, dass sie Mickey Leigh mit dem Tatort in Verbindung hatten bringen können. Sonst hätten sie nicht die geringste Ahnung davon gehabt, wo Leigh sich den gestohlenen PC geholt hatte.

»Das verspreche ich«, sagte Olivia.

Mette legte auf. Mårten hatte natürlich die ganze Zeit recht gehabt. Unterstütze sie, statt dich dagegenzustemmen, etwas anderes hatte gar keinen Zweck bei Menschen wie Olivia und Tom. Früher oder später finden sie ihren Platz. Und Olivia würde ziemlich bald ihren Platz bei der Polizei, bei ihr, finden, das spürte sie.

Mette saß im Morgenmantel in der Küche. Es war eine angenehme Gewohnheit geworden, sich nicht anzuziehen. Duschen und sich frisch machen und dann den Morgenmantel überziehen. Und dieses Verlangen, unbedingt ins Landeskriminalamt zu kommen, war auch ein wenig gedämpft inzwischen. Was sie zugleich beunruhigte und beruhigte. Schließlich sollte sie ja bald in Pension gehen. Das würde vielleicht doch nicht so traumatisch werden, wie sie befürchtet hatte. Dann konnte sie sich möglicherweise intensiver ihrer Töpferei widmen. Sie hatte einen eigenen Brennofen im Keller und einen Mann, der noch die kleinste Missgeburt von Eierbecher begeistert bewunderte.

Da rief eine aufgeregte Lisa Hedqvist an.

»Können wir zu dir rauskommen?«

Eine halbe Stunde später traten Lisa und Bosse durch die Tür. Mette ging mit ihnen ins Arbeitszimmer. Sie trug immer noch ihren Morgenrock.

Lisa öffnete ihren Laptop.

»Das hier ist vor einer Stunde reingekommen. Es ist eine Datei von diesem französischen Polizisten.«

»Fabre?«

»Ja.«

»Und?«

»Er hat es an eine Mail angehängt. Hier.«

Mette beugte sich vor und las die Mail von Fabre. Er hatte zusammen mit Kollegen eine Hausdurchsuchung bei Mickey Leigh vorgenommen. Unter den beschlagnahmten Dingen befand sich ein ganz spezieller Film. Fabre hatte den Film auf einen Server kopiert und ein Codewort geschickt. Er nahm an, dass der Film von Interesse für Mettes Ermittlungen sein könnte.

Lisa klickte sich in die heruntergeladene Datei mit dem Film und drückte auf Start.

Es war ein pornografischer Film. Plump gefilmt in einem engen Raum. Es gab nur zwei Darsteller in dem Film. Sie widmeten sich BDSM-Sex.

Es war ein äußerst unangenehmer Film.

Die ganze Zeit.

Aber das Schlimmste war das Ende, als etwas im »Erstickungsmoment« schiefging, einem zentralen Teil dieser BDSM-Session. Die gewürgte Frau versuchte sich plötzlich zu befreien, sie war tatsächlich kurz vorm Ersticken, die Riemen um ihren Hals waren zu fest angezogen. Sie schrie. Der Mann versuchte sie zum Schweigen zu bringen. Sie bekam einen Aschenbecher zu fassen und schlug damit zu. Traf den Mann im Gesicht. Worauf er rasend vor Wut wurde. Er riss der Frau den Aschenbecher aus der Hand und schlug jetzt selbst damit auf sie ein, mehrere Male, Blut spritzte aus ihrem Gesicht. Er schlug, bis sie in sich zusammenfiel und ganz still liegenblieb. Dann wandte er sich der Filmkamera zu, und dann wurde es schwarz.

Lisa und Bosse hatten den Film bereits im Polizeigebäude gesehen. Sie wussten, was er zeigte. Für Mette war es ein schockierendes Erlebnis. Sie sank auf ihrem Stuhl zusammen.

So war es also abgelaufen.

Als Mickey Leigh Samira Villon erschlagen hatte.

Sie wollte dafür sorgen, dass Abbas diesen Film niemals zu sehen bekam.

»Hast du die Stimmen gehört?«, fragte Bosse.

»Stimmen?«

Mette war vollkommen konzentriert gewesen auf das, was zwischen den Akteuren passiert war. Sie hatte keine Stimmen gehört.

»Nein.«

Bosse ließ den Film noch einmal durchlaufen.

Jetzt hörte sie die Stimmen. Im Hintergrund. Stimmen, die das Schwedische und Englische mischten und den Sexakt anfeuerten, der dort stattfand, dem Mann befahlen, immer perversere Dinge mit der Frau zu machen.

Mette war übel.

»Sahlmann und Borell?«, fragte sie.

»Das ist wohl anzunehmen«, nickte Lisa. »Sie sind offenbar via Webkamera zu hören.«

»Ja.«

»Aber da ist noch einer.«

Es war Bosse, der das einwarf. Mette schaute ihn an.

»Noch einer?«

»Es gibt drei Stimmen.«

Mette hatte nicht auf die Anzahl der Stimmen geachtet. Einfach nur zugehört. Stimmen, die aufhetzten.

»Drei?«, fragte sie nach.

»Ja. Es ist gut zu erkennen, wenn du genau zuhörst. Es waren drei Männer, die sich das angesehen haben.«

Also war Mette gezwungen, den Film noch einmal zu durchleiden. Dieses Mal schloss sie die Augen, um besser hören zu können, und danach musste sie Bosse recht geben.

Drei Stimmen hetzten den Akteur auf.

Wovon zwei wahrscheinlich Bengt Sahlmann und Jean Borell gehörten.

*

Magnus Thorhed war im Taxi auf dem Weg zum Flughafen Arlanda. Er wollte zum Hauptsitz nach London. Der Mord an Borell hatte die Finanzwelt heftig aufgerüttelt, jetzt ging es darum, das Imperium zusammenzuhalten.

Business as usual.

Er hatte alle notwendigen Informationen über Albions Pläne in Schweden dabei. Nichts sollte hier platzen. Der dicke Vertrag mit der Stadt Stockholm war praktisch in trockenen Tüchern, er sollte von Borells Ableben nicht beeinflusst werden. Sicher, Borell war der Motor des Geschäfts gewesen, aber es gab andere, die übernehmen konnten.

Thorhed selbst zum Beispiel.

Zumindest was den skandinavischen Bereich betraf. Er war mindestens genauso auf dem Laufenden über die Geschäftsaktionen des Konzerns im Norden wie Borell, kannte die Vorgehensweise aus dem Effeff, jetzt ging es nur darum, den Hauptvorstand davon zu überzeugen. Möglichst ohne den vor kurzem so tragisch verschiedenen Imperiumsgründer selbst in Misskredit zu bringen.

Dieser hatte zum Teil auch selbst daran schuld, dachte Thorhed. Ohne das genaue Mordmotiv zu kennen, war er überzeugt davon, dass es mit Borells Schwäche zusammenhing, einer Schwäche, von der Thorhed wusste, die er aber nie hatte begreifen können. Borell führte ein tadelloses Sozialleben, war respektiert und geschätzt und hatte ein gigantisches Netzwerk in der obersten Riege der Finanzwelt über den ganzen Globus aufgebaut, und dennoch hatte er diese Schwäche. Dieses Bedürfnis, sich ab und zu in richtig dreckiger Pornografie zu wälzen, als wäre das das Einzige, was ihn in einer sehr privaten Art und Weise wirklich erregen konnte. Was Thorhed nicht begriff.

Aber jetzt war Borell tot, und es ging darum, nach vorn zu schauen. Thorhed schob den Trauerflor am Oberarm zurecht, er schätzte gewisse Traditionen.

Als er am Auslandsterminal herausgelassen wurde, stand ein Journalist dort. Einer, den er kannte.

Alex Popovic.

»Hej! Ich habe in Ihrem Büro angerufen und erfahren, dass Sie auf dem Weg nach London sind.«

»Ja.«

Thorhed ließ sich nicht aufhalten, er ging mit seinem Trolley Richtung Eingang. Alex folgte ihm.

»Schrecklich, das mit Jean«, sagte er.

»Ja. Das stimmt.«

»Und was geschieht nun?«

»Fragen Sie privat, oder ist das ein Interview?«

»Diese Frage war nicht privat.«

»Ich bin auf dem Weg zu einem Meeting in London. Wir wollen nach dem, was passiert ist, die Richtlinien abstimmen.«

»Was glauben Sie denn?«

»Worüber?«

»Warum er ermordet wurde? Das ist eine private Frage.«

»Ich habe keine Ahnung.«

»Kann es etwas mit dem Mord an Bengt Sahlmann zu tun haben?«

Thorhed blieb stehen, schaute Alex an.

»Warum sollte es?«

»Ich weiß nicht. Hat die Polizei Sie nicht danach gefragt?«

»Nein.«

»Was wollten Sie, als Sie Tomas Welander angerufen haben?«

»Wann?«

»An dem Abend, als Bengt ermordet wurde.«

»Ich muss jetzt einchecken. Auf Wiedersehen.«

Thorhed verschwand Richtung Schalter.

Alex zog eine kleine Schachtel heraus, öffnete sie und drückte ein Nikotinkaugummi aus der Folie.

*

Olivia parkte ein Stück in die Banérgatan hinein und ging zu Welanders Haustür. Den Code hatte sie vor kurzem bekommen. Die Wohnung lag im zweiten Stock, und Welander öffnete in der Sekunde, als sie klingelte. Er trug einen eleganten, aber etwas abgewetzten dunklen Hausmantel.

»Bitte entschuldigen Sie die Kleidung, aber ich bin mitten zwischen einer Taufe und einer Beerdigungsvorbereitung, aber eine halbe Stunde haben wir Zeit. Kommen Sie doch herein!«

Welander ging voran in ein großes schönes Zimmer und machte eine einladende Geste auf das geschwungene dunkelgrüne Sofa an der einen Wand. Olivia setzte sich.

»Sie wollen sicher über Sandra mit mir sprechen?«, fragte Welander und setzte sich in einen Sessel neben dem runden Couchtisch. »Es ist hoffentlich nicht wieder etwas passiert?«

»Nein. Eigentlich wollte ich mit Ihnen auch nicht über Sandra reden.«

»Nicht?«

»Nein. Heute Morgen hat mich Alex Popovic angerufen. Er hat mir erzählt, dass Magnus Thorhed Sie an jenem Abend angerufen hat, an dem Bengt Sahlmann ermordet wurde. Stimmt das?«

»Ja, schon. Aber warum hat Alex Ihnen das erzählt?«

»Weil ich ihn schon einmal nach Thorhed gefragt habe.«

»Und warum haben Sie das?«

Olivia hatte diese Fragen erwartet. Sie wusste, sie würde gezwungen sein, gewisse Dinge zu erklären, anders würde sie Welander sicher nicht dazu bringen können, etwas zu erzählen. Also ging sie ungefähr nach dem gleichen Plan vor wie bei Alex bei ihrem ersten Treffen.

»Weil ich versuche herauszubekommen, wer Sandras Vater ermordet hat.«

»Aber Sie sind doch nicht bei der Polizei?«

»Nein, offiziell nicht, aber ich bin ausgebildete Polizistin. Doch das hier ist rein privater Natur. Das mache ich nur für Sandra.«

»Ich verstehe. Und warum interessieren Sie sich für Magnus Thorhed?«

»Aus mehreren Gründen. Er fährt einen Wagen von dem gleichen Typ, wie er nahe Bengts Haus gesehen wurde, an jenem Abend, als er ermordet wurde, zum Beispiel.«

»Sie glauben, Thorhed hat etwas mit dem Mord zu tun?«

»Ich weiß es nicht. Ich habe gehofft, dass Sie mehr darüber wissen.«

»Wegen des Telefonanrufs?«

»Ja.«

Welander betrachtete Olivia. Er sah, dass es ihr vollkommen ernst war, er hatte keinen Grund, an ihren Motiven zu zweifeln. Sie wollte Sandra helfen.

»Es war ein ganz kurzes Gespräch«, sagte er. »Thorhed hat mir nur erzählt, dass Bengt Sahlmann sich erhängt hat.«

»Woher wusste er das denn?«

»Das habe ich mich auch gefragt, aber er hatte schon aufgelegt, bevor ich ihn fragen konnte.«

»Und warum hat er Sie angerufen und Ihnen das erzählt?«

»Er wusste, dass ich Bengt kannte, dass ich Pfarrer bin, vielleicht wollte er mich nur informieren.«

»Oder beichten.«

»Er hat nicht gesagt, dass er Bengt getötet hat, oder?«

»Nein.«

»Möchten Sie eine Tasse Tee?«

»Ja, gerne.«

Welander stand auf und verließ das Zimmer. Olivia trommelte mit den Füßen auf dem Boden, sie war ziemlich aufgeregt. Wenn Thorhed angerufen und berichtet hatte, dass Sahlmann sich erhängt hatte, noch am selben Abend, als es passiert war, von diesem fingierten Selbstmord gesprochen hatte, dann musste er doch an Ort und Stelle gewesen sein? Die Polizei hatte wohl kaum irgendwelche Informationen herausgegeben.

Fast hätte sie Mette angerufen.

*

Zur selben Zeit ging Mette zusammen mit Lisa und Bosse durch die Eingangstür des Polizeigebäudes. Sie hatte den Morgenmantel gegen ein schwarzes Kleid getauscht und Mårten einen Zettel in die Küche gelegt: »Landeskriminalamt. Dringend.«

Das musste er schlucken.

Die drei gingen geradewegs zum Konferenzraum, in dem die beiden Mordermittlungen bearbeitet wurden. Ein paar ältere Kommissare saßen dort. Mette informierte alle kurz über den Film, den sie aus Frankreich bekommen hatten. Sie bat darum, äußerst diskret vorzugehen, was den Inhalt betraf. Was den schwedischen Part betraf, so waren die drei Stimmen, die zu hören waren, das Wichtigste daran.

»Sie müssen identifiziert werden. Wir vermuten, dass sie Bengt Sahlmann und Jean Borell gehören, aber wer der Dritte ist, da haben wir keine Ahnung. Also, wie gehen wir vor?«

»Wir fangen damit an, eine Tonspur von dem Film zu ziehen, auf der wir nur diese Stimmen hören«, sagte Bosse. »Darum werde ich mich kümmern.«

Er verschwand mit Lisas Laptop.

Mette wollte auf keinen Fall die Personen hineinziehen, die als Erste in Frage kamen, wenn es um die Identifizierung von Sahlmanns Stimme ging, nämlich seine Tochter und ihre Tante. Das würden sie übers Zollamt klären können. Vielleicht könnte sogar Gabriella Forsman dabei behilflich sein. Sie saß doch sowieso in Untersuchungshaft?

»Und Borell?«, fragte Lisa. »Sollen wir seinen Mitarbeiter befragen?«

»Magnus Thorhed?«

»Ja.«

Mette antwortete nicht unmittelbar. Denn während der Autofahrt hierher waren ihr so einige Gedanken durch den Kopf gegangen. Über das, womit Olivia sich gerade beschäftigte. Ihr Interesse ausgerechnet an Magnus Thorhed. Und wenn ihm jetzt die dritte Stimme gehörte? Das Risiko bestand. Dann wäre es nicht besonders gescheit, ihn zu bitten, sich die Tonspur anzuhören. Sie nickte zur Tür und ging auf sie zu. Lisa folgte ihr. Mette zog die Tür hinter sich zu und blieb auf dem Flur stehen. Aus irgendeinem Grunde wollte sie nicht, dass alle Kollegen wussten, was Olivia vorhatte. Eine Person, die eigentlich überhaupt nichts mit ihrer Arbeit zu tun hatte.

Bei Lisa war das etwas anderes.

Mette erklärte ihr kurz, warum sie keinen Kontakt zu Thorhed herstellen wollte. Lisa verstand sofort.

»Aber dann kann sie das doch übernehmen, oder?«, schlug sie vor.

»Wer?«

»Olivia, sie hat diesen Thorhed doch schon mal getroffen.«

»Ja.«

»Dann lass uns bei ihr anfangen. Vielleicht erkennt sie ja seine Stimme auf dem Band. Und wenn nicht, dann können wir ihn immer noch zu uns einbestellen.«

So weit hatte Mette gar nicht gedacht. Aber sie war ja auch krankgeschrieben, hatte schließlich einen Herzinfarkt gehabt. Und Olivia konnte gleichzeitig auch Borells Stimme identifizieren!

»Prima, Lisa. Ich werde sie anrufen, sobald ich das Tonband habe.«

*

Welander schenkte Olivia eine Tasse Tee aus einer wunderschönen blauen Kanne ein. Sie nahm die Tasse in beide Hände und trank einen Schluck. Welander setzte sich neben sie aufs Sofa und schenkte sich selbst ebenfalls eine Tasse ein.

»Ich habe in der Küche über Sandra nachgedacht«, sagte er, »ich habe sie gestern angerufen, und da klang sie etwas frischer. Bist du auch der Meinung, dass es ihr langsam besser geht?«

»Ich weiß nicht, ich habe das Gefühl, dass es immer auf und ab geht.«

»Ja, schon möglich, die Gefühlsschwankungen können in dem Alter heftig sein.«

Gefühlsschwankungen? Olivia wunderte sich über die Wortwahl. Schließlich hatte Sandra versucht, sich das Leben zu nehmen.

»Aber Sie sind auf jeden Fall eine große Stütze für sie«, sagte Welander. »Das spürt man.«

»Ich hoffe es.«

Olivia schaute zu Boden. Sicher war sie eine große Stütze für Sandra gewesen, bis jetzt. Aber das würde vielleicht nicht reichen. Wenn sie gezwungen war, das zu berichten, was sie ihr berichten musste. Sie spürte, wie Angst in ihr aufstieg.

»Was ist denn?«

Welander senkte den Kopf ein wenig und fing Olivias Blick ein.

»Sie sehen bedrückt aus?«

»Ich habe ein Problem.«

»Gibt es etwas, das Sie mir sagen wollen?«

Olivia war auf diese Situation nicht richtig vorbereitet, sie war ja nicht deshalb hier. Ihre Angst um Sandra beschäftigte sie, es gab niemanden, mit dem sie darüber reden konnte, niemanden, dem sie es erzählen konnte.

Oder?

Sie schaute Welander an, seine Augen waren sanft und ruhig. Vielleicht konnte sie es ihm erzählen? Eine Art Anleitung bekommen? Schließlich kannte er Sandra auch.

»Es ist etwas passiert, was Sandra betrifft«, sagte sie.

»Etwas Negatives?«

»Ja. Etwas, von dem ich glaube, dass sie es nicht ertragen wird, wenn sie es in ihrer jetzigen Verfassung hört.«

»Weil sie so labil ist?«

»Ja.«

»Muss sie es denn erfahren?«

»Ich weiß es nicht. Vielleicht ist es gar nicht zu vermeiden, und wenn dem so ist, dann möchte ich trotz allem, dass sie es von mir erfährt.«

»Das klingt ernst. Was ist denn passiert?«

Olivia knetete ihre Hände. Es war wirklich ernst. Es war ganz schrecklich. Und es würde früher oder später herauskommen, auf irgendeine Art und Weise, davon war sie überzeugt. Vielleicht durch die Medien, was das Allerschlimmste wäre.

Für alle.

Plötzlich kam ihr in den Sinn, dass Tomas Welander Bengt Sahlmann schon seit langer Zeit gekannt hatte. Ein Freund von ihm gewesen war. Daran hatte sie gar nicht gedacht. Sie hatte nur Sandra im Kopf gehabt. Was passiert war, musste Welander ja genauso schockieren wie alle anderen, oder? Wenn er es erfuhr.

Früher oder später.

»Als Pfarrer unterliegen Sie doch der Schweigepflicht, oder?«, fragte sie schließlich.

»Ja. Sie können mir alles erzählen.«

»Sandras Vater hat sich im Internet Pornos angesehen.«

Welander betrachtete Olivia mit einem fragenden Blick.

»Und warum sollten Sie gezwungen sein, Sandra das zu erzählen?«

»Weil etwas passiert ist, während er das tat.«

»Als er sich einen Porno angesehen hat?«

»Er hat einen Livestream einer privaten Webkamera verfolgt.«

»Ich verstehe. Das ist natürlich anstößig, aber wohl kaum ein Verbrechen. Nichts, womit die Polizei sich beschäftigt, oder? Falls das der Grund sein sollte, weswegen Sie meinen, es Sandra erzählen zu müssen?«

»Nein.«

»Aber?«

Olivia knetete ihre Finger, fest, sie schaute zu Boden, als sie es schließlich sagte, ganz leise.

»Während dieser Sendung ist ein schrecklich brutaler Mord begangen worden. Ich weiß nicht, ob das an die Öffentlichkeit gelangen wird, aber es besteht ein großes Risiko dafür, wenn die Voruntersuchungen abgeschlossen sind.«

»Und dann wird Sandra es auch erfahren?«

»Es handelt sich ja um ihren Vater.«

»Ich verstehe. Das ist schwierig.«

Welander stand auf. Er ging vor dem Couchtisch auf und ab. Olivia betrachtete ihn. Hatte sie zu viel gesagt? Aber er würde ja alles so oder so erfahren. Es würde unweigerlich herauskommen.

Welander wandte sich ihr zu:

»Ich verstehe Ihr Dilemma, und ich bin ganz Ihrer Meinung.

Für Sandra in ihrem momentanen Zustand wäre es verheerend, wenn sie davon erführe.«

»Ja. Was soll ich also tun?«

Welander nahm seine Wanderung vor dem Tisch wieder auf. Schließlich blieb er stehen.

»Ich weiß es nicht«, sagte er, »aber wenn Sie zu dem Schluss kommen, es ihr doch erzählen zu müssen, dann können wir es gemeinsam machen. Wenn es für Sie eine Hilfe sein könnte, dass ich mit dabei bin.«

»Ich weiß nicht so recht. Aber vielen Dank auf jeden Fall.«

Da klingelte ihr Handy.

Es war Mette.

»Entschuldigen Sie bitte«, sagte Olivia.

Sie stand auf und ging ein Stück auf das große Fenster zu. Sie wusste, dass Mettes Stimme sehr durchdringend sein konnte, und wollte nicht, dass Welander das Gespräch mit anhörte. Es konnte sich um Dinge handeln, die Sahlmann betrafen.

Was stimmte.

Unter anderem.

Mette erklärte kurz, dass sie Hilfe bei der Identifizierung einiger Männerstimmen auf dem Film brauchten, der den Mord an Samira Villon zeigte. Diese Männer waren Zeugen des Mordes gewesen. Mehr wollte sie nicht am Telefon sagen. Dann ließ sie die erste Stimme laufen.

»Erkennst du sie?«, fragte Mette.

»Ja. Das ist Jean Borells Stimme.«

»Prima! Danke!«

Welander hatte sich aufs Sofa gesetzt und betrachtete Olivia. Sie stand mit dem Rücken zu ihm, aber ihre Stimme war deutlich, obwohl sie leise sprach. Als sie »Jean Borell« sagte, stand er auf.

»Hier kommt die nächste Stimme!«

Olivia drückte das Handy fest ans Ohr, um besser hören zu

können, es war kein perfektes Lautbild. Sie beugte sich über die Fensterbank. Hinter ihrem Rücken ging Welander zur Tür.

»Hallo! Bist du noch da?«, rief Mette.

»Ja.«

»Und – ist das Magnus Thorhed?«

»Nein. Aber ich erkenne die Stimme wieder.«

»Und wem gehört sie?«

»Ich lasse von mir hören.«

Olivia legte auf. Ihre Hand, in der sie das Handy hielt, zitterte. Ein paar Sekunden lang blieb sie stehen, um das Zittern unter Kontrolle zu bekommen.

Tomas Welander.

Es war seine Stimme.

Sie spürte, wie ihre Wangen rot und heiß wurden. Sah sein Gesicht vor sich, seine freundlichen Augen, seine sanfte Stimme, wie er auf dem Sessel gesessen und ihr offen ins Gesicht Lügen erzählt hatte. Sie hinters Licht geführt hatte. In jeder Hinsicht. Er hatte mit ihren Gefühlen für Sandra gespielt und sie dazu gebracht, äußerst private Dinge zu erzählen.

Er hat dich ausgenutzt, Olivia, und du hast dir doch geschworen, dich nie wieder ausnutzen zu lassen.

Sie drehte sich um.

Die Adern an ihrer Schläfe pochten, sie biss die Zähne zusammen, ihre Wangenmuskeln wurden straff. Welander kam auf sie zu.

»War es ein schwieriges Gespräch?«, fragte er.

»Ja.«

»Das kann ich sehen, Sie zittern ja. Ging es um Sandra?«

»Nein. Es ging um Sie.«

»Um mich?«

Olivia trat zwei Schritte vor und gab Welander eine heftige Ohrfeige. Er taumelte auf den Tisch zu und fiel ungebremst gegen eine Alabasterlampe, dann direkt gegen die Wand. Die

Lampe zerbrach auf dem Boden, ging aber nicht aus. Welander rutschte die Wand hinunter und landete auf allen vieren. Blut lief ihm aus der Nase, über den Mund, auf den Boden, er keuchte heftig.

Olivia rührte sich nicht.

Es verging eine Weile, vielleicht eine Minute. Schließlich wandte Welander ihr das Gesicht zu.

»Ich verstehe Sie«, röchelte er.

»Was verstehen Sie?«

»Ich hätte es sagen sollen.«

»Ja. Stehen Sie auf.«

»Was wollen Sie jetzt tun?«

»Stehen Sie auf.«

Welander hockte immer noch auf allen vieren.

Er wusste, dass die Tür verschlossen war.

Er wusste, was sich hinter einem der alten Bücher im Regal befand.

*

Mette hielt noch immer das Handy in der Hand. Sie stand von ihrem Schreibtisch in ihrem Büro auf. Lisa saß auf einem Stuhl davor, Bosse hatte sich an eine Wand gelehnt.

»Hat sie die Stimme wiedererkannt?«, fragte er.

»Ja.«

»Ist sie von Magnus Thorhed?«

»Nein.«

»Von wem dann?« Lisa stand auf.

»Das hat sie nicht gesagt. Sie hat nur gemeint: ›Ich lasse von mir hören.‹ Dann hat sie aufgelegt. Sie klang …«

Mette verstummte. Bosse und Lisa sahen sie an.

»Wie klang sie?«

»Ich weiß nicht, merkwürdig? Angespannt?«

Sie sahen einander an. Olivia musste doch begriffen haben, wie wichtig es war, dass sie herausfanden, wem die Stimme gehörte. Wie dringend es war. Sie hätte doch nur den Namen sagen müssen. Dennoch hatte sie das Gespräch weggedrückt. Warum hatte sie das gemacht?

Alle dachten das Gleiche:

Vielleicht war sie bei dem, dem die Stimme gehörte?

»Wo ist sie?«, fragte Bosse.

»Ich weiß es nicht.«

»Ruf sie noch mal an!«

Mette hatte bereits Olivias Nummer eingetippt. Sie wartete, aber es meldete sich nur die Mailbox.

»Sie antwortet nicht. Als ich vor einer guten Stunde mit ihr gesprochen habe, wollte sie zu jemandem fahren, der ihr möglicherweise Auskunft über Magnus Thorhed geben kann. Aber sie hat mir nicht gesagt, um wen es sich handelt.«

»Kann es sonst jemand wissen?«

»Keine Ahnung«, sagte Mette.

Aber sie nahm wieder ihr Handy hoch und versuchte es bei dem einzigen, der ihr einfiel.

»Hallo, Tom, hier ist Mette. Weißt du, wo Olivia ist?«

»Nein. Sie wollte zu jemandem fahren und mit ihm reden, vielleicht ist sie noch dort?«

»Und wer war das?«

»Ein Pfarrer. Der Bengt Sahlmann gekannt hat.«

»Danke.«

»Was ist denn los?«

Mette hatte bereits aufgelegt und rief Sandras Tante Charlotte Pram an.

*

Welander war zum Schluss doch aufgestanden. Jetzt lehnte er sich gegen das Bücherregal und wischte sich mit dem Mantelärmel das Blut vom Gesicht. Der Schein der kaputten Alabasterlampe auf dem Boden fiel auf seine jämmerliche Gestalt. Olivia stand mitten im Raum. Ihre Wut war nicht kleiner geworden.

»Wohin sollen wir gehen?«

Welanders Stimme war heiser und brüchig.

»Zur Polizei.«

»Weil Sie meine Stimme wiedererkannt haben?«

»Weil Sie Zeuge eines Mordes waren.«

»Das war nicht beabsichtigt.«

»Das können Sie der Polizei erklären.«

»Aber begreifen Sie denn nicht, was das nach sich ziehen wird?«

Olivia sah, wie Tränen über Welanders Wangen liefen.

Er ekelte sie an.

»Verstehen Sie nicht, was passiert, wenn das rauskommt?«, jammerte er.

»Das ist mir scheißegal.«

»Aber meiner Gemeinde nicht! Ich bin ihr Hirte! Ich bin derjenige, der sie tröstet und stützt. Viele von ihnen leben ein erbärmliches Leben, in dem nur mein Wort sie noch aufrecht hält. Ich bin es, der ihrem Leben einen Funken von Hoffnung und Liebe gibt!«

»Vielleicht hätten Sie daran denken sollen, bevor Sie sich in harten Pornos gewälzt haben.«

Welander starrte Olivia an. Sein Atem ging schwer. Seine Augenlider sanken ein Stück herunter. Seine Stimme wurde leiser, härter.

»Und wer bist du, dass du mir moralische Vorwürfe machen kannst?«, zischte er. »Kommst hierher und bittest um Hilfe, weil du es nicht schaffst, Sandra die Wahrheit zu sagen. So feige bist du.«

»Gehen wir?«

»Die Tür ist zugeschlossen.«

Olivia schaute Welander an. Sie ging zur Tür und drückte die Klinke hinunter. Sie war versperrt.

»Öffnen Sie sie«, sagte sie.

»Magst du Musik? Klassische Musik?«

»Öffnen Sie die Tür!«

Welander streckte sich zur Musikanlage im Bücherregal und schaltete sie ein. Laute Musik ertönte. Der ganze Raum begann zu vibrieren. Olivia zuckte zusammen und zog ihr Handy heraus. Welander stand am Bücherregal, beobachtete sie.

»Das ist *Scheherazade*!«, brüllte er durch das Dröhnen der Musik. »Mein Lieblingsstück!«

Olivia wählte Mettes Nummer.

Während sie auf Antwort wartete, sah sie, wie Welander ein dickes Buch aus dem Regal zog.

*

Charlotte hatte ihnen Tomas Welanders Adresse gegeben.

Mette und Bosse hielten sich zurück, als Lisa einem Bus den Weg abschnitt. Mette hatte noch einmal versucht, Olivia zu erreichen. Aber es ging niemand ran. Mitten auf einer Kreuzung bekam sie selbst einen Anruf. Der Name auf dem Display war deutlich: OLIVIA RÖNNING. Als Mette abnahm, hörte sie am anderen Ende nur laute Musik und Olivias Stimme, die schrie: »ICH BRAUCHE HILFE!« Dann verschwand die Stimme, während die Musik weiter dröhnte.

Die Leitung war nicht unterbrochen.

Mette versuchte ins Handy zu rufen.

Keine Reaktion.

*

Es war eine kleine Pistole. Sie brauchte nicht viel Platz hinter dem Buch. Als er sie in der Hand hielt, erschien sie fast leicht, aber er wusste, was sie konnte. Er hatte sie von seinem Vater geerbt und ein paar Mal in Lundsberg benutzt. Um die zu erschrecken, die den Schrecken brauchten, um sie zu erziehen. Einmal hatte er sie abgefeuert, kurz nach Mitternacht, ein Stück von der Schule entfernt, während eines Rituals. Einer der Jüngeren war nicht den Regeln gefolgt, und zu allem Überfluss hatte er noch damit gedroht, zum Hausvater zu gehen. Das war nicht zu tolerieren. Er wurde zu einem alten Steinbruch geschleppt und nackt ausgezogen. Er war ein Tierfreund. Jean hatte ein kleines weißes Kaninchen besorgt. Das hielt er vor dem jungen Schüler an den Ohren hoch. Es zappelte. Dann bekam es direkt vor dem zu Tode erschrockenen Aufwiegler eine Kugel in den Kopf.

Danach gehorchte er den Regeln.

Die Frau vor ihm hatte sich nicht an die Regeln gehalten. Sie hatte ihre eigenen geschaffen. Stellte sich über einen göttlichen Boten. Sie war ein Pharisäer. Besessen von Hochmut.

Auch ein Aufwiegler.

»Setz dich!«

Welander schrie gegen die Musik an und zeigte mit der kleinen Pistole auf den Sessel. Olivia überschlug die Situation. Die Musik dröhnte in ihren Ohren, und sie begriff, dass der Mann mit der Pistole in der Hand vermutlich psychisch schwer krank war. Auf jeden Fall war er vollkommen aus dem Gleichgewicht geraten.

Sie setzte sich in den Sessel.

Welander stellte sich mitten in den Raum, ein paar Meter von ihr entfernt, in den akustischen Schnittpunkt. Die Pistole weiterhin auf sie gerichtet, zog er seinen Hausrock aus.

Darunter war er nackt.

»Beweg dich nicht, sonst erschieße ich dich!«, schrie er. »Wie ein Kaninchen!«

Olivia betrachtete den weißen, leicht schrumpeligen Körper. Internetporno? Männer wie er bezahlten dafür, zuzuschauen, wie Frauen erniedrigt und sexuell missbraucht wurden. Männer mit so einem Körper. Sie wusste, das war eine Verallgemeinerung, leider, Männer mit deutlich attraktiveren Körpern taten es auch.

Wie Borell.

Warum?

Sie beobachtete Welanders Bewegungen im Raum. Sie sah, wie die Musik in ihn eindrang, ihn erfüllte, der nackte, knochige Körper wand sich bei jeder musikalischen Aufwärtsphrase. Sie sah Kratzwunden an den Unterarmen, die Pistole in seiner Hand war auf ihre Brust gerichtet. Sein Kopf begann sich leicht zu bewegen, vor und zurück, tastend, als suchte er nach mehr Musik.

Dann kam er plötzlich zur Ruhe, mitten in einem Crescendo, und die Augen schlossen sich.

*

Als Lisa heftig vor dem Haus in der Banérgatan abbremste, sprang Bosse als Erster raus. Sie hatten sich den Türcode besorgt, so dass Bosse in drei Sekunden im Haus war. Lisa lief hinterher. Mette bewegte sich, so schnell sie konnte. Ihr fiel ein, wie sie vor der Forsman-Wohnung stehen geblieben war und was dann passiert war.

Jetzt wollte sie auch rein!

Nach oben!

Bosse war vor Welanders Wohnungstür angekommen. Aus der Wohnung drang laute Musik bis ins Treppenhaus. Trotzdem drückte er den Klingelknopf.

Ohne Erfolg.

»Was machen wir?«

Lisa war jetzt auch da.

»Der Hausmeister?«

»Schlüsseldienst!«

»Das wird eine Ewigkeit dauern«, sagte Mette.

Heftig keuchend nahm sie die letzten Treppenstufen und blieb vor der Tür stehen. Alle drei wussten, dass sie es nicht schaffen würden, sie einzuschlagen. So etwas funktionierte nur im Film. Und keiner von ihnen wollte das Schloss zerschießen.

Plötzlich verstummte die Musik hinter der Tür. In der Stille war ein Schuss zu hören.

Ein dumpfer Schrei.

Bosse zog seine Dienstwaffe. Mette und Lisa wichen ein Stück zurück. Gerade als er die Pistole hob und aufs Schloss zielte, wurde die Tür aufgerissen. Ein nackter Mann stand in der Öffnung. Er trug einen dunklen Morgenmantel über den Schultern, die Hände hatte er in den Schritt gedrückt. Offensichtlich hatte er Schmerzen, als wäre er getreten worden. Die Haare hingen ihm über die Augen. Bosse richtete die Pistole auf seinen Kopf.

»Wo ist Olivia?«

»Hier.«

Die Stimme erklang hinter Tomas Welander. Olivias Stimme. Sie versetzte dem Mann in der Türöffnung einen leichten Stoß. Er stolperte ein paar Schritte ins Treppenhaus. Lisa holte Handschellen heraus. Olivia trat mit einer kleinen Pistole in der Hand hervor.

»Wir waren gerade auf dem Weg«, sagte sie.

Tomas Welander trug ein sauberes weißes Hemd und eine dunkle Hose. Die obersten Hemdenknöpfe waren offen und zeigten eine dünne Goldkette mit einem Kreuz. Mette und Lisa saßen ihm gegenüber im Vernehmungsraum der Landeskriminalpolizei. Ein Laptop lag zwischen ihnen auf dem Tisch. Bosse verfolgte das Verhör in einem angrenzenden Raum.

Sie hatten die Formalitäten abgehakt.

Mette ging die Ereignisse daheim bei Welander durch. Sie hatte Olivias Version erhalten, jetzt wollte sie diese von dem Mann ihr gegenüber bestätigt bekommen. Er hatte nichts in der Sache einzuwenden, aber Mettes Interpretation der Situation widersprach er.

»Ich habe Olivia nie bedroht«, sagte er.

»Sie haben eine Pistole auf sie gerichtet und gesagt, Sie würden sie abknallen, wenn sie sich bewegt. ›Wie ein Kaninchen.‹«

Fast musste Mette schmunzeln, es klang so lächerlich.

»Stimmt das nicht?«, fragte sie.

»Es stimmt, dass ich eine Pistole auf sie gerichtet habe. Aber alles andere hat sie sich ausgedacht.«

»Warum haben Sie die Pistole auf sie gerichtet?«

»Weil ich Angst hatte. Sie hat mich misshandelt. Ich habe in Notwehr gehandelt.«

»Inwiefern hat sie Sie misshandelt?«

»Sie hat mich geschlagen.«

Mette wusste, dass dies stimmte, das hatte Olivia zugegeben. Sie wusste auch, warum es dazu gekommen war, und konnte Olivias Reaktion sehr gut verstehen.

Aber es war trotz allem körperliche Gewalt.

Und ohne weitere Zeugen war gegen Welanders Version nichts zu machen.

Also ließ sie es erst einmal auf sich beruhen.

»Ich werde Ihnen jetzt einen Film zeigen«, sagte sie.

Lisa klappte den Laptop auf und startete den Film von Jean-Baptiste. Welander reagierte bereits nach wenigen Sekunden heftig. Ihm war klar, was er da ansehen sollte. Den Mord, den er via Webkamera mitbekommen hatte. Er hob eine Hand vors Gesicht. Mette hielt den Film an.

»Nehmen Sie die Hand runter«, sagte sie. »Sie sollen den Film von Anfang bis zum Ende ansehen.«

Mettes Stimme ließ keinen Platz für Einwände. Welander ließ die Hand sinken. Mette drückte wieder auf Play. Welander blinzelte mit den Augen, er wusste, was kommen würde, und als es kam, musste er den Blick senken. Aber den Schreien der Frau konnte er nicht entgehen. Sie hallten von den Wänden des kleinen Vernehmungsraums wider. Welander hatte die Hände zwischen die Knie gepresst, die Arme zitterten bis hinauf zu den Schultern. Mette und Lisa behielten ihn die ganze Zeit im Auge. Als der Film zu Ende war, klappte Lisa den Laptop zu. Welander hob den Blick.

»Es sind drei Stimmen zu hören«, sagte Mette. »Zwei davon gehören Bengt Sahlmann und Jean Borell, die dritte ist die Ihre, ist das korrekt?«

Welander nickte.

»Bitte beantworten Sie die Frage laut.«

»Das ist korrekt«, sagte Welander.

Seine Stimme war kaum zu hören, extrem dünn und trocken, als hätte er einen Stapel Oblaten geschluckt. Lisa schenkte ein Glas Wasser aus einer Karaffe auf einem Beistelltisch ein und reichte es ihm. Er trank das halbe Glas leer.

»Können Sie uns etwas über den Hintergrund dessen erzählen?«, fragte Mette.

»Dessen?«

»Was wir gerade gesehen haben.«

Welander sackte mit dem Oberkörper leicht in sich zusammen. Er wusste, er musste berichten, er wusste, dass er ohne diese Schilderung nicht aus diesem Raum herauskam.

»Es fing in Lundsberg an. Jean, Bengt und ich waren dort sehr eng befreundet. Wir hielten immer zusammen. Wir hatten viel Spaß. Dann trennten sich unsere Wege, aber wir blieben in Kontakt.«

»Sie haben sich getroffen?«

»Ja, aber nur so einmal im Jahr.«

»Und was haben Sie dann gemacht?«

»Haben die glückliche Zeit aus der Schule wieder aufleben lassen. Alkohol getrunken und in Erinnerungen geschwelgt.«

»Und Pornos im Internet angeguckt?«

»Das war so eine Art Tradition, aus der Schulzeit, Pornos angucken, ganz unschuldig, sie dann im Netz anzugucken, das kam erst später. Das war, ich weiß nicht, wie ich es sagen soll, so eine Art verbotener maskuliner Kitzel, als wären wir wieder jung.«

Mette und Lisa tauschten kurz vielsagende Blicke.

Welander trank sein Wasserglas leer.

»In den letzten Jahren haben wir einen Dienstleister benutzt, der Pornonline hieß«, sagte er.

»Livestream-Pornografie«, sagte Lisa.

»Ja.«

»Wie das, was wir gerade gesehen haben.«

»Ja. Jean war die treibende Kraft, er hat Bengt aufgefordert, es zu bestellen.«

»Eine BDSM-Session.«

»Ja.«

»Haben Sie zusammen auch eine Einspielung so einer Session bestellt?«

»Ja. Jean wollte das. Er ist, er war an so etwas interessiert.«

»An BDSM?«

»Ja. Darum ging es bei dieser Aufnahme doch, oder?«

Welander zeigte auf den Laptop.

»Ja«, bestätigte Mette. »Was ist an dem Abend passiert?«

Welander atmete schwer. Er versuchte sich den Abend ins Gedächtnis zu rufen. Wie sie sich in Jeans Haus in Värmdö getroffen hatten, Schnaps tranken, die Anlage zur vereinbarten Zeit ans Netz koppelten und sich dann hinsetzten, um zuzuschauen. Immer aufgegeilter, immer betrunkener. Wie sie zu immer exotischeren und perverseren sexuellen Aktionen aufforderten. Zum Schluss hatte die nackte, gefesselte Frau in dem Zimmer sich gewehrt, hatte angefangen zu schreien, aber es ging immer weiter.

»Obwohl sie nicht wollte?«, fragte Mette.

»Ja.«

»Dann ist es in der Praxis also in eine Vergewaltigung übergegangen?«

»Das kann man wohl so sagen.«

Mette und Lisa schauten einander erneut an. Was sie dachten, war ihren Blicken abzulesen.

»Und dann ist das Schreckliche passiert«, sagte Welander.

»Der Mann in dem Raum hat die Frau erschlagen.«

»Ja.«

»Und wie haben Sie drei dann reagiert?«, wollte Mette wissen. »Sie hatten ja soeben einem bestellten und bezahlten Sexualakt beigewohnt, der mit einem Mord endete.«

»Wir waren total geschockt. Saßen reglos da. Als wir wieder zu uns kamen, haben wir diskutiert, was zu tun war, ob wir die Polizei anrufen sollten.«

»Was Sie aber nicht gemacht haben.«

»Nein.«

»Warum nicht?«

»Wir wussten nicht, was wir hätten sagen sollen. Wir konnten an dem, was wir gesehen hatten, ja doch nichts mehr ändern, wir wussten nicht, welche Personen noch in dem Raum gewesen waren, wir wussten nicht, wo sich das Ganze überhaupt abgespielt hatte, es hätte überall auf der Welt sein können.«

»Heuchler«, bemerkte Mette leise.

»Wie bitte?«

»Das Einzige, woran Sie damals gedacht haben, war, bloß nicht entdeckt zu werden bei dem, was Sie gerade getan hatten.«

Welander erwiderte nichts.

»Also haben Sie beschlossen, den Mund zu halten?«, fragte Lisa eher rhetorisch.

»Ja. Aber das war wirklich eine Qual, danach ging es mir richtig schlecht.«

»Ach, tatsächlich?«

»Ja, wirklich.«

Mette betrachtete Welander voller Ekel. Sie hatte schon vielen Menschen, die die verschiedensten Verbrechen auf dem Gewissen hatten, gegenübergesessen. Aber dieser Mann hier gehörte zu den erbärmlichsten. Sie klappte eine braune Mappe auf, die vor ihr auf dem Tisch lag.

»Ich möchte jetzt auf den Mord an Bengt Sahlmann zu sprechen kommen«, sagte sie. »Wie haben Sie davon erfahren?«

»Zuerst habe ich gehört, dass es ein Selbstmord war.«

»Wer hat Ihnen das gesagt?«

»Jean. Er hat mich gegen Mittag angerufen und gesagt, Bengt hätte ihn angerufen, er wäre total von der Rolle gewesen, hätte damit gedroht, zur Polizei zu gehen, um sowohl von den Zuständen in Jeans Institut zu berichten als auch davon, was an dem Abend damals passiert ist. Bengt war total nervös. Dann hat er am selben Tag abends wieder angerufen und erzählt, dass er zu Bengt gefahren wäre, um ihn zur Vernunft zu bringen, und da hätte er ihn aufgehängt vorgefunden. Und später habe ich dann gehört, dass Bengt ermordet worden ist.«

»Und was haben Sie da gedacht?«

»Ich war schockiert. Zuerst wollte ich es nicht glauben. Dann bekam ich Angst und habe über Jean nachgedacht.«

»Ob er derjenige war, der Bengt ermordet hat?«

»Ja. Es war ein unerträglicher Gedanke. Einer meiner Freunde sollte einen anderen meiner Freunde ermordet haben? Das war einfach schrecklich.«

»Das verstehe ich. Sie sind also an dem Tag zweimal von Borell angerufen worden, einmal, als er Ihnen von Bengts Drohung erzählt hat, und dann später, nachdem er bei Bengt zu Hause gewesen war, ist das korrekt?«

»Ja.«

Mette schaute in die braune Mappe.

»Wir sind Borells Telefonlisten von dem betreffenden Tag durchgegangen«, sagte sie. »Es stimmt, dass er Ihre Nummer zweimal gewählt hat.«

»Wie ich gesagt habe.«

»Das Problem ist nur, dass er aus Indien angerufen hat.«

»Aus Indien?«

»Ja.«

»Das verstehe ich nicht.«

»Ich auch nicht. Es sei denn, Sie lügen.«

»Ich lüge nicht. Ich bin Pfarrer. Jean hat zweimal bei mir angerufen.«

»Das wissen wir. Aber er war an dem Abend nicht in Bengts Haus, das wissen wir auch.«

»Woher hat er dann gewusst, dass Bengt sich erhängt hat?«

»Was glauben Sie?«

»Ich habe keine Ahnung! Das klingt ja äußerst merkwürdig. Wie hat er das denn wissen können?«

»Ja?«

»Vielleicht hat er es von einer anderen Person erfahren?«

»Die bei Bengt gewesen ist?«

»Ja. Die dann Jean in Indien angerufen hat?«

»Wer sollte das denn gewesen sein?«

»Das weiß ich nicht. Oder doch? Vielleicht Magnus Thorhed?«

»Warum ausgerechnet der?«

»Ich habe seinen blauen BMW gesehen.«

»Bei Bengts Haus?«

»Ja! Er muss es gewesen sein! Der Bengt dort hat hängen sehen und dann Jean angerufen hat – und dann hat Jean mich angerufen. Aus Indien!«

»So kann es gewesen sein.«

»Ja.«

»Dann wundert es mich nur, warum Sie dort gewesen sind.«

»Wo?«

»Bei Sahlmanns Haus. Und Thorheds Auto gesehen haben.«

Lisa konnte nicht umhin, sie musste Mettes Verhörtechnik einfach bewundern. Ganz bewusst hatte diese das Tempo des Dialogs immer weiter erhöht, bis Welander es nicht mehr geschafft hatte, genauer nachzudenken, bevor er etwas sagte. Plötzlich hatte er sich verplappert, ohne überhaupt zu bemerken, was er da sagte.

Jetzt war es dokumentiert.

Er selbst war am Mordabend bei Sahlmanns Haus gewesen.

»Was haben Sie da gemacht?«, fragte Mette noch einmal.

»Ich habe mir nach Jeans Anruf Sorgen gemacht und wollte selbst sehen, was mit Bengt los war.«

»Und was war los?«

»Es hat niemand aufgemacht, also bin ich wieder weggefahren.«

»Und da haben Sie Thorheds Auto gesehen?«

»Ja.«

Mette klappte die Mappe vor sich zu. Lisa warf ihr einen Blick zu. Welander fummelte an seinem Goldkreuz an der Kette, er ging wohl davon aus, dass er irgendeine Art von Strafe erhalten würde, wegen des Mordes, den er mit angesehen hatte, und weil er es unterlassen hatte, die Polizei darüber zu informieren. Eine Strafe, die er bereit war, auf sich zu nehmen. Er hoffte, es würde diskret behandelt werden, mit Rücksicht auf seine Gemeinde.

»Sind wir jetzt fertig mit dem Verhör?«

»Ja«, sagte Mette. »Sie haben uns erzählt, was wir wissen wollten. Jetzt brauchen wir nur noch eine Speichelprobe, dann sind wir fertig.«

»Eine Speichelprobe? Mit so einem Wattestäbchen im Mund?«

»Ja.«

»Und wozu brauchen Sie die?«

»Haben Sie etwas dagegen?«

»Ich? Nein. Ich frage mich nur, warum.«

»Um Ihre DNA mit einer DNA zu vergleichen, die von Hautfragmenten unter Bengt Sahlmanns Fingernägeln stammt. Er hat um sein Leben gekämpft und die Person, mit der er gekämpft hat, gekratzt. Das ist reine Routine. Sie sind ja Pfarrer und lügen nicht, also wird es da natürlich keinen Treffer geben.«

Mette und Lisa standen auf. Welander blieb sitzen. Mette nahm die Mappe vom Tisch und schaute ihn an. Sein weißes Hemd hatte Schweißflecken bis zur Taille hinunter.

»Übrigens hat Olivia erzählt, dass Sie deutliche Kratzspuren an den Armen haben«, bemerkte Mette.

Es war Abend und dunkel, als Mette endlich das Polizeigebäude verließ. Zufrieden, aber noch nicht ganz fertig. Sie hätte auf die Signale ihres Körpers hören und nach Hause fahren können, aber sie wollte das hinter sich bringen, was noch zu tun war. Sie rief Abbas und Olivia an und bat sie, zu Stilton auf das Hausboot zu kommen. Sie wollte die Truppe nicht im Landeskriminalamt haben.

Alle versammelten sich im Salon.

Drei von ihnen waren sehr ungeduldig. Neugierig, angespannt. Welanders Verhör betraf sie alle auf irgendeine Art und Weise. Das wusste Mette und wollte davon nur einmal berichten.

Als sie fertig war, kam die erste verwunderte Frage von Olivia.

»Er hat gestanden?«

»Ja.«

»Einfach so?«

»Nein. Erst, als wir ihm von den Hautfetzen unter Sahlmanns Fingernägeln erzählt haben. Da hat er eingesehen, dass die Sache gelaufen ist, und wurde ganz pathetisch, ist zusammengebrochen und hat angefangen zu weinen.«

»Was für ein Widerling.«

»Dann hat er also Magnus Thorheds Auto in der Nähe von Sahlmanns Haus gesehen?«, fragte Stilton nach.

»Ja. Das behauptet er. Als er wegging. Thorhed ist offenbar von Borell hingeschickt worden, um das zu tun, was Welander anfangs hatte tun wollen.«

»Sahlmann zur Vernunft zu bringen?«

»Ja. Und dann hat er Sahlmann erhängt aufgefunden und den Laptop mitgenommen, damit gefährliche Informationen, die sich möglicherweise darauf befanden, nicht ans Tageslicht kamen.«

»Aber warum hat Welander gelogen, was das Gespräch betraf?«, fragte Olivia. »Dass Thorhed angerufen haben soll und berichtet, dass Sahlmann sich erhängt hat? Schließlich war es doch Borell, der telefoniert hat.«

»Das weiß ich nicht, vielleicht wollte er die Schuld auf Thorhed schieben? Er hat ja dessen Wagen dort gesehen.«

»Nicht besonders schlau.«

»Mörder sind selten so schlau, wie sie glauben.«

»Welches Motiv hatte er für den Mord?«, fragte Stilton.

»Zum einen wollte er einen Skandal verhindern, es durfte nicht herauskommen, was diese Herren damals draußen bei Borell getrieben haben, zum anderen hatte er Angst vor dem Mörder in Marseille, wie er ihn genannt hat. Er wusste ja von dessen Drohmail, sollten sie zur Polizei gehen und reden. Und jetzt hatte Sahlmann Borell genau damit gedroht.«

»Zur Polizei zu gehen?«

»Ja. Welander hatte eine Heidenangst, dass das Mickey Leigh erfahren könnte.«

»Dann hat er Sahlmann ermordet, um das zu verhindern?«

»Laut Welander war es Totschlag. Ein Streit, der eskaliert ist.«

»Und damit endete, dass er Sandras Vater aufgehängt hat, damit sie ihn findet, wenn sie nach Hause kommt«, sagte Olivia. »Und dann hat er so getan, als würde es ihn interessieren, wie schlecht es ihr geht, und sie so fast dazu gebracht, sich das Leben zu nehmen. Igitt, ist das widerlich!«

Olivia stand auf, sie konnte nicht mehr still sitzen. Die Gedanken an den einfühlsamen Pfarrer, der schlaflose Nächte hatte, weil er sich Sorgen um die arme Sandra machte, ließ Übelkeit in ihr aufsteigen. Die Erinnerung an den so überaus bewegten Grabredner am Sarg, der so warmherzig und ergreifend von dem Menschen berichtete, den er selbst getötet hatte, ließ sie vor Wut beben.

Sie bereute, dass sie ihn in der Wohnung nicht gleich zusammengeschlagen hatte.

Alle sahen sie an, alle verstanden ihre Gefühle.

Welander war wirklich ein widerwärtiger Mensch.

»Wir haben Erkundigungen eingeholt«, sagte Mette. »Er ist aufgrund irgendwelcher ernsthafter Vorkommnisse vom Internat Lundsberg geflogen, später hat er versucht, sich das Leben zu nehmen, und ist in der Psychiatrie gelandet, und als er entlassen wurde, hat er angefangen, Theologie zu studieren. Er scheint eine ziemlich gespaltene Person zu sein. Aber jetzt sitzt er in Haft. Gibt es noch mehr, was ihr wissen wollt?«

»Wie seid ihr auf ihn gekommen, auf Welander?«

Abbas stellte diese Frage. Eine Frage, die alle drei, und vor allem Mette, am liebsten vermieden hätten. Sie hatte gehofft, Abbas würde nicht weiter nachbohren. Ganz bewusst hatte sie vermieden, den Film zu erwähnen, den Film von Jean-Baptiste mit den drei Stimmen. Sie wollte nicht, dass er von dessen Existenz wusste.

Und auch Stilton und Olivia wollten das nicht.

Aber sie wusste auch, dass Abbas jeden Moment auf die Idee kommen könnte, direkt bei Jean-Baptiste anzurufen, wie er es gemacht hatte, als er mit Mickey Leigh fertig gewesen war. Über den Stilton nichts gesagt hatte.

Sie wollte nicht schweigen oder halbe Lügen verkünden. Nicht Abbas gegenüber. Also erzählte sie von dem widerwärtigen Film und dem Mord, den es dort zu sehen gab.

Ohne Umschweife.

Als sie fertig war, stand Abbas auf und schaute sie an.

»Könntest du mich mit nach Hause nehmen?«

»Natürlich.«

Mette stand auf und wollte gehen.

»Mette.«

Sie drehte sich um, Olivia kam zu ihr und sprach mit leiser Stimme.

»Ich würde gern einen USB-Stick mit dem Inhalt von Sahlmanns Laptop haben, was den Skandal im Silvergården betrifft, wäre das möglich?«

»Das werde ich organisieren … und du.«

»Ja?«

»Du hast doch einen Unterschied gemacht.«

»Ohne Polizeibeamtin zu sein.«

»Du bist Polizeibeamtin, du läufst nur gerade weg davor.«

Mette lächelte und verließ zusammen mit Abbas den Salon.

Auf dem Weg hinunter vom Schiff wagte Mette es, Abbas zu fragen, was eigentlich im Zirkuszelt passiert war. Mit Mickey Leigh. Abbas erzählte es ihr. Als sie am Wagen angelangt waren, war er fertig damit.

»Und wenn jetzt eines der Messer falsch gelandet wäre?«, sagte Mette.

»Ihn getroffen hätte?«

»Ja.«

»Hat es aber nicht.«

Abbas stieg in den Wagen. Mette setzte sich hinters Steuer und fuhr los.

»Wir haben ihn mit dem Mord an Borell in Verbindung bringen können. Seine Fingerabdrücke waren auf der Mordwaffe im Bootshaus.«

»Gut.«

Dann schwiegen sie, bis Abbas in der Dalagatan aussteigen wollte. Kurz bevor er die Tür hinter sich zuschlug, beugte er sich noch einmal zu Mette hinunter.

»Danke, dass du mir von dem Film erzählt hast.«

»Ich gehe davon aus, dass du ihn nicht sehen willst.«

»Nein. Kannst du das hier Jolene geben?«

Abbas holte diverse französische Zuckertütchen aus der Tasche und reichte sie Mette. Jolene sammelte Zuckertütchen, sie hatte bereits einige große Gläser voll mit Tüten aus der ganzen Welt.

»Sie wird sich riesig freuen!«

»Ich weiß.«

»Aber willst du sie ihr nicht selbst geben?«

»Nein. Mein Gesicht muss erst wieder hübscher werden.«
Abbas drückte die Wagentür zu und ging zu seiner Haustür.
Mette schaute ihm hinterher.

Stilton und Olivia waren im Salon sitzen geblieben. Er hatte ihr eine Tasse Tee gemacht, er selbst saß da und aß eine Karotte, sein Magen knurrte. Beide fühlten sich nach Mettes Vortrag erleichtert. Die meisten Puzzleteile waren an ihren Platz gefallen und hatten dazu beigetragen, noch ungelöste Fragen zu beantworten. Abbas war auf Bilder von Mickey Leigh gestoßen, Tom hatte ihn wiedererkannt, Mette hatte bei Jackie zuschlagen können und dort Sahlmanns Laptop gefunden. Olivia hatte ihn draußen bei Borell fotografiert und so Mette die Verbindung zwischen Mickey und Borell beschafft, was wiederum zu Tomas Welander geführt hatte. Zu der dritten Stimme.

So weit, so gut!

Jetzt waren nur noch zwei Dinge zu tun. Eine einfachere und angenehme für Stilton, eine schwere für Olivia: Sandra. Tomas Welander hatte ihren Vater getötet, der Familienfreund und Pfarrer war ein Mörder. Das Motiv: ihr Vater hatte damit gedroht, aufzudecken, dass er einen brutalen Mord während eines bestellten Sexaktes mitangesehen hatte.

Und das sollte sie einem jungen Mädchen erzählen, das gerade versucht hatte, sich das Leben zu nehmen?

Sie spürte intensiv, wie sie sich zurück nach Mexiko sehnte.

Zu dem Alleinsein und dem freien Leben.

Oder vielleicht nach Nordkoster?

Da klingelte es, wie auf Bestellung. Olivias Handy vibrierte auf dem Tisch, und Ove Gardmans Name erschien auf dem Display. Sie warf Stilton einen kurzen Blick zu, er lag halb auf dem Sofa und befand sich in seiner eigenen Welt, im Reich der Rache. Sie nahm das Handy hoch, stand auf und ging auf den Gang. Bevor sie antwortete, musste sie einmal tief durchatmen, sie wusste nicht so recht, was sie sagen sollte. Ihn um Entschuldigung bitten? Sagen, dass sie sich nach ihm sehnte? Oder so tun, als ob nichts wäre?

»Hej, Ove, wie geht's?«

Sie versuchte möglichst locker zu klingen.

»Geht so.«

Seine Stimme klang bedrückt und traurig. Olivia fühlte sich sofort provoziert. Will er den Märtyrer spielen? Mir ein schlechtes Gewissen machen? Nur weil ich nichts von mir habe hören lassen, muss er ja nicht gleich klingen, als ob die Welt untergeht. Und schließlich war er derjenige, der bei unserem letzten Treffen nicht gerade sensibel war, oder? Aber okay, ich werde zu Kreuze kriechen, um Entschuldigung bitten, ich habe ja nichts zu verlieren.

Sie holte tief Luft. Um Verzeihung zu bitten war nicht gerade ihre größte Stärke. Sie brauchte ungefähr genauso viele Anläufe wie Mette dazu.

»Hallo?«, war Ove zu hören.

»Ich bin noch dran. Der Empfang ist nur etwas schlecht.«

Eine Notlüge, gut zu gebrauchen, wenn man etwas Zeit nötig hatte.

»Du, es tut mir leid, dass ich nichts von mir habe hören lassen«, sagte sie, »aber es war im Augenblick alles ein bisschen viel auf einmal, ja, weißt du, mit diesem Fall, von dem ich dir erzählt habe, und ich habe es nicht geschafft, oder doch, einmal habe ich es sogar geschafft, ich habe einmal versucht, dich anzurufen, aber dein Handy war ausgeschaltet. Das von Maggie habe ich gehört, Lenni hat es mir erzählt, das war ja …«

»Papa ist tot.«

Oves Stimme kippte fast, als er Olivias Geplapper unterbrach. Abrupt. Ein Aufblitzen von schlechtem Gewissen fuhr ihr durch den Kopf, ihr wurde peinlich bewusst, dass sich nicht immer alles nur um sie drehte. Sie sank in die Hocke, mit dem

Rücken gegen Stiltons Kajütentür gelehnt, die plötzlich aufsprang, so dass Olivia einen Salto rückwärts direkt in die Kajüte machte. Mit dem Kopf schlug sie gegen die Koje, wobei es ihr jedoch gelang, das Handy am Ohr zu behalten.

»Oh, wie schrecklich!«, sagte sie. »Wann denn?«

»Letzte Nacht.«

»Oh, das tut mir so leid, Ove, ich wusste gar nicht, dass es so schlecht um ihn stand.«

Sie hörte, wie Ove seufzte, bevor er anfing zu berichten. Sein Vater hatte einen Virus gehabt, der zu einer Lungenentzündung führte, und dann war er einfach immer schwächer geworden. Sein Körper wollte nicht mehr.

»Das Schlimmste war, dass ich in dem Moment nicht bei ihm war. Seit ich zu Hause bin, habe ich Tag und Nacht bei ihm gesessen, und ich war nur kurz weg, um zu duschen und frische Klamotten zu holen. Und da ist er gestorben. Allein. Es war kein Mensch bei ihm!«

»Lag er im Krankenhaus?«

»Nein, das hätte er eigentlich sollen, aber sie haben wohl gar nicht ganz begriffen, wie krank er war, obwohl ich versucht habe, ihnen das klarzumachen. Und ein Arzt war auch nicht zur Stelle. Sie hatten mir versprochen, dass sie auf ihn achten würden, solange ich nicht da war, aber dann ist jemand anders aus dem Bett gefallen und hat sich den Oberschenkelhals gebrochen, und mein Vater ist allein gelassen worden. Es ist einfach nur schrecklich. Niemand sollte einsam sterben müssen, ich werde einfach nur wütend, wenn ich daran denke. Es ist so unwürdig! Alles dreht sich nur um Kohle!«

Das konnte Olivia bestätigen, nur zu gut.

»Ich kann zu dir kommen«, sagte sie. »Ich muss nur morgen noch eine Sache erledigen.«

»Ich glaube, ich bin im Augenblick nicht wirklich unterhaltsam. Es gibt auch so viel zu erledigen. Die Beerdigung und so.«

»Ich komme trotzdem.«

»Okay, cool… Und du…«

»Ja?«

»Ich habe dich vermisst.«

»Ich habe dich auch vermisst.«

Was stimmte. Sie sehnte sich wirklich nach Ove.

Dann legte sie auf, blieb aber noch eine Weile auf dem Boden sitzen. Sie dachte an Oves verstorbenen Vater und an Hilda im Silvergården und an Claire Tingman. Hätte die nicht alles Olivia erzählt, hätte vieles anders ausgesehen. Es sollten mehr Menschen den Mund aufmachen, dachte sie und verließ die Kajüte. Als sie zurück in den Salon kam, lag Stilton mit halbgeschlossenen Augen auf der Bank. Sie setzte sich an den Tisch.

»Hallo, ihr beiden!«

Luna kam die Eisentreppe am Ende des Gangs herunter, mit einigen Einkaufstüten in den Händen.

»Ihr habt doch bestimmt noch nichts gegessen, oder?«

Das hatten sie nicht, also nahmen beide dankend Lunas Einladung zum Essen an. Stilton mit deutlich geringerer Begeisterung als Olivia, was Luna registrierte.

»Für dich habe ich ein Entrecote gekauft«, erklärte sie und verschwand in der Kombüse.

Es wurde ein langes, geschwätziges Essen, mit diversen vegetarischen Spezialitäten, die Olivia einfach fantastisch fand. Stilton war mit seinem Stück Fleisch zufrieden. Die Gerichte wurden begleitet von einigen Flaschen dekantiertem Ripassowein. Teuer, aber Luna hatte ein paar Briefmarkenraritäten verkauft und wollte sich jetzt etwas gönnen.

Luna und Olivia redeten am meisten, sie fanden schnell eine Wellenlänge und sprachen über dieses und jenes. Stilton saß die meiste Zeit dabei und ergänzte nur ab und zu etwas, wenn er gefragt wurde, aber er fühlte sich wohl. In der Gesellschaft der beiden jungen Damen. Ein paar Mal kam ihm Lunas Tätowierung in den Sinn, aber er schob das Bild beiseite, ohne weiter darüber nachzudenken.

Als Olivia wieder einmal ihr Weinglas gefüllt hatte, das Essen im Großen und Ganzen beendet war und alle drei sich gemütlich zurücklehnten – alle Ecken und Kanten waren abgeschliffen –, da hatte sie plötzlich das Gefühl, Tom endlich die Frage stellen zu können, die sie ihm schon einmal gestellt hatte, auf die sie aber nie eine Antwort bekommen hatte.

Also stellte sie sie jetzt.

»Wieso bist du eigentlich damals so abgestürzt?«

Luna schaute Olivia an. Wusste sie das nicht? Sie auch nicht? Hatte er das nicht einmal ihr erzählt? Sie drehte sich zu Stilton um. Würde er auch Olivia abwimmeln? Nach allem, was passiert war?

Stilton hielt sein Weinglas in beiden Händen. Er merkte genau, wie Olivia ihn ansah, und nahm an, dass auch Luna das tat. Es vergingen einige Sekunden, vielleicht eine ganze Minute, bevor er seine Entscheidung getroffen hatte.

»Es war damals, als ich mit dem Jill-Mord beschäftigt war«, sagte er zu Olivia. »Davon habe ich dir doch mal erzählt, oder?«

Olivia nickte. Er hatte ihr von dem Mord an Jill Engberg erzählt, eines von Jackie Berglunds Eskortmädchen.

»Ich war Tag und Nacht mit dem Fall beschäftigt, die ganze Zeit schoss Rune Forss quer. Er wollte nicht, dass ich weiter bei Jackie Berglund herumschnüffelte. Ich schlief schlecht, war Marianne gegenüber ungerecht, und darüber hinaus lag meine Mutter im Sterben. Also habe ich mir tagsüber den Arsch aufgerissen und saß nachts an ihrem Krankenbett.«

Stilton atmete schwer und schaute auf seine Hände. Sie zitterten ein wenig, der Körper konnte sich immer noch an die Gefühle erinnern.

»Man kann wohl sagen, dass ich nicht gerade in Bestform war«, sagte er.

»Du warst sicher ausgebrannt?«

»Wahrscheinlich. Alle Warnlampen blinkten auf, aber das war mir scheißegal, als cooler Kriminalkommissar hat man doch keinen Burnout.«

Stilton lächelte Olivia kurz an. Sie war es, der er das Ganze erzählte, auch wenn er sich absolut bewusst war, dass Luna am anderen Tischende saß.

»Eines späten Abends, als ich auf dem Weg zu meiner Mutter war, hielt ich an einer roten Ampel. Ich war total erledigt, und dieses rote Licht erschien mir plötzlich unerträglich, es schnitt sich wie eine Rasierklinge durch meine Augen. Es war, als hätte das einen Vulkanausbruch in meinem Körper ausgelöst, der Kopf fing an, sich zu drehen, das Herz hämmerte, und die Kehle schnürte sich zusammen. Ich konnte kaum noch atmen. Ich war gezwungen, an die Seite zu fahren und anzuhalten.«

»Eine Panikattacke?«

»Ja, ich dachte natürlich, es ist ein Herzinfarkt. Später beruhigte mein Körper sich wieder, und ich dachte, ich sollte vielleicht einen Termin im Krankenhaus machen, wenn ich dort sowieso bei meiner Mutter war. Dann bin ich weitergefahren.«

»Und du warst wieder okay?«

»Mir ging's prima.«

Stilton trank einen kleinen Schluck Wein. Er hatte noch mehr im Glas.

»Als ich bei meiner Mutter ankam, schlief sie, also setzte ich mich ans Bett und nahm ihre Hand, auf der sie einen hässlichen schwarzen Fleck von der Kanüle hatte. Ich saß da und starrte in die Dunkelheit, und plötzlich fing dieser Fleck an zu wachsen, langsam, er wand sich wie eine Schlange ihren Arm entlang, hoch bis an ihren Hals, als wollte er sie erwürgen.«

Die Frauen am Tisch schauten ihn erschrocken an.

»Das passierte natürlich nur in meinem Kopf«, sagte er.

Und versank in der Erinnerung …

… in der Vergangenheit.

»Tom?«

Stilton blinzelte. Astrid war aufgewacht. Die Schlange war fort. Diese schrecklichen Bilder, er musste mehr schlafen, besser auf sich achten, sonst würde es das nächste Mal tatsächlich zum Herzinfarkt kommen.

»Erinnerst du dich noch, wie du als Kind Albträume gehabt hast?«

Ihre Stimme war schwach. Stilton schaute auf das Häuflein Mensch hinab, das von seiner Mutter geblieben war. Das Alter ist ungerecht, dachte er, schrecklich ungerecht. Plötzlich fühlte er sich unglaublich müde.

»Ja«, sagte er, »dann hast du immer gesagt, dass Träume nur Träume sind, die gibt es nur im Kopf und haben nichts mit der Wirklichkeit zu tun.«

Was eine verdammte Lüge ist, dachte er.

»Aber so war es nicht«, sagte sie. »Sie hatten mit der Wirklichkeit zu tun.«

Astrid schaute ihn fest an, als sie diese Worte flüsterte. Er erstarrte. Der Blick verhieß etwas, von dem er nicht wusste, ob er es wirklich wissen wollte. Zumindest jetzt nicht, er war nicht in der Form für so etwas.

»Du brauchst nichts zu sagen, Mama.«

»Doch, ich muss.«

Sie musste? Warum? Wenn es ein Geheimnis gab, das sie ihr Leben lang mit sich herumgetragen hatte, dann konnte sie es ja wohl mit ins Grab nehmen? Sie war doch nie gläubig gewesen. Sie glaubte doch jetzt wohl nicht, dass irgend so ein Gott dastehen und sie richten würde, wenn sie starb? Er strich ihr vorsichtig über den schwarzen Fleck auf der Hand, der wieder seine normale Größe angenommen hatte.

»Erinnerst du dich noch an die Albträume?«

»Ja.«

»Sie handelten immer von einem Feuer, nicht wahr? Davon, dass wir aus einem brennenden Haus gelaufen sind.«

»Ja, das stimmt.«

Warum musste sie jetzt darüber sprechen?

In seinem Beruf war er ein manischer Wahrheitssucher, der ungemein frustriert war, wenn er einen Fall nicht lösen konnte. Er wollte die Wahrheit um jeden Preis wissen.

Aber nicht hier, nicht jetzt.

Nicht diese Wahrheit.

Es war ihm gelungen, vor ihr davonzulaufen, sie so gut zu verdrängen, dass er gar keine Ahnung hatte, worum es sich handelte. Geblieben waren nur fragmentarische Bilder, die in seinen Träumen immer mal wieder auftauchten. In seinen Albträumen.

Er könnte es ja wohl weiterhin verdrängen und vergessen?

»Das haben wir gemacht«, sagte sie. »Wir sind aus einem brennenden Haus gelaufen, du und ich.«

Astrid holte tief Luft.

»Und ich war es, die das Feuer gelegt hat.«

»Du?«

»Ich habe unser Zuhause angesteckt, deins und meins.«

Stilton stieß die Luft aus. Ein Brand. Mehr war es also nicht, das Geheimnis. Damit würde er zurechtkommen.

»Aber da ist noch mehr«, sagte Astrid.

»Mama, du musst nicht …«

»Ich muss. Verstehst du das nicht? Du warst doch erst sechs Jahre alt. Erinnerst du dich?«

Plötzlich öffnete sich eine Schleuse in Stiltons Kopf. Die Erinnerungsbilder schossen heraus und wirbelten zusammen mit der Stimme seiner Mutter herum:

Ein dunkler Schrank. Mama schiebt ihn hinein. Er will nicht. Er hat Angst vor dem Dunkel. Sie sagt: »Bleib hier drinnen, Tom, und komm nicht raus, was immer du auch hörst, verstehst du.« Er nickt. Er weiß, er muss tun, was Mama sagt. Sie schließt die Tür hinter ihm. Die Dunkelheit umhüllt ihn, und er schließt die Augen. Ganz fest. Der Geruch nach Mottenkugeln beißt ihn in der Nase. Er mag diesen Geruch nicht. Er bereitet ihm Übelkeit. Da hört er die Stimmen. Mamas und die von dem Mann. Von dem Mann, den Mama nicht in ihrem Haus haben will. Die Stimme des Mannes ist verwaschen, Tom kann nicht hören, was er sagt. Aber es klingt, als würde er schimpfen. Dann schreit Mama. Tom presst sich die Hände auf die Ohren, fest, ganz fest, doch das nützt nichts, ihr Schrei geht ihm durch Mark und Bein. Dann ist es still. Vorsichtig nimmt er die Hände herunter. Ist es vorbei? Da hört er ein Brüllen. Ein abgründiges Brüllen. Er drückt sich so weit in den Schrank hinein, wie er kann. Warmer Urin läuft seinen Schenkel hinunter, und er fängt an zu weinen. Haltlos. Und er weiß nicht, ob er über dieses schreckliche Brüllen weint oder weil Mama böse sein wird, dass er in die Hose gepinkelt hat. Jetzt ist es wieder still draußen. Es sind keine Stimmen mehr zu hören. Plötzlich wird die Tür geöffnet und Licht strömt herein. Eine Hand greift nach ihm. »Komm, Tom, schnell!« Er stolpert aus dem Schrank heraus. Stößt sich. Riecht den beißenden Geruch von Petroleum. Von Rauch. Da sieht er das Feuer. Es hat die Gardinen in der Küche erreicht. Mamas Lieblingsgardinen brennen! Mama fasst ihn bei der Hand, fest, ganz fest, und zieht ihn mit sich. Das tut weh. Warum muss sie ihn immer so fest anpacken?

»Au! Du zerdrückst mir ja die Hand, Tom, das tut weh.«

»Entschuldige!«

Stilton lockerte den Griff um Astrids Hand. Ihm war übel. Von den Bildern und den Gerüchen. Von allem. Sein Herz raste, und weiße Flecken tanzten vor seinen Augen. Jetzt kommt der Infarkt, dachte er. Da flüsterte Astrid:

»Ich habe ihn getötet.«

Stilton schaute seine Mutter an und versuchte zu begreifen, was sie gesagt hatte.

»Wen hast du getötet?«

Er wusste nicht, ob er die Antwort überhaupt hören wollte, aber er kam nicht darum herum, Astrid hielt ihn mit ihrem Blick fest. Ihre Stimme trug kaum, die Worte kamen wie ein Zischen heraus.

»Deinen Vater.«

»Meinen Vater?«

Neue Bilder tauchten in Stiltons Kopf auf.

Mama sagt ihm, er soll die Augen zumachen, während sie aus dem Haus laufen, aber er schaut heimlich, um nicht hinzufallen. Und er sieht den Mann auf dem Boden, das Blut wird aus einer großen Wunde in der Brust herausgepumpt. Er bewegt sich noch. Neben ihm liegt Großvaters große Seehundharpune. In dem Rauch fällt es Tom schwer zu atmen.

»Ja, der Mann, der verbrannt ist, das war dein Vater.«

Astrids Stimme bekam plötzlich eine merkwürdige Schärfe.

»Eine Bestie.«

Stilton fiel es schwer zu atmen. Er setzte sich auf, um besser Luft zu bekommen.

»Du hast meinen Vater getötet?«, fragte er.

»Ja. Und ich bereue es nicht«, erklärte Astrid. »Bis heute nicht.«

»Warum hast du ihn getötet?«

»Weil er mich vergewaltigt hat. Mehrere Male. So bist du auch gezeugt worden.«

Plötzlich begann der Raum um Stilton herum zu schwanken,

die weißen Flecken flimmerten vor seinen Augen, er musste sich anstrengen, um zu fragen:

»Warum erzählst du mir das jetzt? Hier?«

»Damit du verstehst.«

»Was soll ich verstehen?«

Astrid schaute ihn an, er spürte ihre Hand, wie sie seine fester drückte, ihr Atem ging schwerer.

»Du sollst verstehen, warum ich nicht immer eine gute Mutter war. Warum es mir immer so schwergefallen ist … dich zu lieben.«

Er ließ ihre Hand los. Sah, wie sie in Zeitlupe auf die Bettdecke fiel. Der schwarze Fleck wurde wieder zu einer Schlange, blitzschnell ringelte sie sich hoch zum Hals seiner Mutter. Er sprang schwankend auf. Panik ergriff ihn. Er musste fort! Raus hier! Er brauchte Luft! Nur weg!

»Tom!«

Das war Olivias Stimme. Sie hatte ihm eine Hand auf den Arm gelegt. Er spürte, wie ihm der Schweiß von der Stirn lief, sein Herz hämmerte in der Brust. Er leerte sein Weinglas und sah sie an.

»Es endete damit, dass ich aus dem Zimmer gerannt bin, schreiend, das Letzte, woran ich mich erinnere, war, dass ich mich im Flur übergeben habe. Der Rest liegt im Nebel. Man hat sich sofort um mich gekümmert. Man kann wohl sagen, dass ich mir die richtige Umgebung für eine Psychose ausgesucht hatte.«

Stiltons Mund verzog sich zu einem ironischen Lächeln.

»Kriminalkommissar Tom Stilton, die Frucht eines Vergewaltigers und einer Mörderin«, sagte er. »Psychopath und total ausgebrannt in jeder Beziehung.«

Stilton ließ seinen Blick auf seine Hände sinken.

»Und danach bist du abgestürzt?«

»Nein, nicht gleich. Ich wurde krankgeschrieben. Und da habe ich mit allen um mich herum gebrochen. Ich wollte nicht, dass mich jemand in diesem Zustand sieht, und erst recht keiner, dem ich wichtig war. Ich habe alle von mir gestoßen. Marianne, Mette, Mårten, Abbas, ich war einfach nur widerlich zu ihnen. Besonders Marianne musste viel schlucken. Nach der Krankschreibung wollte ich im Landeskriminalamt weitermachen.«

»Aber das hat nicht funktioniert?«

»Ich habe es versucht, aber es ist schiefgelaufen.«

»Wegen Rune Forss?«

»Ja. Er hat jede Menge Gerüchte verbreitet, hinter meinem Rücken schlecht über mich geredet, hier und da Halbwahrheiten fallen lassen, dafür gesorgt, dass ich geschnitten wurde, Kollegen haben den Tisch gewechselt, wenn ich mich in der Kantine zu ihnen setzte, all so ein Mist, zum Schluss konnte ich nicht mehr, ich habe gekündigt und aufgegeben. In jeder Beziehung. Habe alle Bande, die es noch gab, durchschnitten und beschlossen, mich einfach fallen zu lassen. Was mir ja auch geglückt ist.«

Luna schaute Stilton an.

»Und deine Mutter?«

»Sie starb in derselben Nacht, in der sie es mir erzählt hat. Da lag ich in der Notaufnahme der Psychiatrie.«

Stilton verstummte. Luna schenkte ihm noch ein wenig Rotwein in sein Glas und dachte an seine Albträume in der Kajüte. Da war offensichtlich noch einiges, was ihn quälte. Stilton kippte den Rotwein hinunter und stand auf.

»Danke für das Fleisch. Und den Wein. Ich haue mich jetzt aufs Ohr.«

Olivia stand auch auf und drückte Stilton fest an sich. Aus der Umarmung heraus schielte er zu Luna hinüber. Sie schaute ihn mit ruhigen Augen an und zog eine Hand ihren Hals entlang, ungefähr dort, wo die tätowierte Schlinge hervorlugte.

»Schlaf gut«, sagte sie.

Stilton nickte und ging zu seiner Kajüte. Er legte sich der Länge nach auf die Koje und schloss die Augen. Gerade als er einschlafen wollte, sah er es plötzlich vor seinem inneren Auge. Das Tattoo auf Lunas Schulter. Und wusste mit einem Mal, wo er es schon einmal gesehen hatte.

Alex Popovic stand vor den Bildschirmen am Nachrichtentresen und schaute sich eine Sendung der BBC an. Ein Interview mit einer sehr eleganten Sprecherin von Albion International. Sie stand auf der Treppe vor dem Sitz der Gesellschaft in London. Neben ihr stand Magnus Thorhed. Er trug immer noch eine schwarze Armbinde um den Ärmel seines Tweedjacketts. Der kleine Pferdeschwanz wehte im Wind. Sie kamen gerade aus einer Vorstandssitzung, und die Frau versicherte dem Reporter, dass business as usual herrsche, trotz des tragischen Verlusts des ehemaligen Vorstandsvorsitzenden Jean Borell. Die internationale Expansion solle wie geplant weiter forciert werden. Außerdem sei für die nordische Sektion ein neuer Geschäftsführer ernannt worden.

Die Frau stellte Magnus Thorhed vor.

In tadellosem Englisch erklärte er, wie Albion seinen erfolgreichen Wachstumskurs in Skandinavien fortsetzen wolle. Gerade in diesen Tagen solle ein Millionenvertrag in Stockholm unterzeichnet werden.

»Alex!«

Alex drehte sich um. Ein langhaariger Typ war auf dem Weg zu ihm, mit einem Umschlag in der Hand.

»Das hat ein Bote gebracht.«

Alex öffnete den Umschlag. Er enthielt einen USB-Stick. Der Journalist ging zu seinem Schreibtisch und schob den Stick in den Computer. Er enthielt nur ein einziges Dokument. Die Überschrift der Datei war eindeutig: »MATERIAL ÜBER DIE PFLEGESKANDALE IM SILVERGÅRDEN«.

Alex schaute auf den großen Bildschirm. Magnus Thorhed bekam gerade die letzte Frage auf der Treppe gestellt.

»Gehen Sie nicht davon aus, dass die harte Kritik in den schwedischen Medien Albions Geschäften schaden könnte?«

»Nicht im Geringsten. Das war Rauch ohne Feuer. Es gibt in unserem Unternehmen nicht das geringste Problem. Es wird tadellos geführt.«

Alex öffnete die Datei.

*

Stilton ging den Gang mit den großen Fenstern zur Stockholmer Polizei entlang. Er folgte einer Treppe hinauf und richtete seine Schritte auf eine bestimmte Tür. Hier war er vor einem Jahr zu Besuch gewesen, und er nahm an, dass Rune Forss immer noch dasselbe Büro hatte. Er öffnete, ohne anzuklopfen.

Forss saß hinter seinem Schreibtisch.

»Normale Menschen klopfen an«, sagte er.

Stilton schloss die Tür hinter sich. Forss rührte sich nicht, er ahnte wohl, worum es bei diesem Besuch ging. Aber das machte ihm keine Sorgen. Er hatte sich nach dem Treffen mit dieser Nutte wieder beruhigt und festgestellt, dass von ihr keine Gefahr ausging. Was er ihr gesagt hatte, galt immer noch: sein Wort gegen ihres. Es war, als würde man Rentner mit Panzerfäusten beschießen.

Stilton zog einen Stuhl heran und setzte sich vor den Schreibtisch.

»Worum geht es?«, fragte Forss.

Er gönnte sich ein kleines Lächeln. Der Mann ihm gegenüber war einmal ein respektierter Kriminalbeamter gewesen. Auch Forss war damals von seinen beruflichen Fähigkeiten beeindruckt gewesen. Dann war der Mann gestolpert, ausgerutscht und beim Abschaum gelandet. Jetzt versuchte er mit Zähnen und Klauen wieder nach oben zu kommen.

Armselig.

»Es geht um deine Besuche bei Prostituierten«, sagte Stilton.

»Ach was.«

»Eine von denen, die du ausgenutzt hast, war Ovette Andersson.«

»Wer ist das?«

»Sie ist als Einzige von denen, bei denen du Sex gekauft hast, noch am Leben.«

»Ach, mit solchen Sachen beschäftigst du dich jetzt also? Alten Dreck wieder hervorzerren?«

»Sie ist bereit, darüber zu reden.«

»Bist du fertig?«

»Nein«, sagte Stilton.

»Da ist die Tür.«

Forss hob die Hand. Er war immer noch die Ruhe selbst. Stilton rührte sich nicht. Er warf einen Blick auf das Familienfoto neben dem Telefon, Forss mit Frau und zwei erwachsenen Söhnen. Er wusste, dass einer der Söhne dieselbe Laufbahn wie sein Vater einschlagen wollte.

»So sieht es aus«, fuhr Stilton unbeirrt fort. »Ein hochgestellter Kriminalkommissar, der zu Prostituierten geht, das ist eine gute Schlagzeile. Ganz gleich, wann es passiert ist. Das weißt du. Du weißt auch, was Verunglimpfung bedeutet. Oder eine Drohung auf gut Schwedisch. Es ist eine Straftat.«

»Das stimmt«, lächelte Forss. »Und wer soll wem gedroht haben?«

»Du hast Ovette Andersson bedroht, falls sie deine sexuellen Kontakte zu ihr enthüllt.«

Forss beugte sich ein wenig vor. Seine Geduld war langsam am Ende. Er wollte unter das Ganze hier endlich einen Schlussstrich ziehen.

»Du kannst diesem Miststück sagen, dass sie wem auch immer wann auch immer erzählen kann, was sie will, weil das alles nur eine Lüge ist. Wenn du ihr glauben willst, bitte schön, das ist deine Sache. Aber du wirst der Einzige sein.«

Jetzt war es auch mit Stiltons Geduld nicht mehr weit her. Er zog ein Handy aus der Tasche und legte es auf den Tisch vor sich. Als er den Ton einschaltete, war es mucksmäuschenstill im Raum.

Was zum Teufel machst du hier?

Die zischende Stimme gehörte Rune Forss. Stilton beobachtete ihn hinter seinem Schreibtisch. Forss verzog nicht eine Miene, sein Gehirn arbeitete fieberhaft, er brauchte einige Sekunden, bevor er begriff, was da vor sich ging. Schließlich traf ihn die Erkenntnis wie ein Dolch im Gehirn: Das Miststück hatte ihr Gespräch auf der Straße aufgenommen!

Stilton ließ das ganze Gespräch ablaufen. Es war nicht lang, aber es gab darin einige zentrale Aussagen.

Weißt du, dass du die Einzige von den Mädchen bist, die noch am Leben ist?

Sagte Forss auf dem Band.

Er sagte außerdem:

Eigentlich sollte ich dich durchprügeln, aber du hast ja noch einen Sohn. Vielleicht ist es besser, wenn ich mir den vornehme?

Du willst deinem eigenen Sohn weh tun?

Kurz darauf schaltete Stilton das Band ab und schob sich das Handy wieder in die Tasche. Forss hatte nicht ein Wort gesagt. Was auch nicht nötig war. Die Schweißperlen, die ihm in die Augenbrauen liefen, zeigten, was in seinem Inneren vor sich ging. Stilton stand auf. Forss folgte ihm mit dem Blick.

»Was willst du damit machen?«, fragte er.

Seine Stimme klang brüchig. Er fand nicht die richtige Tonlage. Er stand unter Schock.

»Es behalten«, sagte Stilton.

»Es behalten?«

»Ja. Bis du gekündigt hast. Ich gebe dir zwei Tage. Wenn du dann nicht aus dem Laden raus bist, werde ich das Band an einen Journalisten von *Dagens Nyheter* schicken, mit einer Kopie an den Polizeipräsidenten. Das Gleiche wird passieren, solltest du dich noch einmal Ovette Andersson nähern.«

Stilton ging zur Tür.

Er hatte sein Ultimatum gestellt. Er hatte es Forss mit gleicher Münze heimgezahlt. Ihn aus dem Polizeicorps gekickt.

In der Tür drehte er sich noch einmal um.

»Abschaum wie du gehört hier nicht hin.«

*

Olivia war mitten in der Nacht vom Leichter nach Hause gegangen. Luna hatte ihr abgeraten, es war keine gute Idee, als Frau allein zu dieser Uhrzeit halb Söder zu durchqueren. Das wusste Olivia, also nahm sie lieber die Straßen, die sie kannte. Am Mariatorget bekam sie Gesellschaft von einem Mann mittleren Alters, der versuchte, sie zu bekehren. Er war Mormone, ziemlich angetrunken, und eines der wenigen Dinge, die Olivia über Mormonen wusste, war, dass sie Abstinenzler waren. Also hatte sein missionarisches Streben kein besonders großes Gewicht. Sie bat ihn ungefähr auf der Höhe Götgatan, zur Hölle zu fahren.

Aber die Nacht hatte ihre Spuren hinterlassen, das merkte sie unter der Dusche. Sie hatte Kopfschmerzen und ein irritierendes Brennen im Magenbereich. Was kaum besser wurde, als sie daran dachte, was sie in Angriff nehmen musste, sobald sie ein wenig gefrühstückt hatte.

Sandra.

Sie wusste, sie musste das Mädchen treffen, wollte das nicht am Telefon erledigen, und innerlich graute ihr vor dieser Begegnung. Gleichzeitig wusste sie, dass es höchste Zeit war. Jeden Moment konnten die Medien Wind davon bekommen, dass ein Pfarrer namens Tomas Welander den Mord an dem Zollbeamten Bengt Sahlmann gestanden hatte.

Vielleicht auch noch einiges mehr über die Hintergründe der Tat.

Dem wollte sie zuvorkommen.

Sie nahm ein Glas Saft mit ins Schlafzimmer und zog sich an. Als sie fertig war, schaute sie aufs Bett, auf die Stelle, an der Sandra vor einer Weile gelegen hatte. So klein und einsam. Sie lehnte sich an die Wand und schaute sich im Zimmer um. »Du hast gar keine Fotos.« Sie hörte wieder Sandras dünne Stimme. Natürlich habe ich die, dachte sie und stellte das Saftglas ab. Hockte sich hin und zog einen Karton unter dem Bett hervor. Er war voller Fotos. Sie nahm eine Handvoll heraus und ging zu der Wand über dem Bett. Die kleinen weißen Nägel waren noch da. Sie hängte die Fotos wieder an die Stellen, an denen sie vorher gehangen hatten. Holte weitere heraus und hängte sie auf. Schließlich waren alle an Ort und Stelle, so wie früher. Vor dem großen Schock. Jetzt hingen sie also wieder hier. Fotos von ihr und Maria, von Arne und Maria, von der ganzen Familie im Sommerhaus auf Tynningö. Sie betrachtete die Wand, die Fotos und musste wieder an Sandra denken.

Da surrte ihr Handy.

Es war eine kurze SMS von Alex. Er bedankte sich für das Material über den Silvergården. Er ging davon aus, dass sie der Absender war. Sie schrieb nicht zurück. Wenn es an der Zeit war, würde sie ihn anrufen, er war ein guter Kontakt, den sie missbraucht hatte oder missverstanden, das begriff sie jetzt, nachdem die ganze Geschichte mit Welander aufgerollt wurde. Alex war geradeheraus, und sie hatte ihm in gewissen Situationen misstraut. Aber schließlich war er trotz allem ein Journalist, da war es nicht immer so einfach, damit umzugehen.

Sie ging in die Küche, setzte sich, immer noch das Handy in der Hand. Es war nicht länger aufzuschieben. Sie wollte gerade Charlottes Nummer eintippen, als diese selbst anrief. Charlotte. Eine ratlose Charlotte, die berichtete, dass Sandra vollkommen verzweifelt war, sich eingeschlossen hatte und nur noch weinte.

»Ich kriege keinen Kontakt zu ihr! Sie schreit nur! Kannst du nicht herkommen und mir dabei helfen, sie irgendwie zu erreichen?«

Olivia fuhr, so schnell sie sich traute. Während der Fahrt nach Huvudsta ging sie noch einmal im Kopf durch, was sie tun musste. Das, was Tom sich letztes Jahr nicht getraut hatte. Die Wahrheit berichten. Sie wollte es nicht wie er machen.

Aber jetzt konnte sie ihn verstehen.

Auf eine ganz neue Art und Weise.

Sie verstand, wozu er nicht in der Lage gewesen war. Etwas zu berichten, was eine junge Frau schwer verletzen würde. Und jetzt war sie diejenige, die Sandra verletzen sollte. Nicht durch ihr eigenes Agieren, aber trotzdem. Sie war es, die Sandra gegenübersitzen und ihr in die Augen sehen würde, wenn diese die Wahrheit erfuhr. Sie würde ihr Gesicht sehen, ihren Körper, und wissen, welch lange Reise Sandra vor sich haben würde.

Wie sie selbst damals.

Sie bog auf den Johan Enbergs väg ab und hielt an. Charlottes Wohnung lag im letzten Hochhaus.

Vierhundert Mal war sie durchgegangen, wie sie vorgehen wollte, was sie sagen wollte, wie sie es verpacken wollte, es so schonend wie möglich formulieren.

Und sie war immer wieder zu demselben Schluss gekommen:

Sie musste es gerade heraus sagen.

»Dein Vater und Tomas haben während eines live übertragenen Pornoakts einen Mord mitangesehen. Tomas hat deinen Vater ermordet, um das zu vertuschen.«

Sie näherte sich dem Hochhaus und schaute zu Charlottes Wohnung hoch.

»SANDRA!«

Es war Olivia, die schrie. Ihr Schrei ließ Sandra nach unten sehen. Sie stand im neunten Stock auf dem Balkongeländer, barfuß, ihr Körper schwankte leicht. Dann hob sie den Kopf und schaute in den Himmel, ein paar Sekunden lang, neigte sich dann vor und fiel, mit ausgestreckten Armen, als wollte sie fliegen.

Sie schrie, solange sie fiel.

Olivia stand an der Kapelle der Stille und beobachtete das kleine Eichhörnchen, das auf dem Weg hinauf in die mächtigen Nadelbäume war. Auf halbem Weg hielt es inne und drehte den Kopf zur Kirche, das dumpfe Läuten der Glocken hallte über den Friedhof. Olivia folgte dem Blick des Eichhörnchens und sah schwarzgekleidete Menschen auf dem Weg durch das große Kirchenportal hinein, einer davon war Maria. Als sie wieder ihren Blick drehte, war das Eichhörnchen verschwunden.

Olivia setzte sich in die dritte Reihe, ganz außen, der Rest der Bank war besetzt. Die Kirche bot Platz für zweihundert Personen, sie war zu zwei Drittel gefüllt. Olivia hielt ihren Blick auf ihre gefalteten Hände auf dem Schoß gesenkt. Als die Pfarrerin Sandras kurzes Leben beschrieb, war unterdrücktes Schluchzen von einigen jungen Menschen in den Bänken zu hören, sie nahm an, es kam von den Klassenkameraden. Sie hielt ihren Blick krampfhaft gesenkt, wollte nicht auf den Altar schauen, auf den Platz, wo vor gar nicht all zu langer Zeit Pfarrer Tomas Welander gestanden hatte. Er sollte diesen Moment nicht kaputt machen.

Als die Pfarrerin die Trauernden aufforderte, am Sarg Abschied zu nehmen, blieb Olivia sitzen. Sie hatte eine einzelne rote Rose in der Hand, die wollte sie auf den Sarg legen, aber sie wollte warten, wollte nicht Schlange stehen, lieber allein vortreten.

Als sie sah, wie die letzten Trauergäste den Sarg verließen, stand sie auf und trat vor. Ein Meer von Blumen lag auf dem Sargdeckel. Sie blieb am Fußende stehen und schaute auf den schmalen hellen Holzsarg. Vorsichtig ließ sie die Rose auf den Deckel fallen, Tränen tropften darauf. Eine ganze Weile blieb sie so stehen, bis sie fühlte, dass sie das sagen konnte, was sie sagen wollte: Ich werde an dich denken, Sandra, wie du dir das gewünscht hast, das verspreche ich dir, flüsterte sie.

Maria war ein Stück vom Sarg entfernt stehen geblieben. Sie sah, wie ihre Tochter den Kopf hob, sich die Wangen trocken wischte, sie sah ihre große Trauer, als sie sich aufrichtete.

Olivia verließ den Sarg, den Blick auf den Boden gerichtet. Als sie bei Maria angekommen war, blieb sie stehen, trat dann einen Schritt vor und umarmte Maria fest. Dabei flüsterte sie ihrer Mutter ins Ohr: »Te amo.«

Dann machte sich Olivia aus der Umarmung los und ging zum Ausgang. Maria blieb stehen, mit einem Kloß im Hals.

Die gefühlvolle Orgelmusik drang durch das Kirchenportal nach draußen. Olivia blieb auf der Treppe stehen, schaute zu, wie die blasse Sonne über den Friedhof strich, ein sehr alter Friedhof, der aus dem 12. Jahrhundert stammte. Jetzt war er mit einem funkelnden weißen Kristallteppich bedeckt, die ganze Nacht über hatte es geschneit. Olivia ging die Treppe hinunter und auf einen der Wege, sie wollte keinen der anderen Trauergäste treffen, sie wollte für sich allein sein. Zwischen großen und kleinen Grabsteinen ging sie entlang, wieder zurück zur Kapelle der Stille. Es war das Schlimmste gewesen, was sie je erlebt hatte:

Abschied von Sandra zu nehmen.

Bei der hübschen Kapelle blieb sie stehen, lehnte sich gegen eine große dunkle Fichte. Sie sah, wie die Menschen aus der Kirche strömten, auf dem Weg zu Autos und Bussen. Ihr Leben würde weitergehen, alles würde weitergehen, die Sonne würde scheinen, bis es anfing zu regnen, alles würde immer so weitergehen. Sie zog einen kleinen gelben Post-it-Zettel aus der Tasche und schaute ihn an. Warum durfte es dann nicht für dich weitergehen?, dachte sie. Warum warst du nicht stark genug? Sie spürte, wie ihr die Tränen die Wangen hinunterliefen, und steckte den Zettel wieder ein. Hätte ich stärker sein müssen? Hätte ich etwas anders machen sollen? War es meine Schuld?

Sie malte mit einem Fuß im Schnee.

Nein, es war nicht meine Schuld. Ich war es nicht, die dein Leben zerstört hat. Olivia spürte, wie Wut in ihr aufstieg. Es waren ein paar widerliche Männer, die es zerstört haben. Das Leben eines vollkommen unschuldigen jungen Mädchens haben sie zerstört.

Sie richtete sich auf und schaute zur Kirche hinüber. Eine kleine Gruppe schwarzgekleideter Menschen stand noch auf der Treppe. Sie ging mit geballten Fäusten in der Tasche in die andere Richtung, Wut und Trauer stießen in ihrer Brust zusammen, und als sie sich dem letzten weißen Grab näherte, hatte sie einen Entschluss gefasst.

Sandra zuliebe.

Sie ging an dem Grab vorbei und sah nicht, wie eine einzelne Krähe auf dem grauen Marmorstein hinter ihr landete.

Für wertvolle Informationen bedanken wir uns bei Kriminalinspektorin Ulrika Engström und dem französischen Autor und Journalisten Cédric Fabre.

Für sorgfältiges Lesen danken wir Estrid Bengtsdotter.

Für inspirierende Unterstützung in jeder Hinsicht danken wir Lena Stjernström von Grand Agency sowie Susanna Romanus und Peter Karlsson von Norstedts.

Die schwedische Originalausgabe erschien 2013 unter dem Titel »Den Tredje Rösten« bei Norstedts, Stockholm.

FSC
www.fsc.org
MIX
Papier aus verantwortungsvollen Quellen
FSC® C014496

Verlagsgruppe Random House FSC® N001967

1. Auflage
Genehmigte Taschenbuchausgabe Oktober 2016

Umschlaggestaltung: semper smile, München
Umschlagmotiv: © Shutterstock/mike_expert
© Shutterstock/Stuart Monk;
© Shutterstock/Andrey Yurlov
Druck und Einband: GGP Media GmbH, Pößneck
AH · Herstellung: sc
Printed in Germany
ISBN 978-3-442-71409-4

www.btb-verlag.de
www.facebook.com/btbverlag
Besuchen Sie auch unseren LiteraturBlog www.transatlantik.de

Cilla & Rolf Börjlind

Schlaflied

Roman

480 Seiten, btb 71409
Aus dem Schwedischen von Christel Hildebrandt

Ist es in den Wäldern Smålands wirklich sicherer als auf den Straßen von Stockholm?

Am Stockholmer Hauptbahnhof herrscht Chaos. Flüchtlinge aus aller Welt drängen nach Schweden auf der Suche nach einem sicheren Hafen. Ein Mädchen im Strom der Asylsuchenden schlägt sich ganz alleine durch - bis sie auf die Obdachlose Muriel trifft, die sich ihrer annimmt. Gemeinsam suchen sie Zuflucht in einer einsamen Hütte auf dem Land.

Zur selben Zeit untersuchen Tom Stilton und Olivia Rönning den grausamen Tod eines Jungen, der vergraben im Wald gefunden wurde. Er scheint nicht das einzige Opfer. Wenig später bittet ihn Muriel um Hilfe, weil sie ihren Schützling in Gefahr glaubt. Haben die Fälle etwa miteinander zu tun?

Der neue Fall für Olivia Rönning und Tom Stilton!

Erscheint im Frühjahr 2017